Rosemarie Marschner
Das Bücherzimmer

Einem unehelich geborenen Kind stehen in den dreißiger Jahren nicht alle Türen offen in der österreichischen Provinz. Die 14-jährige Marie muss froh sein, dass sie Dienstmädchen in der großen Stadt Linz werden darf. Ihr Leben ist geprägt von harter Arbeit und strengen Regeln. Doch dann taucht der junge Franz, Sohn eines gutverdienenden Bäckers, auf und interessiert sich für das Mädchen. Nach zähem Ringen mit den Eltern wird Marie seine Frau. Die Hochzeitsreise führt nach Wien, und nun könnte eigentlich alles gut werden, wenn da nicht die Politik wäre. Man schreibt das Jahr 1938, Österreich ist annektiert worden …

Rosemarie Marschner, geboren in Wels (Oberösterreich), lebt als Journalistin und freie Autorin in Düsseldorf. Sie hat mehrere Romane veröffentlicht, die von Lesern und Kritikern gleichermaßen begeistert aufgenommen wurden.

Rosemarie Marschner

Das Bücherzimmer

Roman

dtv

Ungekürzte Ausgabe 2020
6. Auflage 2024
© 2004 dtv Verlagsgesellschaft mbH & Co. KG,
München
Umschlaggestaltung: Alisa Sakkaravej unter
Verwendung von Fotos von Jeffrey Coolidge/
Gettyimages und Jan Bickerton/Trevillion
Satz: C.H.Beck.Media.Solutions, Nördlingen
Gesetzt aus der Stempel Garamond LT Pro
Druck und Bindung: Druckerei C.H.Beck, Nördlingen
Printed in Germany · ISBN 978-3-423-25422-9

Die alte Dame

Der junge Mann parkte sein Auto vor der pompösen Außentreppe der Villa und sprang hastig die Stufen zum Eingang empor. Dann besann er sich und verlangsamte seine Schritte. Es bestand kein Grund mehr, sich zu beeilen. Er wandte sich um und blickte hinunter auf den gepflegten, weitläufigen Park. Mächtige Bäume und Rhododendrengehölze, Kieswege und Blumenrabatten umgaben das Anwesen. Über den Rasen vor der Fensterfront flanierte ein fetter Fasan, als wäre dies alles sein ureigener Besitz.

Das Gebäude stammte aus der Jahrhundertwende, der vorvorigen, als neureiche Bürger anfingen, sich dem Adel gleich zu fühlen. In jüngerer Zeit hatte man das Haus aufwendig renoviert und es damit in die Gegenwart geholt. Bis auf ein paar erlesene Ausnahmen waren die vergilbten Tapeten, das knarrende Parkett und die alten Möbel durch weißgekalkte Wände, glänzende Granitböden und kühles Designermobiliar ersetzt worden. Wenn man nun die Freitreppe hinaufstieg wie ebenjener junge Besucher, hallten die Schritte auf den glatten Steinstufen wie in einer Kirche, und das

Sonnenlicht brach ungefiltert durch die hohen Fenster wie ein schimmernder Wasserfall. Alles makellos, geradlinig und klar. Wie geschaffen, dachte der junge Mann, wie geschaffen für die alte Dame mit den beherrschten Gesichtszügen, ihrer eleganten, ungebeugten Gestalt und dem energischen Tonfall, mit dem sie sich bis vor kurzem, trotz ihrer Jahre, in jeder Umgebung Gehör verschafft hatte.

Bis vor kurzem. Ein Gefühl von Unbehagen beschlich den jungen Mann, während er nun einen Schlüsselbund aus der Rocktasche zog. *Ihren* Schlüsselbund, den er so oft in ihrer Hand gesehen hatte. Es gehört sich nicht, dachte er, daß jetzt er ihn umklammert hielt, als hätte er ein Recht darauf, und daß nun er die Tür aufschloß, durch die er noch nie ungeladen getreten war. Bis vor kurzem.

Er war ihr Enkel, und er kam, weil sie ihn zu ihrem Erben bestimmt hatte.

»Wollen Sie sie noch einmal sehen?« hatte ihn der Polizeibeamte gefragt, der ihn telefonisch benachrichtigt und in sein Büro bestellt hatte. Der Enkel – Thomas – hatte abgelehnt. Aus irgendeinem Grund war er überzeugt, daß seine Großmutter unmittelbar hinter der Tür neben dem Schreibtisch des Beamten lag: aufgebahrt auf einem Behelfsbett und entstellt

6

durch die Einwirkungen des gewaltsamen Todes, dem sie erlegen war. Keine Krankheit, wie man es bei ihrem hohen Alter erwartet hätte, oder ein sanftes Einschlafen und Nicht-mehr-Aufwachen. Nein, die alte Dame war dem Tod der Jungen zum Opfer gefallen. Dem Tod durch einen Unfall. Mitten im Leben. In der Nacht, in einem Meer von Nebel, hatte ein Sattelschlepper ihr Auto in voller Geschwindigkeit von hinten gerammt und es mit einem einzigen gnadenlosen Ruck in ein anderes, vor ihm fahrendes, gebohrt. »Nein!« wiederholte Thomas und kämpfte gegen ein Schluchzen, das ihm die Kehle zusammenschnürte. »Nein, ich möchte sie nicht mehr sehen.« Er erinnerte sich plötzlich daran, daß seine Großmutter es immer gehaßt hatte, eingeengt zu werden.

Er fühlte sich wie ein Dieb, als er nun von Zimmer zu Zimmer ging und seine Schritte auf dem Steinboden widerhallten. Die warme Morgensonne, die durch die gardinenlosen Scheiben drang, machte die Luft stickig und schwer. Thomas öffnete ein Fenster und atmete tief ein. Während er sich umsah, fiel ihm auf, daß alles an seinem Platz lag, als hätte die alte Dame damit gerechnet, daß er vielleicht bald diese Räume durchstreifen und es keine Diskretion mehr geben würde. Jeder Schrank würde geöffnet werden, jedes Schriftstück geprüft, jedes Geheimnis enthüllt. Mit musterhafter Ordnung hatte sie sich gegen die Vereinnahmung gewehrt. Thomas war sicher, daß er kein überflüssiges oder vernachlässigtes Kleidungsstück entdekken würde, keine Spuren unentschlossenen Verwahrens oder sentimentalen Gedenkens.

Thomas beschloß, sich auf das unbedingt Erforderliche zu beschränken: die Dokumente sicherzustellen, die er für die Behörden benötigte und die vielleicht auch als Grundlage für einen Nachruf nützlich sein konnten. Bis zuletzt war die alte Dame in der Öffentlichkeit gestanden, hatte gelehrt und publiziert und war immer wieder auch persönlich in den Medien aufgetreten. Man schätzte ihre klare Analyse, die Unabhängigkeit ihres Denkens und ihren scharfen Witz, der ihrer Kritik alles Belehrende nahm. Thomas wußte nicht, ob seine Großmutter die Menschen geliebt hatte, ganz sicher aber hatte sie sich für sie interessiert und sie durchschaut. Ihr Urteil war ohne Bosheit gewesen, doch zumeist auch ohne Nachsicht.

Im Arbeitszimmer fand Thomas schließlich die Mappe mit den Dokumenten. Zu Hause würde er sie in Ruhe durchsehen. Doch als er sie aus dem Regal zog, fiel ein großer, weißer Umschlag zu Boden. Thomas hob ihn auf und suchte vergeblich nach einer Beschriftung. Nachdenklich wog er das Kuvert in der Hand. Dann setzte er sich in den hohen, lederbezogenen Drehsessel, der bisher ausschließlich seiner Großmutter vorbehalten gewesen war, und schnitt mit ihrem – ihrem! – Brieföffner den Umschlag auf.

Heraus fielen zwei amtlich aussehende Dokumente und ein altes Foto, braunstichig und voller Flecken, ein Hochzeitsbild, wie auf den ersten Blick zu erkennen war: ein Brautpaar, ernst und würdevoll. Junge Menschen, die Braut beinahe noch ein Kind, trotz des strengen, dunklen Kleids mit dem großen Kragen, der viel zu mächtig für den schlanken, weißen Hals und das schmale Gesicht mit den zarten Zügen war. Schwere, zu einem Knoten hochgesteckte Zöpfe mit einem kleinen Blütenkranz trug sie. Dazu ein paar Ohrgehänge – auf dem Bild reglos und starr, doch in der Realität jenes Tages wahrscheinlich voller Bewegung: ein heimliches Versprechen im Glitzern der Juwelen und in ihrem unhörbaren Klirren, das das Blut des Bräutigams in Wallung versetzt haben mochte, als sich am Abend die Türen hinter den Liebenden schlossen.

Der Bräutigam war ein stämmiger junger Mann, ein paar Jahre älter als die Braut, mit schwarzen, welligen Haaren dicht wie Zobel-

9

fell. Geschwungene Brauen über dunklen Augen, die sich um einen besonders wachen Ausdruck bemühten, auch wenn sie sonst vielleicht eher träge und verschleiert blicken mochten. Eine gerade, gefällige Nase und über den vollen Lippen ein schwarzer Schnurrbart nach der Mode der Zeit – das Ergebnis, ganz sicher, einer allnächtlich getragenen Bartbinde. Ein schöner Mensch im großen und ganzen, wenn auch zur Üppigkeit neigend und ein wenig kleiner als die schmale, hellhäutige Braut. Kaum merklich wandte er ihr den Kopf zu und drängte seine Schulter gegen die ihre, während sie sich an ihrem Brautstrauß festhielt, als wäre sie sich ihres Entschlusses nicht mehr sicher.

Thomas musterte diese Gesichter aus einer anderen, versunkenen Zeit, doch er fand keine Ähnlichkeit mit Personen, die ihm bekannt waren. So legte er das Bild beiseite, bereit, es für immer zu vergessen.

Die beiden Dokumente im Umschlag erwiesen sich als eine Heiratsurkunde und ein Scheidungsurteil. Keine Kopien, wie Thomas befremdet feststellte. Als sein Blick auf den Geburtsnamen der Braut fiel, erschrak er und glaubte zuerst, sich zu irren: Es war der Name der alten Dame, der Name seiner Großmutter, den sie bis zu ihrem Tode getragen hatte, weil sie es ablehnte, ihren Lebensgefährten, Thomas'

Großvater, zu heiraten. Sie war selbständig und prominent genug, sich eine solche Extravaganz leisten zu können, auch wenn man sich in den bürgerlichen Kreisen der Hauptstadt zu Beginn darüber entrüstet hatte und ihr vorwarf, der Jugend ein schlechtes Beispiel zu geben. Da sich die Verbindung des Paares jedoch als fest und harmonisch erwies und der Zeitgeist sich wandelte, geriet der Skandal von einst immer mehr in Vergessenheit und wurde höchstens noch hin und wieder als ein Zeichen früher feministischer Unabhängigkeit gepriesen.

Marie Zweisam war nicht verheiratet gewesen. Unmöglich, dachte Thomas, die Braut auf dem Foto und der Name auf der Urkunde: Das *konnte* nicht seine Großmutter sein. Es mußte sich um eine zufällige Namensgleichheit handeln.

Noch einmal nahm Thomas das Bild zur Hand und studierte es aufmerksam. Doch je länger er es ansah, um so unruhiger wurde er. Als ihm bewußt wurde, daß seine Hände zitterten, warf er das Bild auf den Schreibtisch, als wäre es Gift, und schob hastig die beiden Dokumente darüber. Er hatte auf einmal das gleiche Gefühl wie nach der Frage des Beamten: *Wollen Sie sie noch einmal sehen? ...* Nein! dachte er und wich zurück. Nein, ich will sie nicht mehr sehen!

ERSTES BUCH

EIN MÄDCHEN VOM LANDE

DER ABSCHIED

Sie hieß Marie, zählte nur wenig mehr als vierzehn Jahre und befand sich doch bereits auf der Reise in ein neues Leben. Vor Stunden schon war sie aufgebrochen in ihrem dunkelblauen Sonntagskleid, das ihr viel zu lang war und zu weit um die Brust, damit es auch im kommenden Jahr noch paßte. Zuerst hatte ihre Mutter sie ja noch begleitet auf dem langen Fußmarsch über die Felder und Wiesen, doch dann, als sich das Land nach unten senkte und die Stadt plötzlich wie buntes Holzspielzeug zu ihren Füßen lag, war die Mutter stehengeblieben und hatte Abschied genommen. Keine Umarmung, das war nicht die Art, wie man hier miteinander umging, aber hilflose Tränen in den Augen und ein verhaltenes Schluchzen, das den Hals zusammenschnürte und das Marie nie vergessen würde. Es war ihr erster Abschied und der schwerste, weil sie auf einmal fürchtete, er könnte für immer sein. Dann drehte sich die Mutter abrupt um und ging zurück, woher sie gemeinsam gekommen waren und wo sich alles befand, was Marie kannte und woran sie hing. Sie wartete, daß die Mutter noch einmal zurückblicken und ihr zuwinken würde oder sie gar wieder zu sich rief und ihr erlaubte, doch noch mit ihr heimzugehen, das Köfferchen wieder auszupacken und weiterzuleben wie bisher. Doch die Mutter hielt nicht inne, sah nicht zurück, hob nicht einmal mehr die Hand zum Gruß: eine zerbrechliche Gestalt in einem schwarzen, bäuerlichen Kleid, jung noch, viel zu jung, um schon eine Tochter zu haben, die ihr eigenes Leben begann. Mit schnellen Schritten, als wäre sie auf der Flucht, eilte sie über die Schotterstraße, die Füße bis zu den Knöcheln im aufgewirbelten Staub, immer weiter, bis sie nur noch ein kleiner dunkler Punkt war, der sich schließlich in der Ferne verlor.

Da begriff Marie, daß sie nun allein auf sich gestellt war. Am liebsten hätte sie sich ins Gras gesetzt und geweint. Doch sie wußte, daß niemand kommen würde, um sie zu trösten oder ihr ihr bisheriges Leben zurückzugeben. So nahm sie ihr Köfferchen wieder auf und wanderte die weit geschwungenen Serpentinen hinunter zu der kleinen Stadt, die ihr vertraut war. Hierher war sie alle paar Wochen mit ihrer Mutter gekommen, um einzukaufen. Immer nur das Nötigste: Flanell oder Baumwollstoff für ein neues Kleid, weil das alte nicht mehr zu retten war. Neue Schuhe, weil sich in den alten die Zehen schon schmerzhaft krümmten. Wolle für eine Winterweste, für Socken, Strümpfe und sogar Unterwäsche. Nie etwas Überflüssiges. Trotzdem konnte man zufrieden sein, denn man hatte genug zu essen und im Winter eine warme Stube und ein dickes Federbett. Auch jetzt noch, vierzehn Jahre nach dem Krieg, klopften jeden Tag Bittsteller an die Tür, um etwas zu hamstern oder gar zu betteln. Im Vergleich zu ihnen waren Marie und ihre Mutter reich. Sie besaßen ein kleines Haus, und die Mutter verdiente, was sie brauchten, auf dem Hof des eigenen Bruders, der gut zu ihr war, obwohl er nie aufhörte, sie daran zu erinnern, daß sie eine ganz andere Position hätte haben können, wenn sie am entscheidenden Punkt ihres Lebens nicht so stur und stolz gewesen wäre und von den reichen Eltern des jungen Nichtsnutzes das Geld für die Engelmacherin angenommen hätte.

Marie erreichte den Fluß und überquerte die eiserne Brücke. Immer mehr Menschen begegneten ihr. Autos fuhren durch die Straßen, Motorräder, Fahrräder, Pferdewagen. Nicht weit von der Brücke sah Marie den roten Boden des Tennisplatzes und die weißgekleideten Spieler, die – so hätte man es im Haus von Maries

Onkel beurteilt – ihre Kräfte sinnlos vergeudeten. Dennoch fühlte sich Marie zu ihnen hingezogen. Auch ihre Mutter war manchmal nach dem Einkaufen mit ihr zu dem hohen Zaun gepilgert und hatte den sorglosen Geschöpfen da drinnen zugesehen, wie sie hin- und herrannten, lauernd vorgebeugt auf den Ball warteten, ihr Gegenüber auszutricksen suchten und lachend das eigene Mißgeschick oder den Sieg akzeptierten. Hier war das Leben nicht ernst und bedeutungsschwer. Hier existierte die Zeit nicht, um mit Arbeit verbracht zu werden. Hier bedeutete Zeit Muße und Vergnügen. Voll Zärtlichkeit mußte Marie plötzlich an ihre Mutter denken, die ihr vor Jahren als Belohnung für ein gutes Schulzeugnis zwei hölzerne Schläger gebastelt hatte und einen Ball aus Stoffresten, den sie von da an abends hinter dem Haus, wo niemand sie beobachten konnte, hin- und herprügelten, schreiend und lachend, als wäre auch die Mutter noch ein Kind.

Die Sonne stieg höher. Es wurde heißer, als es die dichten Morgennebel hatten erwarten lassen. Immer öfter wechselte Marie das Köfferchen von einer Hand in die andere. Manchmal stellte sie es nieder, rieb sich die schmerzenden Schultern und wischte sich mit dem Knöchel des Zeigefingers den Schweiß von den Nasenflügeln. Sie war froh, als sie endlich den

Bahnhof erreichte, und atmete auf, als sie sah, daß sie nicht zu spät gekommen war. Sie kaufte sich eine Fahrkarte und trat hinaus auf den Bahnsteig, wo es nach Vulkangestein roch und nach Rauch.

»Hier Wels, Bahnhof Wels!« dröhnte es aus dem Lautsprecher. Unter Dampfen und Zischen fuhr der Zug in den Bahnhof ein und kam mit einem herzzerreißenden Kreischen zum Stillstand. Die Reisenden stürzten aufgeregt zu den Türen, behinderten die Aussteigenden und zogen sich dann in panischer Hast die hohen Stufen hinauf, wobei die Damen ihre engen Röcke bis über die halben Schenkel hochschieben mußten, um den ersten Riesenschritt zu bewältigen.

Marie fand einen Platz am Fenster. Noch bevor sich der Zug wieder in Bewegung setzte, holte sie aus ihrem Köfferchen einen Apfel, den ihr der stumme Knecht ihres Onkels mitgegeben hatte. Reitinger war der einzige Hausgenosse Maries und ihrer Mutter, und sein Herz war so groß wie seine erzwungene Schweigsamkeit. Er hatte der Mutter geholfen, als Marie geboren wurde, und Marie dachte beruhigt, daß er immer da sein würde, wo ihre Mutter war.

Die Reisenden verstauten ihr Gepäck und ließen sich erschöpft auf die Holzbänke fallen.

Sie beobachteten durch die Fenster, wie der Zug den Bahnhof verließ und die Häuser draußen immer spärlicher wurden. Marie schloß ihre Hände um den warmen, saftigen Apfel und wußte nicht, ob sie Angst haben sollte oder neugierig sein auf das, was sie erwartete.

2

»Du bist zu frech, zu jung und zu mager!« lautete das vernichtende Urteil der dicken Frau in der Stadtvilla, an deren schmiedeeisernem Gartentor Marie über eine Viertelstunde gewartet hatte, weil keiner auf ihr Schellen antwortete. Sie meinte schon, es wäre niemand zu Hause, und drückte schließlich in resignierter Verzweiflung nochmals den weißen Klingelknopf, läutete Sturm, als könnte sie damit das Schicksal zu einer Entscheidung zwingen.

Erst jetzt öffnete sich das Eingangstor der Villa, und besagte Frau stürzte heraus, schimpfte Unverständliches, schrie Marie an, Bettler seien hier unerwünscht und man habe auch nicht vor, irgend etwas zu kaufen. Damit drehte sie sich mit einer geringschätzigen Bewegung zum Haus um und knallte das Tor hinter sich zu, ohne Marie anzuhören, die nun ihrerseits die Geduld verlor und der Frau nachschrie, wer sie sei und daß sie berechtigt sei, hier zu läuten und um Einlaß zu bitten.

Da nichts darauf hindeutete, daß sich das Tor zur Villa ohne Nötigung erneut öffnen würde, drückte Marie mit ihrem Zeigefinger nun auf den Klingelknopf, als wollte sie ihn für immer versenken. Sie war zornig, obwohl ihr zugleich bewußt war, daß man ihr hier ihre Verbitterung nicht zugestehen würde. Sie kannte dieses Gefühl nur zu gut. Es befiel sie nicht oft. Meist war sie ruhig und besonnen. Doch manchmal, im Angesicht einer wahren oder vermeintlichen Ungerechtigkeit, schoß ihr das Blut zu Kopf, und sie ging zum Angriff über. Ihre Mutter hatte diesen Charakterzug oft beklagt. Auch der Pfarrer hatte Marie deswegen ermahnt und bei jeder Beichte eindringlich gefragt, ob sie wieder einmal explodiert sei. Nur der Lehrer hatte Maries Wesen mit Gleichmut toleriert und einmal sogar vor sich hin gemurmelt, sie könne froh sein, daß ihr der Himmel diese Waffe mitgegeben habe. Wer weiß, wozu sie ihr in ihrer schwierigen Lage noch nützlich sein werde.

Ein wahrer Machtkampf fand statt: draußen Marie an der Klingel, drinnen die Hüterin des Hauses, bebend vor Wut. Nach einer für beide Seiten unerträglichen Ewigkeit stürmte die Frau heraus, einen Besen in der Hand. Mit dem Humpeln einer Gichtkranken eilte sie über den Kiesweg und machte Anstalten, Marie durch das Gitter hindurch mit dem Besenstiel am weiteren Schellen zu hindern. Dabei schrie sie ununterbrochen auf Marie ein, die nun, ernüchtert, die Hand zurückzog und immer wieder ihren Namen nannte und daß sie das neue Hausmädchen sei.

Erst nach einer Weile wurde sie verstanden. Schwer atmend ließ die Frau ihre Waffe sinken, starrte Marie an, als wäre sie der böse Feind, und riß schließlich mit einer trotzigen Bewegung ihre Schlüssel vom Schürzenbund. Sie schloß auf, ohne das Tor zu öffnen, ließ aber immerhin zu, daß sich Marie durch einen schmalen Spalt zwängte, sperrte hinter ihr wieder ab, als wollte sie zumindest den Schlüssel erwürgen, und stampfte dann ohne ein weiteres Wort oder einen Blick für den Eindringling ins Haus zurück. Marie mit ihrem Köfferchen folgte ihr.

»Du bist zu frech, zu jung und zu mager!« knurrte die Frau und bohrte ihren Zeigefinger in Maries Brust. »Wenn die Herrschaft zurück ist, wirst du dieses Haus wieder verlassen. Mit einer wie dir kann ich nicht arbeiten. Du hast keinen Respekt und keine Erziehung. Da könnten wir uns ja gleich ein Sozimensch ins Haus holen. Ich dachte immer, die Kinder vom

Land hätten noch Anstand. So etwas wie du ist mir jedenfalls noch nie untergekommen.«

Marie stellte ihr Köfferchen ab. »Es tut mir leid«, sagte sie versöhnlich. »Aber ich bin schon so lange unterwegs, es ist heiß, und ich bin müde.«

Die Frau zog ihren Zeigefinger zurück. »Auch noch schwächlich«, murrte sie. »Entschuldigst du dich?«

Außer in Kirchen hatte Marie noch nie so hohe Räume gesehen. Trotzdem wirkte das ganze Gebäude finster, was an den alten Bäumen liegen mochte, deren kräftige Äste die hohen, schmalen Fenster berührten, so daß man die Hitze eines Sommertags hier drinnen nicht einmal ahnte und die trübe Jahreszeit wohl nur überstand, wenn man von morgens bis abends die Lichter brennen ließ – eine Verschwendung, die Maries Onkel die Röte der Empörung ins Gesicht getrieben hätte.

Auch sonst schienen die Bewohner der Villa nicht viel von Sparsamkeit zu halten. Überall prangten Gegenstände aus Silber – Leuchter, Kannen, Schalen – oder aus buntem Glas, wie Marie es noch nie gesehen hatte. Die Vorhänge waren aus schwerer Seide, die Marie zwar nicht als solche erkennen, deren Kostbarkeit sie aber ahnen konnte. Es war kein frohes, helles Haus mit viel Licht und Luft, wie man es beim offensichtlichen Wohlstand seiner Besitzer hätte vermuten können, sondern ein Gebäude, das mit den Jahren zugewachsen war und das keiner jung erhalten hatte. Ein gealtertes Haus, das nicht lächelte. Eine Gruft, dachte Marie und wünschte sich fort in das bescheidene Heim ihrer Mutter, wo in diesem Augenblick ganz bestimmt die Fenster weit offenstanden und vom Küchentisch ein Strauß Wiesenblumen grüßte.

Marie aß die beiden Schmalzbrote, die ihr die Frau auf einem Schneidebrett hingeschoben hatte – mürrisch, aber schon versöhnlicher, als sie sah, wie hungrig Marie war und wie gierig sie das Wasser hinunterstürzte, das die Frau aus einem Hahn über der Spüle hatte laufen lassen.

»Sie haben Wasser direkt im Haus?« fragte Marie ungläubig.

»Wasser und auch ein Bad und in jedem Stockwerk ein englisches Klosett«, erklärte die Frau voller Stolz. Sie stammte selbst vom Land und wußte, womit die jungen Dinger zu beeindrucken waren, wenn sie aus ihren rückständigen Bauernkaten in die Großstadt kamen.

Sie heiße Amalie, sagte sie, um die Situation zu klären. So nannten sie die Hausbewohner, »auch das gnädige Fräulein«. Von Marie allerdings wünsche sie »Frau Amalie« genannt zu werden. Jeder Mensch habe seine gottgewollte Stellung im Leben, und die müsse gewürdigt werden. Sie, Frau Amalie, sei die Köchin und Wirtschafterin hier in der Villa. Eine verantwortungsvolle Position. Sollte Marie trotz ihrer offenkundigen Unzulänglichkeiten vielleicht doch im Hause bleiben dürfen – »zumindest vorläufig« –, dann habe sie die Autorität ihrer Vorgesetzten respektvoll anzuerkennen und ihr aufs Wort zu gehorchen. »Geschlagen wird bei uns nicht!« fügte Amalie mit bedauerndem Unterton hinzu. »Das erlaubt der Herr Notar leider nicht. Aber gefolgt werden muß trotzdem, sonst fliegst du.«

3

Gegen Abend kehrten die Herrschaften nach dreiwöchigem Aufenthalt in den Bergen zurück. Ununterbrochen hupend hielt das große, braune Auto, wie Marie noch nie eines aus der Nähe gesehen hatte, vor dem Gartentor. »Da sind sie! Da sind sie!«-schreiend humpelte Amalie hinaus und öffnete keuchend die beiden Gitterflügel. Marie folgte ihr zögernd. Amalie schien sich über die Ankunft der Herrschaften aufrichtig zu freuen. Marie fragte sich, ob dies aus Zuneigung geschah oder aus einem

Pflichtbewußtsein, das der Hauswirtschafterin inzwischen so sehr ins Blut übergegangen war, daß sie automatisch fühlte, wovon sie meinte, daß sie es fühlen sollte.

Erst jetzt, da seine Bewohner es wieder in Besitz nahmen, gewann das große Haus sein Gesicht. Die Räume füllten sich mit der Aufregung und dem Echo gerade erst vergangener Ferientage, die noch auf den Wangen und in den Augen der Heimgekehrten nachzuglühen schienen, wenn sie wie Schauspieler in einer turbulenten Komödie hektisch hin und her rannten und das Stück inszenierten: »Wir haben die Welt gesehen, und ihr wart bloß zu Hause!« Amalie spielte den Part des anbetenden Publikums, und sogar Marie wurde auf der Stelle eine Rolle zugewiesen, wenn auch nur die eines ahnungslosen Eindringlings, der beeindruckt und auf seinen Platz verwiesen werden sollte.

Es blieb kaum Zeit, die Ankömmlinge näher zu betrachten oder ihnen vorgestellt zu werden. »Einen Knicks!« zischte Amalie und stieß Marie mit der Faust in den Rücken. Doch Marie blieb aufrecht stehen, weil sie noch nie im Leben vor irgend jemandem einen Knicks gemacht hatte und auch gar nicht wußte, wie dies zu bewerkstelligen war. So nickte sie höflich und sagte vorsichtig »Grüß Gott!«, was niemand hörte außer Amalie, die sie mahnte, es heiße zumindest »Grüß Gott, gnädige Frau!« oder »gnädiger Herr!«, je nachdem. Damit griff Amalie nach dem größten der Koffer, die ein hochgewachsener Mann – wahrscheinlich der »gnädige Herr«, dachte Marie – aus dem Wagen hob und in der Einfahrt abstellte, die sich bald mit weiteren Koffern und Reisetaschen füllte, während es die Herrschaften den beiden Bediensteten überließen, die Gepäckstücke ins Haus zu schaffen und in die Räume ihrer jeweiligen Besitzer zu befördern.

Marie glaubte, noch nie ein solches Chaos von überflüssigen Wünschen und Anweisungen erlebt zu haben. Jeder der Hausbewohner schien ihr oder Amalie etwas zuzurufen. Wollte ein Getränk. Einen kleinen – klitzekleinen! – Imbiß vor dem Abendessen. Hilfe beim Auspacken. Unterstützung bei der Suche nach irgend etwas, das sich schließlich zwischen den Gepäckstücken fand, nachdem die Suche längst aufgegeben und der Verlust der Unfähigkeit der Dienstboten zugeschrieben worden war. Man wollte baden. Wollte zum zweiten Mal eine Tasse Tee – nein, lieber doch eine Limonade! Suchte den Morgenrock, der ja wohl innen an der Schlafzimmertür zu hängen habe. Forderte Hilfe beim Öffnen der Knöpfe an der Rückseite des Kleides. Verlangte die Post, die während der Abwesenheit eingegangen war. Konnte die Blumen auf dem Tisch im Salon nicht ausstehen. Nahm denn keiner diesen unerträglichen Grabgeruch wahr, den sie verströmten und der umgehend eine heftige Migräne auslösen würde?

Ein Narrenhaus! dachte Marie und hastete hin und her, ohne sich zurechtzufinden. Es dauerte Stunden, bis endlich alle verköstigt waren und sich hinter die hohen Türen ihrer Schlafzimmer zurückgezogen hatten. Ein Hüsteln noch hie und da; das Quietschen einer Schublade; Gardinen, die auf- und zugezogen wurden; ein Fensterladen, der im Nachtwind klapperte. Dann war es still in dem großen, dunklen Haus. Nur in der Küche brannte noch Licht, wo Amalie und Marie das Geschirr spülten und die Reste des Abendessens wegpackten, damit nur ja nichts verschwendet wurde, denn die Zeiten waren schlecht, und in manchen Teilen der Stadt – so erzählte Amalie – hungerten die Menschen.

Marie konnte kaum noch aus den Augen schauen, so müde war sie. Als endlich alles aufgeräumt und abgewischt war, mußte noch der Frühstückstisch gedeckt werden, wobei Amalie nur mit einer Hand zulangte und sich mit der anderen den schmerzenden Rücken hielt. Trotzdem schien sie zufrieden, daß das

Haus, das ihr anvertraut war, mit der Heimkehr seiner Bewohner nun wieder zu seiner normalen Routine zurückgekehrt war und ihr eigenes Leben seine Berechtigung und seinen Sinn zurückgewonnen hatte. »Dein Zimmer ist ganz oben«, erklärte sie Marie. »Nimm dir einen Krug Wasser mit zum Waschen. Auf dem Nachttisch steht ein Wecker. Stell ihn auf halb sechs und komm morgen gleich herunter! Der Herr Notar braucht um sechs seinen Tee. Keine Minute später; da ist er eigen.«

Marie holte sich ihr Wasser und stieg die Stufen empor, den Kopf gesenkt, die Augen halb geschlossen. Sie öffnete die Tür zu der Kammer, die künftig ihr eigenes kleines Heim sein sollte. Nach den hohen, überladenen Räumen in den unteren Stockwerken wirkte sie niedrig und kahl, als hätte man vergessen, sie einzurichten. Doch Marie war zu erschöpft, um sich darüber Gedanken zu machen. Sie stellte den Krug auf den Tisch zu der kleinen Waschschüssel und bemerkte fast mit Rührung, daß jemand – es konnte nur Amalie gewesen sein – ein sauberes, ordentlich gefaltetes Handtuch daneben gelegt hatte und auf einen kleinen Teller ein unbenutztes Stück Kernseife. Sie war also doch erwartet worden. Kein ungebetener Eindringling.

Als sie ihr Kleid aufgeknöpft hatte, merkte

sie, daß ihr Köfferchen noch immer unten in der Halle stehen mußte. Seufzend stieg sie die Treppe wieder hinab, stolpernd vor Müdigkeit. Der Koffer lag unter dem Treppenabsatz, halb offen und so unpassend und verlassen in dem fremden Haus wie Marie selbst, die nur noch ihr Bett sah, als sie in das Zimmer zurückkam. Sie ließ den Koffer an der Tür stehen, löschte das Licht auf dem Flur und im Zimmer und ließ sich in die Kissen fallen. Sie hörte, wie die Standuhr unten in der Diele zweimal schlug, und dachte, daß sie noch den Wecker stellen mußte. Aber da war sie auch schon eingeschlafen, zum ersten Mal in einem fremden Bett. Jahre später, als sie sich angewöhnt hatte, die Ereignisse ihres Lebens und die Vorgänge ringsum zu analysieren und zu bewerten, dachte sie, daß in dieser Nacht ihre Kindheit zu Ende gegangen war.

EINE WOHLHABENDE FAMILIE

I

Eine neue Welt tat sich ihr auf. Viel kleiner und begrenzter, als sie es erwartet hatte, nachdem ihr der Onkel zu Hause eröffnet hatte, es biete sich ihr die vielversprechende Gelegenheit, in die weite Welt hinauszugehen. Erst einmal »in den Dienst«. Was sie daraus mache, liege bei ihr. Die Chancen seien unermeßlich. In der Stadt gebe es keine Grenzen für einen jungen Menschen, der fleißig sei und bereit, im Interesse seiner Zukunft auf Bequemlichkeiten und Vergnügungen der Gegenwart zu verzichten.

Mehr als einmal wies der Onkel auf die Karriere einer Bauerntochter aus dem Nachbardorf hin – ein fünftes Kind, was bedeutete, daß sie mit keiner Mitgift zu rechnen hatte außer dem unbefleckten Namen ihrer alteingesessenen Familie und der eigenen Sittsamkeit. In die Schweiz hatte man sie geschickt, was anfangs problematisch schien, weil die Bevölkerung dort – so hieß es – einer ketzerischen Sekte angehörte, der man ein unberührtes katholisches Mädchen eigentlich nicht anvertrauen durfte. Da jedoch in dem Brief der künftigen Dienstherrin immer wieder das beruhigende Wort »Haustochter« auftauchte und das Mädchen anfing, überfällig zu werden, setzte man sich über die religiösen Bedenken hinweg und schickte den Sorgenfall mit einem schmalen Bündel und etwas Reisegeld in das ferne, reiche Land, das es sich leisten konnte, junge Menschen aus der Heimat fortzulocken und die Kraft ihrer Hände für sich zu beanspruchen.

Nach einem Jahr starb die schweizerische Hausherrin. Nach einem weiteren tauchte das ehemals mitgiftlose Kind in einem großen Auto bei seiner Familie auf, im Schlepptau den einstigen Dienstgeber, nun der Ehemann, der zwar die besten Jahre schon weit hinter sich gelassen hatte, von dem die Mutter der jungen Ehefrau jedoch im Dorf schwärmte, er knie jeden Morgen vor dem Kruzifix nieder und danke dem Herrgott, daß er ihm diese wunderbare Frau geschenkt habe. Bei der männlichen österreichischen Verwandtschaft der so Verehrten machte ihn diese Behauptung zum Trottel, die Frauen jeden Alters aber erfaßten die Romantik der Situation, und einige der unverheirateten Mädchen bemühten sich nun ebenfalls, eine Stellung als Haustochter in der Schweiz zu finden, um später auch in einem offenen Auto mit einer Sonnenbrille auf der

Nase und einem Chiffontuch um den ondulierten Kopf im Dorf vorzufahren und den ehemaligen Freundinnen und der neidgelben Verwandtschaft einen reichen Ehemann zu präsentieren, der zwar vielleicht weder Mumm noch Muskeln hatte und ein Heide sein mochte, der aber immerhin seine Frau zu schätzen wußte, was man von den gleichaltrigen, rechtgläubigen Landsleuten nicht behaupten konnte, die den herben Apfelwein der Gegend und derbe Späße im Wirtshaus dem Minnedienst an ihren sehnsüchtigen Gattinnen oder Verlobten vorzogen.

Für Marie mit ihren vierzehneinhalb Jahren stellte ein sie vergötternder Ehemann reiferen Alters kein Lebensziel dar. Als sie zu Beginn ebenjenes Sommers die Volksschule ihres Dorfes mit den besten Noten abschloß, die jemals ein Schüler oder eine Schülerin dort bekommen hatte, stand sie vor dem Nichts. Ihr Lehrer, der acht Jahre lang ihren Lebensweg begleitet und sie im vertraulichen Gespräch mit dem Pfarrer als den talentiertesten jungen Menschen bezeichnet hatte, der ihm jemals unter die pädagogischen Finger gekommen war, mußte resigniert erkennen, wie wenig eine Begabung nutzen konnte, wenn sie dem falschen Boden entsprossen war. Über den Pfarrer versuchte er, Marie im nahe gelegenen Kloster der Ursulinen unterzubringen. Doch als man dort von Maries unehelicher Geburt erfuhr und vom unbußfertigen Gemütszustand ihrer Mutter, die niemals versucht hatte, die eigene Schande in eheliche Bahnen zu lenken, winkte man ab: Man könne es den ehrbaren Eltern der anderen Schülerinnen nicht zumuten, ihr argloses Kind auf der gleichen Schulbank zu wissen wie eine Frucht der Sünde, möge sie noch so begabt sein. Auch Luzifer sei intelligent und verführerisch gewesen. Und doch habe der Herr ihn verdammt. Wer die Sünde nicht energisch von sich weise, werde von ihr angesteckt wie von einer Krankheit. Erbarmen mit einer Sünderin sei Komplizenschaft mit dem Bösen und dem Herrn ein Greuel.

Es gab keinen Platz für Marie, der ihr auch nur die leiseste Hoffnung erlaubt hätte, dem Haus ihrer Mutter in eine Umgebung zu entfliehen, in der sie mit ihrer Begabung sich selbst und der Welt von Nutzen sein konnte. In einem letzten, fast schon resignierten Versuch ging der Lehrer zu Maries Mutter und fragte sie nach Namen und Verbleib ihres einstigen Liebhabers, mit dem sie meinte den Himmel entdeckt zu haben und doch nur die Realität gefunden hatte.

»Bellago«, antwortete die Mutter leise. Der

Name war kein Geheimnis im Dorf. Noch immer kam im Herbst der alte Doktor Bellago mit seinen Freunden für ein paar Tage in das Jagdhaus am Waldrand in Sichtweite des kleinen Hauses der verachteten Kindsmutter. Die gnädige Frau und der junge Sohn ließen sich jedoch nicht mehr blicken, seit »dieser peinliche Unfall passiert war«, wie es die Mutter des verführten Jungen zu formulieren pflegte.

»Könnte diese Familie Marie denn nicht helfen?« drängte der Lehrer. »Ganz diskret, wenn Sie wollen. Wenn Sie es erlauben, kümmere ich mich darum.«

Doch Maries Mutter musterte ihn mit einem Blick so kalt wie die Behandlung, die sie selbst erfahren hatte. »Wagen Sie bloß nicht, sich einzumischen!«

So erwirkte er schließlich nur, daß Marie eine Stellung in der Stadt bekam. In Linz, wo, wie der Lehrer wußte, ihr Vater lebte, mochte das etwas bewirken oder nicht. Nur fort von hier! dachte er. Alles, was sie hier erreichen kann, ist, die Magd ihres eigenen Onkels zu werden und zu guter Letzt einen rotgesichtigen Bauerntölpel zu heiraten, der ihre Vorzüge so lange als Fehler brandmarken wird, bis sie sich selbst mit seinen Augen sieht und haßt, was in Wahrheit wunderbar an ihr ist.

Zu seiner Erleichterung stimmte Maries Mutter seinem Vorschlag zu. Auch der Onkel war einverstanden. Nur Marie selbst wehrte sich zuerst. Sie konnte sich nicht vorstellen, ihre Mutter zu verlassen. Der Radius ihres bisherigen Lebens hatte nie weiter gereicht als zwei Gehstunden von ihrem Dorf. Ihre einzige Reise hatte sie nach Salzburg geführt: zur Firmung mit ihrem Onkel als Paten. Doch die Erinnerung daran war getrübt. Am Abend des großen Tages war der Onkel so betrunken gewesen, daß sie ihn nur mit Mühe zu dem Zug zerren konnte, der sie beide zurückbrachte. Erst gegen Morgen endete der Marsch vom Bahnhof zu seinem Anwesen. Die Uhr, die er Marie zur Feier des Tages und zum ewigen Angedenken geschenkt hatte, war unterwegs verlorengegangen. In einer ersten Aufwallung von Reue versprach der Onkel Ersatz, doch dann vergaß er es, und Marie war zu stolz, ihn daran zu erinnern. Manchmal, an langen Winterabenden, ließ sie mit ihrer Mutter jenen Tag und jene Nacht noch einmal aufleben. Wenn sie dann in pathetischen Worten schilderte, wie sie den Onkel vom Bahnhof nach Hause geschleppt und er ihr schluchzend geklagt hatte, wie schwer er es doch im Leben habe, konnten sich Marie und ihre Mutter ausschütten vor Lachen, und sie kamen sich reich und glücklich vor, ohne daß sie erklären konnten, warum.

Erst jetzt, in der großen Villa in der großen Stadt, begriff Marie, daß es die Liebe zwischen ihr und ihrer Mutter gewesen war, die sie beide damals so froh gestimmt hatte. Ein wärmendes Gefühl der Eintracht, das sie nie erwähnten, weil es ihnen nicht einmal bewußt war. Trotzdem fehlte es Marie, wenn sie nun in ihrem schwarzen Kleid mit dem weißen Kragen leichtfüßig durch die Räume des fremden Hauses eilte und für das Wohl von Menschen sorgte, denen sie gleichgültig war. Ein blütenweißes, gestärktes Häubchen umschloß ihre Stirn, damit nur ja keine widerspenstige Locke nach vorne falle. Die Dienstbotenhaube – das schmückende Diadem der kleinen Hausmädchen, das Krönchen ihrer Selbstverleugnung und ihres Verzichts, das sie vom Trost der Gleichrangigkeit ausschloß: so eng um die Stirn, das Tor zur Welt!

Zwölf Schilling im Monat bezahlte man Marie als Lohn, gerade so viel, daß sie sich nach einem Jahr für ihren ersten Besuch bei der eigenen Familie anständige Kleider und Schuhe kaufen konnte. Viel mehr würde sie nicht benötigen, denn ihre neue Welt war das Haus ihres Dienstherrn, und der bot ihr ein sicheres Dach über dem Kopf und genug zu essen. In einer Zeit, in der die Bettler an den Hauswänden lehnten und die ausgesteuerten Arbeitslosen vor den Suppenküchen Schlange standen, war das schon viel und mußte dem Dienstherrn mit Dankbarkeit, Gehorsam und Fleiß vergütet werden.

»Du mußt dir deinen Zopf abschneiden!« bemerkte die gnädige Frau schon am ersten Morgen. »Du hast viel zu viele Haare. Wie willst du die in deiner kleinen Waschschüssel da oben im Zimmer waschen? Und gepflegt müssen sie sein. In diesem Haus ist alles gepflegt.«

Marie machte einen Knicks, wie Amalie es ihr inzwischen beigebracht hatte. Sie schwieg. Am nächsten Morgen steckte sie ihr langes Haar zu einem straffen Knoten auf, der die gnädige Frau glauben lassen sollte, die störrische Fülle wäre nun ordnungsgemäß entfernt, wie es sich bei einem einfachen Dienstmädchen gehörte.

2

Der Name der Familie lautete Horbach. Sie bestand aus vier Personen, die für Marie eigentlich keines Namens bedurft hätten. Für sie hatten sie nur der gnädige Herr zu sein, die gnädige Frau, das gnädige Fräulein und der Herr Notar, der allerdings anders hieß als die anderen, weil er der Vater der gnädigen Frau war. Er war zu alt, um noch zu praktizieren, doch sein Titel war ihm geblieben als Erinnerung, Trostpflaster und Unterscheidungsmerkmal zu Gleichaltrigen, die auch nicht mehr in der Lage waren, mit ihrer Arbeitskraft nützlich zu sein, die aber in den Jahren der Jugend und der Energie einen weniger prominenten Platz in der Gesellschaft eingenommen hatten.

Für Amalie und Marie war der Herr Notar kein gnädiger Herr. In ihrer Welt gab es nur einen einzigen gnädigen Herrn: den Herrn des Hauses, der – das fand Marie erst nach einigen Wochen heraus – ebenfalls Notar war, ja sogar der unmittelbare Nachfolger seines Schwiegervaters. In späteren Jahren würde auch er vielleicht in der Obhut seiner Tochter und eines notariellen Schwiegersohns leben und in der Hierarchie des Haushalts vom gnädigen Herrn zum Herrn Notar absteigen – eine Gesetzmäßigkeit, die Marie von ihrem ländlichen Hintergrund her vertraut war, wo auch der vermögendste und stolzeste Bauer im Auszugshaus endete, um jeden Morgen das Pflaster im Hof zu fegen und in der schläfrigen Hitze der Sommernachmittage die Wiegen der Enkelkinder zu schaukeln, während sich die jungen Leute draußen auf dem Feld abrackerten und, wenn sie zurückkehrten, es im Bewußtsein der eigenen Kraft den Daheimgebliebenen fühlen ließen, daß jetzt sie die Herren waren, die nicht vergessen hatten, daß der große Mann von einst sie nicht immer mit Güte behandelt hatte.

Der Herr Notar war der erste, der am Morgen Maries Dienste beanspruchte. Er lag noch im Bett, wenn sie sein Zimmer betrat, die Vorhänge zurückzog und den rechten Fensterflügel öffnete. Mit einem raschen Knicks und einem höflichen »Guten Morgen, Herr Notar!« postierte sie das Frühstückstischchen über seinen mageren Körper im weiß-blauen Nachthemd, zog das Kissen hinter seinem Rücken hoch, damit er sich bequem dagegenlehnen konnte, und beantwortete kurz und sachlich seine allmorgendliche Frage nach dem Wetter, das hinter den Blättermassen der Platane vor dem Fenster vom Bett aus nicht einzuschätzen war.

Zu dieser frühen Stunde schien der Herr Notar ein uralter Mann zu sein. Dünnes, weißes Haar umgab zerzaust sein blasses, verschlafenes Gesicht. Mit einer Hand tastete er unsicher den Nachttisch nach seiner Brille ab. Er war noch müde genug, zuzulassen, daß Marie seine Suche unterbrach, ihm mit einer nachsichtigen Bewegung die Brille auf die Nase setzte und die Bügel hinter seinen Ohren verankerte. Während sie sich über ihn beugte, fiel ihr jeden Morgen der ranzige Geruch des Alters auf, den er verbreitete, der aber nach dem morgendlichen Bad und dem ausgiebigen Gebrauch von Rasierwasser tagsüber nicht mehr zu bemerken war. Unter den Freunden der Familie galt der Herr Notar als unverwüstlich und trotz seiner schwachen Augen als immer noch rüstig. Vor Marie, die ihm den Morgentee brachte, weil erst sein Kreislauf in Gang gesetzt werden mußte, bevor er das Bett verlassen konnte, enthüllte sich schon an ihrem ersten Arbeitstag sein wahrer Zustand. Sie nahm es mit dem stoischen Gleichmut hin, mit dem die Landbevölkerung den steten Verfall allen Lebens ertrug.

Wenn sich um Punkt sieben die Familie im Speisezimmer versammelte, war der Herr Notar nicht mehr wiederzuerkennen. Sein weißes Haar, noch feucht vom Bade, zeigte die Spuren des Kamms in schmalen Streifen, die vom Scheitel ausstrahlten, als wären sie mit dem Lineal gezogen worden, um zu demonstrieren, daß auch darunter noch Zucht und Ordnung herrschten. Obwohl er das Haus nicht verlassen würde, war er sorgfältig, beinahe dandyhaft gekleidet. Anstelle einer Krawatte trug er einen locker gebundenen Seidenschal, der seinen Hals bedeckte, dessen Falten ihn beschämten. Jeden Morgen ein anderer Schal, aber immer in kräftigen, fast grellen Farben. Er frühstückte ausgiebig – zwei Tassen Tee, ein frisches Brötchen mit Butter und Marmelade und ein weiches Ei –

und fragte seinen Schwiegersohn, der sich, hinter der Zeitung vergraben, mit einer einzigen Tasse Kaffee begnügte, ständig nach den neuesten Nachrichten. Er selbst konnte die Zeitung nur noch mit Hilfe einer Lupe lesen und verbrachte seine Vormittage damit, sich mühsam über den Schreibtisch gebeugt über die Welt zu informieren, mit der er außer bei den allmonatlichen Treffen seiner Studentenverbindung keinen direkten Kontakt mehr pflegte.

Der Schwiegersohn – der gnädige Herr – gab nur unwillig Antwort. Er hatte es eilig, die Zeitung auszulesen. Eigentlich, fand Marie, hatte er es immer eilig. Eilig, das Haus zu verlassen. Eilig, das Essen serviert zu bekommen, wenn er zu Mittag heimkehrte, Hut und Aktentasche auf den Stuhl neben der Tür warf und sich von Amalie aus dem Mantel helfen ließ. Danach hatte er es eilig, das Essen, das in stundenlanger Mühe zubereitet worden war, hinunterzuschlingen, wobei Amalies schlimmste Stunde schlug, wenn die Suppe einmal zu heiß geraten war und die notarielle Zunge Schaden nahm. Mit seiner Ungeduld gelang es ihm, die ganze Familie in Trab zu halten, wobei ihn seine Frau immer wieder besorgt an seinen schwachen Magen erinnerte, der ihm bereits zwei tiefe Furchen in den Wangen eingetragen

hatte und einen ständigen Druck im Ober-
bauch, den er mit einer Handvoll hastig einge-
worfener Tabletten bekämpfte. Mit dem Glas
Wasser dafür stand Amalie nach jedem Mittagessen schon hinter der Tür. Dann half sie ihm
schnell wieder in den Mantel, als wäre er ein
Kind, reichte ihm die Aktentasche und sah ihm
kopfschüttelnd nach, wie er die Treppe hin-
untersprang und hinaus zu seinem Auto eilte.

Das Aufatmen seiner Familie folgte ihm. Die
gnädige Frau und das gnädige Fräulein ließen
sich die abgeräumten Teller des Nachtischs
noch einmal bringen, naschten hier und da, ent-
spannten sich und kicherten leise über den
Herrn Notar, der immer wieder einnickte. Zum
Schluß zündete sich die gnädige Frau noch eine
Zigarette an und rauchte sie in einer langen,
sündigen Spitze aus Elfenbein. Alles ging jetzt
langsam und behaglich vor sich, während der
gnädige Herr zweifellos zur gleichen Zeit seine
Angestellten erbarmungslos in der Kanzlei hin
und her scheuchte.

Mutter und Tochter gingen miteinander um
wie Freundinnen. Sie hatten die gleichen Interessen – Kino vor allem, Mode und Kosmetik.
Die Tochter, Elvira, besuchte die gleiche Schule
wie früher ihre Mutter. Zwei von Elviras Leh-
rern waren sogar ehemals Lehrer der gnädigen

Frau gewesen und erklärten übereinstimmend, die Horbach-Tochter sei kein bißchen anders als ihre Mutter – was diese erfreut als Kompliment auffaßte und bei jeder sich bietenden Gelegenheit zitierte. Es entzückte sie, wenn ein Schmeichler galant behauptete, man könne sie für Elviras Schwester halten, und sie scheute keine Kosten und Mühen, den Glanz ihrer Jugend zu pflegen und zu bewahren.

Obwohl ihr Ehemann Bedenken äußerte, behandelte sie ihre weiße, makellose Gesichtshaut jeden Abend mit einer Flüssigkeit, die sich »Radium-Skin-Water« nannte und in der Tat 0,008 Milligramm Radium enthielt. Der Beipackzettel versprach, daß der Inhalt der Flasche – deren Preis Maries Jahresverdienst bei weitem überstieg – bis zum letzten Tropfen seine Strahlenenergie beibehalten würde. Wie bei einem heiligen Ritual tränkte Beate Horbach jeden Abend vor dem Schlafengehen zwei Wattekompressen mit dem edlen Saft, der eigens für sie aus England geschickt wurde, und betupfte damit ihre Haut – unter den Augen vor allem, wo sich nach längeren Abenden und mehreren Zigaretten die ersten Spuren der Erschöpfung zeigten. Um die Wirkung des Radiums noch zu verstärken, bedeckte sie bei ihrem gewohnheitsmäßigen Nachmittagsschlaf ihr Gesicht auch noch mit einer sogenannten »Radium-Silk-Mask«, einem Radium ausstrahlenden Seidentuch – ebenfalls aus England, was ihr besonderes Vertrauen einflößte, da die britischen Damen doch in aller Welt für ihren makellosen Teint gerühmt wurden. Fast glaubte sie, die jung erhaltende Wirkung des Radiums zu spüren, dessen Strahlungskraft wie durch Zauberei in ihr Hautgewebe drang. Wenn sie sich nach einer Stunde wieder erhob, lief sie gleich zum Spiegel. Jedesmal meinte sie dann, den erhofften Effekt erzielt zu haben, und gewann so die Überzeugung, dem Alter für immer trotzen zu können: ein Gefühl, das sie stolz machte und sie über die dummen Frauen mitleidig lächeln ließ, die solche Mittel nicht benutzten und längst alte Weiber sein würden, wenn sie selbst immer noch aussah, als wäre sie ihre eigene Tochter. Den Einwänden ihres Mannes begegnete sie mit Spott und missionarischem Eifer. Wenn er behauptete, die Mittel seien Humbug und bestenfalls nutzlos, bewies sie ihm mit Hilfe eines der Packung beigefügten radiumempfindlichen Papiers, daß das kostbare Element bereits tief in ihre Haut eingedrungen war und sich dort festgesetzt hatte, so daß diese schon selbst eine Strahlung aussandte und so auf immer dem Alter widerstehen würde.

Als Ehefrau war sie ihrem Mann nützlich. Sie liebte es, auszugehen und Kontakte zu pflegen. Einmal in der Woche wurden abends Gäste geladen. Für diese Aufgabe führte Frau Horbach einen Zettelkasten, in dem sie dokumentierte, wer wann und mit wem eingeladen worden war, welches Menü man serviert und welche Garderobe und welchen Schmuck sie selbst bei diesem Anlaß getragen hatte. Dieser Zettelkasten war in der ganzen Stadt berühmt und trug der Frau Notar den Ruf einer disziplinierten Hausfrau und kompetenten Gastgeberin ein. Die übrigen Arbeiten wurden von Amalie erledigt und nun auch von Marie.

Elvira, in der Tat zierlich und blond wie ihre Mutter, war bei den Einladungen der Eltern nicht zugegen. Ihre Einführung in die bürgerliche Gesellschaft der Stadt stand erst noch bevor. Wie Marie zählte Elvira noch nicht ganz fünfzehn Jahre. Im Winter sollte sie einen Tanzkurs besuchen, der von ihrer Schule gemeinsam mit dem Knabengymnasium veranstaltet wurde, damit schon in frühen Jahren die richtigen Jungen mit den richtigen Mädchen zusammentrafen. Frauenoberschule hieß das Institut, in dem Elvira fürs Leben lernte. »Kochlöffelakademie« nannte es der Herr Notar und beklagte, daß die Schülerinnen dort nicht einmal in Latein unterrichtet wurden, der Grundlage aller Bildung und allen logischen Denkens. Bei diesen Worten horchte Marie auf. Sie wußte nicht, warum, aber auf einmal hätte sie am liebsten geweint. Mit Abneigung und Neid blickte sie auf die Gleichaltrige, die sich rühmte, während ihrer gesamten Schulzeit noch keine Zeile mehr gelesen oder geschrieben zu haben als unbedingt nötig. »Möglichst viel durch möglichst wenig!« sei ihr Motto, sagte sie einmal gähnend zu Marie, während diese ihre am Vorabend abgelegten Kleider vom Boden aufsammelte. »Warum bist du ausgerechnet Hausmädchen geworden? Ist dir wirklich nichts Besseres eingefallen?«

Bilder einer fremden Stadt

I

Es regnete. Ein warmer Sommerregen mit schweren Tropfen, die sich auf den trocknen Pflastersteinen vor der Horbach-Villa schon im Augenblick ihres Auftreffens zu münzgroßen Tupfen ausbreiteten. Für kurze Zeit schien die Auffahrt von einem gepunkteten Teppich bedeckt zu sein. Dann flossen die Kreise ineinander zu einer einheitlichen, vor Wärme dampfenden Fläche.

Marie, die zum ersten Mal seit ihrer Ankunft das Haus ihrer Dienstgeber verließ, erwog kurz, umzukehren und Amalie um einen Schirm zu bitten; doch dann ging sie weiter. Dies war ihr freier Tag. »Morgen nachmittag hast du Ausgang«, hatte ihr die gnädige Frau am Vorabend mitgeteilt. Der Ton ihrer Stimme ließ keinen Zweifel daran, daß es sich bei diesem sogenannten Ausgang nicht um ein Recht handelte, sondern um eine Pflicht. Man erwartete, daß der fremde Hausgenosse an diesem halben Tag keinen der legitimen Bewohner mit seinem Anblick oder auch nur mit seiner versteckten Gegenwart oben im Mädchenzimmer behelligte. Ausgang: das hieß, der sonst so Unentbehrliche gehörte für ein paar Stunden nicht mehr dazu. Niemand rechnete mit ihm. Er hatte zu verschwinden, selbst wenn er nicht wußte, wohin eigentlich.

Aus der ruhigen Platanenallee, deren schläfrige Abgeschiedenheit nur selten durch Fahrzeuglärm gestört wurde, trat Marie hinaus in den Trubel einer breiten Straße, die so lang war, daß ihr Ende weder auf der einen noch auf der anderen Seite zu erkennen war. Hohe Bürgerhäuser säumten sie; Geschäftsgebäude mit Auslagen im Erdgeschoß; Gaststätten und Konditoreien mit Tischen und Stühlen auf dem Gehsteig und voll mit Menschen, die aßen, tranken und sich unterhielten; über den Dächern in einiger Entfernung ein paar barocke Kirchtürme. In der Mitte der Straße verliefen die Schienenstränge einer elektrischen Straßenbahn, an denen all die Gebäude und vielleicht sogar die ganze Stadt aufgereiht schienen wie – so hatte der Herr Notar es einmal formuliert – wie die Zähne an einem falschen Gebiß. Die *Tramway* hatte Amalie das großstädtische Verkehrsmittel genannt, das Linz von Norden nach Süden zugleich durchschnitt und verband. Ratternd und klingelnd und zu jeder Tageszeit vollgestopft mit Menschen, rumpelten die Waggons von Haltestelle zu Haltestelle. Manchmal legten sie einen Zwischenstop ein, um einzelnen Passagieren den Weg abzukürzen.

Auch an ihrem ersten Tag in der Stadt war Marie, vom Bahnhof kommend, durch diese Straße gegangen, die Landstraße, wie den Schildern unter den Hausnummern zu entnehmen war. Diesmal schlug sie jedoch die entgegengesetzte Richtung ein, wobei sie sich immer wieder bestimmte hervorstechende Gebäude oder einzelne Geschäfte einprägte, um den Weg zurück ganz sicher wiederzufinden und sich mit der neuen Heimat nach und nach vertraut zu machen.

Es hatte aufgehört zu regnen. Die Sonne befreite sich aus den Wolken. Innerhalb weniger Minuten verdampfte alle Feuchtigkeit auf den Pflastersteinen. Marie öffnete die beiden obersten Knöpfe ihres schwarzen Kleides und rollte die Ärmel hoch. Zum ersten Mal seit einer Woche, die ihr wie eine Ewigkeit vorkam, war sie frei. Erst um acht Uhr wurde sie zurückerwartet, nicht früher und nicht später. Sie fragte sich, was sie mit den vielen Stunden dieses Nachmittags anfangen sollte, wo sie doch niemanden hier kannte, den sie hätte besuchen oder mit dem sie sich hätte treffen können.

In den vergangenen Tagen hatte sie kaum einen Augenblick Ruhe gefunden, um über ihr neues Leben nachzudenken. Abends war sie zu müde dafür gewesen. Kaum hatte sie sich das rot-weiß gewürfelte Federbett über die Ohren gezogen, war sie auch schon eingeschlafen. Wenn am Morgen der Wecker schrillte, schreckte sie hoch, bedrückt von einer vagen Erinnerung an schlechte Träume, von denen sie nicht einmal mehr den Inhalt wußte. »Vielleicht wirst du Heimweh bekommen«, hatte ihre Mutter sie vorgewarnt, als sie zum letzten Mal mit Marie über die Felder ging. »Gib nicht auf! Es wird schon wieder aufhören. Man gewöhnt sich an alles, und hier hast du keine Zukunft.«

Damals hatte Marie diesen Worten entnommen, daß in der fremden Stadt sehr wohl eine Zukunft auf sie wartete, was auch immer das bedeuten mochte. Eine Veränderung ihres Lebens zum Guten wahrscheinlich, zu Erfüllung und Glück. Während sie aber nun, nach sieben Tagen Dienst und Nichtbeachtung, die endlose, schnurgerade Straße entlangschlenderte und der Durst sie zu plagen begann, fragte sie sich, was das für eine Zukunft sein sollte, in der sie Tag für Tag die gleichen Handgriffe ausführte und es nichts gab, was sie besser verstehen lernte.

Wohl war sie einer neuen Lebensweise begegnet. Bürgerliche Menschen, wie sie sie bisher nie getroffen hatte, ließen sie ins Innerste ihres Alltags blicken. Es machte ihnen nichts aus, sich vor ihr Blößen zu geben, denn eigentlich zählte sie nicht. Schon diese eine Woche, dachte Marie, hätte ausgereicht, sich ein Bild von der Wesensart dieser Menschen zu machen. Daß sie sich in nächster Zeit wahrscheinlich all die Handgriffe und Kniffe der Haushaltsführung aneignen würde, begeisterte sie nicht. Kochen, Putzen, Flicken … Da fiel ihr das Bücherzimmer ein, in dem der Herr Notar seine schwachen Augen marterte, und sie dachte, daß dies der Platz wäre, an dem sie glücklich sein könnte. Ein Raum, nur zum Lesen gedacht, zum Schreiben und zum Nachdenken. Ein Raum voller Bücher, in dem es nach altem Papier roch und seltsamerweise nach vertrockneten Blumen.

Daheim, bei ihrer Mutter, war sie bisher noch zur Schule gegangen. Der Lehrer hatte ihr erlaubt, sich in der Schulbibliothek und auch in seiner eigenen, viel freigeistigeren, zu bedienen, wann immer sie wollte. Wenn sie die Bücher dann zurückbrachte, fragte er, was ihr aufgefallen sei und welche Erkenntnisse sie daraus gezogen habe. Während sie redete – glücklich, sich austauschen zu dürfen –, reichte er ihr aus einer Blechdose einen der Butterkekse, die ihm seine Mutter einmal im Monat schickte: handtellergroße, runde Fladen mit gezacktem Rand, auf die mit Kirschmarmelade ein Teigring geklebt war, der in der Mitte einen glänzenden Klecks der Marmelade frei ließ. Obenauf eine dicke Schicht Puderzucker, die ihre Spuren auf Maries Oberlippe hinterließ. Der Lehrer beobachtete Marie, wie sie den Keks in kleinen Bissen genußvoll verzehrte. Er selbst mochte keine Süßigkeiten, aber das hatte seine Mutter auch nach dreißig Jahren noch nicht herausgefunden.

In der Auslage einer Konditorei entdeckte Marie auf einem mit Papierspitze bedeckten Glasteller ein Häufchen genau dieser Kekse, nur daß sie schöner und professioneller aussahen als die der Lehrersmutter. *Linzer Augen* stand in Zierschrift auf einem Schild davor. Marie wäre am liebsten hineingegangen, um sich wenigstens einen der Kekse zu kaufen, doch das Preisschild neben dem Namen schreckte sie ab. Ein andermal, dachte sie. Nicht gleich beim ersten Ausgang Geld verschwenden!

2

In der strahlenden Sommersonne erschien ihr die Stadt friedlich und heiter – ganz anders, als sie es sich zu Hause vorgestellt hatte. Dort kamen immer noch fast täglich verhärmte, schlechtgekleidete Menschen aus der Stadt mit Rucksäcken und großen Taschen und boten den Bauern Ringe, Halsketten und Armbänder an. Angeblich alles Erbstücke und von hohem, zumindest ideellem Wert; Geschenke aus einer glücklicheren, helleren Zeit, die nun gegen einen Ranken Speck oder ein saftiges Stück Frischfleisch eingetauscht werden sollten; gegen goldene Butter, goldenen Honig, goldenes Brot oder goldenes Sauerkraut. Mit schmalen, beschämten Händen ließen die Fremden die letzten Reste ihrer guten Jahre auf den Stubentisch der Bauern gleiten und priesen an, was sie sich aus dem Herzen reißen mußten. Bittsteller, die in Wahrheit die Gebetenen verachteten. »Diese Ohrringe hat meine Mutter zu ihrer Hochzeit bekommen.« – Als ob das die bedächtigen Kinder der Scholle interessiert hätte!

Trotzdem wechselten die Juwelen ihren Besitzer. Kaum ein Bauer, der nicht oben, im ungeheizten Schlafzimmer, Schuhschachteln voll mit Schmuckstücken aufbewahrt hätte, ineinander verschlungen wie ein Nest von Nattern. Wenn man hineinfaßte, fühlte es sich an wie billiger Draht. Kein Leben darin. Keine Wärme. Keine Erinnerung an zärtliche Blicke, Dankbarkeit oder schlechtes Gewissen.

Manchmal, im Winter, wenn es wenig zu tun gab, holten die jungen Bauersfrauen die Schachteln herunter in die Stube und probierten die Juwelen der Stadtleute an: die Ringe, die zu klein waren für ihre kräftigen Finger; die Armbänder aus Gold; die Uhren, die sich nicht mehr in Gang setzen ließen; die Halsketten aus perlenden Tränen und die Ohrringe dazu, die den sonnengegerbten Gesichtern nicht schmeichelten, sondern ihnen einen harten, vulgären Zug entlockten, der ihnen sonst nicht zu eigen war. Schwielige Hände drehten das glitzernde Diadem einer kleinen Ballkönigin hin und her und legten es dann ratlos beiseite, um nach einem goldbestickten Fächer zu greifen, der einst verborgen hatte und enthüllt, gelockt und abgewiesen. Ein Orden des toten Kaisers fiel zu Boden und blieb unter dem Tisch liegen, unbeachtet, trotz der Gefahren und der Opfer an Leib und Leben, für die er verliehen worden war.

Zeugnisse der Begierde und der Prahlerei. Beweise von Liebe und Sehnsucht, Verehrung und Tapferkeit. Die Not hatte sie zum Tauschmittel herabgesetzt, genauso wie die kostbaren Teppiche aus Persien und China, die nun keinen städtischen Salon mehr zierten, sondern wie riesige Stoffwürste in den Ecken dämmriger Scheunen aufgeschichtet lagen, lästig, weil sie den Arbeitsgeräten den Platz wegnahmen. Oben auf dem Dachboden dann die Pelze, aus denen noch der verwirrende Duft französischer Parfüms emporstieg, so betäubend, daß keine der Bauersfrauen ihn aushalten konnte. Zusammen mit einem Säckchen Lavendel verbannten sie die stinkenden Tierhäute in eine Kiste unter dem Dach und froren im Winter lieber, als sich in eines der teuren Stücke zu wickeln, das soviel wert gewesen war wie ein kleiner Topf Schmalz und eine Flasche Kornschnaps.

Auch für die Gläser und das Geschirr fand sich keine sinnvolle Verwendung. Nichts davon paßte in die bodenständige Umgebung; alles störte, weil es daran erinnerte, daß man sich darauf eingelassen hatte, gute, eßbare Werte herzugeben für den Tand einer untergegangenen Kaste, die den Sturz der Monarchie und den Krieg mitzuverantworten hatte und die eigene Armut danach. Waren es nicht immer nur die Stadtleute, die Politik machten? Die sich im Parlament herumzankten und sich nebenbei mit unehrenhaften Geschäften bereicherten? Die Parteien bildeten und das Volk aufhetzten, bis es sich in den Straßen zusammenrottete und Blut floß? Die Stadtleute, die so klug daherzureden verstanden, daß man keine Antwort darauf wußte. Die Stadtleute, die sich mit fremden Regierungen einließen und dann zerstritten, bis es wieder einmal Krieg gab. Krieg: Dann erinnerte man sich auf einmal wieder an die Bauern. Die Requirierungskommandos zogen durch die Dörfer, bemächtigten sich der jungen Söhne, auf deren Arbeitskraft die Alten angewiesen waren, und schickten sie vor die Kanonen der Feinde, als ob nicht schon der dreijährige Militärdienst als Tribut ans Vaterland ausgereicht hätte. Wenn zuletzt alles vorbei war, wollte man es nicht gewesen sein, kam mit Rucksäcken angekrochen und bettelte um Brot. Kam mit ausgebrannten Augen, die die Macht gesehen hatten, den Luxus und nun das Elend. Kam und bestach mit eitlem Tand, Zeichen des Reichtums, wo es doch schon in der Bibel hieß, eher käme ein Kamel durch ein Nadelöhr als ein Reicher in den Himmel.

Nun erst, da sie selbst im Besitz der Symbole des Reichtums waren, fühlten die Bauern, daß diese in ihrer Welt keinen Wert besaßen. Für sie zählte der ewige Wechsel der Jahreszeiten und die eigene Beständigkeit in der Bestellung der Felder und der Aufzucht des Viehs.

Von einem Tag auf den anderen ließen sie sich auf keine Hamstergeschäfte mehr ein. Sie hetzten ihre Hunde auf die Herren von einst und aßen ihren Speck lieber selbst. Die Kostbarkeiten, die nun einmal da waren, bewahrten sie auf. Seit 1914 hatte man gelernt, daß sich die Zeiten ändern konnten. Vielleicht erholten sich die Hungerleider von heute irgendwann

einmal wieder und wollten ihren Krempel zu-
rückhaben. Dann ließ sich vielleicht doch noch
ein lohnendes Geschäft damit machen, und es
würden endlich einmal die dummen Bauern
sein, die zuletzt lachten!

3

Dort, wo einst ein Stadttor gestanden hatte,
verengte sich die Straße und öffnete sich nach
ein paar Schritten wieder zu einem weiten
Platz, der am anderen Ende den Blick auf einen
grünen Hügel freigab, den eine zweitürmige
Kirche krönte. Obwohl Marie den Platz zum
ersten Mal betrat, erkannte sie ihn wieder nach
den Bildern, die der Lehrer in der Schule gezeigt hatte. Sie wußte noch, daß der Platz mehr
als zweihundert Meter lang und sechzig Meter
breit war und daß die hohe, barocke Säule in
der Mitte die Heilige Dreifaltigkeit darstellte
und vor zweihundert Jahren nach der Ausrot-
tung der Pest von den Überlebenden zum
Dank errichtet worden war.

Alles war wie auf den Bildern in der Schule,
dachte Marie, und doch auch wieder ganz anders. Viel höher und weiträumiger. Kein Motiv
eines Malers, der die Schönheit seiner Stadt
rühmen wollte, sondern ein Platz voller Men-

schen, voller Bewegung, voller Lärm und Gerüche. Die linke Seite lag im Schatten. Auf die rechte brannte die Sonne nieder, so daß sich die Auslagen hinter ihren herabgerollten Markisen zu verkriechen schienen und die Passanten entweder auf die Schattenseite flüchteten oder sich an den Hauswänden entlang von Sonnendach zu Sonnendach drückten. Sie alle schienen genau zu wissen, wohin sie wollten, und keiner von ihnen sah aus wie die Stadtleute, die Marie zu Hause kennengelernt hatte. Vielleicht war es der Sommer, dachte sie, der für ein paar Monate das Elend verbarg. Wer nicht fror, war schon viel weniger arm.

Sie ließ sich treiben. Die Menschenmenge schob sie vorwärts, hinaus aus der Geschlossenheit des Platzes bis zur Donaubrücke. Noch nie hatte Marie ein solches Verkehrsgewühl erlebt, und noch nie hatte sie einen so mächtigen Strom gesehen. Stahlblau glänzte das Wasser unter der Brücke und schien Maries Blicke und dann auch sie selbst zu sich hinunterzusaugen, während sie sich übers Geländer beugte und die Strudel und Wirbel an den Brückenpfeilern betrachtete. In einiger Entfernung näherte sich mit dumpfem Tuten ein mit Kohle beladener Lastkahn. Für Marie war es wie ein Blick aus der Enge ihres bisherigen Lebens hinaus in die weite Welt. Sie atmete den Geruch des Wassers und wagte kaum, sich zu bewegen, als sich eine Schwalbe ganz dicht neben ihrer Hand auf das Geländer setzte und ein paar Schritte hin und her trippelte, bevor sie sich zum Wasser hinunterschwang.

»Was macht ein so hübsches Mädchen ganz alleine?«

Marie begriff nicht sofort, daß der blonde Junge, der hinter ihr stand und mit großer Lässigkeit ein Jo-Jo auf und ab schnellen ließ, sie meinte. Amalie hatte sie gewarnt. Bestimmt würde jemand versuchen, ihr schönzutun. Auf keinen Fall aber dürfe sie antworten, wenn ein Fremder sie anspreche. Wer so etwas tue, habe Übles im Sinn. Ein anständiges Mädchen lasse sich auf kein Gespräch ein. Wenn man erst redete, sei man schon so gut wie verloren. Der Ermutigte lasse sich dann nicht mehr abschütteln und warte tagtäglich vor dem Haus, bis er endlich sein Ziel erreiche. Was dieses Ziel war, darüber schwieg Amalie sich aus.

Marie drehte sich um. Das Gesicht des Jungen, der nicht viel älter sein konnte als sie selbst, war so dicht neben dem ihren, daß sie seinen Atem riechen konnte: ein wenig nach Bier und nach Zigaretten. Marie wandte sich schnell wieder um. Ihr Herz klopfte. Zu Hause redete man mit jedem, den man traf. Man befand sich unter seinesgleichen. Ein Fremder war auf jeden Fall unterlegen. Trotzdem wurde noch immer von dem Verbrechen erzählt, das sich vor sieben Jahren ereignet hatte, als ein Fremder durch den Wald daherkam und die dreizehnjährige Tochter eines Bauern nach dem Weg fragte. Was danach geschehen war, konnte sie kaum erzählen, als sie blutüberströmt vor dem Haus ihrer Eltern zu Boden stürzte. Ihr ausgestreckter Arm wies die Richtung, in der sich ihr Peiniger davongemacht hatte. Da fragte ihr Vater nicht weiter, riß einen Zaunpfahl aus der Erde und rannte durch den Hohlweg, bis er den Fliehenden erreichte. Er warf ihn zu Boden und drosch so lange auf ihn ein, bis jener nicht weniger blutete als das arme Mädchen. Erst im letzten Augenblick, als es schon um Leben oder Sterben ging, hielten die Hausbewohner, die dem Vater gefolgt waren und tatenlos alles mit angesehen hatten, diesen zurück, damit er nicht für seine gerechte Rache von der Justiz als Mörder bestraft werde.

Hier in der Stadt, unter den vielen Menschen, sah Marie keine Gefahr. Trotzdem war sie über die ungewohnte Anrede erschrocken. Der Junge ließ ein letztes Mal sein Jo-Jo hochschnellen. Dann fing er es mit einer blitzschnellen Bewegung ein und steckte es in die Hosentasche. Dabei trat er näher an Marie heran und flüsterte ihr mit schmeichelnder Stimme ins Ohr. Sie spürte seinen Atem auf ihrer Haut, und die Härchen auf ihren Armen richteten sich auf. Sie sei so hübsch, versicherte er. Schon auf der Landstraße sei sie ihm aufgefallen, und er habe ihr einfach folgen müssen. Es wäre doch nett, miteinander ein wenig spazierenzugehen. Vielleicht auch auf ein Eis und später ins Kino. Da sei doch nichts dabei. Alle hübschen Mädchen machten das. »Wollen wir?« Dabei faßte er Marie am Arm und zog sie näher an sich heran.

Marie riß sich los und lief davon. Nach ein paar Schritten vergewisserte sie sich, ob ihr der Junge auch nicht folgte. Sie atmete erleichtert auf, als er noch immer an der gleichen Stelle stand wie zuvor, Ärger und Enttäuschung im Gesicht. »Landpomeranze!« schrie er ihr nach. »Bauerntrampel! Hast du dir wirklich eingebildet, ich wollte etwas von dir?«

Marie hastete weiter. Sie überquerte die Straße. Sie sagte sich, daß er nur ein dummer Junge war, der sein Glück versucht hatte, nicht anders als die jungen Männer zu Hause, die mit den Fingernägeln an den Fensterläden der Mädchen kratzten und sich ärgerten, wenn sie nicht beachtet oder gar mit einem Eimer Wasser verjagt wurden. Bauerntrampel! dachte sie, als sie zwischen den Autos und Fahrrädern hindurch den gegenüberliegenden Gehsteig erreichte. Ihr Herz schlug nun wieder ganz ruhig. Immerhin! dachte sie. Immerhin hat er gesagt, ich sei hübsch.

4

Marie stand am Zaun der *Städtischen Schwimmschule* und versuchte, durch das Geflecht des Maschendrahts und das dahinter wuchernde Gebüsch einen Blick auf das lebhafte Treiben der Badegäste zu erhaschen. Eine große Wiese sah sie, auf der sich dürftig bekleidete Menschen zu vergnügen und zu entspannen schienen. Sie räkelten sich auf Badetüchern oder dicken Wolldecken, die Fahrräder, auf denen sie gekommen waren, vorsichtshalber neben sich gelegt. Einige spielten Ball, andere Karten; einige lasen oder sonnten sich nur. Die Männer trugen dunkle Badehosen aus Trikot oder hemdhosenartige Anzüge, die sie sich – so bemerkte Marie ein wenig entrüstet –, sobald sie naß geworden waren, ebensogut hätten schenken können, denn von Sichtschutz oder festem Halt konnte dann keine Rede mehr sein. Die Frauen und Mädchen gaben sich züchtiger. Ihre bunten Badeanzüge sahen aus wie abgeschnittene Sommerkleider, die über den Knien zu einer Art

Pumphose zusammengenäht waren. Auch diese klebten nach dem Sprung ins Wasser eng am Körper, so daß ihre Trägerinnen sie auf dem Weg vom Becken zur Decke immer wieder schamhaft vom Körper wegzupften. Im Wasser trugen die Damen enge Badekappen oder geblümte Tücher, die sie über der Stirn zu einer Art Turban knoteten. Wenn sie die Tücher ablegten – mit einem einzigen verführerischen Ruck, bei dem den Begleitern die Wassertropfen ins Gesicht spritzten –, stellte sich heraus, daß die meisten der kurzhaarigen Frauen Opfer starker Dauerwellen waren, die nun in unzähligen kleinen Medusalocken vom Kopf abstanden, als stünden ihre Trägerinnen unter Strom.

Die Schwimmbecken waren von Maries Standplatz aus kaum zu sehen. Man konnte sie nur ahnen aufgrund des Geschreis und Geplansches, das von fern herüberklang, der bunten Bälle, die hin und wieder in die Luft flogen, und – das bemerkte Marie erst jetzt – des hohen Sprungturms, von dem sich junge Männer mehr oder weniger kühn kopfüber in die Tiefe stürzten, manche auch als Kerze, wobei sie sich vorsichtshalber die Nase mit Daumen und Zeigefinger zuhielten und die übrigen Finger geziert abspreizten.

Marie stand außerhalb. Außerhalb wie überall hier in der Stadt. Nur in der Horbach-Villa war ihr eine Rolle zugewiesen worden, aber die – das wurde ihr bewußt, während sie von außen in den Garten Eden hineinblickte – wollte sie nun selbst nicht. Hier zu stehen und zuzusehen erinnerte sie daran, wie sie mit ihrer Mutter die Tennisspieler beobachtet hatte. Aber damals hatte sie noch ihren Platz gehabt, wo sie sich wohl fühlte. Zwar war sie nur eine Zuschauerin gewesen, und es hätte ihr Spaß gemacht, an der Stelle der Spieler zu sein. Aber immer war sie auch noch Marie gewesen, die geliebte Tochter ihrer Mutter, die gute Schülerin, trotz allem geborgen im Ansehen einer alteingesessenen Bauernfamilie. Hier aber, vor dem Zaun der Städtischen Schwimmschule, war sie niemand. Keiner kannte sie, keiner wußte ihren Namen. Wenn einer sie ansprach, tat er es nicht, weil er sie respektierte, sondern weil er sie auf irgendeine Weise ausnutzen wollte. Was macht ein so hübsches Mädchen ganz alleine? Wollen wir? Landpomeranze! Hast du dir wirklich eingebildet, ich wollte etwas von dir? Bauerntrampel!

Drinnen im Schwimmbad lief ein Mädchen laut lachend vor einem Jungen davon. Als er sie zu fassen bekam, stürzten beide zu Boden. Marie wandte sich ab. Erst jetzt verstand sie, was ihre Mutter gemeint hatte, als sie sagte, Marie werde vielleicht Heimweh bekommen. Erst jetzt verstand sie, was das war: Heimweh. Oft schon hatte sie sich in der vergangenen Woche gewünscht, wieder zu Hause zu sein, wo sie alles kannte und alle sie kannten. Es war aber immer nur ein Wunsch gewesen, keine Sehnsucht. Kein Heimweh, wie es ihr auf einmal das Herz zerriß, während sie sich auf den Weg zurück zur Horbach-Villa machte, obwohl es noch viel zu früh war, zurückzukehren.

Sie nahm den gleichen Weg, den sie gekommen war. Aber diesmal schaute sie sich nicht um. Ihre Augen waren so trocken, daß die Lider schmerzten, und doch war sie dem Weinen so nah, daß es nur eines kurzen Loslassens bedurft hätte, und sie hätte ihre Verzweiflung nicht mehr verbergen können. Sie lief die Landstraße entlang und bog in die Allee ein, von der sie sich jetzt wünschte, sie hätte sie nie im Leben betreten. Gleich würde sie die dicke Amalie wiedersehen, die ihr ständig zu verstehen gab, daß sie nur ein dummes Ding vom Lande war, das eigentlich nicht zählte. Sie würde die gnädige Frau wiedersehen, die sich vielleicht gerade das Unterkinn mit einer weichen Bürste klopfte, damit es sich nicht verdoppele. Den gnädigen Herrn, dessen Hosen sie jeden Morgen bürstete und abends – vor dem mehrstündigen Lüften – auf Amalies ausdrücklichen Befehl hin mit einem feuchten Tuch innen auswischte. Das gnädige Fräulein, das soviel Verstand hatte wie ein Perlhuhn und sich für eine jugendlichere Ausgabe von Lilian Harvey hielt. Auch dem Herrn Notar würde sie gleich wieder gegenüberstehen, der ihr im Augenblick der einzige zu sein schien, den sie ertragen konnte.

Ich möchte heim, dachte sie und überlegte, was geschehen würde, wenn sie einfach zum Bahnhof ginge und nach Hause führe. Das Geld dafür hätte sie gehabt, denn sie trug fast alles, was sie besaß, bei sich. Trotzdem wagte sie es nicht. Hier in der Stadt lag ihre Zukunft, hatte man ihr gesagt. Sie mußte zumindest versuchen, ihre Pflicht zu tun. Ja, Pflicht, das war es. Aber wozu? Und wem gegenüber? Am Beispiel von Elvira hatte Marie beobachtet, daß ein Leben, selbst ein ganz junges, eine klar festgelegte Linie haben konnte. Von Elvira wurde erwartet, daß sie ihre Schule abschloß und dann eine passende Ehe ansteuerte. Künftige Bewerber zeigten sich bereits. Sie würde heiraten und dann das gleiche Leben führen wie ihre Mutter. Ein Leben, das zumindest gesichert und behaglich war. Undenkbar, daß Elvira jemals an irgendeinem Zaun stehen und sich ausgeschlossen fühlen könnte. Sie würde immer dazugehören: zu ihrer Familie und ihrer Gesellschaftsschicht. Möglichst viel durch möglichst wenig. Eine wie Elvira Horbach hatte es nicht nötig, sich anzustrengen.

In Sichtweite der Horbach-Villa stand unter den Platanen eine Bank. Die alten Herren pflegten sich hier auszuruhen, wenn sie ihren Hund ausführten. Ein paar Minuten blieben sie sitzen, dann gingen sie weiter, weil dort immer eine frische Brise wehte. Marie setzte sich und war froh über diesen Lufthauch, der nach der Hitze des Nachmittags ihren Nacken kühlte. Sie schloß die Augen. Sie merkte, daß sie hungrig und durstig war, aber es würde noch mindestens eine Stunde dauern, bis sie ins Haus zurückkonnte. Ihr war nun nicht mehr nach Weinen zumute. Sie war nur noch traurig und ohne Hoffnung. Kurz nachdem die Domuhr Viertel vor acht geschlagen hatte, stand Marie auf und schlenderte zur Villa zurück. Sie läutete wie beim ersten Mal. War es wirklich erst eine Woche her? Und wie beim ersten Mal streckte Amalie den Kopf aus der Tür, nur daß sie diesmal gleich herauskam und Marie einließ. »Du bist aber pünktlich!« sagte sie anerkennend. »So pünktlich war noch keine.«

Nebeneinander gingen sie über den Kiesweg, Amalie mit wackelnden Entenschritten, den einen Handrücken gegen das schmerzende

Kreuz gepreßt. »Ich habe dir ein paar Schmalzbrote geschmiert«, sagte sie. »Und Himbeer-
saft kannst du auch haben. Du hast sicher
Durst nach diesem heißen Tag.«

Marie nickte. »Ja. Vielen Dank, Frau Amalie.«

DAS BÜCHERZIMMER

I

Die Wochen vergingen so schnell, als wäre
Marie nicht ein junges Mädchen mit einem
ganzen langen Leben vor sich, sondern ein alter
Mensch, der nicht mehr viel zu erwarten hatte.
Dabei führte sie scheinbar willig alles aus, was
ihr befohlen wurde, so flink und geschickt, daß
alle sich wunderten und sich insgeheim zu der
tüchtigen neuen Perle gratulierten. Besonders
Beate Horbach atmete auf, denn lange schon
war ihr klar, daß von der alten Amalie nicht
mehr viel zu erwarten war. Sechsundvierzig
Jahre im Dienst hatten ihre Kräfte verbraucht.
Den Lohn für ihre Tätigkeit als Haushälterin
und Köchin, der mit den Jahren in kleinen
Schritten erhöht worden war, war sie längst
nicht mehr wert. Obwohl sie sich nie beklagte,
war nicht zu übersehen, daß ihr alles zuviel
wurde. Wahrscheinlich hätten die Horbachs sie
schon vor Monaten zu ihren Leuten aufs Land
zurückgeschickt, wäre da nicht die kleine Marie aufgetaucht, die so schnell lernte und doch
nicht zu bemerken schien, daß eigentlich sie es

war, die den Haushalt schmiß. Und das alles für ein Entgelt, so lächerlich niedrig, daß Beate Horbach nicht einmal wagte, es ihren Freundinnen gegenüber zu erwähnen. Früher oder später würde die eine oder andere versuchen, ihr das Juwel abzuwerben. Da war es nur klug, über ein paar Eigenmächtigkeiten des jungen Mädchens hinwegzusehen, zum Beispiel, daß es jeden Montag, wenn die Wasserkessel noch von der Wäsche heiß waren, nachts in die Waschküche hinunterschlich, um im Zuber ein Bad zu nehmen und sich die Haare zu waschen, die es trotz des ausdrücklichen Befehls nicht abgeschnitten hatte. Auch die Zeitungen vom Vortag, die regelmäßig in die Lade unter dem Herd wanderten, um zum Feuermachen verwendet zu werden, verschwanden nachts oben in der Mädchenkammer. Da sie aber am nächsten Morgen noch vor sechs säuberlich gefaltet wieder in der Lade lagen, schwieg Beate Horbach. Ein Dienstmädchen, das Zeitungen las: Das eignete sich zumindest als amüsante Anekdote beim Nachmittagskaffee mit den Freundinnen. Daß die Kleine auch noch hübsch war und außerordentlich adrett, trug nach anfänglichem Mißtrauen ebenfalls zur Zufriedenheit Beate Horbachs bei. Es machte sich gut, wenn Gäste kamen und die Bediensteten dem Haus Ehre machten. Noch keine der bisherigen Angestellten hatte nach den abendlichen Einladungen so viel Trinkgeld auf dem Zinnteller neben der Tür vorgefunden wie Marie – was das Gewissen Beate Horbachs beruhigte, denn manchmal schämte sie sich für den Geiz, mit dem sie den Lohn ihrer Dienstboten beschränkte. So suchte sie heimlich nach Wegen, Marie für sich zu gewinnen, ohne selbst allzuviel dafür zu opfern. Als sie eines Tages eine ihrer unzähligen Seidenblusen anzog und plötzlich feststellte, daß deren lindgrüne Farbe sie blaß machte, läutete sie nach Marie und schenkte ihr das lästige Kleidungsstück. Selbstverständlich dürfe sie es nicht im Hause tragen. Da bliebe weiterhin und für immer Schwarz angesagt. An ihrem freien Tag aber oder wenn sie einmal ihre Familie besuchen sollte, könne sie sich kleiden, wie sie wolle. Auch in Farbe.

Marie dankte mit einem Knicks. Als sie am Abend in ihrem Zimmer die Bluse anprobierte, wunderte sie sich selbst über die Veränderung, die das modische Kleidungsstück bewirkte. Zum ersten Mal in ihrem Leben fand sie sich selbst schön und dachte, daß sie mit der richtigen Ausstattung nicht weniger elegant aussehen konnte als Elvira und ihre lebenslustigen Freundinnen aus der Frauenoberschule.

»Paßt dir die Bluse?« erkundigte sich Beate Horbach am nächsten Morgen. Von da an schenkte sie dem jungen Mädchen fast jede Woche irgendein Kleidungsstück, das sie selbst nicht mehr haben wollte oder eben erst falsch eingekauft hatte – was ihr oft passierte, denn sie entschloß sich schnell, und es war ihr peinlich, einen Fehler einzugestehen. In Marie, die groß und schlank war wie sie selbst, hatte sie nun eine diskrete Abnehmerin für alles Unliebsame gefunden und brauchte sich keine Gedanken mehr zu machen, wenn sie ihre Garderobe allzuschnell erneuerte.

Auf diese Weise füllte sich nach und nach das schiefe alte Kleiderschränkchen oben im zweiten Stock in der Mädchenkammer mit den Kaufsünden und Fehlentscheidungen einer verwirrten Frau, die sich nicht eingestand, daß viel zu schnell ein Abschnitt ihres Lebens zu Ende gegangen war und ein neuer begonnen hatte, dessen Wert sie nicht begriff. Eine Frau, die immer lächelte, sogar noch vor dem Spiegel, wenn sie allein war. Nur manchmal, an späten Nachmittagen, wenn die Geschäftigkeiten des Tages sie müde gemacht hatten, vergaß sie zu lächeln. Wenn sie dann unerwartet im Spiegel ihrem Gesicht begegnete, erschrak sie über die Fremde, die sie da so unverhohlen fixierte. Hungrig und verlassen. Ein Antlitz, ganz anders als die leeren, unverbrauchten Züge der eigenen Tochter, deren unverletzte Kindlichkeit stets der Maßstab ihres Schönheitsideals gewesen war. In diesen Augenblicken bemühte sich Beate Horbach, wieder zu lächeln. Doch es gelang ihr nicht mehr, so sehr faszinierte und erschreckte sie die Reflexion ihrer selbst. Sie starrte in die eigenen Augen, die ihr immer ängstlicher und ungläubiger entgegenblickten, und fürchtete plötzlich, den Verstand zu verlieren. Keinen Halt mehr zu haben in der eigenen, begrenzten Welt. Schutzlos in einen Abgrund zu stürzen.

Ich muß mehr schlafen! sagte sie sich dann und versuchte, sich von dem Anblick zu lösen. Ich muß mehr Sport treiben! Ich muß an die frische Luft!

Erst die Aussicht, dem schattigen Haus zu entkommen, verlieh ihr die Kraft, den Blick von sich selbst zu lösen. Sie eilte hinunter in die Garderobe, warf sich einen Mantel über, griff nach ihrer Handtasche und lief hinaus ins Helle; schnell durch die Platanenallee bis zur Landstraße mit ihrem Verkehrsgewühl und den vielen Läden, die Beate Horbach so gut kannte und wo sie überall willkommen war. Die Frau Notar. So elegant. So großzügig. Es hieß, ihr Mann habe von seinem Vater einen Batzen Geld geerbt und mehrere Immobilien und Firmenbeteiligungen. Kein Wunder, daß sie mit dem Geld nur so um sich werfen konnte!

Nach ein, zwei Stunden kehrte Beate Horbach zurück. Sie schleppte schwer an all den Taschen und Schachteln, deren Inhalt sie den Blick in die Leere vergessen lassen sollte. Hastig, um niemandem zu begegnen, lief sie in den Ankleideraum neben dem ehelichen Schlafzimmer. Sie fühlte sich erschöpft und hatte keine Lust, das Erworbene auszupacken. Dennoch zwang sie sich dazu, damit niemand bemerkte, wie weit sie wieder gegangen war. Ihre Hände zitterten, als sie die Etiketten abschnitt und in einer Lade versteckte. Dann verstaute sie sorgfältig die neu gekauften Kleider und Kosmetika, so daß sie im alten Besitz untergingen, als wären sie schon immer dagewesen.

Erleichtert atmete sie auf. Ich habe zuwenig Platz, dachte sie und erinnerte sich wieder an die Angst in den eigenen Augen. Die Angst im Spiegel. Die Angst vor der Fülle, die sich einstellte, wenn die Angst vor der Leere zum Schweigen gebracht worden war.

»Marie!« rief sie mit sich überschlagender Stimme und riß die Tür auf. »Marie! Komm sofort her!«

Wenn Marie dann atemlos angerannt kam, weil sie meinte, etwas Schreckliches wäre geschehen, griff Beate Horbach wahllos in den Kleiderschrank und holte ein paar Stücke heraus. Ohne sie vom Bügel zu nehmen, reichte sie

sie dem jungen Mädchen. »Das kannst du behalten!« erklärte sie und bemühte sich, ruhig und souverän zu erscheinen. »Aber trag es nicht im Haus!« In ihren Augen stand die Erleichterung über die neuen freien Stellen auf der Kleiderstange. Über die Leichtigkeit und Luftigkeit, die der Schrank nun wieder ausstrahlte. Nicht zu viel und nicht zu wenig. So gehörte es sich. So hatte man es ihr beigebracht, und so wollte sie es haben, auch wenn es ihr schwerfiel, diesen idealen Zustand zu bewahren: Maß in allen Dingen ihres Lebens, das so gesichert war und so – wie alle Welt wußte – glücklich.

Marie war klug genug, sich mit den Geschenken nicht großzutun. Nur bei ihrem Ausgang am Mittwoch trug sie sie. Wenn sie sich aus dem Haus begab oder zurückkehrte, achtete sie darauf, niemandem zu begegnen und sich am Abend sofort wieder umzuziehen. So entdeckte nicht einmal Elvira die neue Großzügigkeit ihrer Mutter, und Marie stellte fest, daß sie bei ihren Ausgängen in die Stadt von niemandem mehr als Bauerntrampel beschimpft wurde. Trotz ihrer Jugend kam man ihr mit Höflichkeit entgegen. Sogar die Bettler sprachen sie an, weil sie glaubten, von ihr wäre etwas zu bekommen. Marie wußte nicht, ob es an Beate

Horbachs Kleidern lag oder an ihr, Marie selbst, die keine Angst mehr hatte vor dieser großen Stadt, die sie nach und nach immer besser kennenlernte, obgleich es auch jetzt noch keinen Menschen gab, mit dem sie ihre langen Mittwochnachmittage hätte verbringen können.

2

»Du liest, als ob du verstündest, was da steht.« Der Herr Notar hatte sich im Sessel zurückgelehnt. Die Augen geschlossen, hörte er dem jungen Mädchen zu, das ihm gegenübersaß und mit klarer, ruhiger Stimme aus der Zeitung vortrug. Nur ein niedriges, rundes Tischchen trennte die beiden, so daß ihre Fußspitzen einander fast berührten. Trotzdem vergaß Marie keinen Augenblick lang, daß Beate Horbach es nicht billigen würde, sie so zu sehen, als wäre sie eine gleichberechtigte Hausgenossin oder ein Gast der Familie. Es stand ihr nicht zu, in Gegenwart des Herrn Notar zu sitzen, noch dazu hier im Bücherzimmer, dem Allerheiligsten der beiden Herren des Hauses, inmitten der unzähligen kostbaren Bücher mit den Ledereinbänden und den Gravuren aus Gold. Marie wußte, daß sie sich hier nicht aufzuhalten hatte, außer um Staub zu wischen, den

Boden zu polieren, die Teppiche zu bürsten oder die Fenster zu putzen.

Dennoch hatte sie nicht widerstehen können, als der alte Herr sie mit gereizter Stimme fragte, ob sie eigentlich lesen könne. Richtig lesen, nicht bloß herumbuchstabieren, ohne den Sinn des Textes zu begreifen. »Kannst du es?« Ihm war bewußt geworden, daß vielleicht schon bald auch die Lupe nicht mehr ausreichen würde, ihn die Form der Buchstaben unterscheiden zu lassen. »Kannst du lesen?«

»Ich war immer sehr gut in der Schule, Herr Notar, und Zeitunglesen ist nichts Neues für mich.«

Der alte Mann kniff die Lider zusammen und bemühte sich zum ersten Mal, die Gesichtszüge des Mädchens, dem er jeden Morgen das mißliche Antlitz seines Alters enthüllte, genau in Augenschein zu nehmen. Er suchte nach Anzeichen von Intelligenz und Verständnis, doch die Konturen des hellen Gesichts verschwammen vor seinen Augen zu einer gleichförmigen Fläche, die sich ihm zuwandte. Mehr nicht.

»Dann setz dich!« befahl er ohne große Hoffnung. »Hierher zum Fenster, sonst hast du nicht genug Licht.« Er legte seine Lupe auf den Tisch und lehnte sich zurück. »Los, fang an!« gebot er. Er überlegte, wie das junge Mädchen eigentlich hieß. Kathi? Anna? So viele Dienstmädchen hatte es in diesem Hause schon gegeben, und eigentlich hatten sie alle die gleichen Namen. Achtbare alte Bibelnamen für Kinder aus armen, aber anständigen, katholischen Familien vom Lande. Bemitleidenswerte Dinger. Nicht besonders gescheit und zu Beginn meist ganz verwirrt, weil man sie von zu Hause fortgeschickt hatte, obwohl sie eigentlich noch Kinder waren ... Resi? Magdalena? Einmal hatte es eine Walburga gegeben. Der alte Herr erinnerte sich noch lebhaft an ihr mächtiges Hinterteil, dessen weiches Auf und Ab ihm ein wohliges Vergnügen bereitet hatte, auch wenn ihm seine Besitzerin jeden Morgen fast den Tee über die Brust goß und ständig etwas vergaß.

»Wie war gleich dein Name?« fragte er, während sich das Mädchen die Zeitung zurechtfaltete.

»Marie, Herr Notar.«

»Ach ja, richtig.« Er dachte, daß es angenehm wäre, wenn diese Marie die Figur jener Walburga gehabt hätte, deren pralles Eigenleben sogar für seine inzwischen noch schwächer gewordenen Augen erkennbar gewesen wäre. »Marie. Ausgezeichnet.« Walburgas Reize gingen ihm nicht aus dem Sinn; an manchem Morgen hatte er vor dem Aufwachen davon geträumt, sie zu berühren: Walburga, die ganz nahe vor ihm stand, während er seine sehnsüchtigen Arme um ihren warmen Leib schlang und die Handflächen auf ihre dicken Pobacken drückte. Ein wenig brutal und vulgär, wie er es sich in Wahrheit nie im Leben erlaubt hatte, obwohl es ihm insgeheim gefallen hätte.

Walburga. Wie sie gelacht hatte in seinen Träumen! Sinnlich und unanständig wie nie eine Frau in seiner Gegenwart gelacht hatte. Walburga. Er hatte es bedauert, als Beate Horbach sie entließ, weil das dumme Ding von irgendeinem jungen Trottel schwanger geworden war. »Zumindest dafür war sie nicht zu blöde«, hatte Beate Horbach gemurmelt, als die Tür hinter dem heulenden Mädchen ins Schloß fiel. Der alte Herr schwieg dazu und dachte verdrossen, daß Gescheitheit wohl nicht die Eigenschaft war, auf die es bei Walburga ankam.

Er vermißte sie sehr, obwohl ihn ihre Nachfolgerin weder mit Tee übergoß noch Milch und Zucker vergaß. »Walburga«, murmelte er manchmal vor sich hin und ertappte sich sogar dabei, wie sich seine Arme ausbreiteten und er einen kurzen, seligen Augenblick lang etwas Warmes, Weiches, Pulsierendes unter seinen Handflächen zu spüren vermeinte. In Momenten besonderer Gnade glaubte er sogar ein Lachen zu hören, viel herrlicher und anzüglicher, als es die kleine, rundliche Walburga im wahren Leben jemals zustande gebracht hätte.

Und jetzt diese Stimme! Diese klare Mädchenstimme, der die Herkunft vom Lande kaum anzumerken war. Flüssig las Marie vor, ohne Fehler zu machen oder zu stottern. Nicht einmal das Umblättern der Seiten ließ sie stocken. Nur ein kurzes Rascheln des Papiers war zu vernehmen und erhöhte noch das Wohlbehagen, das den alten Mann plötzlich durchströmte, weil es so still war im Hause, so friedlich, nur hin und wieder aus dem Erdgeschoß ein paar Schritte oder ein Klappern. Die morgendliche Ruhe dieses großen Gebäudes, wie sie ihm schon lange nicht mehr bewußt geworden war, weil die Anstrengung des Entzifferns seine ganze Konzentration und Kraft beansprucht hatte.

In dieser gesegneten Morgenstunde kam die Welt mit raschen, leichten Schritten wieder zu ihm ins Zimmer und bot sich ihm dar. Er brauchte nur zuzuhören, zu lauschen, dann war auf einmal alles präsent, was draußen vor sich ging. Das ganze verfluchte Tohuwabohu, in das sich die Menschheit hineinmanövriert hatte, weil sie vor bald zwanzig Jahren des langen Friedens so müde geworden war, daß sie meinte, mit neuen Ideen und abstrusen politischen Theorien alles umstürzen und verändern zu müssen. Ein Krieg war damals gerade recht gekommen, und als er zu Ende war, war die alte Welt untergegangen und hatte nur ein Chaos von Neid, Machtgier, Elend und Verzweiflung hinterlassen. Mochten die Hände verdorren, dachte der alte Mann, die Hände, die anno 1918, nach dem verlorenen Weltkrieg, im französischen St. Germain das Vertragswerk unterschrieben, das die Bedingungen eines künftigen Friedens festlegen sollte und doch nur die Besiegten demütigte. *Vae victis.* Das Riesenreich der Habsburger, in dem der alte Mann aufgewachsen war, war für immer zerschlagen und seine verehrungswürdige Ordnung zerstört, obwohl doch jedes Kind in dem Glauben herangewachsen war, sie sei von Gottes Gnaden eingerichtet. Nun aber war der liebe Gott wohl nicht mehr gnädig, und er war auch nicht mehr lieb. »Was bleibt, ist Österreich!« Ein kleiner Rest; ein geschmähter, verstümmelter Körper, verspottet, seiner Gliedmaßen beraubt, von Phantomschmerzen gequält.

»Ich will, daß du mir von jetzt an jeden Morgen aus der Zeitung vorliest!« bestimmte er mit der festen Stimme seiner entschwundenen besten Jahre. »Um neun Uhr hast du hier zu sein. Ich erwarte dich.«

»Aber die gnädige Frau …«

»Mit der werde ich reden.«

»Aber es gibt so viel zu tun, Herr Notar!

Frau Amalie wird mich nicht entbehren können.«

»Sie wird es müssen.«

Marie faltete die Zeitung zusammen und stand auf. »Das wird ganz schön Ärger geben, Herr Notar«, murmelte sie und machte einen Knicks.

Der alte Mann wandte ihr das Gesicht zu und lachte. Komplizenhaft, wie er es seit den ersten – so glücklichen! – Jahren seiner Ehe nicht mehr getan hatte. Als hätte man ihn bei etwas Verbotenem ertappt, hielt er schnell wieder inne, doch für einen kurzen Moment dachte er, daß dieses junge Mädchen mit der schönen Stimme und dem viel zu kleinen und zu festen Hinterteil wahrscheinlich auch niemanden hatte, der mit ihm lachte.

3

Der Termin um neun Uhr ließ sich nicht durchsetzen. Keine Autorität eines einstmaligen Hausherrn vermochte es, die Routine morgendlicher Hausarbeit zu durchbrechen. Natürlich mußte das Frühstücksgeschirr gespült, natürlich die Betten gemacht, Staub gewischt und die Böden gefegt oder geschrubbt werden. Natürlich war für frische Luft in allen Räumen zu sorgen, war das Mittagessen zuzubereiten und der Tisch zu decken. Dazu noch die sich in regelmäßigen Intervallen wiederholenden Handgriffe eines eingespielten Haushalts, die die guten alten Zeiten ebenso überlebt hatten wie den Krieg und die sogenannten goldenen Zwanziger, die nicht für alle golden gewesen waren.

»Ein großbürgerlicher Haushalt hat seine eigenen Gesetze«, hatte Beate Horbach ihren Vater belehrt – die Stimme zitternd vor Ärger, weil hier eine festgefügte Ordnung umgestürzt werden sollte und sich ein Hausgenosse eine Rolle anmaßte, die ihm nicht zukam. Nicht ihrem Vater grollte Beate Horbach. Der war ein alter Mann, der keine Ahnung mehr hatte. Nein, dem jungen Mädchen gab sie die Schuld an dem Aufruhr. Marie hätte wissen müssen, worin ihre Pflichten bestanden und wo ihre Grenzen lagen. Sie hätte sich nicht darauf einlassen dürfen, eine Zeitung in die Hand zu nehmen und den alten Mann auf abstruse Ideen zu bringen. Dienstmädchen hatten zu dienen, nicht zu lesen.

»Ich bestehe darauf, Beate.«

»Unmöglich, Papa. Wir können einen Studenten vom Priesterseminar einstellen. Der kommt jeden Nachmittag und ist für dich da, so lange du willst. Aber nicht Marie!«

Es blieb dennoch bei Marie, doch sowohl

Beate Horbach als auch Amalie fühlten sich so sehr als die Verlierer einer Schlacht, daß sie eine Woche lang nur in militärisch strafendem Tonfall mit Marie redeten, die von nun an nach dem Spülen des Mittagsgeschirrs in ihrer einstündigen Ruhepause im Bücherzimmer verschwand, auf Wunsch des Herrn Notar ihre Dienstmädchenhaube ablegte und die Artikel vorlas, die der alte Mann am Morgen mit grüner Tinte markiert hatte – eine wunderbare Erinnerung an alte Tage, als er mit ebendieser Tinte die Schriftstücke korrigiert hatte, die ihm sein Schreiber vorlegte. Grün, nicht rot wie von einem Schulmeister, dafür aber ebenso auffallend und dennoch vornehm und in gewisser Weise wohltuend autoritär. Der Herr Notar wußte nicht, wie der alte Kaiser einst seine Korrespondenz korrigiert hatte, aber wäre er an seiner Stelle gewesen, hätte er seine Randbemerkungen in grüner Farbe verfaßt.

Und Marie las. Es war die schönste Stunde des Tages. Die einzige, in der sie sich bei dem Klang der eigenen Stimme ihrer selbst bewußt wurde. Sie hörte und fühlte sich selbst. Sie war sie selbst, auch wenn sie zu Anfang nur einen Bruchteil dessen verstand, was sie vortrug. Fremd die Namen der Männer, die fremde Dinge taten. Die sich mit Leidenschaft und

Sorge für etwas einsetzten, was wohl ihrer politischen Überzeugung entsprach, die dennoch nicht objektiv und eindeutig sein konnte, denn es gab ebenso viele, die das Gegenteil dachten und dafür ebenso leidenschaftlich eintraten. Mißtrauen und Abneigung regierten zwischen den einzelnen Lagern. Vielleicht sogar Haß, der immer wieder aufflammte und dann durch die Straßen der Städte raste und hie und da menschliche Körper zurückließ, die in ihrem Blute lagen: die Märtyrer von morgen, deren Namen man sich merkte, um sich an ihnen zu berauschen und den Haß weiter zu schüren.

Bei ihrer bisherigen Lektüre – spätnachts, oben im Mädchenzimmer – hatte Marie wahllos verschlungen, was sie gerade interessierte, weil sie es verstehen konnte: ein Großbrand in einem kleinen Ort namens Kollerschlag – einundzwanzig Häuser ein Raub der Flammen! Wie gut konnte sich Marie das Inferno vorstellen. Das eigene kleine Dorf zu Hause mit seinen Menschen, die ihr so vertraut waren, daß sie kaum noch eine Besonderheit an ihnen wahrnahm: Wie hätten sie gelitten, wie hätten sie geklagt, wären ihre Häuser niedergebrannt mit allem, was den Bewohnern lieb und teuer war … Und dann der zweieinhalb Kilogramm schwere Meteorit, der spät am Abend auf dem Feld eines Bauern einschlug – unheimlicher Bote aus der Unendlichkeit des Alls, das zu gewaltig war, um vom Menschen begriffen zu werden. So hatte es der Lehrer erklärt, und so war es wohl auch. Marie weinte ein wenig, weil sie gerne wieder einmal mit dem Lehrer geredet hätte und es hier in der Villa niemanden gab, der sich für ihre Meinung interessierte ... Und dann die Modebeilage für die Dame: Kleider mit breiten Schultern und schmalen Taillen, wie sie auch Frau Horbach trug. Ein Badeanzug *Modell Goldfisch*, der sogar abgebildet war, obwohl er fast die ganzen Schenkel der jungen Dame enthüllte, die ihn vorführte. Vormittagskleider mit breiten Schleifen wie für Kleinkinder; bodenlange Ensembles aus Crêpe-de-Chine für die Teestunde – was immer das auch sein mochte; eine Abendgarderobe aus Seidenchenille unter einer pompösen Hermelinpelerine; seidene Hemdhosen für darunter. Kleider aus einer Welt, in der sich Marie nun aufhielt, während sie sich fragte, was wohl ihre Mutter zu diesem Überfluß sagen würde. Mira Zweisam, die ein dunkelblaues Sonntagskleid besaß; ein Kleid für alltags, ein Dirndl, zwei Röcke, drei Blusen und zwei Wollwesten; ein paar Schürzen, zwei Nachthemden; gerade genug Wäsche, daß immer etwas zum Wechseln da war, wenn man verschwitzt vom Feld zurückkam; dann noch ein Wintermantel, zwei Schultertücher, zwei

Kopftücher, ein schwarzer Hut für Begräbnisse, Handschuhe, Fäustlinge, vier Paar Schuhe, Gummistiefel und Holzschuhe für den Stall … Marie kannte den Inhalt des Kleiderschranks ihrer Mutter genau. Er enthielt immer gleich viel. Wenn ein Stück verschlissen war, wurde es ersetzt, doch die Menge blieb sich gleich … Hier dagegen: lachsrote Nachthemden aus Seide; Strandanzüge, mit japanischen Ornamenten bestickt; eine rote Lederjacke zur Ausfahrt im Kabriolett; Schuhe aus Reptilleder und Stulpenhandschuhe in Dunkelblau, der Modefarbe des Jahres … Zumindest sonntags, dachte Marie, zeigte sich ihre Mutter den modischen Anforderungen gewachsen.

Einfache Berichte über Alltäglichkeiten. Reportagen von der dritten Seite an. Bisher, als Marie noch für sich allein las, hatte sie die beiden ersten Seiten unbesehen überblättert, als wären sie nur ein Schutzumschlag für die wahre Chronik der Welt. Für das, was wirklich für einen jeden zählte: Liebe und Tod, Krankheit, die Jagd einzelner nach dem Glück, ihr Scheitern, Schicksalsschläge, die tägliche kleine Existenz, die all dem unterworfen war ebenso wie den Katastrophen, mit denen keiner rechnen wollte: Kriege, Erdbeben, Hungersnöte, die Unbilden der Witterung und des Geldes.

Inflation. Arbeitslosigkeit. Alles von einer unbekannten Macht gesandt und nicht zu beeinflussen. Der Mensch als Opfer. Als Spielball der Mächtigen, die auch wieder nur Spielbälle von irgend etwas oder irgend jemand noch Mächtigerem waren. So willig, dachte Marie, hatte ihre Mutter das Los auf sich genommen, mit der Geburt eines unehelichen Kindes aus der Gemeinschaft der Ehrbaren verstoßen worden zu sein. Gottergeben. Aber hatte Gott etwas damit zu tun? Waren es nicht ganz andere Kräfte, die sich ein Urteil darüber anmaßten, was richtig war und was nicht?

Die beiden ersten Seiten der Zeitung. Anfangs verwirrten sich Maries Gedanken unter der Fülle der unbekannten Fakten und Namen von Männern, von denen sie noch nie gehört hatte, die aber offenkundig genau jene Entwicklungen zu verantworten hatten, die Marie und die Ihren immer nur als unabänderliches Schicksal angesehen hatten. War es nicht gleichgültig, wer da oben saß? Was geschehen mußte, würde geschehen, ob nun die Christlichsozialen an der Regierung saßen, die Sozialisten, die Kommunisten, die Großdeutschen, die Landbündler oder die Braunen. Heimwehr, Republikanischer Schutzbund ... Jeder behauptete, als einziger recht zu haben. Jeder stritt mit dem anderen. Jeder erinnerte sich voll Sehnsucht an etwas, das für immer verlorengegangen war, und für jeden war es etwas anderes und der Feind ein anderer. Österreich. Deutsch-Österreich. Der hungrige Rest von St. Germain: ein Land in der Zange von Extremen. Nur der Kaiser hatte einst Kontinuität garantiert und eine trügerische Sicherheit. Jetzt aber war nichts mehr sicher. Nicht einmal das Geld. Worauf sollte man noch vertrauen, wenn jüngst sogar die größte Bank des Landes zusammengebrochen war und es kaum ein Unternehmen gab, das nicht Gefahr lief, von diesem Strudel mitgerissen zu werden? Produktionsrückgang. Arbeitslosigkeit. Ja, immer wieder Arbeitslosigkeit. Zehntausende Familien, für die die Klostersuppe oft das einzige warme Essen am Tag war.

»Ich suche Arbeit jeder Art!« Männer in guten Anzügen mit einem Plakat vor der Brust, das sie zu Bittstellern degradierte. Verzweifelte, die nicht mehr wußten, wie es weitergehen sollte. Die kühlen Tage des Herbstes und des Winters, der sich schon ankündigte, hatten sie auf die Straße getrieben, weil sie wußten, daß sie bald die Kohlen nicht würden zahlen können und vielleicht auch nicht einmal mehr die Miete. Nichts mehr. An ihren Mittwochnachmittagen hatte Marie sie gesehen, deren Augen von der gleichen Düsternis verschleiert waren wie der unsichere Blick der Rucksackhamsterer, die den Bauern ihre Schmuckstücke aufdrängten. Aus dem warmen, satten Haus in der Platanenallee schlenderte Marie durch die abgelegenen Nebenstraßen und sah sich um. Schaute sich das Leben an, die beklemmende Fülle des Lebens. Menschen wie die Horbachs und ihre Freunde und andere, ganz andere, die gegen Abend, wenn die Straßen sich leerten, zu den Bettlerautomaten neben den Kirchen schlichen: metallene Kästchen mit einem Knopf in der Mitte und einer Öffnung darunter mit einer Schale. Die Passanten, auch die ärmlich aussehenden, machten tagsüber einen schamhaften Bogen um die Automaten, die als letzte Rettung gedacht waren, wenn keine andere Hilfe mehr zu erwarten war. Wenn die Schande völliger Armut jeden Stolz erstickt hatte und der, der den Knopf bediente, die Münze, die herabfiel, eilig auffing, damit niemand ihr Klirren in der Schale hörte und ihn ertappte. Marie hatte einen von ihnen beobachtet, wie er unwillkürlich den Hut abnahm, als er den Knopf berührte, zaghaft zuerst, so daß er ein zweites Mal drücken mußte, um den Mechanismus in Gang zu setzen: eine schmale, graue Hand mit hervortretenden Sehnen und Adern. Eine alte Hand – aber fühlte sich nicht jeder alt, der sich nicht mehr zu helfen wußte?

Es sei eine Frage der Ehre, hatte Amalie erklärt, niemals mehr als notwendig zu entnehmen, und noch nie sei jemand so tief gesunken, einen ganzen Automaten einfach auszuräumen.

»Eine sinnvolle Einrichtung!« hatte auch Beate Horbach achselzuckend bemerkt, als Elvira aus der Schule einen Witz mitbrachte, der sich mit den Bettlerautomaten befaßte. »Ausgesprochen sinnvoll. Es gibt ohnehin schon genug aufdringliches Volk auf den Straßen. Vielleicht reduzieren diese Dinger die ewigen Belästigungen, denen man ausgesetzt ist. Außerdem sollte man das Ganze auch vom menschlichen Standpunkt aus sehen, Kind. Der eine oder andere kann vielleicht wirklich nichts dafür, daß es ihm nicht so gutgeht.«

Wenn Marie im Bücherzimmer saß, zwischen all den kostbaren Bildern, dem Silber und den böhmischen Gläsern, und dem alten Mann vorlas, was die gegenwärtige Regierung anstrebte und zu bewirken versuchte, dachte sie oft an die graue Hand, zur Schale geformt, und an den Hut in der anderen, als wäre der Automat ein Wohltäter aus Fleisch und Blut, dem man sich demütig zu nähern hatte. Sie hörte die eigene Stimme, das Rascheln des Zeitungspapiers, das laute, oberflächliche Atmen des Herrn Notar und das Knistern der Buchenscheite im Kachelofen. So warm war es hier, so wohlig und geborgen konnte man sich fühlen. Satte Menschen in einer satten Umgebung, während ein paar Straßenzüge weiter alles ganz anders war.

Die Dinnerparty

I

Beate Horbach war anglophil, was sich nicht nur in der Wahl ihrer Gesichtspflege offenbarte, sondern auch darin, daß sie ihre Einladungen mit englischen Bezeichnungen schmückte, obwohl sie sich so gut wie gar nicht von den Festivitäten anderer Linzer Damen unterschied, die brav und bieder zum Abendessen baten, wo Beate Horbach schwungvoll eine Dinnerparty einberief und – dies wohl das einzig Britische an dem Ereignis – zum Empfang statt Wein oder Sekt Sherry oder Port servieren ließ. Von Gin war sie abgekommen, seit sich ihr Vater vor Jahren mit einem der zahlreichen emporgekommenen Kommerzialräte der Stadt noch vor dem Essen ins Bücherzimmer zurückgezogen hatte, wo der Gast dem ungewohnten, aber äußerst süffigen Getränk so lebhaft zusprach, daß das eigentliche Dinner für ihn entfallen mußte. Noch Monate danach untergrub seine erboste Gattin den guten Ruf des Horbachschen Hauses mit spitzen Bemerkungen, daß man dort die Gäste gegen ihren Willen unter Alkohol setze.

Beate Horbach lernte schnell. Nie wieder gestattete sie harte Getränke in ihrem Hause. Nicht einmal Cognac war erlaubt, und ein mächtiger Theaterdonner wäre losgebrochen, wenn sie herausgefunden hätte, daß ausgerechnet Amalie vor dem Einschlafen eine Flasche schärfsten Kornschnapses unter ihrem Bett hervorzauberte, sie voller Vorfreude entkorkte und sich mit langen, ausgiebigen Schlucken einem schmerzvergessenen Einschlafen näherbrachte. Nur Marie, die im Nebenzimmer lag, kannte das laute, lustvolle Plopp!, wenn Amalie die Flasche vom Munde zog, um sie – schon im Liegen – mit ein paar geübten Halbdrehungen wieder zuzukorken und unter dem Bett verschwinden zu lassen. Ein letztes, unvollständiges Nachtgebet noch, dann taten nach einem langen Tag Medizin und Erschöpfung ihre wohltätige Wirkung.

Auch aus ihren weiteren Erfahrungen als Gastgeberin hatte Beate Horbach Konsequenzen gezogen. Schon seit langem duldete sie bei Tisch höchstens acht Personen, obwohl für mindestens zwölf Platz gewesen wäre. Sie hatte jedoch einsehen müssen, daß ihre eigene zarte Stimme einem Gewirr von elf anderen nicht gewachsen war, und es schien ihr demütigend, sich im eigenen Hause nur mit Mühe durchsetzen zu können. »Die besten Gespräche führt man zu sechst oder zu acht«, stellte sie daher mit Sanftmut fest und setzte diese Erkenntnis mit Entschlossenheit um.

Auch bei der heutigen Dinnerparty waren bei Tisch nur sechs Personen vorgesehen. Jüngere Gäste diesmal, jünger zumindest als die Gastgeber.

»Die junge Frau ist guter Hoffnung!« war das erste, was Marie durch Beate Horbach über die zu Erwartenden erfuhr. »Im fünften Monat, glaube ich. Dabei sind die beiden kaum ein halbes Jahr verheiratet. Aber der künftige Herr Papa hatte es wohl ein wenig eilig. Er geht schon auf die Vierzig zu. Zeit, daß er endlich geheiratet hat. Man fing bereits an, über ihn zu tuscheln. Aber seine Gattin ist noch sehr jung. Anfang Zwanzig höchstens. Eine geborene Bethany. Sehr gute Wiener Familie. Offiziere und Professoren. Die Mutter der jungen Frau kommt aus Italien. Diplomatenfamilie. Oder waren es Hoteliers? Jedenfalls alles sehr kosmopolitisch!« Beate Horbach war zufrieden. Es hatte lange gedauert, bis ein Abend gefunden war, der sowohl den Gastgebern als auch den Gästen gelegen kam. Ganz Linz riß sich darum, das junge Paar einzuladen. Einige Gastgeber waren schon vor der Hochzeit deswegen vorstellig geworden.

Es war peinlich, daß man erst jetzt eingeplant wurde.

Beate Horbach überlegte wortreich, ob sie Tischkarten aufstellen sollte, entschied dann aber, wegen der kleinen Runde lieber darauf zu verzichten. »Der dritte Gast ist ein junger Rechtsanwalt aus der Kanzlei unseres werdenden Vaters«, erklärte sie Marie, welche die beiden Leuchter polierte, die bei keiner Essenseinladung im Hause Horbach fehlen durften: jeweils ein Mohr aus Silber, über dem sich sechs Kerzenhalter entfalteten, hoch genug, daß man sich unter ihnen hindurch ungehindert mit dem Gegenüber unterhalten konnte. Sie hatten ihren festen Platz vor den Gedecken der Gastgeber an den beiden Schmalseiten der Tafel. Beate Horbach liebte sie, vor allem auch, weil sie das Gefühl hatte, es gebe keine schmeichelhaftere Beleuchtung für ihr Gesicht. »Meine Mohren«, schwärmte sie manchmal fast zärtlich und schüttelte ärgerlich den Kopf, wenn Amalie immer nur von den »Negern« sprach: »Wo sind die Neger, gnä' Frau? Müssen wir die Neger schon wieder polieren?«

»Der junge Rechtsanwalt soll übrigens sehr nett sein«, plauderte Beate Horbach unermüdlich weiter und zündete sich eine Zigarette an. »Er kommt ohne Begleitung. Ich hatte mir schon überlegt, diesmal ausnahmsweise auch

Elvira dazuzunehmen. Aber es geht wohl nicht.
Sie wird erst im Winter in die Gesellschaft eingeführt. Man könnte es mißverstehen, wenn ich
sie schon jetzt neben den jungen Mann setze.
Die Leute denken immer gleich alles mögliche!« Sie blies den Rauch weit von sich und
seufzte bei dem Gedanken, daß der Verdacht
der sogenannten »Leute« ihren wahren mütter-
lichen Absichten exakt entsprochen hätte. Aber
so war es ja immer. Man kannte sich zu gut, um
einander noch zu trauen. »Außerdem hätten
wir dann eine ungerade Zahl bei Tisch gehabt«,
tröstete sie sich über ihren Tribut an den gesell-
schaftlichen Konsens hinweg. Da ihr Vater es
für selbstverständlich hielt, an allen Einladungen im Hause Horbach teilzunehmen, war es
jedesmal schwierig, die erwünschte Symmetrie
zu bewahren. Dazu kam noch, daß der Herr
Notar nicht daran dachte, sich seinem Alter
gemäß weise zurückzunehmen. Da er nichts
lieber tat, als zu politisieren, griff er ständig in
die Gespräche ein, um sie ohne Umwege auf
sein Lieblingsgebiet zu lenken. Dabei nahm er
kein Blatt vor den Mund und keine Rücksicht
auf die Empfindlichkeiten der Gäste, auch
wenn ihn seine Tochter ständig unterbrach und
versuchte, ihn am Verbreiten seiner politischen
Einschätzungen, die unweigerlich in Monologe
ausarteten, zu hindern. Es gehörte zu Beate

Horbachs beklemmendsten Erfahrungen als Gastgeberin, daß die ganze Tischgesellschaft schweigend vor sich hin kaute, den Blick auf den eigenen Teller geheftet und nur hin und wieder mit einem zerstreuten Nicken auf den Herrn Notar blickend, der sein Besteck beiseite gelegt hatte und sich heiß redete wie in den vergangenen, wunderbaren Zeiten, als noch keiner – und vor allem: keine! – gewagt hatte, ihm das Wort abzuschneiden.

»Er heißt übrigens Harlander«, erklärte Beate Horbach. »Thomas Harlander. Über seine Familie weiß ich nichts, aber sie wird schon in Ordnung sein, sonst hätte ihn Doktor Bellago nicht in seine Kanzlei aufgenommen.«

Marie wandte ihren Blick nicht von dem Kerzenleuchter, den sie in der Hand hielt und dessen kühle, glatte Oberfläche ihr plötzlich die Finger zu verbrennen schien. Bellago. Doktor Bellago … Der Name, der im Dorf immer wieder geflüstert worden war, wenn man über Marie und ihre Mutter sprach. Heimlich, verstohlen, weil er ihnen Schande gebracht hatte. Weil einer jungen Frau und ihrem Kind Unrecht geschehen war.

Bellago. Doktor Bellago. »Schöner See« bedeutete der Name wohl in irgendeiner fremden Sprache. Auch andere wußten das. »Hast du nicht Lust, einmal in einem schönen See zu baden?« war Marie in der Schule ab und zu geneckt worden. Kein einziges Mal hatte sie sich anmerken lassen, daß sie die Anspielung verstand, aber sie hatte sie nie vergessen, und der sie ausgesprochen hatte, war auf immer für sie erledigt. »Sei stolz!« hatte ihr ihre Mutter eingeschärft. »Das ist das einzige, was wir haben.« Marie verstand, was die Mutter meinte, und stolz zu sein bedeutete auch, einem Spötter nie wieder zu vertrauen. Vergessen? Verzeihen? Das war etwas für die Gesicherten mit ihren ehrbaren Namen und der Familie im Hintergrund, die helfend und strafend eingreifen würde, wenn man in Bedrängnis kam. Marie und ihre Mutter waren nicht gesichert. Sie mußten sich in acht nehmen und sich vor denen hüten, die sie mißachteten. Hast du nicht Lust, einmal in einem schönen See zu baden? Bellago. Doktor Bellago. Der junge, allzu junge Mann, über den Mira Zweisam nie etwas erzählte, obwohl sich ihre Tochter danach sehnte, mehr zu erfahren, weil es da Wurzeln gab, die sie in sich spürte und die sie dennoch nicht beurteilen konnte. Die Tochter ihrer Mutter war sie und ihr in vielem ähnlich. Doch woher kam all das andere, das ebenfalls Teil von Marie war? Die fremden Züge in ihrem Gesicht. Ihre Hände, so ganz anders als die ihrer Mutter. Ihre Stimme. Ihr Haar. Ihr Wissensdrang. Ihr Ehrgeiz, den sie noch nicht erkannt hatte.

Bellago. Ein geräumiges, efeuumranktes Jagdhaus in Blickweite des kleinen Auszugshäuschens, das Mira Zweisam Anno 1918 von ihren Eltern geerbt hatte. Von einem kurzen Besuch in der Stadt waren sie mit Fieber und Gliederschmerzen zurückgekehrt. Eine Woche später wurden sie begraben. Ihr Schicksal war das Millionen anderer, die den bis dahin größten Krieg der Menschheit unbeschadet überstanden hatten und dann doch der weltweiten Grippewelle zum Opfer fielen: Strafe des Himmels für die Streitsucht der Menschen, für den Mord des Bruders am Bruder und des Fremden am Fremden.

Bellago. In jedem Herbst tauchten vor dem Jagdhaus wie aus dem Nichts dienstbare Geister auf, die die Fenster öffneten, die Leintücher von den Möbeln zogen, alles entstaubten oder abwischten, die Betten frisch bezogen und die Speisekammer füllten. Am darauffolgenden Wochenende kamen dann die Gäste in ein Haus, das sie mit offenen Armen empfing. Autos mit städtischen Nummern. Schnaps zum Empfang. Fast nur Männer und die wenigen Damen eigentlich auch nicht richtig feminin.

Marie, das Kind, beobachtete heimlich die noblen, ungezwungenen Gäste und fragte sich, ob einer von ihnen vielleicht ihr Vater war. Er sei noch ganz jung gewesen, hatte man ihr erzählt: damals, als die Sünde geschah und Mira Zweisam ihre Ehre verlor. Nicht viel älter sei er gewesen, hieß es, als Mira selbst. Er sei seither nicht mehr zum Jagdhaus gekommen, dafür habe schon seine Mutter gesorgt, die alte Frau Doktor, die seit der Katastrophe ebenfalls keiner mehr gesehen habe. Wahrscheinlich fürchtete sie, von der jungen Frau belästigt zu werden. Sie habe keine Lust, munkelte man, dem Bastard ihres verantwortungslosen Sohnes vielleicht plötzlich gegenüberzustehen und einer Sache bezichtigt zu werden, die sie selbst nicht verschuldet habe. Sie wußte nicht, daß ihre Sorge unbegründet war. »Untersteh dich, noch einmal dort hinüberzugehen!« hatte Mira Zweisam ihrer Tochter mit unerwarteter Härte zugezischt, als sie das Kind eines Abends vom Grundstück der Bellagos zurückkommen sah. »Mit denen haben wir nichts zu schaffen. Selbst du nicht.«

Bellago. Die Jagdgäste nahmen die ganze Gegend in Besitz, als hätten die jahrhundertealten feudalen Rechte noch Bestand. Die jungen Männer von den Höfen verdingten sich als Treiber. Man stapfte über Stock und Stein, über die abgeernteten Felder und durchs Unterholz. Die Meute der Hunde jagte kläffend ihren Herren voran und zerriß und verschlang dann am Abend in einer einzigen Sekunde die ihnen hingeworfene blutige Belohnung. Nichts blieb davon übrig. Nicht einmal ihre eigenen Herren erkannten in diesen Momenten ihre treuen Gefährten wieder, die sonst so verständig und gehorsam, mit soviel Liebe, Sanftmut und Opferbereitschaft in den Augen neben ihnen herliefen.

Am Abend wurde gefeiert. Alle Fenster des Jagdhauses leuchteten golden wie Sterne in der Nacht. So heimelig, daß Marie, die von ihrem Fenster aus hinüberschaute, meinte, dort drüben wäre der Himmel, wo alle Menschen froh und glücklich waren. Hörte man nicht, wie sie lachten, wie sie sangen? Jeden Abend, die ganze Woche lang, bis sich eines Morgens alle Gäste noch einmal auf dem Vorplatz aufstellten, während die Jagdhörner schallten und die Hunde sich die Lunge aus dem Leib bellten. Noch einmal prosteten alle einander zu, sangen und rezitierten mit lauter Stimme rituelle Sprüche, die aus der Entfernung nicht zu verstehen waren. Dann umarmten sie sich, schüttelten einander die Hände, jeder jedem, und versprachen, im nächsten Jahr wiederzukommen. Sie ließen ihre Hunde auf dem Rücksitz Platz nehmen und überprüften noch einmal das Gepäck, das die Dienstboten inzwischen eingeladen hatten. Noch ein letztes übermütiges Winken, dann entschwand man hupend im Morgennebel.

Ein kleiner Konvoi wie von Militärfahrzeugen kroch durch die Hohlwege und an den Feldern und Wiesen vorbei in Richtung Stadt, während im Jagdhaus die letzten Reste der unbeschwerten Tage beseitigt, die Betten abgezogen, die Möbel wieder zugedeckt und die Fenster geschlossen wurden. Vor die Eingangstüre noch ein mächtiges Vorhängeschloß, dann luden auch die Dienstboten ihre Reisesäcke ein und wurden vom Sekretär des Herrn Doktor in die Stadt zurückchauffiert. Von den Höfen aus sah man ihnen nach und atmete auf, weil man nun wieder unter sich war, weil man auf einmal wieder die Stille hören konnte und weil bald der Winter kommen würde mit seiner Beschaulichkeit und seinem willkommenen Mangel an Arbeit. »Endlich sind die Verrückten wieder weg!« sagte Maries Onkel, und er wünschte ihnen alles Schlechte auf Erden, weil einer von ihnen das Leben seiner Schwester verpfuscht hatte.

Bellago. Ihr ganzes bewußtes Leben lang hatte Marie sich gewünscht, den Mann zu sehen, der ihr Vater war. Doch nun, da Beate Horbach mit soviel Leichtigkeit und Unbefangenheit seinen Namen nannte und ankündigte, daß er in dieses Haus kommen werde, als wäre das das Selbstverständlichste auf der Welt, war es Marie, als greife eine harte Hand nach ihrer Kehle und drücke sie zusammen. Es dauerte lange, bis sie endlich wieder zu Atem kam. Sie seufzte dumpf auf und erkannte dabei die eigene Stimme nicht wieder. Vorsichtig stellte sie den Silberleuchter auf den Tisch und legte das Tuch daneben. Sie stand auf, das Gesicht so weiß wie die Kacheln an der Wand. Ohne ein Wort ging sie aus der Küche und durch die Halle. Sie hörte nicht, was Beate Horbach und Amalie ihr nachriefen. Langsam, mit Schritten, so schwer wie die des alten Herrn, stieg sie hinauf in den zweiten Stock und schloß sich in ihrer Kammer ein. Sie öffnete nicht, als es von draußen klopfte und hämmerte und der gnädige Herr in einer unnötigen Aufwallung von Männlichkeit sogar versuchte, die Tür mit der Schulter aufzubrechen. Man glaubte, Marie habe plötzlich den Verstand verloren. Vielleicht, so vermutete Beate Horbach, war ihr unbekannter Vater ein Säufer gewesen, wie es in der Welser Gegend des Apfelweins bekannterweise häufig vorkam, und hatte das Gemüt seiner Tochter mit einem unberechenbaren Erbe belastet. Zuletzt beschloß man, den nächsten

Morgen abzuwarten, und begab sich zu Bett. Man atmete auf, als man erfuhr, daß Marie um sechs Uhr dem Herrn Notar seinen Tee gebracht hatte und auch danach ihre Pflichten wieder wie sonst erfüllte.

»Was sollte das denn gestern?« fragte Beate Horbach, als Marie ihr den Kaffee eingoß. Marie knickste und murmelte eine Entschuldigung. Damit war für die Horbachs der Fall erledigt. Hauptsache, das Mädchen funktionierte wieder.

Am Nachmittag hatte Marie frei. Sie verließ das Haus zur gleichen Zeit wie sonst, nur hatte sie diesmal vergessen, sich umzuziehen. Allein das Dienstbotenhäubchen nahm sie ab und ließ es in ihrem Zimmer achtlos zu Boden fallen. Dann stand sie bis zum Abend auf der Donaubrücke und starrte ins Wasser. Ein paarmal wurde sie angesprochen und gefragt, ob sie Hilfe brauche. Doch sie hörte es nicht. Als es dunkel wurde, ging sie, langsamer als sonst, in die Platanenallee zurück. Sie rieb sich die Hände über der heißen Herdplatte in der Küche und trank die warme Milch, die Amalie ihr hinstellte. Dabei wurde ihr allmählich wieder warm, und ihre Wangen gewannen ihre Farbe zurück.

Kerzen auf dem Tisch und Kerzen in den Haltern an den Wänden. Ein sanfter, nebliger Schleier wehte durch den Raum und verzauberte ihn, als wäre hier eine Welt für sich, fernab der Novemberkälte draußen hinter den zugezogenen Seidenvorhängen. Vor zwei Tagen hatte man Allerheiligen gefeiert. Auf manchen Gräbern flackerten immer noch ganz andere Kerzen, die jenen ihr Licht schenken sollten, die der Krieg geholt hatte oder ein ziviler Tod. Auch der Herr Notar hatte nach einem ganzen Jahr das Grab seiner verstorbenen Frau besucht und sich beschämt gewundert, wie schnell ihm diese zwölf Monate entglitten waren und daß er sich nun das Gesicht der Frau nicht mehr vorstellen konnte, die er für den wichtigsten Menschen seines Lebens gehalten hatte ... Auf den Gräbern Kränze, Kreuze und Herzen aus den Zweigen von Nadelhölzern, haltbarer als so manche Erinnerung. Farbige Schleifen mit der Aufschrift »In Liebe« oder »In ewigem Gedenken«. Wie erleichtert war er gewesen, der Kälte wieder zu entkommen!

»Wie gefällt es Ihnen in Linz, meine Liebe?« Beate Horbach schenkte der jungen Frau zur Rechten des Hausherrn ihr herzlichstes Lächeln. In ihrer Stimme schwang ein Ton von gesellschaftlicher Zuneigung, den keine andere Gastgeberin der Stadt so vollkommen beherrschte, weil er in diesem Augenblick keiner Heuchelei entsprang, sondern einer wenn auch nur vorübergehenden Sympathie und Verantwortlichkeit für das Wohlbehagen eines Gastes. »Kommt es Ihnen nach der Großstadt hier in der Provinz nicht sehr langweilig vor?«

Die junge Frau lächelte zurück. »Aber nein, Frau Horbach!« widersprach sie mit ebenso großer Freundlichkeit. »Ich finde es wunderbar hier. Eine schöne alte Stadt, eine reizvolle Umgebung und vor allem freundliche Menschen. In Wien ist es so unruhig in letzter Zeit. Es wird immer schlimmer.« Und sie erzählte von einem Überfall auf den Golfclub ihrer Eltern. Eine Bande junger Nationalsozialisten sei in das Clubhaus eingedrungen, habe Tische und Stühle umgestürzt und Geschirr und Gläser zerschlagen. Nicht einmal vor den Pokalen hätten sie haltgemacht. Dabei seien antisemitische Parolen gegrölt worden, weil ein Teil der Clubmitglieder jüdischen Glaubens sei. Als man versucht habe, die Horde hinauszudrängen, habe es zahlreiche Verletzte gegeben. »Es muß schrecklich gewesen sein. Meine Mutter hat sich seither gar nicht mehr hingewagt. Sie sagt, alles kommt ihr irgendwie entehrt und besudelt vor.« Die junge Frau zuckte bekümmert die Achseln. »Ich finde, ein solcher Vorfall schadet dem Ruf unseres Landes. Viele Clubmitglieder gehören dem diplomatischen Corps an. Man wird auf der ganzen Welt davon erfahren und glauben, alle Österreicher seien so.«

Der alte Herr Notar richtete sich wie elektrisiert auf. »Ganz meine Rede!« begann er eifrig. »Ich sage immer …«

Worauf seine Tochter hastig die Hand hob und Marie bedeutete, mit dem Servieren zu beginnen. »Ich hoffe, es schmeckt Ihnen!« Sie lächelte unbeirrt. Ihre Stimme war nur wenig lauter als sonst. Nur wer sie gut kannte, hätte ihren Ärger heraushören können und ihre Besorgnis, daß ihr Vater wieder einmal die Unterhaltung an sich reißen würde.

Marie servierte die Suppe und blieb dann abwartend neben der Anrichte stehen, die Arme hinter dem Rücken verschränkt, wie sie es gelernt hatte. Für kurze Zeit trat Stille ein. Silberne Löffel klapperten leise auf dem Familienporzellan. Der alte Herr atmete angestrengt, und hin und wieder unterlief ihm ein Hüsteln oder ein leises Schlürfen. Marie beruhigte sich. Erst jetzt wagte sie, zu dem Mann hinüberzusehen, der zwischen Beate Horbach und jener Frau saß, die ganz offenkundig sein Kind erwartete, das Maries Halbgeschwister sein würde, obwohl niemand auf der Welt diesen Zusammenhang kannte und der leibliche Vater der lebenden Tochter und des ungeborenen Kindes nicht ahnte, daß hier sein eigen Fleisch und Blut stand und nicht aus noch ein wußte.

Ein hochgewachsener, schlanker Mann mit einem schmalen Gesicht, das sich dem Teller zuneigte. Dichte, dunkelblonde, ein wenig gelockte Haare, die Marie den Atem raubten, weil sie ihr eigenes Haar darin wiedererkannte. Als er einmal nach der Serviette griff und den Blick vom Teller hob, zuckte Marie zusammen. Sie war sicher, daß er sie jetzt ansehen würde, und ihr Herz klopfte wie zu Beginn des Abends. Doch nichts geschah. Er breitete die Serviette wieder über seine Knie, lächelte Beate Horbach zu und murmelte lobende Worte über das Essen und die stilvolle Einrichtung.

Fast gleichzeitig waren sie mit der Suppe fertig. Man wartete nur noch auf den Herrn Notar, der um den letzten Tropfen im Teller kämpfte. Am liebsten hätte er wohl, dachte Marie, den Teller einfach ausgeschlürft, wie er es trotz aller töchterlichen Proteste manchmal tat, wenn die Familie unter sich war.

Marie räumte ab. Auf einem Servierwagen holte sie den nächsten Gang aus der Küche, wo Amalie schwitzend und mit hochrotem Kopf Schüsseln füllte und Platten belegte. Tafelspitz mit Dillsoße, Apfelkren, buntem Gemüse und gerösteten Kartoffeln: Amalies Spezialität, deren Zubereitung sie schon in jungen Jahren dem handgeschriebenen Rezeptbuch der alten Frau Notar entnommen hatte. Niemals würde sie diese Rezepte einem der dummen Dinger verraten, die nach und nach wie eine schnatternde Gänseherde in das Haus eingedrungen waren und es ebenso spurlos wieder verlassen hatten, auch wenn sich so manche die Hoffnung gemacht hatte, Amalie zu verdrängen. Doch Amalie behauptete ihren Platz. Die Rezepte der verstorbenen Frau Notar gehörten ihr. Nur ihr. Ein Geheimwissen wie das einer Hohenpriesterin. Solange sie es für sich behielt, war sie unabkömmlich, auch wenn ihr Rücken mit jedem Tag schlimmer schmerzte und ihr Gang immer unsicherer wurde.

Manchmal haßte sie die jungen Mädchen, die alles noch vor sich hatten, so wie einst auch sie selbst, nur daß sie klug genug gewesen war, besser sein zu wollen als die anderen. Perfekter. Alles zu tun, damit die Herrschaften zufrieden waren. Geld hatten sie, Ansehen hatten sie. Daß sie sich um nichts zu kümmern brauchten, dafür sorgte die tüchtige Amalie. Das hatte sie unentbehrlich gemacht, und sie grollte dem Herrgott, daß er sie auf einmal so alt werden ließ und ihr die Geschicklichkeit entzog, die sie ein Leben lang vor Verstoßung und Armut bewahrt hatte.

»Schmeckt es ihnen?« Sie wollte es wirklich hören. Immer noch und immer wieder: daß ihr Essen einzigartig war und daß die Gäste nicht genug davon bekommen konnten.

3

Ihre Hand. Maries eigene Hand, als sie halb neben, halb hinter dem fremden Mann stand, dem sie ihr Leben verdankte. Bis vor wenigen Jahren hatte Beate Horbach darauf bestanden, daß die Dienstboten beim Servieren weiße Handschuhe trugen. Erst in den Tagen der molligen Walburga hatte man diese Förmlichkeit abgeschafft, da bei fast jeder Gastlichkeit ein Teil der Speisen auf dem Boden oder dem Schoß eines Tischgastes landete, worauf Walburga jedesmal heulend aus dem Zimmer stürzte und schrie, es sei unnatürlich, glattes Geschirr mit Handschuhen anzufassen. Marie mußte also keine Handschuhe mehr tragen, obwohl Beate Horbach sich überlegte, ob man ihren geschickten Händen nicht vielleicht zutrauen konnte, die vornehme Gewohnheit wiederaufzugreifen.

Maries Hände hielten die schwere Schüssel

mit den Kartoffeln dem Gast entgegen, damit er sich bedienen konnte.

»Es schmeckt einfach köstlich. Man kann nicht widerstehen«, lobte Doktor Bellago mit einem Blick auf Beate Horbach und griff nach dem großen Silberlöffel.

Marie betrachtete seine Hand. Schmale, lange Finger und große Nägel wie Mandeln. Seine Hand: ihre Hand, ihre Finger, die neben den Händen der Verwandten zu Hause immer wieder aufgefallen waren. Anders als die kleinen Hände der Mutter mit ihren kurzen, immer ein wenig eingerissenen Nägeln. Arbeitshände, aber das war es nicht, was den Unterschied ausmachte. Maries Hände waren Städterhände, trotz der täglichen schweren Arbeit. Hände, die nicht in die ländliche Umgebung paßten. Und nun: Hände, die ihr Spiegelbild trafen, als sich der Gast ein-, zwei-, dreimal bediente, während das Mädchen mit der Dienstbotenhaube ihm dabei zusah. Seine Hand anstarrte und zu zittern begann. Meinte, er müßte sie erkennen, allein an der Form ihrer Hände. Warme Hände. Selbst wenn die Kälte klirrte. »Wärm' mir die Hände, Marie!« hatten die Kinder in der Schule manchmal gerufen, wenn sie froren, und Marie hatte gelacht und gutmütig die kleinen, kalten Finger zwischen ihre eigenen, warmen genommen und sie gerieben, bis auch sie weich und ganz warm waren. Wärm' mir die Hände, Marie! Ob auch seine Hände so warm waren wie die ihren? Es drängte sie, sie anzufassen und die Verwandtschaft zu spüren. Er war ihr Vater. Jeder mußte verstehen, daß sie mit ihm sprechen wollte. Ihn fragen, warum er nie mehr zurückgekommen war, obwohl er doch jetzt nicht mehr von seinem Vater und von seiner Mutter abhing, die – wie man erzählte – unter der Peinlichkeit am schlimmsten gelitten hatte.

Maries Hände zitterten immer mehr. Die Schüssel erschien ihr plötzlich so schwer, daß sie sie kaum noch halten konnte. Dabei starrte sie gebannt auf den Daumen ihres Vaters, auf den Mond, der gleich weit herauswuchs wie der auf ihrem Daumen. Rosa und Perlmutt ... Sie merkte selbst, wie sehr sie zitterte, daß sogar die Schüssel bebte und ihr auf einmal die ganze Tischgesellschaft besorgt zusah.

»Stellen Sie bloß die Schüssel nieder!« unterbrach der junge Mann die Stille. Doktor Harlander, der Beate Horbach vielleicht irgendwann als Schwiegersohn willkommen sein würde. Er lachte. »So zarte Hände und so schweres Geschirr! Man kann es ja nicht mit ansehen.«

Der Bann war gebrochen. Alle lachten und nahmen ihre Unterhaltung wieder auf, während Marie weiterbediente, zwischen Eßzimmer und Küche hin- und hereilte, sich von Amalie antreiben ließ und erst zur Ruhe kam, als nur noch die Mokkatäßchen auf dem Tisch standen und die Gäste sich an den Pralinen erfreuten.

Eine angenehme Stimmung erfüllte den Raum. Man war satt und zufrieden. »Schön, zu Hause zu sein, wenn draußen der Winter kommt«, seufzte Beate Horbach in ungewohnter Wunschlosigkeit. Man redete nicht mehr von Politik und von den Vorfällen in einem fremden Club in der fernen Stadt. Jetzt war es schön. Jetzt, in genau diesem Augenblick, auch wenn Marie, die neben der Anrichte wartete, sich plötzlich fragte, ob das alles denn immer so bleiben würde und ob nicht vielleicht doch einmal das Geschrei der Straße auch hier eindringen konnte. Umgeworfene Tische und Stühle. Geschirr, das zerbrach. Menschen, die beleidigt wurden. Eine mühsam aufrechterhaltene Ordnung, in die plötzlich der Sturm einbrach. Und mittendrin sie selbst, Marie, nur wenige Schritte von dem Mann entfernt, der ihre Mutter einst umarmt hatte. Wäre es denn möglich gewesen, daß Mira Zweisam an der Stelle der jungen, schwangeren Frau säße? Mira Zweisam aus einer ganz anderen Welt, mit anderen Gewohnheiten und Manieren. Wie hätte sie sich je hier zurechtfinden können? Wie sich Achtung erwerben unter diesen Menschen, denen der Schein nicht weniger galt als das Sein?

4

Freundlich und heiter verabschiedete man sich. Es war ein angenehmer Abend gewesen, darüber herrschte Einigkeit. Die junge Frau kündigte eine Einladung ihrerseits an. »Wir telefonieren, Frau Horbach, nicht wahr?« Worauf ihr der alte Herr die Hand küßte, obwohl er wissen mußte, daß diese Einladung ihn nicht betreffen würde. Doktor Bellago und sein junger Kollege legten Trinkgeld auf Maries Zinnteller. Mehrere Scheine, viel mehr Geld, als Beate Horbach für ein paar Wochen Arbeit zahlte.

»Sie haben uns wunderbar versorgt«, lächelte die junge Frau, als Marie sich anschickte, ihr in den Mantel zu helfen. Sie kam nicht dazu, denn Doktor Bellago nahm ihr das Kleidungsstück ab und legte es behutsam, fast schüchtern um die Schultern seiner Frau. Mit einem Stich im Herzen wurde Marie bewußt, daß er wahrscheinlich verliebt war. Frau Bellago geborene Bethany. Marie erinnerte sich nicht, ihren Vornamen gehört zu haben. Immer nur »meine

116

Liebe« oder »Liebste«. Ob er Mira Zweisam auch so angeredet hatte? Aber damals war er noch jung gewesen, fast ein Kind. Studenten redeten nicht so, auch nicht, wenn sie verliebt waren, und er mußte verliebt gewesen sein! Wofür sonst all der Kummer und die Schande? Und mit welcher Berechtigung wäre sonst sie selbst, Marie Zweisam, in diese Welt bestellt worden?

Sie beobachtete ihn, wie er sich von den Gastgebern verabschiedete, und wartete darauf, daß er sie endlich ansehen und im letzten Augenblick doch noch erkennen würde. Aber nichts geschah. Gleichmütig nickte er ihr zu, als er an ihr vorbei aus der Tür schritt. Draußen, im schwachen Lichtkreis der Laterne, legte er sofort wieder den Arm um die Schultern seiner Frau, während sein junger Kollege Marie beim Abschied zuzwinkerte und sie mit einer zitternden Bewegung seiner Hand neckte. Marie zuckte die Achseln, aber es tröstete sie ein wenig, sie wußte selbst nicht, warum.

Dann stand sie wieder mit Amalie in der Küche, denn am nächsten Morgen, wenn alle aufstanden, hatten die Spuren des vergangenen Abends verschwunden zu sein. Neuer Tag, neue Ordnung. Während oben im Badezimmer das Wasser rauschte, deckte Marie den Tisch ab, löschte die Kerzen und stellte die Mohren auf die Anrichte zurück, ohne sich selbst im großen Spiegel zu bemerken: ein junges Mädchen mit vor Anstrengung geröteten Wangen und keiner Zeit, sich Gedanken über den Kummer zu machen, der auf ihrer Brust lastete.

Nach über zwei Stunden lag sie endlich im Bett, immer noch erhitzt von all der Eile und Geschäftigkeit. Die Hände über der Decke gefaltet, versuchte sie, sich den Ablauf des Abends ins Gedächtnis zurückzurufen, sich an die Stimme ihres Vaters zu erinnern und nachzuspüren, ob er nicht vielleicht doch etwas gesagt hatte, das auf besondere Sympathie hindeutete und auf ein unbewußtes Erkennen der Wahrheit. Aber ihr fiel nichts ein. Der Mann, dem sie begegnet war, war ein höflicher, ihr gegenüber gleichgültiger Mensch mit dem gleichen Haar wie sie selbst und den gleichen Händen, sonst nichts.

Erst als sie eingeschlafen war, kam sie zur Ruhe. Allein und unerwartet erwachsen geworden, schritt sie plötzlich über die lange, steinige Straße, die vom Haus ihrer Mutter zur Stadt führte. Schnurgerade zwischen Wiesen und Feldern hindurch. Wenn in der Ferne ein Fahrzeug auftauchte, ein streunender Hund oder ein Mensch, dauerte es eine kleine Ewigkeit, bis man einander so nahe gekommen war, um Einzelheiten zu erkennen. Ganz allein, mit leichten Schritten und in städtischen Kleidern eilte Marie dahin. Ein milder Lufthauch bewegte ihr Bellago-Haar. Es ging ihr gut. Sie fühlte sich wohl. Durch das feine Leder ihrer Schuhe spürte sie die Steine der Straße, und hin und wieder stieß sie unbeabsichtigt einen vor sich her.

Erst nach einer Weile merkte sie, daß am Horizont etwas aufgetaucht war, das näher kam. Immer näher, auch wenn Marie noch nicht viel mehr ausmachen konnte, als daß es ein Mensch war. Ein Mann. Ein Mann mit einem Hund, der ohne Leine neben ihm herlief. Ein hochgewachsener, schlanker Mann in Jagdkleidung. Immer näher. Ein Mann mit dichtem, leicht ergrautem Haar und feinen Gesichtszügen. Ein nicht mehr junger Mann, der Marie anstarrte wie sie ihn.

Da erkannte sie ihn, und an seinem Blick sah sie, daß auch er wußte, wer sie war. Sie bewegten sich aufeinander zu, in beider Augen ein abwartendes Starren. Angst? Ein paar Schritte trennten sie noch. Warum hielten sie nicht inne und gaben sich zu erkennen? fragte sich Marie im Traum in ihrem Bett in der Mädchenkammer der Horbach-Villa. Bleibt stehen! glaubte sie zu rufen, doch niemand hörte sie. Jetzt waren die beiden auf gleicher Höhe, Auge in

Auge. Dann, nach einem Moment, so kurz und so lang wie die Ewigkeit, gingen sie aneinander vorbei. Nur der Hund duckte sich unvermittelt und knurrte leise. So, wie sie sich genähert hatten, so bewegten sie sich wieder voneinander fort, vielleicht das Gefühl der Gegenwart des anderen im Rücken wie einen Schmerz.

Erst nach langer, viel zu langer Zeit wandte sich Marie, die ältere, städtische Marie, um und blickte zurück – fast gleichzeitig mit dem Mann im Jagdanzug. So groß aber war die Entfernung zwischen ihnen bereits geworden, daß ihre Blicke einander nicht mehr fanden. Sie hätten Fremde sein können auf diesem langen Weg. Da drehten sie sich um und gingen weiter, ein jeder seinem eigenen Horizont entgegen.

Marie Zweisam, das junge Mädchen in der Kammer, weinte im Schlaf. Doch als sie am Morgen erwachte, hatte sie ihren Traum vergessen. Was ihr blieb, war ein dumpfes Gefühl der Enttäuschung.

HEIMKEHR

I

Als Marie zum ersten Mal wieder nach Hause zurückkehrte, war alles anders als früher. Die heimatliche Landschaft in diesem Winter, der kälter war als sonst: eine fremde Hochebene, kahl und ohne Leben, obwohl der Sturm ungebändigt über die weißen Flächen hinwegfegte und dabei blasse Laken aus Millionen Nadeln emporriß und wieder niederwarf. Kleine Baumgruppen, an warmen Tagen so einladend und gefällig, tauchten aus dem Nichts auf wie boshafte Trugbilder und verschwanden wieder. Die gerade Straße, Marie von jeher vertraut, war zugeweht und ohne Kontrast zur schneegeschuppten Ebene.

Marie kämpfte um den Atem, den ihr der Sturm aus dem Munde riß. Bis über die Knie versank sie im Schnee. Ihr war kalt und heiß zugleich. Einmal stürzte sie zu Boden. Als sie sich wieder aufgerappelt hatte, hatte sie die Orientierung verloren. Nur die Windrichtung half ihr, sich wieder zurechtzufinden. Von rechts vorne war der Angriff gekommen, immer auf ihre rechte Wange und ihr rechtes Ohr, das von Beate Horbachs modischer Kappe nicht bedeckt wurde und schon schmerzte. Marie zerrte ihren Schal unter dem Kragen hervor und band ihn wie ein Kopftuch über die Kappe. Sie wollte sich nicht eingestehen, daß sie sich fürchtete.

Fast ein Jahr in der Stadt hatte ausgereicht, sie unvorsichtig zu machen und den Winter zu unterschätzen. Mit den Gefahren der Natur war sie aufgewachsen. Sie hatte gelernt, sich vor ihnen in acht zu nehmen. Natürlich suchte man bei einem Gewitter nicht Schutz unter Bäumen, mochte es noch so sehr regnen und stürmen; natürlich sprang man nicht in unbekannte Gewässer, berührte keine unerwartet zutraulichen Waldtiere oder begab sich während eines Schneesturms ins Freie. Jedenfalls nicht ohne Begleitung und schon gar nicht, wenn niemand einen vermissen würde. Die Mutter, zu der Marie unterwegs war, würde bald zu Bett gehen, ohne sich zu sorgen, daß ihre Tochter vielleicht da draußen im Schnee herumirrte und ihren Weg nach der trügerischen Sicherheit der Windrichtung suchte. Auch die Horbachs machten sich keine Gedanken um Marie. Die ganze Familie amüsierte sich bei einem Skikurs in den Alpen, und Amalie, allein in der Villa geblieben, war Marie böse, weil sie wie ein »Sozimensch« ihren Urlaub eingefordert hatte und zu ihren Leuten fuhr, anstatt wie ein Dienstbote alter Schule pflichtgetreu auf ihrem Platz auszuharren.

Erst in zwei Wochen wurde Marie in der Horbach-Villa zurückerwartet, und hier, zu Hause, wußte man nicht, daß sie kommen würde. Ein Zeitspalt von vierzehn Tagen warf sie aus der Welt. Niemand rechnete mit ihr. Niemandem würde sie fehlen. Der Schnee – ein Leichentuch! dachte sie in Erinnerung an die vielen alten Sagen und Schauergeschichten, mit denen sie aufgewachsen war. Es erschien ihr wie ein Scherz, zugleich aber gewahrte sie, daß die Dämmerung nach und nach in Dunkelheit überging. Wo war nur die Straße geblieben? Wozu eigentlich noch weitersuchen? Es war so kalt und finster. Wie angenehm mußte es sein, sich in den Schnee zu setzen und die Augen zu schließen!

Wenn sich Marie später an diese Minuten der Gefahr zurückerinnerte, konnte sie kaum glauben, daß sie erwogen hatte, einfach aufzugeben. Kein akuter Kummer bedrückte sie; nichts, von dem man erwarten konnte, daß es ihr den Lebensmut rauben würde. War es das geduldige Erbe ihrer bäuerlichen Vorfahren, das sie der mächtigen Natur auslieferte, deren zerbrechlicher Teil der Mensch doch immer schon gewesen war, auch wenn die reichen Leute in der

Stadt meinten, alles wäre machbar? Dreimal im Laufe der Überlieferung war der Hof der Zweisam-Familie vom Blitz getroffen worden und abgebrannt. Dreimal hatten die Geschädigten mit dem Herrgott gehadert und dann doch alles wieder aufgebaut. Hinfallen und aufstehen. Untergehen und wieder auftauchen. Nur wenn man etwas wirklich nicht ändern oder wiederherstellen konnte, mußte man den Verlust eben hinnehmen. Dann bekreuzigte man sich und ergab sich in sein Schicksal. Gottes Wille. Auch wenn Mira Zweisam am allzu frühen Totenbett der Eltern nach Tränen des Mitleids und der Verzweiflung nur noch Tränen der Wut vergossen und das Kruzifix aus dem Fenster geworfen hatte. »Du verdammter Jesus!« hatte sie gerufen, dabei wußte sie noch gar nicht, was ihr alles bevorstand. In der Nacht hatte sie das Kreuz aber doch wieder geholt und sorgfältig abgewischt. »Dich hat er ja auch einfach verrecken lassen«, murmelte sie und hängte Gottes Sohn wieder an seinen angestammten Platz zurück, während oben im Schlafzimmer die toten Eltern mit gefalteten Händen nebeneinanderlagen, die weißen Gesichter zum letzten Mal auf dieser Welt beleuchtet vom Flackern der Kerzen.

Zwischen den Schneeflocken auf ihren Wimpern starrte Marie in die Dunkelheit. Ein neuerlicher Windstoß jagte über die Hochebene. Für einen Moment riß er die Schneewand auf, lange genug, daß Marie die vertrauten drei Kastanienbäume vor dem Haus ihrer Mutter auszumachen glaubte. Sie atmete auf. Neue Kraft durchströmte sie. Erleichterung, so mächtig, daß sie aufschluchzte. Die Bäume waren schon wieder hinter der feindseligen Wand verschwunden, doch Marie wußte nun, wo die Rettung wartete. Dann sah sie die Bäume wieder, jetzt viel deutlicher, und dahinter, ganz schwach, das Licht aus der Stube. Mit jedem Schritt im Schneemeer versinkend, stolperte sie vorwärts, bis sie vor dem kleinen Haus stand, das den Sturm abhielt, so daß die Luft auf einmal stillzustehen schien. Sie war außer Gefahr. Warm und sicher. Marie stieß die Tür auf und war daheim.

Die elektrische Lampe über dem Stubentisch war ausgeschaltet. Nur eine Kerze vor einem aufgeschlagenen Bauernkalender erhellte den Raum. Mira Zweisam lag auf der Bank in der Ecke und schlief. Unter der gehäkelten braunen Wolldecke zeichneten sich die Umrisse ihres Körpers ab. Wie ein ungeborenes Kind hatte sie die Knie hochgezogen, als wolle sie sich vor der Welt schützen, indem sie sich in sich selbst einrollte. Zerbrechlich und einsam sah sie aus. Mama! wollte Marie rufen, doch dann stellte sie leise und vorsichtig ihren Koffer ab und hängte ihre Überkleidung im Vorhaus zum Trocknen auf. Auf Zehenspitzen schlich sie in die kleine Küche neben der Stube und bereitete Tee auf dem Herd, der immer noch warm war. Holz gab es hier genug. Wer auf dem Lande lebte, brauchte nicht zu frieren.

Sie goß den Tee in zwei große, zylinderförmige Tassen aus Keramik, dickwandig und plump. Ganz anders als Beate Horbachs zierliches Service aus Augarten-Porzellan, schneeweiß mit sattgrünen Blümchen, das gleiche Muster wie auf den plissierten Seidenschirmen der beiden Lampen, die auf der breiten Fensterbank im Eßzimmer standen. Auch Mira Zweisams Tassen waren geblümt, bunte Sträußchen wie auf einer Sommerwiese. Als Marie sie zum Tisch trug und sich an den Henkeln fast die Finger verbrannte, schienen sie ihr plötzlich so vertraut, daß sie am liebsten geweint hätte vor Wiedersehensfreude und Traurigkeit zugleich.

Ja, sie war traurig und konnte sich nicht erklären, warum. Hatte sie nicht seit Wochen darum gekämpft, endlich wieder einmal nach Hause fahren zu dürfen, da man ihr doch einen Besuch zu Weihnachten verwehrt hatte? »Wir können dich hier nicht entbehren!« hatte Beate Horbach bestimmt, und dagegen war Widerspruch zwecklos. So stand Marie Zweisam am Weihnachtsabend zum ersten Mal mit fremden Menschen unter einem fremden Christbaum. Ja, Fremde, nie waren sie ihr fremder erschienen als damals, da sie doch fest an ihr eigenes Recht glaubte, an ebendiesem Abend bei ihrer Mutter und bei den wenigen Menschen zu sein, die zu ihr gehörten.

So viele Geschenke unter dem raumhohen Baum, an dessen Zweigen Pralinen hingen, die Marie und Amalie in blaßrosa Seidenpapier gewickelt hatten! Nur dieser eine Schmuck: rosa Pralinen und rosa Kerzen. Als kleines Mädchen hatte Beate Horbach einen solchen Baum im Hause einer Adelsfamilie gesehen. So schmückten die Wiener Aristokraten ihre Christbäume, hatte ihr der Vater erklärt. »Ausgesprochen vornehm, aber eigentlich ziemlich fade, wenn du mich fragst.« Doch Beate Horbach war hingerissen gewesen. Von ihrem ersten Ehejahr an duldete sie nur diese eine Art von Christbaum in ihrem Haushalt. So manche ihrer Freundinnen beneidete sie um diesen Einfall, doch keine wagte es, ihn zu kopieren. So beleuchteten fortan im Hause Horbach jedes Jahr blaßrosa Kerzen ein Meer von blaßrosa eingepackten Geschenken, so fein und zart und aristokratisch entrückt, wie die Hausherrin selbst zu empfinden und zu sein glaubte.

Mira Zweisam wachte nicht auf. Marie setzte sich neben sie, als wäre dies ein Krankenbesuch. Langsam und in kleinen Schlucken trank sie ihren Tee. Sie beobachtete das blasse, abgespannte Gesicht ihrer Mutter. Aus ihrem letzten Brief – kurz und knapp wie immer – wußte sie, daß Mira Zweisam drei Wochen lang an einer schweren Grippe gelitten hatte, wie auch viele andere aus der Umgebung. Eine schwere Krankheit, die seit dem plötzlichen Tod der Großeltern alle hier fürchteten. Es war kein Wunder, daß sie so schmal geworden war. Ein Körper wie von einem Kind und das hübsche, herzförmige Gesicht wie von einem traurigen jungen Mädchen.

Marie wurde von Liebe überwältigt. Neben ihr lag der einzige Mensch auf der Welt, zu dem sie gehörte. Der zu ihr gehörte. Den sie liebte und der sie liebte. »Mama!« sagte sie leise. Mira Zweisam bewegte sich ein wenig zur Seite, als wolle sie neben sich Platz machen, doch sie schlief weiter. Da stellte Marie die Tasse auf den Tisch und legte sich neben ihre Mutter. Ganz nahe auf der schmalen Bank. Sie spürte die Wärme, die von dem zarten Körper ausging, und sie schmiegte sich ganz fest daran. Seit Monaten hatte sie nicht mehr die Nähe eines Menschen gespürt. Sie war niemandem begegnet, den sie liebte, und sie sehnte sich danach, wie die junge Frau ihres Vaters einen Arm um sich zu spüren als schützenden Zaun vor den Unbilden der Welt. So kroch sie unter die Wolldecke der Mutter und legte sich deren Arm um die Schultern. Erst jetzt merkte sie, wie müde sie war, aber es war eine gute Müdigkeit inmitten all der Wärme und Geborgenheit.

Marie schlief ein. Die Kerze auf dem Tisch brannte langsam nieder. Alles war still und friedlich. Nur den leisen Atem von Mutter und Tochter hätte man hören können. Doch es war niemand da, sie zu hören oder zu beobachten. Sie waren allein, jeder für sich und doch gemeinsam. Mira Zweisam und ihre Tochter.

2

Ja, alles war anders als früher, obwohl sich nach außen hin kaum etwas verändert hatte. Das gleiche kleine Haus mit seinen einfachen, sorgfältig gepflegten Möbeln, da es doch eine Verschwendung gewesen wäre, im Laufe eines Lebens Geld für neue Einrichtungsgegenstände auszugeben. Wer sich selbständig machte – für gewöhnlich zu Beginn seines Ehestandes –, richtete sich ein, bezog sein neues Heim und seinen neuen Lebensabschnitt: den letzten, denn von nun an stand alles fest und würde erst nach Jahrzehnten dort sein Ende finden, wo alles sein Ende fand. Ein Leben lang die gleiche Umgebung, die gleiche Bettwäsche und fast die gleiche Kleidung, alles von Jahr zu Jahr unmerklich schäbiger, verschlissener, bis zuletzt der Abschied selbstverständlich schien und fast schon wünschenswert. Das Sterben der Dinge und das Sterben der Menschen gingen Hand in Hand, und bis zu ihrem Ende teilten sie das ganze Leben.

Mit einer unerwarteten Beklemmung im Herzen schritt Marie von Zimmer zu Zimmer; öffnete alle Türen, auch die der Schränke, blickte in alle Schubladen und fand alles wieder, was immer schon dagewesen war. Die Welt ihrer Kindheit und doch auf einmal nicht mehr vertraut. Nicht mehr selbstverständlich. Das Jahr in der Fremde hatte ihr Auge geschärft und zugleich auch getrübt. Sie verglich, was ihr vorher unvergleichlich erschienen war; bewertete die Dinge und die Menschen und merkte auf einmal, daß sie dabei war, ihre Wurzeln zu verlieren.

Wie ein Hündchen lief sie hinter ihrer Mutter her, wollte beim Aufräumen helfen und beim Kochen und war auf einmal wieder das Kind von einst, dem man nicht zutraute, die Aufgaben der Erwachsenen zu bewältigen. »Laß nur!« sagte Mira Zweisam immer wieder. »Ich mache das schon. Ruh du dich nur aus! Du hast doch Urlaub. Das bißchen Arbeit hier, damit werde ich schon allein fertig.« Dabei war ihr anzusehen, daß sie sich von ihrer Krankheit noch nicht erholt hatte. Flink und leichtfüßig bewegte sie sich, wenn sie Maries Blicke auf sich spürte. Doch wenn sie meinte, Marie sähe es nicht, sank sie in sich zusammen und legte sich die Hand auf die Stirn oder auf den Leib, als wolle sie sich damit Linderung verschaffen.

»War es wirklich nur eine Grippe, Mama?« fragte Marie eines Mittags, als sie nach dem Essen noch bei Tisch saßen und zum Fenster hinausblickten, wo in der Sonne das Tauwasser von den Eiszapfen tropfte, während der aufgeweichte Schnee grollend vom Dach rutschte und unter den Fenstern ein kleines, immer weicher werdendes Gebirge bildete, das sich zögernd wie unter Tränen auflöste und verschwand.

»Es geht mir gut. Bedräng mich nicht!« Mira Zweisams Stimme klang so abweisend, daß sie selbst es bereute und kurz, ganz kurz nur, Maries Hand tätschelte, obwohl sie sich doch beide nach Zärtlichkeit sehnten. Dann erhob sie sich hastig und beschämt und zeigte Marie die neuen Errungenschaften ihres Haushalts: ein nicht mehr ganz neues Herrenfahrrad, an das sich ein Anhängerwägelchen kuppeln ließ,

und – wie ein kleiner Altar mit einer Blumenvase geschmückt und mit einem braunstichigen
Foto von Marie als Kind – ein Radio, vier
Handbreit hoch mit zwei Knöpfen, die die ver-
borgenen Geräusche des Äthers ins Zimmer
holten und sie je nach Wunsch lauter werden
oder verstummen ließen. »Anfangs wollte ich
es nicht«, gestand Mira Zweisam, »aber der
Lauer, du weißt schon, der jüdische Trödler aus
Wels, hat es mir eingeredet. Ich habe ihm dafür
die Schachtel mit dem Hamstererschmuck gegeben. Den mochte ich ohnedies nie im Haus
haben. Er gehörte nicht hierher. Der Lauer, der
junge übrigens schon, der alte kann nicht mehr,
hat mir auch die Empfangsgebühr für zwei Jahre bezahlt, sonst hätte ich mich nicht darauf
eingelassen. Es kostet zwei Schilling im Monat.
Eigentlich eine Verschwendung, aber es ist so
schön!«

Ja, es war schön, in der Abenddämmerung
ganz nahe an das kleine elektrische Zauberding
heranzurücken, sich auf dem harten Bauern-
stuhl zurückzulehnen, der für solchen Luxus
nicht gebaut worden war, vielleicht sogar die
Augen zu schließen und aus der groben, engen
Welt hinüberzugleiten in einen Zustand der
Träumerei und Hingabe. »Schlaf, mein Liebling«, schmeichelte eine weiche Männerstimme,
sanft, so sanft, daß Mira Zweisams Bruder jedes-

mal murrte, gleich komme ihm das Speien. Doch sie schüttelte den Kopf und wiegte sich langsam hin und her. Noch immer erlaubte sie sich nicht, an jenen Sommer zu denken, den sie so unbarmherzig aus ihrer Erinnerung verbannt hatte, weil damals die Schande ihren Anfang nahm. *Schlaf, mein Liebling.* Die Stimmung des Liedes war die gleiche wie damals. Die Ergriffenheit, das Erstaunen darüber, daß so viel Glück möglich war. *Schlaf, mein Liebling.* Zuneigung, wahrhaft oder nur vorgetäuscht. Zärtlichkeit, die das Herz anrührte und mit einer Angst erfüllte, die sich als Erregung tarnte. *Schlaf, mein Liebling.* Sogar der stumme Knecht Reitinger blieb draußen vor der Tür stehen und hörte zu, bis der letzte Ton verklungen war. Keiner in Marie Zweisams kleinem Haus hatte einen Menschen, den er Liebling nannte und der ihn in den Schlaf begleitete … *Schlaf, mein Liebling, träum von lauter Blüten. Schlaf, mein Liebling, Englein dich behüten. Englein singen dir dann im Traum leise ein Lied, du hörst es kaum …* So viel Süße, wahr und erlogen zugleich, wie das Leben selbst. Hingabe und Verrat, und die Arglosen, die daran glaubten, blieben auf der Strecke.

Als der Schnee getaut und die Wege getrocknet waren, verbrachte Marie Stunden damit, durch die Gegend zu streifen und die Plätze ihrer

Kindheit aufzusuchen, als wäre sie nicht nur ein Jahr fort gewesen, sondern ein halbes Leben. Sie besuchte ihre ehemaligen Mitschülerinnen und wunderte sich, sie verändert zu sehen. Auch ihr selbst versicherte man, sie sei anders geworden, erwachsener, städtischer. Fremder vielleicht sogar, obwohl niemand dieses Wort in den Mund nahm, weil Marie ohnedies schon immer ein wenig fremd gewesen war und es taktlos gewesen wäre, sich so nah an die Wahrheit heranzuwagen. Trotzdem verübelte man ihr Beate Horbachs schöne Kleider und den urbanen Tonfall, den sie vermied und der doch manchmal durchdrang, ohne daß sie es merkte. »Wer weiß, von wem sie Geld bekommt«, murmelte eine Nachbarin, während sie ihr herzlich nachwinkte. »Solche Gewänder kann sich ein Dienstmädchen gar nicht leisten. Immerhin ist sie die Tochter ihrer Mutter. Irgendwann badet sie auch in einem schönen See und kommt mit einem Bankert zurück. So etwas liegt im Blut, da kann mir keiner etwas vormachen.«

Es wurde viel geredet in dem kleinen Ort, dessen Bauernhäuser so weit auseinanderlagen, daß die Gerüchte von einem zum anderen Zeit hatten, immer unbarmherziger zu werden, immer spöttischer. Bald schon munkelte man, daß der erste Verdacht sich schon in den nächsten Tagen bestätigen und Marie nicht mehr in die

Stadt zurückkehren werde, weil das Unglück längst geschehen sei. Niemand äußerte ein Wort des Zweifels oder der Verteidigung. Alle glaubten, Bescheid zu wissen, und verhielten sich dennoch so entgegenkommend, daß Marie meinte, es sei schön, wieder daheim zu sein. Zwei Wochen durfte sie bleiben, doch bald rechnete jeder damit, daß sich diese Frist mehr und mehr verlängern und das kleine Haus erneut ein Ort der Schande werden würde. So etwas lag ja, wie gesagt, im Blut.

Marie und ihre Mutter merkten nichts. Mira Zweisam hatte längst gelernt, ihre Ohren zu verschließen, und Marie war zu glücklich, um die Signale zu erkennen. Stundenlang übte sie mit ihrer Mutter auf dem neuen Fahrrad, bis beide gelernt hatten, in Windeseile über die Schotterstraße und die Feldwege zu kurven. Sie fuhren allein oder zu zweit mit der anderen auf der Stützstange oder dem Gepäckträger. Schließlich zwangen sie sogar den stummen Reitinger, das Radfahren zu lernen. Immer wieder fingen sie den Flüchtenden ein, der sich verzweifelt wehrte und mit Gewalt auf den Sattel gehoben werden mußte. Gemeinsam schoben ihn Mutter und Tochter dann im Hof auf und ab, außer Atem vor Anstrengung und vor Lachen, weil der Knecht sich so fürchtete. Schließlich aber gewann er doch Vertrauen in das klapprige Vehikel und leistete keinen Widerstand mehr, als sie ihn durchs Hoftor hinausschubsten und er sich auf einmal auf der Straße befand.

Erst wollte er abspringen, doch dann merkte er, daß er in der Lage war, auch ohne Hilfe das Gleichgewicht zu halten. Er spürte den Fahrtwind auf seinem Gesicht und schob sich den Hut aus der Stirn, um noch mehr zu fühlen und die ungewohnte Lust der Freiheit noch intensiver zu genießen, eins zu sein mit der Luft wie ein Vogel. Immer schneller strampelte er über die holprige Straße, immer weiter fort von dem kleinen Haus, vor dem Mutter und Tochter standen und ihm nachriefen, was er nicht verstand und auch gar nicht hören wollte, weil er auf einmal ganz allein auf der Welt war und niemand ihn mehr behinderte und zurechtwies. Er war nicht mehr der Reitinger, das Stummerl, sondern Reitinger, der Mensch, der sein eigener Herr war, der nach vorne strebte und alle Enge hinter sich ließ.

Marie und ihre Mutter trauten ihren Ohren nicht, als sie ihn auf einmal schreien hörten. Schreien, so laut, daß es über die kahlen Felder schallte und sich an der grünen Wand des Wäldchens brach. Schreien mit einer Stimme, die nicht zu artikulieren verstand, die aber in diesem Moment so stark war wie der Ruf eines ganzen Regiments. »Ah!« schrie er, »Ah!«, immer wieder, weil er endlich er selbst war. Marie und ihre Mutter blickten ihm ratlos nach. Sie sahen ihn am Horizont verschwinden und gingen achselzuckend ins Haus.

Erst nach zwei Stunden kam er zurück, rotgesichtig und zerzaust. Den Hut hatte er unterwegs verloren. Er stellte das Rad an seinen Platz und ging ohne eine Geste der Entschuldigung in sein Zimmer. Von da an nahm er sich das Rad, sooft er konnte. Mira Zweisam hinderte ihn nicht daran, und manchmal, am Abend, machten sie sich alle ihren Spaß, und Mutter und Tochter zwängten sich in den kleinen Anhänger und ließen sich vom Reitinger über die Felder kutschieren, immer wieder in Gefahr, umzustürzen, und doch voller Übermut und Glück. Ja, Glück, das so groß war, daß es ihnen sogar im gleichen Augenblick noch bewußt wurde.

3

»Ich habe etwas vor mit dir.«

Es war Sonntag. Sie trugen ihre besten Gewänder, der Onkel sogar die goldene Uhrkette, die er von seinem Schwiegervater geerbt hatte und die mit dem Gewicht ihrer Tradition seinen

Platz in der Familienhierarchie hervorhob. Draußen in der Küche spülte Mira Zweisam mit der Schwägerin und deren Magd das Mittagsgeschirr. Der Geruch des Schweinebratens hing in der Luft, Zeichen von Wohlstand und gutem Leben. Nur der Krug mit dem Apfelwein stand noch auf dem Tisch. Der Onkel bediente sich, trocknete sich mit dem Handrücken den Schnurrbart und reichte den Krug weiter an Marie. Es wäre unhöflich gewesen, ihn abzuweisen.

»Wir haben viel Unglück erlebt in unserer Familie«, fuhr der Onkel fort. »Mehr als andere, muß ich sagen.« Für einen Augenblick versank er in einer Schwermut, die ihm keiner zugetraut hätte, der am Stammtisch sein lautes Lachen und die befehlsgewohnte Stimme hörte, mit der er auf seinen Wünschen bestand. »Ich brauche dir nicht zu erzählen, was uns alles seit dem Krieg zugestoßen ist.« Er schob den Krug in die Mitte des Tisches und starrte Marie mit der ganzen Wut seiner Enttäuschung an. »Es geht nicht weiter mit uns«, sagte er dumpf. »Wir haben keine Kinder. Wenn mir etwas zustößt, machen sich Fremde hier breit.« Er schlug mit der flachen Hand auf den Tisch. »Die Leute lachen schon über uns. Sie nennen meine Cäcilia eine Steingeiß, weil nichts in ihr wächst.« Tränen traten in seine Augen. Er sprach erst weiter, als sie von selbst getrocknet waren. »Du bist die letzte Generation«, murmelte er so leise, daß Marie ihn kaum verstand. »Dein Vater war ein Schwächling, aber gegen seine Familie ist nichts zu sagen. Hochangesehene Leute. Du hast ihren Verstand geerbt, das kann in diesen gottlosen Zeiten nur von Nutzen sein.«

Draußen in der Küche war es still geworden. Die Tür stand einen Spaltbreit offen und bewegte sich kaum merklich hin und her. Wahrscheinlich hielten die Frauen dahinter ihren Atem an, um nur ja kein Wort zu versäumen. Selbst Tante Cäcilia, dachte Marie beschämt. Die Steingeiß ... Das Wort traf sie, als hätte man sie selbst beleidigt. Sie mußte an die Horbachs denken, an ihre Empfindlichkeiten und an die anerzogene, fest verwurzelte Höflichkeit, mit der sie sich schützten. Eine andere Welt, viel unterschiedlicher noch, als es bereits den Anschein hatte. Wäre Elvira nicht geboren worden, hätte trotz aller Verbitterung niemand Beate Horbach eine Steingeiß genannt.

»Ich habe mich bei deiner Herrschaft erkundigt«, sagte der Onkel und räusperte sich. »Vorige Woche. Ich war in der Kanzlei deines Dienstherrn. Ein sehr feiner Mann. Er hat mich sofort empfangen und behandelt wie einen Freund. Das liegt an dir. Du hast dir Achtung erworben. Er hat nur Gutes über dich gesagt. Genau wie der Lehrer. Der hat dich auch immer nur gelobt.« Die Stimme des Onkels zitterte. In seiner Welt lobte man wenig. Ihn entwaffneten freundliche Worte, weil sie an die heimliche Sehnsucht nach jener Zärtlichkeit rührten, die sich keiner in seiner Familie je gestattet hätte. Manchmal kam ihm der Gedanke, er hätte vielleicht einen Sohn bekommen, wenn er gelernt hätte, mit seiner Frau so umzugehen wie die Kerle in den Filmen, die es in der Stadt zu sehen gab. Ganz verrückt war Cäcilia nach diesen Filmen, und wenn sie danach mit der Kutsche heimfuhren, war sie ein anderer Mensch. Sie summte heimlich die Lieder, die sie gehört hatte, und manchmal ertappte er sie sogar dabei, wie sie alles um sich vergaß und vor sich hin lächelte. »Na, na!« unterbrach er sie dann und rückte näher, vielleicht sogar um ihr zu sagen, daß sie ihm gefiel. Doch wenn sie ihn dann ansah, schämte er sich, als hätte er eine ungeschriebene Spielregel gebrochen, und die Gelegenheit war vorüber.

Marie erschrak, daß sich plötzlich ihr Leben zu Hause mit dem Leben in der Stadt vermengte. Das eine hatte mit dem anderen doch nichts zu tun! Niemals hatte sie in der Platanenallee von ihrer Familie erzählt. Sie glaubte, man würde die Welt ihrer Kindheit ja doch nur verachten. Städter hielten nichts von Bauern, und umgekehrt war es genauso. Trotzdem schien ihr die Verachtung der Städter verständlicher. Wie hätten sie auch den Wert der derben, bäuerlichen Lebensart ermessen können? Trotzdem errötete sie bei dem Gedanken, daß der gnädige Herr sie gelobt hatte. Manchmal war es ihr vorgekommen, als bemerke er sie gar nicht, sondern hielte sie höchstens für eine Art Möbelstück, das jederzeit ausgetauscht werden konnte und dessen einziger Wert darin bestand, daß es seinen Zweck erfüllte.

»Ich will, daß du in die Stadt zurückgehst«, bestimmte der Onkel, der seine Fassung wiedergewonnen hatte. »Schau dir ruhig die Welt an. Werde erwachsen. In zwei, drei Jahren, wenn der Herr unsere Wünsche endgültig überhört hat, kommst du zurück, und ich lerne dich an. Ich suche dir einen Mann, der es wert ist, und wenn wir alt sind, übergebe ich euch den Besitz. Wir sind immerhin blutsverwandt. Vielleicht hat es sich der Herrgott so ausgedacht, als er deine Mutter ins Unglück rennen ließ.«

Die Tür öffnete sich. Mira Zweisam und die Tante kamen zögernd herein und tätschelten Maries Arm. Dann brach die Tante plötzlich in Schluchzen aus und stürzte aus der Stube. Man hörte, wie sie die Treppe hinaufrannte und die

Tür des Schlafzimmers hinter sich zuwarf, wo in ihrer rosa und blau bemalten Aussteuertruhe fein säuberlich zusammengelegt das bestickte Taufkleid wartete, in dem sie dem Herrgott nach und nach die ganze prächtige Kinderschar dargebracht hätte, an der sie in jungen Jahren nie gezweifelt hatte. Er hatte sie ihr verweigert, der unerbittliche Herr da oben, und auf dem Kleidchen bildeten sich braune Stockflecken.

Marie wollte antworten, aber sie wußte nicht, was sie sagen sollte. Sie sah die Freude ihrer Mutter und ihre Erleichterung, daß der Bastard von einst doch noch seine Stellung in der Welt finden würde. Sie sah den Onkel, der an ihrer Zustimmung nicht zweifelte, und sie dachte plötzlich an das Bücherzimmer des Herrn Notar. An die langen Reihen goldgeprägter Bände. Die Zeitungen. Die Bilder. An die Stille und das Nachdenken. Sie sah sich selbst da sitzen im Licht des Nachmittags – immer ein wenig gedämpft, weil die Bäume nahe an die Fenster herangewachsen waren. Hörte die eigene Stimme, wie sie las, und spürte die Ruhe und Zufriedenheit, die sie hier, im Hause des Onkels, niemals finden würde.

Sie schüttelte den Kopf, um abzulehnen und sich von einem Geschenk zu befreien, mit dem sie nichts anzufangen wußte. Doch der Onkel ergriff ihre Hand, einen Augenblick lang nur, und sagte, sie brauche sich nicht zu bedanken. So seien eben die Wege des Herrn, mochte man es wollen oder nicht.

4

Als Marie noch zur Schule ging, war ihr der Lehrer immer als ein Mensch ohne Alter erschienen; einer, der alles wußte und über jedes Urteil erhaben war. Eine Instanz in Wissen und Moral, dabei so einfallsreich, daß er seine Schüler, die vor dem hölzernen Podium saßen und zu ihm emporblickten, immer wieder zum Lachen brachte, als hätte er sich vorgenommen, ihnen die sechs Stunden, in denen ihr Glück, ihre Traurigkeit oder ihr Hadern in seiner Hand lagen, fröhlich zu gestalten, obwohl ihm selbst die innere Heiterkeit fehlte und er vergeblich gegen die eigene verdrießliche Biederkeit ankämpfte, die er verachtete und die dennoch sein Leben bestimmte und beengte.

Er durchschaute sich selbst und wäre gern anders gewesen: frei und rebellisch. Dennoch unterwarf er sich dem Willen seiner verwitweten und vom Leben enttäuschten Mutter, die seinen Beruf für ihn ausgewählt hatte; unterwarf sich den Erwartungen, die seine Vorgesetzten und die Eltern seiner Schüler an ihn stellten, und der gängigen Moral, obwohl er sie als verlogen und überholt verurteilte. Manchmal, beim Rasieren am Morgen, nannte er sich selbst einen verfluchten Feigling und fragte sein Spiegelbild, warum es nicht einfach alles hinschmiß, das Schultor krachend hinter sich zuschlug und der Mutter empfahl, ihre trokkenen »Linzer Augen« selber zu essen.

Doch wenn er dann den Seifenschaum von seinen Wangen geschabt und die kleine Wunde, die er sich dabei – hin und wieder – fast absichtlich zufügte, mit Alaunstein behandelt hatte, ergab er sich wieder in sein Schicksal, prüfte die makellose Sauberkeit seiner Fingernägel, korrigierte seinen Scheitel und legte die Ärmelschoner aus schwarzem Cloth an wie ein Offizier seinen Säbel. Er war der Herr Lehrer. Früher oder später würde man ihn zum Oberlehrer ernennen. Österreichische Beamtenhierarchie, dachte er in einem letzten Aufwallen seines heimlichen Aufbegehrens: Hofrat – Wirklicher Hofrat – Vortragender Hofrat … Und dann mit lauter Stimme zu seinem verächtlich blickenden Spiegelbild: »Schienenkratzer … Oberschienenkratzer!«

»Grüß Gott!« Das längste, gedehnteste Ü, das Marie seit langem gehört hatte. Der Chor der Schüler, die sich in einer Doppelreihe vor dem

Schulhaus aufgestellt hatten, um sich von ihrem Lehrer und vor allem von einem endlosen Unterrichtstag zu verabschieden. Grüß Gott! Vorher, in der Klasse, noch das Schulgebet, ein Vaterunser, laut und ungeduldig vorgetragen in Erwartung der Freiheit. Jeweils ein kindliches Kreuzchen auf Stirn, Mund und Herz, in gerade noch ordentlichen Zweierreihen hinaus durch das Tor, die Stufen hinunter wie eine Herde scharrender Fohlen und schließlich: »Grüß Gott!« Nach dem Nicken des Lehrers dann fort in die eigene kleine Welt – je nach Temperament laut schreiend, lachend, rennend oder still und wohlerzogen mit dem Freund oder der Freundin die Straße hinunter, am Pfarrhof vorbei, an der Kirche und am Kriegerdenkmal.

Marie schaute den Kindern nach. So jung kamen sie ihr vor, fast eine neue Generation, obwohl es doch gar nicht so lange her war, daß sie sich selbst noch unter ihnen befand, und obwohl sie auch jetzt noch die meisten von ihnen kannte. Trotzdem verbarg sie sich hinter der Linde neben dem Schulhaus und wartete, bis das Tor hinter dem Lehrer zugefallen war. Erst dann stieg sie die Stufen hinauf und trat ein.

Die Tür zur Klasse stand offen. Der Lehrer am Katheder streifte die Ärmelschoner ab. Sein

Gesicht war blaß und müde; ein Zug von Überdruß spielte um seine Mundwinkel, obwohl er doch eben noch die Schüler so optimistisch verabschiedet hatte, professionelle Strenge und zugleich Güte im Blick und einen demonstrativen Anflug von Verständnis für die Erleichterung, daß der Schultag zu Ende war. Fremd sah er aus, dachte Marie. Schutzlos, als hätte sie ihn überrascht, bevor er passend angezogen war.

Fein säuberlich faltete er die Ärmelschoner zusammen. Dann öffnete er die drei Fenster und holte tief Luft. Erst als er sich umdrehte, bemerkte er Marie. Einen Augenblick lang kam es ihr vor, als würde er so weiß wie die Wand neben ihm. »Marie?« fragte er dann, ohne sich zu bewegen. Sie ging auf ihn zu und reichte ihm die Hand. Schnell gewann er seine Fassung zurück. »Das ist aber eine Überraschung!« begrüßte er sie herzlich und sah nun wieder genauso aus, wie sie ihn in Erinnerung hatte.

Er wollte wissen, wie es ihr ergangen war. Bereitwillig erzählte sie, während er seinen gewohnten Platz hinter dem Katheder einnahm und Marie sich auf das Pult in der ersten Bankreihe setzte, so wie früher, wenn sie miteinander redeten und sie manchmal dachte, daß er außer ihrer Mutter und dem stummen Reitin-

ger der einzige Mensch war, der ihr Gutes
wünschte.

»Du bist also zufrieden mit deinem Leben in
Linz?« fragte er, als sie mit ihrem Bericht zu
Ende war.

Sie sah ihn verwundert an. Sie hatte erzählt,
nicht gelobt. »Aber nein!« widersprach sie hastig. »Wie könnte ich zufrieden sein? Ich habe
doch keine Perspektive!«

Das fremde Wort, so ungewohnt in diesem
Raum, hing in der Luft. Der Lehrer stand auf
und berührte flüchtig Maries Arm. »Du liest
immer noch viel«, stellte er fest. »Das ist gut.«

»Und was hilft es mir?« Sie hatte nicht vorgehabt, sich zu beklagen. Trotzdem hätte sie
plötzlich am liebsten geweint, weil der unwillkürlich ausgesprochene Satz genau das beinhal-
tete, woran sie nicht zu denken wagte und was
dennoch wie ein bösartiges Tier hinter all ihren
Überlegungen lauerte. Was soll aus mir werden?
Wo gehöre ich eigentlich hin? Gibt es auf dieser
Welt einen Platz, an dem ich so sein darf, wie ich
bin? Ja, was will ich überhaupt? Und habe ich
eine Chance, es zu erreichen? »Mir fehlen alle
Grundlagen«, murmelte sie. Zum ersten Mal
gestand sie sich die eigene Hilflosigkeit ein. »Ich
habe keine Ausbildung. Das hier ...« Sie zeigte
auf den Raum, in dem sie sich befand. »Das hier
war der Endpunkt. Hier hat alles aufgehört.«

Der Lehrer blickte auf Marie hinunter, voller Verständnis und mit einer heimlichen Qual, die sie nicht erkannte. »Vielleicht kann es hier wieder beginnen«, sagte er dann plötzlich, so leise und so undeutlich, daß sie ihn kaum verstand. Er ergriff ihre Hand und umschloß sie mit seinen kalten Händen. »Du bist noch zu jung, aber in zwei Jahren könnte ich dir etwas anbieten. Man würde deinen Leumund prüfen. Du müßtest also besonders auf deinen Ruf achten, damit durch dein Verhalten die Sache mit deinem Vater aus der Welt ist.«

Marie zog ihre Hand zurück. Sie fror auf einmal. Die kalte Luft von draußen wurde in ihren Lungen zu Eis.

»Nicht daß ich dieses Vorgehen billigen würde!« fuhr der Lehrer beschämt fort. »Aber wir müssen uns alle nach Vorschriften richten. Die Welt ist nicht gerecht. Die dich beurteilen, müßten froh sein, daß es jemanden wie dich gibt.«

»Ich verstehe nicht, was Sie meinen!« Sie verstand ihn sehr wohl. Es war ein Augenblick der Klarheit, in dem sich ihre Sinne schärften. Sie sah das schäbige kleine Klassenzimmer mit den grauweißen Wänden, von denen der Putz blätterte. Dichter Staub auf dem Kruzifix über dem Katheder. Trotz der offenen Fenster immer noch der verbrauchte Atem unzähliger kleiner Lungen. Die Erinnerung an so viele junge Stimmen, die durch den Raum zu schweben schienen wie Spinnfäden im Herbst ... Vater unser, der du bist im Himmel ... Gott erhalte, Gott beschütze unsern Kaiser, unser Land ... $a^2+b^2=c^2$ ... *Burg Niedeck liegt im Elsaß, der Sage wohlbekannt; die Höhe, wo vorzeiten die Burg der Riesen stand. Sie selbst ist nun verfallen, die Stätte wüst und leer. Du fragest nach den Riesen? Du findest sie nicht mehr* ... Die Hauptstadt von Ungarn ist ... Gegrüßet seist du, Maria ... *Der Bauer ist kein Spielzeug, was kommt dir in den Sinn!*

»Könntest du dir vorstellen, hier zu leben?«

Ein einziges Mal hatte sie die Lehrerwohnung betreten, gleich hinter der Tür neben der Wandtafel. Eine finstere kleine Küche, in der es nach Spülwasser roch, nach den Keksen der Lehrersmutter und nach den Rosen, die die Schüler mitgebracht hatten. Daneben ein kleines Kabinett mit einem Eßtisch, vier Stühlen, einem Sofa und einem Glasschrank. Ein Gummibaum auf dem Fensterbrett und – an die Wand gelehnt – die Gitarre des Lehrers. Mehrere Stapel von Büchern, halb umgefallen ... Die Tür zum Schlafzimmer hatte einen Spaltbreit offengestanden. Marie, das Kind, hatte neugierig hineingelugt. Sie sah ein Doppelbett mit einer rotbraunen Tagesdecke, dick und schwer wie ein Teppich. Darüber ein Heiligenbild: Jesus im blauen Gewand, den Arm halb segnend, halb drohend erhoben. Irgendwo mußte es auch ein Nachtkästchen geben und einen Kleiderschrank, aber der Lehrer hatte Maries Schaulust bemerkt und eilig die Tür geschlossen ... Wahrscheinlich, so dachte sie jetzt, hatte sich die Einrichtung seit Generationen nicht verändert. Der jeweilige Lehrer, neu eingestellt, zog ein und übernahm das Mobiliar seines Vorgängers. Er atmete die gleiche Luft wie er und wurde wie er, bis der nächste kam und sich ebenso anpaßte. Manche heirateten. Danach teilten ihre Frauen die alte Luft mit ihnen. Man zog erst aus, wenn ein Kind geboren wurde, denn für eine Familie war die Wohnung zu eng.

»Nun?« Er meinte, er hätte ein Angebot gemacht, das zu bedenken sich lohnte. Einen Augenblick lang glaubte Marie eine ungewohnte Herablassung zu spüren. Sie erinnerte sich, daß sie als ganz junges Mädchen manchmal von ihm geträumt hatte. Schwärmen nannte man das, und niemand nahm es ernst. Auch sie nicht. Sie stand auf und schaute ihm gerade ins Gesicht, auf gleicher Höhe mit dem ihren. Sie war im vergangenen Jahr wohl noch gewachsen. Er blickte sie abwartend an, fragend und ein wenig ungeduldig, weil er so viel geboten hatte und die Zustimmung so lange auf sich warten ließ.

»Willst du?« Er mußte sehr jung gewesen sein, dachte Marie, als er an die Schule gekommen war und zum ersten Mal vor der Klasse gestanden hatte, in der sie saß – immer ganz vorne, weil sie gern zur Schule ging und sich viel von ihr erwartete. Auch jetzt war er noch jung, das wurde ihr auf einmal bewußt. Gerade noch. Ein Knabengesicht ohne Schatten, nur in den Augenwinkeln ganz wenige, aber deutliche Falten und zwei Linien zwischen Nase und Mundwinkeln. Auch in zwanzig Jahren, dachte Marie, würde er sich kaum verändert haben, nur würde alles ein wenig ausgeprägter sein. Wenn sie jetzt nein sagte, würde er dann vielleicht sogar noch in den gleichen Räumen leben. Er würde wie heute nach dem Unterricht seine Ärmelschoner abstreifen und zusammenfalten. Er würde die Fenster öffnen und zum Friedhof hinüberblicken, hinter dessen hohen Mauern nun schon die blasse Wintersonne versank. Über seinen Heftstößen würde er weiterhin an die Ideen der Französischen Revolution denken und die Gleichheit aller herbeiwünschen, weil er selbst sich vom Leben mehr erhofft hatte, als man ihm einräumte.

Zwei Jahre Wohlverhalten, damit ihm die Heirat mit dem Bastard eines Studenten bewilligt wurde, weil der Student von damals nun immerhin ein angesehener Rechtsanwalt geworden war! Ganz sicher würde im vertraulichen Gespräch mit dem Schulinspektor auch der Name des säumigen Vaters offenbart werden – ganz leise und unter der Hand, was dem Beamten das Gefühl geben mochte, einer zu sein, der über Schicksale entschied und der jedesmal, wenn ihm die kleine Lehrersfrau bescheiden die Hand reichte, an das peinliche Geheimnis ihrer Herkunft dachte und daran, daß sie allen Grund hatte, sich nur ja nichts einzubilden.

Marie drehte sich um und ging hinaus. Der Lehrer hielt sie nicht zurück und rief ihr nichts nach. Unten auf der Straße hörte sie, wie er die Fenster schloß, aber sie blickte nicht zu ihm hinauf. Etwas war zerbrochen. Der letzte Sonnenstrahl ihrer Kindheit versank im Schatten.

ZWEITES BUCH

UNRUHIGE JAHRE

ZU VERMIETEN

I

Es war, als hinge eine schwarze Wolke über der Welt. »Ein böses Jahr«, murmelte der Herr Notar fast jeden Tag, wenn ihm Marie aus der Zeitung vorlas. »Der Anfang vom Ende. Das gleiche Gefühl hatte ich schon einmal.« Er überging Maries fragenden Blick und hieb mit der Faust auf die Sessellehne, um sich selbst zum Schweigen zu bringen. Er erinnerte sich, daß es 1914 gewesen war, als ihn dieses Gefühl zum ersten Mal beschlichen hatte: ein paar Wochen nur, ehe der Weltkrieg ausbrach. Auch damals war plötzlich Zorn über die Menschen gekommen. Sie redeten lauter als früher, ungeduldiger, und ließen nur noch die eigene Meinung gelten, bis sie alles Fremde am liebsten ausgelöscht hätten. Für immer und ewig, weil auf einmal kein Platz mehr war für alle auf dieser kleinen Welt. Kein Platz für Unterschiede. Fremd hieß Feind, und Feind hieß Tod. Tod ihm! Tod ihnen! Eine schwarze Wolke, ein böses Jahr.

1933. Der Herr Notar verleugnete sein Gefühl. Er schämte sich vor dem jungen Mädchen, das ihn wahrscheinlich für einen alten Schwarzseher hielt, zu verbraucht, um noch an die Zukunft zu glauben. Die Vernunft sagte ihm, daß kein Land der Welt einen Sinn darin sehen konnte, mit dem armseligen Reststaat Österreich einen Krieg zu führen. Noch dazu, wo es ohnedies kein Land des Westens oder des Ostens gab, das nicht in eigenen Sorgen ertrank. Die Weltwirtschaft war so gut wie am Ende. Not und Arbeitslosigkeit in allen Ländern Europas und sogar im einst so unverwundbar scheinenden Amerika. Ja, eine schwarze Wolke war aufgezogen und senkte sich von Tag zu Tag und von Woche zu Woche tiefer, so daß man fürchten mußte, bald keine Luft mehr zu bekommen. Wahrscheinlich nicht Krieg, dachte der Herr Notar und hörte zum ersten Mal nicht zu, was ihm Marie vorlas. Nicht Krieg, aber der Anfang vom Ende. Doch von welchem Ende? »Vielleicht«, murmelte er, »vielleicht ist es heutzutage besser, alt zu sein und nicht mehr alles bis zur letzten Konsequenz durchstehen zu müssen.«

Marie blickte auf. »Wie bitte?« fragte sie. »Ich habe Sie nicht verstanden, Herr Notar.«

Der alte Mann schüttelte den Kopf und bedeutete ihr mit einer Handbewegung, weiterzulesen. Weiterzulesen wie an jedem Nachmittag, den der Herrgott werden ließ, auch wenn das unruhige Völkchen auf der Erde immer weniger an ihn dachte. Not lehrt beten, so hieß es doch. Doch beten zu wem? Wo kein Gott ist, da warten die Gespenster! dachte der Herr Notar und wünschte sich den Glauben seiner Kindheit zurück.

Es gab ein paar Jahreszahlen im Leben des Herrn Notar, die den Lauf der Zeit wie Meilensteine unterteilten. Mit seinem Geburtsjahr fing es an. Dann folgten die Jahre seiner Einschulung, seiner Matura und der Beendigung seines Studiums. Danach das Jahr, in dem er sich in ein Mädchen verliebt hatte, das seine Zuneigung zu erwidern schien. Zwei Sommermonate lang war er damals auf Wolken gewandelt. Doch sie heiratete einen anderen, und er glaubte, es wäre besser zu sterben. Trotzdem leuchtete dieses Jahr aus allen anderen seines Lebens hervor. Wenn er von einem Ereignis hörte, das damals geschehen war, merkte er es sich und fügte diese Information den eigenen Erinnerungen hinzu, so daß dieses Jahr seines Glücks und seiner Enttäuschung zum Fixpunkt seiner eigenen Geschichte wurde. Niemand wußte davon. Vielleicht war dies das große Geheimnis seines Lebens: In einem einzigen Jahr nur hatte er wirklich gelebt. Es war *sein* Jahr, das ihm immer gegenwärtig war. Manchmal fragte er sich, ob er der einzige Mensch war, dem es so erging, oder ob auch andere eine solche Zeitspanne erlebt hatten, durch die sie ihre Existenz vor sich selbst rechtfertigten.

Das Jahr seiner Hochzeit folgte und jenes, in dem Beate geboren wurde. Seine Ernennung zum Notar und viel später sein Rückzug ins Privatleben. Gerade diese Jahre bedeuteten ihm wenig – eine Aneinanderreihung von Alltäglichkeiten, die er nicht mehr ordnen konnte, unterbrochen höchstens durch das Jahr, in dem er eine Reise nach New York unternommen hatte, die ihn beunruhigte, weil sie mit der schmerzlichsten Wirtschaftskrise zusammenfiel, die die Welt je erlebt hatte. Damals war er noch mit seiner Frau gereist. Er sah sie vor sich, wie sie bei der Überquerung des Atlantiks an der Reling lehnte und sich vom Anblick des Meeres nicht lösen konnte. Schön und elegant war sie ihm damals erschienen. Zugleich hatte er gespürt, daß er sie nicht liebte. Ihr Todesjahr war der bisher letzte Meilenstein seines Lebens gewesen. Es ließ ihn zurück wie ein Kind, das im Wald ausgesetzt worden war. Zu diesen persönlichen Daten fügte er noch die Jahreszahlen des Kriegsbeginns und des Kriegsendes hinzu. Unselige Daten, da auch die Beendigung des Krieges keinen wahren Frieden gebracht hatte.

Und nun dieses Jahr 1933. Ein kleines, schwächelndes Österreich unter der Regierung eines kleinen, verzweifelten Mannes, Engelbert Dollfuß. »Wir wollen nichts, als daß wir unser eigenes Haus in Frieden aufbauen können!« hatte er erst gestern in einer Rundfunkrede geklagt. Jeder wußte, daß diese Worte in Richtung Deutschland gingen. Laßt uns in Ruhe! hieß das. Jeder kann sehen, daß ihr den Verstand verloren habt. Merkt ihr nicht, daß wir euch fürchten? Selbst jene, die noch vor kurzem darauf hofften, sich mit euch zusammenzuschließen und im Schatten eurer Größe Schutz zu finden. Berlin kann Wien nicht retten.

Deutschland 1933. Wie konnte sich ein Land innerhalb so kurzer Zeit so sehr verändern! dachte der Herr Notar. Als der Winter am kältesten war, hatte Volkes Stimme einem Haufen von Landsknechten die Regierung anvertraut. Als der Sommer kam, hatten sie sich bereits eingenistet, so daß eine Gegenwart ohne sie undenkbar schien und jeder Widerstand sinnlos. Hitlers schneidige Gefolgsleute waren so lange von allen unterschätzt worden, bis alles ihnen gehörte. »Deutschland ist am Erwachen!« verkündete Joseph Goebbels, Sprachrohr der Bewegung, und Millionen Menschen, die in ihren Wohnzimmern und Küchen die

Radioübertragung verfolgten, meinten plötzlich, wer seiner Sache so sicher sei, müsse wohl doch recht haben.

»Laß mich nachdenken!« sagte der Herr Notar zu Marie, die wissen wollte, welchen Artikel sie als nächsten vorlesen sollte. »Laß mich nachdenken!« Nachdenken vielleicht über den neuen Begriff der Gleichschaltung, den die Nationalsozialisten eingeführt hatten. Eins sollte sein wie das andere, alles dem neuen Staat, dem Tausendjährigen Reich unterworfen, in dem es nur Starke oder Schwache gab und in dem es die Pflicht der Starken war, die Schwachen auszumerzen. Die Schwachen, das waren die Bolschewisten und die Juden. Das Bild einer quälend alltäglichen Schmähung ging um die ganze Welt: »Ich werde mich nie wieder bei der Polizei beschweren!« stand auf einem Schild, das ein Mann um den Hals trug, der auffallend sorgfältig gekleidet war, doch keine Schuhe trug, während SA-Männer lachend hinter ihm herrannten und ihn antrieben. Der Herr Notar hatte sich dieses Foto ausgeschnitten, und wenn er es ansah, schämte er sich, als hätte er selbst damit zu tun.

Marie schaute auf die Uhr. »Zeit zum Aufhören, Herr Notar«, sagte sie mit sanfter Stimme. Sie faltete die Zeitung zusammen und setzte ihr Häubchen wieder auf. Dann verließ sie leise das Zimmer, als gelte es, einen Kranken nicht zu stören.

Der Herr Notar blieb allein zurück. Er legte die Hände vor sich auf den Tisch, gesammelt und brav wie ein wohlerzogenes Schulkind, und blickte zwischen zusammengekniffenen Lidern in das grüne, verschwommene Meer der Platanenblätter vor dem Fenster. Österreich 1933, dachte er, als wäre er eigentlich ganz woanders und lebe zu einer anderen Zeit.

Österreich 1933. Bei den Wahlen legten die Extremen zu: die Nazis und die Kommunisten. Ganz rechts und ganz links. Hätten sie sich zusammengetan, wäre das Land in ihrer Hand gewesen. Doch dem Himmel sei Dank merkten sie nicht, wie ähnlich sie einander waren. So traten und brüllten sie aufeinander ein, prügelten und töteten sich gegenseitig in den Straßen und sogar in ihren Wirtshäusern oder Wohnungen. Die Bürger aber – noch an der Regierung, aber unsicher, so unsicher! – schauten fassungslos zu: die Großbürger in ihren immer noch komfortablen Villen und die Kleinbürger in ihren immer ärmlicher werdenden Behausungen. Rezession, Arbeitslosigkeit – eine schwere Kette, die die Füße zusammenschnürte und die Lippen verschloß … Und aus Deutschland reisten die Nazis an. Veranstalteten Parteitage, als wären sie hier zu Hause. Verhöhnten die Regierung ihrer unfreiwilligen Gastgeber und bedrohten sie, bis schließlich das Maß voll war und der kleine Kanzler Dollfuß die NSDAP zur verbotenen Partei erklärte. Keine Naziuniformen mehr bei uns, keine Naziabzeichen oder -fahnen. Keine Aufmärsche dieser Leute, keines ihrer Lieder. Nicht ihre Stiefel in unseren Straßen und nicht ihre Gedanken in den Köpfen unserer Kinder. *Wir wollen nichts, als daß wir unser eigenes Haus in Frieden aufbauen können.*

Gestern das Verbot, heute schon die Rache. Sprengstoffanschläge auf öffentliche Verkehrsmittel, Attentate auf Politiker, ein Meer von Propagandaflugblättern, abgeworfen aus wendigen kleinen Flugzeugen, die auftauchten und verschwanden, noch ehe man mit dem Zeigefinger auf sie weisen konnte. Schließlich dann, ganz subtil, aber um so wirksamer, der Schlag gegen den einzigen Wirtschaftszweig, der sich noch halbwegs über Wasser hielt: den Fremdenverkehr. Die Maßnahmen der österreichischen Regierung, so verkündete Berlin, würden reichsdeutsche Urlauber mit den dortigen Behörden in Konflikt bringen. Aus diesem Grunde würden ab dem 1. Juni 1933 für die Ausreise von Reichsdeutschen nach Österreich pro Person 1000 Reichsmark erhoben.

Fast die Hälfte aller Urlauber in den österreichischen Feriengebieten waren bisher aus Deutschland gekommen, überlegte der Herr Notar. Manche fühlten sich hier fast schon zu Hause. Fremd, aber doch vertraut. Vielleicht tat es so manchem weh, nicht mehr dorthin zu können, wo jeder ihn kannte, als wäre er dort geboren. Die Gastgeber aber litten noch viel mehr. Der Verdienst, auf den sie angewiesen waren, entfiel nun. »Zu vermieten!« flehten Tausende Schilder in den schmucken Dörfern und kleinen Städten. Zu vermieten, weil wir sonst nicht mehr weiterwissen. Zu vermieten ... Was hilft es uns, daß die Regierung auf Selbständigkeit pocht, wenn wir dabei verhungern? Und dann, als wirklich niemand mehr kam und der Ruin greifbar wurde: Was hilft uns unser Stolz? Oder gar: Vielleicht sind sie gar nicht so schlimm, die Nazis. Immerhin geht es den Deutschen inzwischen viel besser als früher. Besser als uns auf jeden Fall. Zu vermieten.

Wohin soll das führen? dachte der Herr Notar, verwirrt wie damals, 1914, obwohl diesmal alles anders war. Gleich war nur das Gefühl der Hilflosigkeit und der Angst vor etwas Unabwendbarem. Die Sorge, daß es vielleicht schon zu spät war. Zu vermieten. Zu verschleudern?

Eine kleine Ortschaft zwischen hohen, grau-weißen Bergen gelegen, am Ende eines schattigen Tales mit einem tintenblauen See, viel dunkler und eisiger als die lieblichen Gewässer in den Tälern ringsum. Nur in den wenigen Wochen des Hochsommers vermochte die Sonne das Wasser in einem Maße zu erwärmen, daß es angenehm war, darin zu baden – dies jedoch auch nur am Ufer und unmittelbar unter der Oberfläche. Wer weiter hinausschwamm oder die Beine tiefer sinken ließ, spürte plötzlich die bedrohliche Kälte des Gletschers, nicht erfrischend, sondern wie eine Mahnung, daß das Flüßchen, das den See speiste, aus einer Region herabströmte, die dem Menschen feindlich war; Gletscherwelt – Relikt eines längst vergangenen Erdzeitalters, als undurchdringliche Eismassen noch das Land bedeckten und formten.

Seit Jahrzehnten schon reiste die Horbach-Familie jeden Sommer an den kleinen See, um der drückenden Hitze der Stadt zu entfliehen – ursprünglich aber auch, um der feinen Gesellschaft, die sich während der heißen Tage im nahen Ischl um den alten Kaiser scharte, nahe zu sein, zumindest am Rande dazuzugehören und damit zu Hause in Linz das eigene Prestige

zu erhöhen, da es der Familie bei aller Staats-
treue und Pflichterfüllung noch immer nicht
gelungen war, dem bürgerlichen Namen das
herzerhebende »von« voranstellen zu können,
obwohl ihre Verdienste und ihr Lebensstil sie
längst über die meisten ihrer Standesgenossen
erhoben. Es war demütigend und ärgerlich, daß
immer wieder Wiener Beamte und sogar Fabri-
kanten vorgezogen wurden, und es erhöhte mit
jedem Jahr die Abneigung der Provinzler gegen
die Konkurrenz aus der Umgebung des alten
Kaisers. Fast befriedigte es den Herrn Notar,
daß die Sieger in St. Germain sämtliche österreichischen Adelstitel abgeschafft hatten. Wenn
er dann aber nach Wien kam, merkte er immer
wieder, daß die alten Hierarchien weiterlebten
und wie ein goldenes Mal auf der Stirn ihren
Trägern weiterhin den Weg ebneten.

Obwohl der Weltkrieg die alte Ordnung
zerstört und die kaiserliche Familie ins Exil getrieben hatte, begaben sich die Horbachs nach
wie vor in das geräumige Holzhaus am See,
saßen abends bei schönem Wetter wie bei Regen
unter dem weiten, säulengestützten Vordach,
blickten hinaus auf das schwarze Wasser, hinauf
zum grauweißen Kranz der Berge, schützend
und bedrohlich zugleich, und lauschten der Stille, dem Schweigen der Natur, das so ganz anders
war als die Nächte in der Stadt. Mal liebten sie

die Abgeschiedenheit, mal beklagten sie sich über die fehlende Abwechslung. Wieviel aufregender und interessanter wäre es doch jetzt in einer der eleganten Küstenstädte an der Riviera oder am Atlantik gewesen! Beate Horbach rechnete ihrem Mann vor, daß man sich einen Aufenthalt dort sehr wohl hätte leisten können. Daß die Großeltern und Eltern immer hierhergefahren waren, bedeutete doch nicht, daß man selbst nicht andere Gewohnheiten annehmen konnte. Vor allem jetzt, da die Sanktionen der Nazis die österreichischen Feriengebiete ausbluteten und man kaum noch Leute antraf, mit denen ein geselliger Umgang lohnte. So beschloß man, sich im nächsten Jahr ein anderes Feriendomizil zu suchen. »Das ist hier ja doch nichts mehr«, sagte Beate Horbach und zündete sich eine Zigarette an: ein kleines Aufflammen in der mondlosen Nacht, während sich die Nebel auf den See senkten und der alte Herr fröstelte. »Eigentlich tut es mir jetzt schon leid, daß wir vielleicht wirklich nicht mehr herkommen werden«, murmelte der gnädige Herr, und die anderen spürten mit Erstaunen, daß ihnen genauso zumute war.

Für Marie war es der erste Aufenthalt an diesem Ort. Zum ersten Mal erlebte sie auch, wie es war, wenn Menschen Ferien machten und

sich – so dachte sie insgeheim mit einem Seitenblick auf Beate Horbach und Elvira – vom
Nichtstun erholten. Noch nie zuvor hatten die
Horbachs einen Dienstboten mit in die Sommerfrische genommen. Es gab im Ort genug
Menschen, die nur zu gern die Gäste bedienten.
In den guten Jahren, als im Sommer die Häuser
noch voll mit Fremden gewesen waren, hatten
die Einheimischen sogar ihre eigenen Wohnungen zur Verfügung gestellt und waren während
der Saison in die Scheunen gezogen, um aus
den wenigen goldenen Wochen soviel Profit
wie möglich zu schlagen.

Nun erst recht brauchten sich die Horbachs
um Arbeitskräfte nicht zu sorgen. Daß sie Marie trotzdem herbestellt hatten – mit der Eisen-
bahn, nicht wie die anderen im Auto –, lag
daran, daß niemand Lust hatte, sich um den
alten Herrn zu kümmern, ihm vorzulesen und
seine endlosen Monologe anzuhören. Dafür
war nun Marie zuständig, während eine Frau
aus dem Dorf die Hausarbeit verrichtete. Sogar
Häubchen und Schürze wurden Marie erlassen.
In schwarzem Rock und weißer Bluse betreute
sie nun Tag für Tag den alten Herrn, las ihm vor
und ging mit ihm spazieren, ohne daß sie je ein
persönliches Wort mit ihm wechselte. Manchmal hätte Marie gern auch selbst etwas erzählt
oder einen Scherz gemacht, aber dann dachte

sie, daß der Herr Notar schon zu alt und zu müde war, um sich noch für junge Menschen zu interessieren. Was ihn beschäftigte, waren die Verwicklungen der Politik, die Verirrungen der Systeme und der Überdruß an der Dummheit der Massen. Sein Steckenpferd war die Menschheit, nicht der Mensch, und Marie konnte ihn verstehen.

Am Abend dann, wenn er zu Bett gegangen war und die Horbachs sich im Dorf mit Bekannten trafen, ging Marie heimlich hinunter zum See, zog sich ihren modischen, erdbeerroten Badeanzug an – den mit den großen, weißen Tupfen, einer von Beate Horbachs immer häufiger werdenden Fehlkäufen – und übte mit einem Brett, das am Ufer festgekettet war, das Schwimmen. Tagsüber beobachtete sie die anderen dabei, wie sie sich im Wasser bewegten, und sie wunderte sich, wie schnell auch sie selbst immer sicherer wurde. Schon nach wenigen mondhellen Abenden wagte sie es, das Brett loszulassen und immer weiter hinauszuschwimmen, so weit, daß sie, als das nächtliche Licht mehr und mehr abnahm, hin und wieder Angst bekam, nicht mehr zurückzufinden. Wenn sie dann zitternd vor Kälte wieder an Land stieg und das eisige Wasser an ihr hinunterfloß, spürte sie die Nachtluft lind und sanft ihren ausgekühlten Körper umschmeicheln, und oft hätte sie am liebsten geweint, weil niemand da war.

Sie wußte, daß sie ganz auf sich gestellt war, doch in diesen Augenblicken war es nicht die Einsamkeit der Dienstboten, die sie inzwischen kennengelernt und durchschaut hatte: das isolierte Dasein eines untergeordneten Fremden in einer geschlossenen Hausgemeinschaft. Man diente, sah alles, hörte alles, litt vielleicht mit oder freute sich mit ihnen und gehörte dennoch nicht dazu. Eine Laune, ein einziges Wort genügte, um die Verbindung abzubrechen. »Ich habe sie natürlich sofort gefeuert!« hatte Beate Horbach einmal achselzuckend über die kleine Walburga gesagt, und wie der unselig Schwangeren konnte es jedem anderen Hausangestellten ergehen. Marie hatte sich jedoch noch nicht damit abgefunden, vielleicht, weil da immer noch der Gedanke an ihren Vater war, die andere Hälfte ihrer Herkunft, die ihr das Recht zu geben schien, mehr zu verlangen, und sie in Wahrheit gleichberechtigt an die Seite jener stellte, die auf sie herabblickten.

Niemand ist bei mir, dachte Marie, während die Wellen leise an die Uferböschung schlugen und das Wasser auf ihrer Haut langsam verdunstete. Sie dachte es, und sie fühlte es, und es war die gleiche Einsamkeit, die manchmal am Abend, wenn die Arbeit beendet war, die Augen ihrer Mutter verdunkelt hatte. Wenn ich eine griechische Göttin wäre, dachte Marie, wäre ich die Göttin der Einsamkeit, und sie mußte lachen über die Absurdität dieser Vorstellung. Und dennoch: Sie hatte niemanden. Niemand war bei ihr, während sie sich anzog und zum Haus hinaufging in ihr Zimmer unter dem Dach, wo noch immer die Hitze des Tages brütete. Niemand, während sie sich wieder auszog und ins Bett schlüpfte, diesmal ohne sich ein Buch zu holen. Niemand, während sie die kleine Lampe löschte und die Hände auf den Leib legte, um nicht ganz allein zu sein.

3

Sie hieß Susi Sans-souci, zumindest hatte sie sich diesen Namen ausgedacht als Ansporn und Vorgriff auf eine künftige Karriere in der noch immer jungen Kunstwelt des Films, dessen Stars die Menschen bezauberten und in eine andere Welt lockten, in der keine ausgehungerten Menschenschlangen vor Suppenküchen warteten, keine Bettlerhände sich ausstreckten und niemand das hoffnungsloseste aller Worte aussprach: ausgesteuert. Die Welt der laufenden Bilder enthielt sich aller Sorgen. Muntere junge Menschen mit hübschen, kußmündigen

Gesichtern tänzelten durch ein Dasein, in dem alle Sorgen unnötig waren, alle Verwicklungen auflösbar und alle Menschen, selbst die allerhärtesten, ein weiches Herz hatten. Man verliebte sich, stritt sich und drückte doch am Schluß Mund auf Mund, die Lippen sanft geschlossen, alles sauber und kindlich, daß den Menschen im Kinosaal, über deren Gesichter der Widerschein der Lichter auf der Leinwand tanzte, das Herz aufging und sie für die Dauer des Heimwegs immer noch auf Wolken zu schweben glaubten. Wenn sie jung waren und sich für schön hielten, träumten sie dann vielleicht in der Nacht davon, selbst auch in diese sorglose Welt einzudringen. Zu sein wie Willy Fritsch oder wie Lilian Harvey mit ihrem tiefroten Mündchen, den großen Puppenaugen unter strichförmigen Brauen und der schlanken, biegsamen Gestalt, eingehüllt in dünne, fließende Stöffchen, als wäre es immer Sommer und jede Nacht eine Vollmondnacht, in der man nicht einmal fröstelte – und wenn doch, dann trat bestimmt ein vornehm gekleideter junger Mann von hinten an die Schöne heran und legte ihr mit zärtlicher Gebärde einen weichen, weißen Pelz um die zarten, perlfarbenen Schultern. Liebe, so viel ungeprüfte Liebe in jedem Wort und jeder Bewegung. Liebe wie in dem Lied, von dem sich sogar Mira Zweisam hatte verzaubern lassen. *Schlaf, mein Liebling, träum von lauter Blüten* …

Auch Susi Sans-souci hielt sich in jenen Sommertagen an dem kleinen, tintenblauen See auf, zusammen mit ihren Eltern und ihrem älteren Bruder Richard, den Elvira Horbach bei jeder Begegnung mit den Augen verschlang: flehend, hoffnungsvoll und doch voller Zweifel, weil nichts in seinem Verhalten darauf hindeutete, daß er ihre Vorzüge erkannt hätte und sich des Nachts nach ihr verzehrte wie sie sich nach ihm. Schon lange kannten sie einander, lebten in der gleichen Stadt, und die beiden Mädchen besuchten die gleiche Schule. Ohnesorg lautete der richtige Name der Familie, *Sans-souci* hieß das Getränk, dem sie ihren Wohlstand verdankte: ein Kirschlikör, *beliebt und bekannt im ganzen Land*, seit einigen Jahren sogar über dessen Grenzen hinaus. Es war der geheime Traum des Firmengründers, irgendwann einmal auch den amerikanischen Markt zu erobern, »denn dann«, so pflegte der Vater von Susi und Richard versonnen zu murmeln, »dann hätten wir es wirklich geschafft!« *Sans-souci*, ein dunkelroter Likör, süß, erfrischend und fast gar nicht klebrig. Ein jugendliches Getränk, etwas für Schmollmäulchen und jene, die sie gern geküßt hätten.

An vielen Nachmittagen waren Susi und

Richard Ohnesorg in die Villa in der Platanenallee gekommen, um mit Elvira Schellackplatten anzuhören oder sie zu einem Fahrradausflug abzuholen. Oft genug hatte Marie ihnen die Tür geöffnet und war von ihnen munter und ausgelassen begrüßt worden, als wäre sie nicht nur das Dienstmädchen des Hauses, sondern ein gleichgestelltes Familienmitglied. Die beiden Pudel, die die jungen Leute ständig begleiteten, sprangen an ihr hoch und verlangten, gestreichelt und an der Kehle gekrault zu werden. Teddy und Molly hießen sie, erklärte Susi. Der schwarze Pudel, Teddy, sei die Mutter, und der große, dicke braune sei Molly, die Tochter. Marie lächelte höflich. Wo sie herkam, waren Hunde Nutztiere, geachtet vielleicht und manchmal auch geliebt. Zum Spielen allerdings hielt man sie nicht. Dafür waren sie zu gefräßig. Doch sie schwieg und merkte mit der Zeit, daß sie sich über den regelmäßigen Besuch der Ohnesorgs freute, als wären sie ihre eigenen Gäste. Von da an machte sie – was Beate Horbach, hätte sie es gehört, als äußerst ungehörig empfunden hätte – hin und wieder sogar ein paar Bemerkungen oder einen Scherz.

Es kam vor, daß Richard Ohnesorg recht persönliche Fragen an Marie richtete, ihr in die Küche folgte, dort um ein Glas Wasser bat und sich in Amalies Gesundheitssessel sinken ließ, als hätte er ein Recht dazu. Wie oft Marie ihre Familie besuchen könne, erkundigte er sich. Ob es Geschwister gebe. Wofür sie sich interessiere. Ob sie hier in der Stadt Bekannte habe. Freunde. Manchmal blieb er so lange, daß es fast schien, als hätte er seine Schwester, die sich währenddessen schon längst in Elviras Zimmer aufhielt, nur begleitet, um Marie wiederzusehen, die sich über seine Anwesenheit freute, auch wenn sie bald begriff, daß Elvira sie dafür haßte. Es tut gut, dachte Marie, endlich wieder einmal mit einem Gleichaltrigen zu reden. Trotzdem blieb sie vorsichtig und abwartend. Das Bewußtsein vom Schicksal der Mutter saß tief. Ein Stachel, der Mißtrauen auslöste, so allgegenwärtig und beherrschend, daß der dunkelhaarige Junge auf Amalies Gesundheitssessel es spürte und Marie besorgt fragte, was denn eigentlich mit ihr los sei. »Ich muß in den Garten«, war ihre Antwort. »Ich habe zu tun. Entschuldigen Sie bitte!« Obwohl er sie geduzt hatte, als gingen sie in die gleiche Schule, als wären ihre Eltern Freunde.

Von da an kam Susi Sans-souci mehrere Wochen lang allein zu Elvira, deren Laune sich von Tag zu Tag verschlechterte, bis sie schließlich von einer so heftigen Angina befallen wurde, daß der Arzt erwog, sie ins Krankenhaus einzuweisen. Erst da tauchte Richard Ohnesorg wieder im Hause auf, ohne sich um die Anstekkungsgefahr zu kümmern. Ohne die Hunde, aber mit einem Strauß Schneerosen in der Hand stand er plötzlich vor der Tür. Marie öffnete ihm. Er begrüßte sie freundlich, doch so zurückhaltend, wie sie selbst ihn behandelt hatte. »Würden Sie mich bitte zu Elvira führen?« Und dann, als er bei der Kranken eingetreten war und Marie die Tür hinter sich schloß: »Ich danke Ihnen.«

Marie nickte, obwohl er es nicht mehr sehen konnte. Dann stieg sie die Treppe hinunter und bemühte sich, nicht darüber nachzudenken, warum sie plötzlich am liebsten geweint hätte.

Am Abend schon ging es Elvira besser. Bereits am nächsten Morgen wünschte sie, aufzustehen und sich die Haare zu waschen. Dabei verhielt sie sich zu Marie so kalt und schnippisch, daß es allen auffiel und Beate Horbach sie zur Seite nahm und ihr zuraunte, das sei ja wohl nicht der richtige Ton. »Du weißt doch, Kind, wie schwer es ist, verläßliche und ehrliche Dienstboten zu finden!«

Von da an kam Richard Ohnesorg wieder häufiger zu Besuch, wenn auch nicht mehr so oft wie früher. Nie wieder duzte er Marie, doch manchmal fragte er, wie es ihr gehe, und es klang, als wolle er es wirklich wissen.

»Nicht schlecht«, antwortete Marie dann leise. »Und Ihnen?«

Auch in den Ferien am tintenblauen See traf man einander. Die Familien aßen zusammen und unternahmen gemeinsame Ausflüge. Marie ging unterdessen mit dem alten Herrn am See spazieren und stützte ihn am Arm, während er ihr, ohne sie richtig wahrzunehmen, erklärte, was der Faschismus sei. Obwohl er über Marie kaum nachdachte, wünschte er doch, verstanden zu werden, als wäre es eine Verschwendung, die eigenen Erkenntnisse darzulegen, ohne daß der Zuhörer einen Nutzen davontrug.

»Viele von uns wären gern Demokraten geworden, damals, nach dem Krieg, als es keinen Kaiser mehr geben durfte«, begann er und hüstelte, weil ihn der kaum merklich ansteigende Weg mehr anstrengte, als er es wahrhaben wollte. »Doch dafür hätte es Toleranz gebraucht, und die haben wir nicht gelernt. Die bürgerlich-bäuerliche Provinz fürchtet das Rote Wien und umgekehrt. Keiner traut dem anderen. Und jetzt sitzt in Wien der kleine Dollfuß und zittert vor denen, die ihn umgeben. Früher oder später wird er seine Macht nutzen und alles verbieten, was anders ist als das, was er für förderlich hält. Dabei kann er sicher sein, daß es die anderen an seiner Stelle genauso halten würden: keine Parteien mehr, kein Parlamentarismus, keine Liberalen und kein internationales Finanzwesen. Alles schön einfach, überschaubar und beherrschbar – und was die heutige Lage betrifft: vor allem keine Marxisten mehr, keine Nazis und die Juden schön bescheiden.« Der alte Herr blieb stehen und rang nach Atem. »Ein Ständestaat wie im Mittelalter, geschützt von einer schlagkräftigen Heimwehr: Das scheint für uns die einzige Hoffnung zu sein. Nicht nur hier in Öster-reich, sondern überall in Europa.« Er lächelte bitter. »Der deutsche Bruder natürlich aus-genommen wie immer!« Wieder hüstelte er. »Vielleicht klappt es sogar, und es kehrt wieder Ruhe ein, und man kann in ein paar Jahren die Schraube nach und nach wieder lockern.« Er setzte sich erneut in Bewegung. »Ja, mein Kind, es könnte funktionieren, aber nur, wenn man uns von außen in Ruhe läßt, und das wird wahrscheinlich nicht der Fall sein.«

Er schwieg. Marie kannte ihn schon gut ge-nug, daß sie fast zu hören glaubte, was er dach-te … *Wir wollen nichts weiter, als daß wir unser eigenes Haus in Frieden aufbauen können.* Ein-parteienregierung? Faschismus? Mein Gott, gab es denn keinen Ausweg? Ein Licht, das eine geschmeidigere Möglichkeit wies? Oder war der große Weltkrieg in Wahrheit noch gar nicht zu Ende, und die gefährlich bunten Steinchen mußten noch viel mehr durcheinandergeschüttelt werden? Immer und immer wieder, bis nichts mehr an das alte Staatsgefüge erinnerte und zuletzt ein ganz anderes, ganz neues entstand, das wieder Hoffnung zuließ nach dem Zusammenbruch, der nicht ohne Opfer bleiben konnte. »Und Opfer«, murmelte der alte Herr am lieblichen Ufer des tintenblauen Sees, »Opfer bedeuten Blut. Opfer bedeuten Mord und Totschlag. Opfer bedeuten Tränen und grenzenlose Erschöpfung.« Er stützte sich auf Maries Schulter. »Vielleicht werden wir eines Tages sehr müde sein«, murmelte er. »So müde, daß wir es gar nicht mehr ertragen können.«

Da kehrte Marie um und führte den Stolpernden mit sanftem Druck zurück zu dem hölzernen Haus, gebaut, damit Menschen sich darin ausruhen sollten.

4

Eines Nachmittags, als die gnädigen Herrschaften und der alte Herr ihre Mittagsruhe pflegten, machte sich Marie allein auf, den See zu umrunden. Von den anderen wußte sie, daß der Fußmarsch ungefähr zwei Stunden erfordern würde, gerade die Zeit, die der alte Herr für seinen Mittagsschlaf brauchte, der eigentlich nur eine Art Nickerchen war, draußen auf der Seeterrasse in dem weichen Ohrensessel, den man eigens für ihn dort hingestellt hatte. Da saß er dann, immer ein wenig schief, als könnte er jeden Augenblick das Gleichgewicht verlieren und zu Boden rutschen oder über eine der Armlehnen fallen. Sein Kopf war zur Seite geneigt, der Mund stand offen, so als wäre der Herr Notar eigentlich schon tot, hätte man nicht immer wieder ein leises Röcheln gehört, das Elvira einmal, als sie an ihm vorbeiging, ein angewidertes »Igitt« entlockte.

Der Weg am See war angenehm weich. Die hohen Berge zur Rechten spendeten einen milden, von Blättern gesprenkelten Schatten, während das gegenüberliegende Ufer in der prallen Sonne lag, als wäre es von einem flammenden Goldhauch überzogen. Marie blieb stehen und blickte sich um. Da niemand zu sehen war, zog sie ihre Strümpfe aus und stopfte sie in die Taschen ihres weiten, schwarzen Rocks. Sie stieg die steile Böschung zum Wasser hinunter und kühlte sich ab. Dann setzte sie ihren Weg fort. Schon lange hatte sie sich nicht mehr so friedlich und ruhig gefühlt. Fast schon glücklich, dachte sie und wäre gern bei ihrer Mutter gewesen. Sie spürte, wie stark sie war und wie jung. Und war

Jugend nicht die Zeit der Hoffnung? Wer konnte wissen, was das Leben nicht doch noch für sie bereithielt, selbst wenn es jetzt so festgelegt und eingegrenzt schien! Marie fing an zu summen und zu hüpfen. Hier und zu dieser Stunde hatte auch sie Ferien, und keine Sorge sollte sie bedrängen.

Auf einmal hörte sie Stimmen, Hundegebell und das Wiehern eines Pferdes. Sie blieb stehen, wollte sich verstecken, doch da hatte man sie schon entdeckt, und sie konnte nicht mehr zurück. Sie sah Elvira, die ohne Sattel auf einem kleinen, dunkelbraunen Pferd hing und nur mit Hilfe der beiden Ohnesorgs im Gleichgewicht blieb. Sie schrie und jammerte und wußte offenkundig nicht, wie sie ohne Schaden von dem Pferd herunterkommen sollte. Die beiden anderen hielten sie fest und versuchten, sie zu beruhigen, während sie sich jedoch vor Lachen fast ausschütteten. Das verschreckte Pferd tänzelte hin und her und wieherte kläglich. Schließlich bäumte es sich auf, und Elvira rutschte zu Boden. Heftig klagend und schimpfend, blieb sie sitzen, während die beiden Pudel sie schwanzwedelnd beschnupperten, als wäre sie ein Stück erlegtes Wild. Richard Ohnesorg versuchte, Elvira aufzuhelfen, aber sie stieß ihn von sich. Als sie dann auch noch Marie erblickte, erstarrte sie. Beschämt und noch wütender als zuvor, sprang sie auf – plötzlich wieder unverletzt – und klopfte sich den vermeintlichen Staub von der Kleidung. »Was machst du denn hier?« rief sie mürrisch. »Gibt es im Haus nichts zu tun?«

Marie blieb stehen. »Ihr Herr Großvater schläft«, erklärte sie mit ruhiger Stimme, »darum habe ich Zeit für einen Spaziergang um den See.«

Elvira konnte sich nicht bezähmen. »Spaziergang! Seit wann gehen Dienstmädchen denn spazieren?«

Richard Ohnesorg wurde rot vor Zorn. »Jetzt reicht es aber, Elvira!« sagte er ärgerlich. Seine Schwester stimmte ihm zu.

Elvira biß sich auf die Lippen. »Es ist dieses verdammte Pferd!« lenkte sie ein. »Eine wilde Bestie. Ich hatte schon mehrere Reitstunden und war gar nicht schlecht. Außerdem ist es unmöglich, ohne Sattel zu reiten.« Ihr Blick fiel auf Marie, die sich umdrehte, um weiterzugehen. »Oder kannst du etwa reiten, Marie? Ich habe genau gesehen, daß du über mich gelacht hast. Los, beweis erst einmal, daß du es besser kannst!«

Marie wollte ablehnen, der mißlichen Lage entrinnen, die ihr die gute Laune genommen hatte. Sie schüttelte den Kopf, doch Elvira trat ganz nah an sie heran und zerrte sie am Arm zu dem Pferd, das sich immer noch nicht beruhigt und ein paar Schritte weiter unter einem Baum in Sicherheit gebracht hatte. »Steig auf und zeig, ob du es besser kannst!« zischte Elvira. »Ihr Bauerntrampel seid doch mit solchen Gäulen aufgewachsen.«

Erneut wollte Richard Ohnesorg eingreifen, doch diesmal schob Marie ihn beiseite. Heißer, flammender Zorn hatte sie gepackt, ließ ihr Herz klopfen, daß es bis in den Kopf hineindröhnte und auf ihrem Hals rote Flecken hervorrief. Am liebsten hätte sie mit der flachen Hand mitten in Elviras feindseliges Kindergesicht geklatscht, einmal und noch einmal, bis die verwöhnte kleine Maske zersprungen war. Doch schon während Marie die Hand hob, gewann die Vernunft wieder die Oberhand. »Meinetwegen«, antwortete Marie mit so kalter Stimme, wie noch nie jemand zu Elvira gesprochen hatte. »Vielleicht kann ich es wirklich besser als Sie.«

Mit einem einzigen Sprung schwang sie sich auf das Pferd, das viel niedriger und feingliedriger war als das kräftige Haflingerroß daheim, das ihr Onkel zugeritten hatte, damit die vielen Söhne, die seine Cäcilia gebären würde, schon frühzeitig den Sport der Herren erlernen könnten. Manchmal, am Abend, wenn die Arbeit getan war, hatte er das Pferd an die Longe

gelegt und die kleine Marie in den Sattel gehoben. Sie lernte schnell, wie sie sich auch jeden
anderen Sport fast mühelos aneignete. Sie liebte
es zu reiten, und auch der Onkel hatte seine
Freude an ihren Fortschritten. Als Cäcilia jedoch das erste Ungeborene verlor, hatte der
Onkel keine Lust mehr auf die Reitstunden,
und als sich der Schicksalsschlag wiederholte
und dann sogar noch einmal, stopfte er das
Sattelzeug in eine Truhe auf dem Dachboden.
Trotzdem schlich Marie immer wieder auf die
Koppel und setzte sich heimlich auf das weiche,
schwerfällige Pferd. »Komm schon, Plüsch«,
flüsterte sie ihm ins Ohr, und die Stute erinnerte sich an das, was sie gelernt hatte. Unwillig
und ohne Grazie trabte sie dann mit dem Mädchen über die Wiese, eigentlich nur aus Gefäl-
ligkeit und weil sie hoffte, nach der Anstrengung ein Stück Zucker als Belohnung zu bekommen, das sie mit feuchtem Maul von der
heißen, verschwitzten Kinderhand holte.

Das Pferd auf der Seewiese bäumte sich auf,
doch Marie drückte die Knie fest an den warmen Leib des Tieres und hielt sich an der Mäh-
ne fest. »Komm schon«, flüsterte sie wie damals als Kind, und das Pferd gehorchte. Gehorchte allen Befehlen, die Marie ihm gab,
galoppierte im Kreis über die ganze Lichtung,
vorbei an Elvira, von der Marie nicht mehr

wahrnahm als die Form ihres Gesichts. Vorbei an Susi Sans-souci und ihrem Bruder, die Beifall klatschten und sie anspornten. Eine Runde und noch eine und eine dritte, verfolgt von den vor Lust fast vergehenden Pudeln. Dann hielt Marie das Pferd an. Mit roten Wangen, außer Atem und von oben herab blickte sie auf Elvira, deren Lippen so schmal geworden waren wie die ihrer Lieblingsschauspielerin. Ohne darauf zu achten, daß ihr Rock hochgerutscht war und alle sehen konnten, daß sie entgegen Beate Horbachs ausdrücklichem Befehl keine Strümpfe trug, sprang Marie vom Pferd. Sie tätschelte es zum Abschied, dann drehte sie sich um und ging einfach davon, weiter den See entlang. Sie spürte die Blicke der anderen im Rücken, doch sie sah sich nicht um. Sie war nicht mehr so glücklich wie zuvor, dafür aber zufrieden und wieder stark, wieder jung und voller Hoffnung. Zum ersten Mal im Leben war ihr bewußt geworden, daß sie es liebte, zu kämpfen und zu siegen.

VIER TAGE IM FEBRUAR

I

Maries sechzehnter Geburtstag war vorbeigegangen, ohne daß im Hause Horbach jemand
davon Notiz genommen hätte. Nur ein Brief
ihrer Mutter war eingetroffen: kurze, trockene
Sätze, mit ungelenker Hand geschrieben. Dafür
stand aber am Schluß vor der Unterschrift ein
Zeichen der Zärtlichkeit: »Du bist mein Allerliebstes. Ich bin stolz auf dich.« Darunter ein
paar Zeilen von der Hand des Onkels, so tief in
das dünne Papier eingegraben, daß sie dieses an
ein paar Stellen sogar durchbohrt hatten: »Vor
allem, liebe Nichte, eine erfreuliche Nachricht:
Deine Tante Cäcilia ist wieder guter Hoffnung.
So Gott will, sagt der Doktor, wird es diesmal
gutgehen.«

Marie las den Brief immer und immer wieder, obgleich sie ihn längst auswendig wußte.
Sie schob ihn unter ihre Bluse und trug ihn
tagelang mit sich herum, während die Vor-
bereitungen für den sechzehnten Geburtstag
Elviras das ganze Haus in Atem hielten. *Du
bist mein Allerliebstes. Ich bin stolz auf dich.*

So wenige Worte nur, doch sie reichten aus, Marie das Gefühl zu geben, ein guter Mensch zu sein; so zu sein, wie es sich gehörte; ihre Pflicht als Mensch zu erfüllen, indem sie das Beste aus dem wenigen machte, das sich ihr bot.

Sie hatte sich eingerichtet in ihrer neuen Welt, obwohl sie nie aufhörte, sich auf der Durchreise zu fühlen, unterwegs zu einer Daseinsform, die ganz anders war, in der sie irgendwann so sein durfte und konnte, wie sie wirklich war. Trotzdem nutzte sie ihre Zeit und genoß sie sogar manchmal, besonders wenn sie an ihren freien Nachmittagen mit einer abgelegten Aktentasche des Herrn Notar zur Stadtbibliothek pilgerte, um sich die Lektüre auszuleihen, mit der sie in der folgenden Woche einen großen Teil ihrer Nächte verbringen würde.

Der Herr Notar war ihr zu Hilfe gekommen, indem er ihr als vorgeblich Erziehungsberechtigter und somit Bürge seine Unterschrift gegeben hatte, damit Marie sich in der Bücherei überhaupt einschreiben konnte. Nach einem prüfenden Blick stellte ihr die kleine, rundrückige Bibliothekarin ein sogenanntes Leseheftchen aus, dessen Kennummer 907 Marie nie im Leben vergessen würde. Wenn sie nun ein Buch auslieh, wurde dessen Nummer im Heftchen

eingetragen und auf der dazugehörigen Kartei-
karte die Nummer des Heftchens.

Schon nach kurzer Zeit stellte sich heraus,
daß Maries Lesewünsche ihrer Altersklasse
nicht mehr entsprachen. Als ihr eines Tages der
Roman ›Radetzkymarsch‹, den sie unbedingt
ausleihen wollte, verweigert wurde, bat sie den
alten Herrn, sich doch unter seinem eigenen
Namen ebenfalls ein Leseheftchen ausstellen
zu lassen, damit sie, Marie, auf diese Weise
Zugang zu praktisch jeder Art von Lektüre
gewinnen könne. Als erste Reaktion war der
Herr Notar über das Ansinnen schockiert gewesen, dann aber amüsierte es ihn. Aus uner-
findlichen Gründen hatte er den Lesehunger
immer unter die Sünden eingereiht, ranggleich
etwa der Völlerei. Während er letztere jedoch
in jeder Form verachtete, schien ihm die Lese-
lust nicht nur verzeihlich, sondern sogar liebenswert.

»Ich soll dir also eine Blankovollmacht ausstellen, wie?« murrte er. Marie knickste zustim-
mend, legte ihm den bereits ausgefüllten Antrag
auf den Tisch und reichte ihm die aufgeschraub-
te Füllfeder. Der Herr Notar schüttelte den
Kopf, knurrte und unterschrieb. Während er
das Papier zum Trocknen hin und her
schwenkte, verlangte er allerdings, daß Marie
ihm in gewissen Abständen das Heftchen vor-

legte, damit er prüfen könne, ob sie nicht etwa Schindluder damit trieb und Bücher auslieh, die seinem Ansehen in der Bibliothek Schaden zufügen konnten. Marie versprach es, doch wie sie es vorhergesehen hatte, vergaß der Herr Notar schon nach wenigen Tagen, worauf er sich eingelassen hatte. Es geschah Wichtigeres auf der Welt, als daß ein junges Mädchen Bücher las, die nur für Erwachsene bestimmt waren. So blieb das Leseheftchen Nummer 1414 der Stadtbücherei Linz in Maries Herzen für alle Zeit eines der vielen Tore, die sie aufstieß, um sie selbst zu werden, und der Herr Notar bei all seiner Gleichgültigkeit ihr größter Wohltäter.

Auch ihre Arbeit hatte sich Marie nach und nach umorganisiert. Da Amalie immer weniger in der Lage war, die Küche zu verlassen, ging Marie nun jeden Morgen in die Stadt, um für den Haushalt einzukaufen. So lernte sie endlich Menschen kennen, wenn auch immer nur oberflächlich. Das allein reichte jedoch aus, sie selbständig zu machen und immer selbstsicherer. Alle Hausarbeit mit Ausnahme des Kochens lag nun auf ihren Schultern. Da dies alles eigentlich nicht von einem einzelnen Menschen zu bewältigen war, schlug sie Beate Horbach vor, wenigstens die Wäschepflege einer der vielen Urfahraner Wäscherinnen zu überlassen, die das weiche Wasser der Mühlviertler Bäche nutzten und pünktlich jeden Samstag mit ihren Schubkarren vorfuhren, auf denen sich mächtige, runde Wäschekörbe türmten. In sie wurde die schmutzige Wäsche gepackt und eine Woche später gewaschen wieder abgeliefert: blütensauber und so glatt und ordentlich gebügelt, daß Beate Horbach mit einem Seitenblick auf Amalie feststellte, so makellos habe sie ihre Wäsche bisher noch nie erlebt – womit für Amalie einmal mehr ein Trompetenstoß des Jüngsten Gerichts erklang: Der Tag konnte nicht mehr fern sein, an dem man sie endgültig aufs Land zurückschickte, zu ihrer Familie, der sie längst entfremdet war und die sie nur um ihrer ersparten Groschen willen aufnehmen würde. Ein unerwünschter Gast, abgeschoben ins finsterste Kämmerchen; die letzte am Tisch, die alle piesacken durften, vor allem die Kinder, ohne daß jemand sie dafür tadelte. Und wehe, wehe, man wurde krank!

2

Am Morgen von Elviras Geburtstag, es war der 12. Februar 1934, lag – außer ein paar verschmutzten Resten am Straßenrand – kaum noch Schnee. Trotzdem war es schneidend kalt.

Heftige Böen drückten die Äste der Platanen bis an die Fensterscheiben. Es hörte sich an, als wollte jemand mit Gewalt ins Haus eindringen.

Draußen war es dunkel. Abgesehen von Marie und Amalie schliefen noch alle. Sogar der alte Herr war nach seinem Morgentee wieder unter die Steppdecke gerutscht und entgegen seiner Gewohnheit erneut eingeschlafen. Mit klammen Fingern heizte Marie die Öfen ein. Während es langsam wärmer wurde, deckte sie den Frühstückstisch und preßte Orangensaft für Beate Horbach – ein seltener Luxus seit der Einfuhrbeschränkung für Südfrüchte, aber manchmal gelang es Marie doch, ein paar Orangen oder Zitronen aufzutreiben. Sie nahm weite Wege dafür in Kauf, und Beate Horbach, die sich neuerdings zur Gesundheitsfanatikerin entwickelt und Bircher-Brenner zu ihrem Vorbild erkoren hatte, dankte es ihr.

Die Standuhr in der Bibliothek – Marke Big Ben – schlug sieben. Trotz des üblen Wetters machte sich Marie auf den Weg, um fürs Frühstück frisches Brot zu holen. Sie schreckte zurück, als ein Windstoß sie traf wie eine blanke Hand, nach kurzem Zögern ging sie jedoch weiter. Es war wie manchmal früher auf dem Schulweg, nur daß sie damals mehr als eine Stunde unterwegs gewesen war und heute nur

ein paar Minuten. Wie hatte sie sich oft gefürchtet! Vor dem Sturm, der sie auf der verlassenen Hochebene fast zu Boden warf; am meisten aber vor Gewittern. Da lag sie dann, wie
man es ihr beigebracht hatte, flach auf die Erde
gedrückt im Straßengraben, während der Regen sie überschüttete und Blitze sie blendeten.
Sie zählte die Abstände zwischen Blitz und
Donner und atmete auf, wenn sie länger wurden. Respekt vor dem Wetter, das hatte sie damals gelernt. Nun hatte sie keine Angst mehr.
Längst wußte sie inzwischen einzuschätzen,
was gefährlich war und was nur unangenehm;
und das heutige Wetter, Elvira Horbachs Ge-
burtstagswetter, war höchstens unangenehm.
Genau wie das Geburtstagskind selbst, dachte
Marie, und damit schloß sich der Kreis ihrer
Überlegungen.

Als sie in die Landstraße einbog, riß ihr der
Sturm beinahe die Kappe vom Kopf. Sie blickte
sich um, ob vielleicht eine Straßenbahn daher-
käme. Bei diesem Wetter würde Beate Horbach
Verständnis dafür haben, wenn sie ausnahmsweise Geld dafür ausgab. Doch weit und breit
war keine zu entdecken, auch keine Fuhrwerke
oder sonstigen Fahrzeuge. Seltsamerweise auch
keine Fußgänger. Nur an der nächsten Ecke,
unter dem schwankenden Licht einer Straßen-
laterne, zwei Polizisten. Marie ging auf sie zu

Richtung Hauptplatz, wo sich die Bäckerei Janus befand, die die einzigen Kipfel herstellte, die dem verwöhnten Gaumen Elviras und der beiden Herren im Hause genügten – Beate Horbach selbst aß seit Monaten nur noch Müsli.

Je näher Marie den beiden Polizisten kam, um so beklommener wurde ihr zumute, als wäre sie plötzlich in eine Traumwelt geraten, in der die Gesetze der vertrauten Realität ihre Geltung verloren hatten. Polizisten waren anständige Menschen. Wer sich ebenfalls anständig verhielt, hatte von ihnen nichts zu befürchten. Er konnte erhobenen Hauptes auf sie zugehen oder an ihnen vorbei, ohne daß sie ihn behelligten. Im Zwielicht dieses frühen Februarmorgens aber schien diese Gewißheit auf einmal außer Kraft gesetzt, so daß Marie innerhalb eines einzigen Herzschlags Angst davor bekam, sich den beiden Männern in ihren langen, schweren Uniformmänteln zu nähern. Sie blieb stehen und drückte sich an die Häuserfront, plötzlich außer Atem, als wäre sie schnell gelaufen. Am liebsten wäre sie umgekehrt, doch sie fürchtete sich vor Beate Horbachs Spott oder Tadel. So beschloß sie, weiterzugehen, einfach das zu tun, weshalb sie unterwegs war: Brot fürs Frühstück zu holen und dann nach Hause zurückzukehren. Ja, nach Hause. Zum ersten Mal empfand sie es so, weil die Villa in der Platanenallee einen hohen Gitterzaun hatte, dessen Tor man hinter sich zuschließen konnte. Ein schweres Tor und drinnen warme, beleuchtete Räume, in denen man vergessen konnte, daß die Hauptstraße einer Stadt plötzlich leer war wie nach einem Krieg. Oder davor? Oder während?

Die beiden Polizisten redeten halb laut miteinander. Auch sie schienen besorgt zu sein und nicht zu wissen, was los war. Immer wieder spähten sie die Straße hinauf und hinunter, als lauere da eine Gefahr, die auf sie zukam und vor der sogar sie mit ihren Waffen um die Schultern sich fürchteten. Marie bemerkten sie nicht, vielleicht weil die Bedrohung, die sie erwarteten, ganz anders aussah als ein junges Mädchen mit einem Einkaufskorb. Marie beobachtete, daß einer der beiden eine Zigarettenschachtel aus der Tasche zog. Beide bedienten sich. Einer gab dem anderen Feuer. Diesen Moment der Unaufmerksamkeit nutzte Marie, um auf die andere Straßenseite zu huschen und in ein Seitengäßchen einzubiegen. Über einen kleinen Umweg durch eine Parallelstraße eilte sie zum Hauptplatz, den Korb fest an sich gepreßt, als könne er ihr Schutz bieten. Als sie die Einmündung zum Hauptplatz erreichte, sah sie, daß hier überall Gruppen von Polizisten standen, und am Ende des Platzes, wo er sich zur Donaubrücke öffnete, sogar mehrere Polizeifahrzeuge.

Noch immer hatte niemand sie wahrgenommen. Sie war froh über die unauffällige Farbe ihres Mantels. Auf Zehenspitzen lief sie die wenigen Schritte bis zum Eingang der Bäckerei, die sonst am Morgen hell erleuchtet war. So einladend, daß kaum einer vorbeiging, angelockt vom Duft frischen Brotes und dem Anblick der wohlgefüllten Regale. Alles sauber und friedlich. Was konnte dem Behagen und Sicherheitsbedürfnis eines Menschen näher kommen als Brot, Wärme, Licht und Ruhe? Wer darauf zählen durfte, brauchte sich nicht zu fürchten.

Den vertrauten Duft des Brotes konnte Marie wahrnehmen. Doch Licht und Wärme? Nicht der geringste Lichtschimmer war zu sehen. Finster wie in tiefster Nacht lag die gesamte Geschäftsfront vor ihr. Dunkel wie die Auslagen auch all der anderen Läden, das entdeckte Marie erst jetzt. Selbst die Fenster der Wohnungen in den oberen Stockwerken waren unbeleuchtet. Maries Unruhe wuchs. Fast schon in Panik drückte sie die Klinke der Geschäftstür nieder und stemmte sich dagegen. Doch es war abgeschlossen. Marie hämmerte gegen die Tür und versuchte erneut, sie zu öffnen. Sie riß an der kalten Klinke, aber nichts bewegte sich. Erst nach einiger Zeit, die ihr unendlich lang vorkam, drehte sich von innen ein Schlüssel im Schloß. Die Tür ging einen Spaltbreit auf. Im Dämmerlicht des Morgens erkannte Marie den Bäcker Janus. »Lassen Sie mich hinein, um Gottes willen!« flüsterte sie und drängte sich an ihm vorbei in den Laden. Als die Tür wieder hinter ihr zugefallen war, blieb sie aufatmend stehen.

»Was machen Sie denn hier, Fräulein?« Janus' rundes Gesicht mit den dunklen Augen unter dichten schwarzen Brauen blickte mißmutig. Auch er hatte wohl Angst, dachte Marie. »Ich verstehe das alles nicht!« flüsterte sie atemlos. »Was ist denn geschehen? Überall stehen Uniformierte. Wir haben doch wohl nicht Krieg?« Erst jetzt wagte sie zu denken, was sie schon die ganze Zeit über befürchtet hatte.

Schüsse aus verschiedenen Richtungen, vereinzelt zuerst, dann immer dichter. Ein Geknatter wie bei einem Feuerwerk, während die Straßenlampen erloschen und der Tag anbrach.

»Sie können jetzt nicht zurück nach Hause, Fräulein«, sagte Franz Janus. Er schob die Scheibengardine an der Ladentür zurück, um zu sehen, was draußen auf dem Hauptplatz vor sich ging. »Es ist zu gefährlich, und ich fürchte, es wird sogar noch schlimmer werden.« Es gehe wohl um die Waffen, fügte er hinzu, die der verbotene Republikanische Schutzbund im Arbeiterwohnheim versteckt habe. Schon mehrmals hätten Polizei und Heimwehr dort Razzien durchgeführt, und immer sei man fündig geworden. »Im Hotel Schiff vorne an der Landstraße. Sie sind sicher schon daran vorbeigegangen.«

Marie nickte, erstaunt, daß sich etwas, über das sie dem alten Herrn vorgelesen hatte, so nah an ihrem täglichen Einkaufsweg zutrug.

»Angeblich ist eine neue Razzia im Gang«, berichtete Franz Janus und bot Marie ein Brötchen an. Es war warm und knusprig. Ohne die Schüsse und die Dunkelheit hätte man glauben können, es gäbe keinerlei Gefahr auf dieser Welt.

Es wurde gegen die Tür gehämmert. Ein junger Polizist taumelte herein. Er war leichenblaß und hielt sich den Arm, der heftig blutete. »Ich brauche einen Doktor!« stöhnte er. »Sagen Sie denen da draußen Bescheid.«

Franz Janus rührte sich nicht. »Aber doch nicht jetzt!« weigerte er sich. »Erst wenn sich alles wieder beruhigt hat.« Dabei schaute er mißmutig auf die Blutflecke, die der Verwundete auf dem Boden hinterließ.

»Drücken Sie mit der Faust ganz fest gegen

die Wunde«, sagte Marie und öffnete die Tür. Sie schrie und winkte, bis ein paar Polizisten auf sie aufmerksam wurden. »Wir haben hier einen Verwundeten!« rief sie. »Wir brauchen dringend einen Arzt!«

»Was hat er denn?«

»Er ist am Arm verletzt. Er blutet stark.«

Die Polizisten wandten sich ab. »Daran stirbt man nicht. Er muß noch warten. Im Hotel Schiff liegen Schwerverletzte.«

Irgendwie beruhigte es den Polizisten, daß sich seine Kameraden so wenig Sorgen um ihn zu machen schienen. Der Schreck ließ langsam nach und machte einer Redelust Platz. »Ich weiß nicht, wie viele Razzien im Hotel Schiff ich schon mitgemacht habe!« stöhnte er und hielt sich den Arm. »Bisher waren die Roten immer ganz vernünftig. Manchmal kam es mir fast schon vor, als spielten wir Räuber und Gendarm. Auch heute dachte ich, es wäre nichts Besonderes. Eigentlich wollte ich danach bei meinen künftigen Schwiegereltern zu Mittag essen.« Er legte die Beine auf einen Stuhl, den ihm Marie gebracht hatte. »Anfangs war es ja auch wie immer«, erzählte er weiter. »Wir umstellten das Parteiheim. Dann forderten wir die Roten auf, die Tür zu öffnen, aber das taten sie natürlich nicht. Sie haben es noch nie getan. So schlug einer von uns mit dem Gewehrkolben gegen die Tür und stieß sie auf. Wir dachten, die Roten hätten sich inzwischen wie immer im Hintergebäude versteckt. Aber da stand plötzlich der Bernaschek vor uns, der Kommandant des Schutzbundes. Er hatte eine Pistole in der Hand und schoß einfach drauflos. Ohne Vorwarnung! Der Kamerad, der die Tür aufgestoßen hatte, fiel sofort um. Ich weiß nicht, wie schwer er verwundet ist, aber viel Hoffnung habe ich nicht für ihn. Er stand doch ganz nahe dran!« Der junge Polizist versank in Gedanken.

Marie sah, daß er zitterte. »Möchten Sie etwas trinken?« fragte sie. Er nickte. Franz Janus verschwand im Nebenraum und kam mit einem Glas Wasser zurück. Der Polizist trank es in einem Zug leer. »Inzwischen stürzten die Schutzbündler aus dem Hintergebäude«, fuhr er fort. »Es müssen an die vierzig gewesen sein oder mehr. Wir hatten sie anscheinend im Schlaf überrascht. Sie waren noch nicht einmal richtig angezogen. Wir besetzten das Vordergebäude und forderten sie auf, sich kampflos zu ergeben.« Er schüttelte den Kopf, ungläubig wie ein Kind. »Bisher hatte es noch nie Widerstand gegeben. Aber heute hoben sie plötzlich ein Maschinengewehr aufs Fensterbrett. Schußbereit. Als wir vorpreschten, um das Hintergebäude trotzdem noch zu räumen, strich die erste Salve über den Hof. Ich habe das Gesicht des Mannes gesehen, der am Gewehr stand. Ein Schutzbundmann aus der Straße, in der ich selbst wohne. Kunz heißt er.« Der Polizist fing an zu weinen. »Das ist Bürgerkrieg, Fräulein! Landsmann gegen Landsmann. Bruderkrieg!«

Er schwieg lange. Draußen knatterten noch immer Schüsse. Quietschende Autoreifen. Laute Befehle. Kirchenglocken. Sirenen.

»Ich sah noch, wie Kunz getroffen wurde und ein anderer seine Stelle einnahm«, erzählte der Polizist weiter. »Ich weiß, es ist dumm, wo er doch auf uns geschossen hat, aber ich mußte an seine Familie denken. Ich kenne sie alle. Sie sind immer stolz auf ihn gewesen. Er war der beste Fußballer weit und breit, und alle Mädchen waren hinter ihm her. Hätte er seine Arbeit nicht verloren, wäre er bestimmt noch am Leben.« Der Polizist zitterte noch immer. Er schloß die Augen. Es sah aus, als würde er gleich ohnmächtig werden. Erst jetzt kamen seine Kameraden, ihn abzuholen.

Bürgerkrieg. Aus dem Radio erfuhren sie es. Man dürfe die Häuser nicht verlassen, wurde verkündet. In der ganzen Stadt werde geschossen: auf dem Bahnhof, beim Parkbad, in der Schiffswerft, beim Sender Freinberg und an der Donaubrücke. An so vielen Stellen der verarmten Stadt, die den Weltkrieg noch immer nicht verwunden hatte, obgleich er doch schon vor eineinhalb Jahrzehnten zu Ende gegangen war.

Bürgerkrieg. Als es schon auf Mittag zuging, ohne daß hinter den bleigrauen Wolken die Sonne zu sehen war, meldete der Rundfunk, daß in allen Industriestädten des Landes geschossen werde. Tote und Verwundete gebe es, darunter auch welche, die an den Ereignissen nicht beteiligt gewesen seien. Als Marie im Hinterzimmer der Bäckerei von den vielen Opfern aus der Zivilbevölkerung hörte, erschauderte sie in der Erinnerung daran, wie sie selbst noch vor wenigen Stunden über die verlassene Landstraße gelaufen war, ohne das Unheil zu ahnen, das sich bereits zusammengebraut hatte.

Bürgerkrieg. Während die Regierung noch beruhigende Worte über den Äther sandte, riefen die Sozialdemokraten gegen Mittag den Generalstreik aus. Die Nachrichten meldeten, daß sich bewaffnete Schutzbündler nun auch in den Wiener Arbeiterheimen und Gemeindebauten verschanzt hätten, während in Linz vor dem Hotel Schiff das Bundesheer mit Minenwerfern gegen die Aufrührer vorgehe. Aus Feuer und Rauch und ohrenbetäubendem Lärm tauchten erst nach Stunden die Überlebenden mit erhobenen Armen auf, bereit, sich zu ergeben.

Der Nachmittag war fast schon vorüber. »Ich muß nach Hause zurück!« sagte Marie immer wieder, doch das Chaos auf dem Hauptplatz trieb sie wieder in die Bäckerei. So versuchte sie, über die Meldungen des Rundfunks möglichst viel zu erfahren. Während Franz Janus nervös im Laden hin und her ging und immer wieder auf die Straße spähte, saß Marie im Hinterzimmer, den Kopf vorgeneigt, um die aufgeregten, knarzenden Stimmen aus dem Rundfunkempfänger besser zu verstehen. So merkte sie kaum, daß jemand hinter sie getreten war und lange auf sie herabblickte, auf ihr dichtes, dunkelblondes Haar, stramm geflochten, zusammengedreht und mit langen Nadeln festgesteckt, wie Beate Horbach es verlangte. Ein züchtiger Knoten im Nacken, doch am Haaransatz unzählige kleine Löckchen wie ein Kranz lieblichen Widerstands.

Sie hörte zu und konnte sich bereits die Kommentare des Herrn Notar vorstellen. So gut kannte sie ihn und seine Denkweise, daß sie jedes Wort vorausahnte, das er sprechen würde. Vielleicht war sie der einzige Mensch in seinem ganzen Leben, der wirklich über ihn Bescheid wußte. Mehr als die Frau, mit der er jahrzehntelang gelebt hatte und die nun auf dem Friedhof lag und sein Gewissen beunruhigte, weil er keine Lust hatte, sie dort zu besuchen; mehr auch als seine rastlose Tochter oder gar sein Schwiegersohn, der nichts im Sinn hatte als das Tagesgeschäft.

Es war warm in dem niedrigen Raum, fast schon stickig. Hin und wieder flackerte das Licht an der Decke. Draußen waren immer noch Schüsse und Geschrei zu hören. Ich muß jetzt gehen, dachte Marie. Sie wollte einen Polizisten bitten, sie über den Platz zu begleiten, bis sie eine der ruhigen Nebenstraßen erreicht hätte. Ich muß jetzt gehen. Auf einmal schien es, als wäre sie schon viel zu lange in der Bäckerei geblieben. Der ganze Raum und die Stimmung um sie herum schienen sich auf einmal verändert zu haben. Etwas war plötzlich anders. Sie spürte, daß Janus hinter ihr stand. Noch sagte sie sich, daß dies nicht ungewöhnlich sei, wo er doch wie sie hören wollte, was der Rundfunk zu berichten hatte. Ich muß jetzt gehen. Sie sah nicht, wie er langsam seine Hand hob und mit den Fingerspitzen über die Löckchen in ihrem Nacken strich. Sie sah es nicht, und zu Anfang spürte sie es nicht einmal, so vorsichtig und sanft war die Berührung. Erst nach einigen Augenblicken wurde es ihr bewußt, zart und angenehm wie ein warmer Lufthauch und doch zugleich auch beunruhigend, weil es der Anfang von etwas sein konnte, das sie nur vom Hörensagen kannte und aus den Büchern, die sie so gerne las.

Ich muß jetzt gehen! wollte sie sagen, doch wartete sie damit, weil sie das unbekannte Gefühl genoß und wissen wollte, wie es weiterging. Sie ahnte, daß dies einer der Augenblicke war, vor denen Amalie sie gewarnt hatte, aber sie war sich sicher, immer noch Herrin der Situation zu sein. Aufstehen zu können und einfach fortzugehen, weg von der Gefahr, die so angenehm war und so süß.

Der Druck der fremden Hand verstärkte sich. Die weichen Fingerkuppen strichen über ihren Hals und die Muscheln ihrer Ohren. Noch immer rührte sie sich nicht. Sie spürte, wie sie errötete und die feinen Härchen an ihren Unterarmen sich aufstellten, als hätte sie Angst. Ich muß gehen! Sie hielt sich fest an diesem Satz, der sie aus jeder Gefahr befreien würde. Ich muß gehen, während sie fühlte, wie der fremde Mann sich zu ihr herunterbeugte und nun mit den Lippen über ihren Nacken streichelte, so warm und zärtlich, wie sie noch nie zuvor etwas gespürt hatte.

Ich kenne ihn doch gar nicht! dachte sie und wartete doch noch immer ab. Behutsam und mild wie Sonnenstrahlen drückte sich der fremde Mund auf ihren Nacken. Dabei bewegte er sich langsam hin und her, so daß Marie sich fragte, ob diese warmen Lippen geöffnet waren.

In diesem Augenblick flackerte das Licht an der Decke und erlosch. Das Radio kreischte auf und verstummte dann. Auch draußen im Geschäftsraum wurde es finster. Nur das graue Tageslicht drang noch herein. Die warmen Hände lösten sich von Maries Nacken. Sie stand auf und drehte sich um, ganz nah vor sich das fremde Gesicht. Schöne, dunkle Augen mit dichten Brauen darüber, Haare so schwarz und glänzend wie Zobelfell. Ein weicher, roter Mund. Ein hübsches Gesicht, dachte Marie, aber so fremd. Nichts, das ihr vertraut war. Nichts, das ihr Herz anrührte. Sie sah ihn an, und wieder wartete sie, als gebe es eine Hoffnung, Auge in Auge die Lust der vergangenen Berührung wiederaufleben zu lassen.

Doch in seinem Blick fand sie keine Hingabe. Ein wenig verlegen und fast ironisch sah er sie an, als überlege er, ob es nötig sei, sich zu entschuldigen. »Ich glaube, das ist der Generalstreik«, erklärte er dann in sachlichem Ton. »Sie haben es ja angekündigt. Wer weiß, wie lange wir jetzt auf Strom verzichten müssen.«

»Ja.« Marie nickte und verließ das Hinterzimmer. »Ich muß jetzt wirklich gehen.« Der

Zauber war verflogen, als hätte es ihn nie gegeben.

Janus stellte sich hinter den Tresen und füllte ihren Korb mit den üblichen Brotsorten. Als Marie zahlen wollte, winkte er ab, doch sie bestand darauf. Dann begleitete er sie zur Tür und ersuchte einen jungen Heimwehrmann, sie nach Hause zu bringen. »Ich würde gerne selber mitgehen, aber ich muß im Laden bleiben. An einem solchen Tag …«

Der Heimwehrmann ergriff Maries Korb und führte sie über den Platz. »Meinen besten Freund haben sie erschossen!« brach es plötzlich aus ihm hervor. Marie blieb stehen und sah ihn an. Er war noch so jung, nur wenig älter als sie selbst. Ein gutmütiges Kindergesicht, die Augen dunkel vor Kummer und Verzweiflung. »Es tut mir leid um ihn«, sagte sie leise. »Und um Sie auch. Es tut mir leid um uns alle.« Sie blickte zurück über den Platz. Janus stand noch immer vor seiner Auslage. Er hob den Arm, um Marie zuzuwinken. Sie winkte zurück, doch sie war schon weit fort, der umkämpfte Platz wie eine unüberbrückbare Grenze.

»Wir müssen weiter!« drängte der junge Soldat. »Ich muß zurück. Wer weiß, wie das hier noch weitergeht.« Er begleitete sie bis zum Tor der Horbach-Villa. Dort reichte er ihr den Korb und salutierte. Marie legte eine Hand auf seinen Arm. »Passen Sie gut auf sich auf«, sagte sie leise. Er nickte und eilte davon, zurück dorthin, wo Landsleute aufeinander schossen, weil sie meinten, das wäre ein Ausweg.

4

Nach vier Tagen war es vorbei. Vier Tage, in denen die Sozialdemokraten den Generalstreik ausriefen und die Regierung das Standrecht erklärte. Vier Tage der Todfeindschaft zwischen Brüdern und Nachbarn. Völlige Dunkelheit des Nachts – in den Straßen, in den Häusern und in den Herzen. Kein Mitleid mehr mit den anderen. Am Ende dann dreihundertvierzehn Tote und an die tausend Verletzte. Im Hotel Schiff standen aufgereiht die offenen Särge der Gefallenen: die Arme locker übereinander verschränkt, doch die Hände nicht wie zu Friedenszeiten gefaltet, der Kopf auf einem bunten Behelfskissen von irgendeinem Sofa, vielleicht sogar aus der eigenen Wohnung des Toten, keine Schuhe an den starren Füßen – es gab keinen Weg mehr, der zurückgelegt werden mußte.

Vier Tage im Februar. Vier Stufen hinab auf dem Weg zum Untergang eines kleinen Staates, mit dem keiner mehr so richtig etwas anfangen konnte. Der ungeliebte Rest eines einst bewunderten Reiches. Nur zu gut wußte die Regierung, daß die Nachbarn hinter den Grenzen nur darauf warteten, daß das morsche Gebäude einstürzte: die Tschechen und Jugoslawen, die noch immer das Gespenst des einstigen Kaiserreiches fürchteten; vor allem aber Mussolinis Italien, entschlossen, Tirol zu besetzen, um damit eine Barriere gegen den allzu mächtigen Rivalen in Berlin zu schaffen, gegen ihn, der immer wieder hinter vorgehaltener Hand genannt wurde. Ununterbrochen, weil alle ihn fürchteten. Adolf Hitler, mit dessen Namen man grüßte und gegen dessen Wort es keinen Widerspruch mehr gab. Er brauchte nur abzuwarten und zuzusehen, wie in seinem Geburtsland Regierungstruppen und Sozialdemokraten einander abschlachteten und schwächten, so daß es in nicht allzu ferner Zeit ein leichtes sein würde, die reife Frucht mit einem einzigen Handgriff zu pflücken. Ja, die Wölfe heulten schon. Für die Regierung in Wien war es eine Frage des Überlebens, die Ruhe wiederherzustellen, damit sich die Rudel vorerst noch einmal von den Grenzen zurückzogen.

Vier Tage im Februar. Nur wenige hatten es gewollt, und doch war es geschehen. Wie ein Papierfeuer, das aufflammt und verlischt, waren der Haß und die Verzweiflung ausgebrochen. Der Aufschrei eines Volkes, das mit sich selbst nicht zurechtkam. Als er verklungen war, glitten die Waffen aus den Händen der Kämpfenden. Die letzten Schüsse verhallten. Die Administration übernahm erneut die Führung. Da Schuldige benannt werden mußten, wurden einundzwanzig Todesurteile verhängt und im ganzen Land neun davon vollstreckt. Eines auch in Linz, ein Schutzbündler namens Bulgari. Die Zeitungen berichteten davon, doch die meisten Leser waren zu müde und zu erschöpft, um darüber reden zu wollen. Sie waren froh, daß der Spuk vorbei war. Nur wenige Stimmen erhoben sich noch, als die Arbeiterpartei aufgelöst wurde.

»Eigentlich ist das auch eine Gleichschaltung«, murmelte der Herr Notar, als ihm Marie die Nachricht vorlas. »Die Nazis haben uns ja gezeigt, wie man es macht, daß am Schluß nur noch eine einzige Partei übrigbleibt.« Er lehnte sich zurück und schloß die Augen. »Vielleicht ist es aber auch bloß der Zeitgeist, der so etwas verlangt. Das Ideal der Demokratie war wohl doch nur ein Irrtum.« Zwischen seinen blassen, faltigen Fingern zerrieb er den Rest einer Girlande, die seine Enkelin Elvira vor einer halben Woche in einem Anfall von Enttäuschung und Wut zerrissen und zertrampelt hatte, weil durch die Rücksichtslosigkeit des Pöbels ihre Geburtstagsfeier vereitelt worden war. Marie

aber dachte an die vielen Stunden in der Bäkkerei, während draußen die Soldaten Fliehende
verfolgten und festnahmen und sich drinnen
eine warme Hand behutsam auf die ihre gelegt
und fremde Lippen ihren Nacken liebkost hatten.

5

Es schien, als wären verbotene Türen aufgestoßen worden, die man bisher respektiert hatte.
Was als undenkbar gegolten hatte, traf nun ein,
ohne daß das ermattete Volk ihm Einhalt gebot.
Nur noch eine einzige Partei im Land, Natio-
nalrat und Bundesrat aufgelöst, alle Befugnisse
nun bei der Bundesregierung. Das Ende der
Ersten Republik. Österreich ein Ständestaat auf
nationaler Grundlage. Ein Staat nach den Lehren des Papstes. Deutsche Erde unter romani-
siertem Einfluß. Kaum noch verhohlen: Diktatur wie in so vielen anderen Ländern des ge-
schundenen Kontinents, der sich vor zwei
Jahrzehnten verloren hatte wie ein Kind, das
nicht mehr heimfindet.

»Dabei hätte es noch schlimmer kommen
können«, murmelte der Herr Notar. »Ich frage
mich nur, ob dies nicht vielleicht die Sehnsucht
nach einer neuen Religion ist, auch wenn wir

es nicht merken. Sieh dir die Nazis an. Sie leugnen Gott, aber de facto beten sie zu ihrem Führer. In einigen Kirchen haben sie sogar sein Bild auf den Altar gestellt. Das war sogar ihm zuviel. Er hat es verboten. Er weiß genau, daß er längst über die Altäre gesiegt hat. Ich hoffe nur, nicht für immer.«

Angst vor dem großen Nachbarn. Es wurde verboten, deutsche Zeitungen einzuführen. Großbritannien, Italien und Frankreich verabschiedeten eine Erklärung, in der die Unabhängigkeit und Integrität Österreichs garantiert wurde. Man zeigte die Faust, aber sie war schwach im Vergleich zu dem, gegen den sie sich richtete. Immer mehr Anhänger des mächtigen Mannes in Berlin fanden sich. Mit Staunen beobachtete man, wie in Deutschland Straßen gebaut wurden. Wie sogar einfache Menschen in die Ferien fuhren. Wie man feierte und stolz war auf die eigene Leistung. Wie man sich ohne Skrupel seiner Gegner entledigte. So viel Überzeugung. So viel Stärke. So viel Eifer und Rücksichtslosigkeit – während man selbst doch so müde war. Kinder des Zweifels und der Hoffnungslosigkeit.

Die Gefahr rückte näher. Die Wölfe tauchten wieder auf. Es war ein Tag im Juli, als in Wien gegen Mittag eine Gruppe von Nationalsozialisten ins Bundeskanzleramt und in die Sende-räume der Rundfunkgesellschaft drang, ver-kleidet in Bundesheer- und Polizeiuniformen. Über Radio gab ihr Sprecher den Rücktritt des Bundeskanzlers Dollfuß und seiner Regierung bekannt: das Fanal, das die Gesinnungsgenos-sen im ganzen Land zum Aufstand rief.

Doch der kleine Kanzler war nicht zurück-getreten. Im Eckzimmer seines Amtsgebäudes traf ihn kurz nach dreizehn Uhr ein Schuß aus der Pistole eines braunen Putschisten. Der Kanzler war schwer verwundet, aber er lebte noch, waidwund wie ein Tier auf der Hetzjagd. Mit nacktem Oberkörper bettete man ihn auf ein geblümtes Barocksofa, das eigene Hemd als Kopfkissen. Immer schwächer werdend, bat Dollfuß um einen Arzt, dann um einen Priester. Beides verweigerte man ihm. Unterdessen überwältigte eine Alarmabteilung der Polizei die Nazis im Rundfunkgebäude. Noch war der Staat nicht am Ende. Präsident Miklas erteilte dem Unterrichtsminister Schuschnigg den Auf-trag, mit allen Machtmitteln die gesetzliche Ordnung wiederherzustellen.

Der Kanzler lebte noch immer, verblutete langsam auf seinem Sofa, während die Putschi-sten mit den Behörden verhandelten und sich freien Abzug zusichern ließen, falls kein To-desopfer zu beklagen sei. Um sechzehn Uhr erlag Dollfuß jedoch seinen Verletzungen. Damit war die Absprache nichtig geworden. Als sich um neunzehn Uhr die Tore des Bundeskanzleramtes öffneten und die Putschisten sich ergaben, war auch ihr Schicksal besiegelt. Eine Woche später wurden sie vom Militärgerichtshof zum Tode verurteilt und umgehend durch den Strang hingerichtet. Der vormalige Minister Kurt Schuschnigg leistete den Amtseid als Bundeskanzler. Die erste Nachricht, die er empfing, kam aus Berlin. Die deutsche Reichsregierung betonte, daß sie jede Verantwortung für die Vorgänge in Österreich zurückweise.

»Vielleicht kehrt jetzt endlich Ruhe ein«, urteilte der Herr Notar und lehnte sich zurück. Er schloß die Augen. »Was ist eigentlich mit dir los? Deine Stimme klingt ganz anders als früher.«

Marie faltete die Zeitung zusammen und legte sie auf den Tisch. »Nichts ist los, Herr Notar«, versicherte sie. »Ich werde halt auch älter. Vielleicht verändert sich da die Stimme.«

Der alte Herr schüttelte den Kopf. »Das kannst du mir nicht erzählen. Ein paar Monate machen einen Menschen nicht älter. Es sind die Erfahrungen, die prägen.« Zum ersten Mal zeigte er für Marie Interesse über ihre Funktion als Vorleserin hinaus. »Du machst doch hoffentlich keinen Unsinn?« Er dachte an die breithüftige kleine Walburga, die am Unsinn zerbrochen war, und daran, daß er Marie noch viel mehr vermissen würde, wäre sie auf einmal nicht mehr da. »Wenn du einmal Hilfe brauchen solltest ...«, begann er, verstummte dann aber schnell. Es war nicht klug, etwas anzubieten, das womöglich später zu Unannehmlichkeiten führen konnte. Die Kleine war klug genug, auf sich selbst aufzupassen. Ein kühles, talentiertes Köpfchen, der Himmel mochte wissen, woher sie es hatte. Sie hätte verdient, gefördert zu werden – aber nicht von ihm. Wenn man auf die Achtzig zuging, hatte man ein Recht auf Egoismus. Eine Marie, die wieder zur Schule ging, wie sie es sich anscheinend wünschte, würde nicht jeden Nachmittag bereitstehen, um ihm vorzulesen und seinen Exkursen zuzuhören.

Er sah ihr zu, wie sie den Vorhang vorzog, um ihn vor dem Sonnenlicht zu schützen, das in einem schmalen Strahl zwischen den Blättern der Platane hindurch genau auf sein Gesicht fiel. Dann setzte sie ihr Häubchen auf, knickste, wie es von ihr erwartet wurde, und ging hinaus. Während sie die Tür hinter sich schloß, wunderte sich der Herr Notar, daß er auf einmal ein schlechtes Gewissen hatte. Das Kreuz! dachte er dann plötzlich. Er erinnerte sich, daß er zu Marie von der Religionssehnsucht der Menschen gesprochen hatte. Bestimmt, dachte er nun, hatten die Nazis das alte Symbol des Hakenkreuzes ausgewählt, um damit das christliche Kreuz zu übertreffen. »Marie!« rief er, um diesen Gedanken mit ihr zu teilen. Doch sie hörte ihn nicht mehr. Mit leichten Schritten lief sie die Treppe hinab, während sich der alte Herr mit einem Stich im Herzen seines schlechten Gewissens erinnerte und sich zugleich darüber ärgerte, denn es war unangemessen, sich über ein Hausmädchen Gedanken zu machen.

PLATZKONZERT

I

Manchmal kam es Marie vor, als wäre sie an
jenem grauen Februarmorgen, als der Staat
wankte, eine andere geworden. Ein Mann hatte
sie begehrt und berührt. Auch wenn er ihr
nichts bedeutete, war ihr doch bewußt geworden, daß sie kein Kind mehr war, in ihren
eigenen Augen nicht und nicht in den Augen
anderer. Sie erinnerte sich an die warmen, weichen Lippen auf ihrem Nacken, doch sie dachte dabei nicht an Franz Janus, sondern an den
braunhaarigen Jungen, Richard Ohnesorg, der
so oft in ihrer Nähe auftauchte und nur ungern
wieder fortging. Manchmal, kurz vor dem
Aufwachen, glaubte sie seine Stimme zu hören,
so nah und wirklich, daß sie die Augen öffnete,
weil sie meinte, er wäre tatsächlich bei ihr.

Elvira zu besuchen war immer nur ein Vorwand für ihn. Sogar die beiden Pudel, die er an
zwei langen Leinen mit sich führte, stürmten
im Haus als erstes auf Marie zu, als gebe es für
sie keinen Zweifel, wer für ihren Herrn zählte.
Dabei wußten Marie und Richard nicht einmal

mehr, worüber sie noch sprechen sollten. Alles Oberflächliche war gesagt, und weiter wagten sie sich nicht. Manchmal entdeckten sie irgendein Thema, das ihnen unverfänglich schien, und plauderten erleichtert drauflos. Doch schon nach wenigen Sätzen stockten sie, weil es ihnen vorkam, als klänge jedes Wort falsch und hohl, als hätte ihnen irgend jemand ein beliebiges Thema gestellt, das sie nun abhandeln sollten, obwohl es sie nicht im geringsten interessierte.

»Wo waren Sie, als der Putsch ausbrach?« fragte Richard Ohnesorg beispielsweise; und Marie antwortete: »Einkaufen. Und Sie?« – »Sie waren doch hoffentlich nicht in Gefahr?« – »Aber nein. Ich habe in der Bäckerei gewartet, bis das Schlimmste vorbei war.« Sie wunderte sich selbst, daß sie bei dem Gedanken an die Vorfälle im Hinterzimmer nicht errötete, und er erklärte ihr, daß der Bäcker Janus ein Mieter seines Vaters sei, dem das Haus am Hauptplatz gehöre »… und auch das Haus daneben. Dort wohnen wir.« – »Dann waren Sie ja ganz in meiner Nähe, als das alles passierte.« Was rede ich da? dachte sie, doch er nickte nur und sagte, er hätte sie gerne beschützt.

Elviras Lippen wurden schmal, wenn sie merkte, woher ihr Auserwählter kam, wenn er sie besuchte. Sie schmollte, wenn Richard schon nach kurzer Zeit auf die Uhr schaute und erklärte, es sei spät, er müsse leider wieder gehen. Wenn er fort war, weinte sie manchmal, oder sie schmetterte etwas zu Boden. Einmal goß sie den Inhalt einer Blumenvase über den Tisch und rief dann mit schriller Stimme nach Marie, sie solle es aufwischen. Marie gehorchte schweigend, aber ihr Herz klopfte vor Zorn. Elvira sah ihr zu, rot im Gesicht und voller Groll. »Schmeißt du dich immer an junge Männer heran, die viel zu gut für dich sind?« fragte sie dann plötzlich. »Glaubst du wirklich, einer wie Richard Ohnesorg interessiert sich für eine Miss Ata?«

Marie hielt in ihrer Arbeit inne. Ein Wortschwall drängte sich auf ihre Lippen. Tausend Anschuldigungen, tausend Beleidigungen. Doch dann dachte sie an die Folgen und schwieg. Statt dessen nahm sie wortlos den Eimer, in dem sie das Wasser aufgenommen hatte, und kippte alles wieder über den Tisch, so daß es an den Seiten auf den Teppich hinunterfloß. Mit einem Knall stellte sie den Eimer vor Elviras Nase und warf das Wischtuch daneben. »Und jetzt beschweren Sie sich bitte bei Ihrer Mutter!« sagte sie kalt und ging hinaus, absichtlich die Tür offenlassend.

Es war Haß, mit dem Elvira sie verfolgte. Haß und Eifersucht, vielleicht sogar Neid, obwohl gerade dies nur schwer einzusehen war. Vielleicht aber, dachte Marie, vielleicht spürte Elvira, daß die gleichaltrige Marie ihr in vielem voraus war. So reibungslos verlief Elviras Leben, alles konnte sie erbitten oder ertrotzen. Alles? Doch nur das, was in der Macht ihrer Eltern stand. Kam es aber darauf an, sich etwas selbst zu beschaffen, versagte sie. Ihr fehlten Vitalität, Geschick und Charme. Das spürte sie, wenn sie Marie beobachtete und sah, wie der eigene Vater sie mit gleichmütiger Achtung behandelte, die Mutter mit Vorsicht, um sie nicht zu verlieren, und der Großvater mit eben der gleichen Sorge, nur viel dringlicher und auffälliger. Alle kuschten sie vor Marie, dachte Elvira dann. Marie war die eigentliche Königin im Hause mit ihrer Tüchtigkeit und ihrem vorgetäuschten Interesse für das Steckenpferd des Alten. Und nun sogar Richard Ohnesorg! Wer konnte wissen, was die Schlange alles anstellte, um ihn einzufangen!

Marie aber dachte an ihre Mutter. Wenn Richard Ohnesorg sie ansah und sie spürte, daß er im Begriff stand, mehr zu sagen als gut war, fiel ihr Mira Zweisam ein, die sich vielleicht nach genau den gleichen Worten gesehnt und nicht verhindert hatte, daß der ahnungslose Junge aus dem Jagdhaus sie aussprach. Wie gut konnte sich Marie auf einmal vorstellen, wie ihre Eltern einander damals gegenübergestanden waren, so jung, so sehnsüchtig und so ohne Vorbedacht.

Ein kleiner Wink nur, das spürte sie, hätte genügt, um den Damm brechen zu lassen, der Richard Ohnesorg zurückhielt. Keinen Augenblick zweifelte sie daran, daß er sie liebte oder zumindest in sie verliebt war, und wenn er vor ihr stand, fragte sie sich, ob es zwischen beidem einen Unterschied gab und ob es bei Richard Ohnesorg das eine war oder das andere oder sogar beides. Dann sah sie ihn an, trat einen Schritt zurück und brach mit einer sachlichen Bemerkung den Zauber des Augenblicks.

Er erzählte ihr, daß er noch in diesem Sommer die Schule abschließen und danach zum Studium nach Wien gehen würde. Dabei fielen ihr die Spottworte ihrer Mitschüler ein: »Hast du nicht Lust, in einem schönen See zu baden?« Ja, dachte sie dann. Ja, Lust hätte ich schon, aber ich werde es nicht tun ... Denn immer wieder sah sie das Bild ihrer Mutter, so hübsch, so jung, so einsam und so verachtet, auch wenn man vordergründig freundlich mit ihr tat.

Manchmal, wenn sie die Enttäuschung in seinem Gesicht sah und vielleicht auch die Sehnsucht, dachte Marie, daß es schön wäre und vielleicht auch richtig, ihm dies alles einfach zu sagen, damit er wußte, wie es wirklich um sie stand, und sich keine falschen Hoffnungen machte. Sie wollte nicht, daß er ihretwegen litt, aber sie fürchtete, wenn sie erst zuließ, daß Verständnis und Vertrauen zwischen ihnen aufkamen, würde es nicht mehr möglich sein, ihre Gefühle füreinander in Schranken zu halten. So bewahrte sie Abstand und hätte am liebsten darüber geweint. Sie bewahrte Abstand und konzentrierte sich auf ihr Leben in den Bereichen, die ihr nicht gefährlich werden konnten, weil sie ihr Herz nicht berührten.

2

Und hier kam Franz Janus ins Spiel, der Ersatzmann, der sich für den König hielt. Marie gefiel ihm, weil sie hübsch und jung genug war, daß er glaubte, sich ihr überlegen fühlen zu können. Er hatte gespürt, daß ihr seine Berührungen angenehm gewesen waren, und rechnete sich aus, daß nach einiger Zeit vorsichtiger Werbung noch mehr zu holen war. Ein Hausmädchen bei einem Notar: nicht ganz standesgemäß für den Sohn eines Grundbesitzers, dessen Bäckerei trotz der schlechten Zeiten florierte, so daß man vor zwei Jahren neben dem Hauptgeschäft im Vorort St. Peter eine Filiale auf dem Linzer Hauptplatz eröffnet hatte.

Wenn es so weiterging, konnte man irgendwann dem Hauseigentümer Ohnesorg ein verlockendes Angebot unterbreiten und sich damit im Zentrum der Landeshauptstadt etablieren; dann war man kein einfacher Handwerker mehr, sondern ein wohlhabender Geschäftsmann und Bürger.

Franz Janus war ehrgeizig, ein Erbe seiner Mutter, die immer schon gewußt hatte, was sie wollte, und ihre Ziele ohne sentimentale Rücksichtnahme auf andere verfolgte, vor allem aber mit unermüdlicher Beharrlichkeit. Darin unterschied sich ihr Sohn von ihr, denn obwohl auch er immer wieder Augenblicke der Tatkraft erlebte, in denen er sich zutraute, die Welt aus den Angeln zu heben, sackte er im täglichen Einerlei doch oft genug in sich zusammen und ließ Gelegenheiten träge verstreichen, wo seine Mutter energisch zugepackt hätte.

Er war zu eitel, sich diese Schwäche einzugestehen oder sie auch nur für möglich zu halten, und nahm deshalb nur zu gern die Attribute der künftigen Erfolge vorweg: die feine Kleidung, wenn er ausging, den massiven, selbstgekauften Siegelring am kleinen Finger und vor allem das glänzende Motorrad, mit dem er über die ungepflasterten Sträßchen seines Heimatdorfs knatterte und den Neid der Gleichaltrigen wachrief, so daß eines Morgens die Tür zu seinem Fahrzeugschuppen aufgebrochen war und er sein Motorrad mit Jauche übergossen vorfand und an einen Pfosten genagelt einen Pappkarton mit der Aufschrift: »Diese Maschine wurde von *unserem* Geld gekauft.«

Der Anschlag traf ihn unerwartet. Als Sohn einer alteingesessenen Familie hatte er bisher kaum Widerstand erfahren. Seine Eltern galten etwas in der kleinen Ortschaft am Rande von Linz: »Große Fische im kleinen Teich«, nannte es seine Mutter manchmal. »Besser kann man es gar nicht haben.« Daß sich die kleinen Fische auf einmal auflehnten, damit hatte Emmi Janus nicht gerechnet. Sie war von Anfang an gegen dieses Motorrad gewesen, weil es unnötig Geld kostete und gefährlich war. Außerdem hatte sie geahnt, daß man ihren Sohn darum beneiden würde. Daß dieser Neid jedoch so weit gehen würde, hatte sie nicht erwartet. Als Geschäftsfrau wußte sie, wie wichtig es war, die Kunden bei Laune zu halten. Eine Bäckerei lebte auch von den kleinen Leuten. Brot mußte billig sein. Wer daran verdienen wollte, brauchte viele Kunden. Man konnte es sich nicht leisten, auch nur einen davon zu verlieren. Aus diesem Grund behandelte Emmi Janus jeden, der unter dem schrillen Gebimmel der Türglocke ihren Laden betrat, als lieben Nachbarn und Freund.

Selbst wenn er in Not geriet, war sie bereit, anzuschreiben und Schulden zu stunden, obwohl sie insgeheim jeden verachtete, dessen Namen sie auf den großen, karierten Notizblock setzte, der neben der Kasse hing. Schmackhaftes Brot und ein guter Ruf, das waren die Grundpfeiler einer erfolgreichen Geschäftsführung. Was man im stillen darüber dachte, ging keinen etwas an. Daß einen der Kauf dieses Motorrades auf einmal ins Gerede brachte, mußte unterbunden werden, noch ehe sich der Anschlag herumgesprochen hatte und die Kunden auf dumme Gedanken kamen. Und daß die Saboteure ihre Tat ausposaunten, war nicht zu befürchten. Wenn man also selbst klug genug vorging, gelang es vielleicht, den peinlichen Vorfall zu verheimlichen.

So kam es, daß Emmi Janus mitten in der Nacht mit ihrem Sohn in den Schuppen schlich und mit ihm eigenhändig die Schweinerei beseitigte, obwohl sie schmutzige Arbeiten sonst den Dienstboten überließ. »Wehe, du erzählst jemandem davon!« drohte sie ihrem Sohn, der mit den Achseln zuckte und Stillschweigen gelobte, obgleich er das Thema nur zu gern am sonntäglichen Stammtisch unter die Leute gebracht hätte. Es war ja wohl eindeutig, aus welcher Ecke der Anschlag kam, und seine Freunde wären bestimmt bereit gewesen, mit

geschwollenem Kamm in die rote Arbeitersiedlung am Ortsrand zu marschieren, um die
zugereisten Herrschaften dort zur Rede zu
stellen.

Doch Emmi Janus erlaubte es nicht. Sie bestand sogar darauf, daß ihr Sohn das Fahrzeug
einige Tage lang im Schuppen stehenließ. Wenn
er danach wieder damit ausfahren wolle, bitte
sehr, aber dann doch immer nur diskret. Kein
aufheulender Motor, kein prahlerisches Her-
umkreisen und Gehupe vor der Kirche. Was er
außerhalb der Ortschaft damit anstellte, war
Emmi Janus gleich. Hauptsache, im Dorf zerriß sich keiner das Maul über ihn und schadete
damit dem Geschäft. »Außerdem grüße gefäl-
ligst wieder alle! Alle! Ich habe schon jede
Menge Beschwerden gehört, daß du den Leuten ins Gesicht starrst, ohne den Mund auf-
zubringen. Die Zeiten sind schlecht, da kann
man sich als Geschäftsmann ein solches Beneh-
men nicht leisten.«

Wieder zuckte Franz Janus die Achseln. Er
kannte seine Mutter: Schon als er noch ein Kind
gewesen war, hatte sie besonderes Gewicht darauf gelegt, daß er jeden im Dorf laut und deutlich grüßte. »Und wenn du ihm zehnmal am
Tag begegnest! Dann grüßt du eben zehnmal,
so einfach ist das.« Einmal hatte ihn jemand
deshalb ausgelacht. Als Franz beim nächsten

Mal schwieg, hatte ihn dummerweise seine Mutter beobachtet. Wortlos packte sie ihn am Arm und zerrte ihn in den Hausflur. Dort setzte sie sich auf die Bank und legte den Zwölfjährigen bäuchlings über ihre Knie, als wäre er noch ein kleines Kind. Mit der flachen Hand schlug sie ihm aufs Hinterteil, obwohl sie sich sonst mit weniger zeit- und kräfteraubenden Ohrfeigen begnügte, wenn ihrer Meinung zufolge Nachdruck geboten war. »Damit du es dir ein für allemal merkst!« keuchte sie und stieß ihn dann von sich, daß er zu Boden stürzte. »Gegrüßt muß werden, sonst nagen wir bald am Hungertuch.«

Doch mit dem Grüßen war es diesmal nicht getan. Daß jemand gewagt hatte, ihrem Besitz Schaden zuzufügen, deutete an, daß da und dort Unzufriedenheit unter der Kundschaft schwelte. Emmi Janus stellte sich vor, wie schnell sich daraus ein Kaufboykott entwickeln konnte. Ein unbeliebter Geschäftsmann war angreifbar, ohne daß derjenige, der seinen Ruf schädigen wollte, davon Nachteile hatte. Es war eine Frage des Überlebens, jedem Gerede zuvorzukommen.

So hing am nächsten Vormittag neben der Kasse ein unübersehbares Plakat: »Es tut uns leid um jeden, dem es nicht gutgeht. Aus diesem Grund laden wir von jetzt an jeden Bedürftigen ein, zu Mittag mit uns Suppe zu essen. Lothar, Emmi und Franz Janus.« Daß sie den Namen des Sohnes hinzugefügt hatte, obwohl er am Geschäft noch nicht beteiligt war, entsprach dem Kalkül, ein weiteres Attentat auf ihn oder seine Maschine als bösartige Aktion gegen einen herzensguten Menschen erscheinen zu lassen.

Die großzügige Geste sprach sich herum. Schon gegen elf Uhr tauchten die ersten Mittellosen auf, in der Hand Blechnapf und Löffel, wie es üblich war. Gegen zwölf schleppte der Knecht einen Tisch vors Haus und danach einen großen Topf mit Suppe. Ein zweiter wurde nachgereicht. Da Emmi Janus eine gute Köchin war, schmeckte es allen, und manch einer stellte sich ein zweites Mal hinten an, um sich von der Bäckerin einen Nachschlag zu holen. Wenn sie es bemerkte – und sie bemerkte es so gut wie immer –, musterte sie ihn mit strengem Blick: »Morgen nur einmal!« sagte sie dann sachlich. »Es soll doch jeder etwas bekommen.« Woraufhin der Gemaßregelte sich beschämt zurückzog. Emmi Janus war wieder die Herrin der Situation, wie sie auch sonst alles im Griff hatte.

Von da an gab es vor der Bäckerei jeden Mittag Suppe, und nie wieder machte das schwarzglänzende Motorrad Bekanntschaft mit menschlicher oder tierischer Jauche. Emmi Janus jedoch festigte ihren Ruf als strenge, aber mildtätige Frau, die noch dazu persönlich unerhört bescheiden war, wie die Frauen vom Goldhaubenverein zu berichten wußten, wo Emmi Janus eines Abends erklärt hatte, sie habe ihre eigene Goldhaube, die die aufwendigste von allen war, verkauft und eingetauscht gegen eine kleinere, schmucklose, mit der sie sich wohler fühle. Den Differenzbetrag habe sie für die Finanzierung der Suppenspeisung verwendet. »Glaubt mir, es ist gar kein Opfer für mich. Ich bin nun einmal eine einfache Frau. Das prächtige Ding hat nie zu mir gepaßt.« Und dann, mit einem Seitenblick auf die Wirtin des größten Gasthofes am Ort, die sie hintenherum bestimmt eine Heuchlerin genannt hätte: »Für dich ist so etwas wie geschaffen, Luise. Deine Haltung hat so etwas Königliches.« Womit nun alle zufrieden waren, vor allem Emmi Janus selbst, die an manchen Abenden ihre prachtvolle, alte Goldhaube aus der Truhe holte und aufsetzte. Wenn sie sich dann im Spiegel betrachtete, dachte sie voll Stolz daran, daß man inzwischen auf dem Linzer Hauptplatz eine Filiale eröffnet hatte und dabei war, sich insgeheim immer weiter von den trägen Pomeranzen des Goldhaubenvereins zu entfernen. Ihr Mann aber sorgte dafür, daß die süßen Germteilchen mit der Marmelade von nun an etwas kleiner ausfielen, wodurch unmerklich der Ausgleich zu den Kosten der Suppenspeisung geschaffen wurde. Geschäft blieb schließlich Geschäft.

3

Seiner Mutter erzählte Franz Janus nicht, daß er die Absicht hatte, sich mit dem Hausmädchen eines Notars zu treffen. Er ahnte, daß Emmi Janus ihm davon abraten würde oder sie sich vielleicht sogar das Mädchen griff und ihm klarmachte, wohin es gehörte, und vor allem, wohin nicht. Vielleicht würde sie sich auch nur auf immer wiederkehrende, abfällige Bemerkungen beschränken, die womöglich darin gipfelten, daß so ein Mädchen genau das richtige für einen jungen Mann sei, sich die Hörner abzustoßen, was ja anscheinend nötig und üblich war. Bei seinen Überlegungen merkte Franz Janus, wie wenig er seine Mutter kannte, denn manchmal kam ihm sogar der Gedanke, daß seine Mutter von Marie sogar durchaus angetan sein könnte, tüchtig, wie diese war, gescheit und außerdem auch noch hübsch anzusehen. So ließ er seine Gedanken schweifen, in denen die Mutter keine Rolle mehr spielte.

Er dachte an Maries langes Haar, das von Anfang an seine Phantasie beflügelt hatte, so streng zurückgekämmt und dabei doch offenkundig lang und kräftig. Er stellte sich vor, wie er eines Nachts die Nadeln aus dem Knoten ziehen würde und die dunkelblonde lockige Flut sich über die schlanken Schultern ergoß. Nackte Schultern in seinen Träumen, schutzlos und einladend zugleich. Auch fremd, schoß es ihm manchmal durch den Kopf. Sie war ganz anders als er selbst und gerade deshalb so verlockend. Kein Vergleich zu den Mädchen, mit denen er aufgewachsen war. Dralle, junge Dinger, laut, selbstbewußt und schnippisch.

Seit es in jüngster Zeit sogar auf dem Dorf in Mode gekommen war, baden zu gehen, wußte man als aufmerksamer Beobachter besser als früher Bescheid, wie es unter den braven karierten oder geblümten Sommerkleidern der kleinen Dorfschönheiten aussah. Jedenfalls, so dachte Franz Janus und errötete unwillkürlich, anders als bei Marie, deren schlanke Gestalt ihn bei der ersten Begegnung an seine Mutter erinnert hatte, obwohl diese Beobachtung nicht einmal bis in sein Bewußtsein vorgedrungen war. Als er dann eines Sonntagnachmittags am Ufer des Mühlbachs lag und den Mädchen zusah, die in seiner unmittelbaren Umgebung Badenixe spielten, stellte er fest, daß ihm keine einzige von ihnen gefiel, wie sie sich da in ihren selbstgenähten Baumwollanzügen präsentierten, die Oberschenkel züchtig bedeckt, während sich die Hosen an der Innenseite der strammen Beine hochschoben und die schmalen, rosigen Striemen enthüllten, die die Gummizüge hinterlassen hatten.

Verschämt und aufreizend zugleich, räkelten sie sich auf ihren alten Handtüchern – die guten wurden ihnen von den sparsamen Müttern verwehrt. Wenn es ihnen in der Sonne zu heiß wurde, trippelten sie, eilig und vor Gefallsucht stolpernd, die kurze Böschung zum Wasser hinunter und suchten sich eine Stelle, an der sie nicht versinken konnten. Mit einem ständigen Seitenblick zur Liegewiese benetzten sie sich und tauchten kurz unter, prustend und aufkreischend wegen der plötzlichen Kälte auf ihrer Haut. Manchmal bespritzten sie sich auch gegenseitig oder verfolgten übermütig eine der schnatternden Gänse, die Wasser und Ufer bevölkerten.

Wenn sie dann zu ihrem Handtuch zurückkehrten, waren sie erfrischt und voller Leben. Die dünnen Stöffchen klebten an ihren rundlichen Körpern und zogen die Blicke aller Anwesenden auf sich. Franz Janus überlegte, daß diese Nixen sicherlich frühzeitig altern würden. Schon jetzt zeigten sich die Spuren ihrer üppigen Ernährung, und wieder und wieder dachte er an Marie, die dagegen so leichtfüßig und makellos war. Er schloß daraus, daß er in sie verliebt war, und er war stolz auf sich.

Gern hätte er Marie zur Badestelle mitgenommen, um vor den anderen mit ihr zu prahlen. Er wußte aber, daß man sich gleich erkundigen würde, wer das fremde Mädchen sei. Dann würde man erfahren, woher sie kam, und alle Schönheit würde nicht mehr zählen. Die Dorfmädchen in ihren Pumphosen würden verächtlich ihre Nasen rümpfen über die Perle aus der Stadt, die sich einbildete, etwas Besseres zu sein, und gar darauf hinarbeitete, sich einen der Ihren zu angeln. Zu uns gehörst du nicht! würde jeder Blick der Mädchen am Mühlbach sagen, jedes verächtliche Zucken ihrer Achseln und jedes halbunterdrückte Pah!, mit dem sie sich aufplusterten, um die unerwünschte Rivalin zu demütigen.

Marie wußte nichts von den Überlegungen und Zweifeln, die sie auslöste. Als Franz Janus sie zum ersten Mal fragte, ob sie ihn zu einem der Platzkonzerte begleiten wolle, die am Sonntagvormittag vor dem Landhaus auf der Promenade abgehalten wurden, lehnte sie ohne zu überlegen ab. Ihr freier Tag sei der Mittwoch, und da auch nur von zwei bis acht. Als sie aber mit ihrem Brot in die Villa zurückkehrte, erfuhr sie, daß die Familie eine Wochenendfahrt nach Wien plante und erst am Sonntagabend zurückkehren würde. Das bedeutete natürlich nicht, daß Marie sich freinehmen durfte, aber sie wußte, daß sich Amalie kaum noch auf den Beinen halten konnte und jede unbeobachtete Stunde nutzte, sich wie ein großes, schwerfälliges Tier die Treppen hinaufzuschleppen und vor Schmerzen stöhnend niederzulegen. Nie hätte sie diese Schwäche eingestanden, doch inzwischen wußten alle davon. Als Marie daher fragte, ob sie am Sonntagvormittag zur Kirche gehen dürfe »und dann noch ein wenig an der frischen Luft spazieren«, stimmte Amalie erleichtert zu, froh, eine unbemerkte Erholungspause für sich zu gewinnen, auch wenn sie dies insgeheim für einen Betrug an ihrem Arbeitgeber hielt, der die ungeteilte Dienstfertigkeit seines Personals beanspruchen durfte.

Als der Sonntag kam, zog Marie eines der lindgrünen Seidenkleider an, die Beate Horbach immer wieder für sich erstand und dann doch nicht leiden konnte. Nach einiger Überlegung steckte sie ihr Haar nicht hoch, sondern band es nur mit einer schwarzen Schleife zusammen. Dann verließ sie rasch das Haus, rief: »Ich bin bald wieder da!« und eilte Richtung

Landstraße, wo ihr Franz Janus entgegenkommen wollte.

Er erkannte sie kaum, als sie mit leichten Schritten auf ihn zuging. Fast erschrak er, so verändert kam sie ihm vor. Eine junge Dame! dachte er, stolz und besorgt zugleich. Es kam ihm vor, als stimme etwas nicht mit ihr, so sehr wich ihr Aussehen von allem ab, was sie verkörperte.

Schweigend legten sie die kurze Strecke bis zur Promenade zurück. Die Musik wehte ihnen entgegen, immer näher, und ersparte ihnen, miteinander zu sprechen. »Schön sehen Sie aus«, murmelte er nur und blickte Marie verstohlen von der Seite an.

»Danke. Sie sind auch sehr elegant.« Dann tauchten sie ein in das bunte Meer sonntäglich gekleideter Menschen, die in der Mitte des Platzes frohgestimmt in kleinen Gruppen beieinanderstanden oder an dessen Rändern entlangspazierten, einer unsichtbaren Choreographie des Sehens und Gesehenwerdens gehorchend.

Vor dem barocken Eingangstor zum Landhaus hatte sich eine uniformierte Musikkapelle aufgestellt, »jede Woche eine andere«, wie Franz Janus Marie erklärte. Es war ihm anzusehen, welchen Genuß es ihm bereitete, mit diesem schönen Mädchen hier aufzutreten, ganz

Mann von Welt, der Bescheid wußte und es verstand, seine Begleiterin zu unterhalten.

Er ergriff ihren Arm und hakte ihn unter den seinen, den Kopf ein wenig vorgeneigt, aber mit knappem Abstand von dem ihren, um auszugleichen, daß Marie kaum merklich größer war als er selbst, was ihn insgeheim störte. Doch er bemühte sich, diesen Zweifel aus seinem Bewußtsein zu verbannen. Eigentlich gefiel es ihm ja, daß Marie hoch gewachsen und schlank war, und es schien ihm fast, daß er neben ihr größer und drahtiger wirkte.

Als die Kapelle ein Stück anstimmte, dessen Text er kannte, nahm er Maries warme Hand in die seine und sang leise mit: »Glühwürmchen, Glühwürmchen, flimmre, flimmre!« Dann beugte er sich vor und küßte flüchtig die schmalen Finger zwischen seinen so männlich-kräftigen Händen. Die glatte Seide des Kleides streifte seine Wangen, und er vergaß, woher Marie stammte. Mit dieser Frau an seiner Seite würde er in jede Stadtvilla passen, dachte er. Es mußte gelingen, dem alten Ohnesorg sein Haus abzuluchsen und danach selbst dort zu residieren, ein wohlhabender Bürger mit seiner eleganten Gemahlin.

Keines der jungen Mädchen, die mit ihren Eltern oder mit einer Gruppe von Freundinnen und Freunden zum Klang der Musik pro-

menierten, konnte es mit seiner Begleiterin aufnehmen, dachte er. Immer wieder blickte er
Marie von der Seite her an, ihren zarten Nak-
ken, den er im Hinterzimmer seiner Bäckerei
geküßt hatte, und das dichte, lockige Haar, das
sich ihm zum ersten Mal enthüllte. Er war
sicher, daß er sich verliebt hatte, nicht in das
Hausmädchen eines Notars, sondern in ein
junges Wesen, das seine Phantasie anregte und
ihn zu Illusionen über sich selbst verlockte. An
jenem Sonntagvormittag auf der Promenade
war Franz Janus der Mann, der er immer hatte
sein wollen, der Siegelringträger mit den welt-
läufigen Manieren und einer Zukunft voller
Wohlstand und Ansehen. Was seine Mutter davon halten würde, darüber dachte er nicht nach,
berauscht wie er war von den Klängen der Kapelle, von der warmen Mittagssonne und von
der Gegenwart des schweigsamen Mädchens an
seiner Seite, über dessen Seidenkleid das dun-
kelgoldene Haar einer Nixe floß.

Doch auch Marie fühlte sich verzaubert. Zum
ersten Mal im Leben trat sie heraus aus der
Abhängigkeit von Kindheit oder Stellung; trat
als Gleiche unter Gleichen auf; wurde gesehen
und beobachtet, ohne daß man sie in Frage
stellte; war sie selbst, wie sonst nur in den
wenigen Stunden im Bücherzimmer, wenn sie

der eigenen Stimme zuhörte und lernte, den Gang der Welt zu begreifen, während das weiße Spitzenhäubchen vor ihr auf dem Tisch lag und der alte Mann seine Gedanken vor ihr ausbreitete. Die Stille dort im Hause machte sie für kurze Zeit so frei wie nun der rhythmische Klang der Musik, das Schmeicheln und Pfeifen und Schmettern und Trommeln, begleitet vom Gemurmel und Gelächter der Konzertbesucher.

Sie sah, wie Freunde und Bekannte einander begrüßten, und sie meinte fast, gleich müßte auch sie jemanden entdecken, der ihr überrascht und erfreut die Arme entgegenstreckte. Ihre Mutter oder auch der Lehrer ... Doch die paßten nicht hierher. Dies war eine andere Welt. Wer ihr hier entgegenkommen konnte, war Richard Ohnesorg mit seiner Schwester oder vielleicht mit seinen Hunden. Marie errötete bei dem Gedanken, wie er sie anblicken würde, verwundert oder gar entsetzt, weil ein anderer Mann ihren Arm hielt. Ob es ihm weh tun würde, sie so zu sehen? Einen Augenblick lang wünschte sie es sich, wünschte sich, daß er litt, weil er doch schuld daran war, daß sie mitten in der Nacht aufwachte und merkte, daß sie im Schlaf geweint hatte.

Frauenhände, die geküßt wurden. Wangen, die einander flüchtig berührten. Wie geht's denn so? Schöner Tag heute, nicht wahr? … Eine vornehme junge Dame mit einem weißen Kinderwagen und ein hochgewachsener Herr an ihrer Seite, der den Arm schützend um ihre Schultern legte: Maries Schritte stockten. Sie glaubte, beim Anblick des Paares im Boden versinken zu müssen, obwohl keiner der beiden die heimliche Beziehung erahnte zwischen sich und dem jungen Mädchen, das da mit seinem Verehrer unterwegs war, vielleicht gar schon verlobt, aber wahrscheinlich nicht weit davon entfernt, denn welcher Mann ließe sich ein so gutaussehendes Geschöpf entgehen?

»Was ist denn?« fragte Franz Janus besorgt. »Ist Ihnen nicht gut?«

Marie starrte in die Menge, in der das elegante Paar untergetaucht war. Sie war auf einmal nicht mehr sicher, ob sie die beiden wirklich erkannt hatte. Sie rechnete sogar nach, ob es stimmen konnte, daß dieses Kind noch im Wagen spazierengefahren wurde. Was sie gesehen hatte, waren zwei Menschen, die zueinander gehörten und offensichtlich ein Kind miteinander hatten. Ein Mann, der seine Frau umsorgte und sie wahrscheinlich liebte. Fremde? Aber wären nicht auch jene, denen zu begegnen Marie so sehr fürchtete, Fremde gewesen? Auch sie hätten ihr nicht die Hand gereicht oder sie auf die Wange geküßt. Sie hätten sie nicht ein-

mal gegrüßt, sondern wären an ihr vorbeigegangen, ohne zu vermuten, wer sie war.

»Es geht mir gut«, antwortete Marie und
lächelte. Da drückte Franz Janus ihren Arm
und war für einen Augenblick überzeugt, der
glücklichste Mann auf der ganzen Welt zu sein.

4

Von nun an trafen sie einander mindestens einmal in der Woche, dazu noch an jedem Morgen, wenn Marie das Brot fürs Frühstück holte.
Schon wenn sie in den Laden trat, zwinkerte
ihr Franz Janus zu, fertigte die übrigen Kunden in großer Eile ab, um ein paar Augenblicke
des Alleinseins zu gewinnen, in denen er Marie
übermütig an der Hand ins Hinterzimmer zog
und versuchte, sie auf den Mund zu küssen.
Wenn sie ihn dann gutmütig abwehrte, ohne
ihn wirklich von sich zu stoßen, hüpfte ihm
das Herz vor Freude und einer Lebenslust, die
er bisher nicht gekannt hatte. Nicht einmal das
Bimmeln der Türglocke störte ihn dann wirklich, denn daß Marie sich auf nichts einließ,
erhöhte in seinen Augen nur ihren Wert.

Er merkte kaum, daß er eigentlich nur noch
für die wenigen Minuten lebte, in denen Marie
in seinen Laden kam, und für die goldenen

Stunden, in denen sie sich Amalies Leiden zunutze machte, um sich mit ihm zu treffen. Er, der bisher vor allem der Sohn seiner Mutter gewesen war und zugelassen hatte, daß sie ihn führte und gängelte, zerbrach sich auf einmal den Kopf, wie er das junge Mädchen aus der Platanenallee unterhalten und erfreuen könnte. Er zeigte ihr die Sehenswürdigkeiten der Stadt, als wäre sie nur zu Besuch hier; spazierte mit ihr auf den Pöstlingberg und fühlte sich wie ein König, als Marie entzückt auf die Stadt hinunterblickte, zu der sie bisher so wenig Zugang gefunden hatte, auf das silbrig glänzende Band der Donau mit den vielen Schleppkähnen, in der Entfernung klein und verstreut wie Holzstückchen, auf die Kirchen und Parks, die Straßen mit den unzähligen Menschen und auf die Spielzeughäuser, unter deren Dächern sich unbekannte Schicksale erfüllten.

»Es ist so schön hier!« seufzte Marie. Zum ersten Mal, seit sie hier lebte, fühlte sie sich ohne Einschränkung glücklich und frei. Sie sah Franz Janus an, dem sie dieses Erlebnis zu danken hatte, bemerkte eine unerwartete Güte in seinem Blick und dachte mit Erstaunen, daß sie selbst es war, die dieses Gefühl in ihm geweckt hatte. Hier oben, auf dem grünen Hügel über der Stadt, ließ sie zum ersten Mal zu, daß er sie umarmte und auf den Mund küßte. Für einen kurzen Moment kam ihr dabei Richard Ohnesorg in den Sinn, den sie seit Wochen nicht mehr gesehen hatte, weil er zum Studium nach Wien gezogen war. Sie dachte an ihn und vergaß ihn wieder, weil die Hände von Franz Janus ihren Kopf so warm umschlossen und seine Lippen die ihren so zärtlich berührten. Alle Vorsicht und Besorgnis, die Richard Ohnesorg in ihr ausgelöst hatte, fehlten bei Franz Janus. Wenn sie bei ihm war, hatte sie trotz seiner beständigen Annäherungsversuche immer das Gefühl, als läge jede Entscheidung bei ihr. Kein blindes Schicksal, das sie fortreißen konnte, keine Hingabe, die übermächtig wurde und ein Leben zerstörte. Wie weit auch immer sie gehen würde, immer würde ihr die Möglichkeit bleiben, nein zu sagen, alles zu unterbinden, was ihre innere Freiheit gefährdete. Es stand ihr frei, das Brot einfach in einem anderen Laden zu kaufen und es keine Sekunde lang zu bedauern.

Sie hatte Franz Janus gern, wenn seine schönen, dunklen Augen mit den kindlich geschwungenen Brauen ihren Blick suchten, wenn er den Gesprächsfaden verlor, weil ihr Anblick und seine eigene Phantasie ihn verwirrten, oder wenn er sich vor Freude kaum beherrschen konnte, weil ihm etwas Neues eingefallen war, mit dem er sie beglücken wollte.

Trotzdem erinnerte sie sich auch manchmal an den Tag des Putsches, als Franz Janus sich über sie gebeugt und sie für kurze Zeit verzaubert hatte, und sie erschrak, weil er ihr danach so fremd gewesen war – ein Unbekannter, der ihr über die Straße hinweg zuwinkte, als wäre dies der Fluß, der die Menschen auf immer voneinander trennte.

AMALIE

I

»Wie viele Stunden noch?« Die Stimme des alten Herrn klang so kalt und abweisend, wie Marie sie noch nie vernommen hatte.

»Zwei, Herr Notar.«

»Und dann desertierst du.« Er hob seine Brille an die Augen, ohne die Bügel auseinanderzuklappen, obwohl er wissen mußte, daß er den Ausdruck von Maries Gesicht auf diese Weise nicht besser erkennen würde.

»Ich kann nicht anders, Herr Notar. Meine Mutter ist krank. Ich muß nach Hause.« Maries Stimme zitterte. Am liebsten hätte sie sich einfach in den Sessel fallen lassen und geweint – nicht nur, weil sie fortgehen würde, sondern auch, weil Amalie gegangen war. Ohne ein Wort, ohne eine Geste. Von einer Stunde zur andern war sie verschwunden.

Mit einem Brief von Maries Onkel hatte es begonnen. Ein Brief an den gnädigen Herrn, adressiert an seine Kanzlei. Als Maries Vormund kündigte der Onkel umgehend ihren Dienst im Hause Horbach auf. Maries Mutter sei erkrankt und müsse gepflegt werden. Schon am kommenden Sonntag werde er Marie aus dem Hause ihres Dienstherrn auf unbestimmte Zeit abholen. Er danke für die gute Behandlung seiner Nichte und bedaure die Unannehmlichkeiten, die die plötzliche Entscheidung für den Haushalt der Familie mit sich bringen mochte.

Der gnädige Herr teilte die Nachricht seiner Frau und seiner Tochter nach dem Dessert mit, während Marie die Teller aufeinanderstapelte und das benutzte Besteck wohlgeordnet darüberlegte, wie sie es von Amalie gelernt hatte. Als sie die Worte des Hausherrn hörte, erstarrte sie mitten in der Bewegung. »Du wirst uns also verlassen«, schloß der gnädige Herr seine Erklärung. »Bedauerlich, aber offenkundig nicht zu ändern.« Er breitete die Arme aus, um sich wie jeden Mittag von Amalie in den Mantel helfen zu lassen. Doch Amalie, das Gesicht weiß wie die Wand, bewegte sich nicht. Der Mantel fiel ihr aus der Hand. Amalie hob ihn nicht auf, sondern drehte sich mit einem dumpfen, endlos scheinenden Aufstöhnen um und humpelte hinüber in die Küche. Der Schlüssel drehte sich von innen im Schloß, von dem bisher noch nie jemand Gebrauch gemacht hatte. Dann war es still.

Maries Hände zitterten. Sie stellte das Geschirr auf den Tisch zurück. »Was ist mit meiner Mutter, gnädiger Herr?« Am liebsten wäre sie schnurstracks nach Hause gelaufen, um sich Gewißheit zu verschaffen.

»Ich habe keine Ahnung. Ich weiß nur, was in dem Brief steht. Aber am Sonntag wirst du es ja erfahren. Ich hoffe, sie wird bald wieder gesund.«

Beate Horbach warf die Serviette auf den Tisch und sprang auf. Sie rannte zum Fenster und starrte hinaus. Dann fuhr sie wieder herum. »Was soll das heißen: erkrankt? Wir haben eine Vereinbarung. Die kann nicht gebrochen werden. Wozu bist du Jurist? Woher soll ich so schnell einen Ersatz finden, und Amalie ist doch nur noch eine halbe Kraft! Mein Gott, warum habe ich sie nicht schon längst hinausgeschmissen, dann säßen wir jetzt nicht derart in der Patsche! Wahrscheinlich war ich einfach zu gutmütig. Und was ist die Folge? Man wird nach Strich und Faden ausgenutzt und im Stich gelassen.«

»Es tut mir leid, gnädige Frau.« Maries Lippen zitterten. Mama! dachte sie. Mama, wie geht es dir?

Beate Horbach machte eine wegwerfende Geste. »Ach was, halt den Mund und räum ab! Noch hast du deine Pflichten in diesem Haus.«

Marie trug das Geschirr zur Küche und

klopfte. »Frau Amalie!« drängte sie. »So machen Sie doch auf! Ich muß mit Ihnen reden.« Sie blickte hinüber zur Tür des Eßzimmers, wo Beate Horbach lehnte und sie beobachtete, während sich ihr Mann zum ersten Mal seit Jahren nach dem Mittagessen ohne Hilfe den Mantel anzog. Als sich Amalie auch nach mehrmaligem Klopfen nicht rührte, zuckte Beate Horbach verärgert die Achseln und warf die Tür hinter sich zu. »Verfluchte Dienstboten!« hörte Marie sie noch schimpfen. »Man ist nicht mehr Herr im eigenen Haus. Es wird Zeit, daß ich mir eine neue Wirtschafterin suche.«

Ein Telefonat genügte. Schon am Nachmittag stellte sich die Neue vor: hochgewachsen und breithüftig wie eine Walküre, dazu eine Stimme, die nicht zu überhören war. »Ich heiße Gertrud!« sagte sie zu Marie, die sie eingelassen hatte, weil sich Amalie oben in ihrem Zimmer eingesperrt hatte und mit niemandem sprach. »Wo ist die gnädige Frau?« Wie Gertrud so dastand, schien sie die ganze Vorhalle zu füllen. Marie wunderte sich fast, daß sie nur redete und nicht sang. Auch Beate Horbach erschrak merklich, als Gertrud nach ihrer Hand griff und sie fast zerdrückte. »Es wird Ihnen bei mir schmecken, gnädige Frau. Ich verstehe etwas von nahrhafter Küche. Über mich hat sich noch nie jemand beklagt.«

Beate Horbach befreite sich vorsichtig aus der Umklammerung. »Das kann ich mir vorstellen«, murmelte sie und wies Gertrud den Weg ins Eßzimmer, um sie genauer in Augenschein zu nehmen. Es ist, dachte Marie, als ob der ganze Haushalt auseinanderfiele, nur weil ich ihn verlasse.

2

Ganz früh am Morgen erwachte sie, als es noch dunkel war und die Vögel in den Platanen mit ihrem lauten Gesang das ganze Universum zu erfüllen schienen. Marie horchte auf ein Lebenszeichen aus dem Nebenzimmer, doch Amalie schlief wohl noch. Diesmal anscheinend viel tiefer als sonst, denn für gewöhnlich hatte Marie immer wieder ein lautes Aufschnarchen vernommen, gefolgt von einem leisen Stöhnen oder einem Wimmern wie von einem verlassenen Kind.

Bestimmt hat sie sich inzwischen beruhigt, dachte Marie. Sie konnte sich nicht vorstellen, daß sich Beate Horbach mit Gertrud einigen würde. Nach ein paar Tagen des Schmollens würde man eine Lösung finden, mit der alle leben konnten. Wahrscheinlich würde man nicht nach einer Köchin suchen, sondern nach einem Ersatz für Marie. Dann konnte der Alltag weitergehen wie bisher. Oder fast wie bisher, dachte sie mit einem schmerzlichen Stich im Herzen bei dem Gedanken an den alten Herrn und sein Bücherzimmer. Dieser Teil ihres Lebens würde für sie nun Vergangenheit sein. Unwiederbringlich? Sie mochte nicht darüber nachdenken.

Sie wusch sich, zog sich an und steckte ihr Haar fest. Dann lüftete sie und machte ihr Bett. Bald würde Amalies Wecker klingeln und damit für die Dienstboten den Tag einläuten. Als aber auch der Wecker schwieg, klopfte Marie an die Tür der Köchin und sagte leise, es sei Zeit. Noch immer war nichts zu hören. Da drückte Marie die Klinke nieder, überzeugt, daß abgeschlossen sein würde.

Aber die Tür gab nach. Im Zimmer war Licht, doch Amalie war nicht da, ihr Bett unberührt, die Schranktüren weit offen. Ein leerer Schrank, nur ein paar Kleiderbügel auf der Stange. Ein Raum ohne eine Spur des Menschen, der hier gelebt hatte; kahl und unpersönlich wie das spartanische Zimmerchen eines billigen Gasthofs.

Marie rannte die Treppe hinunter in die Küche. Sie stellte sich vor, daß Amalie dort sitzen würde, in ihrem bequemen Sessel, das Köfferchen mit ihren Habseligkeiten neben sich. Rot im Gesicht vor Anstrengung würde sie sein, erschöpft und mit schmerzendem Rücken. Sie würde verlangen, daß ihr Marie das Gepäck zur Haltestelle schleppte, damit sie von dort aus zu ihren Verwandten zurückkehren konnte, wie sie es schon oft angedroht hatte. Marie wunderte sich nur, wie Amalie es geschafft hatte, in dieser einzigen Nacht ihr ganzes Zimmer leer zu räumen.

Nur einmal war Marie bei ihr gewesen, als eines Nachts Amalies Schmerzen unerträglich geworden waren und sie nach einer Wärmflasche und nach ein wenig Schnaps zur Linderung verlangt hatte, weil sie ihren eigenen schon ausgetrunken hatte. Damals hatte Marie gesehen, daß Schrank, Kommode und Nachtkästchen voller Erinnerungsstücke eines einsamen Daseins waren, wertlos für jeden anderen, doch für ihre Besitzerin erfüllt von der Magie gelebter Momente. Andenken an Menschen und kurze Wallfahrten; mehrere Jahresausgaben des Kirchenblatts; Wäsche, die immer wieder ausgebessert worden war; Kleider und Schuhe aus Jahrzehnten. An der Wand ein Kruzifix, wobei der Leib des Herrn mit einem blauen Tüchlein umwickelt war, weil es Amalies Schamgefühl verletzte, Gottes Sohn bloßzustellen. Auch ein vergoldetes Bild der Jungfrau Maria hatte es gegeben und in einem hölzernen Rahmen das braunstichige Foto von Amalies Elternhaus, vor dem sich die ganze Hofgemeinschaft aufgestellt hatte und aus vergilbten Gesichtern unverwandt in die Kamera starrte.

Doch auch in der Küche war niemand. Alles schien zu sein wie sonst, wenn Marie am Morgen als erste herunterkam und den Herd anfachte. Erst auf den zweiten Blick sah sie, daß auch hier eine der Schranktüren offenstand: die, die sonst immer verschlossen gewesen war. Marie wußte, daß Amalie dort ihre Kochbücher aufbewahrte, die eigentlich nicht ihr Eigentum waren, sondern zum Haus gehörten. Die verstorbene Gattin des alten Herrn hatte sie gesammelt und selbst ab und zu danach gekocht. Was Amalie konnte, hatte sie von ihr gelernt. Seit die Frau Notar gestorben war, betrachtete Amalie die Bücher als ihren Besitz: das Machtinstrument, mit dem sie sich auf ihrem Posten hielt. Nie erlaubte sie Marie, eines der Bücher in die Hand zu nehmen. Wenn sie für längere Zeit den Raum verließ, drehte sie den Schlüssel zum Bücherschrank um und zog ihn jeden Abend sogar ab, damit niemand heimlich ihr Wissen stehlen und sie damit entthronen konnte.

Nun war der Schrank leer. Es war unmöglich, daß die kranke Frau seinen Inhalt und dazu noch das eigene Gepäck fortgeschafft hatte. Marie dachte an die Dienstmänner, die die Horbachs vor längeren Reisen ins Haus bestellten, um ihre Koffer zum Bahnhof zu fahren, doch in der Stille der Nacht hätte sie es gehört, wenn jemand gekommen wäre.

Ein verlassenes Zimmer, leere Schränke. Es schien auf einmal, als hätte es Amalie und das wenige, das sie für sich beanspruchte, nie gegeben. *Und seine Stätte kennet sie nicht mehr!* dachte Marie und fragte sich, wo sie diesen Spruch gehört hatte.

Man suchte im Haus und im Garten. Man fragte die Nachbarn und erkundigte sich in den wenigen Geschäften, wo Amalie einzukaufen pflegte, als sie noch besser zu Fuß war. Doch niemand hatte sie gesehen. Die meisten konnten sich kaum noch an sie erinnern, und wenn, dann nur mit einem leichten Unbehagen. »Sie war ziemlich anspruchsvoll«, beklagte sich der Fleischer, und der Gemischtwarenhändler erklärte, man habe es ihr nie recht machen können. Er und seine Frau seien froh gewesen, als an Amalies Stelle »dieses adrette junge Ding« gekommen war, das zwar auch genau wußte, was es wollte, »aber immer höflich, so muß es sein«.

Auch zu Franz Janus wurde Marie geschickt. Als sie ihm in Gegenwart zahlreicher Kunden zuflüsterte, daß sie fortgehen werde, errötete er erst und wurde dann so bleich, daß sie erschrak. »Das geht doch nicht!« stieß er hervor und wollte genauere Erklärungen, die sie ihm nicht geben konnte. Ohne Rücksicht auf die Kunden zog er sie ins Hinterzimmer und beschwor sie zu bleiben. »Ich werde dich meiner Mutter vorstellen, wenn du es willst!« stöhnte er verzweifelt und vergrub sein Gesicht an ihrer Schulter. Marie wunderte sich, denn bisher hatte er seine Mutter noch nie erwähnt, und auch sie selbst hatte sich niemals gewünscht, seine Eltern kennenzulernen. »Ich werde dir schreiben«, versprach sie ungeduldig. »Gleich wenn ich angekommen bin und Bescheid weiß.«

»Ich habe nicht einmal deine Adresse!«

Sie befreite sich und floh in den Geschäftsraum, wo das Getuschel lauter geworden war. »Ich schreibe dir«, wiederholte sie und lief auf die Straße. Ohne sich noch einmal umzudrehen, eilte sie zur Horbach-Villa zurück, wo inzwischen der gnädige Herr zurückgekehrt war, nachdem er sich persönlich mit seinem großen braunen Auto zu Amalies Mühlviertler Verwandtschaft begeben hatte, um herauszufinden, ob man dort etwas von ihr wußte.

Doch auch hier hatte niemand von ihr gehört.

Amalie war und blieb verschwunden. Hätte sich der gnädige Herr als Mann der Justiz nicht staatsbürgerlich verpflichtet gefühlt, hätte man am liebsten die Sache auf sich beruhen lassen. »Wer nicht bleiben will, soll gehen dürfen«, murmelte der alte Herr und dachte mit Unbehagen an seine Frau und die Depressionen, von denen sie geplagt worden war, als ihre Jugend zu Ende ging. Einmal hatte sie sogar ein Röhrchen Schlaftabletten geschluckt und war mit Vorwürfen über ihn hergefallen, als er sie mit tätschelnden Wangenschlägen ins Leben zurückholte und den Doktor rief.

Nun verständigte man die Polizei. Beate Horbachs Nerven waren inzwischen zum Zerreißen gespannt. Mit einer heftigen Migräne lag sie im Bett und konnte nicht einmal mehr das Tageslicht ertragen. Sie ließ sogar zu, daß die stattliche Gertrud auf Probe in Amalies Küche einzog und dort in einem wahren Furor sofort alles umräumte. Amalies Lehnstuhl fiel ihr als erstes zum Opfer. »Ein Polstersessel in einer Küche!« polterte sie. »Eine Köchin hat zu arbeiten, nicht sich auf Kosten des Hauses den Hintern breit zu sitzen!« Damit verfrachtete sie das anstößige Möbel in die Vorhalle, wo es allen im Weg stand und niemand sich dafür verantwortlich fühlte.

»So ein Chaos!« flüsterte Beate Horbach ihrem Arzt zu, der ihr auch nicht helfen konnte und sie auf die üblichen Medikamente verwies. »Sie sollten sich schonen, gnädige Frau! Schonung, das ist das Essentielle.« Worauf sie mit schwacher Stimme antwortete, genau das sei ihr ein Leben lang versagt worden.

Am nächsten Morgen, Maries letztem Tag bei den Horbachs, erschienen noch vor dem Frühstück zwei Polizeibeamte und teilten dem gnädigen Herrn in Gegenwart aller mit, daß man die Vermißte gefunden habe. »In der Morgendämmerung, aber wir wollten Ihre Nachtruhe nicht stören.« Ein Schichtarbeiter sei mit dem Fahrrad an der Stelle vorbeigekommen, wo sich der Leichnam zwischen Schilf und Steinen verfangen habe. »Sie ist wohl genau dort ins Wasser gewatet, bis es plötzlich tiefer wurde. Der Koffer hat sie hinuntergezogen. Sie hätte sich gar nicht mehr befreien können, selbst wenn sie es gewollt hätte.« Der Polizist nickte zu den eigenen Worten. »Die meisten bereuen ihren Entschluß, wenn sie erst begreifen, daß es nun ernst wird. Aber dann ist es oft schon zu spät.«

Der Koffer? Sie hatte ihn sich mit einem Lederriemen um den Leib geschnallt, damit er sie hinunterziehe und ihr die letzte Wahl nehme. Hätte sich ihr lebloser Körper nicht an einem der mächtigen Steine verfangen, wäre sie vielleicht nie gefunden worden. So aber bauschte sich ihr blaugeblümtes Kleid im Strom und zog den Blick des vorbeiradelnden Mannes auf sich. Das Gesicht nach unten schwebte sie auf dem Wasser, so leicht, als könnten sie und ihre arme Seele sich jeden Augenblick durch die Luft zum Himmel erheben, an den sie glaubte und der ihr nach dieser Tat wohl versagt bleiben würde.

Man hatte den Koffer geöffnet und angenommen, Amalies Habseligkeiten darin zu finden. Die aber hatte sie bereits vorher ins Wasser geworfen. Einige Kleidungsstücke verfingen sich am Ufer und wurden später gefunden. Ein Polizist, der vor den skeptischen Augen seiner Kollegen im Wasser herumfischte, entdeckte auch ein Kruzifix und ein zerbrochenes Heiligenbild. Im Koffer selbst aber befanden sich nur Bücher. »Wahrscheinlich wegen des Gewichts«, vermutete der Polizist. »Kochbücher, übrigens.«

Da fing Marie an zu weinen, während Beate Horbach, ein feuchtes Chiffontuch um die Stirn, entrüstet erklärte, diese Bücher hätten Amalie gar nicht gehört. »Eine Diebin! Das hätte ich nicht von ihr gedacht.«

Der Polizist nickte milde. »Geistige Verwirrung, gnädige Frau!« tröstete er sie. »Vielleicht läßt sich der Schaden ersetzen.«

Ein letztes Mal saß Marie nun mit dem alten
Herrn im Bücherzimmer. Draußen schien nach
etlichen Regentagen endlich wieder die Sonne –
ein Aufglänzen des vergehenden Sommers, der
für Marie so ganz anders gewesen war als die
Sommer früherer Jahre. Es lag wohl an Franz
Janus, hatte sie durch ihn doch die Stadt und
ihre Umgebung kennengelernt. Die kleinen
Gasthöfe, in die Franz Janus sie ausgeführt hatte, mit den langen Holztischen unter schatten-
spendenden Kastanien, die trägen Seitenarme
der Donau, aus denen der Dunst aufstieg.
Schwärme von Mücken wiegten sich darin,
während Franz Janus geschickt das einzelne
Ruder bediente, mit dem er den Kahn durch die
glatten, leise platschenden Fluten steuerte wie
ein Venezianer seine Gondel. Über steinige
Landstraßen waren sie auf seinem Motorrad
gefahren, das Haar flatternd im Wind, während
sich Marie an Franz Janus festhielt, seinen kräftigen Nacken und das dichte, schwarzglänzende Haar vor Augen, das kaum merklich nach
Brillantine roch.

Einmal hatte er sie sogar in eines der besten
Lokale der Stadt ausgeführt: ins Café Wein-
zinger, direkt an der Donaulände gelegen, mit
Blick auf den Strom und hinüber auf den

Pöstlingberg mit seiner Kirche. Beim diskret vorgebeugten Ober bestellte man Kaffee mit Schlagobers und Sachertorte. Alles schien ruhig und gedämpft: das Licht von draußen, die braungoldenen Farbtöne des Raumes, das wohlerzogene Gemurmel der Gäste. Hin und wieder klirrte Besteck, oder jemand lachte an einem der Tische beherrscht auf. Marie ließ sich die Torte auf der Zunge zergehen. Sie fühlte sich wohl wie noch nie. Dies war die Umgebung, in der ihr Vater lebte. Sie hätte sich nicht gewundert, wäre er plötzlich in der Tür erschienen: hoch gewachsen, schlank und ein wenig linkisch in seinen Bewegungen. Für einen Augenblick dachte sie, daß sie ihn liebte, obwohl er sie nicht einmal erkannt hätte.

Franz Janus sah ihren träumerischen Blick und bezog ihn auf sich selbst. Er hatte nicht mehr vor, das kleine Dienstmädchen eines Notars einfach nur zu verführen. Er dachte vielmehr nun, daß Marie etwas Besonderes war. Manchmal, wenn sie etwas sagte, das er nicht ganz verstand, hatte er sogar ein wenig Angst vor ihr und fürchtete, sich eine Blöße zu geben. Doch dann gelang es ihm wieder, ihr etwas zu zeigen, das sie nicht kannte, und er kam sich als der Erfahrenere vor, der Mann von Welt, als den er sich so gern sehen wollte. Er hungerte nach Maries Billigung oder gar Bewunderung, und wenn er merkte, daß sie sich in seiner Gesellschaft wohl fühlte, hätte er mit keinem tauschen mögen.

Marie dachte oft über ihn nach und fragte sich, was er für sie bedeuten mochte. Wenn sie sich mit ihm getroffen hatte, ließ sie abends, vor dem Einschlafen, die Erlebnisse des Tages Revue passieren. Während sie dabei langsam in den Schlaf hinüberglitt, kam es ihr vor, als wäre Franz Janus gar kein Mensch aus Fleisch und Blut, sondern nur ein Wesen aus Licht und Schatten, das sich nicht fassen ließ und sich wie ein Bild auf der Filmleinwand dem Zugriff entzog. So prall und lebendig er ihr schien, wenn sie bei ihm war, so vage war die Erinnerung an ihn, wenn sie abends, allein in ihrer Kammer, an ihn dachte und sich allmählich vor sein Bild das Gesicht eines anderen schob, das zu atmen schien, zu pulsieren und zu leben, daß es weh tat.

Sie schlug die Zeitung auf und fing an zu lesen. Wieder wurde ihr bewußt, daß dies ein Abschied war. Am liebsten hätte sie die Zeitung beiseite gelegt und mit dem alten Herrn geplaudert, ihm ins Gesicht gesehen, um sich seine Züge für immer einzuprägen, ihm erzählt, was sie von ihm gelernt hatte, und gestanden, daß sie ihm dafür dankbar war und den Gewinn der täglichen Lesestunden nicht vergeuden werde. Doch als sie kurz aufblickte, sah sie nur seine abweisende Miene. »Lies weiter!« gebot er schroff. »Merkst du denn nicht, was das alles bedeutet?«

Sie fuhr fort und versuchte, sich zu sammeln. Tränen traten ihr in die Augen. Sie mußte sich räuspern, um weiterreden zu können. »Vielleicht komme ich nie wieder hierher«, sagte sie dann übergangslos und im gleichen Tonfall wie beim Lesen. Sie ließ die Zeitung sinken und legte sie behutsam auf den Tisch.

Der alte Herr, der sich zurückgelehnt und die Augen geschlossen hatte, richtete sich auf. »Es war deine Entscheidung«, sagte er kalt. »Niemand hat von dir verlangt zu gehen.«

»Aber meine Mutter ist krank!«

Er antwortete nicht.

»Ich werde die Leseheftchen aufbewahren«, sagte sie versöhnlich. »Vielleicht kann ich sie irgendwann wieder gebrauchen.« Ihr fiel plötzlich auf, daß er alt war; so alt, daß jeder Tag sein letzter sein konnte. Er hatte ein Recht darauf, nur an sich selbst zu denken. Eine kranke Frau, die er nicht kannte, bedeutete ihm weniger als der tägliche Genuß, auf angenehme Art über alles informiert zu werden.

»Gib mir die Schere!«

Sie holte sie aus der Lade des Sekretärs und reichte sie ihm.

»Ich sage dir eines«, murmelte er, während er anfing, mit zitternden Händen den Leitartikel auszuschneiden, »das hier ist die schlimmste Nachricht seit langem. Vielleicht der Anfang vom Ende, auch wenn es keiner zu merken scheint.« Er zitterte so sehr, daß er das Papier fast durchriß. »Das sind keine Menschen«, sagte er. »Das sind Raubtiere. Die Starken fressen die Schwachen. Wer schwach ist oder auch nur anders, hat kein Recht auf Leben.« Nachlässig faltete er das Papier zusammen und reichte es Marie. »Du brauchst nicht mehr weiterzulesen«, sagte er müde. »Vielleicht höre ich von heute an überhaupt mit dem Zeitunglesen auf. Das Ende ist klar genug.«

Marie nahm den Zettel und steckte ihn in die Schürzentasche. Zum ersten Mal hatte sie beim Lesen nicht aufgepaßt und wußte nicht, wovon der alte Herr redete. Aber kam es überhaupt noch darauf an? »Dann gehe ich jetzt, Herr Notar«, murmelte sie. »Wenn Sie erlauben.« Sie verstaute die Schere wieder im Sekretär und wartete, daß der alte Herr etwas sagte, das mit ihr zu tun hatte. Ein paar Abschiedsfloskeln, eine kleine Freundlichkeit, vielleicht sogar ein Wort des Dankes. Alles, nur nicht diese abweisende Gleichgültigkeit, mit der er die Einigkeit der vielen schönen Stunden hier im Bücherzimmer auslöschte, als wären sie nur Einbildung gewesen und die Selbsttäuschung eines unbedeutenden Hausmädchens, das gemeint hatte, sich Achtung erworben zu haben.

Er lehnte sich wieder zurück und schloß die Augen. »Gut, Walburga!« murmelte er dann und seufzte.

»Ich heiße Marie!« Sie hätte am liebsten geweint.

»Komm her!« sagte er da und streckte beide Arme nach ihr aus. »Komm her!« Seine Stimme klang sanft und zärtlich, als rede er zu einem kleinen Kind oder zur Liebsten. Seiner ersten, unwiederbringlichen. Der ewigen Idee einer Liebe, die kein Gesicht braucht und keinen Körper. Der ängstlichen Sehnsucht und dem zitternden Vertrauen, daß alles gut werden würde. Keine Einsamkeit mehr, nur noch Hingabe. Hingabe an das Leben, dieses wundervolle, junge Leben. Nicht an den Tod. Nur nicht an den Tod.

Marie trat vor ihn hin. Er legte die Hände auf ihre Hüften und zog sie an sich, ohne die Augen zu öffnen. »Walburga!« seufzte er. Doch dann schreckte er auf und zog die Hände zurück. »Du bist zu dünn!« sagte er ernüchtert und blickte Marie an, als erkenne er sie erst jetzt.

»Ich bin immer gleich, Herr Notar.« Sie schüttelte den Kopf und setzte ihr Häubchen auf. Immer noch hoffte sie, daß er ihr zum Abschied wenigstens die Hand reichen würde. Doch nichts geschah. Zögernd ging sie zur Tür. Als sie schon die Klinke in der Hand hatte, fragte er plötzlich: »Kennst du die Bibel, Mädchen?«

»Ich weiß nicht. Ein wenig.«

Er richtete sich auf. »Die Paulusbriefe«, sagte er gedankenverloren. »*O ihr unverständigen Galater, wer hat euch bezaubert, daß ihr der Wahrheit nicht gehorchet?* Kennst du das?«

»Nein, Herr Notar.« Sie hätte sich gewünscht, jetzt ja sagen zu können, alles zu verstehen, was er sagte, gebildet zu sein. Hierherzugehören, in dieses Bücherzimmer. Nicht nur als Gast, sondern fast schon als Teil davon.

Er war blaß. Trotz des grellbunten Seidenschals um seinen Hals sah er so alt und gebrechlich aus wie am frühen Morgen, bevor sein Tee und die morgendliche Pflege ihn gesellschaftsfähig machten. »Lies den Artikel, Mädchen, und heb ihn dir auf!« Dann lehnte er sich wieder zurück und schloß die Augen.

Marie knickste, obwohl sie wußte, daß er es nicht sehen konnte. »Danke, Herr Notar!« sagte sie leise. Am liebsten wäre sie noch einmal zu ihm hingelaufen, um ihn zu trösten, sie wußte nicht, weswegen. Sie wartete, doch er rührte sich nicht. »Danke!« sagte sie noch einmal und ging hinaus, um ihre Habseligkeiten zusammenzupacken. Wenn sie sich später an diesen Augenblick erinnerte, kam es ihr immer vor, als habe er ganz leise ihren Namen geflüstert: »Marie. Marie Zweisam.«

Als sie kurz darauf in ihrem Zimmer das Häubchen ablegte und die weiße Spitzenschürze, die Bestandteil des Hausrats war, säuberlich zusammengefaltet über den Sessel hängte, raschelte es unter ihren Händen. Der Zeitungsausschnitt des alten Herrn fiel heraus, zerknittert und eingerissen. Sie wollte ihn schon wegwerfen, aber der Papierkorb war bereits geleert, und Marie war in Eile. Nur noch ein paar Minuten, dann würde es unten an der Tür läuten, und der Onkel würde sie mit allem, was ihr gehörte, abholen: viel mehr, als sie mitgebracht hatte. Beate Horbach hatte sie gereizt aus dem Raum gescheucht, als sie fragte, ob sie die geschenkten Kleidungsstücke zurücklassen solle. »Was soll ich damit? Du glaubst doch nicht, daß ich diese Fetzen noch einmal tragen werde?« So lagen nun neben dem Köfferchen, mit dem Marie gekommen war, drei große Stoffbündel auf dem Boden. Wie bei den

Zigeunern, dachte Marie, aber sie war froh darum.

Immer noch unschlüssig, glättete sie das Papier auf dem Tisch. »Nürnberger Gesetze legalisieren Judendiskriminierung«, lautete die Überschrift. Danach wurde in nüchternen Worten berichtet, daß der in Nürnberg abgehaltene Reichstag zwei neue Gesetze verabschiedet habe: als erstes das *Reichsbürgergesetz*, durch das die Deutschen in Staatsangehörige und Reichsbürger unterteilt wurden. Nur Arier, so hieß es, sollten künftig Reichsbürger mit vollen politischen Rechten sein. Juden wurden zu Bürgern zweiter Klasse degradiert.

Das zweite Gesetz trug die umständliche Bezeichnung ›Gesetz zum Schutze des deutschen Blutes und der deutschen Ehre‹. In Klammern nannte man es bereits kurz das *Blutschutzgesetz*. Es verbot Eheschließungen und außerehelichen Verkehr »zwischen Juden und Staatsangehörigen deutschen oder artverwandten Blutes«. Verstöße gegen diese Verordnungen sollten mit Zuchthausstrafen geahndet werden.

Marie ließ das Papier sinken. Durch die bevorstehende Abreise war sie zu unruhig, um das Gelesene überdenken zu können – eine knappe, nüchterne Meldung ohne jeden Kommentar, deren mögliche Folgen sich vielleicht nur einem an Gesetzestexte gewöhnten Menschen wie dem Herrn Notar sofort aufdrängten. Vielleicht war der alte Mann auch schon überreizt und überempfindlich, denn an keiner anderen Stelle der Zeitung hatte man auf die kurze Meldung Bezug genommen. Alles redete nur von den monumentalen Aufmärschen der Nationalsozialisten, von den Menschenmengen, die dem *Reichskanzler und Führer* Adolf Hitler in der Nürnberger Arena gehuldigt hatten, und von den überdimensionalen Aufmarschplätzen und Bauten, die eigens für die alljährlichen Reichsparteitage errichtet wurden. Man hätte ertrinken können in all der Masse, die heranflutete. Daß nebenher auch zwei kurze Gesetze verkündet wurden, beachtete kaum einer der vielen, die von Hitlers Rede auf dem »Ehrentag der deutschen Jugend« berichteten, wo der Reichskanzler unter dem frenetischen Beifall von vierundfünfzigtausend Jungen und Mädchen der Hitlerjugend und des Bundes Deutscher Mädel die Ziele der NS-Erziehung darlegte: »In unseren Augen, da muß der deutsche Junge der Zukunft rank und schlank sein, flink wie ein Windhund, zäh wie Leder und hart wie Kruppstahl!«

Unschlüssig wog Marie den Zettel in der Hand. Dann dachte sie, daß er das Zeugnis ihres letzten Gesprächs mit dem alten Herrn war. So faltete sie ihn erneut zusammen und schob ihn in eines der Bündel. Mit Mühe nahm sie ihr ganzes Gepäck auf und schleppte es die Treppe hinunter. Als sie die Vorhalle betrat, läutete es bereits. Die hünenhafte Gertrud war die einzige, die an der Tür stand, als der Onkel Marie draußen auf der Straße in Empfang nahm.

»Nehmen sie es dir übel, daß du gehst?« fragte der Onkel.

Marie schwieg. Obwohl der Wunsch, sich noch einmal umzudrehen, fast übermächtig war, verwehrte sie sich diesen letzten Blick und schaute starr nach vorne, als ihr auf der anderen Straßenseite Susi Sans-souci mit Richard Ohnesorgs Hunden entgegenkam, die laut bellten und an der Leine zerrten, um Marie zu begrüßen, die sie so gut kannten. Marie blickte sich nicht um, obwohl alles in ihr sie zu dem jungen Mädchen hinüberzog. So vieles wollte sie sagen, so vieles fragen. Aber als sie schließlich doch stehenblieb und sich umdrehte, war Susi Sans-souci schon enttäuscht weitergegangen, während die Hunde noch immer an ihren Leinen rissen.

»Was ist denn?« fragte der Onkel. »Kennst du das junge Mädchen?«

Da schüttelte Marie den Kopf. Sie setzte ihre Bündel ab und zog sich die Haarnadeln aus dem Knoten, so daß ihr langer Zopf befreit herunterfiel. Bis über die Hüfte reichte er. Sogar der Onkel lächelte ein wenig, als er ihn sah. Dann gingen sie weiter. Sie redeten kein Wort mehr, bis sie einander im Zug gegenübersaßen und Marie die Wahrheit erfuhr.

FERDINAND UND MIRANDA

I

Der Name der Krankheit wurde nie ausgesprochen. Schon auf dem Weg von der Platanenallee zum Bahnhof hatte Marie den Onkel gedrängt, ihr zu sagen, woran ihre Mutter so schwer litt, daß sie erlaubte, ihre Tochter aus deren neuer Welt zurückzuholen an den Ort ihrer Kindheit, den Mira Zweisam nie aufgehört hatte, als Ort der Schande zu betrachten. Sie hatte ihn nie verlassen, doch Marie sollte neu beginnen dürfen, wo auch immer. Hauptsache, man trug ihr dort nicht nach, worauf ihre Mutter sich eingelassen hatte. Ein Kind zu bekommen ohne einen Ring am Finger zu tragen brach das strengste Tabu, denn hier erschlich sich jemand etwas, das ihm nicht gebührte. Vielleicht *noch* nicht, denn eine rasche Heirat hätte die Schande getilgt. Daß der Vater des kleinen Bastards jedoch ganz von der Bildfläche verschwand, stellte die Mutter offen an den Pranger: sie und später auch das Kind. Wie mochte Mira Zweisam damals aufgeatmet haben, als sie ihre Tochter über die Felder und

Wiesen begleitete bis an den Rand der kleinen Stadt, erste Station in eine geräumigere Welt, die barmherziger sein mochte, allein schon weil unter den vielen Menschen einer Großstadt der Makel eines einzelnen nicht auffiel.

»Was ist mit meiner Mutter, Onkel? Sag es mir doch!« Auf dem Weg zum Bahnhof fragte sie es, und sie wiederholte es, als sie im Zug saßen, umgeben von Ausflüglern, die Speckbrote verteilten und Flaschen mit rotem Sprudel kreisen ließen. »Was ist mit ihr, Onkel?« Doch der Onkel wies mit dem Kinn auf die Mitreisenden, die inzwischen ein Lied angestimmt hatten und sich über die Tonhöhe nicht einigen konnten. »Wenn wir allein sind, reden wir«, wies er Marie ab und überließ sie ihrer Erinnerung an den letzten Besuch daheim, als die Mutter schwächer gewesen war als sonst. »Die Grippe, Kind. Aber davon erholt man sich wieder.« Mira Zweisams Eltern hatten sich nicht erholt, aber diese Entgegnung hätte Marie niemals gewagt. Sie war ihr auch gar nicht in den Sinn gekommen, denn war ihre Mutter nicht noch jung? Und sie war ihre Mutter: Wie hätte Marie da an den Tod denken können? Selbst wenn ihr der Gedanke gekommen wäre, hätte sie ihn sicher beiseite gedrängt, da sie doch wußte, daß sie wieder in die Stadt zurückmußte und es mit ihrem Gewissen nicht hätte vereinbaren können, die Mutter trotz einer solchen Bedrohung allein zu lassen.

Ich war nicht ehrlich zu mir selber, sagte sich Marie, während sie einen Apfel ablehnte, den ihr einer der Mitreisenden hinhielt. Vielleicht hätte ich schon beim letzten Mal merken müssen, daß etwas nicht in Ordnung ist ... Es traf sie wie ein Schlag die Erkenntnis, daß sie es vielleicht doch gemerkt hatte. »Ich habe gewußt, daß etwas mit ihr geschieht«, murmelte sie und sah den Onkel an, der sie im allgemeinen Lärm nicht verstand. »Ich habe es gewußt!« Auf einmal kannte sie auch den Namen der Krankheit, die keiner nennen wollte. Nicht weil sie schandbar gewesen wäre, sondern weil alle sie fürchteten. Weil jeder von ihr betroffen sein konnte. Weil jeder hoffte, er wäre vor ihr gefeit wie vielleicht sogar vor dem Tod selbst, der in den Augen der Jungen und Gesunden auch immer nur den anderen blühte, während man selbst ... Ja was? Es konnte doch nicht sein, dachte Marie, daß dies für ihre Mutter schon das Ende war so wie für Amalie der Tod im Wasser unter der Last eines Koffers voller Bücher!

Vor dem Welser Bahnhof wartete der stumme Reitinger mit der Kutsche. Er sah grau und übernächtigt aus und blickte Marie nicht in die Augen, als sie ihm die Hand reichte. »Daß wir uns unter solchen Umständen wiedersehen«, murmelte sie. Sie drückte seine warme, harte Hand, an die sie nie gedacht hatte und die ihr doch so vertraut war. Ein Stück Geborgenheit, an dem sie sich festgehalten hatte. Heute zitterte diese Hand, das spürte Marie. Vielleicht war es nun an der Zeit, selbst Geborgenheit zu geben. So umschloß sie Reitingers Hand mit ihren beiden Händen, ebenso warm wie die seinen, und streichelte den harten, sonnengegerbten Handrücken. »Jetzt bin ich ja da«, sagte sie leise, »und ich bleibe, so lange ihr mich braucht.« Dann setzte sie sich mit dem Onkel auf die enge Holzbank, und sie machten sich auf den langen Weg durch die Stadt und hinauf auf die Hochebene, durch die Wiesen, Felder und Wäldchen, über zwei winzige Brücken und schließlich das letzte Stück, wo man in der Ferne schon die drei Kastanienbäume erkennen konnte und dahinter das kleine, weiße Haus mit dem roten Dach.

Mira Zweisam kam ihnen nicht entgegen. Obwohl sie nicht schlief, lag sie in ihrem Bett. Sie trug ihr bestes Nachthemd. Ihre Haare waren gekämmt. »Es ist gut, daß du da bist!« seufzte sie, als Marie vor ihrem Bett auf die Knie fiel und weinend die schmalen Schultern der Kranken umfing. »Ich wollte nie ein solches Opfer von dir verlangen«, fuhr Mira Zweisam fort und streichelte Maries Haar. »Aber jetzt ist es nötig, daß du bei mir bist. Auch um deiner selbst willen.« Während sie sprach, sanken ihre Augenlider immer wieder langsam nach unten, als befände sich Mira Zweisam am Rande der Erschöpfung. »Mama«, flüsterte Marie mit tränenerstickter Stimme und drückte ihr Gesicht an die Schultern der Mutter. »Mama!«

Von draußen hörte man das Geräusch der Kutsche, die sich so eilig entfernte, daß die Kieselsteine am Weg knirschten. Der stumme Reitinger stand an der Tür und wartete, ob er gebraucht würde. Dann ging er leise fort, die enge, knarrende Holztreppe hinunter. Er setzte sich in die Küche und wartete, wie fast immer in den letzten Wochen, als sich das Netz immer enger um das Leben der Frau zog, die er von ihrer Geburt an begleitet hatte. Sie war der einzige Mensch, der ihn auch ohne Worte zu jeder Zeit verstanden hatte. Jetzt verstand er sie, obwohl sie auch mit ihm nicht über das Klopfen an ihrer Tür redete, das von Tag zu Tag lauter in ihren Ohren dröhnte.

»Es kann jeden Augenblick zu Ende gehen«, sagte Mira Zweisam. »Vielleicht dauert es aber auch noch ein paar Wochen.« Sie wies mit dem Kinn auf ein verschraubtes Glas mit weißen Pillen, das neben ihrer geblümten Teetasse auf dem Nachttisch stand. »Solange ich nur meine kleinen Helfer habe! Ohne sie geht es nicht mehr. Sie sind schon das Stärkste, was zu haben ist. Der Doktor verlangt sogar, daß der Reitinger das Rezept jedesmal in einer anderen Apotheke einlöst, damit es kein Gerede gibt.«

»Wärst du im Krankenhaus nicht besser aufgehoben, Mama? Du kannst doch nicht einfach hier liegen und die Schmerzen zudecken. Man muß doch etwas tun!«

»Du meinst operieren? Aufschneiden? Das Übel entfernen?« Mira Zweisams Hände sanken auf die Bettdecke. Blaß und fremd lagen sie da, ohne Ähnlichkeit mit den braungebrannten, kräftigen Fingern von früher, gezeichnet von der Arbeit, aber immer noch schön, wie in Maries Augen alles an ihrer Mutter schön war, so vertraut und liebenswert. »Da drinnen in mir, da sieht es nur noch düster aus«, fuhr Mira Zweisam fort. Sie lächelte ohne Bitterkeit, fast ein wenig spöttisch. »Sie müßten mich schon vollkommen aushöhlen, wenn sie das ganze Übel entfernen wollten.«

»Ich verstehe nicht, wie es so weit kommen konnte, Mama. Du mußt doch schon vorher etwas gespürt haben. Und dann geht man doch zum Doktor!«

Mira Zweisam schüttelte den Kopf. »Meine Mutter sagte immer, wer einen ganz großen

Kummer hat, einen der zu schwer für ihn ist, der wird zwanzig Jahre später krank, und dann dauert es nicht mehr lange, bis es ganz zu Ende geht.« Mira Zweisam lächelte wieder. »Tut mir leid, meine Kleine, aber bei mir ging alles ein wenig schneller. Schon nach deiner Geburt merkte ich, daß etwas nicht in Ordnung war. Irgendwie wurde ich nicht mehr richtig gesund. Ich hatte immer Beschwerden, aber ich gewöhnte mich daran.« Sie lachte leise. »Manchmal dachte ich, der Himmel schickt mir meine kleinen Wehwehchen als Schutz, damit ich nicht noch einmal so dumm bin, mich auf einen Mann einzulassen.«

Marie wollte widersprechen, doch da sah sie, daß ihre Mutter mitten im Satz eingeschlafen war. Das kleine, ironische Lächeln lag noch auf ihren Lippen, die blaß und durchsichtig waren. Trotzdem schien Mira Zweisam heiter, als befreie sie sich von einer Last, derer sie überdrüssig geworden war. Da zog Marie ihre Schuhe aus und legte sich neben ihre Mutter, so wie damals, als sie zum ersten Mal aus der großen Stadt nach Hause zurückgekehrt war. Sie spürte den raschen Atem der Kranken und roch einen zarten Duft nach Zitrone von der Seife, die ihre Mutter zu benutzen pflegte, obwohl sie selbst diesen Luxus immer tadelte. Kernseife täte es eigentlich auch.

Jeder Tag war anders, ein ständiges Auf und Ab, ein Hoffen, Bangen und Verzweifeln. Schon am Morgen, wenn Marie noch im Nachthemd zu ihrer Mutter hinüberging, schien das Gesicht der Kranken den Tag vorherzubestimmen. Manchmal saß Mira Zweisam aufrecht in ihrem Bett, die Wangen fast rosig und ihr Blick aufmerksam und zärtlich. Dann schwoll Maries Herz vor Freude im Glauben, alles wäre nur ein Irrtum, die Fehldiagnose eines rückständigen Landarztes, der nur mehr schwarz sah und verlernt hatte, an Wunder zu glauben. Doch schon am nächsten Morgen konnte sich alles umgekehrt haben. Dann lag Mira Zweisam vielleicht zusammengekrümmt im Bett, zu ihren Füßen die Decke, die sie von sich getreten hatte, weil alles sie beengte und bedrückte, und sie weinte und jammerte und war sogar zu schwach, ohne Hilfe ihre Pillen einzunehmen.

Als Marie sie zum ersten Mal in diesem Zustand antraf, wagte sie vor lauter Angst kaum, die Kranke zu berühren. Fassungslos schrie sie nach dem stummen Reitinger, der sofort zur Stelle war, als wagte er nie, sich von seiner Herrin mehr als in Hörweite zu entfernen. Er setzte sich auf die Bettkante, hielt Mira Zweisam mit einer Hand an den Schultern fest und schraubte mit der anderen geschickt das Tablettenglas auf. Mit dem Teelöffel holte er eine der Pillen heraus, die Mira Zweisam gierig aufnahm und mit dem Tee, den er ihr einflößte, hinunterschluckte. Dabei gab Reitinger ein kaum hörbares, besänftigendes Geräusch von sich, das Marie noch nie von ihm gehört hatte und das sie an das Summen von Bienen erinnerte. Die Kranke schien davon ruhiger zu werden. Sie ließ sich auf das Kissen zurückfallen und nickte dem Knecht dankbar zu. Er nickte zurück und ging hinaus.

Beim nächsten Mal folgte Marie seinem Beispiel. Immer mehr paßte sie ihr Verhalten der Krankheit an, so wie ihr ganzes Leben auf einmal davon bestimmt wurde. Je länger sie sich bei der Mutter aufhielt, um so mehr verengte sich ihre Welt. Mira Zweisam wurde ihre einzige Gesprächspartnerin. Nur der Onkel klopfte manchmal an die Haustür, um sich nach dem Zustand der Kranken zu erkundigen. Doch er kam nicht ins Haus und begnügte sich mit wenigen Sätzen. Dabei hörte er kaum zu, sondern hatte es eilig, gleich wieder fortzukommen. Es sei schon spät. Seine Cäcilia warte auf ihn. »Komm doch ruhig einmal zu uns! Der Reitinger kann ja auf deine Mutter aufpassen.« Dann erzählte er bereits im Weggehen, was ihn wirklich beschäftigte: daß seine Zwillingssöhne schon auf allen vieren umherkrochen und ihre Mutter von früh bis spät auf Trab hielten. Er errötete vor Stolz und gestand, daß er sich jetzt, wo sich alles so gut entwickelte, sogar zur Bürgermeisterwahl aufstellen lassen wolle. Immerhin sei er ein gestandener Familienvater und einer der reichsten Bauern weit und breit.

Marie erkannte ihn kaum wieder. Sie dachte an die Heimfahrt nach ihrer Firmung, als ihm der Schnaps die Zunge gelöst hatte und er gestand, daß er am liebsten den Strick nehmen würde, weil ihn der Herrgott so schmählich im Stich gelassen hatte. Nie würde ihm Cäcilia Kinder schenken, das sei inzwischen so sicher wie das Amen in der Kirche. Sein Leben sei nutzlos. Wenn er einmal sterbe, werde nichts von ihm zurückbleiben. Besser, er wäre gar nicht erst geboren worden. »Dann wäre mir wenigstens diese Demütigung erspart geblieben!«

Doch die Geburt der Zwillinge hatte alles verändert. Obwohl sie zu Anfang schwächlich schienen und unentwegt weinten und schrien, gediehen sie erstaunlich schnell, und mit jedem Gramm, das sie zunahmen, wuchs auch das Selbstbewußtsein ihres Vaters. Es kam ihm vor, als würde er selbst erst jetzt wirklich geboren. Mira Zweisam erzählte Marie, der Onkel habe sogar die Longe wieder vom Dachboden geholt und trainiere nun abwechselnd seine beiden Kutschpferde. Bei warmem Wetter konnte man ihn sehen, wie er seine Söhne hinaus auf die Wiese trug – auf jedem Arm einen, welch ein Segen! – und ihnen ihr künftiges Spielzeug zeigte, mit dem sie, so Gott wollte, über die Wiesen galoppieren würden wie die Söhne von Baronen oder Grafen.

Einmal beobachtete Marie ihn auch, wie er die Pferde im Kreis traben ließ. Sie erinnerte sich daran, daß er ihr vor noch nicht allzu langer Zeit sein Erbe versprochen hatte. Sie hatte es nicht gewollt. Trotzdem schien es ihr auf einmal, als habe man ihr schon wieder eine der Möglichkeiten ihrer Zukunft genommen. Eigentlich, dachte sie, hatte sie überhaupt keine Zukunft mehr. Mit dieser Überlegung ging sie zurück zu ihrer Mutter, streichelte ihre Wange und sagte ihr, sie sehe heute schon wieder viel besser aus.

Die Tage vergingen, die Wochen, die Monate. Nur die Jahreszeit wechselte und das Wetter. Daß Mira Zweisam immer schwächer wurde, merkte Marie schon nicht mehr. Zu nahe war sie ihrer Mutter, fast schon selbst ein Teil der Krankheit, der sie ihren Tagesablauf anpaßte.

»Du bist ganz blaß, Mädel. Wenn du so weitermachst, wirst du auch noch meine Patientin«, sagte der Arzt bei einer seiner wöchentlichen Visiten, die ihn belasteten, weil der Weg so weit war und keine Änderung des Krankheitszustands zu erkennen war. Er liebte klare Verhältnisse und behielt gerne recht. Wenn er sagte: »Höchstens noch vier Wochen«, dann sorgte er sich um seine Autorität bei den anderen Patienten, wenn dieser Termin nicht eingehalten wurde.

Doch Marie lächelte nur. Es tat ihr wohl, der Mutter nahe zu sein. Erst jetzt erkannte sie, daß Mira Zweisam sich ihr bei aller Liebe bisher entzogen hatte. Nun aber war es anders. Mira Zweisam wich nicht mehr aus, wenn Marie sie umarmte, sondern streckte selbst die Hand nach ihr aus und zog die Tochter zu sich heran.

»Ich wollte nicht, daß du dich daran gewöhnst, geliebt zu werden«, gestand die Kranke eines Nachmittags im Oktober, als Marie sie in dicke Decken gewickelt und hinaus zur Hausbank geführt hatte, damit sie die letzten herbstlichen Sonnenstrahlen genießen konnte. »Das war ein Fehler, bei Gott!« Mira Zweisam blinzelte in das ungewohnte Licht. »Ein Fehler und eine Lüge. Du kannst mir glauben, ich habe dich immer geliebt. Geliebt wie verrückt! Manchmal bin ich vor Stolz auf dich fast geplatzt.«

Marie streichelte ihre Hände. »Das weiß ich doch, Mama.«

Erst als die Sonne unterging und es allmählich kälter wurde, kehrten sie ins Haus zurück. Mira Zweisam legte sich wieder nieder und trank in kleinen Schlucken den süßen, heißen Tee, den ihr Marie gebracht hatte. »Ich bin müde«, sagte sie leise, »müde, aber glücklich. Es war ein so schöner Nachmittag. Du darfst ihn nie vergessen.« Sie schloß die Augen. »Ich wollte unbedingt, daß du zu mir kommst«, murmelte sie so undeutlich, daß Marie sie kaum verstand. »Ich habe viel über dich nachgedacht. Erst meinte ich, ich müßte dich schonen und dir meine Krankheit verschweigen. Das habe ich ja auch lange genug getan. Aber dann war ich auf einmal sicher, daß du kommen mußtest. Nicht um meinetwillen, sondern für dich selbst. Ich habe begriffen, wie wichtig ich immer für dich war. Hättest du später ohne Vorwarnung von meinem Tod erfahren, wärest du für immer böse auf mich gewesen. Nicht offen und bewußt, sondern heimlich. Im Inneren. Ich weiß, wie es ist, wenn etwas versteckt an einem nagt.« Sie öffnete die Augen und sah Marie an, so klar und direkt wie schon lange nicht mehr. »Ich habe begriffen, daß man den Abschied braucht, wenn man auseinandergeht. Ich will, daß du deinen Abschied von mir durchleben kannst, damit dir später die Zweifel erspart bleiben, der Groll und das schlechte Gewissen.

Diese drei, weißt du, Marie, diese drei sind die bösen Geister im Leben eines Menschen. Ich habe mit ihnen gelebt seit dem Tag, an dem ich auf einmal allein war. Sie haben mir die Lebenskraft und die Freude geraubt. Ich will nicht, daß sie Macht über dich gewinnen. Ich will, daß du mit Liebe an mich und an die letzten Tage mit mir denkst. Du sollst Abschied nehmen, dann wirst du später kein schlechtes Gewissen haben. Du wirst wissen, wie viel du für mich getan hast, und du wirst nicht böse auf mich sein, weil ich mich dir nicht entzogen habe. Auch zu zweifeln wirst du nicht brauchen: nicht an meiner Liebe und nicht an deinem eigenen Wert. Das ist mein letztes Geschenk für dich, vielleicht das wichtigste von allen. Sich von jemandem verabschieden heißt auch ihn wichtig nehmen und ihm Achtung erweisen.« Sie schwieg. Ihr Atem wurde ruhiger und gleichmäßiger. Unvermittelt schlief sie ein.

Marie blickte auf sie hinunter. Sie dachte plötzlich, wie es wäre, wenn der Mensch, der Mira Zweisam die Respektsbezeugung des Abschieds verwehrt hatte, plötzlich an die Tür klopfen und an dieses Bett treten würde, um der Liebsten von einst die Hand zu reichen, wie er es vor vielen Jahren hätte tun sollen. Ob Mira Zweisam ihn wiedererkannt hätte? Oder er sie? Alles lag so lange zurück. Und doch war es nicht vergessen. Wie kam es, daß Menschen einander solchen Schmerz zufügten? Sogar Menschen, die einander geliebt hatten. Oder gerade sie?

2

Als der Winter schon in der Luft lag, sprach Mira Zweisam eines Abends über ihre Liebe. Zwischen ihren weißen, gefalteten Fingern hielt sie ein kleines, rosa gebundenes Heft von der Art, wie Marie sie aus der Schulbibliothek kannte: preiswerte Klassikerausgaben für Schüler und Studenten, Opernlibretti. Wie kam eine solche Lektüre in den Besitz Mira Zweisams, die seit ihrer Schulzeit kein Buch mehr gelesen hatte und kaum jemals eine Zeitung?

»›Der Sturm‹«, erklärte sie, als sich Marie zu ihr aufs Bett setzte. »Es heißt ›Der Sturm‹. Er hat es mir vorgelesen. Damals.«

Marie wußte sofort, von wem die Rede war. Von ihm, der bisher totgeschwiegen worden war, obwohl die kurze Zeit mit ihm Mira Zweisams weiteres Leben beherrschte. Von ihm, den auch Marie nicht zu erwähnen wagte. Kein einziges Mal hatte sie ihrer Mutter gegenüber angedeutet, daß sie ihm begegnet war, daß sie ganz nah hinter ihm gestanden und auf sein Haar hinabgeblickt hatte, bis ihr die Ähnlichkeit ihrer beider Hände die Fassung raubte.

»Er kam jeden Sommer mit seinen Eltern auf ein paar Wochen ins Jagdhaus«, fing Mira Zweisam an zu erzählen, wobei sie sich an dem Heft festhielt, als bilde es den roten Faden zu einer verflossenen Zeit. »Als wir noch klein waren, spielten wir miteinander. Niemand hatte etwas dagegen. Meine Eltern machten sogar ihre Witzchen darüber und sagten, wer weiß, vielleicht wird aus dir noch eine Frau Doktor in der Stadt. Hübsch genug bist du ja.« Mira Zweisam schwieg eine Weile. Draußen brach die Dämmerung herein. »Hast du gewußt, daß wir fast gleichaltrig waren?« fragte Mira Zweisam unvermittelt. »Zur gleichen Zeit waren wir Kinder und zur gleichen Zeit hörten wir auf, es zu sein. Eines Sommers war es nicht mehr so wie früher. Wir wußten nicht mehr, was wir miteinander reden sollten, und das tat uns beiden weh. Wir gingen einander aus dem Weg. Obwohl es der sonnigste Sommer seit langem war, verließ er kaum noch das Haus.« Er: Noch immer wagte sie nicht, seinen Namen auszusprechen, da sie doch auch früher niemanden gehabt hatte, mit dem sie über ihn hätte reden können, über die Unruhe, die sie plötzlich erfaßt hatte; die Sehnsucht, von der sie bisher nicht einmal gewußt hatte, daß es sie gab.

»Ferdinand Bellago«, sagte Mira Zweisam plötzlich, wie um den Bann langer Jahre zu brechen. »Ferdinand Bellago!« Und noch einmal wiederholte sie den Namen, der sogar ihr inzwischen fast fremd geworden war. Dann redete sie weiter, und Marie fing an zu begreifen, was damals geschehen war. Sie sah ihre Mutter – das hübsche, braungebrannte Mädchen mit dem hellen Haar, zierlich wie eine kleine Elfe und einfach und ehrlich wie das klare Wasser draußen an der Quelle. Und sie sah ihn – groß und in den ersten Ferientagen noch ein wenig blaß und gehemmt. Von früh bis spät saß er über seinen Büchern und las, um den Gefühlen zu entkommen, die ihn auf einmal gepackt hatten. Er wollte Mira Zweisam aus dem Weg gehen. Dennoch verirrte er sich immer wieder in ihre Nähe, und ihr ging es mit ihm genauso.

»Dieses Buch hat uns zusammengebracht«, fuhr Mira Zweisam fort. »Es geht darin um vieles, was ich nie richtig verstanden habe. Aber es geht auch um ein Liebespaar. Ferdinand und Miranda.« Sie lächelte. »Er war so abergläubisch! Als er es las, meinte er, die Namen der beiden müßten ein Wink des Schicksals sein.

Später erzählte er mir, daß sich seine Eltern immer über meinen Namen gewundert hätten: Mira, sagten sie, so heiße doch kein Bauernmädchen … Und jetzt las er plötzlich von einer Miranda, die einen Ferdinand liebte. Ferdinand und Miranda. Er gab mir das Buch zu lesen, aber ich kam nicht weit damit. Da trafen wir uns hier bei den Kastanienbäumen. Damals stand da noch eine Bank. Ich habe sie später in den Schuppen geschafft. Auf dieser Bank las er mir vor. Beim zweiten Treffen war es uns vor unseren Eltern peinlich, so lange dort zu sitzen, und wir suchten uns einen versteckteren Platz. Von da an nannte er mich Miranda.«

So viel Liebe! In keinem der vielen Bücher, die Marie aus der Stadtbibliothek in die Platanenallee geschleppt und in den Stunden nach Mitternacht verschlungen hatte, war ihr ein Gefühl begegnet, das es mit der Kraft aufnehmen konnte, mit der Mira Zweisam an der Passion ihrer Jugend festhielt. Der Bann des Schweigens, den sie sich auferlegt hatte, war gebrochen. Angesichts des nahenden Endes erlaubte sie sich die Lust, alles, was damals geschehen war, noch einmal aufleben zu lassen. Wenig genug war es gewesen, doch vor Marie eröffnete sich eine ganze Welt.

Während ihre Mutter mit geschlossenen Augen im Bett lag und erzählte, stand Marie am Fenster und blickte hinaus auf die Kastanien, unter denen Ferdinand und Miranda gesessen hatten. Sie sah das Wäldchen am Horizont, wo sie Hand in Hand die Einsamkeit suchten. Schaute hinüber zum Schuppen, wo sie sich in einer versteckten Ecke eingerichtet hatten. Zwei Menschen, fast Kinder noch, denen niemand Verantwortung zugestand und die sich trotzdem einen Sommer lang so einig waren, wie es nur zwei Liebende sein konnten, die aus gegensätzlichen Welten stammten, so daß sie es von Anfang an vermieden, einander zu widersprechen. Ferdinand ahnte, daß seine Liebste nicht verstand, was er ihr vorlas. Für sie war *das Leben kein flüchtiges Schauspiel.* Ihre Welt war einfach und klar und nicht wie die seine verwirrend und beängstigend. Ihr Dasein war kein *Traum, den Schlaf umgab*, sondern eine Folge von konkreten Tagen, die sich kaum voneinander unterschieden und doch jeden Morgen neu waren.

Immer näher kamen sie sich. Kein Tag, an dem sie sich nicht trafen. Wenn seine Eltern abwesend waren, führte Ferdinand Mira durch das Jagdhaus. Er zeigte ihr das Porzellan im Eßzimmer, die zahllosen Geweihe an den Wänden des Korridors und zuletzt die Bibliothek, die er »Prosperos Zelle« nannte. Mira erinnerte sich, daß dieser Name eine Rolle in dem Buch spielte, das Ferdinand mit ihr gemeinsam zu lesen glaubte. So lächelte sie und sagte ein wenig unsicher: »›Der Sturm‹, nicht wahr? So ein schönes Buch!«, um ihm eine Freude zu bereiten und auf eine Gemeinsamkeit hinzuweisen, die nicht bestand. »Es ist unser Buch«, antwortete er, und sie nickte.

Er verstand sie nicht. Von seiner Familie hatte er gelernt, was sich gehörte und was nicht. Er wußte genau, was der Anstand verlangte und worauf man sich nicht einlassen durfte. Als er sich zum ersten Mal mit Mira im Vollmondlicht traf, war er sich bewußt, daß er gegen ungeschriebene Gesetze verstieß. Zugleich sehnte er sich nach dem schönen Mädchen an seiner Seite und war nicht imstande, ihr zu widerstehen. Die Hingabe, mit der Mira ihn ansah, erschreckte ihn und besiegte ihn zugleich. Nicht er nahm ihre Hand, sondern sie streichelte die seine und legte ihre Lippen auf seinen Mund. »Das kleine Biest hat dich verführt!« schimpfte seine Mutter später, als das Unglück geschehen war. Einen Augenblick lang fragte er sich verwirrt, ob sie damit nicht recht hatte. Doch dann erinnerte er sich wieder an Miras Liebe, denn daß es Liebe war, daran zweifelte er nie, und ohne zu begreifen, warum, beneidete er sie trotz allen Unglücks, das ihr widerfahren würde.

»Er hat mich geliebt«, sagte Mira Zweisam, während sie auf Maries Arm gestützt vor dem Haus auf und ab ging. »Ich weiß es ganz genau. Er war nur nicht so stark wie ich.«

Es war kalt geworden. Am Morgen starrten die Zweige der Kastanienbäume vor Frost. Immer schneller verschwand der Inhalt des Tablettenglases. Mira Zweisam klagte, die Medizin wirke nicht mehr. Der Arzt wurde von Mal zu Mal ungeduldiger. Er murrte, er könne es nicht verantworten, der Kranken derartige Mengen an Medikamenten zuzuspielen. »Du willst doch nicht, daß deine Mutter morphiumsüchtig wird!« fuhr er Marie an, die ein weiteres Rezept von ihm forderte. Doch Marie blickte ihm kalt in die Augen. »Ich will nur eines«, antwortete sie, »ich will, daß meine Mutter nicht leiden muß. Ob sie bei wachem Verstand ist oder unter Morphium steht, ist mir gleich. Meine Mutter ist nicht mehr so hungrig auf das Leben, daß sie es in allen Formen auskosten will. Ihr genügt es schon, wenn sie nicht mehr ertragen muß als unbedingt nötig.« Dabei spürte Marie, daß Mira Zweisams Mattigkeit nicht nur von der Krankheit kam. Diese Sanftmut und Ergebenheit! Manchmal erzählte sie von weißen Männern, die ihr zuwinkten. Und auch von ihm redete sie. Immer wieder. Ferdinand Bellago.

Marie lernte, ihn mit den Augen ihrer Mutter zu sehen: voller Liebe, Trauer und Nachsicht. Vielleicht hätte Mira Zweisam ohne ihn nie eine solche Inbrunst erfahren, nie so viel Leidenschaft und Glück, nie so viel Schmerz und Verzweiflung. Was sollte man sich wünschen, fragte sich Marie: eine Existenz in Ruhe und Zufriedenheit ohne Passion und Unglück? Oder ein Dasein wie das ihrer Mutter – so verachtenswert in den Augen der anderen, so mißlungen, ein einziges Scheitern? Und doch leuchtete Mira Zweisams Gesicht, wenn sie von damals sprach, als sie gelebt hatte wie keine von denen, die über sie die Nase rümpften: die klugen Jungfrauen, die das Öl ihrer Lampen bewahrten und sich nicht verschwendeten.

3

Die äußere Welt rückte immer weiter weg, als hätte es sie nie gegeben. Kaum ein Tag, an dem Marie an das Haus in der Platanenallee dachte und an die Horbachs, die sie wahrscheinlich auch schon aus dem Gedächtnis gestrichen hatten. So eng hatte man zusammengelebt und so wenig war davon geblieben. Wo man Amalie wohl begraben hatte? Am Rande eines Friedhofs zwischen den anderen Selbstmördern und den Unbekannten, nach denen keiner fragte? Die Armut im ganzen Land und in der übrigen Welt hatte dafür gesorgt, daß die Zahl der Ausgestoßenen immer größer wurde. Doch was hatte unter ihnen eine wie Amalie zu suchen, die jeden Tag gebetet und in ihren jungen Jahren in schwärmerischer Hingabe vom Herrn Jesus geträumt hatte, weil er ihr so gütig erschien und auf den Bildern in der Kirche so unsagbar schön?

Und der Herr Notar? Wer ihm wohl jetzt im Bücherzimmer gegenübersaß, um ihm vorzulesen? Wahrscheinlich ein Student aus dem Kollegium Petrinum, das hatte sich Beate Horbach doch immer für ihren Vater gewünscht. Ob er mit dieser Lösung zufrieden war? Oder würde er vielleicht wirklich für immer darauf verzichten, sich über die Vorgänge in der Welt zu informieren? So kühl war er oft gewesen, dachte Marie. Und doch verdankte sie ihm mehr als allen anderen. Seine Zuneigung hatte sie nie vermißt, denn was sie wirklich brauchte, Bildung, hatte sie von ihm bekommen. Nun, da sie dem Tod begegnete, dachte sie daran, daß auch der Herr Notar alt war und sie ihn vielleicht nie wiedersehen würde. Ihn und auch die anderen nicht. Nicht einmal Richard Ohnesorg, der ihr manchmal in den Sinn kam, wenn Mira Zweisam beschrieb, wie Ferdinand Bellago über den

Wiesenweg vom Jagdhaus zu ihr herübergeeilt war, von Schritt zu Schritt schneller werdend, weil er es nicht erwarten konnte, sie an sich zu drücken. Einmal, als sich Marie ihrer Mutter besonders nahe fühlte, hätte sie ihr beinahe von Richard Ohnesorg erzählt, aber dann wagte sie es doch nicht. Später war sie froh, geschwiegen zu haben. Dies waren die Tage, die Mira Zweisam gehörten, und nichts sollte ihr Sorgen bereiten.

Auch Franz Janus kam ihr manchmal in den Sinn, wenn auch erst nach einigen Wochen. Ihr fiel ein, daß sie versprochen hatte, ihm sofort zu schreiben, da er doch nicht einmal ihre Adresse kannte. Immerhin hatten sie viele Stunden miteinander verbracht und hin und wieder Zärtlichkeiten ausgetauscht, die auch Marie gefallen hatten. Wenn sie sich aber jetzt daran erinnerte, kam es ihr vor, als wäre das gar nicht sie selbst gewesen, sondern als hätte sie nur in einem Buch davon gelesen oder es in einem Film gesehen. Ihr heimlicher Verlobter? – Nie wäre sie auf den Gedanken gekommen, ihn so zu nennen.

In allen Einzelheiten hätte sie ihn beschreiben können, doch vorstellen konnte sie ihn sich nicht. Einmal, als sie nicht einschlafen konnte, weil sich die Mutter im Nebenraum so unruhig hin und her warf, versuchte Marie mit aller

Konzentration, sich Franz Janus vor Augen zu führen. Sie dachte an sein schönes Haar, an seine dunklen Augen und die vollen Lippen, über denen er sich in den letzten Sommerwochen ein schmales Bärtchen hatte wachsen lassen. Alle Einzelheiten rief sie sich ins Gedächtnis, doch sie ergaben kein Ganzes. Das einzige, was sie sich vergegenwärtigen konnte, waren seine warmen Lippen auf ihrem Nacken und wie es war, wenn sie auf dem Motorrad hinter ihm saß und sich an ihm festhielt, während er sich vor lauter Lust an der Geschwindigkeit reckte und dem Fahrtwind entgegenschrie.

Sie nahm sich vor, ihm zu schreiben, aber sie verschob es von einem Tag auf den nächsten, bis sie meinte, nun sei es eigentlich schon zu spät. Bestimmt hatte er aufgegeben, auf sie zu warten, und vielleicht sogar schon eine andere gefunden. Fast erleichtert fühlte sie sich, als ihr dieser Gedanke kam. Sie schloß die Augen und schlief ein. Franz Janus war ein Schatten, der längst zurückgewichen war.

4

Cäcilia Zweisam war nicht mehr wiederzuerkennen. Wie sie da in der Mitte der Stube stand, eine Hand auf die Holzstäbe eines Laufställchens gestützt, an denen die Zwillinge wütend rissen, sah sie aus wie eine der üppigen Muttergottheiten, deren armhohe Statuen der Lehrer bei einem Ausflug ins Museum eilig übergangen hatte, obwohl seine Schüler im Vorbeigehen Stielaugen bekamen und aus den Augenwinkeln auf die nackten Brüste schielten, die ohne Zweifel den Höhepunkt des Museumsbesuchs darstellten.

Hoch aufgerichtet streckte Cäcilia ihrer Nichte die Hand entgegen. »Da bist du ja«, sagte sie in strengem Ton, »wurde auch langsam Zeit.«

Marie ergriff die dargebotene Hand und drückte sie. Dabei wunderte sie sich, daß sich trotz der stolzen Haltung und der barschen Worte ihrer Tante deren Hand wie früher weich und nachgiebig anfühlte. »Mag sein«, antwortete sie ohne ein Lächeln, »leider haben wir uns bei keinem Krankenbesuch getroffen.«

Cäcilia Zweisam errötete und wich zurück. »Ich muß auf mich achten«, sagte sie trotzig. »Krankenbesuche sind nichts für eine Frau, die kleine Kinder großzieht.« Sie zögerte und errötete noch mehr. »Schließlich gibt es keine Sicherheit, ob man sich nicht vielleicht doch anstecken kann.«

Die Zwillinge brüllten nun so laut, daß ein Gespräch unmöglich wurde. Auf einen Wink

Cäcilias eilte ein junges, auffallend kleinwüchsiges Mädchen herbei und schleppte die beiden Knaben hinaus. Sie stürzten ihr fast vom Arm, so zornig strampelten sie und schrien, daß die Tränen zwischen ihren zusammengekniffenen Lidern hervorspritzten.

»Sie sind kräftig«, sagte Marie versöhnlich, als die Tür ins Schloß gefallen war. »Zwei kerngesunde kleine Burschen, nicht wahr?«

Auf einen Schlag normalisierte sich Cäcilias Gesichtsfarbe. »Ja, wirklich«, stimmte sie zu, »der Herr hat es gut mit uns gemeint.«

Sie setzten sich an den großen Ecktisch unter dem Herrgottswinkel. Auf einem Holzbrett lag ein Speckbrot für Marie bereit, daneben stand ein grüngestreifter Keramikbecher mit Most.

»Aber Tante!« protestierte Marie. »Ich bin doch keine Fremde. Du brauchst mich nicht zu bewirten.«

Cäcilia stützte sich mit beiden Ellbogen auf den Tisch. »Keiner soll sagen, ich wüßte nicht, was sich gehört«, murmelte sie. »Iß!« Ohne ein Zeichen der Freundlichkeit sah sie Marie zu, wie sie mit den zähen Speckschnitten kämpfte.

So war es schon immer gewesen, dachte Marie. Wenn Besuch kam, mußte er essen und trinken, während die Gastgeber ihn fast mißtrauisch dabei beobachteten. Erst danach gab es vielleicht ein gemeinsames Glas Schnaps für die Männer.

»Wie geht es ihr denn jetzt?« fragte Cäcilia.

»Du meinst, meiner Mutter? Unverändert.«

»Schmerzen?«

»Sie hat ein gutes Medikament.«

»Man soll dem Herrn nicht ins Handwerk pfuschen.«

»Seit wann bist du so gläubig, Tante?«

»Das war ich schon immer.« Und dann brach es plötzlich aus ihr hervor. Welches Unrecht es sei, daß Mira Zweisam im Sommer, als sie gemerkt habe, daß sie nur noch kurze Zeit zu leben habe, plötzlich einen Anwalt angeschleppt habe, der ihren Bruder, der immer nur gut zu ihr gewesen sei, beschuldigt habe, sie nach dem Tod ihrer Eltern um ihr Erbe gebracht zu haben. »Alles wurde plötzlich in Frage gestellt. Alle Papiere verlangte er, und deine Mutter – das hilflose, kranke Wesen! – erinnerte deinen Onkel sogar daran, daß er doch Bürgermeister werden wolle. Vor der Wahl würde es keinen guten Eindruck machen, wenn das Gerücht aufkäme, er habe die eigene Schwester über den Tisch gezogen.«

»Davon weiß ich nichts.«

Cäcilias Stimme wurde schrill. »So, davon weiß das Fräulein aus der Stadt nichts? Und warum hast du dich dann so lange nicht in dieses Haus getraut?« Sie schlug mit beiden Handflächen auf den Tisch, daß ihre Brüste, die wie schwere Schläuche auf dem Bauch lagen, zitterten. »Du bist ja jetzt fein dran. Der Winkeladvokat deiner Mutter hat immerhin erreicht, daß das Auszugshaus, in dem euch dein Onkel aus lauter Güte wohnen ließ, auf dich überschrieben wird. Dazu kommt noch der Kartoffelacker und das Wäldchen mit dem Bildstock.« Tränen des Zorns traten in ihre Augen. »Ein breiter Streifen Land wie ein Stachel mitten in unserem Besitz! Wenn wir bisher aus dem Fenster schauten, war da weit und breit nur unser Eigentum. Und jetzt? Jetzt sehen wir als erstes das, was ihr uns gestohlen habt! Glaub ja nicht, daß ich jemals wieder einen Fuß über eure Schwelle setzen werde, und wenn deine Mutter noch so erbärmlich nach mir jammern sollte in ihrem schlechten Gewissen! Der Teufel soll sie holen und dich auch!«

Marie war blaß geworden. »Wenn meine Mutter etwas verlangt hat, dann war es bestimmt ihr gutes Recht«, sagte sie nun mit zitternder Stimme. »Hätte sie kein Anrecht darauf, hättet ihr es ihr niemals gegeben.« Sie stieß das Brettchen von sich und sprang auf.

Cäcilia blieb am Tisch sitzen, die Unterarme breit aufgestützt, als wolle sie damit ihren Besitzanspruch bekunden. »Wenn sie jetzt stirbt, wird damit endlich die göttliche Ordnung wiederhergestellt«, murrte sie dumpf vor sich hin. »Sie hat uns in ihre Schande mit hineingezogen. Jetzt ist endlich Ruhe.«

»Wie kannst du so etwas sagen!« Marie war bleich vor Entsetzen.

»Und dein Onkel hat sie verteidigt!« fuhr Cäcilia fort. Nun, da der Bann gebrochen war, konnte sie sich nicht mehr beherrschen. »Er verteidigt sie immer noch. Dabei hat er jetzt diese wunderbaren Söhne, nach denen er sich zwanzig Jahre lang gesehnt hat! Es wäre seine Pflicht, seinen gesamten Besitz für sie zu erhalten. Für sie, nicht für dich! Was bist du denn? Ein Bastard! Ein Bankert! Da kannst du noch so gescheit daherreden und die Nase rümpfen. Für mich bist du nicht besser als das da!« Sie hob einen Fuß und wischte verächtlich mit der Hand über die Sohle ihrer Pantoffeln. »Oh, ich sehe dich noch im vorigen Jahr, als er dir alles hier anbot! Alles. Da hast du bescheiden zu Boden geblickt, dabei konntest du deine Habsucht und Genugtuung kaum verbergen. Und ich durfte in der Küche warten, bis alles besprochen war. Die wertlose Frau, die nicht einmal Kinder gebären kann. Ja, ja, ich weiß schon, wie ihr mich genannt habt, du und deine feine Mutter! Wie ihr euch ins Fäustchen gelacht und eure Witze über mich gerissen habt.« Wieder schlug sie auf den Tisch. Dann schwieg sie eine Weile, bis sie plötzlich zu Marie hochblickte, die sie, gelähmt vor Entsetzen, nur ungläubig anstarrte. »Mein Gott, wie mußt du mich hassen, daß ich diese Kinder geboren habe! Jetzt ist es aus mit dem Bäuerinspielen. In diesem Haus wirst du niemals das Sagen haben.«

Marie zögerte einen Augenblick. Nie zuvor hatte sie das Gefühl gehabt, daß jemand sie so sehr haßte. Sie wollte widersprechen, doch sie begriff, daß Cäcilia ihr kein Wort glauben würde. So verließ sie die Stube. Von oben hörte sie das Gebrüll der wunderbaren Söhne und die ängstlich-beschwichtigende Stimme des Kindermädchens.

Als Marie ins Freie trat und zum Haus ihrer Mutter hinüberging, das nun ihr gehören sollte, fing es an, sanft zu schneien. Der Schnee bedeckte den Weg, die Wiesen und die Felder. Er dämpfte die Geräusche der Welt und ließ Ruhe einkehren. Als Marie das Zimmer ihrer Mutter betrat und sie mit dem Abstand ihrer kurzen Abwesenheit betrachtete, begriff sie, daß dies das Ende war.

Sie ergaben sich in ihr Schicksal. Kein Hadern mehr, kein Sichaufbäumen gegen das Unabänderliche. Sanft und friedlich lag Mira Zweisam in ihrem Bett. Sanft und friedlich saß Marie daneben und hielt ihre Hand. Und sanft und friedlich stand der stumme Reitinger an der Tür. Was kommen mußte, würde kommen. Es war nicht mehr Aufgabe der Menschen, den Ablauf der Ereignisse zu bestimmen.

Einmal fragte Marie, ob man nicht den Pfarrer holen solle. Doch die Kranke winkte ab. Schon dreimal habe sie die Letzte Ölung empfangen. Seither habe sie nicht mehr besonders viel gesündigt, und der Pfarrer brauche schließlich auch seinen Schlaf. »Es genügt, wenn er morgen früh zu mir kommt. Die Sakramente gelten, solange man noch warm ist.«

Die meiste Zeit schwiegen sie. Einmal fragte Mira Zweisam, ob »das schöne Lied« wohl im Radio gesendet werde. Marie wußte nicht, welches sie meinte. Da sang Mira Zweisam so leise, daß es kaum zu hören war, die Worte, die ihr immer so nahegegangen waren, weil sie so zärtlich klangen und so einfach: »Schlaf, mein Liebling, träum von lauter Blüten! Schlaf, mein Liebling, Englein dich behüten ...«

»Soll ich das Radio aus der Küche holen, Mama?«

Doch Mira Zweisam hatte ihren Wunsch schon wieder vergessen. Sie schloß die Augen und dämmerte vor sich hin. Die Zeit verging. Das Leben verging. Nur die kleine Standuhr auf der Wäschekommode tickte. Sie ging fast eine Viertelstunde nach, weil Marie versäumt hatte, sie aufzuziehen.

Auch Marie fiel für kurze Zeit in Schlaf. Dabei träumte sie, die Schmerztabletten wären ausgegangen, und ihre Mutter schreie vor lauter Qual. Marie sah sich ohne Mantel durch den Schnee hetzen, der Weg in der Dunkelheit war kaum zu erkennen. Dennoch erreichte sie das Haus des Doktors. Mit beiden Fäusten hämmerte sie gegen die Tür und rief nach dem Arzt. Seine Frau öffnete ihr und sagte, er sei leider verreist. Erst in ein paar Tagen werde er zurückkommen. Tabletten? Nein, die dürfe sie nicht herausgeben. Schon gar nicht Morphium. »Das ist doch Gift, Fräulein! Gift!« Sie protestierte heftig und schrie um Hilfe, als Marie sie zur Seite stieß und ins Haus stürmte. Sie suchte nach dem Medizinschrank und fand ihn auch: ein riesiger Tresor, der in der Finsternis des Traumes glühte wie der Eingang zur Hölle. Maries Finger brannten, als sie die Tür aufzwang und nach dem rettenden Medikament griff. Doch die Arztfrau zerrte sie zurück und versuchte, ihr das Glas zu entreißen. Als sie miteinander rangen, fiel es zu Boden und zersprang. Die Tabletten rollten durch das ganze Zimmer, während fremde Männer der Arztfrau zu Hilfe kamen und Marie daran hinderten, aufzusammeln, wofür sie ihr Leben gegeben hätte.

Mit einem Aufschrei erwachte Marie. Ihre Mutter lag wie zuvor ruhig auf dem Bett, doch der Reitinger war verschwunden. Von draußen her hörte man Lärm. Marie lief zum Fenster und sah, wie der Stumme einen Gegenstand aus dem Schuppen zerrte. Erst als er die Kastanienbäume erreicht hatte, erkannte Marie, daß es Mira Zweisams kleine Bank war, von der sie in den letzten Tagen immer wieder erzählt hatte. Die Bank von Ferdinand und Miranda, die so lange unter dem Gerümpel versteckt gewesen war.

»Was macht er denn da unten?« fragte Mira Zweisam. Ihr Blick war klar und ihre Stimme ganz ruhig.

»Er stellt deine Bank auf, Mama. Unter den Kastanien, wo sie früher immer stand.«

Da nickte Mira Zweisam. »Das ist gut!« murmelte sie und schloß zufrieden die Augen. »Da gehört sie hin.«

»Möchtest du sie sehen, Mama?«

Doch Mira Zweisam antwortete nicht. Nicht mehr.

5

Wie ein riesiger schwarzer Wurm wälzte sich der Leichenzug von der Kirche hinüber zum Friedhof, vorbei am Pfarrhof, am Kriegerdenkmal und an der Schule. Überall Schnee. Eine weiße, sonnenlose Welt unter dem bleischweren Himmel, zu dem die Atemfahnen der Trauergäste stoßweise emporstiegen. Alle waren in stumpfes Schwarz gekleidet. Nur ihre durchfrorenen Gesichter zeigten Farbe, ebenso wie die blauen Uniformen der Blasmusikkapelle und das glänzende Messinggelb ihrer Instrumente. In feierlichem Gleichschritt marschierten die Musikanten hinter dem Sargwagen her, wobei sie verstohlen ihre Finger aneinanderrieben, um ihnen trotz der Kälte die Beweglichkeit zu erhalten für den letzten Zapfenstreich am offenen Grab.

Alle waren gekommen: die Leute aus dem Dorf und die Bauern aus der Umgebung. Ganz vorne, hinter den engsten Verwandten und dem Pfarrer, ging auch der Lehrer mit einigen Schulkindern. An seiner Seite eine geradschultrige, junge Frau, die mit strengen Blicken und Gesten dafür sorgte, daß die Schüler in Reih und Glied blieben und nicht in unpassende Heiterkeit verfielen.

»Eine schöne Leich«, würde man später in Erinnerung an das Begräbnis der reichen Bauerntochter berichten, die ihr Leben verpfuscht hatte, aber immer noch ein Teil der Gemeinschaft geblieben war, auch wenn man sie zu Lebzeiten an den Rand gedrängt hatte. Nun, auf ihrem letzten Weg, zählten die Verfehlungen der Lebenden nicht mehr. Jetzt ging es nur noch um die Herkunft; die Familie, die hier ansässig war, seit es eine Chronik gab, wahrscheinlich sogar noch viel länger. Der Name Zweisam zählte. Der Hof der Eltern, so viele Male vom Blitz getroffen und abgebrannt und doch immer wieder aufgebaut. Es zählte auch der Bruder, den man demnächst zum Bürgermeister wählen würde, und seine Frau, deren steiniger Weg zur Mutterschaft allen bekannt war und nicht nur Mitgefühl weckte. Gemeinsam lebte man, und wenn man zu Grabe getragen wurde, war man nicht allein. Im Tod war Mira Zweisam nicht mehr das heimliche Liebchen eines Studenten, sondern eine Tochter ihrer Heimat, aus ihrer Erde geboren und zu ihr zurückkehrend.

Auch wenn es noch so schwerfiel, sollte von jetzt an nur noch Gutes über die Verstorbene gesprochen werden. »*De mortuis nil nisi bene!*« – wie der Pfarrer am Grabe sagte und dabei auf den Doktor und den Lehrer blickte, weil sie die einzigen waren, die ihn verstehen konnten. Dann reichte er der Tochter der Toten die kleine Schaufel, mit der sie als erste Erde auf den Sarg ihrer Mutter werfen sollte. Doch die Erde war festgefroren. So kratzte Marie mit bloßen Fingern ein paar Steinchen aus der Kiste mit der Graberde und ließ sie sanft auf den kostbaren Eichensarg fallen, den ihr Onkel bestellt und bezahlt hatte, weil er wußte, daß beim nachfolgenden Leichenschmaus im Gasthaus auch dies ein Gesprächsthema sein würde.

Danach verteilte der Mesner mit rotgefrorenen Fingern die Totenbildchen an die Trauergäste. »Gelobt sei Jesus Christus«, murmelte er bei jedem einzelnen, und sie antworteten, wie es sich gehörte: »In Ewigkeit Amen.« Dabei prüften sie bereits die Qualität des Bildchens, das nach dem Trauertag nicht weggeworfen, sondern in einer eigens dafür vorgesehenen Schachtel aufbewahrt wurde, zusammen mit den Dutzenden anderer Bildchen, die an die Toten der vergangenen Jahre erinnerten. Wer viele solcher Bilder besaß, konnte damit rechnen, daß es bald auch von ihm eines geben würde.

Beeindruckt stellte man fest, daß der künftige Bürgermeister für seine Schwester sogar ein doppelseitiges Totenbild bestellt hatte, mit einer segnenden Gottesmutter auf der Vorderseite und innen einem Foto der Verstorbenen aus ihrer Jugend: ein lachendes blondes Mädchen, in dessen Locken sich die Sonne verfing. Darunter der Name und die Lebensdaten. Auf der Rückseite ein Spruch, der auch auf dem gemeinsamen Totenbild ihrer Eltern gestanden hatte: »So, wie ein Blatt vom Baume fällt, so geht der Mensch aus dieser Welt.«

Mira Zweisam hätte es gefallen, dachte Marie, daß sie zuletzt doch noch mit einem so schönen Bild geehrt wurde und daß alle, die sie gekannt hatten, zu ihrer Beerdigung gekommen waren. Fast alle.

Der Griff nach dem Glück

Es kam Marie vor, als wäre sie aus der Welt
herausgefallen. Draußen lag immer noch, wie
schon seit Wochen, tiefer Schnee. Wenn Marie
aus dem Fenster blickte, schien sich nichts ve-
ränderrt zu haben. Ein kaltes, unbewegliches
Schweigen. Marie fror ständig, obwohl der
stumme Reitinger den Ofen in der Küche heizte, bis er glühte, und ihr süßen Tee und manchmal sogar Schnaps brachte. Marie trank gehorsam und rang sich ein Lächeln ab, um ihm eine
Freude zu bereiten. Dann lächelte er ebenfalls,
und aus seiner Kehle drang jenes seltsam sum-
mende Geräusch, mit dem er Mira Zweisam
besänftigt hatte.

In der Nacht, wenn Marie im Bett lag und
nicht einschlafen konnte, lauschte sie den Geräuschen des Hauses: dem Ächzen der Dach-
sparren, dem unerklärlichen, leisen Poltern
draußen in der Scheune und dem Knarren der
Holzstufen. Als sie noch ein Kind gewesen war,
hatte ihr die Mutter erklärt, daß sich im Laufe
des Tages in den Stufen die Schritte sammelten

und sich nachts in umgekehrter Reihenfolge wiederholten und auflösten. Mancher glaube dann wohl, dies seien die Gespenster der Verstorbenen, doch in Wahrheit sei es nur das Echo vom Leben des vergangenen Tages. »Das Haus verliert nichts, und das Haus vergißt nichts«, sagte Mira Zweisam versonnen. »Wir sind in ihm drin, selbst wenn wir es längst verlassen haben. Und umgekehrt ist es genauso.«

Manchmal glaubte Marie ein Geräusch zu vernehmen, das ihr vertraut war und das sie bisher ihrer Mutter zugeschrieben hatte. Dann sprang sie auf und rannte hinüber in Mira Zweisams Schlafzimmer. Doch das Bett war leer. Erst nach langem Warten voller Herzklopfen und Unruhe wiederholte sich der trügerische Ton. Es war aber nicht das Knarren des Bettes, wie Marie immer gemeint hatte, sondern nur das Holz der Kommode, das sich in der Kälte des ungeheizten Zimmers zusammenzog.

Alles erinnerte an die Mutter. Einmal setzte sich Marie auf die kleine Bank unter den Kastanien und wartete auf die Erinnerung an das junge Paar, das sich hier getroffen hatte. Sie glaubte jedes Wort zu vernehmen, mit dem ihre Mutter von ihrer Liebe gesprochen hatte. Fast schien es, als wäre Marie selbst es gewesen, die hier saß und dem Liebsten zuhörte.

Die Zeit verging. Marie fror nicht mehr. Ihr Körper hatte sich an die Kälte gewöhnt. Fast angenehm schien es ihr, so starr zu sein, Teil der frostigen Natur. Sie schloß die Augen und umfing sich selbst mit den Armen. Erst als jemand sie hochriß und anschrie, wachte sie wieder auf. Es war der Stumme, der sie mit bellenden Geräuschen schalt und ins Haus schleppte. Als sie sich wieder aufgewärmt hatte, dachte sie, daß es viele Augenblicke in ihrem Leben gegeben hatte, in denen sie glücklich gewesen war. Sie sah sich mit ihrer Mutter hinter dem Haus ihre eigene Version von Tennis spielen, hörte Mira Zweisams Lachen und auch das eigene und konnte sich auf einmal wieder vorstellen, wie es im Frühling sein würde. Jedes Jahr im Frühling. Immer wieder.

»Danke, daß du mich hereingeholt hast!« sagte sie zu Reitinger. Da nickte er, errötete erfreut und summte ganz leise.

Jeden Morgen ging sie als erstes mit Reitinger auf den Friedhof. Mit bloßen Händen säuberte sie das provisorische Holzkreuz vom Schnee und zündete eine kleine Kerze an, die schon in wenigen Stunden abgebrannt sein würde. Dann betete sie stumm, während Reitinger hinter ihr wartete, die Mütze unter den Arm geklemmt und die Hände wie ein Kind mit ungekrümmten Fingern gefaltet. Das »Dach vom Hause Gottes« hatte der Lehrer die so aufeinandergestützten Hände genannt und darauf bestanden, daß die Kinder beim Schulgebet die Fingerkuppen gewissenhaft aneinanderlegten und die Daumen in Kreuzform verschränkten. Noch heute fühlte sich Marie beim Blick auf die in dieser Weise gefalteten Hände getröstet, als hätte sie damit ihre eigene kleine Kirche bei sich. Es war ein Moment der Sammlung, in dem sie sich geborgen fühlte, obwohl sie während der Jahre bei den Horbachs kaum noch zur Kirche gegangen war.

Schon auf dem Weg zum Friedhof überlegte sie, was sie in dem stummen Gespräch zu ihrer Mutter sagen wollte. Dabei erschrak sie immer wieder bei der Vorstellung, daß Mira Zweisam ganz allein da unten in der eiskalten Erde lag, die so hart gefroren war, daß sich der Totengräber beim Ausheben blutige Hände geholt hatte.

Auch zu Hause suchte Marie die Erinnerung an die Tote. Sie öffnete Schränke und Schubladen und nahm jeden einzelnen Gegenstand in die Hand. Dabei stieß sie auch auf ihr eigenes Poesiealbum aus der Schulzeit. Die erste Eintragung stammte von ihrer Mutter: »Lerne erringen, lerne ertragen; lerne erdulden und entsagen; lerne vergessen und vergeben, und du hast gelernt zu leben.« Auch der Onkel hatte ihr einen Spruch mitgegeben und zugleich auch für seine Frau unterschrieben: »Zwingt dich das harte Wort: ›Ich muß!‹, denk an das stolze Wort: ›Ich will!‹« Als Rat des Lehrers folgten die Worte: »Ein jeder hat ein Bild des, was er werden soll. Solang er das nicht ist, ist nicht sein Wille voll.«

Marie las eine Seite nach der anderen. Auf der letzten fand sich neben einem bunten Klebebildchen von Dürers trotzigen kleinen Engeln der Spruch eines Mitschülers, der den Weg durch Hunderte Schüleralben nicht unbeschadet überstanden hatte: »Elend sei der Mensch, hilfreich und gut!«

Manchmal weinte sie, jedoch niemals am Grab der Mutter und nicht einmal, wenn sie deren unbedeutende Besitztümer in den Händen wog und nach einer Weile wieder auf ihren gewohnten Platz zurücklegte. Auch in Gegenwart anderer kamen ihr keine Tränen, selbst wenn jene ihr heftig die Hände schüttelten und ein Mitgefühl bekundeten, mit dem Mira Zweisam niemals gerechnet hätte.

Eines Nachmittags, als die Luft stillzustehen schien, kurz bevor sich die weißen Wolken in ein undurchdringliches Schneegestöber auflösen würden, näherten sich dem Haus knirschende Schritte. Jemand flüsterte an der Tür und unterdrückte ein nervöses Kichern. Ein Stampfen, um die hohen Schuhe vom Schnee zu befreien. Dann ein Klopfen an der Tür, die sogleich energisch geöffnet wurde.

Marie trat ins Vorhaus. Auch der Reitinger war sofort zur Stelle und griff beunruhigt nach dem Schürhaken.

»Wir sind es bloß!« Im Halbdunkel erkannte Marie drei Frauen. Nachbarinnen, die mit Mira Zweisam die Schule besucht hatten. Damals waren sie Freundinnen gewesen, doch Miras Alleingang hatte die Freundschaft gesprengt. Es ging nicht an, daß sich anständige Mädchen mit einer abgaben, die etwas erlebt hatte, von dem sie selbst höchstens zu flüstern wagten. Nur wenig wußten sie damals von dem, was sich zwischen einem Mann und einer Frau abspielen konnte. Flüsternd tauschten sie ihre Geheimnisse aus, gestanden die Veränderungen des eigenen Körpers und staunten, wenn eine von einer besonderen Art, einander zu küssen, gehört hatte und dies nun berichtete, oder wenn die andere ein Pärchen beobachtet hatte, das sich in die Scheune zurückzog und dort auf eine so ungenierte Weise miteinander umging, daß es in der kleinen Spionin Schauer des Ekels, der Angst und einer befremdlichen Lust auslöste. Die Vorstellung, daß sich die Freundin ebenso verhalten haben könnte wie die Belauschte, stieß die Mädchen ab und erweckte zugleich ein uneingestandenes Gefühl von Neid, gemischt mit feindseliger Verachtung. Wie eine Aussätzige behandelten sie Mira damals. Auch später noch gingen sie ihr aus dem Weg. Ein knapper Gruß höchstens, aber beileibe kein Gespräch. Was hätte man auch sagen sollen?

»Wir wollten dir unser Beileid ausdrücken«, sagte die kleinste und rundlichste der drei. Kräftig gebaut waren sie alle. Mochte das Essen auch einfach sein, genug gab es auf dem Land trotz der schlechten Zeiten allemal: zum Frühstück Milchkaffee mit viel eingebrocktem Brot. Am Vormittag Schmalzbrote und Most. Mittags dann eine dicke Suppe, die aus einer einzigen großen Schüssel gelöffelt wurde, die in der Mitte des Tisches stand. Wer sich nicht beeilte, kam zu kurz. »Wie beim Essen, so bei der Arbeit!« hieß es, und niemand wollte sich nachsagen lassen, er sei faul. Auch das Hauptgericht – manchmal Fleisch mit Kraut und Bratkartoffeln – wurde auf einem mächtigen Holzbrett aufgetragen und war in Windeseile verzehrt. Danach leckte man das Besteck sorgfältig ab, polierte es am Ärmel und legte es zurück in die Schublade unter der Tischplatte. Am Nachmittag folgte eine Speckjause. Nur am Sonntag gab es statt dessen Malzkaffee mit

Kuchen. Abends dann wieder Speck und Brot oder eine Milchsuppe. Selten wagte man sich an Gemüse. »Bin ich ein Hase?« pflegte der Onkel abzuwinken und biß höchstens in einen saftigen Apfel oder in eine der herbsüßen, lederschaligen Birnen vom Straßenrand.

Die drei Frauen zogen ihre Schuhe aus und legten Mäntel, Kopftücher und Fäustlinge auf die Vorhausbank. Marie führte sie in die Stube und brachte Tee. Dann hörte sie den dreien zu, die mit vielen Worten ihre Verlegenheit überspielten. Sie erzählten aus der Schulzeit. Welch gute Noten die liebe Mira immer gehabt habe. Wie geschickt sie im Turnen gewesen sei. Handstand, Kopfstand – kein Problem für sie. Nicht einmal die Burschen hätten so gut Radschlagen können wie sie. »Von einem Ende des Turnplatzes zum anderen und ohne jede Pause!« Und so lustig sei sie gewesen! Auch gesungen habe man viel und gern, manchmal sogar mehrstimmig. Mira habe meistens die zweite Stimme übernommen. Das habe sie einfach gekonnt, ohne es je gelernt zu haben. »Eine schöne Zeit!« seufzten die drei und verweigerten ihren Gedanken, zu jenem Zeitpunkt zu schweifen, als die Bellagos fluchtartig das Jagdhaus verließen und der Onkel Mira verbot, während der nächsten Monate vor die Tür zu gehen.

»Jetzt ist ja alles irgendwie wieder in Ordnung«, sagten die drei, die Marie vorkamen, als wären sie eine einzige Person, denn alle drei wollten und fühlten das gleiche und hatten Mira Zweisam einst in gleicher Weise fallenlassen. »Eine gute Freundin, das war sie immer.« Sie weinten ein wenig und zerdrückten dabei fast Maries widerstrebende Hand.

Marie weinte nicht. Sie ließ sie reden und danach wieder gehen wie die Fremdesten der Fremden. Erst als sich die Schritte entfernten und der Schnee langsam und dann immer schneller und dichter zu fallen begann, legte Marie die Stirn auf den Tisch und weinte nun doch, während der Stumme die Tassen in die Küche räumte. Sie weinte wie in den vielen Stunden vor dem Morgengrauen, wenn sie plötzlich aus dem Schlaf aufschreckte und meinte, im Nebenzimmer die Mutter gehört zu haben. Doch es war still und blieb still. Nur Marie war zu vernehmen, die leise schluchzte vor Trauer um die Mutter und weil sie nicht wußte, wie es weitergehen sollte.

2

Einmal ging der Lehrer vorbei. Marie sah ihn vom Stubenfenster aus und meinte, er wolle sie besuchen. Als sie vors Haus trat, merkte sie, daß er erschrak. »Ich dachte, Sie wollten zu mir«, entschuldigte sie sich leise. »Grüß Gott, Herr Lehrer.«

Er errötete. »Eigentlich nicht«, murmelte er verlegen. »Ich brauchte nur ein wenig frische Luft. Da bin ich zufällig vorbeigekommen.«

Sie lud ihn nicht ins Haus. Fröstelnd stand sie da. »Ich habe gehört, man darf gratulieren«, sagte sie nach einer unbehaglichen Weile. »Eine schöne Frau. Ich habe sie beim Begräbnis gesehen.«

Der Lehrer nickte unfroh. »Ja«, murmelte er. »Ich habe Glück gehabt. Eine entfernte Cousine. Ich kannte sie zwar nicht, aber als ich im Sommer meine Mutter besuchte, war sie zufällig auch da.« Er gab sich einen Ruck. »Wir passen vorzüglich zusammen!« versicherte er trotzig.

Marie lächelte höflich. »Da bin ich sicher«, stimmte sie zu und rieb die frierenden Hände aneinander. »Und sie mag bestimmt die Kekse Ihrer Mutter.«

Da lachte er und sah plötzlich aus wie früher.

Marie lachte ebenfalls. »Sie waren wirklich nicht schlecht!« versicherte sie. »Besonders der Zucker …« Einen Augenblick lang kehrte die alte Zeit zurück. Die Stunden in der Schule, als sie bewundernd zu ihm aufgeblickt und jeden seiner Scherze als Ausdruck höchsten Charmes angesehen hatte. Marie Zweisam, seine beste Schülerin, die Begabteste, die er je unterrichtet hatte. Eine kühne kleine Hoffnung auf die Zukunft, in der die heimlichen Gefühle vielleicht Leben gewannen. Zärtlichkeiten, die plötzlich erlaubt wären. Gemeinsamkeiten, die sich bündelten und vor der Welt besiegelt werden konnten. Auch wenn sie es niemals aussprachen, meinten damals beide, es hätte schön sein können …

Doch nun war es nur noch kalt, zu kalt, um noch länger draußen herumzustehen. Ins Haus hinein aber hätte sich der Lehrer nicht gewagt. Immerhin lebte Marie allein hier. Der Stumme zählte nicht. Und sie war die Tochter ihrer Mutter. Früher hätte man das Haus vielleicht ausgeräuchert, um die Gespenster der Vergangenheit auszutreiben, dachte er. Aber heutzutage gab es diese einfachen Mittel nicht mehr. Der Ruf eines Menschen haftete an ihm sein Leben lang und darüber hinaus. Außerdem würde er bei aller heimlichen Sehnsucht nie den Augenblick der Demütigung vergessen, als er Marie sein Herz zu Füßen legte und sie einfach aus dem Klassenzimmer ging, ohne etwas zu sagen oder sich noch einmal umzudrehen. Die Cousine, so tröstete er sich, hätte sich bei all ihrer Schroffheit dergleichen nie erlaubt. Sie mochte unnachsichtig und barsch sein, aber man konnte sich auf sie verlassen, und sie war klug genug, einzusehen, daß sie ihn brauchte wie er sie. Zwei Einsame, die sich gegenseitig erlösten oder es zumindest versuchten.

Der Zauber war verflogen. »Dann gehe ich wohl wieder«, murmelte er und reichte Marie die Hand.

»Alles Gute, Herr Lehrer!« sagte Marie leise und ging ins Haus, auch diesmal wieder, ohne sich nach ihm umzudrehen, der ihr nachsah, bis die Tür hinter ihr zugefallen war. Erst dann machte er sich wieder auf den Weg und nannte sich selbst einen verdammten Versager, der zu feige und zu träge gewesen war, nach dem Glück zu haschen.

In der Stube schaltete Marie das Radio ein und setzte sich an den Tisch. Es kam ihr vor, als hätte man sie auf einer verlassenen Insel ausgesetzt. Nie wieder würde ein menschliches Wesen auftauchen, um sie in die Gemeinschaft der anderen zurückzuholen.

Im Radio verlas eine harte männliche Stimme die neuesten Meldungen aus dem Lande und aus der Welt. Fremde Nachrichten, deren Zusammenhang Marie nicht mehr erfaßte. Unbekannte Namen, Vorfälle, die sie nicht einordnen konnte. Marie dachte an die vielen Stunden mit dem alten Herrn im dämmrigen Bücherzimmer, wo sie zuletzt gemeint hatte, das Wechselspiel der Ereignisse zu begreifen. Doch ein paar einsame Monate hatten genügt, sie der Welt zu entfremden, als wäre nicht nur ihre Mutter auf den Tod erkrankt gewesen, sondern auch sie selbst. Jetzt verstand sie nichts mehr, und es gab außer dem stummen Reitinger niemanden, der sich um sie gekümmert hätte. Eigentlich, dachte sie, bin ich genauso tot wie meine Mutter. Nicht einmal weinen konnte sie mehr. Sie strich mit der einen Hand über den Rücken der anderen und wunderte sich, daß sie noch lebte.

So fern, wie aus einem anderen Universum, schienen nun die Gespräche mit dem alten Herrn, der ihr erklärte, was ihn beschäftigte, und keine Antwort darauf erwartete. Im Grunde waren es immer nur Selbstgespräche gewesen, aber doch auch ein geistiger Anstoß für das junge Mädchen, das sich danach sehnte, zu verstehen. Keine anerzogene Sehnsucht, sondern ein Bedürfnis, das ihrem tiefsten Innern entsprang. Angeboren. *Ein jeder hat ein Bild des, was er werden soll. Solang er das nicht ist, ist nicht sein Wille voll.*

Plötzlich fiel ihr der Zeitungsausschnitt ein, den ihr der alte Herr mitgegeben hatte. »Die Starken fressen die Schwachen«, hatte er dazu bemerkt, doch worum es in dem Artikel gegangen war, daran erinnerte Marie sich nicht mehr. *O ihr unverständigen Galater, wer hat euch bezaubert?*

Hier, in dem kleinen Haus auf der Hochebene, war eine Frau gestorben. Die Klage über ihren frühen Tod erfüllte noch die verwohnten Räume. Das Getöse der Welt da draußen aber drang nicht bis hierher. Das Geräusch marschierender Stiefel in den Straßen des Nachbarlandes. Alles noch jenseits der Grenze und dennoch bedrohlich nah. Schreie in den Verhörkellern. Das Hohngelächter derer, die sich für besser hielten. Leises Weinen auf den Bahnsteigen, wenn Junge von Alten Abschied nahmen, um im Ausland Schutz und die Aussicht auf ein gedeihliches Leben zu suchen. Die Alten blieben zurück, weil sie meinten, man würde ihnen schon nichts tun. Vielleicht aber waren sie auch schon zu müde, um gegen das anzukämpfen, was vom Schicksal bestimmt schien. Ein Regime plante, die Welt zu erobern: Aus den Nachrichtenfetzen im Radio, die Marie kaum beachtet hatte, hatte sie dieses eine entnommen und gleich wieder vergessen, weil sie nun in einer Wirklichkeit lebte, die viel kleiner war und in der sich keiner für die Begierden der Mächtigen und der Machthungrigen interessierte. Leben wollte man. Gesund sein wollte man. Und vor allem nicht einsam sein wollte man.

Doch Marie war nun einsam. Sie hatte alles verloren. Alles.

In diesem Augenblick näherte sich dem Haus ein ungewohntes Geräusch. Erst weit entfernt und ganz leise, daß man meinen konnte, sich getäuscht zu haben. Dann aber zunehmend immer lauter, bis es sich mit einem durchdringenden Knattern vor dem Haus selbst abwürgte. Marie hob den Kopf und schaute aus dem Fenster. Doch das dichte Gespinst der Eisblumen verwehrte ihr den Blick. Trotzdem glaubte sie plötzlich zu wissen, wer da draußen gekommen war, und sie erschrak bei der Vorstellung, sie könnte sich täuschen.

Sie sprang auf und rannte hinaus. Draußen beugte sich ein in schwarzes Leder gekleideter Mann über sein Motorrad. Obwohl ihn die Dunkelheit schon halb verhüllte, war Marie sicher, daß es Janus war.

Langsam richtete er sich auf. In einer Mischung von Verlegenheit und Höflichkeit zog er sich die enge Lederkappe vom Kopf und drehte sie zwischen seinen Händen. Er sah Marie im Türrahmen stehen, hinter sich das schwache Licht der Vorhausbeleuchtung, das von ihr selbst auszugehen schien. So schmal war sie geworden! Ihre Haare umgaben ihren Kopf wie ein heller Kranz. Janus glaubte, noch nie etwas gesehen zu haben, das ihm schöner und begehrenswerter vorkam. Mit einem leisen Aufschrei ließ er die Kappe in den Schnee fallen und breitete die Arme aus: der einzige Mensch auf der Welt, dachte Marie in diesem Augenblick, der sie wahrnahm und vielleicht sogar liebte. Es gab keinen Einwand dagegen, auf diese einladenden Arme zuzulaufen und sich von ihnen festhalten zu lassen, warm und tröstend. Eine Geborgenheit, die Marie schon unerreichbar erschienen war.

»Mädchen!« seufzte er und vergrub sein Gesicht in ihrem Haar. »Was hast du dir dabei gedacht, einfach so zu verschwinden? Weißt du denn nicht, daß ich dich brauche?«

Da hob sie ihren Kopf und lächelte ihn an. In diesem einen kurzen Moment schien er die Rettung zu bringen vor allem, was sie fürchtete. Sie war nicht mehr allein auf der Welt. »Ich glaube«, sagte sie leise, »ich brauche dich auch.«

3

Man saß in der geräumigen Stube des Onkels rund um den schweren Eichentisch – ein Tribunal der Mißtrauischen, die zusammengetroffen waren, um gemeinsam das zu schaffen, was für das gedeihliche Zusammenleben der Menschen zu jeder Zeit unerläßlich war: Ordnung. Wenn jeder einzelne den Platz einnahm, der ihm zustand, gab es keinen Unfrieden. Man brauchte einander nicht zu achten, nicht zu lieben oder auch nur zu mögen. Es genügte, wenn man sich einigte und das Gleichgewicht nicht gestört wurde.

Unter dem Herrgottswinkel unbequem aneinandergedrängt, saßen die beiden, um die es ging: Marie und Janus. Drei Wochen erst waren vergangen, seit sie einander wiedergesehen hatten. Drei Wochen, in denen der junge Mann von einer Tatkraft angetrieben wurde, die seine Mutter bisher an ihm vermißt hatte. Von dem Tag an, wo ihn bei der Heimfahrt vom Geschäft wie ein Keulenschlag der Gedanke getroffen hatte, daß er nicht ohne Marie weiterleben wollte, war er wie besessen gewesen. Obwohl das Notariat Horbach eigentlich schon geschlossen hatte, beschaffte er sich von den eingeschüchterten Schreibkräften Maries Adresse, bestieg danach unverzüglich sein Motorrad, raste in halsbrecherischem Tempo von Linz nach Wels und fragte sich dann durch bis zu Mira Zweisams kleinem Haus. Was seine Eltern von diesen Aktivitäten halten würden, interessierte ihn nicht. Er wollte nur noch eines: das Mädchen wiedersehen, das sich ihm entzogen hatte.

Als Marie vor ihm stand, erfüllten ihn eine Kraft und Überzeugung, die er bis dahin niemals empfunden hatte. Zum ersten Mal im Leben wußte er wirklich, was er wollte. Er war sicher, daß er sie liebte: aufrichtig und bedingungslos, wie er es bislang nicht für möglich gehalten hatte. Als er Marie dann im Arm hielt und ihre ungewohnte Nachgiebigkeit spürte, fragte er sie, noch bevor sie das Haus betreten hatten, ob sie ihn heiraten wolle. Marie, die verletzlich geworden war und nach einem Ausweg suchte, sagte ja.

Nun, gerade zwanzig Tage später, ging es darum, wie der Onkel es ausdrückte, das Heu in die Scheune zu schaffen. Das unerwartete Auftauchen eines Bewerbers erschien ihm wie ein Geschenk Gottes. »Ein zweites Mal hätte ich eine Geschichte wie damals mit Mira nicht ertragen!« seufzte er am Vorabend der Besprechung erleichtert in der ehelichen Schlafkammer, während Cäcilia im Dunkeln mißmutig zur Zimmerdecke starrte und murrte, sie sei es leid, sich dauernd »mit denen da drüben« befassen zu müssen. »Erst dieses anstrengende Begräbnis und jetzt schon wieder Unruhe! Ich habe vor kurzem Zwillinge geboren, hast du das vergessen?« Worauf sich der Onkel ergeben zur Seite drehte und in seine Federkissen murmelte: »Wie könnte ich denn?« – was ihn die Nachtruhe kostete, denn Cäcilia legte Wert darauf, daß ihre Leistung als Mutter selbst zur Schlafenszeit gewürdigt wurde.

Nun war man also zusammengetroffen, um das Vorhandene gerecht zu verteilen. Janus' spontaner Heiratsantrag, der ihm allerdings schon während der langen Motorradfahrt auf der Zunge gelegen hatte, entsprach – militärisch betrachtet, wie es in letzter Zeit schon wieder recht üblich wurde – einer Entscheidungsschlacht, der nun eine Einigung zu folgen hatte, mit der beide Seiten leben konnten.

Marie und Janus beschäftigten sich nicht mit solchen Gedanken, wohl aber seine Eltern und Maries Onkel. Beide Parteien erwogen mit zusammengekniffenen Lippen eigene Vorzüge und die Nachteile der Gegenseite und erhoben sie zum Argument. Die Wahrheit spielte dabei keine Rolle. Schon bevor Janus' Eltern angekommen waren, legte der Onkel dem Brautpaar nahe, auf Maries Herkunft nicht näher einzugehen: »Deine Großeltern sind an der Grippe gestorben, und dein Vater ist von der Front nicht heimgekehrt. Natürlich waren deine Eltern verheiratet ... Halt bloß den Mund! Keiner zahlt dir etwas für die Wahrheit. Wenn wir uns mit dem Pfarrer absprechen« – er rieb die Fingerspitzen in der Bewegung des Geldzählens aneinander – »und bei der Unterschrift nach der Trauung vorsichtig sind, merkt keiner etwas.«

Auch die Zeit bei den Horbachs sollte unerwähnt bleiben. Emmi Janus war eine klassenbewußte Frau. Es hätte sie stören können, ein ehemaliges Dienstmädchen als Schwiegertochter aufzunehmen. »Und wenn mich in Linz jemand erkennt?« Janus schüttelte den Kopf. »Bis dahin sind wir verheiratet. Dann können wir immer noch entscheiden, was zu tun ist.«

So entstand ein neuer Lebenslauf: der eines frischen, unbedarften Landmädchens, Tochter einer tapferen Kriegerwitwe, das nach der Schule behütet und ohne Probleme auf dem Hof des Onkels aufgewachsen war. Den jungen Mann aus Linz hatte es bei einem seiner Motorradausflüge kennengelernt, als er in der gleichen Gaststätte einkehrte, wo Marie mit Onkel und Tante zu Mittag aß. Daß man diese Gaststätte weder mit den Eltern von Janus besuchen noch die beiden mit der Dorfbevölkerung in Kontakt bringen durfte, stand außer Zweifel. Dabei schien es nicht einmal ungewöhnlich zu sein, daß alles im kleinsten Kreis stattfinden sollte, denn immerhin war die Mutter der Braut erst vor kurzem verstorben und das Trauerjahr noch lange nicht zu Ende. Auch Emmi Janus würde mit dieser Regelung einverstanden sein. Wer sie kannte, bezweifelte nicht, daß sie keine

Lust hatte, für eine aufwendige Hochzeitsfeier Geld aus dem Fenster zu werfen.

Marie weigerte sich zuerst, auf die Weisungen des Onkels einzugehen, der auf seine Lebenserfahrung hinwies und betonte, wie wichtig es sei, unnötigen Komplikationen von Anfang an aus dem Weg zu gehen. So gab Marie schließlich nach, zumal sich herausstellte, daß ein noch viel schwerwiegenderes Problem zu bewältigen war: Janus' Eltern waren evangelisch. Eine Schwiegertochter aus einem kreuzkatholischen Elternhaus, die sich als Vertreterin einer Minderheit ansah und ihre Eigenständigkeit bewahren wollte, bedeutete einen Fremdkörper in der Familie.

»Wir müssen unbedingt evangelisch heiraten«, bestimmte Janus. »Am besten wäre es, wenn du übertreten würdest. Als Katholikin bist du verpflichtet, deine Kinder katholisch zu erziehen. Damit wäre meine Mutter niemals einverstanden.«

Man diskutierte lange. Dabei wurde Marie klar, daß es ihrem Onkel nur darauf ankam, sie verheiratet zu wissen. Er, der sich sonst gern als Verteidiger des wahren Glaubens aufspielte, schwärmte plötzlich von Toleranz und Liebe, die alle Grenzen überwinde. Die Frau habe dem Manne zu folgen. Überallhin. Marie zog die Brauen hoch: »Sogar zu den Ketzern,

Onkel?« Da sah er sie auf eine Weise an, daß sie plötzlich das Gefühl überkam, er hasse sie und sie wäre für ihn nur eine Last.

Man saß zu sechst in der Stube, wobei die Tante ständig nach oben horchte, wo die wunderbaren Söhne mit ihren gesunden Stimmen die Fenster zum Klirren brachten. Das Gespräch spielte sich in der Hauptsache zwischen dem Onkel und Emmi Janus ab, während Vater Janus ständig seinen Kopf mit dem watteweißen Haar hin und her drehte und die Anwesenden auffällig musterte. Erst später erfuhr Marie, daß sich ihr zukünftiger Schwiegervater als Steckenpferd dem Studium der Physiognomie widmete. Vor allem glaubte er, den Charakter eines Menschen nach Größe und Form seiner Ohren beurteilen zu können. Seine Frau hielt diesen Zeitvertreib für Schwachsinn, aber solange er täglich in der Backstube gewissenhaft seinen Teig knetete und im übrigen ihr das Regiment überließ, war sie es zufrieden. Sie wußte nicht, daß er im Laufe seiner Studien zu dem Schluß gekommen war, daß eine Frau mit ihren Ohren für ihn als Gattin ungeeignet war.
Mit angeborenem Verhandlungsgeschick fand Emmi Janus nicht nur heraus, daß Marie das Auszugshaus und einige umliegende Grundstücke geerbt hatte, sondern auch, daß

der Onkel von schlechtem Gewissen geplagt wurde. »Wie ist das?« bohrte sie in der Wunde. »Verstehe ich Sie recht? Sie haben diesen ganzen riesigen Besitz geerbt und ihre leibliche Schwester nur dieses mickrige Häuschen und einen Kartoffelacker?«

»Mein Mann ist der Haupterbe!« mischte sich Cäcilia nun doch mit schriller Stimme ein. »So ist es der Brauch hier bei uns. Ein Hof läßt sich nicht zerstückeln, sonst bleibt am Ende für keinen etwas übrig.«

»Und der Mann Ihrer Schwester hat sich auf eine solche Regelung eingelassen?«

Der Onkel errötete. Schweißtropfen traten auf seine Stirn. »Ich habe schon daran gedacht, Marie ihren Besitz abzulösen. Großzügig. Sehr großzügig. Als Mitgift sozusagen.«

»Und wie großzügig?«

Marie befreite ihre Hand aus dem liebevollen Griff ihres Bräutigams. »Ich will nichts verkaufen!« erklärte sie entschieden. »Das Haus hat meiner Mutter gehört. Ich will es behalten. Es ist meine Heimat. Natürlich könnt ihr den Kartoffelacker weiterhin bepflanzen und abernten. Als Ausgleich soll der Reitinger die nötigen Reparaturen am Haus vornehmen. So war die Regelung schon immer. Ich will nichts daran ändern.«

Emmi Janus blickte ihr zum ersten Mal in die

327

Augen. »Ihre Heimat, Fräulein?« fragte sie kühl. »Wenn Sie meinen Sohn heiraten, wird Ihre Heimat nicht mehr hier sein. Eine Mitgift, die festgelegt ist, so daß man keinen Zugriff auf sie hat, ist ohne Wert. Totes Kapital. Wenn Sie es sich aber von Ihrem Onkel ablösen lassen, können Sie damit zum Beispiel einen Anbau an unser Haus finanzieren und dort mit meinem Sohn wohnen. Unser Haus, so, wie es jetzt dasteht, ist für uns alle ein wenig eng, und wenn ich Sie richtig einschätze, haben Sie nichts gegen eine gewisse Unabhängigkeit.«

»Mutter!« Nun errötete auch Janus.

Doch Emmi Janus lächelte nur liebenswürdig. »Anders wäre es, wenn Sie, Herr Zweisam, Ihrer Nichte ihr Erbe ließen, aber als Onkel und Pate großzügigerweise die Finanzierung des Anbaus übernähmen. Sie könnten dann immer noch Ihre Kartoffeln hier anbauen und sich vielleicht später mit Ihrer Nichte einigen, wenn sie begriffen hat, wo sich in Zukunft der Mittelpunkt ihres Lebens befindet.«

»Darauf darfst du dich nicht einlassen!« Cäcilia schlug mit den Handflächen auf den Tisch. »Das ist Erpressung!«

»Ist Marie nicht wie eine Tochter für Sie?« Emmi Janus' Stimme klang sanft wie sonst nur selten. »Und Sie wollen doch, daß diese Hochzeit stattfindet, oder?«

Da wischte sich der Onkel mit dem Taschentuch den Schweiß von Stirn und Nacken. Er räusperte sich und erlöste sich aus der Folterqual, indem er zustimmte. Dann goß er Kornschnaps in die bereitstehenden Gläschen, und man trank auf die Zukunft. Nur Cäcilia verweigerte die versöhnliche Geste. »Erpressung!«-schreiend stürmte sie aus dem Raum und stürzte die Treppe hinauf zu ihren wunderbaren Söhnen, die erschrocken verstummten, als sie zum ersten Mal in ihrem jungen Leben von der Mutter lauthals angebrüllt wurden, sie sollten endlich ihre verfluchten Mäuler halten, sonst gäbe es etwas.

Emmi Janus ging auf Cäcilias Ausbruch nicht ein. »Über das Religiöse reden wir später noch im Detail«, sagte sie und sah dabei aus wie eine schnurrende Katze. »Ihr könnt ja vorläufig noch mit dem Nachwuchs warten, bis alles geklärt ist.«

Dann ging es nur noch um organisatorische Belange. Marie und Janus beteiligten sich kaum an dem Gespräch. Marie überließ ihre Hand wieder ihrem Verlobten, wenn auch nicht mehr so unbefangen wie zuvor. Sie fragte sich, ob es allen Bräuten so erging, daß sie meinten, sie begäben sich plötzlich aus freien Stücken in Gefangenschaft.

»So ist das eben«, murmelte Janus, als hätte

er ihre Gedanken erraten. »Aber wenn wir erst einmal verheiratet sind, wird alles anders. Dann sind wir unsere eigenen Herren, und ich werde dich glücklich machen, das schwöre ich.«

Bevor Marie noch antworten konnte, wurde sie von ihrem künftigen Schwiegervater unterbrochen. »Du hast schöne Ohren«, sagte er zu ihr und lächelte unter seinem mächtigen Schnauzbart. »Intelligente Ohren. Ein großartiges Mädchen, das bist du.«

Marie wurde bewußt, daß er sie geduzt hatte. »Danke«, sagte sie und erwiderte sein Lächeln. »Vielen Dank.«

St. Peter

Die Ehe schien eine neue Freiheit zu bringen. Während es bisher immer die Älteren gewesen waren, die entschieden, was zu geschehen hatte, war man auf einmal nur noch sich selbst und dem eigenen Partner verpflichtet, dessen Neigungen dem eigenen Alter entsprachen.

»Von jetzt an können wir tun und lassen, was wir wollen!« rief Janus nach der kurzen, bescheidenen Trauung und wirbelte Marie draußen vor der Kirche durch die Luft, als hätte sie kein Gewicht. »Sag, was du unternehmen möchtest, und es wird geschehen!«

Marie lachte, als er sie endlich zu Boden stellte. »Ich möchte nach Wien!« rief sie außer Atem, obwohl ihr dieser Gedanke bisher nicht gekommen war. »Eine richtige Hochzeitsreise in die Hauptstadt! Ich war noch nie in Wien.«

Emmi Janus und der Onkel machten bedenkliche Gesichter. »Aber nur zwei Tage!« entschied Emmi Janus schließlich widerstrebend. »Samstag und Sonntag. Dann geht die

Arbeit wieder los. Wir können auf den Franzl nicht verzichten.«

So fuhr man nach Wien: auf Janus' schwerem Motorrad, das spärliche, hastig zusammengeraffte Gepäck hinter dem Soziussitz festgeschnallt. Da das Wetter mitspielte, schien die dreistündige Fahrt der vollkommene Anfang einer Ehe zu sein, von der sich Janus das Paradies erhoffte und Marie ... sie wußte nicht was, aber ihr Herz klopfte schneller, als sie an ihre Mutter dachte, die sich gefreut hätte, sie versorgt zu wissen.

Während der Fahrt sprach sie ihn zum ersten Mal mit seinem Vornamen an. Sie rief ihn in sein Ohr. Obwohl der Gegenwind ihre Stimme mit sich fortriß, verstand Janus sie sofort. Da Marie bisher so zurückhaltend gewesen war, kam es ihm vor wie ein Liebesbeweis. »Franz!« rief er nun selbst dem Wind entgegen. »Genau so heiße ich. Und genau so nennt mich die Frau, die mich liebt.«

Marie verstand nicht, was er rief. Sie hätte auch gar nicht darüber nachgrübeln wollen, ob sie ihn liebte oder nicht. Sie dachte nur, daß es ihr wider Erwarten auf einmal gutging und daß sie diese Gewißheit dem jungen Mann verdankte, an dem sie sich nun festhielt. Vor dem Altar seiner Kirche hatte er gelobt, ein Leben lang für seine Frau zu sorgen. In guten wie in

schlechten Tagen … Auf immer? Während der
Wind ihr trauerlose Tränen in die Augen trieb,
dachte Marie, daß sie gar nicht wußte, was das
war: immer. Kein fester Zustand wohl, sondern
eine ständige Entwicklung. Doch wohin führte
diese Entwicklung? Was würde in zehn Jahren
sein? Oder in zwanzig? Oder gar noch mehr?
Wie würde er dann aussehen: Janus? Nein,
Franz!

Sie lächelte, weil ihr der Gedanke kam, sie
hätte sich für ihren Mann einen anderen Namen gewünscht. Nicht so kurz und hart. Einen
Namen, den man flüstern konnte, seufzen. Seine Mutter nannte ihn Franzl, aber das gefiel
Marie nicht. Franz Janus. Franz: Das war wirklich ein kleines Problem. Doch dann schüttelte
Marie den Kopf über sich selbst und schlang
ihre Arme enger um seinen Körper. Franz,
dachte sie. So heißt er nun einmal. Ich werde
mich damit abfinden müssen. Zugleich beschloß sie, ihn zu lieben und gut zu ihm zu sein.
Nachsichtig und sanft, damit er sich mit ihr
wohl fühlte. Denn kam es darauf nicht an zwischen zwei Menschen: sich miteinander wohl
zu fühlen und keine Angst zu haben, sondern
darauf zu vertrauen, daß der andere immer nur
das Beste für einen wollte? Kein Eigennutz,
sondern vielleicht sogar das, was man Liebe
nannte. Liebe. Sie legte ihre Wange auf seinen

Rücken, schloß die Augen und wünschte sich, daß das, was sie fühlte, auch wirklich Liebe war.

Sie mieteten sich ein Zimmer in einer kleinen Pension in der Innenstadt. Die karge Einrichtung erinnerte Marie an ihre Kammer bei den Horbachs. Janus, der gern den Mann von Welt spielte, tröstete sie verlegen, in der Eile könne man eben nichts Besseres finden. Außerdem werde man die meiste Zeit unterwegs sein, um sich die große Stadt anzusehen mit ihren prächtigen Bauwerken, wie auf der Welt kaum schönere zu finden seien. Er selbst sei schon oft in Wien gewesen. Mit Vergnügen werde er ihr alles zeigen und erklären.

Die Realität sah anders aus. Gleich nach der Ankunft wollte Marie einen ersten Rundgang unternehmen. Noch immer schien die Sonne, ein mildes Licht des Spätnachmittags, begleitet von einem sirrenden Wind aus der Tiefebene im Osten. Sehnsucht nach Weite schwebte in dieser Luft, nach Unendlichkeit. Sehnsucht nach der Kraft der Gefühle und nach dem Tod. Eine Stadt zum Weinen schön. In ihrem Lächeln Traurigkeit und in ihrer Trauer Ironie. Janus umarmte Marie, küßte sie und nestelte an ihren Kleidern. Er versuchte, sie zu überzeugen, daß man auch später noch spazierengehen könne. Dann aber gab er seufzend nach, entschlossen, sich beim nächsten Mal energischer durchzusetzen.

Sie stiegen die enge, finstere Treppe der Pension hinab. Irgendwo in der Nähe mußte es eine Küche geben, denn es roch nach verbranntem Fett und Gemüse. Sie legten dem phlegmatischen Portier ihren Schlüssel hin und traten hinaus auf die Straße.

Das Leben der Großstadt traf sie wie ein heißer Windstoß. Noch nie hatte Marie so viele Menschen und so viele Fahrzeuge auf einmal gesehen. Die Häuser erschienen ihr hoch wie Paläste in dieser Straße, die kein Ende zu nehmen schien. In jedem Gebäude befanden sich im Erdgeschoß ein Geschäft oder eine Gaststätte. Janus erklärte, dies sei eine der Haupteinkaufsstraßen – die etwas billigere, aber die feinere, die Kärntnerstraße ganz nah beim Dom, werde er ihr auch noch zeigen.

Sie schlenderten dahin, liefen manchmal plötzlich los und blieben dann wieder stehen, lachten den Entgegenkommenden zu, umarmten einander und trennten sich dann schnell wieder, um kein Ärgernis zu erregen. Marie fühlte sich frei. Noch nie hatte Janus sie so fröhlich erlebt und so sorglos. Vom Standpunkt eines frischgebackenen Ehemanns und Verführers, dachte er zufrieden, war es ein ge-

335

schickter Schachzug gewesen, sie hierherzubringen.

Die Geschäfte hatten schon geschlossen, doch als Janus in einem der Läden noch einen Mann bei der Arbeit sah, klopfte er an. Der Verkäufer – oder war es der Besitzer selbst? – öffnete dienstfertig, erfreut, trotz der späten Stunde noch ein Geschäft machen zu können.

»Was willst du denn hier?« fragte Marie. Ihre Augen leuchteten. Ihr wurde bewußt, daß sie Janus vertraute. Alles, was er tat, selbst wenn es unerwartet und ungewöhnlich war, geschah zu ihren Gunsten und zu ihrer Freude. Sie glaubte daran, daß er sie liebte und verwöhnen wollte, und sie wünschte sich, es ihm gleichzutun; ihn zu belohnen für die Zärtlichkeit, mit der er ihr eine silberne Kette mit dunkelroten, blitzenden Granatsteinen um den Hals legte. Danach zeigte er auf den Ring, der dazugehörte, und auf die passenden Ohrgehänge. »Alles zusammen!« bestimmte er, ohne nach dem Preis zu fragen.

»Das ist zuviel!« widersprach Marie. »Entweder die Ohrringe oder die Kette! Ich brauche nicht soviel Schmuck.«

Doch Janus bestand darauf, daß sie alle drei Teile trug. Mit jovialer Geste schob er dem Händler einen großen Schein über den Tresen. Die paar kleinen Münzen, die er herausbekam, ließ er lässig liegen. »Es ist wirklich zuviel!«

wandte Marie nochmals ein. Als sie aber sah, wie stolz und glücklich Janus war, verstummte sie.

Sie gingen zurück zur Pension. Noch immer war es nicht ganz dunkel. Die Stadt schien nicht zur Ruhe zu kommen. Immer mehr Menschen drängten sich durch die Straßen. Ärmlich gekleidete Menschen, dachte Marie. Sie hatte sich vorgestellt, die Bewohner der Hauptstadt wären alle reich.

Marie hatte Hunger und Durst, doch Janus wollte schnell ins Hotelzimmer zurück. Marie wußte, was sie dort erwartete, aber sie hatte keine Angst. Sie vertraute darauf, daß Janus sie liebte und nichts geschehen würde, das sie beschämte.

Danach, Stunden später, trieb der Hunger die beiden doch wieder auf die Straße. Noch immer waren Menschen unterwegs. Manche bettelten. Vor einem hell erleuchteten Portal unterhielten sich mit schrillen Stimmen ein paar grell geschminkte Frauen. Ihre Frisuren standen in unzähligen Löckchen vom Kopf ab, und ihre hochhackigen Schuhe taugten wohl besser zum Stehen als zum Gehen. Janus schob Marie hastig an ihnen vorbei und zog sie in ein Nebengäßchen, um nach einer passenden Gaststätte zu suchen.

»Du bist die Allerbeste!« sagte er und drückte Maries Schultern fest an sich. »Ich liebe dich, weißt du?« Er küßte sie auf die Wange. Marie legte ihren Arm um seine Taille. Sie wußte, daß er von ihr das gleiche Bekenntnis erwartete, doch sie schwieg. »Ich bin so müde«, flüsterte sie und wunderte sich ein wenig, als er geschmeichelt lachte.

Sie bestellten eine üppige Fleischmahlzeit. Janus trank Rotwein dazu, ein Glas nach dem andern, bis sein Gesicht glänzte und sich rötete. »Ich möchte immer nur allein mit dir sein«, raunte er ihr ins Ohr. Marie lächelte. Sie dachte, daß das eheliche Leben ein wenig anstrengend war. Nicht so beglückend, wie manche schwärmten, aber auch nicht abstoßend, wie von anderer Seite behauptet wurde. Ein wenig banal vielleicht, obwohl es für Marie das erste Mal gewesen war. Sie dachte an die tausend sehnsüchtigen Phantasien in der kleinen Kammer der Horbach-Villa. Damals hatte sie sich alles ganz anders vorgestellt. Janus? Wie wenig hatte er ihr damals bedeutet! Was wäre gewesen, wenn ... Sie rief sich zurück in die Gegenwart, in die schmale Gasse in der großen Stadt, die ganz gewiß viel mehr zu bieten hatte – so wie das Leben, dachte Marie, das wahrscheinlich auch noch viel reicher und berauschender sein konnte. Und dennoch: Dieser Mann liebte

sie. Er bekannte sich zu ihr. Das war mehr, als
Mira Zweisam je erfahren hatte. Aber war es
das Höchste, das man erwarten konnte?

Über den Tisch hinweg nahm Janus ihr Gesicht zwischen seine warmen, weichen Hände.
Er erhob sich halb, beugte sich über die leer
gegessenen Teller und küßte Marie auf den
Mund. Es tat ihr gut – so wenig Zärtlichkeit,
wie sie in ihrem bisherigen Leben empfangen
hatte. Es machte ihr nichts aus, durch die noch
immer belebten Straßen mit ihm in die Pension
zurückzuwandern, wo sie sich den ganzen
nächsten Tag aufhielten, weil Janus in seiner
Leidenschaft die Stadt Stadt sein lassen wollte
und sich immer weniger von seiner jungen
Frau trennen mochte.

»Zu Hause müssen wir sagen, wir hätten
alles besichtigt«, lachte er. »Du darfst nicht vergessen, meine Eltern sind Protestanten. Die
haben es nicht so mit der Fleischeslust wie
ihr.« Dabei erinnerte er sich plötzlich daran,
daß ihm seine Mutter eingeschärft hatte, auf
keinen Fall »etwas zu riskieren«, ehe Maries
religiöse Zugehörigkeit zur Zufriedenheit geklärt war.

»Zum Teufel mit meiner Mutter!« seufzte er
aus tiefstem Herzen. Er war glücklich. Marie
sah die Sanftheit in seinen Augen. Sie streichelte mit den Fingerkuppen sein Gesicht, das ihr

immer noch ein wenig fremd war, und sie schwor sich, auf ihre Ehe zu achten.

Als sie am Sonntagmittag ihre Sachen zusammenpackten, um nach Hause zurückzukehren, schaute sich Marie noch einmal im Zimmer um. Sie suchte nach einem Andenken an die ersten Stunden ihrer Ehe. Schließlich schob sie einen der abgegriffenen, hölzernen Kleiderbügel in ihr Köfferchen. Auf beiden Seiten des Bügels war mit blauem Stempel der Name der Pension gedruckt, die Adresse und die Telefonnummer.

»Du hast doch den Schmuck als Andenken!« wandte Janus ein. »Und du hast mich.« Und während sie hinausgingen und die Tür offenstehen ließen: »Mich wirst du nicht mehr los. Wir bleiben beisammen. Auf immer.«

Dann fuhren sie zurück, die lange, gerade Straße, immer die Sonne im Gesicht, als sollte diese Fahrt, dem Sonnenuntergang entgegen, die guten Tage verlängern, an denen sie beide an die gemeinsame Zukunft glaubten.

2

So gelangte Marie Zweisam, die nun Janus hieß, auf Umwegen über die Hauptstadt Wien zurück nach Linz, das sie bereits gut zu kennen glaubte. Doch es war nicht das Linz der Großbürger, das sie nun antraf – die Stadt der Horbachs und Ohnesorgs, die Stadt der Bellagos mit ihren alten Villen in stillen Alleen, wo sich am Abend die Ehepaare reihum trafen, um miteinander zu speisen, zu feiern und die Überlegenheit der eigenen Gesellschaftsklasse zu zelebrieren, die fast unbeschadet einen Weltkrieg überstanden hatte und auch in Zukunft das Rückgrat des Staates zu sein gedachte, mochten Andersdenkende noch so wütend dagegen anrennen.

Nein, in St. Peter, wo Marie in Zukunft leben würde, gab es keine vornehmen Alleen und keine geräumigen Villen. St. Peter war ein idyllisch anmutendes Dorf am Südrand der Stadt. Viereinhalbtausend Menschen wohnten hier, erklärte Franz seiner Marie, in der Hauptsache Bauern, und in einer eigenen, etwas abgetrennten Siedlung die Arbeiter und Angestellten der beiden ansässigen Fabriken, einer Seifenfabrik und einer Spinnerei.

Von Anfang an spürte Marie, daß dieses Dorf ganz anders war als jenes, in dem sie aufgewachsen war, wo man sich voller Mißtrauen von der Außenwelt abschloß. Hier in St. Peter lebte man nach draußen und mit der Hilfe von draußen. Draußen aber bedeutete die Stadt, die man fast täglich aufsuchte und deren Bewohner ihrerseits kamen, um sich in den vielen Gasthäusern des Ortes zu unterhalten, um in den lieblichen Auwäldern spazierenzugehen oder an den sonnigen Badeplätzen zu schwimmen und zu rudern.

Im Mündungsgebiet der Traun in die Donau gelegen, wurde St. Peter fast alljährlich vom Hochwasser heimgesucht. Die Menschen hatten gelernt, damit zu leben. Sie begriffen, daß die Überschwemmungen das Land – gleichsam als Entschädigung für die Plage – fruchtbar machten und die Pflanzen übermäßig wachsen ließen. Marie, die mit der Gartenarbeit vertraut war, erkannte auf den ersten Blick die Ergiebigkeit dieses Bodens. Als Franz sie zum Haus seiner Eltern führte, bückte sie sich und hob einen kleinen Erdklumpen aus einem Beet neben dem Weg auf. Sie zerrieb den Humus zwischen den Fingern. Er fühlte sich leicht und doch ein wenig fettig an. Gute Erde für alles, was ein Garten bieten konnte.

So wunderte sie sich auch nicht, daß am Morgen, als sie noch vor fünf aus dem Fenster blickte, vor fast jedem Haus im Dorf kleine Marktwagen turmhoch mit Gemüse, Obst, Milch und süßer Butter beladen wurden. Es waren zumeist junge Frauen, die einen Hund vor den Wagen spannten und sich mit ihm auf den Weg Richtung Linz machten. Ganz gewiß ein täglicher kleiner Kampf gegen die Müdigkeit am Morgen, dachte Marie, wenn die Sonne noch nicht einmal zu ahnen war und man sich nach dem Aufstehen eilig das Gesicht mit Wasser bespritzte, um den Schlaf aus den Augen zu treiben. Dann aber sah man wohl, daß auch in den anderen Häusern die Lichter angingen. Bald würden alle Marktfrauen ihre Wägelchen aus den Schuppen geholt haben. Sie würden das Gemüse, das sie am Vorabend gewaschen und geputzt hatten, fein säuberlich in die Körbe und Schwingen schichten und in einem eigenen Körbchen das Grünzeug gefällig ordnen. Oft bis Mitternacht, so erzählte Janus auf Maries Frage, hatten die Frauen es in kleine Büschel gebunden, damit es am nächsten Morgen die Kundinnen zum Kauf verlocke.

Wenn die Wagen gepackt waren, wurden die Hunde angeschirrt, zumeist Wolfshunde und Bernhardiner; kräftige, kluge Tiere, die sich der eigenen Bedeutung und Würde bewußt waren. Streicheln aber ließen sie sich gern, und wenn sie gelobt wurden, schienen sie jedes Wort zu verstehen.

In Grüppchen zu fünft oder sechst brachen die Marktfrauen auf. Die meisten von ihnen waren noch jung. Plaudernd und lachend verließen sie das Dorf und tauchten ein in die dunklen Straßen der Vorstadt. »In einem Wirtshaus kurz vor dem Hauptplatz stellen sie ihre

Hunde ein«, erklärte Janus, der sich über Maries Interesse wunderte. »Jeder von ihnen hat dort seine eigene Hütte, für die jeden Monatsanfang Miete kassiert wird.«

Ohne die Hilfe ihres Hundes suchten die Marktfrauen dann ihre Privatkunden zu Hause auf, lieferten Milch und Butter, Gemüse und Obst ab und nahmen die Bestellungen für den nächsten Tag entgegen. Danach ging es direkt zum Hauptplatz, wo eine jede ihren festen, numerierten Standplatz hatte. Dort blieb man bis nach Mittag, wenn hoffentlich alle Ware verkauft war.

Die Marktfrauen waren die ersten Einwohner St. Peters, die Marie auffielen. Jung, wie sie waren, erinnerten sie sie ein wenig an sie selbst und an die schwere Arbeit bei den Horbachs, an das frühe Aufstehen und an die langen, arbeitsreichen Abende. Der Unterschied war nur, daß diese Mädchen bei ihren eigenen Familien lebten und daß sie sich auch bei ihrer Arbeit unter Gleichaltrigen aufhielten.

Sie waren nicht einsam, dachte Marie und blickte hinüber zu dem großen, schwarzen Ehebett, das der Onkel mit einem Fuhrwerk geliefert hatte, während sich Marie und Janus in Wien vergnügten.

Es waren die alten Schlafzimmermöbel der verstorbenen Großeltern. Als Kind hatte sich

Marie immer ein wenig gefürchtet, wenn sie die Kammer der Großeltern betrat. Sie glaubte, noch jetzt den Hauch der todbringenden Grippe zu spüren und die Seufzer der Kranken zu vernehmen. Daß sie jetzt mit den gleichen Möbeln leben sollte, war ihr unheimlich, doch Janus tröstete sie, wenn erst der Anbau fertig sei, werde man die Räume hell und freundlich einrichten. »Ist ja nur ein Übergang!« beruhigte er sie, wie er sie in Wien wegen des Pensionszimmers vertröstet hatte. Dann nickte er noch einmal ein, obwohl unten in der Backstube schon die Öfen heiß waren. Doch für heute hatte ihm Emmi Janus noch freigegeben, damit er seine junge Frau mit ihrer neuen Umgebung bekanntmachen könne und man auch Zeit hätte, die Aufgaben zu besprechen, die Marie in Zukunft übernehmen sollte, um ein vollwertiges Familien- und Geschäftsmitglied zu werden.

3

Emmi Janus entschied, daß Marie in den folgenden Monaten noch kein festes Arbeitsgebiet übernehmen sollte, sondern als eine Art Springer einzusetzen sei, der überall dort Hand anlegte, wo Hilfe gebraucht wurde. Auf diese

Weise würde Marie die ganze kleine Organisation kennenlernen, die ihre Schwiegermutter im Laufe ihrer Ehe aufgebaut hatte. Ihr Mann hatte sich von Anfang an nicht daran beteiligt. Ihm genügte es – wie schon seinem Vater und davor dessen Vater und Großvater –, jeden Morgen um halb drei unverändert verschlafen in die Backstube hinunterzusteigen und mit den täglich gleichen Handgriffen dafür zu sorgen, daß oben im Laden pünktlich um sechs die Regale und Körbe mit duftendem Brot gefüllt waren. Die Rezepte dafür hatten sich seit Generationen nicht geändert, was auch nicht nötig war, denn das Brot der Bäckerei Janus galt weithin als das schmackhafteste und bekömmlichste.

Daß man die Filiale auf dem Linzer Hauptplatz eröffnet hatte, war allein das Verdienst von Emmi Janus. Je genauer Marie die Schwiegermutter kennenlernte, um so höher stieg diese in ihrer Achtung. Emmi Janus überblickte alles, hörte alles und wußte, alles zum eigenen Vorteil zu nutzen. Obgleich sie gute Kontakte zu fast allen Dorfbewohnern von einiger Bedeutung pflegte, konnte sich niemand rühmen, mit ihr wirklich vertraut zu sein. Sie hatte keine Freunde. Jeder, dem sie begegnete, wurde auf den ersten Blick eingeschätzt und nach seiner gegenwärtigen oder potentiellen Nützlichkeit eingeordnet. Emmi Janus unternahm nichts, ohne das Ende und den Gewinn zu bedenken, den sie daraus ziehen konnte. Trotzdem galt sie als einsichtig und mildtätig. »Harte Schale, weicher Kern«, urteilte man über sie; dabei traf der Spruch ihr Wesen ebensowenig, wie er es in umgekehrter Reihenfolge getan hätte. Weich war an Emmi Janus nichts, und sie hätte sich geschämt, wenn es so gewesen wäre. Für Weichheit hatte sie kein Verständnis, und wenn sie die nachgiebigen Hände ihres Sohnes sah, wurde ihr Blick ärgerlich und ihre Stimme gereizt.

Mit Marie ging sie sachlich und kühl um. Wie es sich gehörte, duzte sie sie nun, äußerte aber nicht, wie sie selbst angeredet werden wollte. Als Marie sich vor der Fahrt nach Wien von ihr verabschiedete und sie »Mutter« nannte, zuckte Emmi Janus zusammen und runzelte die Brauen. Marie, die sehr empfindsam für die Reaktionen anderer war, machte sich darüber lange Zeit Gedanken. Ihren Mann fragte sie nicht. Sie traute ihm nicht zu, die eigene Mutter zu beurteilen, wie sie wirklich war. Schließlich entschied sich Marie für den tatsächlichen Verwandtschaftsgrad und begrüßte Emmi Janus bei der Rückkehr mit der Anrede »Schwiegermutter«. Da lächelte Emmi Janus kaum merklich und fast ein wenig anerkennend. Auch sie redete Marie nun meistens mit »Schwiegertochter« an, so gut wie nie mit dem Vornamen. Ihrem Sohn gegenüber sprach sie über Marie nur als »deine Frau«. »Schick deine Frau zu mir herüber!« oder: »Sag deiner Frau, ich brauche sie im Geschäft!«

In der täglichen Zusammenarbeit ergänzten sie einander. Marie stellte sich auf die Arbeitsweise ihrer Schwiegermutter ein, zumal sie davon beeindruckt war und das Gefühl hatte, viel von ihr lernen zu können.

Eines Tages teilte Emmi Janus Marie mit, sie habe beschlossen, Marie den Führerschein machen zu lassen. Damit wäre sie beweglicher und überall einsetzbar. »Du kannst dann die Ware am Morgen zu den Hotels und den Gaststätten fahren. Das wird dort Eindruck machen. Du hast etwas Adrettes an dir. Das sollte man sich zunutze machen.«

Marie lächelte erfreut und dankbar, doch ihre Schwiegermutter sah sie nur prüfend an. Es war ein wenig wie beim alten Herrn, dachte Marie, der auch nicht freundlich zu ihr gewesen war und ihr dennoch weitergeholfen hatte. Ob sie jemals einem Menschen begegnen würde, der sie liebte und zugleich auch noch voranbrachte?

Einen Monat später lenkte Marie zum ersten Mal den Lieferwagen ins Gai, wie Emmi Janus ihr Geschäftsrevier nannte: nach festem Plan von einem Kunden zum andern. Marie hatte angenommen, die Schwiegermutter würde sie auf der ersten Fahrt begleiten und den Kunden vorstellen. Doch Emmi Janus murmelte nur etwas von Zeitverschwendung. Marie habe selbst zuzusehen, wie sie zurechtkam, aber wehe, die Kunden wären nicht zufrieden!

So blieb Marie sich selbst überlassen. Sie trug einen engen, wadenlangen Rock von silbergrauer Farbe und eine schneeweiße Bluse. Ein wenig kam es ihr vor wie ihre Kleidung als Hausmädchen. Jetzt aber gehörte sie zur Familie der Geschäftsbesitzer und durfte entsprechend auftreten. »Frau Janus«, nannte man sie nun. »Ich komme mir vor wie meine eigene Schwiegermutter!« sagte sie nach dem ersten Tag zu Franz, der darüber aber nicht lachte, sondern klarstellte, sie solle nicht vergessen, daß sie nun seine Frau sei und damit eben »Frau Janus«. »Ein angesehener Name. Du solltest stolz darauf sein.«

4

Dem milden Frühling folgte ein heißer, sonnenreicher Sommer. Tage wie in den Tropen und Nächte, in denen sich schlagartig der Himmel öffnete und Regengüsse herabstürzten, die das Gras niederdrückten und das wilde Obst an den Straßenrändern frühzeitig von den Zweigen rissen. Wenn am Morgen dann wieder die Sonne hervorbrach, dampfte die Erde, und alles wuchs doppelt so schnell und doppelt so reichlich wie in anderen Jahren.

Noch bevor es Tag wurde, verschlossen die Menschen ihre Fensterläden und zogen die Vorhänge zu, um die spärliche Kühle der Nacht zu bewahren und das Hausinnere vor der Hitze des Tages zu schützen. Man klagte über die Sonnenglut und lebte doch viel intensiver als sonst. Kaum einen hielt es zu Hause, wenn am Abend die Sonne versank. Die Menschen flohen aus der Stadt in das Dorf St. Peter, wo zu fast jedem Bauernhof eine kleine Wirtschaft gehörte. Unter Kastanien und Linden hatte man alle verfügbaren Tische und Bänke aufgestellt, an denen sich nun die Gäste drängten und bis spät in die Nacht hinein redeten, lachten und sangen.

Marie erlebte mit Staunen dieses rege Treiben, das sie von zu Hause nicht gewöhnt war. Innerhalb weniger Wochen lernte sie so viele Menschen kennen wie nie zuvor in ihrem ganzen Leben. Janus zeigte sie herum wie ein Schmuckstück. »Meine Frau!« stellte er sie vor, und der Stolz stand ihm ins Gesicht geschrieben. Er führte sie in die Gasthöfe und an die Badeplätze und überall dorthin, wo in St. Peter Menschen zusammenkamen. »Meine Frau. Marie Janus.«

So viel Lebensfreude in diesem Sommer! Es kam Marie vor, als schiene immer nur die Sonne und als starrten alle Menschen sie an und bewunderten sie, wie Janus es von ihnen erwartete. Sogar der Schwiegervater war stolz auf sie und prahlte mit ihr.

Als am Peter-und-Pauls-Tag die Glocken den Kirtag einläuteten, begab sich die ganze Familie auf den Festplatz, wo nun neben der Straße mit Zeltplanen gedeckte Buden standen, an denen Süßigkeiten, Schmuck und bunte Tücher feilgeboten wurden. Schon am Vortag hatte man auch ein Karussell aufgestellt, eine Schaukel und eine Schießbude.

Das Fest war bereits in vollem Gange, als die Janus-Familie eintraf. Die Blasmusik spielte, und die jungen Leute schlugen sich den Bauch mit Steckerlfischen voll oder tranken viel zu viel, was am Abend wohl in eine der beliebten Raufereien ausarten würde. Man begrüßte einander und nahm an den langen Holztischen Platz. Der Schwiegervater kippte den Schnaps, den man ihm anbot, in einem Zug hinunter und wurde immer vergnügter. Er legte den Arm um Maries Schultern, küßte sie schmatzend auf die

Wange und nannte sie *Putzigam*. Als sie nachfragte, was das denn zu bedeuten habe, erklärte er ihr mit schwerer Zunge, das sei ungarisch und heiße, soweit ihm bekannt sei, soviel wie »Liebling«. »Eigentlich wollte ich immer meine Frau so nennen. Aber sie mochte es nicht. So bist jetzt eben du mein *Putzigam*, wenn es dir recht ist. In allen Ehren, versteht sich.« Dann wurde er still, weil ihn der ungewohnte Alkohol müde machte.

Seine Frau schwieg dazu. Sie wußte, daß man ihr im Dorf nachsagte, sie habe in ihrer Ehe die Hosen an. Deshalb hielt sie sich in der Öffentlichkeit ganz besonders zurück und tadelte ihren Mann nie. Zu Hause war ihr sein Verhalten dann nicht mehr wichtig. Es gab Besseres zu tun, als einem erwachsenen Mann Manieren beizubringen. Für Vorwürfe und kräftezehrende Streitigkeiten nahm sich Emmi Janus keine Zeit.

Franz Janus schleppte Marie von einem Tisch zum anderen. Er führte sie zur Schießbude und eroberte nach unzähligen Fehlversuchen das größte Lebkuchenherz für sie. »In Liebe« stand darauf in Zuckerguß geschrieben. Franz hängte es Marie um den Hals.

»Ich komme mir vor wie ein Bernhardiner!« protestierte sie und machte Anstalten, das Herz aufzuessen. Doch Franz hinderte sie daran. Dieses Herz sei ein Andenken, das sie für immer aufbewahren solle: »Unser erster Kirtag nach der Hochzeit!«

Der erste Sommer ihrer Ehe. Einmal überredete Marie ihren Mann, eine gemeinsame Tennisstunde zu nehmen. Nie hatte sie vergessen, wie die weißgekleideten Spieler auf dem Tennisplatz nahe ihres Dorfes den Ball übers Netz schlugen. So elegant, so leichtfüßig! Wäre es nicht, dachte sie, eine Krönung dieses Sommers, es selbst einmal auf dem roten Sand zu versuchen?

Janus, der ihr nichts abschlagen konnte, stimmte trotz heimlicher Bedenken zu. Da er und Marie keine Clubmitglieder waren, wurde ihre Trainerstunde auf Mittag festgesetzt, wo die Sonne an diesem Tag noch heißer zu brennen schien als sonst. Der Tennislehrer, der den ungewohnt nordischen Namen Björn trug, schien ein besonderes Vergnügen daran zu haben, Janus herumzujagen, bis dieser fast zusammenbrach und sich weigerte, weiterzuspielen. Er setzte sich auf eine Bank am Rande des Platzes und sah zu, wie Marie von Minute zu Minute gewandter wurde, als wäre sie für dieses Spiel geboren.

Björn lobte beeindruckt ihr Ballgefühl und riet ihr gegen Ende der Stunde, bald wiederzukommen. »Was wollen Sie eigentlich mit diesem schwarzen Murrl?« raunte er ihr mit einem Seitenblick auf Janus zu. Dabei legte er seine Hand bedeutungsvoll auf Maries Arm.

Janus sah es, sprang auf und stieß den Tennislehrer mit beiden Händen zur Seite. »Dafür haben wir Sie nicht bezahlt!« schnaubte er, noch immer außer Atem.

Es war das erste Mal, daß Marie ihn eifersüchtig sah. Trotzdem dachte sie auch später noch oft an ihre erste Tennislektion zurück und nahm sich vor, es irgendwann einmal wieder zu versuchen. Das leise Plop-plop der Bälle hallte immer noch in ihren Ohren, und die Erinnerung an das Gefühl, wenn der kleine weiße Ball den Schläger traf und die Saiten unter dem Aufprall bebten, erfüllte sie mit einem angenehmen Schaudern. »Wir sind zwei richtige Sportlerinnen!« hatte Mira Zweisam manchmal gesagt, und sie hatte recht gehabt, dachte Marie.

Trotz der unterschiedlichen Neigungen blieb das Glück der jungen Leute ungetrübt. Immer vertrauter fühlten sie sich miteinander. Wenn Janus am Abend das Geschäft auf dem Hauptplatz zusperrte, wartete Marie schon im Lieferwagen auf ihn. Gemeinsam räumten sie das übriggebliebene Brot in die Körbe und luden es ein. Dann verschloß Janus die Ladentür und stieg auf sein Motorrad. Im Stadtgebiet fuhr er hinter Marie her, doch wenn sie die Landstraße erreichten, überholte er sie und bremste sie dann wieder aus. Er jagte davon und war plötzlich verschwunden, um nach der nächsten Kreuzung wieder aufzutauchen. Beide genossen dieses Spiel, und einer freute sich über das lachende Gesicht des anderen.

Am Abend und an den Wochenenden erkundeten sie auch die Umgebung. Mit einem Kahn drangen sie in das Dickicht der Flußmündung ein, bis die Mücken über sie herfielen und sie schreiend und um sich schlagend flohen. Sie schwammen im warmen Wasser und ließen sich von der Sonne bräunen, besonders Janus mit seinen dunklen Haaren. »Der Tennislehrer hat dich ein schwarzes Murrl genannt!« neckte ihn dann Marie. Doch Janus war zu ausgeglichen, um sich zu ärgern. »Ich bringe ihn um, wenn ich ihn sehe«, murmelte er zufrieden und legte seine Hand auf Maries Brust.

Am liebsten gingen sie am Zizlauer Bach spazieren, ein schmales Gewässer mit frischem, eiskaltem Wasser, so rein, daß man es trinken konnte. Sie beugten sich darüber und löschten ihren Durst. Manchmal drohten sie einander scherzend, sich gegenseitig ins Wasser zu stoßen, doch niemals taten sie es wirklich. Marie erinnerte sich daran, daß ihr der alte Herr einmal die lateinische Bezeichnung *locus amoenus* erklärt hatte, die in einem Zeitungsartikel vorgekommen war. »Lieblicher Ort« hieß das, und sie vergaß es nie. Dieses schmale, eiskalte Bächlein war ein solcher Ort, der der Seele wohltat, wenn man ihn betrachtete und sich eins mit ihm fühlte. Wenn sich das Auge an die Bewegung des Wassers gewöhnt hatte, konnte man Fische erkennen, die in Schwärmen darin standen, und die kleinen Sandhäufchen, aus denen frisches Wasser strömte. Winzige Quellen mitten im Bach. Überfluß der Natur. Marie hätte am liebsten geweint, und auch Janus hatte Tränen in den Augen.

Sie zogen ihre Schuhe aus, setzten sich ans Ufer und ließen ihre Beine bis zu den Knien ins Wasser hängen. Die Kälte drang in sie ein, erst erfrischend, bald aber fast schmerzhaft, so daß sie ihre Füße schnell herauszogen und die ausgekühlte Haut rieben, bis sie sich rötete und wieder warm wurde. »Es ist so schön hier!« sagte Marie dankbar. Sie konnte sich nicht vorstellen, daß der Friede und die Sicherheit, die sie erlebte, jemals ein Ende finden könnten.

Die Bank im Park

I

Der Sommer ging dahin und fast auch schon
der Herbst. Marie kam es vor, als wäre sie in ein
ganz neues Leben eingetreten. Ein Leben nach
außen, in dem sie vielen Menschen begegnete,
die mit ihr verhandelten und scherzten. Ein
bewegtes, pulsierendes Leben, ganz anders als
ihr früheres Dasein. Manchmal dachte sie, daß
es ihr gefiel, doch dann wieder hatte sie das
Gefühl, es fehle ihr zugleich etwas, obwohl so
vieles um sie herum geschah. Nachdenklichkeit
vielleicht, Ruhe und Abstand. Von früh bis spät
war sie von Menschen umgeben, die alle beschäftigt waren und erfüllt von ihren Aufgaben.
Die Bäcker unten in der Backstube schienen
sich in ihrem Beruf zu verlieren, redeten und
träumten vielleicht sogar in ihren zeitverscho-
benen Nächten davon. Franz Janus berichtete
von seinem Geschäft auf dem Hauptplatz, von
dessen Ausstattung, seinen Waren und von den
Kunden, die zu ihm kamen. Emmi Janus sprach
von Umsatz und Gewinn, und die Kunden erzählten von ihren Betätigungen und Kümmer-

nissen. Jeder immer nur von sich und von dem, was er tat. Höchstens der Schwiegervater vergrub sich abends nach dem Essen hinter seiner Zeitung oder in eines seiner Bücher über Ohren, Gesichter und Körperhaltungen, an denen man ablesen konnte, was einen Menschen ausmachte.

Manchmal setzte sich Marie zu ihm an den Tisch und bat ihn um einen Teil seiner Zeitung. Beim ersten Mal hatte er sich darüber noch gewundert, doch dann schien es ihm Freude zu bereiten, ein gleichgesinntes Gegenüber zu spüren. Er entspannte sich. Immer öfter kam es vor, daß er, ohne das Blatt sinken zu lassen, eine Bemerkung über das Gelesene machte: erstaunt, verärgert oder amüsiert.

Marie schreckte dann hoch, ein wenig irritiert, doch auf einmal auch gepackt von der Erinnerung an etwas, das ihr vor langer Zeit lieb und teuer gewesen war. Sie hoffte plötzlich auf eine Übereinstimmung, auf neue Erkenntnisse aus dem Wissen eines anderen Menschen, der länger gelebt und tiefer nachgedacht hatte als sie selbst. Sie achtete auf jedes Wort und schwieg dann enttäuscht – auch hier die gleiche Erfahrung wie im Umgang mit den vielen anderen Begegnungen eines jeden Tages: Einseitigkeit. Begrenzung auf das Eigene.

Lothar Janus wußte genau, wo er stand, und

nur von diesem Punkt aus zog er seine Schluß-
folgerungen: Natürlich war die Regierung
Schuschnigg zu verurteilen, daß sie den einzig wahren Patrioten der Regierung abgesägt
hatte – den Fürsten Starhemberg, den er ver-
ehrte, den Führer der Heimwehr, der die Nazis
und ihre Anhänger keinen Zollbreit ins Land
gelassen hätte. Seit er mundtot gemacht worden war, gab es plötzlich heimliche Zusam-
menkünfte und Mauscheleien und nun sogar
ein offizielles Abkommen zwischen den Regierungen in Wien und Berlin, in dem die Hitler-
anhänger versprachen, die österreichische Souveränität zu respektieren, wenn dafür Österreich seine Nationalsozialisten amnestierte und
an der politischen Verantwortung beteiligte.

»Die versprechen, und wir geben!« grollte
Lothar Janus und hörte nicht auf seine Frau, die
ihn schroff ermahnte, ein Geschäftsmann habe
nicht zu politisieren. Außerdem gehe es den
Deutschen inzwischen viel besser. Irgendwoher
müsse das doch kommen. »Eine starke Hand ist
nicht das Schlechteste!« fügte sie fast widerwil-
lig hinzu, denn eigentlich wollte sie sich auf
keine Diskussion einlassen. »Ordnung, dafür
sorgen sie. Außerdem sind sie keine Rassisten,
das hat man während der Olympischen Spiele
in Berlin gesehen. Glaubst du wirklich, wenn
sie alle Verbrecher wären, hätten die anderen

Nationen ihre Sportler zu ihnen geschickt, und die hätten dann vor der Ehrenloge ihren Arm zum Hitlergruß erhoben – die Franzosen, die Italiener ... und wir ... und noch andere?« Sie verstummte ärgerlich und ging hinaus.

Es war immer die gleiche Zeitung, die Lothar Janus las, das ›Linzer Volksblatt‹, das auch der alte Herr abonniert hatte. Doch er hatte sich nicht damit begnügt. Er hatte auch andere Zeitungen studiert und die Dinge der Welt von vielen Seiten her betrachtet. Vielleicht war es das, was ihn so unmutig gemacht hatte, so ärgerlich auf die Handelnden. Vielleicht war er deshalb so zornig, so unnachsichtig und nicht mehr willens, die kleine Perspektive zuzulassen: das Urteil des einzelnen, gefällt von seinem nur ihm eigenen Platz aus, ein winziger Punkt inmitten des weltweiten Geschehens.

So schwieg Marie, wenn ihr Schwiegervater seine Anmerkungen machte, und es gab auch sonst niemanden, mit dem sie reden wollte. Ein paarmal versuchte sie, ihren Mann ins Gespräch zu verwickeln, doch schon bald merkte sie, welches Unbehagen sie damit auslöste. Er wollte nicht, daß sie mehr wußte als er, denn er wußte nur, was er von anderen aufgeschnappt hatte.

Wenn er sich einmal in der Woche mit den

jungen Männern aus dem Dorf zur Feuer-
wehrübung traf und man danach im Gasthaus
Schrefler beisammensaß, gab es immer ein paar,
die zu politisieren anfingen. Doch schnell wurden sie von der Mehrheit zur Ordnung gerufen.
Politik war ein schmutziges Geschäft. Ehrliche
Leute hielten sich von ihr fern. Was in Wien
geschah oder gar in Berlin oder Rom, waren die
eigensüchtigen Aktionen machthungriger Männer mittleren Alters, die nur zu Unruhe und
Krieg führten, wie man an den Ereignissen in
Spanien sah, wo alles zusammenbrach und ein
ganzes Land im Bruderkrieg versank. Im Gasthaus Schrefler über Politik zu reden bedeutete
höchstens, den anderen hinter vorgehaltener
Hand anzuvertrauen, was sie bekannterweise
sowieso selbst auch dachten: daß man sich inzwischen von den Arbeitslosen bedrängt fühlte,
die die Bäche leer fischten, in den Badebuchten
herumlungerten und immer noch freie Mittags-
kost beanspruchten, als wäre das ein auf ewig
verbrieftes Recht. Auch über die Juden durfte
geredet werden, die keine Bescheidenheit kannten, oder über das Geld, das von Tag zu Tag
weniger wert war.

Wenn Franz Janus nach solchen Abenden
heimkam, stolperte er an der Türschwelle und
fand das Schlüsselloch nicht. Marie, die schon
zu Bett gegangen war, stand auf und öffnete

ihm. Sie roch den Apfelmost in seinem Atem und sah sogar im Halbdunkel, daß sein Gesicht rot und aufgewühlt war. Während er sich auszog, erzählte er von den Gesprächen am Stammtisch, überzeugt davon, alles zu verstehen und zu durchschauen. Er fühlte sich als ganzer Mann, erwartete ihre Zustimmung und hatte Sehnsucht danach, sie zu umarmen.

2

Den Kontakt zu ihrer eigenen Familie hatte Marie inzwischen fast verloren. Ein paarmal schrieb sie an den Onkel und Cäcilia, doch es kam keine Antwort. Trotzdem schickte der Onkel wie versprochen regelmäßig an Emmi Janus Geld für den Anbau. Schon vor den kalten Tagen waren die Bauarbeiten beendet. Die ganze Familie und sämtliche Bäcker schleppten die Möbel des jungen Paares hinüber in die hellen, freundlichen Räume, in denen es noch nach Kalk und frischer Farbe roch. Emmi Janus spendierte die Gardinen und einen großen Teppich für die Stube. Der Onkel selbst kam mit einem Fuhrwerk, auf dem sich einzelne Möbelstücke stapelten, die er vom Dachboden seines Hofes geholt hatte.

»Es ist viel zuviel!« jammerte Marie, die

luftige, sparsam möblierte Räume liebte. »Wo sollen wir denn bleiben, wenn die Möbel schon alles füllen?«

Der stumme Reitinger, der zum Abladen mitgekommen war, lachte. Er versuchte gar nicht zu verbergen, wie glücklich er war, Marie wiederzusehen.

»Schade, daß du nicht bleiben kannst«, sagte Marie leise zu ihm. »Vielleicht komme ich im nächsten Sommer für ein paar Tage nach Hause. Da kannst du mich dann im Fahrradanhänger spazierenfahren.«

Er nickte und wandte verlegen das Gesicht ab.

»Wir müssen gleich wieder zurück«, verkündete der Onkel. »Es ist eine lange Fahrt. Vor Mitternacht werden wir nicht zu Hause sein.« Er trat ganz nahe an Marie heran. »Es ist das letzte Mal, daß du mich hier siehst!« erklärte er mit düsterer Miene. »Frag deine Schwiegermutter, warum. Wahrscheinlich hat sie dir aber gar nichts erzählt. Ich kann dir nur sagen, noch nie im Leben bin ich so schamlos unter Druck gesetzt worden.«

»Ich weiß nicht, was du meinst.«

Der Onkel machte die Bewegung des Geldzählens. »Die feine Dame weiß, wie man anderen die Scheine aus der Tasche zieht. Ich hätte sie längst zum Teufel geschickt, wenn es nicht

letztlich für dich gewesen wäre. Mein Paten-
kind. Die einzige Tochter meiner Schwester.«
Seine letzten Worte klangen nicht zärtlich,
sondern nur wie eine Rechtfertigung vor sich
selbst, weil er Emmi Janus nicht gewachsen
gewesen war.

»Was hat sie getan?«

Er zuckte die Achseln. »Erpressung nennt es
meine Cäcilia, und sie hat recht damit. Aber
reden wir nicht mehr davon. Die Sache ist
erledigt. Unser Kontakt ist hiermit abgebro-
chen. Du gehörst jetzt hierher. Halt dich an sie,
dann schwimmst du immer oben. Wenn du
dich doch noch entschließen solltest, mir dein
Haus zu verkaufen, melde dich. Lieber heute
als morgen.« Er preßte die Lippen zusammen.
»Wenn ich es allerdings von deinem Standpunkt aus betrachte, denke ich, es ist vielleicht
gar nicht schlecht, wenn du noch etwas in der
Hinterhand behältst. Den Erlös würde sie dir
ja doch aus der Tasche ziehen. Dann hättest du
überhaupt nichts mehr.«

»Du siehst alles zu schwarz, Onkel. Ich bin
gut verheiratet. Mein Mann liebt mich.«

Er zuckte die Achseln. »Er dich? Und was
ist mit dir?«

Sie wollte antworten, ihre Ehe verteidigen.
Doch etwas verschloß ihr den Mund. Vielleicht
war es nur der Schmerz, den Onkel zu verlie-

ren und sich von Reitinger verabschieden zu müssen.

Da nickte der Onkel. »Ja, ja, so ist es. Glaub mir, ich kenne das. Zu Anfang meint man, man hat die Ehe neu erfunden, und dann ist es doch nur das gleiche Kreuz wie bei allen anderen.«

Marie schüttelte heftig den Kopf. »Das ist nicht wahr, Onkel!« widersprach sie. »Glaub mir …«

Doch er unterbrach sie mit einer Handbewegung. »Es ist Zeit«, stellte er fest und winkte Reitinger zu sich.

Da schwieg Marie. Sie ergriff die warme, harte Hand des Stummen, so schwielig und vertrauenerweckend, gut und fest wie die Erde selbst. »Paß auf dich auf, Reitinger«, sagte sie leise und spürte, wie sehr sie ihn liebte. »Bleib gesund, ja?!«

Er nickte und summte leise wie damals, als es galt, Mira Zweisam zu trösten.

»Und pfleg mir das Grab schön!«

»Das tut er jeden Tag«, versicherte der Onkel. »Er hat es noch kein einziges Mal vergessen.«

Marie lächelte unter Tränen. »Vielleicht wird doch alles wieder gut«, sagte sie leise. »Wahrscheinlich hat es meine Schwiegermutter gar nicht böse gemeint. Sie ist nur manchmal ziemlich energisch.«

Der Onkel schnaubte verächtlich und schwang sich auf den Kutschbock. Der Stumme setzte sich neben ihn. Der Onkel schnalzte mit der Peitsche und trieb die Pferde an. Marie stand mit leeren Händen da und sah ihnen nach, bis sie hinter der Kehre verschwunden waren. Als sie ins Haus zurückkehren wollte, kamen ihr Janus und die Schwiegereltern entgegen.

»Wo sind sie denn?« fragte Emmi Janus. »Das Essen ist fertig. Ich wollte sie doch bewirten. Auch den Stummen.«

Marie sah sie lange an. »Sie sind fort«, sagte sie dann. Sie hatte das Gefühl, ihre Kehle wäre mit einem stählernen Band zugeschnürt worden.

3

Manchmal, wenn Marie am Steuer ihres Lieferwagens saß, verglich sie ihr Leben mit dem Leben anderer. Alle, die sie kannte, schienen an einem bestimmten Platz und in einer abgegrenzten Gemeinschaft verwurzelt zu sein, in die sie hineingeboren waren, aus der sie sich ihre Lebenspartner wählten und in der sie starben – begleitet und betrauert von den gleichen Menschen, die sie schon als Kinder gekannt hatten. Wenn sie miteinander redeten, waren keine Erklärungen erforderlich. Man kannte die gleichen Leute und wußte genau, was von ihnen zu halten war. Der ewig gleiche Umgang verfestigte den eigenen Charakter. Man wurde genommen, wie man schon immer gewesen war, brauchte sich nicht zu ändern oder anzupassen. Sogar die schlechten Eigenschaften wurden zugelassen, weil sie für alle absehbar waren und man sich an sie gewöhnt hatte. Sie trugen zum bunten Bild der Gemeinschaft bei. Mochte man auch miteinander hadern und Besserung verlangen, so wurde es doch hingenommen, wenn sich nichts änderte. Schon als Kind habe der eine gelogen oder sich maßlos mit Essen vollgestopft. Schon als junges Mädchen sei jene hinter den Männern hergewesen. Schon während der Lehrzeit habe sich die Tüchtigkeit des einen oder die Faulheit des anderen erwiesen. Ein festgefügtes Muster, nach und nach mit groben, bunten Fäden gestickt wie der Überzug eines Kopfkissens, auf dem sich gut ruhen ließ.

Marie gehörte nirgendwo dazu oder wenn, dann nur am Rande. Ihre Rolle war immer die der Außenseiterin gewesen. War es Mira Zweisam wenigstens im Tode erlaubt worden, in die angestammte Gemeinschaft zurückzukehren, so hatte Marie diese an dem Tag verlassen, als sie mit ihrer Mutter über die Felder und Wiesen zum Bahnhof ging, um ein neues Leben zu beginnen. Als sie nach ihrer Rückkehr wieder fortging, war ihr endgültiger Abschied besiegelt. Ihr zweites Leben in der Platanenallee stand ohne Verbindung zu ihrer Kindheit. Nur sie selbst stellte das Band zwischen den zwei verschiedenen Lebensformen her, und sie brach alle Brücken ab, als sie ihre Ehe einging.

Es wäre an der Zeit, dachte Marie, während sie den Lieferwagen geschickt durch die engen Gassen der Altstadt zum Hotel Weinzinger steuerte, wo sie ihr Brot abzuliefern hatte, es wäre an der Zeit, nun endlich Fuß zu fassen. Ohne Wenn und Aber Frau Janus zu sein. Nicht mehr zu zweifeln, ob Franz Janus der Mann war, mit dem sie der Mensch werden konnte, als der sie gedacht war. Ja zu sagen zu allem: zur Autorität von Emmi Janus, zu einem Leben der Geschäftigkeit, ohne den Anspruch zu erheben, etwas lernen und sich austauschen zu wollen. Zu einem Leben ohne Bücher und ohne das Verständnis für das, was die Welt antrieb, und vor allem für jene, die sich anmaßten, die Geschicke anderer zu beeinflussen.

Einen silbergrauen Rock trug sie an diesem Tag, wie immer, wenn sie ins Gai fuhr. Einen silbergrauen Rock und eine weiße Bluse. So adrett, so makellos. Aber bin das wirklich ich?

dachte sie. Sie erinnerte sich plötzlich an die Leseheftchen, ganz hinten im Schrank hinter der Wäsche versteckt. 907 und 1414. Viel Zeit war inzwischen vergangen. Wenn sie jetzt zur Bücherei ginge, würde man ihr auf das eigene Heftchen die Bücher leihen, die sie verlangte. Eine erwachsene junge Frau. Verheiratet inzwischen. Ob sich nicht vielleicht doch eine Verbindung zwischen den Welten schaffen ließ? Konnte nicht sie, Marie Janus geborene Zweisam, eine Welt für sich darstellen? Ein eigenes kleines Universum inmitten der anderen, mit einer unsichtbaren Mauer um sich herum, um das eigene Geheimnis und sich selbst zu schützen. Ohne darüber zu sprechen oder sich irgend jemandem anzuvertrauen. Selbstgewählte Einsamkeit inmitten der Geborgenheit. Ein Nachteil? Nein, dachte sie. Ein Reichtum! Sie beschloß, noch heute abend das Heftchen Nummer 907 aus seinem Versteck zu holen. Ihr Schlüssel zur Vielfalt der Gedanken. Kein Verrat an den anderen würde es sein, sich eigene Wege zu suchen. Wenn sie zufrieden war und glücklich mit dem, was sie tat, konnte sie auch den anderen Gutes erweisen. Franz Janus wurde nichts genommen, wenn seine Frau dem eigenen Stern folgte.

Sie fühlte sich ruhig und erleichtert. Als sie ihren Wagen vor dem Hintereingang des Hotels abstellte, um das Brot abzuliefern, trat der Besitzer gerade aus der Tür. Wie immer, wenn er sie sah, lächelte er erfreut, ergriff ihre Hand und deutete spielerisch einen Handkuß an. »Die schöne Bäckerin!« rief er entzückt. »Ich schwärme für Sie, wußten Sie das?«

Auch er, dachte Marie, hatte ihr einen Platz zugewiesen.

Ein milder Herbsttag, die Luft so durchsichtig, daß man hätte glauben können, es wäre Frühling. Marie wußte, daß in St. Peter das Essen für sie bereitstand, aber sie wollte noch nicht nach Hause. Als sie am Volksgarten vorbeifuhr, bremste sie unwillkürlich und lenkte den Lieferwagen neben ein Gebüsch. Sie stieg aus, schloß ab und steckte den Schlüssel in die Rocktasche. Auf den Kieswegen des Parks raschelten schon die ersten Herbstblätter. Mit leichten Schritten eilte sie dahin und atmete die reine Luft. Freude erfüllte sie, als hätte sie einen Entschluß gefaßt, der alles veränderte und verbesserte, und als – mein Gott! – als kämen plötzlich die beiden Pudel Richard Ohnesorgs hinter einem Baum hervor und sprängen begeistert an ihr hoch, um sie zu begrüßen. Sie hatte das Gefühl, als vereinten sich in diesem Augenblick alle ihre Lebensbereiche und wurden zu dem, was sie sein sollten: ihr Leben.

Sie betrat ein kleines Rondell mit zwei Bänken. Auf der einen saßen zwei Männer. Ein junger und ein alter. Der junge war förmlich gekleidet, ganz in Schwarz und viel zu streng für sein Alter. Wahrscheinlich eine Art Schuluniform, dachte Marie. Vielleicht auch ein Student aus dem Priesterseminar. Ohne zu begreifen, warum, erschrak sie plötzlich und blickte auf den Alten. Sie wußte sofort, wer es war. Die elegante Kleidung, immer ein wenig stutzerhaft. Der bunte Schal um den Hals. Die dikke Brille, hinter der die Augen verschwammen.

Ihr erster Gedanke war Flucht. Doch dann fiel ihr ein, daß der alte Herr sie gar nicht sehen konnte. Auch der Seminarist konnte nicht wissen, wer sie war. Außerdem: Welchen Grund hätte es gegeben, fortzulaufen? Dieser Mann war ihr Wohltäter, auch wenn er es bestimmt nicht hätte wahrhaben wollen. Der Herr Notar. Der alte Herr, der ihr seine Zeitung wie einen Schlüssel zur Erkenntnis gereicht hatte.

Sie setzte sich auf die Bank auf der anderen Seite des Rondells, nur die Blumenrabatten zwischen sich und den beiden Männern. Der alte Herr saß wie immer sehr aufrecht da, die Hände auf einen schwarzen Stock mit Silberknauf gestützt – eine neue Errungenschaft, dachte Marie. Zu ihrer Zeit hatte er es noch verschmäht, dieses Attribut des Alters zu Hilfe zu nehmen. Auch sein Äußeres hatte sich kaum merklich verändert. Die Wangen waren ein wenig schmaler und vielleicht auch schlaffer geworden. Der Griff der Hände um den Knauf, unsicher trotz der Haltung, als hätte der alte Herr einen zweiten Stock besessen und ihn verschluckt.

Der junge Mann hielt eine Zeitung, die er immer wieder ruckartig hob und dann, während er las, langsam sinken ließ. Anschließend hob er sie wieder, als riefe er sich zur Ordnung, und sie rutschte nach und nach wieder nach unten. Es sah aus, als atmete die Zeitung und versteckte rhythmisch das Gesicht des Lesenden, um es dann wieder preiszugeben. Sogar seine Stimme konnte Marie hören, wenn auch nicht verstehen. Es kam ihr aber vor, als stottere der junge Mann ein wenig und erröte, wenn ihm der Text allzu große Schwierigkeiten bereitete.

Der alte Herr schien unzufrieden. Immer wieder stieß er kurz mit dem Stock auf den Boden, daß ein paar Kieselsteine davonsprangen. Einmal knurrte er so laut, daß sogar Marie es hören konnte. Sie lächelte zufrieden. Es war kein unangenehmes Gefühl, den eigenen Nachfolger scheitern zu sehen.

Auch der junge Mann hatte sie nun bemerkt. Einen Moment lang ließ er die Zeitung sinken und starrte Marie an, die zur Seite blickte, als hätte sie ihn gar nicht wahrgenommen. Da las er weiter, doch schien die Unzufriedenheit seines Herrn zuzunehmen. Als dieser immer öfter den Kiesbelag des Parks mit dem Stock malträtierte, stand Marie kurz entschlossen auf und ging zu den beiden hinüber. Sie wußte, daß der alte Herr sie nicht erkennen würde. So nahm sie dem Seminaristen einfach die Zeitung aus der Hand und gebot ihm mit einem Kopfnicken, zur Seite zu rücken. Der junge Mann protestierte, gehorchte jedoch, während der alte Herr nicht verstand, worum es ging, und mit zurückgeneigtem Kopf und zusammengekniffenen Lidern die Stärke seiner Brillengläser zu unterstützen suchte.

»Wo sind Sie stehengeblieben?« fragte Marie den Seminaristen.

Er zeigte mit dem Finger auf die betreffende Stelle. »Hier. Aber was wollen Sie?«

Da fing Marie an vorzulesen wie vor langer Zeit im schattigen Bücherzimmer, während ihre Schuhspitzen die des Herrn Notar fast berührten. Sie war zu aufgeregt, um zu erfassen, was sie da eigentlich las. Sie lauschte nur dem Klang der eigenen Stimme, so klar wie einst, so makellos und rein. Keine Heiserkeit und kein Stammeln. Eine schöne, junge Frauenstimme, wie der Herr Notar es liebte, dem das Alter so vieles genommen hatte und dem es keinen Trost bedeutete, daß es anderen nicht besser erging.

Als er Maries Stimme erkannte, entspannte er sich. Er legte den Stock neben sich auf die Bank und lehnte sich zurück, ohne zu versuchen, Marie mit seinen Augen zu erfassen. Er hatte ja doch nie genau gewußt, wie sie aussah. Nur ihre Stimme kannte und liebte er, nicht ihr Gesicht oder ihren Körper, an den er sich manchmal erinnerte, wobei er nicht mehr wußte, ob es der eine, rundliche gewesen war mit den dicken Hüften und Hinterbacken, die beim Gehen auf und ab hüpften, oder der andere, so enttäuschend schmal und hart, wie es heutzutage wohl modern war, so unerfreulich für Männerhände, zumindest für die seinen.

Der Seminarist hatte zu protestieren aufgehört. Er zuckte die Achseln und bedachte, daß er für seine Dienste monatlich bezahlt wurde, und das im voraus. Die weibliche Konkurrenz würde ihm also keinen Schaden zufügen, es sei denn, sie versuchte, ihn auszubooten. Aber so weit war es ja noch nicht. »Soll ich wieder?« fragte er, als Marie den Artikel zu Ende gelesen hatte.

»Bloß nicht!« knurrte der alte Herr. »Mach weiter, Mädchen!«

Doch Marie faltete das Blatt zusammen.

»Ich habe keine Zeit mehr, Herr Notar«, sagte sie leise. »Ich bin jetzt verheiratet, wissen Sie. Man erwartet mich.«

Er starrte sie durch seine dicke Brille an. »Verheiratet! Seit wann heiraten Kinder?«

Marie erhob sich. »Vielleicht ergibt es sich wieder einmal. Ich würde mich so freuen!«

Er starrte sie noch immer an. »Walburga«, erinnerte er sich dann. »Nicht wahr? Walburga. Seltsamerweise wolltest du immer Marie genannt werden.«

Marie lächelte unter Tränen. »Genau so war es, Herr Notar. Genau so.« Sie machte einen Knicks wie damals und ging davon. Bevor sie das Rondell verließ, drehte sie sich noch einmal um. Die beiden Männer auf der Bank wandten ihr das Gesicht zu, doch sie wußte, daß der alte Herr sie nicht mehr sehen konnte. Vielleicht hörte er noch ihre Schritte und daß sie stehengeblieben war, denn plötzlich hob er die Hand und winkte.

Eine Woche später las Marie in der Zeitung, daß er gestorben war. Das Leseheft Nummer 1414 hatte seinen Besitzer verloren.

Dezember

Wenn sich Marie der vergangenen Jahre erinnerte, hatte sie nie das Gefühl einer Kontinuität, in der Tag auf Tag und Jahr auf Jahr folgten. Vielmehr glaubte sie, auf eine Art Wandteppich zu blicken, auf dessen Fläche einzelne Bilder aufleuchteten, die sich im Laufe der Zeit vermehrten. Erinnerungen, von denen die eine manchmal eine andere überdeckte und nach und nach auslöschte. Mira Zweisams blondes Haar in der Mittagssonne, die blassen, empfindsamen Hände des Lehrers, Cäcilias trotzige Eifersucht. Dazu die Bilder der Landschaft, in der Marie aufgewachsen war – eine liebliche Hochebene mit sanften Hügeln am Horizont, von denen aus man an klaren Tagen die schroffen Zacken der Alpen erkennen konnte. Wiesen voller Blumen und winzigem Getier, kleine Mischwälder mit verwunschenen Teichen, über denen Libellen schwirrten.

Auch an die Schwalben mußte Marie manchmal denken. Mira Zweisam hatte diese Vögel geliebt. Sie glaubte daran, daß es Glück brachte, sie im Hause zu beherbergen. Wenn der Frühling kam, öffnete sie die runde Luke am Giebel, um den Heimkehrenden zu zeigen, daß sie willkommen waren. Es gab kein einziges Jahr, in dem sie enttäuscht worden wäre. Die Schwalben schwangen sich durchs Fensterchen und bauten ihr Nest. Wenn dann eines Tages das Tschilpen der Jungen zu vernehmen war, lachte Mira Zweisam und behauptete, damit sei das Glück für das kommende Jahr gesichert. Wäre es nach den Schwalben gegangen, dachte Marie, wäre Mira Zweisam immer nur glücklich gewesen.

Seit sie verheiratet war, schien der Wandteppich ihrer jungen Jahre vollendet. So viele neue Bilder hätten sich einreihen können, doch irgendwie schienen sie nicht dazuzupassen. Etwas war zu Ende gegangen, und das Neue mußte sich erst einen eigenen Rahmen schaffen. Nicht mehr in Bildern sah Marie nun ihr Leben, sondern in einer Abfolge, eins nach dem anderen. Nur so ließen sich die vielen neuen Eindrücke und die Veränderungen festhalten, denen sie unterworfen war.

Die einzige, die sich immer gleichzubleiben schien, war Emmi Janus. Stets wußte sie, was zu tun war. Alles dachte sie zu Ende, wie die Weisen des Alten Rom. Ihr Antrieb war der eigene Vorteil, den sie in der Währung des Geldes und des Ansehens bezifferte. Marie fragte sich manchmal, welches von beiden ihrer Schwiegermutter wichtiger war.

Bedroht fühlte sich Emmi Janus von allem, was bezahlt werden mußte oder ihren Ruf zu schmälern drohte. So gutherzig sie den verarmten Familien aus der Arbeitersiedlung das Brotgeld zu stunden schien, so unbarmherzig und voller Verachtung führte sie ihre Schuldnerliste, die offen über der Ladenkasse aushing.

Es entging ihr nie, wenn einer der säumigen Zahler doch wieder Arbeit gefunden hatte. Dann stand sie ohne Verzögerung in der Abenddämmerung vor seiner Tür, während sich drinnen die Familie zum Essen versammelte. »Es geht uns selbst ja auch nicht gut«, seufzte sie dann betrübt. »Kann ich hineinkommen, damit wir reden?« Der Familienvater, der endlich die Achtung von Frau und Kindern wiedergewonnen hatte, beeilte sich, Emmi Janus am Eintreten zu hindern, und zahlte, so viel er konnte.

Dabei klang ihre Stimme niemals hart und unbarmherzig. Ihre Worte waren sanft und zögernd. Sie schien für alles Verständnis zu haben, aber auch sie hatte ihr Bündel zu tragen, nicht wahr?

Ein einziges Mal erlebte Marie sie wirklich

in Bedrängnis. Für ein paar Augenblicke brach die Mauer nieder, hinter der sich Emmi Janus schon so lange verschanzt hatte, daß diese ein Teil ihrer selbst geworden war, vielleicht sogar die wahre Verkörperung ihres Wesens.

Es war an einem Dezembertag, der Himmel bleiern, die Luft kalt und ohne Bewegung. Marie half ihrer Schwiegermutter beim Austeilen der Suppe für die Arbeitslosen. Während des Sommers waren die meisten von ihnen ausgeblieben. Doch als die Bäche nichts mehr hergaben, alle Pilze gesammelt und alle Beeren gepflückt waren, als die Wälder sich lichteten und die Fallensteller den Blicken auslieferten, da kehrten auch die Hungrigen zurück und klopften an ihre Tür. Manche bescheiden, andere hart und fordernd ob der Ungerechtigkeit des Schicksals.

Marie wußte, daß Emmi Janus die Bittsteller haßte. Doch da sie sich im Vorjahr mildtätig gezeigt hatte, wagte sie nicht, sich ihnen dieses Jahr zu verweigern. So wurde der alte Küchentisch wieder vors Haus getragen, und Emmi Janus verteilte jeden Mittag Suppe und Brot. Sie war klug genug, sich ihren Widerwillen nicht anmerken zu lassen, sondern hatte für jeden ein gutes Wort. Sie kannte alle Familien der Umgebung, wußte Bescheid über Krankheiten und Todesfälle. Sie fragte nach den Kindern und nach den Aussichten auf eine Arbeitsstelle. Da sie sich der Wohltätigkeit nicht entziehen konnte, machte sie sich diese zunutze, um den eigenen Ruf erneut zu festigen. Nicht einmal Marie war sich sicher, was Emmi Janus wirklich dachte. Manchmal hätte sie sich am liebsten bei der Schwiegermutter dafür entschuldigt, sie jemals für berechnend gehalten zu haben.

An jenem bleiernen Tag stand wieder eine lange Schlange vor dem Haus, Blechnapf und Löffel in der Hand. Mit mächtigen Schöpfkellen teilten Emmi Janus und Marie die Suppe aus. Sie hatten schon Übung darin und gossen die Behältnisse mit einem einzigen Schwung voll, ohne daß ein Tropfen verlorenging. »Vergelt's Gott!« murmelten die Hungrigen oder »Danke, Frau Janus!« Dann nahm jeder eine Scheibe Schwarzbrot von dem Holzbrett und trat zur Seite, um die dampfende Suppe zu verzehren, ehe sie kalt wurde. Ganz ruhig war es, nur das Klappern der Löffel und das Schlürfen der Bittsteller waren zu hören, deren Atemfahnen in der Luft sich ausweiteten, wenn sie gegessen hatten.

Auf einmal kam Unruhe auf. Ein hochgewachsener junger Mann, der noch nie zuvor zur Armenspeisung gekommen war, holte sich von Emmi Janus seine Suppe. Gekleidet war er wie die anderen, doch statt sich wie alle zu bedanken und nach dem Brot zu greifen, blieb er stehen und blickte auf die viel kleinere Emmi Janus hinunter. »Schwarzbrot?« fragte er. »Da drinnen stehen doch Körbe voller Semmeln!«

Emmi Janus hielt seinem Blick stand. »Wenn Sie eine wollen, können Sie sich ja eine kaufen«, antwortete sie mit ruhiger Stimme. »Geschenkt gibt es nur Schwarzbrot.«

Der junge Mann lächelte. »Die Frau Bäckerin!« sagte er fast zärtlich. »Es gab einmal eine Zeit, da hatte das Volk auch nichts zu fressen. Eine Weile hielt es wie dummes Vieh still, aber dann wurde es auch für die anderen ungemütlich.« Er nahm ein Stück Brot und biß hinein. »Man redet immer davon, daß damals die Aristokraten von den Laternen baumelten und die Königsfamilie den Kopf verlor. Aber in Wirklichkeit waren die ersten, denen es an den Kragen ging, der Herr Bäcker und die Frau Bäckerin in ihrer vollen Backstube.« Er streckte die Arme aus und hielt seinen Napf hoch. Dann goß er langsam die Suppe in den Schnee. Es sah aus, als hätte er Blut verspritzt.

Emmi Janus schwieg. Noch immer schien sie ganz ruhig. Da mischte sich Marie ein. »Und was hat es gebracht?« fragte sie. »Bürgerkrieg. Schreckensjahre für das ganze Land. Wünschen Sie sich das auch?«

Der Mann schien Marie erst jetzt zu bemerken. »In der Schule brav aufgepaßt, was, Schätzchen?« murmelte er.

»Nicht besser als Sie!«

In diesem Augenblick ließ Emmi Janus die Schöpfkelle in die Suppe fallen. »Mach allein weiter!« gebot sie Marie. Sie drehte sich um und verschwand im Haus.

Der junge Mann hielt Marie seinen Napf hin. »Darf ich noch einmal?« fragte er in ironischem Tonfall.

Marie blickte ihn kalt an. »Einmal für jeden«, bestimmte sie. »Gehen Sie weiter! Sie sind nicht der einzige!« Mit zusammengekniffenen Augen hielt sie dem abschätzigen Blick des jungen Mannes stand. Dabei hatte sie das Gefühl, ihm schon einmal begegnet zu sein. Sie wußte nur nicht, wo und wann. Auch er schien darüber nachzudenken. Dann wandte er sich mit einem Ruck um und ging davon, die Schultern hochgezogen, als erwarte er einen Schlag ins Genick oder setze zum Sprung an – die ganze Gestalt voller Trotz und Empörung.

Marie sah, daß die Umstehenden unruhig geworden waren und begrüßte wie Emmi Janus die folgenden beim Namen. Als sie fertig war, schleppte sie ohne Hilfe den leeren Suppenkessel in die Küche.

Emmi Janus saß am Tisch und starrte vor

sich hin. »Was soll ich denn noch tun?« fragte sie plötzlich, ohne Marie anzusehen. »Was denn noch alles?«

Marie ging zu ihr und legte ihr die Hand auf die Schulter. Doch Emmi Janus schüttelte sie unwillig ab. »Das ist doch kein Leben!« murmelte sie. »Als ich ein junges Mädchen war, herrschte Krieg. Als dann der sogenannte Frieden kam, dachten wir, nun würde alles anders und man könnte endlich wieder in Ruhe seine Arbeit tun und sich etwas aufbauen. Das ist jetzt bald zwanzig Jahre her. Und was ist geschehen? Es wird nicht besser, sondern immer schlimmer. Irgendwann einmal liegen wir mit durchschnittener Kehle im Bett.« Sie schüttelte den Kopf. »Hier muß endlich jemand für Ordnung sorgen. Man muß sich wieder darauf verlassen können, daß die Dinge so bleiben, wie sie sind. Daß das Geld seinen Wert behält und die Aufrührer in Schach gehalten werden.«

»Wie in Deutschland?«

Emmi Janus zuckte die Achseln. »Warum nicht?« Sie ließ den Kopf auf den Tisch sinken. »Ich bin müde«, sagte sie leise. »Wir sind alle müde. Ist dir das noch nicht aufgefallen? Wir wissen gar nicht mehr, wie es ist, sich wohl zu fühlen. Wir brauchen jemanden, der uns dabei hilft.«

Wie in einem blendendhellen Blitz sah sich

Marie mit dem alten Herrn im Bücherzimmer sitzen. *O ihr unverständigen Galater*, hatte er gemurmelt. *Wer hat euch bezaubert?*

»Die haben auch nicht die Lösung für alles«, sagte Marie leise und setzte sich neben ihre Schwiegermutter.

Emmi Janus stand auf. »Vielleicht doch!« sagte sie. »Vielleicht doch.« Dann ging sie zur Spüle und fing an, den Suppentopf zu schrubben.

In der Nacht schreckte Marie aus dem Schlaf. Sie wußte plötzlich, woher sie den jungen Mann kannte, der bei Emmi Janus eine solche Unruhe ausgelöst hatte. Es mußte der gleiche sein, der sie damals bei ihrem ersten Mittwochausgang angesprochen hatte, ganz lässig ein Jo-Jo in der Hand schwingend, wie es zu jener Zeit Mode gewesen war. In ihrer Erinnerung war er damals kleiner gewesen, jünger wahrscheinlich, als sie ihn eingeschätzt hatte. Ein kleiner Prahlhans, fast noch ein Kind, aber entschlossen, sich nichts im Leben entgehen zu lassen. Dazu dieses Selbstbewußtsein, diese Angriffslust. Beides hatte ihn trotz allem, was ihn in die Warteschlange der Bittsteller geführt hatte, offenkundig bis jetzt nicht verlassen. Dazu hatte sich wohl noch die Verzweiflung gesellt und vielleicht sogar Haß. *Die ersten, denen es an den Kragen ging, waren der Herr Bäcker und die Frau Bäckerin in ihrer vollen Backstube.* Marie fröstelte. Ob auch er bereit wäre, für Brot zu töten? War die Angst von Emmi Janus wirklich nur ein Hirngespinst, geboren aus Übermüdung und Ärger? Und was wäre mit ihr geschehen, dachte Marie, wenn sie damals mitgegangen wäre?

2

Das Weihnachtsgeschäft trieb den Umsatz der Bäckerei in die Höhe. Obwohl um diese Zeit in fast jedem Haushalt der Stadt Kekse gebakken wurden, hatte es sich doch herumgesprochen, daß es bei Janus am Hauptplatz Weihnachtsgebäck zu kaufen gab, das kaum mehr kostete, als wenn man es selbst herstellte. Dazu bot der Laden noch einige ganz spezielle Plätzchensorten an, die man mit Fug und Recht als exquisit bezeichnen konnte. Es handelte sich dabei um spezielle Rezepte von Lothar Janus, in denen der Elan seiner Jugend wieder aufflammte, als er davon geträumt hatte, das junge Mädchen Emmi Salzer, das sich so unerreichbar gebärdete, mit der Süße und Zartheit seiner Backkreationen zu verführen. Er mußte sie wohl überzeugt haben.

Als nach einem Jahr Ehe der einzige Sohn der beiden geboren wurde, der seinem damals noch schwarzgelockten Vater ähnelte, entfaltete sich das schöpferische Genie des jungen Bäckers erneut, ermattete aber danach im Einklang mit der Ernüchterung, die der eheliche Alltag mit sich brachte. Emmi Janus, geborene Salzer, war nicht das hingebungsvolle *Putzigam*, das ihr Mann sich erträumt hatte. So schlank und zierlich sie war, so energisch packten ihre festen, kleinen Hände zu und entzogen sich seinen Beschützerphantasien.

Erst seit der Sohn Franz seine junge Frau ins Haus gebracht hatte, fühlte sich Lothar Janus wieder als Künstler und erinnerte sich beim Anblick der flirrenden, dunkelblonden Löckchen in Maries Nacken an die Rezepte seiner sehnsüchtigen Jugend. Emmi Janus war es zufrieden, wie sie mit allem zufrieden war, was das Geschäft belebte.

Sowohl der Laden in St. Peter als auch das Geschäft auf dem Hauptplatz waren jeden Morgen voller Kunden. Aushilfskräfte mußten eingestellt werden, für die Emmi Janus eigens silbergraue Röcke schneidern ließ, zu denen die jungen Frauen weiße Spitzenblusen und schneeweiße Schürzen trugen. Alles sah blitzsauber und vornehm aus, so daß die Kunden beeindruckt darauf schworen, nirgendwo in der Stadt ginge es properer zu und gebe es besseres Backwerk als bei Janus. Dazu kam noch die aufmerksame Bedienung. Emmi Janus achtete sehr darauf, daß alle Kunden mit Namen angesprochen wurden, sogar in der Stadt, soweit dies möglich war. Als zusätzliche Werbemaßnahme besuchte sie an den Tagen vor Weihnachten noch persönlich ihre Großkunden in den Hotels und Gaststätten und brachte ihnen Geschenke mit: ansprechend verpackte Weihnachtskekse der feinsten Sorte, die sie mit bescheidenen Worten und besten Wünschen überreichte.

»Zu unserem Hauswirt wirst du mich begleiten«, sagte sie zu Marie, die von früh bis spät mit dem Lieferwagen unterwegs war. »Du kutschierst mich hin und gehst dann mit hinauf. Du wirst auf diese Leute sicher Eindruck machen.«

Marie erschrak. Es kam ihr vor, als ob die einzige wirkliche Lüge, die sie sich jemals hatte aufzwingen lassen, plötzlich auf sie niederstürzte und sie unter sich begrub. Obwohl ihr Franz Janus versprochen hatte, seine Eltern bei Gelegenheit über Maries Herkunft und ihre Jahre in Linz aufzuklären, hatte er bisher geschwiegen. Marie selbst hatte mehrere Male versucht, mit Emmi Janus darüber zu reden. Doch diese war immer viel zu beschäftigt gewesen, um sich auf ein Gespräch einzulassen, das offenkundig nichts mit dem zu tun hatte, was der Alltag forderte. »Erzähl mir keine alten Geschichten!« wies sie Marie zurecht, als diese ihre Mutter erwähnte. »Was vorbei ist, ist vorbei. Für die Währung von gestern bringt der Müller kein Mehl.«

So gab Marie schließlich ihre Versuche auf. Sie tröstete sich damit, daß eben wirklich vorbei war, was vorbei war. Vielleicht spielte es tatsächlich keine Rolle mehr, daß sich vor so vielen Jahren eine junge Frau ins Unglück gestürzt hatte.

Doch nun war alles anders. Schon in der Nacht vor dem geplanten Besuch fand Marie keinen Schlaf. Sie stellte sich vor, wie sie mit ihrer Schwiegermutter an der Wohnungstür der Ohnesorgs läutete. Wie drinnen Schritte näher kämen und die Tür aufging. Wie Richard Ohnesorg vor ihr stünde und sie nach erstem Erschrecken und ungläubiger Verwunderung mit ihrem Namen begrüßte. Wie Emmi Janus fragte, woher er Marie denn kenne, und wie die ganze Wahrheit ausgerechnet vor Richard Ohnesorg ans Licht käme. Wie Marie dann als Betrügerin dastünde, die sich einen gefälligen Lebenslauf zurechtgebastelt hatte, um sich in eine angesehene Familie einzuschleichen. Wie Richard Ohnesorg sie verachten würde, vor allem auch, weil sie Franz Janus geheiratet hatte, der seinem Geschmack bestimmt nicht entsprach.

Marie knipste die Nachttischlampe an und blickte zu ihrem Mann hinüber, der neben ihr schlief. In den vergangenen Monaten hatte er sich einen kräftigen Schnurrbart zugelegt, den er für besonders männlich und verführerisch hielt. Um dessen Form zu bewahren, trug er in der Nacht über der Oberlippe eine breite, weiße Bartbinde, die am Hinterknopf zugehakt war. Im Halbdunkel sah es aus, als wäre er geknebelt.

Marie wandte sich ab und schaltete das Licht wieder aus. Sie schämte sich, daß sie ihren Mann heimlich beobachtet hatte. Richard Ohnesorg, sagte sie sich, hatte ohne Bedeutung für sie zu sein. Sie war eine verheiratete Frau. Ihr Mann vertraute ihr. Nie durfte sie vergessen, daß er für sie dagewesen war, als niemand sie mehr haben wollte. Er hatte sich zu ihr bekannt und tat es immer noch. Er liebte und begehrte sie. Dafür schuldete sie ihm Loyalität. Die heimlichen Mädchenträume im Kämmerchen in der Platanenallee hatten keinen Wert. Sie zählten nicht mehr als die Verwirrungen einer einsamen Jugend. Die Zukunft durften sie nicht beeinflussen.

»Franz«, flüsterte sie und umarmte ihn. »Franzl!«

Er seufzte leise, ohne aufzuwachen.

Ein großbürgerlicher Salon, der Marie an das Wohnzimmer der Horbachs erinnerte. Seltsam vertraut und zu Hause fühlte sie sich in dem weitläufigen Raum mit Wänden so hoch, daß zwei stattliche Männer übereinander hätten stehen können. Durch drei schmale Doppelfenster, die bis zur Decke reichten, drang das matte Licht des Dezembernachmittags herein und ließ das Lametta auf dem fast raumhohen Christbaum in der Ecke glänzen. Weiße Kerzen, die sich am morgigen Abend im weihnachtlichen Schimmer verzehren würden. Duftendes Tannengrün, frisch aus dem Wald. Wer es wohl ins Haus geschleppt hatte?

Wenn eine Gesprächspause entstand, hervorgerufen durch die Fremdheit zwischen Besuchern und Gastgeberin, vernahm man gedämpft die Geräusche des Hauptplatzes. Das Klingeln der Straßenbahn und ihr dumpfes Dröhnen auf den Schienen. Das Hupen der Autos und Motorräder. Das Schreien eines Kindes. Bellende Hunde und das Stimmengewirr unzähliger Passanten, die in weihnachtlicher Mission unterwegs waren und es eilig hatten, die stillsten Tage des Jahres vorzubereiten. Ganz nah und doch unerreichbar fern klangen in dem friedlichen Raum all diese Stimmen und Geräusche aus einer anderen, unruhigen Welt.

Marie brauchte sich an dem Gespräch nicht zu beteiligen. Emmi Janus führte die Konversation mit der Gastgeberin, Frau Ohnesorg, deren Lächeln bei der Begrüßung an der Tür Marie erstarren ließ, weil es das gleiche Lächeln war wie das ihres Sohnes. Marie kam es vor, als wäre sie in eine verbotene Welt eingedrungen. Zu Anfang war sie nur erleichtert gewesen, als die Gastgeberin bedauernd feststellte, es sei niemand aus ihrer Familie zu Hause, um die wunderbaren Weihnachtspralinen und -kekse zu würdigen. Sie selbst sei leider zuckerkrank und müsse Diät halten. Unter den übrigen Familienmitgliedern werde aber gewiß ein Kampf um die Köstlichkeiten ausbrechen. »Sie sind alle Leckermäuler!« Frau Ohnesorg lächelte, und Marie starrte auf ihren Mund. »Ich war es früher auch, aber jetzt muß ich mich leider beherrschen.«

Ein liebenswürdiger, lockerer Gesprächston herrschte, den Emmi Janus in geschickter Weise aufnahm und erwiderte. Zum ersten Mal wurde Marie bewußt, wie geschmeidig Emmi Janus war, wie anpassungsfähig. Ehrgeiz und Geschäftssinn, mit diesen beiden Eigenschaften hatte Marie ihre Schwiegermutter bisher verbunden. Nun fragte sie sich, was Emmi

Janus eigentlich bezweckte. Wie weit hatte sie ihr Ziel überhaupt gesteckt? Der Weg um des Weges willen konnte dieses Ziel nicht sein. Oder gehörte Emmi Janus zu den ewig Suchenden, den ewig Strebenden, die erst innehielten, wenn die schwerste aller Krankheiten sie daran erinnerte, daß das Leben keine endlose Straße war, immer bergauf, sondern daß es schließlich für alle im Dunkel endete – oder vielleicht doch im Licht?

»Ihre Schwiegertochter ist wunderhübsch.« Frau Ohnesorg lächelte erneut und nickte Marie zu. »Sie sind wirklich zu beneiden, Frau Janus. Ich hoffe, daß uns unser Sohn später auch eine so schöne Braut ins Haus bringt. Noch ist er allerdings zu jung. Er steckt mitten im Studium. Ich vermisse ihn sehr. Zu den Weihnachtstagen ist er aber wieder in Linz. Heute besucht er mit seiner Schwester eine alte Freundin aus der Schulzeit. Sie wissen ja, wie das ist.«

Marie errötete. Sie konnte sich vorstellen, wo sich Richard Ohnesorg gerade zu Besuch aufhielt. Elvira Horbach würde ihn bestimmt wie einen Prinzen empfangen. Liebte sie ihn noch immer? Wer konnte, dachte Marie, jemals aufhören, ihn zu lieben?

Emmi Janus griff nach ihrer Handtasche. »Es wird Zeit für uns«, erklärte sie sanft. »Das

Weihnachtsgeschäft, Sie verstehen.« Sie erhob sich und wandte sich zur Tür. Marie und Frau Ohnesorg folgten ihrem Beispiel.

»Ihr Besuch hat mich sehr gefreut«, sagte Frau Ohnesorg liebenswürdig. »Beehren Sie mich bei Gelegenheit doch wieder einmal. Sie sind ja öfter in der Gegend.«

Sie traten hinaus in die Diele, deren Halbdunkel nur durch ein rotgeschirmtes Lämpchen auf einer schweren Truhe erhellt wurde. Das zarte Licht wiederholte sich in dem Spiegel dahinter, der die Gesichter der Besucher wie in einem weichen, rauchigen Schleier reflektierte. Warm war es hier, dachte Marie. Warm und geborgen. Wer hier lebte, dem konnte nichts geschehen. Es war kein Wunder, daß Richard und Susi Ohnesorg so liebevoll und ungezwungen waren. Das Lächeln ihrer Mutter und der gesicherte Wohlstand des Vaters umgab sie wie ein Mantel, der jedem Windstoß trotzte.

Man reichte einander die Hände und wünschte ein schönes, friedvolles Fest und alles Gute für das neue Jahr. Dann wandte sich Frau Ohnesorg zur Tür, um die Gäste persönlich hinauszulassen. Marie atmete auf, froh, daß der Besuch so reibungslos verlaufen war. Zumindest Zeit hatte sie gewonnen. Sie beschloß, sich bei nächster Gelegenheit von Emmi Janus nicht den Mund verbieten zu lassen, sondern alles zu

beichten, was sie bedrückte. Sie hatte ein Recht
darauf, verstanden zu werden, denn hatte sie
seit ihrer Hochzeit nicht bewiesen, daß sie bereit war, ihr Bestes zu geben?

In diesem Augenblick wurde von draußen ein
Schlüssel ins Schloß gesteckt. Ein, zwei Dre-
hungen, dann sprang die Tür auf, als hätte eine
Windböe sie aufgestoßen. Als erstes stürmten
die Hunde herein, die langen Leinen lose hinter sich herschleifend. Kläffend rannten sie
durch die Diele und wieder zurück, begrüßten
Frau Ohnesorg und danach – überschweng-
lich, als wäre seit der letzten Begegnung kein
einziger Tag vergangen – Marie. Beide zugleich
sprangen sie an ihr hoch, leckten ihre Hände
und schienen vor Freude fast den Verstand zu
verlieren.

Marie rührte sich nicht. Das sanfte Lampen-
licht milderte die Blässe ihres Gesichts.

»Verzeihen Sie bitte!« rief Frau Ohnesorg
und versuchte, die Pudel zu verscheuchen.
»Die beiden sind wirklich etwas verrückt. Aber
so unverschämt sind sie sonst nie. Man könnte
meinen, sie halten Sie für eine Bekannte.«

Marie schüttelte den Kopf und versicherte
mit stockender Stimme, das mache doch nichts.
Es seien schließlich Tiere, und außerdem liebe
sie Hunde.

Die Pudel befreiten sich aus Frau Ohnesorgs Griff, die sie am Halsband festzuhalten suchte. Sie stießen eine Tür auf, die einen Spaltbreit offengestanden hatte, und stürmten in den dahinterliegenden Raum, ein kleines Bibliothekszimmer mit einem runden Tisch in der Mitte, auf dem ein weiterer Weihnachtsbaum stand, geschmückt wie der Christbaum im Salon, doch bereits beleuchtet von einigen wenigen Kerzen, die schon zur Hälfte heruntergebrannt waren.

»Da haben Sie ja noch einen Christbaum!« sagte Emmi Janus erstaunt. »Wie hübsch!«

»Als Sie kamen, war ich gerade dabei, die Kerzen anzuzünden«, erklärte Frau Ohnesorg und rang ihre Hände. »Dann habe ich vergessen, sie zu löschen.« Sie versuchte, die Tür schnell wieder zu schließen, doch die Hunde waren ihr im Weg.

Erst jetzt sah Marie, daß es sich bei dem Weihnachtsschmuck in der Bibliothek nicht um einen Christbaum, sondern um ein riesiges Gesteck aus Tannenreisig handelte, das um einen großen Leuchter drapiert war. Doch noch während sie in den Raum blickte, hörte sie, daß hinter ihr eine andere Person – oder gar mehrere – die Diele betreten hatte. Sie wagte nicht, sich umzudrehen, während Frau Ohnesorg ihr hastig die Tür vor der Nase zuschlug und murmelte: »Meine Tochter Susanne. Mein Sohn Richard. Frau Janus, ihr kennt sie ja. Und das ist ihre junge Schwiegertochter. Marie Janus, nicht wahr?«

Es gab keinen Ausweg mehr. Marie drehte sich um. Direkt vor sich, ganz nah, blickte sie in das Gesicht von Susi Sans-souci, die sie verblüfft anstarrte. Wortlos reichten sie einander die Hand. Dann trat Richard Ohnesorg auf sie zu. Er kam Marie noch größer vor als in ihrer Erinnerung. Ein wenig hatte er sich verändert, war älter geworden, reifer. Ob er das gleiche von ihr dachte, als er auf sie herabstarrte, als könne er nicht glauben, was er sah?

Eine endlos lange Zeit schien zu vergehen, bis Marie höflich die Hand ausstreckte. Er griff danach und wollte gerade den Mund aufmachen, da schüttelte sie hastig den Kopf, um ihn zum Schweigen zu bringen. Sie spürte den Blick von Emmi Janus auf sich ruhen. Auch Frau Ohnesorg schien sich zu wundern, sagte aber nichts. Sie tauschte noch ein paar Höflichkeitsfloskeln mit Emmi Janus aus, dann schloß sich die Tür hinter Marie und ihrer Schwiegermutter.

Die beiden Frauen stiegen die Treppe hinunter und traten auf die Straße, wo der Wirbel der Menschenmassen sie umfing. Emmi Janus sagte etwas zu Marie, doch die verstand sie nicht. »Fahr mich schnell nach Hause!« hörte sie nur. Sie nickte.

Als sie im Lieferwagen saßen, spürte Marie, daß ihre Schwiegermutter sie neugierig beobachtete. »Kennst du die beiden jungen Leute?« fragte sie plötzlich.

Marie errötete, daß sie glaubte, das Klopfen ihres Herzens dröhne bis zu ihren Schläfen. Sie dachte, daß dies die Gelegenheit war, alles zu gestehen, doch sie fühlte sich zu aufgewühlt und zu erschöpft, um etwas erklären zu können. »Nein«, antwortete sie. »Warum?«

»Den jungen Mann scheinst du ziemlich beeindruckt zu haben«, murmelte Emmi Janus, während sie in ihrer Tasche nestelte. »Was bildet der sich ein, dich so anzustarren?« Sie schneuzte sich und steckte das Taschentuch wieder zurück. »Weiß Franzl eigentlich, daß du so eine Wirkung auf Männer hast?« Sie wischte mit den Fingerspitzen die Scheiben ab und blickte hinaus. »Vielleicht solltest du aber auch ein wenig zurückhaltender sein«, fügte sie hinzu. »Es mag altmodisch klingen, aber man schaut fremden Männern nicht so direkt in die Augen. Die verstehen so etwas gleich falsch, und dann gibt es Schwierigkeiten. Glaub mir, Schwiegertochter, wenn Frauen mit Männern Ärger haben, sind sie meistens selber schuld.«

»Aber ich habe doch gar keinen Ärger!« Die

Röte war aus Maries Gesicht gewichen. Nun war sie so blaß wie schon lange nicht mehr.

Emmi Janus zuckte die Achseln. »Natürlich nicht«, murmelte sie. »Ich bin eben vom alten, protestantischen Schlag, und wir sind alle ein wenig gereizt von der vielen Arbeit.«

Dann schwieg sie, bis sie zu Hause waren. Während Marie das Auto hinters Haus fuhr, stieg Emmi Janus hinunter in die Backstube, um bei den Bäckern, die Überstunden machten, nach dem Rechten zu sehen.

Marie ging hinüber in den Anbau, der sie mit einem kalten Luftzug empfing. Die neugebauten Räume ließen sich schlecht heizen, so daß Marie fast immer fröstelte. Sie setzte sich auf ihr Bett und starrte vor sich hin. Dann fing sie plötzlich an zu weinen, ohne es selbst zu bemerken. Sie dachte, daß sie in ihrem Leben eigentlich alles Wesentliche falsch gemacht hatte und nun die Gefangene von Menschen war, auf die sich ihr Unglück übertragen konnte wie eine ansteckende Krankheit.

Das falsche Leben

I

Konnte es sein, daß an jenem Nachmittag vor Weihnachten beim Besuch im Hause Ohnesorg etwas zerbrochen war, das sich irgendwann ohnedies als Illusion erwiesen hätte? Marie, die früher immer zu stolz für die Lüge gewesen war, stand ihr plötzlich schutzlos gegenüber. Noch während sie neben Emmi Janus im Lieferwagen saß, war ihr der Gedanke gekommen, daß diese Frau möglicherweise nie ihre Schwiegermutter geworden wäre, hätten der Onkel und Franz Janus nicht den bequemen Weg des Stillschweigens gewählt, um zu erreichen, was sie sich wünschten.

»Ich muß mit dir reden, Schwiegermutter!« sagte sie deshalb am nächsten Nachmittag, wenige Stunden vor dem Heiligen Abend, als sie in der warmen Stube der Schwiegereltern mit Emmi Janus den Christbaum schmückte.

»Ich wüßte nicht, was es zu bereden gäbe.« Emmi Janus kletterte geschickt auf einen Stuhl, um einen silbrig glitzernden Weihnachtsstern auf die Spitze des Baumes zu stecken. Doch als sie sich streckte, schwankte der Stuhl, und sie verlor beinahe das Gleichgewicht. Marie sprang hinzu und hielt sie an der Hüfte fest. Emmi Janus gewann ihre Standfestigkeit indes rasch wieder. Sie stieß Maries Hand beiseite und stieg herunter. »Nimm die Hände weg!« zischte sie, ihr Gesicht ganz nah vor Maries Augen. Ein kaltes Gesicht, ein eisiger Blick. »Worum sollte so ein Gespräch denn gehen?« fragte sie scharf, ohne zurückzutreten. »Daß du uns von Anfang an belogen hast? Daß du ein Bastard bist, der uns weiß Gott welche Erbkrankheiten in die Familie schleppen kann? Oder weißt du vielleicht, wer dein Vater ist?«

Marie wich zurück. »Ich weiß es schon«, antwortete sie leise. »Doch ich möchte seinen Namen lieber nicht nennen. Ich kann aber beschwören, daß es keine Erbkrankheiten gibt.«

»Und das soll ich dir glauben? Einfach so? Nachdem du uns monatelang hintergangen hast? Wenn ich den Franzl nicht unter Druck gesetzt hätte, wüßte ich noch immer nicht Bescheid.«

»Ich habe oft versucht, mit dir darüber zu reden, Schwiegermutter, aber du hast mir nie eine Gelegenheit gegeben. Und Franz hat von Anfang an alles gewußt.«

»Ein Dienstbolzen!« Emmi Janus starrte Marie noch immer in die Augen. »Wenn sich das herumspricht, lacht sich das ganze Dorf tot.« Emmi Janus setzte sich auf den Stuhl und schlug die Hände vors Gesicht. »Niemand darf diese Geschichte je erfahren!« sagte sie plötzlich mit dumpfer Stimme. »Alles geht weiter wie bisher. Kein Wort wird mehr darüber verloren. Auch nicht unter uns.«

»Und du verzeihst mir?« Marie sehnte sich plötzlich danach, von dieser Frau verstanden zu werden. Nicht geliebt, das lag nicht in der Natur von Emmi Janus. Aber verstanden, akzeptiert.

Emmi Janus nahm die Hände vom Gesicht. »Verzeihen?« Unerwartet lachte sie auf. »Mach dich doch nicht zum Narren! Ich bin nicht der Papst.« Damit stand sie auf, griff nach einer großen, gläsernen Kugel und hängte sie an den Weihnachtsbaum.

Marie blickte sie flehend an. »Es wäre mir so wichtig, Schwiegermutter!«

Doch Emmi Janus arbeitete schweigend weiter, eine Kugel nach der anderen, eine Kerze nach der anderen, während Marie auf eine Antwort wartete wie auf das Urteil eines Richters. »Mir ist ebenfalls so manches wichtig«, sagte Emmi Janus unvermittelt, ohne aufzublicken. »Darauf wird auch keine Rücksicht genommen. Hör also auf herumzujammern! Hier ist die Schachtel mit dem Lametta.«

Es wurde wirklich nicht mehr darüber diskutiert. Marie, die mit ihrer Mutter alles besprochen und beredet hatte, konnte nicht glauben, daß dies der Weg war, wieder zueinanderzufinden. Aber waren sie und ihre Schwiegermutter einander denn jemals nahe gewesen?

Das erste Weihnachtsfest in ihrer Ehe, in einer eigenen Familie. Und doch kam Marie sich abgelehnt und ausgestoßen vor. Mit einem Gesicht so weiß wie die Wand packte sie das Geschenk ihrer Schwiegereltern aus – eine Pelzmütze mit dazu passendem Mantelkragen für die kalten Tage. Mit zitternder Stimme bedankte sie sich. Doch während der Schwiegervater sie liebevoll *Putzigam* nannte und Franz darauf bestand, daß sie die Mütze aufsetzte und den Mantel anzog, den er ihr passend zum Geschenk der Eltern ausgesucht hatte, blickte Marie immer wieder in die gleichmütige Miene der Schwiegermutter, in der nichts mehr an das Gespräch des Nachmittags erinnerte. Sachlich stellte Emmi Janus fest, daß alles zu ihrer Zufriedenheit paßte und einen sehr eleganten Eindruck machte. »Irgendwie ist das ja dein Stil: elegant.« Kein ironischer oder feindseliger Unterton war zu entdecken. Emmi Janus war wie immer, während Maries Herz vor Scham fast zersprang.

Als die kleine Feier zu Ende war und Marie mit Franz Janus in den Anbau hinüberging, stellte sie ihn zur Rede, warum er in ihrer Abwesenheit seiner Mutter alles erzählt habe. Doch er verstand ihren Ärger nicht. »Sei doch froh, daß ich dich da herausgehalten habe«, verteidigte er sich und versuchte, Marie zu küssen, weil Feiertag war und man am nächsten Morgen ausschlafen konnte. »Mutter war doch eigentlich sehr verständnisvoll. Ein wenig hatte ich schon befürchtet, den heutigen Abend zu verderben. Aber war sie nicht großartig? Ich kenne niemanden, der so frei denkt wie sie. Wenn es wirklich darauf ankommt, ist ihr die Meinung der anderen egal. Wahrscheinlich hat sie dich schon längst ins Herz geschlossen. Sie zeigt so etwas nur nicht offen.«

Marie nahm die Pelzmütze ab, die sie noch immer trug. »So kommt es mir nicht vor«, widersprach sie leise. Doch Franz Janus hörte nicht auf sie. Mit geschickten Fingern öffnete er die vielen kleinen Knöpfe ihrer Spitzenbluse und löste mit der anderen Hand ihr Haar. »Nicht«, wandte Marie ein. »Ich bin noch immer ganz aufgeregt. Ich habe Angst, daß mich deine Mutter nie verstehen wird. Und dein Vater auch nicht.«

Er legte ihr eine Hand auf den Mund, um sie zum Schweigen zu bringen. »Der weiß doch

gar nichts davon«, beruhigte er sie. »Nicht weil
wir ihm etwas verschweigen möchten. Er will
nur einfach nicht mit Problemen belästigt werden. So war das schon immer. Hast du das nie
bemerkt?«

Marie dachte daran, wie freundlich ihr
Schwiegervater an diesem Abend zu ihr gewesen war. Sie hatte gehofft, es sei Absicht, um
ihr zu zeigen, daß er ihr die Lügenmärchen
nicht nachtrug. Ein Mann wie er, der sich mit
den Charaktereigenschaften der Menschen befaßte und sie für angeboren hielt, mußte vieles
verstehen und entschuldigen können, hatte sie
gehofft. Doch nun kam es ihr vor, als wäre sein
Erkenntnisdrang nur eine Flucht vor der Wirklichkeit, die nicht nur klar und einfach war und
nach der Form und Größe der Ohren beurteilt
werden konnte.

»Ich möchte, daß auch er Bescheid weiß«,
erklärte sie und schob Franz Janus von sich.
»Wenn schon reiner Tisch gemacht wird, dann
ganz.«

Da strich sich Franz Janus die Haare aus dem
Gesicht und schlug zornig mit der flachen Hand
auf das Kissen. »Fang nicht an, Streit in unser
Haus zu tragen!« rief er ärgerlich. »Und überleg
dir endlich einmal, wie du deine Angelegenhei-
ten mit der Kirche regelst. Damit könntest du in
Mutters Achtung steigen.«

In dieser Nacht versuchte er nicht mehr, sich Marie zu nähern. Zum ersten Mal, seit sie verheiratet waren, wich er ihr aus. Im Dunkeln zogen sie sich aus und legten sich jeder an die äußere Kante des eigenen Bettes, um einander nur ja nicht zufällig zu berühren. Beide lagen sie wach und starrten zur Decke. Und beide dachten plötzlich, daß ihre Heirat vielleicht ein Fehler gewesen war. Jeder für sich suchten sie in Gedanken nach einem Ausweg. Doch nicht nach Versöhnung sehnten sie sich, sondern nach der Freiheit, die sie am Tag ihrer schlichten Hochzeit leichtsinnig und freiwillig aufgegeben hatten. Und Freiheit, das wurde beiden in dieser Nacht der Einsamkeit klar, Freiheit bedeutete die Abwesenheit des anderen. Nicht die Freiheit zu gehen, wohin man wollte, oder die Freiheit, einen anderen Partner zu wählen, sondern die Freiheit, nicht mehr mit der Anwesenheit und den Problemen des anderen behelligt zu werden.

Marie stellte sich vor, wie es wäre, in das Haus ihrer Mutter zurückzukehren und dort allein zu leben, nur in Gesellschaft des Stummen. Sie sehnte sich plötzlich nach dem kleinen Haus hinter den Kastanien, nach dem Kartoffelacker und dem Wäldchen, das ihr gehörte. Sie sehnte sich danach, Blumen auf das Grab ihrer Mutter zu legen und das Fahrrad über die Feldwege zu lenken. Daheim zu sein. Hier in St. Peter fühlte sie sich nicht zu Hause. Doch wovon sollte sie leben, wenn sie von hier fortging? Sollte sie vielleicht am Hof des Onkels auf Cäcilias wunderbare Söhne aufpassen oder in der Küche helfen?

Sie war sicher, daß auch Franz Janus in diesem Augenblick am Sinn des gemeinsamen Lebens zweifelte. Im Gegensatz zu ihr würde sich aber für ihn nicht viel ändern, wenn sie ihn verließ. Er brauchte nirgendwohin zu gehen. Er befand sich dort, wo er schon immer gewesen war. Wo seine Eltern lebten und er hingehörte. Er war nicht wie sie entwurzelt.

Nach der Verwirrung der ersten Stunden verwandelte sich Maries Gefühl in Verzweiflung. Sie sah keinen Ausweg mehr. Sogar an Amalie dachte sie, die den nassen Tod einem Leben in Abhängigkeit und Verachtung vorgezogen hatte. Wie einfach wäre es, über ein Brückengeländer zu klettern und die Augen zu schließen!

2

Von nun an entfernten sie sich immer weiter voneinander. Wie bisher wachten sie am Morgen fast gleichzeitig auf, weil ihre Arbeit sie an einen frühen Tagesbeginn gewöhnt hatte, auch wenn er ihrer Natur nicht entsprach. Wie bisher kämpften sie noch ein paar Minuten gegen ihre wohlige Trägheit an. Doch wenn sie dann die Decke zurückschlugen und dem Blick des anderen begegneten, stieg die Fremdheit des vorigen Tages wieder in ihnen auf und nahm ihnen den Atem. Fast schüchtern wünschten sie einander einen guten Morgen und versuchten, sich aus dem Weg zu gehen. Sie versteckten beim Anziehen ihre Körper und sahen einander dabei nicht an. Erst wenn sie am Frühstückstisch saßen, löste sich ihre Anspannung. Der Tag hatte sie wieder, und ihre Pflichten schützten sie vor ihren Zweifeln.

Während Marie ins Gai fuhr, versuchte sie immer wieder, die eigene Lage zu erfassen. Daß ihre Schwiegermutter ihr grollte, konnte sie verstehen. Es befremdete Marie nur, daß Emmi Janus kein Wort darüber verlor, was in ihren Augen Betrug gewesen war. Marie war sicher, daß es in der Hand ihrer Schwiegermutter lag, dem eigenen Sohn seinen Frieden zurückzugeben. Welchen Grund hatte er überhaupt, sich betrogen zu fühlen? Hatte er nicht von Anfang an Bescheid gewußt, und war nicht sogar er es gewesen, der Marie zum Verschweigen ihrer Herkunft verleitet hatte? Litt er nun an der eigenen Schuld und strafte dafür seine Frau, ohne die das alles nie geschehen wäre? Ihretwegen hatte er die Mutter belogen. Nun wollte er seinen Fehler wiedergutmachen, indem er erneut die Seite wechselte und dorthin zurückkehrte, wo sein Leben bisher angenehm und problemlos verlaufen war. Schon früher hatte er sich oft lange Zeit bei der Mutter aufgehalten. Marie hatte sich nie etwas dabei gedacht. Nun aber fürchtete sie, das Gesprächsthema der beiden zu sein, die, über die geredet wurde, vielleicht irgendwann einmal auch gelacht.

Dabei spürte Marie, daß auch er litt. Daß er sie aus den Augenwinkeln beobachtete, wenn sie vor dem Spiegel ihr Haar bürstete, bis im Dämmerlicht die Funken sprühten wie kleine Sternschnuppen, die Wünsche erfüllen konnten. Wie gebannt sah er ihr zu. Sie wußte es und drehte sich langsam zu ihm um. Er kam ihr nicht entgegen, aber er wandte sich auch nicht ab. Als sie auf ihn zuging, das lockige Haar wie ein dunkelgoldener Lichtkranz, gewannen die verschütteten Gefühle von einst wieder die Oberhand über seine Beklemmung. Er ließ zu, daß Marie seine Hände ergriff, und er zog sie zu sich heran. Fast wie früher. Marie schloß die Augen und wünschte sich inbrünstig die einstige Unbeschwertheit zurück. Voller Hoffnung gab sie sich hin und spürte dabei, daß auch er auf der Suche nach dem Glück von einst war; daß er noch nicht ganz aufgegeben hatte, auch wenn er nicht mehr wußte, wohin er gehörte. Trotzdem hätte man für Liebe halten können, was sie in diesen Augenblicken verband. Erst später, als es auch für Franz Janus wieder Hoffnung zu geben schien, begriff Marie voller Beschämung, daß er alles tat, um zu vermeiden, daß diese Ehe durch ein Kind besiegelt wurde.

Von da an war sie es, die ihm aus dem Weg ging. Wie er flüchtete sie sich tagsüber in die Arbeit und nachts in die Erschöpfung. Mit dem gleichen Tatendrang wie ihre Schwiegermutter fuhr sie durch die Stadt, plauderte mit den Kunden, knüpfte neue Geschäftsverbindungen und verkörperte auf den Dorffesten die tüchtige kleine Frau, die sie nie hatte sein wollen. Wie nie zuvor erschien sie erfolgreich. Sogar ihre Schwiegermutter lobte sie, wenn auch immer vor anderen. In St. Peter redete man schon davon, welch nette Schwiegermutter aus der sachlichen Frau Janus geworden war. Kein Wunder bei diesem Goldstück von Schwiegertochter, der alles gelang und der zur endgültigen Krönung nur noch ein eigenes Kind fehlte! Aber dafür würde der Franz schon sorgen, »nicht wahr, Franz, du alter Windhund?«

Franz Janus lachte darüber, wenn auch nicht mehr so heiter wie früher. Auch er erkannte

Maries Vorzüge, und manchmal, wenn er getrunken hatte, ging er auf sie zu. Für kurze Zeit spürte er den Zauber von einst und vergaß, daß Marie anders war als er und daß seine Mutter ihm ihretwegen zürnte. Er drückte sie aufs Bett, als wolle er sie ersticken. Manchmal haßte er sie dabei so sehr, daß es schon wieder wie Liebe schien. Keine andere, das wußte er, würde er so begehren wie sie. Und doch starb bei jeder Begegnung ein wenig mehr von dem, was er für Liebe gehalten hatte.

Als Marie danach ihr Schluchzen vergeblich im Kopfkissen zu ersticken suchte, erinnerte er sich daran, wie er sie im Haus ihrer Mutter vorgefunden hatte, so zart und hilfsbedürftig. Ein kleines Mädchen, das seinen Schutz brauchte. Damals hatte er sie wahrhaft geliebt. Nun, da sie weinte, liebte er sie wieder. Er streichelte ihre nackte Schulter und flehte sie an, ihm zu verzeihen. Bis zum Morgen hielt er sie fest. Alles schien wieder gut zu werden. Erst als Marie der Schwiegermutter beim Frühstück berichtete, sie habe zwei weitere Hotels als Kunden gewonnen, wandte er sich ernüchtert ab.

»Tüchtig, tüchtig«, murmelte seine Mutter erfreut und rechnete vor, welchen Gewinn die beiden neuen Geschäftsbeziehungen bringen würden.

Da stand Franz Janus auf und sagte: »Ihr tut

gerade so, als wäre meine Arbeit überhaupt nichts wert!« Damit verließ er das Haus und fuhr mit quietschenden Reifen auf seinem Motorrad davon.

Marie folgte ihm im Lieferwagen bis ins Geschäft auf dem Hauptplatz. »Es war doch schön heute nacht«, sagte sie leise und fast demütig. »Wir könnten es so gut haben. Warum willst du nicht weiterleben wie am Anfang? Ich würde auch das meine dazu beitragen. Wenn es dir recht ist, gehe ich noch heute aufs Pfarramt und erkundige mich, was man tun muß, um überzutreten. Dann können wir jeden Sonntag gemeinsam zur Kirche gehen, und wenn wir Kinder haben, haben wir alle die gleiche Religion.«

Sie wartete lange auf eine Antwort. Draußen wurde es allmählich hell, und bald würden die ersten Kunden kommen. Doch Franz Janus stand noch immer vor den Brotregalen und schwieg. Endlich drehte er sich um. Marie erinnerte sich plötzlich an jenen Februartag, als der Bürgerkrieg durch die Straßen tobte und erst gegen Mittag die Lichter angingen. So fremd war ihr das Gesicht von Franz Janus damals erschienen, obwohl er sie kurz zuvor noch liebkost hatte. Jetzt wirkte er genauso, und sie dachte, daß es vielleicht immer so sein würde. Daß sie einander in mancher Nacht umarmen würden, von Mal zu Mal mehr aus Gewohnheit, bis es danach nicht einmal mehr eine Kränkung gab. Daß am nächsten Tag dann jeder seine Arbeit verrichtete und so die Jahre vergingen, das Leben verstrich, während es schon längst keine Liebe mehr gab, nicht einmal mehr Haß. Eine laue, komfortable Hölle, leer wie das Nichts, über das der alte Herr einmal gesprochen hatte. Damals hatte sie nicht verstanden, was er meinte. Aber sie hatte gespürt, daß er sich davor fürchtete, mehr als vor allem anderen. Ein totes Leben. War Emmi Janus darum so tüchtig geworden?

3

Die Einsamkeit hätte Marie erdrückt, wäre sie nicht eines Abends von Susi Sans-souci angesprochen worden, die unerwartet hinter ihr stand, als Marie die leeren Brotkörbe in den Wagen lud. Franz Janus war schon nach Hause gefahren. Die Zeiten, wo er auf dem Heimweg mit seinem Motorrad den Lieferwagen umkreiste, waren längst vorbei. Jetzt war er sicher schon zu Hause, oder er trank im Gasthaus Schrefler noch ein Glas Most, was ihm meistens nicht bekam, denn er vertrug Alkohol nur schlecht.

Marie hatte es eilig. Sie war müde und wollte

schnell heim. Im Laufe der letzten Monate hatte sich ihr Gai beträchtlich ausgeweitet, so daß sie den ganzen Tag unterwegs war. Wenn es so weiterging, würde sie eine Hilfskraft benötigen, was aber andererseits nicht wünschenswert war, denn die meisten Kunden wollten von ihr persönlich beraten und beliefert werden und fielen womöglich wieder ab, wenn Marie ihnen nicht mehr höchstpersönlich die frischen Backwaren vorbeibrachte.

Emmi Janus wußte um Maries Beliebtheit, weshalb sie sich gegen eine Hilfskraft aussprach. Dafür ließ sie Marie schalten und walten. Sie wußte längst, daß Marie auch ihre eigenen Wege ging. Zweimal wöchentlich, so hatte Emmi Janus herausgefunden, besuchte sie die Stadtbibliothek, brachte zwei Bücher zurück und suchte sich zwei neue aus. »Alles gelesen!« versicherte die rundrückige Bibliothekarin anerkennend, als Emmi Janus sich unter einem Vorwand nach Marie erkundigte. »Schon als junges Mädchen fiel sie mir auf. Eine große Begabung. Sie sollte mehr aus sich machen.«

»Marie?«

Marie stellte den letzten Korb auf die übrigen und hielt inne, ohne sich umzudrehen. Sie wußte gleich, wer sie angesprochen hatte. »Susi Ohnesorg?«

Susi Sans-souci kam näher. »Ich wollte schon lange mit dir reden«, gestand sie. »Und sag jetzt bloß nicht Sie zu mir! Wir sind gleich alt und kennen uns schon ewig.«

»Ich dachte, du wärst längst fortgegangen, um Schauspielerin zu werden.« Marie wandte sich um. Auf den ersten Blick wunderte sie sich, wie konservativ Susi Sans-souci gekleidet war. Nicht das flattrige junge Mädchen, als das sie sie kennengelernt hatte, sondern eine elegante junge Dame der guten Gesellschaft stand vor ihr.

Susi Sans-souci zuckte die Achseln. »Das kommt schon noch«, sagte sie. »Aber ich habe eine Art Abkommen mit meinem Vater geschlossen. Er möchte, daß seine Kinder beide in der Lage sind, die Firma zu leiten, sollte ihm etwas zustoßen.«

»Ist er krank?«

»Wenn dem so wäre, würde er es nicht sagen. Aber ich glaube nicht. Jedenfalls arbeite ich zur Zeit in seinem Büro. Nicht als Schreibkraft, was die meisten Männer wohl gerne hätten, sondern als eine Art Assistentin. Er zeigt und erklärt mir alles und überträgt mir Aufgaben. Wenn es so weitergeht, werde ich bald zu kompetent und ernsthaft sein, um noch als Schauspielerin zu taugen.«

Marie sperrte den Wagen ab. Sie beschlossen, einen kurzen Spaziergang zur Donau hinunter zu machen. »Ein wenig reden«, schlug Susi Sans-souci vor. »Das konnte man mit dir doch immer gut, obwohl du es eigentlich nicht wolltest.«

Wie zwei Schwestern schlenderten sie durch die abendlichen Gassen, Marie in ihrer adretten Arbeitskleidung in Silbergrau und Weiß, Susi Sans-souci in einem eleganten, weinroten Mantel mit der passenden engen Kappe und den gleichfarbigen Stiefelchen. Sie erzählte, daß Elvira Horbach auf Wunsch ihrer Mutter für ein Jahr in ein Schweizer Internat geschickt worden sei. »*Finishing School* nennt sich das«, berichtete sie in übertrieben vornehmem Tonfall. »Da lernst du alles, was die Dame von Welt unbedingt wissen muß: Wie man auf die Schnelle zweihundert Gäste empfängt und abfüttern läßt, wie man seinen Butler und seine Armee von Dienstboten in Trab hält und wie man sich kleidet, wenn man in Paris im Ritz speist oder im Sowieso in Rom oder New York.«

»Speist sie denn dort?«

Susi Sans-souci lachte. »Keine Ahnung, aber vielleicht im Hotel Weinzinger hier in Linz. Stil sei nie überflüssig und setze sich überall auf der Welt durch, hat ihre Mutter gesagt.« Und sie erzählte weiter, daß Beate Horbach die Villa zur Zeit nicht verlassen konnte, weil sie an einem entstellenden Hautausschlag litt. »Im Gesicht, am Hals und auf den Handrücken. Überall dort, wo sie ihre Wundercreme hingeschmiert hat. Die aus England, du weißt sicher davon. Sie ist in England jetzt verboten worden. Bei Frau Horbach ist gleichzeitig diese Krankheit ausgebrochen. Sie schwört, wenn sie ihre Salbe hätte, würde sie sofort wieder gesund. Sie wollte sogar selbst nach London fahren, um sich die Creme zu beschaffen. Ihr Mann hat sie daran gehindert. Er behauptet, die Entzündung komme überhaupt erst von dieser Radiumsalbe. Wahrscheinlich verzeiht sie ihm das nie. Jedenfalls bekommt niemand sie zu Gesicht. Dafür sitzt sie den ganzen Tag am Telefon und pflegt auf diese Weise ihre Kontakte, um auf keinen Fall in Vergessenheit zu geraten.«

Dann standen sie am Wasser und blickten in die Fluten, so wild und ungezügelt wie nur um diese Zeit des Jahres, wenn die Schmelzwasser aus den Bergen herunterschossen und den behäbigen Strom entfesselten, daß die Anwohner sich vor ihm fürchteten. Alle paar Jahre trat die Donau über die Ufer und überschwemmte Wiesen und Straßen. Manchmal drang sie wie ein Feind im Krieg sogar in die Städte ein. Die Strichmarken an den Hauswänden zeugten vom Ausmaß ihrer Gewalt und von den Schäden an Leib und Seele.

Marie starrte in die aufgewühlten Fluten, die ein Spiegelbild ihrer eigenen Gemütslage zu sein schienen, auch wenn sie den Kunden tagsüber so heiter und gelassen gegenübertrat, daß so mancher sie für die Souveränität bewunderte, mit der sie trotz ihrer Jugend alle Probleme der Organisation rasch und sicher zu meistern wußte.

»Sehr glücklich kommst du mir nicht vor«, sagte Susi Sans-souci leise. »Warum hast du so schnell geheiratet?«

Marie schwieg lange, doch dann löste sich plötzlich ihre Zunge. Noch nie hatte sie bisher Freundschaften geschlossen. Jetzt faßte sie auf einmal Vertrauen zu diesem Mädchen, das so ganz anders aufgewachsen war als sie selbst. Immer gesichert. Immer geliebt. Immer geachtet. Ein Großbürgerkind, wie auch Marie es hätte sein können.

Marie nannte keine Namen, verriet keine Einzelheiten, und doch erschloß sich Susi Sans-souci das Bild ihres Lebens. »Jetzt bin ich verheiratet, und es geht nicht sehr gut«, lautete das zusammenfassende Urteil, aus dem die Zuhörerin das Elend einer Ehe erahnen konnte, die ihrem eigenen Erleben ferner war als der Mond.

»Ich wollte, ich könnte dir helfen«, sagte sie leise.

»Ich wollte, man könnte überhaupt etwas ändern«, antwortete Marie. »Aber die Tür ist zu. Ich komme da nicht mehr heraus, und drinnen wollen sie mich nicht haben.« Noch nie hatte sie bisher diesen Schluß gezogen. Nun war er ausgesprochen, und sie fühlte sich erleichtert, obwohl sich nichts geändert hatte.

Susi Sans-souci legte den Arm um Maries Schultern. »Armes Mädchen«, sagte sie sanft.

Armes Mädchen: Noch nie hatte jemand Marie so genannt, nicht einmal ihre Mutter. Armes Mädchen: Es zeuge von einem weichlichen Charakter, sich selbst zu bemitleiden, hatte man ihr eingetrichtert. Das Leben sei da, um ertragen zu werden. Jeder an seiner Stelle, an die das blinde Schicksal ihn gestellt hatte. Man durfte kein Mitleid mit sich selbst haben. Aber auch kein Mitleid von anderen erwarten.

Armes Mädchen. Sie sah Susi Sans-souci an, die ganz nahe neben ihr stand. Ein Gesicht, das Marie immer hätte ansehen mögen, weil es sie an ein anderes erinnerte, das sie für immer verloren hatte.

»Mein Bruder war sehr verliebt in dich«, erklärte Susi Sans-souci, als hätte sie Maries Gedanken erraten. »Wußtest du das?«

Marie nickte. »Wir waren fast noch Kinder«, antwortete sie leise und dachte dabei an Mira Zweisam, die zur entscheidenden Zeit ihres Lebens auch fast noch ein Kind gewesen war. »Es gibt Regeln. Grenzen, die nicht überschritten werden können. Nicht überschritten werden dürfen ...«

Susi Sans-souci nickte. »Ich weiß.« Sie nahm ihren Arm von Maries Schultern. »Und er wußte es auch. Er hat die Hilflosigkeit von damals bis heute nicht vergessen. Als du vor Weihnachten mit deiner Schwiegermutter plötzlich vor uns standest, war er bis ins Mark erschüttert.«

»Mir ging es genauso.« Zum ersten Mal gestand sie es sich ein.

»Das dachte ich mir. Darum wollte ich auch unbedingt mit dir reden. Du hast mich immer fasziniert. In deiner dunklen Haustracht und diesem lächerlichen Spitzenhäubchen, das nicht zu dir paßte, kamst du mir vor wie eine verzauberte Prinzessin. Ich habe meinen Bruder ermutigt, auf dich zuzugehen. Aber eigentlich brauchte er gar keine Ermutigung.«

Sie gingen den Kiesweg wieder hinauf und durch die Altstadt zurück zum Auto.

»Ich hätte dich gern als Freundin«, gestand Susi Sans-souci. »Glaubst du, daß wir uns manchmal treffen können?« Sie lächelte und sah auf einmal aus wie damals, als sie mit ihrem Bruder und den beiden Pudeln in die Platanenallee gekommen war, um mit Elvira Horbach Schallplatten anzuhören.

»Ich wäre auch gern deine Freundin«, antwortete Marie. »Ich hatte noch nie eine Freundin, weißt du.«

Von da an trafen sie sich regelmäßig, meist am Ende eines Arbeitstages, wenn noch niemand Marie vermißte. Sie gingen spazieren, tranken Kaffee im Hotel Weinzinger oder stiegen hinauf in die Wohnung der Ohnesorgs und naschten in Susi Sans-soucis Mädchenzimmer Meisterpralinen aus dem Sortiment von Lothar Janus. Sie erzählten einander von sich, soweit die andere es begreifen konnte, redeten über Bücher und Filme, träumten sich in ein anderes Leben und sahen die Zukunft auf einmal in einem hellen Licht. Sie lachten miteinander, scherzten folgenlos und genossen das Vertrauen, das sie zur anderen hatten. »Eine Freundin zu haben ist das Größte!« seufzte Marie einmal, als sie über einen Scherz Tränen lachten. Es hörte sich an, als wolle sie übertreiben; das Geständnis selbst als Scherz dem vorangegangenen Scherz anschließen. Doch was sie sagte, entsprach der Wahrheit, und beide wußten es. Susi Sans-souci war Maries erste und einzige Freundin, und allein weil es sie gab, schien das Leben in ihrer Gegenwart heiter und bezaubernd.

DRITTES BUCH

DAS RIESENSPIELZEUG

DIE FLUTWELLE

Maries zwanzigster Geburtstag fiel auf einen
Sonntag. Wie jeden Morgen erwachte sie um
fünf Uhr, viel zu früh für ihren angeborenen
Rhythmus, aber immerhin später als bis vor
einem halben Jahr, als Franz Janus zusätzlich
zur Führung der Stadtfiliale noch tageweise
in der Backstube gearbeitet hatte. Damals hatte Marie das Gefühl gehabt, der Wecker läu-
te schon, kaum daß sie die Augen geschlossen
hatte.

Um drei Uhr morgens erwachte das Leben
im Hause Janus. Drei Uhr – das war die Zeit
von Lothar Janus und den Bäckern, aber auch
die Zeit von Emmi Janus, die für sich, ihren
Mann und die Angestellten Malzkaffee auf-
wärmte, in den sie Weißbrot vom Vortag ein-
brockten. Sie schöpfte den Kaffee aus einem
riesigen Einwecktopf, in dem sie jeden Samstag
den Vorrat für die ganze Woche vorkochte.
Zwei Stunden später bedienten sich auch Marie
und ihr Mann daraus und aßen dazu ofenwar-
mes Weißbrot, das der Lehrjunge – hochrot

von der Hitze und umhüllt von einer berücken-
den Wolke von Brotduft – in einem Körbchen
aus der Backstube heraufbrachte. Sie füllten
ihre großen, dickwandigen Tassen zu gleichen
Teilen mit Malzkaffee und brühheißer Milch,
schnitten die Brötchen auf, zupften das weiche
Innere heraus und strichen Butter und Kirschmarmelade darauf. Dabei beachteten sie einander kaum, weil es beiden noch nicht gelungen war, die Last des zu kurz gekommenen
Schlafes abzuschütteln. Unweigerlich dachte
Marie dann, daß sie am Abend zuvor wohl wieder zu spät ins Bett gegangen war, weil sie bis
nach Mitternacht am Küchentisch gesessen und
gelesen hatte.

»Die Grundmüdigkeit!« seufzte Franz Janus
bedauernd, während er ein Dauergähnen nicht
unterdrücken konnte. »Das tägliche Morgengrauen!«

Marie lachte ein wenig dazu und dachte, daß
die Schwierigkeit, so früh richtig wach zu werden, eine der wenigen Eigenschaften war, die
sie mit ihrem Mann teilte.

Doch es waren nicht nur die viele Arbeit
und der Schlafmangel, die sie müde machten.
Vor allem war es das Gefühl, an einem Endpunkt angelangt zu sein, von dem aus sich
nichts Wesentliches mehr ändern würde. Marie
Janus geborene Zweisam war die »junge Bäk-

kerin«, die »schöne Bäckerin«, wie sie der Hotelier Weinzinger zu nennen pflegte, bevor er ihr die Hände küßte und ein wenig zu nahe an sie heranrückte. Von dem jungen Mädchen, das sich nach Wissen sehnte und vielleicht sogar danach, es später einmal weiterzureichen, auch wenn es sich nicht vorstellen konnte, wie, schien nicht mehr viel übriggeblieben zu sein. Es war wohl verlorengegangen irgendwo im Labyrinth der engen Straßen auf der Fahrt von einem Brotkunden zum anderen. Nur in der Nacht, wenn es im Haus so still war, daß man das Rascheln der Mäuse vernehmen konnte, kam es wieder zum Vorschein, hockte wie ein kleines Gespenst aus einer gutgläubigen Vergangenheit am Küchentisch, die Wangen in die Hände gestützt, die Augenwinkel gerötet von der Anstrengung, sich wach zu halten und auf den weißen Buchseiten andere Welten zu entdecken.

Die einsamen Stunden am Küchentisch waren ein Teil von Maries Leben, ihr liebster Teil. Trotzdem geschah es immer öfter, daß sie die Bücher, die sie gelesen hatte, auf dem Beifahrersitz vergaß, anstatt sie in der Bibliothek umzutauschen. Wenn sie abends das Versäumnis bemerkte, hatte die Bücherei bereits geschlossen. Marie ging dann früher zu Bett als sonst, doch während sie zuhörte, wie sich ihr Mann auf der

Suche nach Schlaf hin und her warf, vermißte sie die gewohnte Lektüre, und es kam ihr vor, als hätte dieser Tag keinen Sinn gehabt.

Besser ausgeschlafen als gewohnt, war sie dann am folgenden Morgen die erste in der Bücherei. Während sie der rundrückigen Bibliothekarin ihre Wünsche nannte und diese ihr weitere Vorschläge unterbreitete, bildete sich nach und nach die erste Warteschlange des Tages – einzige Ablenkung für die vielen, die an Warteschlangen gewöhnt waren und mit ständiger Abweisung und bitterer Not zu leben hatten, obwohl sie sich nichts sehnlicher wünschten, als gebraucht zu werden, arbeiten zu dürfen und die eigene Familie zu ernähren. Die hier standen, waren andere als jene, die zur Armenspeisung kamen. Verarmte Bürger voller Scham, die um jeden Preis ihren Stolz bewahren wollten, die Bücher lasen, um ihren Hunger zu vergessen, und die immer noch an den eigenen Wert glaubten und daran, daß auch andere ihn erkennen und bald – hoffentlich bald! – mit einem Arbeitsangebot honorieren würden. Manchmal – am Küchentisch, während sie die abgegriffenen Seiten der entliehenen Bücher umblätterte – überlegte sich Marie, wo sich das Buch noch vor wenigen Tagen befunden haben mochte: in der kargen Bude eines Priesterschülers vielleicht; im überheizten Wohnzimmer einer Beamtenfrau, die ihre hohe Bildung versteckte, um nicht klüger zu erscheinen als ihr selbstgerechter Ehemann; oder in einer der Militärbaracken am Stadtrand, ohne Wasser und ohne Strom, wo jene endeten, die nichts mehr zu veräußern hatten, um ihre Miete zu bezahlen. Nur die Stadtbücherei blieb ihnen noch als letztes Verbindungsglied zu ihrem früheren Leben. Nur das schmale Heft mit der Ausleihnummer, die keinen Rang erkennen ließ. Vor der Administration der Städtischen Bibliothek waren alle gleich, sofern sie sich an die Regeln hielten und die entliehenen Bücher termingerecht und unbeschadet zurückbrachten. Von diesem Standpunkt aus betrachtet, dachte Marie, war die Bücherei wohl die weiterzigste aller kommunalen Einrichtungen.

Auch die Zeitungslektüre kam nun immer öfter zu kurz. Statt sich abends zum Schwiegervater an den Tisch zu setzen und sich mit ihm die Blätter zu teilen, ging Marie meist gleich nach der Rückkehr aus dem Gai hinüber in den Anbau, nahm sich eine Hausarbeit vor oder setzte sich immer häufiger müde aufs Bett und starrte minutenlang vor sich hin. Wenn sie später dann doch noch die Zeitung zur Hand nahm, überflog sie in Eile und ohne Anteilnahme die Schlagzeilen. Sogar dabei war es schon vorgekommen, daß sie einnickte. Wenn sie nach kurzer Zeit beschämt hochschreckte, dachte sie an den alten Herrn Notar, an sein Interesse am Lauf der Welt und an seine Empörung über die Irrwege der Menschheit. Mehr mit seinem als mit ihrem eigenen Gefühl dachte sie dann, daß es gerade jetzt mehr denn je zuvor Grund gab, sich zu empören.

Ganz allmählich und verstohlen hatte sich das Klima der Stadt und wohl des ganzen Landes verändert. Mitten in den Schatten der Resignation und der Beschämung über den verlorenen Krieg und den jahrelangen Kampf um die Rückkehr in ein Leben, das man normal nannte, ohne sich vorzustellen, wie ein solches Leben aussehen konnte, war für viele ein greller Lichtstrahl gefallen, auf den sich die Blicke hefteten – voller Hoffnung, weil andere, jenseits der Grenze, es geschafft zu haben schienen. Wohlstand im Nachbarland, Ordnung, Arbeit für fast alle. »Irgendwie sind sie tüchtiger als wir«, murmelte sogar Lothar Janus, wenn er las, daß die Deutschen Autobahnen bauten, daß sie im Sommer auf Urlaub fuhren, manche sogar ins Ausland. Daß sie Autos kauften und neue Häuser errichteten und daß auf den Straßen Ruhe und Ordnung herrschten.

»Keiner muß sich dort mehr fürchten«, sagte sogar Emmi Janus und dachte wohl an den jungen Mann, der ihr bei der Armenspeisung Angst eingejagt hatte.

»Keiner?« wandte Marie ein. »Sie verschleppen die Juden und die Sozialisten! Alle, die ihnen nicht widerspruchslos nachlaufen!«

Emmi Janus erhob sich. »Du widersprichst auch ein wenig zu häufig, Schwiegertochter«, sagte sie ruhig, aber mit überdeutlicher Stimme. »Ich frage mich, wie es dir ergehen wird, wenn die Deutschen kommen.« Sie verließ den Raum, wie sie es immer tat, wenn eine unnötige Diskussion drohte.

»Meinst du denn auch, daß die Deutschen kommen werden?« fragte Marie den Schwiegervater. Doch der zuckte nur die Achseln. Auch er vermied Auseinandersetzungen. Niemand wußte, was er wirklich dachte und ob er sich trotz seiner regelmäßigen Zeitungslektüre und seiner sonntäglichen Wochenschaubesuche überhaupt ein eigenes Urteil bildete.

»Sie haben uns so gedemütigt!« fuhr Marie fort, obwohl sie wußte, daß ihr Schwiegervater dergleichen nicht hören wollte. Erst jetzt fühlte sie die Empörung, die sie an dem alten Herrn bewundert hatte. Empörung darüber, daß der *Führer und Reichskanzler* Adolf Hitler den österreichischen Bundeskanzler Schuschnigg wie einen Schuljungen zu sich bestellt hatte: auf den Obersalzberg bei Berchtesgaden, mitten in der grandiosen Bergwelt, wo sich der *Größte Führer Aller Zeiten* ein Adlernest erbaut hatte, imposant und einschüchternd genug, um die kleineren Vögel dieser Welt das Zittern zu lehren. Mitten in der Kälte, umgeben von Schnee und Eis, drohte Hitler mit sofortigem Einmarsch deutscher Truppen, sollte den Nationalsozialisten in Österreich nicht umgehend volle Betätigungsfreiheit zugestanden und sollten nicht einige von ihnen sogar in die Regierung aufgenommen werden.

»Gemeinsames Blut gehört in ein gemeinsames Reich«, hatte Hitler schon vor Jahren geschrieben. Was half es da, dachte Marie, wenn Schuschnigg nach seiner Rückkehr im Rundfunk versicherte, daß »der Herrgott unser Land nicht verlassen werde. Bis in den Tod – Rot-Weiß-Rot!« Nachgegeben hatte er trotzdem. Es war zu spät, daß er nun eine Amnestie für inhaftierte Sozialdemokraten und Kommunisten versprach, um aus den Reihen der bisherigen Gegner Verbündete gegen die Gefahr von außen zu gewinnen. Zu spät war es auch für das unerprobte Pflänzchen Demokratie, das ein paar Weltverbesserer nach dem großen Krieg angepriesen hatten und mit dem sich keiner so recht anfreunden wollte, weil man fürchtete, das Heilkräutchen könnte sich für die eigenen Interessen als Giftpflanze erweisen.

Das Volk hatte nicht gelernt mitzureden. Gelähmt von jahrelanger Diktatur, hatte es der Flutwelle von draußen nichts entgegenzusetzen. *Bis in den Tod – Rot-Weiß-Rot!* Niemand wußte, ob es den gequälten Mann in Wien in seiner Verstörung und Scham tröstete, daß englische Zeitungen schrieben, es sei »nicht unsere Sache, den deutschen Völkern zu verbieten, sich zu vereinigen«. Keine Unterstützung von außen, nicht einmal mehr aus Italien, das in Afrika die Größe des Römischen Imperiums wiedererwecken wollte und dazu Hitlers Duldung brauchte. *Gemeinsames Blut gehört in ein gemeinsames Reich.* Der ehemalige Gefreite aus Braunau streckte den Arm nach der Welt aus. Die lockenden Reden von Frieden und Gemeinschaft stanken nach Blut. Er sprach von Frieden und rüstete zum Krieg. Arbeit für alle. Bis in den Tod.

2

Marie saß im Lieferwagen fest. Es gab kein Vor und Zurück. Nicht einmal die Tür hätte man noch öffnen können, aber das hätte Marie auch gar nicht gewollt. Das metallene Gehäuse des Fahrzeugs schien ihr Schutz zu bieten vor dem Ansturm der Menschenmenge, die um sie herum wogte wie ein vom Sturm aufgewühlter Ozean.

Schon seit Tagen hatten die Nationalsozialisten zu einer Kundgebung aufgerufen, um die Stimmung der Bevölkerung und die eigenen Chancen auf die Macht auszutesten. Noch war man sich in Berlin nicht sicher, wie die Menschen in der alten Heimat des Führers reagieren würden. Zu vorsichtig war die Bevölkerung geworden, zu sehr scheute sie sich davor zurück, die eigene Meinung vor anderen kundzutun und sich damit der Kritik preiszugeben oder vielleicht sogar das eigene Leben zu gefährden.

Gemeinsames Blut gehört in ein gemeinsames Reich! Tagelang rührte man die Reklametrommel, hielt Reden und verteilte Handzettel. Als der festgesetzte Tag im Februar, dem Schicksalsmonat der Stadt, angebrochen war, wartete man in Berlin erschöpft und beklommen, wie dieser Tag zu Ende gehen würde.

Doch schon am Nachmittag war die Entscheidung gefallen, und manchem schien es, als verhülle die Vernunft ihr Haupt. Mehrere zehntausend Menschen waren aus allen Richtungen in die Innenstadt geströmt: aus den Außenbezirken und der Umgebung, auch aus den entfernteren Ortschaften und mit jedem Eintreffen neuer Eisenbahnzüge sogar aus den Nachbarstädten. Das Herz der Stadt war nicht groß genug, alle zu fassen, die da der Mitte zudrängten mit Schultern und Ellbogen, als warte auf dem großen Platz vor dem Rathaus eine unerhörte, fast religiöse Erleuchtung auf sie, eine Erlösung von Müdigkeit und Stagnation. Mochte erst Neugier sie veranlaßt haben, sich auf den Weg zu machen, so erfaßte sie bald ein bisher noch nie erlebter Rausch: einzutauchen in eine unübersehbare Masse, eins zu werden mit allen anderen im Gefühl des Erhobenseins und der Zuversicht.

In den schwarzweißen Bildern der Wochenschauen hatten sie es gesehen: Menschen im Nachbarland, den rechten Arm erhoben und im Gesicht eine Verzückung, die irreal schien, geradezu religiös. Sie hatten es gesehen und hatten es sich gemerkt. Als sie sich nun in einer ähnlichen Lage befanden, übernahmen sie wie in Trance die Rolle, die von ihnen erwartet wurde. Je mehr sie sich aber ihrer Hingabe auslieferten, um so tiefer verstrickten sie sich darin, fühlten sich wohl und geborgen. Alle einer Meinung. Der gleichen Meinung – so wohltuend nach zwei Jahrzehnten des Zweifelns und der Zwistigkeiten.

Aus den Fenstern fielen wie bunte Steine zusammengerollte Fahnen und entfalteten sich. Rot-weiß-rot zu Ehren des Staates, den man hätte lieben sollen und der doch zu verstümmelt und formlos war, um die Herzen noch zu ergreifen. Rot-weiß-rot wie das Bundesland: *Hoamatland, Hoamatland, di han i so gern wia a Kinderl sei Muatta, a Hinderl sein Herrn.* Und doch: Es war nicht genug, um Zufriedenheit zu schenken und äußeren Wohlstand. Wie aus dem Nichts erschienen plötzlich ganz neue Zeichen in den Fenstern und auf den Balkonen. Schwere Fahnen, auf den ersten Blick scheinbar im Rot der Heimat, doch schon im nächsten Moment in der Mitte unterbrochen von einem weißen Kreis, in dem sich ein schwarzes Hakenkreuz während des Ausrollens hin und her bewegte. Kraftvoll, man hätte denken können sogar drohend. Und dennoch schien es den vierzigtausend in der Stadt in dieser Stunde Beistand zu versprechen. Ordnung, Schutz und Unterstützung in der mißlichen Lage. Ein ganz neues, ungewohntes Zeichen. Marie fragte sich, seit wann diese Flaggen oben in den Wohnungen und Amtsstuben bereitgelegen waren für einen Tag wie diesen, der sie erschreckte, auch wenn er friedlich schien und alle lachten und Worte der Bewunderung riefen, der Erleichterung und der Hoffnung.

Schon seit Wochen hatte sich ein Umschwung angekündigt. Am Morgen, wenn Marie mit dem Lieferwagen ins Gai fuhr, bemerkte sie immer häufiger Hakenkreuze an Hauswänden und Toren. Zu Mittag waren sie meist schon wieder abgewaschen, doch bald tauchten sie erneut auf wie Unkraut, dessen Wurzeln sich nicht ausmerzen lassen. Manche Hausbesitzer kümmerten sich nicht darum, sei es aus Bequemlichkeit, Gleichgültigkeit oder weil es ihnen vielleicht sogar ganz recht war, ohne Risiko die eigene, heimliche Meinung zu demonstrieren.

Junge Männer zeigten sich in den Straßen mit schneeweißen Hemden, weißen Kniestrümpfen oder martialischen Schaftstiefeln. Jedes Kind wußte bald, daß dies die geheime Uniform der illegalen Nationalsozialisten war, die darauf warteten, daß sich das Blatt wendete und sie endlich ihre braunen Hemden anlegen konnten, die gebügelt und säuberlich gefaltet hinten im Schrank bereitlagen. Wenn sich keine Polizei blicken ließ, zogen die jungen Burschen manchmal ihre weißen Hemden aus und marschierten ohne Rücksicht auf den Verkehr mit nacktem Oberkörper in Dreierreihen mitten auf der Straße. Dabei zeigten sie stolz ihre muskulösen Oberarme mit einer breiten Binde, auf der das Hakenkreuz prangte.

Nach der Demütigung des Bundeskanzlers in Berchtesgaden wagten die meisten Polizisten nicht mehr einzuschreiten. Sie verschwanden

435

in einer Nebenstraße, wenn die jungen Männer selbstbewußt und aggressiv im Gleichschritt heranmarschierten, »Sieg Heil!« brüllten oder womöglich sogar das verbotene Horst-Wessel-Lied anstimmten, während ihre Genossen am Straßenrand Propagandamaterial verteilten, das kaum ein Passant abzulehnen wagte. *O du schöner Wehehesterwald! ...* Sobald das Lied verhallt war und nur noch die Tritte der Stiefel auf dem Pflaster schallten, folgten Parolen gegen Katholiken und Juden. Unwidersprochen zumeist. Wessen Stimme wäre schon gewaltig genug gewesen, die Sprechchöre der jungen Männer zu übertönen, die vor Kraft zu platzen schienen und vor Überzeugung, etwas Besonderes zu sein!

Stets erschienen sie in Gruppen, niemals einzeln. Zumindest waren sie einzeln nicht als Nazis zu erkennen. In der Dunkelheit jedoch tauchten sie plötzlich wieder als Bande auf, warfen Steine gegen die Fenster jüdischer Geschäfte oder malten mit weißer Farbe in großen Lettern das Wort »Jude« auf die Auslagenscheiben oder die Berufsschilder jüdischer Ärzte und Anwälte. Am Vormittag, zur besten Einkaufszeit, wenn die Straßen voll waren, verteilten die Burschen Listen mit den Namen von Linzer Juden und bedrohten die, die sich mit ihnen einließen: »Arbeiter! Hast du schon einmal einen Juden arbeiten und von seiner eigenen Hände Arbeit leben gesehen? NIE! Nichts und niemand schützt uns vor den krummnasigen Blutegeln. Gegen solche Anmaßung, Ausbeutung und Verseuchung kann nur eines helfen: rücksichtsloser Boykott dem Judentum! Kauft nur bei arischen Kaufleuten! Merkt euch JEDEN, der trotzdem zum Juden geht! Umseitig die Liste der Judengeschäfte! Weitergeben! Verbreiten!«

Auch Marie hatte einen solchen Zettel an der Windschutzscheibe vorgefunden. Da sie in Eile war, bemerkte sie zu Anfang gar nicht, worum es ging. Sie warf das Papier auf den Beifahrersitz und beachtete es nicht weiter. Erst als sie nun in der Menge gefangen war, nahm sie den Zettel zur Hand und fing an zu lesen. Sie glaubte, das Herz bliebe ihr stehen, als sie Namen ihrer eigenen Brotkunden entdeckte, die hier bloßgestellt wurden. Von vielen hatte sie bisher nicht einmal gewußt, daß sie Juden waren. Es war ihr nie wichtig erschienen. Nun hatte sie das Gefühl, sich auf der Stelle bei ihnen entschuldigen zu müssen, als wäre sie selbst an der Beleidigung beteiligt gewesen. Zumindest aber wollte sie sich nicht einschüchtern lassen, wollte ihre Solidarität zeigen, indem sie ganz offen auch weiterhin zu ihnen ging und wie bisher mit ihnen redete, auch wenn vielleicht ein paar Naziburschen an der Ecke standen und sich ihre Autonummer notierten. So viele Namen, die sie gut kannte und über die sie bisher nie nachgedacht hatte! Auf einmal sollten diese Leute Blutegel sein? Ratten? Geschmeiß? Mit wehem Herzen dachte sie an freundliche Worte, die man in den nun verfemten Häusern an sie gerichtet hatte. An Scherze oder mitfühlende Fragen, wenn ihr die viele Arbeit anzusehen war. Keine einzige üble Erfahrung fiel ihr ein. Die auf der Liste standen, waren Menschen wie alle anderen auch. Unter Opfern hatten sie die schweren Zeiten nach dem Krieg überstanden und kämpften wie alle anderen immer noch um ihre Existenz.

Marie dachte an den alten Herrn, der ihr jenen Zeitungsartikel mitgegeben hatte, als wäre er ein Vermächtnis. Um die Juden war es darin gegangen und um die Gesetze, die sie als deutsche Bürger entrechteten. So fern waren Marie diese Nachrichten damals erschienen. Berichte aus einer anderen Welt, mit denen sie nichts zu schaffen hatte. Nun bedrohten sie auf einmal auch Menschen, die sie selbst kannte. Waren keine Gesetze in einem fremden Land mehr. Der Sturm des Hasses wehte längst über die Grenze und hatte auch hier sein Ziel fast schon erreicht, weil der Boden dafür bereit war, vielleicht schon seit langem.

Konnte es sein, dachte sie, daß sie bisher zu

treuherzig gewesen war, um die heimliche Angst zu spüren, die versteckte Abneigung und den unterdrückten Haß, der sich mit Neid paarte und dem Wunsch, unter sich zu bleiben und alles Fremde von sich fernzuhalten? Seit sie denken konnte, hatte sie immer wieder kleine Bemerkungen aufgeschnappt, die sich gegen die Juden richteten. Der Onkel hatte ihnen nie getraut, und auch Mira Zweisam, die als einzigen Juden den Trödler Lauer kannte, war immer ein wenig mißtrauisch gewesen, auch wenn sie den alten Mann und später seinen Sohn mochte. Und dann im Hause Horbach: Dort war es verpönt gewesen, judenfeindliche Bemerkungen zu machen, doch auch der gnädige Herr hatte sich hin und wieder geäußert, daß in seinem Metier fast nur noch Juden zu finden seien.

Marie schaute aus dem Fenster in die Gesichter der Menschen, die nur die Hoffnung sahen und nicht das Dunkel dahinter. Der Lieferwagen bebte unter dem Ansturm der Massen, die Marie zulachten und sich vorbeizudrängen suchten, um unmittelbar vor dem Rathaus dem Herzen der Kundgebung noch näher zu sein.

In diesem Moment gab eine schmale Kluft zwischen zwei Gruppen den Blick über den Gehsteig hinweg auf die Hauswand dahinter frei. Marie bemerkte eine junge Frau, die sich erschöpft an die Mauer lehnte und einer Ohnmacht nahe schien. Eine schöne, elegante Frau mit einem hübschen, auffallend rot geschminkten Mund, als wolle sie es Lilian Harvey gleichtun. Nur für den Bruchteil einer Sekunde war sie zu sehen, dann wurde sie wieder von der Menge verdeckt. Marie erschrak. Sie war sicher, Susi Sans-souci dort gesehen zu haben, der in dem Gedränge vielleicht übel geworden war, so daß sie die paar Schritte nach Hause nicht mehr aus eigener Kraft bewältigen konnte. Entschlossen drückte Marie nun doch die Autotür auf und zwängte sich hinaus. Erst jetzt spürte sie auch körperlich die Gewalt des Menschenstroms, der sie mitriß, daß sie Mühe hatte, sich bis zu Susi Sans-souci durchzukämpfen.

Susi Sans-souci war kreidebleich. »Komm ins Auto!« brüllte Marie gegen das laute Getrommel und den Gesang Tausender Stimmen an. Sie legte den Arm um die Schultern der Freundin und schob sie vor sich her. Es dauerte lange, bis sie die wenigen Schritte zurückgelegt hatten und im Auto saßen.

Susi Sans-souci atmete tief auf. »Danke, Marie«, murmelte sie dann. »Ich dachte, ich schaffe es bis nach Hause. Aber dieser Lärm! Ich kann so viele Menschen nicht ertragen. Das war schon immer so. Sogar im Theater wird mir manchmal übel.«

»Dann solltest du dir überlegen, ob die Schauspielerei wirklich das richtige für dich ist!«

Susi Sans-souci lächelte, obwohl die Farbe noch nicht in ihre Wangen zurückgekehrt war. »Aber ich werde doch Filmstar!« widersprach sie. »Da bin ich weit weg von der Menge.«

»Wenn du meinst.« Marie hob die Schmäh-schrift auf, die zu Boden geglitten war. Susi Sans-souci achtete nicht darauf. Langsam ging es ihr besser.

Draußen ebbte der Ansturm allmählich ab. Die ersten drehten sich um und schlenderten durch die Nebenstraßen nach Hause oder zum Bahnhof, anscheinend noch immer erfüllt vom Erlebten. Keine Ernüchterung, aber Mattigkeit wie nach einer allzu großen Freude oder nach schwerem Leid.

»Ich glaube, ich kann mich jetzt hinaus-wagen«, erklärte Susi Sans-souci nach einer Weile. »Komm doch mit mir hinauf, bis die Straßen frei sind. Oder möchtest du lieber in die Bäckerei zu deinem Mann?«

Marie stieg aus. »Ich bringe dich hinauf«, entschied sie. »Danach gehe ich ins Geschäft.«

Entgegen sonstiger Gewohnheit war das Tor zum Stadthaus der Ohnesorgs verschlossen.

Susi Sans-souci kramte umständlich nach dem Schlüssel in ihrer Tasche. Sie stiegen hinauf in den ersten Stock, die Beletage, wo die Hausbesitzer zu wohnen pflegten: entfernt vom Lärm der Straße und doch nahe genug am Geschehen.

Susi Sans-souci läutete, wie sie es gewöhnt war. Doch niemand öffnete, auch nicht nach einem weiteren, dringlicheren Läuten. So wühlte Susi Sans-souci kopfschüttelnd zum zweiten Mal in ihrer Handtasche und öffnete die Tür.

In der Diele war es finster, obwohl sonst stets ein Lämpchen brannte, selbst wenn niemand zu Hause war. Erst nachdem sich die Augen an die Dunkelheit gewöhnt hatten, entdeckte Marie, daß Frau Ohnesorg in der Mitte des Korridors stand, die Arme wie zum Schutz vor der Brust gekreuzt, die Augen angstvoll aufgerissen. Sie zitterte am ganzen Leib.

»Mama!« rief Susi Sans-souci erschrocken. »Was hast du denn?« Sie schaltete das Lämpchen ein. Ein friedlicher, rosiger Schimmer legte sich über den Raum, verdoppelt noch durch den Spiegel mit dem goldenen Rahmen. Susi Sans-souci lief zu ihrer Mutter und umarmte sie. »Was hast du denn gedacht, Mama?« fragte sie und tätschelte der Mutter beruhigend den Rücken. »Hier bist du doch sicher. Hier kommt keiner herauf. Niemand tut dir etwas zuleide.

Das sind doch alles Verrückte da unten. Die wollen ihren Spaß, und dann gehen sie wieder heim.«

Frau Ohnesorg befreite sich aus der Umarmung und nickte tapfer. »Entschuldigen Sie, Frau Janus«, murmelte sie. »Ich habe Angst vor Menschenmengen, müssen Sie wissen.« Sie zuckte die Achseln und lächelte hilflos. »Ich habe immer ein schlechtes Gewissen deswegen. Eine solche Angst bei einer Mutter ist ein schlechtes Vorbild für ihre Kinder. Es ist wie eine Krankheit. Unsere Susi habe ich auch schon damit angesteckt.«

Susi Sans-souci küßte die Mutter auf die Wange. »Das stimmt doch gar nicht, Mama!« versicherte sie großspurig, als hätte es den Schwächeanfall unten auf der Straße nie gegeben. »Mich kannst du mitten durch ein volles Stadion schicken, und es macht mir nichts aus. Dieser Zirkus heute hat mich vielleicht neugierig gemacht, aber nicht ängstlich.« Sie lachte und umarmte ihre Mutter zum zweiten Mal. »Ich bin ein künftiger Star, Mama, vergiß das nicht! Eine Mengenbändigerin. So etwas wie Angst gibt es bei mir nicht.«

Marie verabschiedete sich und ging zum Lieferwagen zurück. Durch die Auslage der Bäkkerei sah sie ihren Mann, der die Kunden bediente. Alles schien wieder zu sein wie immer, ganz so, als hätte es den Aufmarsch von vierzigtausend Menschen nie gegeben. Auch auf den Straßen hatte sich die Menge verlaufen. Nur einzelne Grüppchen standen noch beieinander, wirkten wie verlassene kleine Brandherde nach einem großen Feuer, und die Gehsteige und Straßen waren voll mit Abfall und zerknitterten Propagandazetteln, mit denen der Wind ein vergnügliches, harmloses Spiel zu spielen schien.

Vorsichtig lenkte Marie das Auto nach Hause. Sie konnte den Anblick von Frau Ohnesorg nicht vergessen, die ihr bisher als der Inbegriff des Gleichmuts und der inneren Heiterkeit erschienen war. Die Panik in ihren Augen beunruhigte Marie nicht weniger als die kollektive Hingabe in den Augen der Menge. Marie kam es vor, als gäbe es einen inneren Zusammenhang zwischen beidem, auch wenn sie sich nicht erklären konnte, worin er bestand.

Als sie vor dem Haus ausstieg, trat Emmi Janus aus der Tür. »Ich war auch in der Stadt und habe alles miterlebt«, berichtete sie in ungewohnter Mitteilsamkeit. »Eigentlich wollte ich ein Geburtstagsgeschenk für dich kaufen.« Sie zuckte die Achseln. »Nun ja, dann bekommst du es eben morgen. Alles Gute übrigens.« Sie schloß die Augen und atmete tief ein, wie ein verliebtes junges Mädchen, das an die süßen Stunden des vergangenen Abends denkt. »Was für ein Tag!« seufzte sie. »Von heute an wird alles besser.« Es war, als ob ihr Gesicht vor lauter Freude und Genugtuung leuchtete. Das Gegengesicht, dachte Marie, zu jenem blassen, verschreckten im dunklen Korridor des vornehmen Stadtpalais.

DER ANSCHLUSS

In der Bäckerei herrschte ein Betrieb, wie ihn
hier noch nie zuvor jemand erlebt hatte. Tag
und Nacht glühten die Öfen. Die Bäcker konnten vor Müdigkeit kaum noch aus den Augen
schauen. Nicht einmal zum Schlafen gingen sie
nach Hause, sondern sie rollten sich in behelfs-
mäßige Wolldecken, die noch aus der Kriegs-
zeit stammten, und suchten sich einen halbwegs ruhigen Platz unter der Treppe oder oben
im Vorhaus, in dem es sonst das ganze Jahr über
angenehm kühl oder sogar kalt war. Nun aber
stieg die ständige Hitze der Backstube ins ganze Haus auf, erwärmte alle Räume und erfüllte
sie bis in den letzten Winkel mit ihrem Duft
nach Hefeteig und warmem Brot.

Hilfskräfte wurden eingestellt und übernahmen für Geld und gute Worte kurzfristig die
Pflichten der Erschöpften. Der älteste Hilfsbäk-
ker war schon über neunzig Jahre alt. Er konnte
kaum noch verstehen, was man von ihm wollte.
Doch als er an Emmi Janus' Hand in die Backstube stolperte, plötzlich umfangen vom hellen

Licht und dem Geruch seines einstigen Lebens-
inhalts, rötete sich sein Gesicht, als stünde er
wieder mitten im Leben. Er riß sich das Hemd
vom Leib und erfaßte auf einen Blick, was zu
tun war. Mit flinken Fingern, die eigentlich
schon seit Jahren zu steif waren, um auch nur
seinen Mantel zuzuknöpfen, ordnete er die Brote und Brötchen in die zugehörigen Körbe und
kicherte dabei triumphierend in sich hinein, als
hätte er dem Teufel selbst ein Schnippchen geschlagen.

Auch oben im Geschäft drängten sich die
Kunden und die Verkäuferinnen, die einander
den Platz an der Kasse streitig machten und vor
Anstrengung schwitzten, weil keine von ihnen
bisher Wechselgeld in die Hand bekommen
hatte. Zuvor war es allein Emmi Janus' Vor-
recht gewesen, die Kasse zu bedienen. Doch
nun wurde sie gebraucht, um das Chaos zu
organisieren, und wie es ihr Talent war, änderte
sie von einem Augenblick zum anderen die
Richtung ihres Denkens. War bisher kein einziger Groschen ihrem Blick entgangen, so überließ sie nun nach kurzem Unbehagen die Verantwortung der ältesten Verkäuferin und übernahm selbst die Aufsicht über das Ganze. Alles
sah sie; griff ein, wenn es nötig war; ermunterte
und drohte; schmeichelte und schalt. Ihre Stimme, sonst immer gleichmäßig und kühl, umfaß-

447

te nun sämtliche Lautstärken und Tonlagen. Emmi Janus war die uneingeschränkte Herrscherin. Dies war der Zustand, für den sie sich geboren fühlte. So wie jetzt wollte sie leben. So sollte es bleiben. Mochten andere verzweifeln, weil ihnen alles zuviel wurde und sie nicht in der Lage waren, das Durcheinander zu überblicken – für Emmi Janus bedeutete es Befriedigung. Es ermüdete sie nicht, sondern flößte ihr zusätzliche Lebenskraft ein. Mit der gleichen Erregung, die sie spürte und genoß, mochten die Kriegsherrn der alten Tage von einem Gefechtsstand zum nächsten galoppiert sein, mochten die Reihen geschlossen und den Feind zurückgeschlagen haben im beißenden Geruch der Feuersalven, der für die harten Krieger jenem lieblichen Duft nach Brot und Zuckerwerk gleichkam, der Emmi Janus begleitete, während sie ihren unsichtbaren Feldherrnstab schwang.

Wie die Menschen in der Bäckerei schienen sich auch die ganze Stadt und das ganze Land in Aufruhr zu befinden. Wie weggeblasen der Trübsinn und die Trägheit der vergangenen Jahre. »Es ist wie damals, als wir in den Krieg zogen«, sagte einer der Bäcker zu Marie, während er sich die Decke über die Ohren zog, um auf der Vorhausbank ein Stündchen zu schlafen.

»Damals waren wir auch alle ganz aus dem Häuschen. Sie können es sich nicht vorstellen, junge Frau, aber irgendwie waren wir wie besoffen. Glücklich, obwohl wir doch mitten ins Feuer hineinmarschierten und das sogar wußten. Richtig glücklich. Es geschah endlich etwas, verstehen Sie?« Die Augen fielen ihm fast zu, als hätte ihn das Leben verlassen. »Glücklich!« seufzte er noch einmal, schon halb schlafend, während Marie zum Wagen eilte, mit dem sie die nächste Lieferung ins Gai zu bringen hatte, obwohl auch sie schon gar nicht mehr wußte, wann sie zum letzten Mal geschlafen hatte.

Niemand schien in diesen Märztagen des Jahres 1938 schlafen zu wollen, seit der Kanzler Schuschnigg in letzter Verzweiflung eine Volksabstimmung angeordnet hatte, mit der sich »seine Österreicher« *für ein freies und deutsches, ein unabhängiges und soziales, ein christliches und einiges Österreich* aussprechen sollten. Österreich sollte nicht Teil von Deutschland werden, auch wenn sich zeigte, daß es kein Land der Welt gab, das zu Hilfe eilen würde. Niemand wußte, ob Schuschnigg klar war, daß er mit seinem Vorstoß in ein Wespennest gestochen hatte. Hitler und Göring in Berlin fühlten sich überrumpelt. Sie erschraken bei dem Gedanken, das Volk von Österreich könnte sich tatsächlich gegen sie aussprechen. Ein Drittel der Bevölkerung, so wurde geschätzt, wollte »heim ins Reich«. Die übrigen waren wohl unschlüssig oder dagegen.

Für den 13. März war die Volksabstimmung angesagt, doch schon am Tag davor marschierten Einheiten der deutschen Achten Armee entlang der deutsch-österreichischen Grenze auf. Sie besetzten Brückenköpfe und Grenzposten. Als der Morgen anbrach, fuhren die ersten Motorräder und Spähfahrzeuge, geschmückt mit Hakenkreuzflaggen und Blattwerk, über die Grenze. In ihrem Gefolge die Infanterie, die nicht in Gefechtsformation auftrat, sondern mit Fahnen und Musik, als kämen Freunde zu Besuch.

Bis zum letzten Blutstropfen sollten sie sich, wenn nötig, verteidigen, hatte man den Soldaten eingeschärft. Doch was sie erlebten, konnten sie kaum glauben. Die Straßen, über die sie zogen, waren gesäumt von jubelnden Menschen, die ihnen Blumen zuwarfen und Willkommensworte zuriefen. Je weiter sie ins Land vordrangen, um so enger wurde es auf den Straßen. Die Menschen liefen von ihren Arbeitsplätzen weg, um das Schauspiel zu sehen und daran teilzunehmen. Mit eigener Hand wollten sie die blumengeschmückten Panzer berühren, von denen lachende Soldaten herunterwinkten, wie um zu versprechen, daß von nun an alles anders werden würde. Daß die bleiernen Zeiten vorbei waren, in denen nichts sich veränderte, in denen immer mehr Menschen ihre Arbeit verloren und verkamen. Ja, es würde nun Arbeit geben. Wohlstand, so wie in Deutschland. Allein hätte man es nicht geschafft, abgetakelt, wie der Vertrag von St. Germain das Land zurückgelassen hatte. Doch nun konnte es anders werden. Mit der Hilfe des Brudervolkes würde man es schaffen. Arbeit für alle. Wohlstand. Frieden. Ein goldenes Zeitalter konnte seinen Anfang nehmen.

Gegen Mittag erreichte die Vorhut der Zweiten Panzerdivision Linz, ungeduldig erwartet von einer unübersehbaren Menschenmenge, deren Jubel im Dröhnen der Flugzeugmotoren unterging, die über die Stadt hinwegdonnerten und Tausende von Flugblättern abwarfen. Wie weiße Vögel flatterten sie auf die Straßen und auf die Dächer, sie schwammen auf dem Wasser der Donau und verfingen sich in den Bäumen und Sträuchern. Die Menschen hoben sie auf, warfen einen Blick darauf und ließen sie lächelnd wieder fallen. Man brauchte keine Ermunterung. Dies war nicht die Stunde der Herausforderung, sondern der Gewißheit und der Hoffnung.

Vom Geschäft auf dem Hauptplatz aus beobachtete Marie zusammen mit Franz Janus den Aufmarsch der deutschen Truppen. Franz Janus hatte sich auf die Theke gestellt, um über die Menschenmenge hinwegblicken zu können. Er war enttäuscht, als er auch von dort nur Köpfe und emporgestreckte Arme sah. »Sieg Heil!« klangen immer wieder Sprechchöre auf.

»Was soll ich nur tun?« jammerte Marie. »Die Straßen sind verstopft, aber ich muß weiter. Die Nazioberssten haben sich im Hotel Weinzinger einquartiert. Ich habe den Lieferwagen voller Brot, aber ich komme nicht durch. Wenn es nicht anders geht, müssen wir das Brot mit dem Handwagen zum Hotel schaffen.«

Und so geschah es. Marie und Franz Janus überließen das Geschäft den Verkäuferinnen und kämpften sich mit dem Handwagen durch die Massen, die sie nicht weiter beachteten, weil alle Blicke auf die Straße gerichtet waren. Vom Laden zum Hotel und zurück, und das ein halbes dutzendmal: Dann hatten sie alles Brot ausgeliefert. »Ein gutes Geschäft. Mutter wird zufrieden sein«, stöhnte Franz Janus erschöpft und wischte sich den Schweiß vom Gesicht. »Aber jeden Tag will ich das wirklich nicht mitmachen.«

Marie ließ sich auf einen Stuhl fallen. Sie war so müde, daß sie auf der Stelle hätte einschlafen können. Wie durch Watte hindurch hörte sie das Geschrei der Menschen, ihren Gesang und die Sieg-Heil!-Rufe; das Dröhnen der Panzer auf dem Pflaster, das Hupen der Motorräder; und drinnen im Geschäft das Klingeln der Türglocke und der Kasse; das aufgekratzte Lachen und Plaudern der Kunden; die nervösen, um Verständnis flehenden Stimmen der Verkäuferinnen, die sich um Freundlichkeit bemühten, denn sogar wenn Emmi Janus nicht da war, saß ihnen der Respekt vor der Chefin im Nacken.

»Du bist auch ganz schön erschöpft, was?« sagte Franz Janus und streichelte Marie über den Kopf. Sie blickte auf und sah die Schatten der Übermüdung um seine Augen. Ohne darüber nachzudenken, lehnte sie sich an ihn, weil er trotz allem – so dachte sie plötzlich – der Mann war, mit dem sie auf Gedeih und Verderb verbunden war. »Eine große Zeit, die wir da erleben«, stellte er fest. Er beugte sich vor, um Marie, wie schon lange nicht mehr, auf die Wange zu küssen. »Von jetzt an wird alles besser.«

Marie zuckte zurück. Susi Sans-souci und deren Mutter kamen ihr in den Sinn. Wahrscheinlich hatten sie sich oben in ihrer Wohnung verbarrikadiert und zitterten vor Angst, weil sich unten auf der Straße so viele Menschen drängten. Ein unberechenbarer Haufen, weil es so viele waren, daß sich die Gefühle einzelner auf alle anderen übertragen konnten. Erhebende Gefühle oder beängstigende, haßerfüllte – wer konnte das voraussehen? *Die Masse ist dumm*, hatte der alte Herr Notar einmal gesagt. *Sie ist wie eine Herde, die dem Leithammel nachrennt, ohne nach dem Wohin zu fragen.*

»Heute abend kommt der Führer«, sagte Franz Janus. »Ich werde auf jeden Fall hier in der Stadt bleiben, um ihn zu sehen.«

Marie stand auf. »Ich nicht!« antwortete sie mit kalter Stimme und ging hinaus zum Lieferwagen. Die Umstehenden, die ihr abweisendes, entschlossenes Gesicht sahen, gaben befremdet den Weg frei. Marie stieg ins Auto und fuhr, als wäre das ihr Recht, neben den Fahrzeugen der Armee den Hauptplatz hinunter und dann zurück nach St. Peter, wo sich die Leute ebenfalls auf der Straße versammelt hatten und aufgeregt das Geschehen kommentierten.

»Ich habe wieder einen Haufen Bestellungen«, rief Emmi Janus ungeduldig, als Marie ins Haus trat. »Höchste Zeit, daß du kommst. Die Stadt ist voll, und alle wollen ihr Brot. Mein Gott, ist das ein Segen! Endlich wird alles so, wie es sein soll.«

Ein Rausch war über die Menschen gekommen. Er trieb sie aus den Häusern, ließ sie die Gesellschaft anderer suchen, mit denen sie diskutieren und sich austauschen konnten. Nach den endlosen Jahren der Lethargie schien auf einmal alles möglich. Als der *Führer* selbst in Linz auf den Rathausbalkon trat, blickten die Tausende, die sich zu seinen Füßen drängten, zu ihm empor, als wäre er der Bannerträger einer neuen, besseren Epoche. So mancher redete sich ein, er selbst sei vom verheißungsvollen Blick des Mannes da oben getroffen worden. Der *Führer* habe ihn wahrgenommen.

»Er hat mich ganz aufmerksam angesehen!« behauptete auch Franz Janus, während Marie ihm den Rücken zukehrte. »Mein Gott, vielleicht hat er sich mein Gesicht sogar gemerkt! So etwas kommt vor. Man sieht einen Menschen und vergißt ihn nicht mehr. Vielleicht bin ich derjenige von den vielen, den er in Erinnerung behält, und wenn er an seinen großen Tag hier zurückdenkt, falle ich ihm ein, auch wenn er meinen Namen nicht kennt.«

»Du bist verrückt, Franz!«

Er zuckte die Achseln. »Könnte aber doch sein«, beharrte er ein wenig beschämt. »Sei doch nicht immer so sachlich! Das paßt nicht in unsere große Zeit.«

Eine große Zeit. Für einige Wochen erschien es wirklich so. Die Mächtigen in Berlin zeigten sich von ihrer großzügigsten Seite. Sechzig Millionen Reichsmark wurden nach Österreich für die Entwicklung der Industrie und die Modernisierung der Landwirtschaft transferiert. Die Zahlungen an die ausgesteuerten Arbeitslosen wurden wiederaufgenommen, so daß auf einen Schlag wieder jeder Geld in der Tasche hatte. Lebensmittel wurden tonnenweise eingeführt und verteilt. Hunderttausend Schulkinder und fünfundzwanzigtausend Erwachsene wurden auf Erholungsurlaub ins Deutsche Reich geschickt, damit sie danach zu Hause berichten konnten, wie weit man es in dieser neuen, wunderbaren Welt inzwischen gebracht hatte. Für die, die trotz aller Wohltaten noch immer aus dem sozialen Netz herausfielen, wurden Suppenküchen eingerichtet und die Zwangsversteigerung verschuldeter Bauernhöfe untersagt. Ein Gefühl der Erleichterung begleitete die Abschaffung der Fahrradsteuer, die zwar nicht besonders hoch gewesen war, aber irgendwie das Faß des Unmuts gegen die Regierung zum Überlaufen gebracht hatte.

Es galt, das Land zu umwerben und alle Bevölkerungsschichten für sich zu gewinnen.

Adolf Hitler und die Seinen hatten den Ehrgeiz, den besiegten Schuschnigg Lügen zu strafen und aller Welt zu beweisen, daß der Einmarsch in Österreich von der Bevölkerung gebilligt, ja gar willkommen geheißen wurde. Die Volksabstimmung, vor der man sich vor dem Einmarsch so sehr gefürchtet hatte, sollte nun doch abgehalten werden, so bald wie nur möglich, um die Euphorie des Augenblicks nicht abklingen zu lassen. Man setzte sie auf den 10. April fest, an dem, wie die Kondition eines Sportlers für den entscheidenden Wettkampf, die Popularität des neuen Regimes ihren ersten Höhepunkt erreichen sollte. Was nachher kommen würde, zählte nicht. Am 10. April sollte das ganze Reich von Berlin bis Wien überzeugt sein, daß der Anschluß rechtens war und eine überwältigende Mehrheit der Bevölkerung ihn guthieß.

Durch Schmeichelei und Versprechungen gewann man die Zustimmung Karl Renners, des prominentesten Sozialdemokraten, und die Unterstützung des Oberhauptes der österreichischen Katholiken, Kardinal Innitzer. Somit hatte man die beiden gefährlichsten Gegner auf seine Seite gezogen. Man rechnete damit, daß nun kaum jemand noch einen Grund haben konnte, gegen den Anschluß zu stimmen. Nur die Bauern hielten sich zurück. In ihren Stuben hing noch immer das Bild des ermordeten Kanzlers Dollfuß, dem sie die Treue hielten, weil sich seine Werte mit den ihren gedeckt hatten.

Wie bisher fuhr Marie jeden Tag durch die Stadt, die sich so sehr verändert hatte, daß einer, der von einer Reise zurückgekehrt wäre, sie kaum wiedererkannt hätte. Überall Fahnen, ein Meer von roten Fahnen, die die Häuser dahinter manchmal fast verdeckten. Wenn der Wind wehte, schien es, als ob ganze Straßenzüge schwankten. Dazu die ständigen Aufmärsche jeder bestehenden Organisation des Nationalsozialismus und das aggressive, herdenweise Auftreten junger Männer, die kaum der Schulbank entwachsen waren und sich nun als Träger der Zukunft gebärdeten.

Daneben aber, auch das hatte Marie beobachtet, existierte noch eine ganz andere Stadt. Es war die Stadt derer, die auf einmal von allem ausgeschlossen waren. Die Stadt der jüdischen Kaufleute, die man aus ihren Geschäften holte. Bekannte Namen waren darunter, die mit einemmal fast zu Schimpfwörtern wurden. Schon zwei Tage nach dem *Anschluß* publizierte die ›Tages-Post‹ eine erste Liste der in Linz »verhafteten Volksverräter«. Sie verschwanden aus der Stadt, doch niemand wagte, nach ihrem Verbleib zu fragen, um das leuchtende Bild eines glücklichen, makellosen Gemeinwesens nicht zu verdunkeln. Schnell hatte man gelernt, bei Bedarf wegzublicken.

Auch Marie redete nicht darüber, denn es gab niemanden, der ihr zugehört hätte. Manchmal nahm sie sich vor, Susi Sans-souci zu besuchen und mit ihr darüber zu sprechen, daß ihr Herz schwer war und sie das Gefühl hatte, ganz allein zu sein. Eine zu sein, die Bedenken hatte, von denen keiner etwas hören wollte. Doch es kam zu keinem Treffen. Das Brotausfahren nahm Marie von früh bis spät in Anspruch, und wenn sie abends fertig war, war sie so müde, daß sie nur noch nach Hause wollte.

Inzwischen kamen bereits die ersten Nachrichten aus Wien, wo schon kurz nach dem Einmarsch der deutschen Truppen der Jubel des Volkes umgekippt war in Haß und Zorn auf die Juden. Nicht mehr nur »Sieg Heil!« rief man nun oder »Ein Volk! Ein Reich! Ein Führer!«, sondern vor allem *»Juda verrecke!«* Jüdische Häuser wurden geplündert und deren Bewohner gedemütigt, ohne daß jemand wagte einzugreifen. Vielleicht gab es aber auch nur noch wenige, die überhaupt eingreifen wollten.

»Das ist in Wien«, erwiderte Emmi Janus unwirsch, als sich Marie einmal doch nicht zurückhalten konnte, darüber zu sprechen. »Das ist der Stadtmob. So etwas haben wir hier nicht. Die Wiener waren schon immer die reinsten Proleten.« Dann erzählte sie mit leuchtenden Augen, der Führer habe versprochen, am Rande von Linz ein riesiges Industriewerk errichten zu lassen, damit die Stadt auf immer finanziell abgesichert sei und es hier nie wieder Arbeitslosigkeit gäbe.

»Und wo soll das sein?« fragte Marie.

Emmi Janus lächelte. »Vielleicht sogar in unserer Nähe«, antwortete sie hoffnungsvoll. »Stellt euch nur vor, was das für unser Geschäft bedeuten könnte!« Dann legte sie mit geheimnisvoller Miene ein gefaltetes Papier auf den Tisch. »Mein Mitgliedsausweis«, erklärte sie stolz und errötete. »Ich bin jetzt Parteimitglied. Du solltest auch beitreten, Franzl. Der Führer braucht jeden von uns.«

Während ihr Mann und ihr Sohn den Ausweis bestaunten, dachte Marie daran, daß sie am Morgen vergeblich zu einem ihrer Brotkunden gefahren war. Als sie vor seinem Haus anhielt, hob man ihn und seine Frau in einen Leichenwagen, während ein Straßenkehrer Sägemehl über die Blutlache streute, die sich auf dem Pflaster unter einem weit geöffneten Fenster im zweiten Stock ausbreitete. Mit einem Fußtritt verjagte er einen Hund, der daran schnüffelte. Dann fuhr der Leichenwagen davon, und der Straßenkehrer ging zurück zu seiner Schubkarre. Die Straße sah wieder so aus, als wäre nichts geschehen. Nur das Fenster stand noch offen, doch das war ja nichts Besonderes.

Schon oft war Marie in den letzten Tagen vor verschlossenen oder auch aufgebrochenen Türen gestanden. Gute Kunden von einst waren plötzlich abgereist, niemand wußte, wohin. Manche hatte man zum Verhör abgeholt, und sie waren nicht mehr zurückgekommen. Ihr Besitz ging auf andere über, ganz schnell, wie alles ganz schnell ging in diesen Tagen vor der Volksabstimmung, in der ein Volk aufgefordert wurde, sich selbst aufzugeben.

Mit ungläubigem Staunen beobachtete Marie die unverändert freudige Erregung der Menschen in den Straßen. Sie brachte es nicht über sich, wenn sie mit »Heil Hitler!« gegrüßt wurde, den Gruß in gleicher Weise zu erwidern. Menschen, die ihr vertraut gewesen waren, erschienen ihr plötzlich fremd. Oft dachte sie an den Hotelier Weinzinger, der ihr immer noch spielerisch den Hof machte und dennoch von nichts anderem mehr reden konnte als von seinem geliebten Führer, der ihm die Ehre erwiesen hatte, in seinem Hotel zu übernachten.

»Leider konnte er nicht mit mir reden!« bedauerte der Hotelier. »Er ist ständig umringt. Aber ich bin sicher, daß er wiederkommt. Dann werde ich ihm sagen, wie sehr ich ihn verehre.«

Der *Führer* überall. An den Hauswänden, in den Zeitungen, in der Wochenschau, im Radio. Tagaus, tagein. Sogar bis in den Schlaf hinein verfolgte er Marie. Sie sah ihn, wie er am Rednerpult stand und mit den Armen heftig gestikulierte. Er bewegte die Lippen, doch Marie konnte ihn in ihrem Traum nicht hören. Alles war totenstill um ihn herum, auch um Marie selbst. Sie fürchtete sich vor dieser Stille, weshalb sie aufatmete, als plötzlich doch etwas zu vernehmen war. Während die Bewegungen des Sprechenden wie bei einem Film in Zeitlupe gedehnt erschienen, hörte Marie ebenso langsam und bis in die tiefen Töne hinein verzerrt, daß er sang. Erst glaubte sie, es müsse das Horst-Wessel-Lied sein oder sonst eines der Lieder, die die jungen Männer auf der Straße grölten. Doch dann merkte sie, daß sie sich getäuscht hatte. Der *Führer* auf seinem Podest blickte milde und schmeichelnd so wie immer, wenn er Kindern über den Scheitel strich. *»Schlaf, mein Liebling«*, sang er, *»träum von lauter Blüten. Schlaf, mein Liebling, Englein dich behüten. Englein singen dir dann im Traum* *leise ein Lied, du hörst es kaum. Schlaf, mein Liebling, träum von lauter Rosen. Schlaf, mein Liebling, Englein dich liebkosen. Morgen wird die Sonne wieder scheinen, schlaf, mein Liebling, schlaf ein!«* Und dann blickte er Marie tief in die Augen und wiederholte mit sanfter Stimme, die jedoch seinen Blick Lügen zu strafen schien: *»Schlafe ein!«*

Mit einem Ruck richtete sich Marie im Bett auf. Ihr Herz klopfte, daß sie meinte, es müsse zerspringen. Mira Zweisam fiel ihr ein, die dieses Lied geliebt hatte. Süße Versprechungen, nach denen sich das Menschenherz sehnte. Bereit zu vertrauen. Bereit, sich auszuliefern. *Ein Volk! Ein Reich! Ein Führer! Schlaf, mein Liebling, träum von lauter Rosen! Schlaf, mein Liebling, schlaf ein!*

In dieser Nacht schlief Marie nicht mehr.

3

Ein beispielloser Propagandafeldzug tobte durch das Land. Wie in den Mysterienspielen aus längst vergangenen Zeiten kämpfte Gut gegen Böse, Hell gegen Dunkel, Schwarz gegen Weiß. Niemand sollte daran zweifeln, wer die Guten waren und wer die Bösen. »Ganz Deutschland JA!« schienen die Plakatwände jedem entgegenzuschreien. Ja: das hieß ein Ja auf die Suggestivfrage der Wahlzettel: »Bist Du mit der am 13. März vollzogenen Wiedervereinigung Österreichs mit dem Deutschen Reich einverstanden, und stimmst Du für die Liste unseres Führers Adolf Hitler?« Darunter ein großer Kreis, über dem »Ja« stand. Daneben ein ganz kleiner mit »Nein«. Jedes Kind kannte das Plakat, auf dem ein riesiger Finger gebieterisch auf das »Ja« deutete.

Das gesamte öffentliche Leben war auf den Wahltag ausgerichtet. Auf einmal schien alles öffentlich zu sein. Jeder glaubte versichern zu müssen, wie glücklich er war, sein Land endlich im großen Ganzen geborgen zu wissen. Tag und Nacht fanden Kundgebungen statt, Freudenfeuer knisterten, Scheinwerfer erhellten mit kaltem Strahl Bahnhöfe und halbverfallene Fabrikhallen, zum Bersten voll mit übernächtigten Menschen, die immer mehr die Überzeugung gewannen, so müsse es wohl sein. So wäre es gut. So habe es die Vorsehung gewollt. Eine Rede aufrüttelnder als die andere, haarscharf ausgerichtet auf den 10. April. Länger, dachte Marie, hätte es wohl auch niemand ausgehalten. Sogar die Schulkinder wurden mobilisiert. Ganze Vormittage lang malten sie Wahlparolen und trugen sie dann auf dem Heimweg auf ihren Ranzen durch die Stadt, aufgeregt, weil man ihnen die vaterländische Pflicht übertragen hatte, zu Hause ihre Eltern über die Bedeutung der Wahl aufzuklären.

Auch der *Führer* selbst mischte sich in den Wahlkampf ein: »Ich möchte dem danken, der mich zurückkehren ließ in meine Heimat, auf daß ich sie nun heimführe in mein Deutsches Reich!« Auf allen Straßen, aus allen Lautsprechern und Rundfunkempfängern gellte diese Stimme. Niemand konnte ihr entgehen, höchstens ein paar Schafhirten in der Alpenregion, Holzfäller mitten im Wald oder verarmte Bergbauern in der Verlassenheit ihrer kleinen Welt. Doch sogar sie versuchte man zu erreichen, kletterte stöhnend die Hänge hoch, um das neue Evangelium zu verkünden, und wunderte sich dann, daß es immer noch menschliche Wesen gab, die fern der fabelhaften neuen Zeit lebten und die Segnungen, die ihnen geboten wurden, nicht zu schätzen wußten.

Als der Tag der Tage anbrach, forderten schon um sieben Uhr morgens im ganzen Land Ausrufer die Wähler auf, zu den Urnen zu eilen. Massive Vorkehrungen waren getroffen worden, um die angestrebte hundertprozentige Wahlbeteiligung zu erreichen. In Dörfern und kleineren Städten wurden die Ortseingänge besetzt, und man hielt jeden auf, der keine Wahlplakette vorweisen konnte. SA-Männer durchkämmten die Straßen und forderten die Bewohner zur Stimmabgabe auf. Kranke und Gebrechliche wurden zu den Wahllokalen gefahren. Wer sich dennoch verweigerte, wurde verhaftet und zum »Volksverräter« erklärt.

Geheime Wahlen sollten es sein, so hatte man dem Ausland versichert. Doch in den meisten Wahllokalen fehlten die Kabinen. Schon in den Tagen zuvor hatte man den Österreichern zu verstehen gegeben, daß sich Geheimniskrämer verdächtig machten. Man streute sogar das Gerücht, daß selbst bei geheimer Wahl festgestellt werden könne, ob jemand »gegen das Volk« gestimmt habe. In die anfängliche Begeisterung mischte sich heimliche Angst.

Auch die Familie Janus begab sich zum Wahllokal, Emmi Janus immer ein paar Schritte vor den anderen. Erst als sie das Schulhaus, in dem die Volksabstimmung abgehalten wurde, erreicht hatten, blieb sie stehen und wartete auf ihren Mann. Sie hakte sich bei ihm unter und schenkte ihm sogar ein Lächeln, was von den Dorfbewohnern, die vor dem Eingang beisammenstanden, bemerkt und flüsternd kommentiert wurde. Emmi Janus war eine wichtige Persönlichkeit in der Dorfgemeinschaft. Niemand liebte sie, aber es gab keinen, der vor ihr nicht großen Respekt hatte. Vielleicht beneidete man sie sogar. »Sie hat mehr Schneid als ihr alle zusammen!« hatte die Wirtin des Gasthauses Schrefler einmal die versammelte, ausschließlich männliche Stammtischgesellschaft abgekanzelt, die sich über die umtriebige Bäckerin und über ihren friedfertigen Ehemann lustig gemacht hatte, der aus der Backstube kaum herauskam und immer erst die Zustimmung seiner Frau einzuholen schien, bevor er eine Meinung äußerte.

Im Dorf waren die Häuser festlich herausgeputzt, wenn auch weniger aufwendig als in der Stadt. Doch Flaggen hingen auch hier überall, und an manchen Fenstern klebten selbstgemalte Plakate mit den politischen Bekenntnissen der Hausbewohner: »In diesem Haus stimmen alle mit JA!« hieß es da. Oder: *»Hiatzt san ma freie, glückliche Menschen«* und *»D'Hoamat bliaht wieder auf«.* Manche begnügten sich auch mit einem grünumkränzten Bild Adolf Hitlers oder einem riesigen »JA!« über die halbe Hauswand. Darunter, darüber und daneben die obligatorischen Hakenkreuze und immer wieder: »Ein Volk! Ein Reich! Ein Führer!«

All dies wurde von den Dorfbewohnern begutachtet und gelobt. Niemand wagte ein Lächeln, wenn die Bekenntnisse allzu gemütvoll ausfielen. Die Zeiten von Spott und Ironie waren vorbei, das hatten alle begriffen. Ironie war destruktiv und eine jüdische Eigenschaft, mit der ein aufrechter Deutschstämmiger nichts zu tun haben wollte. Wenn die Lobeshymnen übers Ziel hinausschossen, mochte man das übertrieben finden, rührend vielleicht sogar, aber niemals komisch. Auch der Führer machte keine Witze, das wußte jeder. Er war ernst und voller Verantwortungsgefühl für sein Volk, das die Pflicht hatte, ihm in seinem Streben nach Frieden und Güte nachzueifern. »Hiatzt san ma freie, glückliche Menschen!« Aber ja!

Emmi Janus und ihr Mann Lothar. Dahinter Franz Janus mit seiner hübschen jungen Frau, die wie ein Mann das Steuer ihres Lieferwagens immer fest in der Hand hatte. Ganz nah beieinander, weil sie doch zusammengehörten, stiegen sie die wenigen Stufen zum Schultor hinauf, das weit offenstand und mit Girlanden umkränzt war. »So stimmst Du JA«, lautete eine meterhohe Aufschrift, die zeigte, wie und an welcher Stelle man sein Kreuz zu machen hatte.

Drinnen, im Klassenzimmer des Oberlehrers, hatte man einen langen Tisch aufgestellt und mit weißen Laken bedeckt. Darüber hing ein großes, umkränztes Foto von Adolf Hitler in Uniform. Mit der Linken stützte er sich auf etwas, das nicht zu erkennen war, die Rechte stemmte er in die Hüfte, was ihm Kraft und Dynamik verlieh. Dabei blickte er dem Davorstehenden direkt in die Augen, so daß keiner wagen würde, sein Kreuzchen an der falschen Stelle zu positionieren. Die Wand, an der das Bild hing, war mit roten Tüchern dekoriert, auf denen riesige Hakenkreuze prangten. Stahlhart. Streng. Man konnte förmlich spüren, daß die flauen Jahre vorbei waren.

Direkt unter dem Bild stand die Wahlurne, hinter der, halb versteckt, ein Mann in Uniform saß. Mit Ausnahme des Bürgermeisters in Zivil waren alle Männer am Wahltisch uniformiert. Niemand aus dem Dorf kannte sie. Sie waren wohl aus dem Altreich hergeschickt worden, um darauf zu achten, daß alles seine Richtigkeit hatte. Wie ihr Idol auf dem Foto blickten auch sie ernst und konzentriert. Wenn sie etwas sagten, zuckten die Wähler zusammen, weil alles preußisch und zackig klang. Jemand glaubte gehört zu haben, sie kämen aus Lübeck oder Mönchengladbach. Wahrscheinlich waren sie deshalb auch so gertenschlank und hoch gewachsen. So mancher Wähler aus St. Peter erinnerte sich bei ihrem Anblick daran, daß man die Piefkes eigentlich immer ein wenig gefürchtet hatte. Aber diesmal kamen sie ja im Dienste des Führers, und der war mild und gütig. Tröstlich war auch, daß neben dem

Wahltisch Gendarm Demut Aufstellung genommen hatte, die Arme hinter dem Rücken verschränkt. Ihn kannte jedes Kind im Dorf. Er war einer von ihnen, und da er aufmunternd lächelte, konnte man wohl ungefährdet seine Bürgerpflicht erfüllen.

Marie und die Ihren gaben ihre Personalien an, zeigten ihre Papiere und nahmen die Stimmzettel in Empfang. »Brauchen Sie auch meinen Mitgliedsausweis?« fragte Emmi Janus mit lauter Stimme. Dann zeichnete sie ihr Kreuz, energisch und mit einer so auffälligen Bestimmtheit, daß alle zu ihr hinschauten. Auch ihr Mann und Franz Janus stimmten mit Ja. Nur Marie zögerte plötzlich. Sie blickte sich um in dem großen Raum, der ihr so theatralisch erschien, so falsch und bedrohlich, daß sie unwillkürlich an ihren Brotkunden denken mußte, der sich gemeinsam mit seiner Frau aus dem Fenster gestürzt hatte. Ein schmales Fenster. Einer der beiden mußte als erster gesprungen sein, so daß der andere mit ansah, wie er auf dem Pflaster aufschlug. Eine gemeinsame Blutlache war zurückgeblieben.

Maries Blick wanderte zu den hochgewachsenen Männern hinter dem Wahltisch. Wären sie und ihresgleichen in Lübeck oder Mönchengladbach geblieben, schoß es ihr durch den Kopf, säße jenes Ehepaar jetzt vielleicht am

Frühstückstisch oder ginge beschaulich im Volksgarten spazieren und hörte zu, wie das kleine Orchester »Glühwürmchen, Glühwürmchen, flimmre!« spielte.

»Sind Sie denn schon großjährig?« fragte der jüngere der beiden Männer aus Lübeck oder Mönchengladbach und lächelte kaum merklich.

Marie antwortete nicht.

»Großjährig erklärt«, mischte sich Emmi Janus ein. »Wegen Heirat.«

Der junge Mann schüttelte bedauernd den Kopf. »Verheiratet! Wie schade!«

Marie stand noch immer wie erstarrt.

»Was hast du denn?« zischte Emmi Janus und stieß sie mit dem Ellbogen an. »Mach schon!«

Marie schaute auf den Zettel. Mit einer raschen Bewegung machte sie ihr Kreuz. Nicht im großen Kreis für Ja, sondern in dem kleinen daneben, der eigentlich kaum existierte. Nein! hieß das. Nein!

Emmi Janus sah es. »Bist du verrückt geworden? Bessere das sofort aus!«

Doch Marie faltete den Zettel zusammen. Sie wollte ihn in die Wahlurne werfen, aber der junge Mann aus dem kühlen Norden nahm ihn ihr aus der Hand, zusammen mit den Wahlzetteln der übrigen Janus-Familie. Dabei lächelte er Marie erneut zu, weil sie jung und hübsch war und weil er nicht daran zweifelte, daß sie seine eigene politische Meinung teilte. Alle liebten sie den Führer. Alle wollten von ihm beschützt werden. *Führer, wir folgen dir. Sieg Heil!*

Sie verließen das Wahllokal und gingen schweigend nach Hause. Außer Emmi Janus hatte niemand gesehen, was Marie getan hatte. Während sie die Haustür aufsperrte, sah sie ihrer Schwiegertochter geradewegs in die Augen. Marie hielt ihrem Blick stand. Eine Ewigkeit schien er zu dauern, in der Marie plötzlich an ihre Mutter denken mußte, die von einer ganzen Dorfgemeinschaft abgelehnt worden war, aber sicher nicht in dem Maße gehaßt, wie Emmi Janus in diesem Moment ihre Schwiegertochter haßte.

Schon am frühen Abend wurde das Ergebnis der Volksabstimmung veröffentlicht. Ein stolzer Augenblick für das ganze Dorf: Die gesamte Bevölkerung hatte an der Wahl teilgenommen, und hundert Prozent hatten mit Ja gestimmt.

Die Reise nach Shanghai

Ein zugiger Bahnsteig, feucht vom Regen, den vereinzelte Windböen unters Vordach wehten. Menschen, die sich um ihr Gepäck scharten. Als ob es bei diesem Wetter einen Dieb hierherverschlagen würde! Überhaupt hatte die Zahl der Diebstähle auf dem Bahnhof und an anderen öffentlichen Plätzen auffällig abgenommen, seit die neuen Herren am Ruder waren und nicht mehr nur halbherzig verwarnten oder den Übeltäter für kurze Zeit einsperrten, sondern mit Tatkraft und Strenge auch die kleinen Kriminellen aus der Gesellschaft entfernten. Sie fortbrachten, wohin auch immer. Hab und Gut der ehrbaren Bürger waren sicher wie nie zuvor.

Ein zugiger Bahnsteig, feucht vom Regen. Marie konnte die wenigen Male, die sie gereist war, an einer Hand abzählen. Erst jetzt fiel ihr auf, daß dabei immer trockenes, sonniges Wetter geherrscht hatte. Heute weinte der Himmel, zumindest empfand Marie es so. Doch diesmal ging ja auch nicht sie auf Reisen. Sie begleitete nur zum Bahnhof. Verabschiedete. War die, die zurückblieb. Ein zugiger Bahnsteig, feucht vom Regen. Wie gerne wäre Marie mitgefahren, auch wenn das Ziel nicht genannt wurde. Eine Reise ins Ungewisse. Eine Flucht – vielleicht sogar vor dem Tod.

Schon der Morgen war trübe und düster gewesen. Ein Samstag, der sich von anderen Samstagen darin unterschied, daß Emmi Janus mit Mann und Sohn zu einer Hochzeit aufbrach in ein Dorf namens Tenning, wo die Mutter von Emmi Janus herstammte. An diesem Tag nun heiratete ein Vetter zweiten Grades und hatte dazu auch die Verwandtschaft aus St. Peter eingeladen. Auch Marie, die jedoch nicht abkömmlich war, denn niemand sonst konnte mit dem Lieferwagen umgehen und das Gai bedienen.

Marie bedauerte es nicht, zu Hause zu bleiben. Zum ersten Mal seit langem würde sie einen ganzen Nachmittag und Abend allein sein, sich einfach hinlegen können und lesen, so lange sie wollte. Der Regen, der das Land verdunkelte, schien die gemütliche Stimmung, auf die sich Marie freute, eher zu fördern als zu stören.

Ohne Hast fuhr sie von einem Kunden zum anderen, eine Routine, die sie kaum noch einen

Gedanken kostete. Überall die gleichen Handgriffe, die gleichen Bemerkungen über das Wetter, die allgemeine Lage und manchmal auch über Persönliches. Am längsten dauerte es wie immer im Hotel Weinzinger, weil der Herr des Hauses es sich auch diesmal nicht nehmen ließ, die schöne Bäckerin zu begrüßen und ihr von seinen Gästen aus dem Altreich vorzuschwärmen. In seinem Hause, erzählte er vertraulich, habe sich der Führer entschlossen, Österreich – »Das heißt natürlich: die Ostmark!« – zu annektieren und es nicht wie geplant nur in Personalunion ans Deutsche Reich anzugliedern. »Es ist fast, als hätte man selbst Geschichte geschrieben!« Der Hotelier lächelte, elegant wie stets in seinem dunklen Zweireiher mit der ewig gleichen silbergrau-schwarz gestreiften Krawatte und der Krawattennadel mit dem Rubin. Bedeutungsvoll küßte er Maries kalte, regenfeuchte Hand, als wäre Marie nicht einfach nur eine Lieferantin, sondern eine Dame der Gesellschaft, die zu kennen er stolz war. »Sie haben ein Geheimnis, meine Liebe. Ich weiß es. Sie sind nicht nur eine Bäckerin, sondern etwas ganz anderes. Irgendwann werde ich es herausfinden. Vergessen Sie dann bitte nicht, daß ich es war, der von Anfang an spürte, daß Sie eigentlich einen anderen Stand haben.« Worauf Marie lachend den Kopf schüttelte und vorsichtig ihre Hand zurückzog. »Ihr Wort in Gottes Ohr, Herr Kommerzialrat, aber am Montag komme ich wieder in meiner bisherigen Rolle, wenn's recht ist.«

Dann fuhr sie nach Hause, lud die leeren Brotkörbe aus, säuberte das Wageninnere, wusch sich und zog sich um. Die Bäcker waren längst heimgegangen. Das Haus war leer und so still, wie Marie es noch nie zuvor erlebt hatte. Sie holte sich Brot, ein Stück Käse und einen Apfel und setzte sich in die Stube. Nur das Ticken der Uhr war zu hören. Der Regen schlug ans Fenster. Marie war entschlossen, das Geschenk des Alleinseins zu genießen. Doch es gelang ihr nicht. Eine seltsame Unruhe erfüllte sie. Erst war sie sich dessen gar nicht bewußt; die Ruhelosigkeit zeigte sich nur in einem dumpfen Unbehagen, das fast körperlich war. Es kam Marie sogar so vor, als hätte sie dieses Gefühl schon seit Wochen immer wieder verspürt. Doch die Hast der täglichen Arbeit hatte es überdeckt. Nun aber rührte es sich, drängte sich hervor, nahm ihr den Atem. Angst! schoß es Marie in plötzlicher Erkenntnis durch den Kopf. Ich habe Angst.

Erst schob sie es auf Emmi Janus, die sie seit der Wahl wie eine Feindin behandelte. Unversöhnlich, kalt. Es war zu befürchten, daß der Bruch zwischen ihnen nicht mehr gekittet werden konnte. Doch das ist es nicht, dachte Marie dann. Schon längst hatte sie sich innerlich von ihrer Schwiegermutter gelöst. Und nicht nur von ihr. Sie hatte sich damit abgefunden, daß man sie hier nicht akzeptieren, sondern nur dulden würde, weil sie tüchtig war und dem Geschäft nützte. Gemeinsamkeit, Familiensinn, Liebe – es gab sie nicht zwischen Marie, ihrem Mann und seinen Eltern. Man arbeitete miteinander, aber man ging sich aus dem Weg. Einzig Lothar Janus lächelte Marie manchmal an, wenn seine Frau nicht in der Nähe war, und nannte sie mit leiser Stimme *Putzigam*, wie in der Erinnerung an eine Sehnsucht seiner Jugend, die nicht erfüllt worden war. *Putzigam*. Er wäre ein liebevoller Großvater gewesen, dachte Marie und bedauerte ihn zugleich, weil in der Ehe seines Sohnes ein Kind nicht vorgesehen war. Kein Enkelkind für Lothar Janus. Kein rotbackiges *Putzigam* mit perfekten kleinen Ohren, dem er all die Liebe schenken konnte, die bisher niemand gewollt hatte.

Sie räumte die Teller fort und holte sich ein Buch. Doch sie schlug es nicht auf. Sie lauschte nur dem Regen und horchte in sich hinein. Da verstand sie plötzlich, was der Körper ihr sagte. Sie hatte nicht Angst *vor* jemandem oder etwas, sondern Angst *um* jemanden. Susi Sans-souci sah sie vor sich, wie sie sich gegen die Hausmauer drückte, das Gesicht so schneeweiß, daß der rotgeschminkte kleine Mund aussah wie eine Wunde. Und dann ihre Mutter im Korridor, zitternd vor Angst, während drunten auf der Straße die großartige neue Zeit ihren Anfang nahm. So verhielt man sich nicht, dachte Marie, wenn man nur Panik vor Menschenmassen hatte. So benahm sich, wer Angst hatte um sein Leben und das der Menschen, die er liebte. Angst wie der Mann, der sich aus dem Fenster gestürzt hatte. Angst wie so viele, über die hinter vorgehaltener Hand geredet wurde, weil sie plötzlich abgereist waren oder einfach verschwunden.

Marie schlug das Buch zu. Sie sprang auf, holte sich den Regenmantel und lief hinaus zum Auto. Sie fuhr in die Stadt, den gewohnten Weg eines jeden Tages. Es regnete so stark, daß die Scheibenwischer mit den Wasserfluten kaum fertig wurden. Niemand sonst war unterwegs. Marie fuhr durch eine nasse, kalte Welt, in der sie allein war mit ihrer Sorge.

Vor dem Stadtpalais der Ohnesorgs hielt sie an. Außer Atem lief sie die Treppe hinauf, fast schon sicher, daß dort oben ihr Zuspruch oder gar ihre Hilfe gebraucht wurde. Wochenlang hatte sie Susi Sans-souci schon nicht mehr gesehen, ihre Freundin, die ihr oft erklärt hatte, wie gern sie mit ihr zusammen war. Einen Au-

478

genblick lang fürchtete Marie, die Freundin wäre gar nicht mehr da.

Sie läutete und wartete auf das Bellen der Pudel, bisher immer das erste Geräusch, das bei einem Besuch aus der Wohnung drang. Aber nichts war zu hören, auch kein Knistern, kein Knarren oder das Schlagen einer Tür. Marie wollte schon umkehren, läutete aber schließlich doch ein zweites Mal, obwohl sie beinahe sicher war, daß niemand zu Hause war. Nun aber schien sich drinnen doch etwas zu rühren. Schritte, die sich zögernd näherten, ein plötzlicher Lichtpunkt im Türspion. Dann drehte sich der Schlüssel im Schloß, und die Tür sprang auf.

2

Richard Ohnesorg. Er war es, der da im schwachen Licht des Dielenlämpchens vor ihr stand. Hoch gewachsen, schmal und auf unerklärliche Weise vertraut. So vertraut, als hätte Marie ihn ein ganzes Leben lang gekannt und wäre immer bei ihm gewesen, hätte alles gemeinsam mit ihm erlebt und gefühlt. Ein Bruder im Geiste und doch noch so viel mehr. Er stand einfach da und blickte auf sie hinunter. Schweigend.

Auch Marie schwieg. Schließlich trat er zur

Seite und ließ sie ein. Sie wartete darauf, daß er sie beim Namen nannte, wartete auf seinen Gruß. Doch er sagte kein Wort. Erst jetzt spürte sie, wie sich eine Mauer zwischen ihnen aufrichtete, die in der Überraschung des ersten Augenblicks noch nicht Zeit gehabt hatte zu entstehen. Es war nicht mehr so wie früher. Etwas war geschehen. Nur so war zu erklären, warum Richard Ohnesorg sich wortlos umdrehte und den Korridor entlangschritt und dann durch die Tür verschwand, die, wie Marie wußte, in den Salon führte.

Verlassen stand sie da, als wäre sie geschlagen worden. Der Mensch, der nach ihrer Mutter ihrem Gefühl am nächsten stand, wies sie aus irgendeinem Grunde zurück, lehnte sie ab wie Emmi Janus, wollte nichts mit ihr zu tun haben. Lag es daran, daß sie geheiratet hatte? Doch das war nicht neu für ihn. Seine Schwester hatte ihm längst alles erzählt, das wußte Marie. Susi Sans-souci war taktvoll genug gewesen, Marie nicht zu berichten, was ihr Bruder von dieser Heirat hielt, aber sie hatte nicht verschwiegen, daß er sich immer noch nach Marie erkundigte.

Aus dem Salon drangen leise, heftige Stimmen. Dann ging die Tür wieder auf, und Susi Sans-souci kam heraus. Auch sie starrte Marie an, als könnte sie nicht glauben, sie vor sich zu sehen. »Daß du dich noch herwagst!« sagte sie schließlich leise. »Konntest du nicht wenigstens bis morgen warten?«

Marie begann zu zittern, obwohl ihr gleichzeitig heiß war, als wäre sie in der Sommerhitze einen Berg hinaufgelaufen. »Ich weiß nicht, was du meinst«, erwiderte sie. »Was habe ich euch denn getan?«

Susi Sans-souci trat näher. »Warum bist du gekommen?« fragte sie und forschte in Maries Gesicht.

Marie zuckte die Achseln. »Ich mußte den ganzen Vormittag an dich denken«, gestand sie. »Ich hatte so lange nichts von dir gehört und machte mir plötzlich Sorgen.«

»Um mich?«

»Ja.«

Susi Sans-souci hielt sich an der Kommode fest, als suche sie Halt. »Du weißt also nichts von der Sache?«

»Von welcher Sache?«

»Deine Schwiegermutter hat dir nichts erzählt?«

Marie stutzte. »Meine Schwiegermutter? Was hat die denn mit uns zu tun? Und erzählen tut sie mir schon gar nichts. Ich muß dankbar sein, wenn sie mir wenigstens die Luft zum Atmen läßt.«

Susi Sans-souci senkte den Kopf. »Kannst du

das beschwören?« fragte sie, ohne Marie anzusehen. »Kannst du schwören, daß du nichts von allem gewußt hast?«

»Wie soll ich so etwas denn schwören? Ich weiß ja nicht einmal, wovon du redest.«

Susi Sans-souci drehte sich um. »Komm mit«, murmelte sie.

Marie folgte ihr. Susi Sans-souci stieß die Tür zum Salon auf. Trotz des trüben Tages war kein Licht eingeschaltet. Das erste, was Marie wahrnahm, war ein Haufen Reisegepäck, das fein säuberlich in der Mitte des Zimmers aufgeschichtet lag. Auf dem Sofa saß Frau Ohnesorg mit ihrem Mann. Marie war ihm bisher noch nie begegnet, aber er mußte es sein in dieser familiären Atmosphäre, in der sich jeder, der nicht dazugehörte, wie ein Eindringling vorkommen mußte. »Das ist Marie Janus«, sagte Susi Sans-souci.

Herr Ohnesorg erhob sich halb und verneigte sich in einer raschen, höflich-abweisenden Begrüßung. Er war kleiner, als Marie ihn sich vorgestellt hatte.

»Sie sagt, sie weiß von nichts«, fuhr Susi Sans-souci fort. »Ich glaube ihr. Entschuldigt bitte, daß ich sie hereinführe.«

»Du weißt von nichts?«

Erst jetzt sah Marie Richard Ohnesorg, der mit dem Rücken zum Fenster stand.

Marie zitterte immer heftiger. Im Gegensatz zu vorher war ihr auf einmal kalt. »Ich weiß nicht, was hier los ist«, flüsterte sie fast tonlos. »Aber mir scheint, ich sollte sofort wieder gehen.« Sie drehte sich um, doch Herr Ohnesorg hielt sie zurück. »Warten Sie, Frau Janus!« Und dann in kühl-verbindlichem Ton: »Wir waren gerade dabei, Tee zu trinken. Erweisen Sie uns die Ehre, sich zu uns zu setzen?«

Marie schüttelte den Kopf. »Vielen Dank, nein. Ein andermal vielleicht.«

»Es wird kein anderes Mal geben, Marie!« Zum ersten Mal an diesem Tag klang die Stimme Richard Ohnesorgs wieder wie früher.

Marie sah ihn an. Sie kämpfte mit den Tränen. »Ich gehe jetzt«, flüsterte sie. Doch Herr Ohnesorg stand auf und führte sie am Arm zu dem Sessel, in dem sie auch bei ihrem ersten Besuch gesessen hatte.

Man trank Tee. »Es tut mir leid, aber wir haben keinen Kuchen mehr im Haus«, entschuldigte sich Frau Ohnesorg und fing an zu weinen.

»Wir gehen«, erklärte Richard Ohnesorg. »Für immer.«

Marie stellte ihre Tasse auf den Tisch, um sie nicht fallen zu lassen.

»Dieses Haus gehört ab morgen Ihrer Schwiegermutter«, sagte Herr Ohnesorg, sachlich, als spräche er vom Wetter. »Dieses Haus und auch das andere, das sie bisher für den Laden gepachtet hatte. Es ist für uns eine Frage des Überlebens. Vielleicht ahnen Sie inzwischen die Wahrheit. Ihre Schwiegermutter hat Sie ja offenkundig nicht eingeweiht. Eine dankenswerte Rücksichtnahme, um die ich sie gebeten hatte. Ich habe nur nicht geglaubt, daß sie in ihre Diskretion auch die eigene Familie einbezieht.«

Marie hatte das Gefühl, als fiele der Himmel auf sie herab. Es war wie damals, als sie erfuhr, daß ihre Mutter bald sterben würde. »Sind Sie etwa Juden?« fragte sie leise. »Ich dachte immer, Sie wären katholisch.«

Herr Ohnesorg nickte. »Das sind wir auch. Auf dem Papier zumindest. Irgendwie sind wir beides, aber eigentlich nichts richtig. Schon seit Generationen haben wir uns angepaßt. Meine liebe Frau hat sogar ihren Vornamen verheimlicht. Alle Welt kennt sie als Hedwig, dabei findet sie diesen Namen scheußlich. In Wirklichkeit heißt sie Hadassah. Wir dachten immer, das wäre ein Name, den man den christlichen Freunden nicht zumuten sollte, schon mit Rücksicht auf die eigenen Kinder. Oder glauben Sie, Richard und Susanne wären in der Schule und später von den anderen jungen Leuten so unbefangen aufgenommen worden, wenn ihre Eltern sich zu ihrem jüdischen Glauben bekannt hätten?«

Marie kämpfte mit den Tränen. Mitleid? Verzweiflung? Scham? Liebe? Sie wußte selbst nicht, welches Gefühl in ihr vorherrschte, und doch begriff Mira Zweisams uneheliche Tochter genau, was Herr Ohnesorg meinte.

»Unsere Eltern haben es sogar uns verschwiegen«, gestand Susi Sans-souci. Sie setzte sich neben ihre Mutter und legte zärtlich den Arm um ihre Schultern. »Sie meinten, unsere Herkunft könnte mit der Zeit ganz vergessen werden. Eine neue Generation, ein neues Leben. Vor zwei Jahren sagten sie uns dann aber doch die Wahrheit. Damals feierten wir zum ersten Mal das Hanukka-Fest und im folgenden Jahr wieder. Du und deine Schwiegermutter, ihr habt uns dabei überrascht. Erinnerst du dich nicht? Meine Mutter hatte den Hanukka-Leuchter mit Reisig geschmückt, um ihn ein wenig wie einen Christbaum aussehen zu lassen. Als dann die Pudel die Tür aufstießen, habt ihr beide es gesehen.«

»Ich glaubte, ihr hättet einen zweiten Christbaum.«

»Du vielleicht, aber deine Schwiegermutter wußte sofort Bescheid. Sie ist eine gerissene Frau, die ihre Chancen zu nutzen versteht.« Susi Sans-soucis Stimme zitterte. »Das neue

Regime ist wie geschaffen für Leute wie sie, die gelernt haben, Gelegenheiten beim Schopfe zu packen und dabei das Gewissen auszuschalten.«

Frau Ohnesorg weinte noch immer. »Wir haben solche Angst, seit die Nazis im Land sind! Die Familie Weiß von Kraus & Schober haben sie sofort enteignet. Andere jüdische Geschäftsleute auch. An uns dachte bisher Gott sei Dank noch niemand. Ich glaube, außer Ihrer Schwiegermutter kam niemand auf die Idee, wir könnten Juden sein.« Sie bemühte sich um Haltung. »Dann lag plötzlich dieser Zettel unter unserer Haustür. Darauf nur ein einziges Wort in Blockbuchstaben: SCHNAPS-JUDE! Da wußten wir, was die Stunde geschlagen hatte.«

Susi Sans-souci drückte ihre Mutter noch fester an sich. »Wir sind uns sicher, daß der Zettel von deiner Schwiegermutter stammt.« Und sie erzählte die ganze traurige Geschichte: wie Emmi Janus eines Abends im eleganten dunklen Kostüm in ihrer Wohnung aufgetaucht war, einen unterschriftsreifen Kaufvertrag in der neuen Aktentasche aus feinem schwarzem Kalbsleder. Die beiden Häuser auf dem Hauptplatz wolle sie erwerben – zu einem fairen Preis, der der prekären Lage des Verkäufers angemessen sei, ihm jedoch die Möglichkeit biete, seinen Besitz zu veräußern, ohne als Jude aufzufallen. Sie habe sogar erwogen, auch die Likörfabrik zu erstehen, aber damit würde sie sich vielleicht übernehmen. »Denken Sie daran, Herr Ohnesorg: Wenn Sie sich weigern, spricht es sich vielleicht herum, wer Sie sind, und dann könnte es sein, daß Sie für Ihre Häuser überhaupt nichts mehr bekommen. Andererseits: ein gutes Startkapital im Ausland – daraus läßt sich immerhin etwas machen. Ein Kinderspiel für einen Geschäftsmann wie Sie!«

Das Gespräch verstummte. Jeder hing seinen eigenen Gedanken nach. Marie dachte, wie falsch sie diese Familie eingeschätzt hatte, die ihr so glücklich erschienen war, begünstigt in jeder Hinsicht. Und dabei hatten diese Menschen jahrelang eine Bürde getragen, mußten ein Geheimnis wahren, weil Menschen sich anmaßten, über andere Menschen zu urteilen. Wer hätte das besser verstehen können als Marie selbst? Trotzdem war sie verwirrt, als hätte man ihr den Boden unter den Füßen weggezogen.

Durch ihre tägliche Arbeit hatte sie Juden kennengelernt, doch immer nur flüchtig, als wäre da eine Fremdheit, ein Abstand, der von beiden Seiten eingehalten werden mußte. Daß es so viele Menschen gab, die mit Juden nichts zu tun haben wollten, war ein Problem, über das sich Marie bisher kaum Gedanken gemacht hatte. Das Problem von Menschen, die sie kaum kannte. Mit dem heutigen Tag aber drang es mit einem Schlag in ihr Leben ein. Menschen, die ihrem Herzen nahestanden, sollten plötzlich das dunkle Geheimnis uralter Feindschaft in sich tragen. Einer Feindschaft, die irreal war, nicht mit Händen zu fassen und daher um so beängstigender.

Marie schaute Susi Sans-souci an mit ihrem bildhübschen kleinen Gesicht und dem roten Schauspielerinnenmund; ihren Bruder Richard, der für Marie bisher alles verkörpert hatte, was ihr gut, schön und begehrenswert schien. Waren die beiden andere geworden, nur weil sie jetzt von ihrer Abstammung wußte, die die Familie sogar abzuschütteln versucht hatte, als wäre es eine Schande. Schande? Was war das: Schande? Maries uneheliche Geburt hatte auch als Schande gegolten. Doch war Marie darum weniger wert? Maries Atem stockte unter dem Zweifel, der sie erfüllte. Angst. Kummer. Ja, Kummer vor allem erfüllte sie. Es tat weh, hilflos mit anzusehen, wie alle Leichtigkeit verlorenging und sinnlose Mauern aufgetürmt wurden, entstanden aus Unwissenheit und Gedankenlosigkeit.

»Ich habe eine Idee!« sagte Susi Sans-souci

plötzlich, als habe sie ihre Sachlichkeit wiedergewonnen. »Wir fahren mit dem Zug und wollten zum Bahnhof eigentlich ein Taxi nehmen.
Wahrscheinlich läßt sich darin aber nicht unser
ganzes Gepäck verstauen. Könntest du uns
nicht fahren, Marie?«

Marie lächelte erleichtert. Sie hätte plötzlich
am liebsten geweint, weil endlich etwas zu tun
war, und sei es noch so alltäglich und einfach.

Auch Frau Ohnesorg schien aufzuatmen. Sie
wies auf das Teegeschirr. »Wir lassen alles stehen«, erklärte sie mit leiser, nun aber gefaßter
Stimme. »Unser Hausmädchen kommt abends
zurück. Es wird ab jetzt für Ihre Schwiegermutter arbeiten.«

Sie schleppten das Gepäck zum Lieferwagen.
Ein letztes Mal gingen die Ohnesorgs durch die
Räume, in denen sie ihr bisheriges Leben verbracht hatten. Prüfend blickten sie sich um, ob
sie nichts Wichtiges vergessen hatten. Doch
was war schon wichtig, wenn man sein vertrautes Leben verließ und mit dem Zug einer neuen,
ungewissen Zukunft entgegenfuhr?

Sie versteckten ihren Abschiedsschmerz vor-
einander und hielten krampfhaft ihre Tränen
zurück. Jeder von ihnen war entschlossen, tapfer zu sein um der anderen willen. Nur Frau
Ohnesorg schluchzte auf, als sie zum letzten
Mal die Wohnungstür zum Treppenhaus öffne-

ten und die roten Lederleinen der Pudel an der Tür hin und her baumelten. Schon wollte Marie fragen, was aus den Tieren geworden sei. Dann aber verstand sie und schwieg betroffen, um nicht erneut die Wunden des Abschieds und des Verlustes aufzureißen.

Sie stiegen ins Auto. An einem der Nachbargebäude wechselte ein Handwerker das Straßenschild aus. Das alte ließ er achtlos zu Boden fallen. Kaiser-Josef-Platz. Dann paßte er sorgfältig das neue an. Adolf-Hitler-Platz.

Trotz ihrer Jugend wurde Marie von einem Gefühl der Vergeblichkeit und Vergänglichkeit ergriffen. Ihr Blick fiel auf die Pestsäule in der Mitte des Platzes, Erinnerung an schmerzliche Zeiten der Krankheit und des Todes. So viele Ereignisse waren über diesen Platz schon hinweggegangen, hatten ihn geprägt und waren dann in Vergessenheit geraten. Marie erinnerte sich plötzlich an die alte Ballade vom ›Riesenspielzeug‹, die schon ihre Großeltern in der Schule gelernt hatten. Auch Mira Zweisam konnte sie ein Leben lang auswendig, ebenso wie ihr Bruder und seine Frau. Der Lehrer hatte dafür gesorgt, daß auch Marie und ihre Mitschüler die alten Worte lernten und hoffentlich nie mehr vergaßen. *Burg Niedeck liegt im Elsaß, der Sage wohl bekannt. Die Höhe, wo vorzeiten die Burg der Riesen stand.* Die Riesen, dachte Marie, die mit dem Bauern und seinem Pflug ihr frivoles Spiel trieben, bis auch sie und ihre stolze Burg der Vergänglichkeit zum Opfer fielen. *Sie selbst ist nun verfallen, die Stätte wüst und leer. Du fragest nach den Riesen? Du findest sie nicht mehr.* Ob irgendwann einmal eine Zeit kommen würde, in der ein Handwerker vor dem gleichen Haus auf eine Leiter stieg, um das Schild »Adolf-Hitler-Platz« abzuschrauben und es achtlos hinunterzuwerfen? Ob dann vielleicht andere Riesen mit ihren groben Pranken nach dem Volk griffen und es – spielerisch wie ein törichtes Kind – hin und her zappeln ließen? Tausend Jahre hatte der *Führer* für sein Reich veranschlagt. Hatte es jemals Riesen gegeben, die so lange die Macht in Händen hielten?

3

Ein zugiger Bahnsteig, feucht vom Regen. Viel zu früh waren sie angekommen, als könnten sie es nicht erwarten, ihre Heimat zu verlassen. Doch sie waren nicht die ersten. Der Bahnsteig war voll von Menschen mit großem Gepäck. Familien, die ihr Gesicht abwandten, wenn jemand vorbeiging, und die ihre Koffer und Taschen mit übertriebener Wachsamkeit hüteten, weil sie das einzige waren, das ihnen noch blieb.

»Na, Jude?« rief ein junger SA-Mann in gutmütigem Spott Herrn Ohnesorg zu. »Wohin soll's denn gehen? In die Schweiz oder nach Shanghai? Der Führer sorgt schon dafür, daß ihr die Welt kennenlernt.«

Herr Ohnesorg errötete.

»Woran erkennen die uns?« fragte Frau Ohnesorg fassungslos. »Bisher ist doch noch niemand auf die Idee gekommen ...«

Susi Sans-souci streichelte ihren Arm. »Es ist das viele Gepäck, Mama«, sagte sie beruhigend. »Nicht das Gesicht.«

Herr Ohnesorg schaute dem jungen Mann nach. »Ich hoffe, daß es nur das Gepäck ist«, sagte er leise. »Nicht unsere Haltung oder unser Auftreten. Wer ständig mißachtet wird, dem sieht man es irgendwann einmal auch an.« Er wandte sich seinen Kindern zu. »Verliert nie euren Stolz!« Seine Stimme klang beschwörend. »Ich möchte, daß ihr so bleibt wie damals, als ihr noch nicht Bescheid wußtet. So selbstsicher und gelassen. So heiter und aufmerksam. Zwei junge Menschen ohne Angst. Damit ihr so bleiben könnt, gehen wir fort, auch wenn viele sagen, das mit den Nazis sei bald vorüber. Aber noch sind sie da, und niemand wird sie daran hindern können, uns zu demütigen, wenn sie

Lust dazu haben. Euch oder mich oder eure Mutter. Ich will nicht, daß ihr mit ansehen müßt, wie eure Eltern beleidigt werden, ohne sich wehren zu können. Wir verkriechen uns nicht, und wir ducken uns nicht. Wir gehen lieber, auch wenn es noch so schwerfällt.«

»Und wohin?« fragte Marie leise. »Wohin werden Sie gehen?«

Herr Ohnesorg sah sie an, die grauen Augen unter seiner starken Brille lächelten gütig. »Das sollten Sie besser nicht wissen, meine Liebe. Vielleicht wird man Sie eines Tages danach fragen. Dann können Sie sich mit gutem Gewissen heraushalten.« Er drehte sich von ein paar Braunhemden weg, die siegesgewiß mit lauten Stiefeltritten vorbeimarschierten. »Wer weiß, wie das hier noch weitergeht.«

Marie senkte den Blick. »Ich wollte, ich könnte mit Ihnen fahren«, flüsterte sie. »Wohin auch immer.«

Herr Ohnesorg schüttelte den Kopf. »Seien Sie froh, daß Sie es nicht müssen«, entgegnete er sanft. »Ihnen wird hier nichts geschehen. Sie gehören dazu. Später einmal werden Sie das vielleicht zu schätzen wissen.«

Marie erwiderte seinen Blick. »Ich habe noch nie irgendwo dazugehört, Herr Ohnesorg!« entgegnete sie mit fester Stimme. Noch während sie es sagte, wurde ihr bewußt, wie sehr

dies der Wahrheit entsprach. Nirgendwo dazuzugehören – der Schmerz ihres Lebens, aber
vielleicht auch seine Chance.

Es regnete noch immer. Frau Ohnesorg hatte
sich mit ihrem Mann auf eine Bank gesetzt, die
Hände auf ihrem Koffer. Obwohl sie einen
Mantel trug, zitterte sie vor Kälte. Manchmal
traten Tränen in ihre Augen. Die wischte sie
dann schnell weg mit einem zerknüllten Spit-
zentaschentuch, das sie danach wieder unter
ihren Ärmel schob. Susi Sans-souci brachte ihr
vom Kiosk ein paar Zeitungen, die sie gemeinsam im übervollen Koffer zu verstauen suchten.

»Warum hast du diesen Mann geheiratet?«
fragte Richard Ohnesorg plötzlich, ohne Marie
dabei anzusehen.

Marie blieb fast das Herz stehen. Dies war
genau die Frage, die sie gefürchtet hatte. Nicht
nur von ihm, sondern überhaupt. »Ich war so
allein«, gestand sie. Sie wollte es genauer erklären, ihre damalige Lage schildern, doch sie
brachte kein Wort heraus. Sie wußte nur, daß
der Zug bald einfahren und die geliebten Menschen mit sich nehmen würde. Irgendwohin. In
die Schweiz oder nach Shanghai oder an einen
ganz anderen Platz der Welt, an dem sie vielleicht glücklich wurden oder auch nicht. Fern

jedenfalls, ganz fern von ihr, Marie Janus, geborene Zweisam. Weit weg. Unerreichbar, vielleicht für immer.

»Ich möchte dir noch so viel sagen«, gestand er.

»Ich dir auch.«

Ohne Rücksicht auf die anderen griff er nach ihrer Hand. Seine Hände waren warm, trotz Regen und Wind. Warm wie auch Maries Hände, an denen sich früher ihre kleinen Mitschüler gewärmt hatten.

»Wirst du mir schreiben?« fragte sie.

Er schüttelte den Kopf. »Wahrscheinlich nicht. Zumindest nicht in absehbarer Zeit. Es könnte dich in Gefahr bringen.«

»Wie soll ich dann wissen, wo du bist und wie es dir geht?«

Er küßte ihre Fingerspitzen. »Das wirst du nicht wissen, Marie, und ich umgekehrt auch nicht von dir.«

Da fing sie an zu weinen, während er immer noch ihre Hand hielt. Sie bat ihn um ein Foto. Er griff in die Tasche. »Fotos haben wir genug bei uns«, stellte er bitter fest. »Nur Paßbilder, aber immerhin.« Marie küßte das Bild vor seinen Augen und schob es dann in ihre Manteltasche.

Der Zug fuhr ein. Bremsen quietschten, Dampf wurde abgelassen. Die Reisenden drängten zu den Türen, auch die Ohnesorgs mit ihrem Gepäck. Marie trug den Koffer der Mutter, die als erste einstieg. Susi Sans-souci und ihr Vater folgten. Richard Ohnesorg stand noch immer bei Marie. Erst als in den anderen Waggons die Türen schon wieder zugeschlagen wurden und der Fahrdienstleiter das Signal zur Abfahrt gab, umarmte Richard Marie. Zum ersten und letzten Mal küßte er sie auf den Mund. Weiche, warme Lippen. Ein Gefühl, das Marie noch nie kennengelernt hatte, durchströmte sie. Liebe, ja, das war es. Liebe. Sie wollte es ihm sagen, doch da kam schon der Fahrdienstleiter angelaufen und schob Richard zum Treppchen. Der Zug setzte sich bereits in Bewegung, als sich Richard hochzog, ohne seinen Blick von Marie zu lassen, die neben ihm herlief, bis sie mit der Geschwindigkeit des Zuges nicht mehr Schritt halten konnte.

Außer Atem und vom Regen durchnäßt, blieb sie stehen. Sie sah nur noch seine Hände, die ihr zuwinkten, bis die Regenschleier alles verhüllten und sie allein zurückließen, den einsamsten Menschen der Welt.

Brot und Eisen

Es war der schlimmste Schmerz seit dem Tod ihrer Mutter. Liebeskummer hätte sie es vielleicht noch vor kurzem genannt, wenn jemand ihr eine Geschichte erzählt hätte wie die, die sie nun selbst erlebte. Liebeskummer: ein wenig kindlich hörte sich das an, gar ein wenig komisch. Etwas, das vorüberging und an das man sich in späteren Jahren mit Staunen erinnerte, ohne sich darin wiederzuerkennen. In dem Schmerz vor allem, der einem den Atem nahm und wie ein Raubtier ständig auf der Lauer lag. Wenn man schon meinte, man hätte ihn endlich besiegt, setzte er erneut zum Sprung an, und die trügerische Sicherheit, alle Zufriedenheit und alles Glück waren dahin. Zu sterben wäre leichter gewesen, so schien es ihr in diesen Augenblicken des Verlustes und der Verzweiflung. Ein Mensch, den man geliebt hatte, war fortgerissen worden, und er fehlte, als wäre er ein Teil des eigenen Körpers gewesen.

Einem jungen Mädchen hätte man dieses Gefühl gerne zugestanden. Marie war noch jung genug, daß man sie als junges Mädchen bezeichnet hätte, wäre da nicht dieser Ring an ihrem Finger gewesen. Gerade zwanzig Jahre war sie alt, aber sie war eine verheiratete Frau, selbst wenn ihr Mann ihr aus dem Weg ging, um seine Mutter nicht zu verärgern. Gemeinsame Nächte im Ehebett ihrer Großeltern. Es hätte ein Omen sein können, dachte Marie manchmal, wenn das Holz knackte und knarrte, obwohl weder sie noch Franz sich bewegt hatten. Wie in einem Käfig wurden sie von dem schweren Möbelstück umschlossen, zugedeckt mit Federn aus dem Hühnerhof des Onkels. Ersticken hätte man können, dachte Marie, in dieser Enge, in der jedes Ding aus der Vergangenheit stammte. Es war, als lebte man das Leben der Vorfahren weiter, wohnte in ihren Möbeln, trug ihre Mäntel auf und atmete die Spuren ihrer Krankheiten und ihres Todes.

»Wir sollten uns andere Decken kaufen«, sagte Marie eines Nachts zu ihrem Mann, der sich schlaflos hin und her warf. »Diese Federbetten sind zu schwer und zu heiß. Man bekommt darunter keine Luft.«

Franz Janus hielt inne. »Schlaf jetzt«, antwortete er müde, aber doch noch sanft und freundlich. »Wir müssen morgen wieder früh raus.«

Es gab keine Gespräche mehr zwischen ihnen. Manchmal dachte Marie, daß er es bedauerte. Sie spürte seine Blicke auf sich, traurig und verwundert, weil sie einander fremd geworden waren, obwohl es doch so schön gewesen war, sie auf dem Motorrad hinter sich zu spüren, ihre Arme fest um seinen Körper, die eigenen Freudenschreie im Fahrtwind, der sie wie Seidenpapier zerriß und hinter sich in der klaren, sauberen Luft verstreute. Alles war zu Beginn klar und sauber gewesen. Er hatte Marie umarmt und beschützt, und sie hatte ihm vertraut. Er hatte ihr Schmuck geschenkt aus roten Steinen, und sie hatte damit ausgesehen wie eine kleine Prinzessin. Das schönste Mädchen, das ihm je begegnet war.

Schön war sie noch immer, dachte er, während er sie heimlich beobachtete, wie sie ihr Nachthemd anzog. Schön, aber auch fern und fremd. Eine, die Bücher las und auch gern darüber geredet hätte, das wußte er längst. Eine, die Erwartungen an ihn stellte, die er nicht erfüllen konnte. Auch wenn sie sich nie beklagte, zweifelte er doch nicht daran, daß sie von ihm enttäuscht war, enttäuscht wie alle, denen er bisher begegnet war. Vor allem seine Mutter in ihrer Tatkraft und Tüchtigkeit. Nur zu gern hätte sie ihn als rücksichtslosen Geschäftsmann gesehen. Als einen, der souverän seinen Vorteil wahrnahm und das Familienvermögen mehrte, da es in diesen ungewissen Zeiten doch so wichtig war, reich zu sein.

So lebten sie nebeneinanderher, stritten nicht, berührten einander aber auch kaum noch. Ganz selten kam es vor, daß seine Hand nachts zu ihr hinüberglitt, suchend und vielleicht sogar bittend. Dann erschrak sie und stellte sich schlafend, weil sie Angst vor seiner Nähe hatte und wußte, daß am nächsten Morgen ja doch alles wieder so sein würde wie bisher. Unter Emmi Janus' Blicken würde jede Erinnerung an die Nacht welken und zur Sünde werden, obwohl sie doch geschworen hatten, einander zu lieben und zu ehren, bis daß der Tod sie scheide.

Trotzdem plagte sie das schlechte Gewissen. Sie warf sich vor, ihn nicht glücklich gemacht zu haben, wie es ihre Pflicht gewesen wäre. Wer sonst sollte ihn lieben, wenn nicht sie? Die Mutter hatte zurückzutreten, wenn die Frau ihr Recht einforderte. Aber wollte sie dieses Recht überhaupt? So viele Jahre lagen noch vor ihnen, die sie gemeinsam verbringen mußten. Das ganze Leben bis zum Tode desjenigen, der als erster ging. Danach würde der andere frei sein. Frei – ob auch Franz Janus sich nach Freiheit sehnte? Ob auch er meinte, ohne sie könnte er glücklicher sein als mit ihr?

Zur gleichen Zeit aber gab es auch noch diese unzähligen anderen Empfindungen: das Gefühl, Ehebruch begangen zu haben, obwohl nichts weiter geschehen war als ein einziger Kuß auf dem Bahnsteig vor den Augen so vieler, die nie wieder zurückkehren würden. Doch der Ehebruch bestand nicht allein aus dem Kuß, sondern vor allem aus dem, was dahinterstand: sich unbändig zu einem anderen Menschen hingezogen zu fühlen. Und dann noch der Vorwurf, den man sich machte, weil man sich die eigene Leidenschaft so lange nicht eingestanden hatte und es nun dafür zu spät war.

Damals, in der Horbach-Villa, war sie Richard Ohnesorg ausgewichen, obwohl sie Tag und Nacht an ihn dachte. Auch damals, an dem kleinen, kalten See in den Alpen, wo sie schwimmen gelernt hatte und voller Lebenslust über die Waldwiese galoppiert war, verfolgt von den beiden Pudeln, die nun nicht mehr lebten. Richard Ohnesorg hatte sie schon damals geliebt, und sie ihn auch. Damals wäre noch alles möglich gewesen. Nur ihr Kleinmut hatte sie daran gehindert, ihr Glück beim Schopf zu packen. Ihr Kleinmut und das Unglück ihrer Mutter, das sie nicht wiederholen wollte. Auch hier wieder die Gespenster der Vergangenheit, dachte sie. Warum erlauben wir ihnen, unser Leben zu beherrschen?

Das Foto fiel ihr ein, das ihr Richard Ohnesorg auf dem Bahnhof geschenkt hatte. Ein kleines Paßbild für einen der vielen Anträge, die er vielleicht noch stellen mußte, um in einem fremden Land aufgenommen zu werden. Kein Schnappschuß, der das Glück zeigte, das ihn manchmal in Maries Gegenwart ergriffen hatte. Das Glück, wenn sie mit ihm lachte oder vergaß, daß sie eigentlich vorgehabt hatte, ihm auszuweichen, ihm nichts von sich zu erzählen und ihn nach nichts zu fragen. Ein Mädchen mit einer Spitzenhaube auf dem Kopf, die sie auf eine Rolle festlegte, die nicht zu ihr paßte und der sie dennoch nicht entrinnen konnte. Schicksal? Ihr Vater fiel ihr ein, der von Anfang an alles hätte ändern können. Er hatte es nicht getan. Ob auch ihn manchmal das schlechte Gewissen plagte? Es mußte so sein, dachte Marie, sonst wäre er nicht der gewesen, für den sie ihn trotz allem immer noch hielt. Hände wie die ihren, das gleiche Haar. Bestanden sonst noch Ähnlichkeiten zwischen ihnen? Und wie konnte er zulassen, daß sie hier lag in diesem alten, abgenutzten Bett mit einem Mann, der sie nicht liebte? In einer Familie, die sie ablehnte, und mit einer Beschäftigung, die ihre Talente verkümmern ließ, ihre Freude am Leben? Warum kam er nicht, um ihr zu helfen? Warum war er bisher nicht gekommen? Warum richtete er seine ganze Fürsorge auf seine neue Familie, wenn er doch in Wahrheit schon vorher eine Familie hatte?

Dann dachte sie wieder an Richard Ohnesorg, der jetzt irgendwo dort draußen in der weiten Welt war, niemand wußte wo. Sie war sicher, daß auch er an sie dachte. Daß auch er litt, weil er sie verloren hatte. Hoffte er noch, oder hatte er sich mit seinem Schicksal abgefunden? Würde es ihr selbst jemals gelingen, das Gegebene hinzunehmen? Marie Janus, erschöpft und verzweifelt, drückte ihr Gesicht in das schwere Kissen, damit der Mann neben ihr nicht hörte, daß sie weinte.

2

Tagsüber war es leichter. Da steuerte sie wie immer ihr Auto ins Gai, plauderte freundlich mit den Kunden und gewann ständig neue dazu, so daß jeder Arbeitstag zu kurz für sie war und sie sich immer in Eile befand. Man sah ihr nicht an, daß sie unglücklich war, obwohl sie sich nicht bemühte, auch nur irgend jemandem etwas vorzuspielen. In diesen Tagen zeigte sich eine Eigenschaft ihres Wesens, die nicht anerzogen oder erworben war, sondern angeboren und tief verankert: Sie beklagte sich nicht vor

Fremden und sie weinte nicht vor ihnen. Vielleicht war es Stolz, daß sie sich nicht schwach zeigen wollte, jedenfalls war es ihr selbst gar nicht bewußt. Man hätte sie darum beneiden können, wie sie energisch durch die Stadt fuhr, wo fast jeder sie zumindest aus der Ferne kannte und wo so mancher sich freute, ihr zu begegnen. Sie war nicht mehr das kleine Dienstmädchen aus der Platanenallee, das die verstreuten Kleidungsstücke der Tochter des Hauses aufsammelte und sich jeden Tag auf die eine einzige Stunde im Bücherzimmer freute, wenn das weiße Häubchen mit verächtlichem Schwung auf dem Tisch landete und ein alter Mann einer jungen Stimme lauschte, die ihm die Welt ins Haus holte.

Die Welt war nun auch in das kleine Österreich gekommen. Seit der Volksabstimmung hielten es die neuen Herrn nicht mehr für nötig, um Zuneigung zu buhlen. Sie gingen zum Alltagsgeschäft über und übernahmen in allen Bereichen die Führung. Ihre altgedienten Anhänger, die in der Schuschnigg-Ära, und vielleicht schon davor, für sie geworben und gekämpft hatten, mußten enttäuscht feststellen, daß ihre einstigen Opfer nichts wert waren. Man speiste sie mit einflußlosen Pöstchen ab, wo sie doch gehofft hatten, nach der Machtergreifung ganz oben zu stehen. Die wahren Herren aber kamen aus Berlin angereist, und sie hörten nicht zu, sondern befahlen nur.

Auf einmal schien alles doppelt so schnell zu gehen. So, wie der *Führer* und die Seinen das Deutsche Reich innerhalb weniger Wochen zur Gänze an sich gerissen und gleichgeschaltet hatten, so geschah es jetzt auch in Österreich. Die Wiener, die zu Beginn mit soviel Begeisterung »Sieg Heil!« gerufen hatten, zogen sich nun trotzig zurück. Viele von ihnen hätten am liebsten alles wieder rückgängig gemacht. »Lieber Schuschnigg, komm bald wieder«, sang man, »denn der Hitler reißt alles nieder!« »Der Hitler«, nannten sie ihn nun wieder. »Der Adolf.« »Der GRÖFAZ« – als spöttische Anspielung auf die Abkürzungswut der Braunen und ihr selbstherrliches Wort vom *Größten Führer Aller Zeiten*.

»Warum gehen sie nicht wieder!« seufzte so mancher und suchte nach Schuldigen. Die Juden konnten es diesmal ja wohl nicht gewesen sein. Die Politik war ein so verwirrendes und undurchsichtiges Geschäft. Wie sollte ein einfacher Bürger sie durchschauen, wenn dem Volk in seiner ganzen langen Geschichte doch noch nie erlaubt worden war, eine eigene Meinung zu äußern und mit zu entscheiden. Erst der Kaiser, dann die Austrofaschisten und nun die Nazis. Als kleiner Mann war man immer nur das Spielzeug der jeweiligen Riesen. Burg Niedeck lag nicht nur im Elsaß, sondern auch an der Donau, wo man doch so gern gut und in Frieden lebte und sich amüsierte. Wo man ausgelassene Feste feierte und in die Natur hinauszog. Wo man es liebte, zu singen und zu tanzen. Die besten Musiker der Welt gab es hier und die ergreifendsten Lieder über den Tod, als sehnte man sich nach ihm, sobald man vom Wein gekostet hatte.

In Linz war es anders. Drei Jahre lang war der *Führer* hier zur Schule gegangen, und er erinnerte sich gern daran. Das Linz seiner Kindheit war kein Schmelztiegel der Völker gewesen wie das riesige Wien, sondern eine heimelige, ruhige Stadt mit fleißigen, unauffälligen Menschen. Hier gab es keine unzüchtigen Kabaretts wie in Wien und keine Reichen, die ihren Besitz protzig zur Schau stellten. Und es gab auch keine umschwärmten Malerfürsten, vor denen die feine Gesellschaft buckelte und die einen Möchtegern-Künstler wie den jungen Adolf Hitler nicht einmal mit der Zange angefaßt hätten. In seiner Linzer Schule hatte man seine Zeichenkünste gelobt. Wenn er etwas abmalte, sah es aus wie in Wirklichkeit. Eine Eins im Zeugnis war ihm immer gewiß gewesen.

In Linz fühlte er sich zu Hause. Trotz seiner Gier nach Größe war er in seinem Herzen immer ein Kleinstädter geblieben, dem die mächtigen Metropolen fremd und bedrohlich erschienen. In Linz aber war alles nah beieinander, übersichtlich und beruhigend. In weniger als einer halben Stunde konnte er das Grab seiner Eltern erreichen. Er besuchte es mehrmals, stets begleitet von Fotografen und Reportern, die über die Liebe dieses Sohnes zu seinen Eltern berichteten. Ein guter Mensch mußte sein, so ließen sie in ihren Artikeln durchblicken, wer mit soviel Ehrfurcht von seiner Mutter sprach und mit soviel Väterlichkeit über die Scheitel kleiner blonder Kinder strich, die ihm überall zugeschoben wurden, als sollte er sie segnen.

Zur Belohnung ernannte er Linz zur *Führerstadt* und damit zu einer der fünf bevorzugten Städte des Deutschen Reiches neben Berlin, München, Hamburg und Nürnberg. In zwei Etappen, so beschloß er schon kurz nach dem Anschluß, sollte die Stadt zu einem zweiten Budapest ausgebaut werden, bis schließlich über vierhunderttausend Menschen dort leben konnten, wo er seinen Ruhestand zu verbringen gedachte. Gigantische Bauten in prachtvoller Ordnung sollten ihn umgeben, großartiger als selbst im antiken Rom. Eine Stadt, würdig des *Größten Führers Aller Zeiten*, der bis dahin die Welt von allem gesäubert haben würde, was ihm mißfiel, so daß er sie nach seinem Tode ohne jeden Makel zurücklassen könnte.

Hitlers Patenstadt, das war man nun also, bevorzugt vor dem Roten Wien, von dem man sich bisher immer nur verachtet gefühlt hatte. Eine Perle unter den Städten des Reiches. Wie schmeichelhaft zu wissen, daß der *Führer* in kurzen Abständen immer wieder heimlich anreiste, um mit seinen Architekten zu nächtlicher Stunde wie Harun-ar-Raschid durch die Stadt zu wandern und seine Begleiter auf die monumentale germanische Ausgestaltung einzuschwören, die vor seinem schwärmerischen inneren Auge erstand.

Niemand sollte von diesen Besuchen erfahren. Das Hotel Weinzinger, in dem Hitler logierte, durfte nur noch Gäste aufnehmen, die »von Berlin« angemeldet wurden, und für den *Führer* und sein Gefolge stand ein eigener, abgetrennter Bereich zu jeder Zeit bereit.

»Diskretion«, erklärte der Hotelier Marie im Verschwörerton, »Diskretion, das ist es, was sie verlangen. Mit aller Strenge, wie man es von ihnen ja kennt. Wirklich, Frau Janus, Sie dürfen niemandem etwas davon erzählen. Ihnen sage ich es auch nur, weil Sie wissen müssen, wann ganz besondere Qualität von Ihnen verlangt wird. Brot wie im Schlaraffenland. Es ist eine solche Ehre!«

Dabei wußte längst die halbe Stadt Bescheid. Doch es hatte sich auch herumgesprochen, daß der *Führer* nicht erkannt werden wollte. Wenn er nachts durch die Straßen ging und durch die engen Gäßchen spazierte, die ihm weniger behagten als der weite Ausblick auf die Nibelungenbrücke und die Hügel am anderen Donauufer, sorgten die örtlichen Behörden dafür, daß der Weg vor ihm leer gefegt war von nächtlichen Herumtreibern oder unbedarften Passanten. Linz war eine untadelige Stadt, durch die der mächtigste Mann des Reiches noch nach Mitternacht wandeln konnte, ohne behelligt zu werden. Und entsprach das nicht seinen herrschaftlichen Träumen: eine Stadt, deren Menschen nur auftauchten, wenn es ihm genehm war, sich bejubeln zu lassen?

3

Tausend Jahre – diesen Handlungsspielraum hatten sich die neuen Herren von der Geschichte ausbedungen, überzeugt davon, daß nach Ablauf einer derartigen Zeitspanne die Welt so sehr im Sinne ihres Weltbildes verändert sein würde, daß es ewig währte. Eine Handvoll Männer von obskurer Herkunft und lückenhafter Bildung maßte sich an, gottähnlich zu erschaffen, zu formen und auszumerzen. Tausend Jahre – ob sie wirklich selbst daran glaubten? Wozu aber dann diese Hast, mit der sie ihre Ideen, dahergeflattert wie verirrte Vögel, in die Tat umsetzten, ohne sie zu prüfen und ihre Ausführung sorgfältig zu planen? Hatten sie etwa Angst, über das nachzudenken, was sie zu tun befahlen? Oder waren sie einfach nicht klug genug, das Ende zu bedenken? Trieb sie der Rausch der zu schnell erlangten Macht immer weiter voran? Die Lust an bisher nicht gekannten Privilegien? Oder stachelten sie sich gegenseitig zu immer rücksichtsloserem Tatendrang an, bis keiner von ihnen mehr wagte, zu zögern oder einen Zweifel zu äußern? Eine Handvoll Männer, die jahrelang durch Bierkeller und Turnhallen getingelt waren, bejubelt von ein paar Zukurzgekommenen, die in diesen schweren Zeiten immer mehr wurden und wie ihre Verführer nicht bereit oder in der Lage waren, sich vorzustellen, wohin ihr sogenannter Kampf führen würde, wenn wirklich die Waffen sprachen und ein Zeitalter des Feuers und des Eisens anbrach.

Eisen. Auch in St. Peter war auf einmal von Eisen die Rede. Vom Salzhandel hatte das Dorf einstmals gelebt, dann von der Fruchtbarkeit seines Bodens, dem Reichtum der Flüsse und

Bäche und der Lieblichkeit seiner Landschaft. Ein fleißiger Menschenschlag hatte stets hier gelebt, der es sich trotzdem gerne gutgehen ließ. Keine Ideologen und Fanatiker. Keine Krieger. Die Männer lustig und unter Alkoholeinfluß ein wenig streitsüchtig; die Frauen mollig, kokett und bodenständig. Wie paßte zu diesen Menschen jener Gast, der an einem sonnigen Maitag, wenige Wochen nach dem Anschluß, auf dem Linzer Bahnhof aus dem Zug kletterte, eine Idee zu gelenkig, um über die eigene Leibesfülle hinwegzutäuschen? Hermann Göring, Generalfeldmarschall des Deutschen Reiches, gekommen, um den ersten Spatenstich für die künftigen Hermann-Göring-Werke zu tun, die der Stadt Wohlstand versprachen und allen Einwohnern Arbeit.

Nach der Begrüßung durch den Reichsstatthalter, zwei Gauleiter und den Bürgermeister schritt der hohe Gast aus Berlin die Reihen der ehemals illegalen Anhänger ab, die ihn mit klopfenden Herzen und leuchtenden Augen empfingen. Schon auf dem Bahnhofsvorplatz überreichte man ihm üppige Geschenke, die er huldvoll weiterreichte. »Wir grüßen den Wegbereiter unserer Zukunft!« stand auf einem mächtigen Transparent und auf einem anderen: »Sieg Heil dem Marschall des Reiches!« Besonders erfreut zeigte sich Göring über ein wuchtiges Schwert mit der Aufschrift »Dem Schmied der Wehrkraft«.

Nach der Begrüßung, die in der Frühsommerhitze sämtlichen Anwesenden den Schweiß auf die Stirn trieb, fuhr der Konvoi durch die Stadt nach St. Peter, wo auf der Festwiese fünfundzwanzigtausend Schaulustige warteten, um den erhebenden Baubeginn mitzuerleben. Kein Dorfbewohner hatte es sich nehmen lassen, an diesem historischen Ereignis teilzunehmen. Man wußte nicht viel von den Plänen der Regierung, aber man hatte Verständnis dafür, daß nach so wenigen Wochen noch nichts Genaues bekanntgegeben wurde. Nur so viel: daß in der Gegend um St. Peter ein großes Hüttenwerk entstehen sollte und in seinem Umfeld eine eigene kleine Stadt für die dort Beschäftigten. Wo genau diese Bauten errichtet werden sollten, war niemandem bekannt, doch fast jeder Grundbesitzer rechnete sich insgeheim aus, wieviel er verdienen konnte, wenn ihm der Staat dieses oder jenes unergiebige Überschwemmungsgebiet als Baugrund für das große Werk ablöste. Dazu würde es viele neue Gäste für die Wirtshäuser des Dorfes geben. Viele Abnehmer für die Produkte der Bauern. Viele Kunden für die kleinen Läden im Dorf. Wohlstand, vielleicht sogar Reichtum erhoffte man sich. Diesmal befand man sich auf der Gewinnerseite.

Zur richtigen Zeit am richtigen Ort. Diesmal hatte man Glück, dem Führer sei Dank!

So jubelte man dem Berliner Gast aus vollem Herzen zu, während er auf die einfach zusammengezimmerte Tribüne stieg, ein großer, korpulenter Mann in einer Uniform, die über seiner Brust spannte. Das war der Mann, dachte Marie, die mit ihrer Familie ganz vorne stand, der dem deutschen Volk empfahl, sich an möglichst vielen Sonntagen mit Eintopf zu begnügen. Bei ihren Brotkunden war oft die Rede von Hermann Göring. Während keiner je gewagt hätte, etwas gegen den *Führer* zu sagen, machte man sich gern über Göring lustig, der so großspurig auftrat, trotz seiner Hetzreden ganz Grandseigneur alter Schule. »Er ist aber immerhin einer, der etwas bewegt!« verbesserte man dann schnell den leichtsinnigen Ausrutscher. Es war gefährlich, den Mund zu weit aufzureißen. Man konnte nie wissen, wo eine despektierliche Bemerkung landete und welchen Preis man dafür zu zahlen hatte.

Nach verschiedenen Grußworten lokaler Größen, die unterschiedslos beklatscht wurden, ergriff der Gast das Wort. Erst jetzt fiel den Zuschauern auf, daß die Wand hinter ihm grün bekränzt war – allein zu seinen Ehren, darum hatte man es bei den Vorrednern wohl auch nicht bemerkt. Mit seinen ersten Worten, deren selbstbewußter Tonfall seinem Ruf alle Ehre machte, stellte er fest, im Ausland habe zunächst niemand glauben wollen, daß das Aufbauprogramm der Nationalsozialisten überhaupt möglich sei. Man habe aber die ganze Welt Lügen gestraft und man werde es mit diesem Werk wieder tun.

Die Zuhörer jubelten, auch wenn ihnen die Stimme des Gastes in den Ohren fremd klang. Nach seiner äußeren Erscheinung hatten sie weichere Töne erwartet, heimeligere. So lächelten sie erleichtert, als der Gast die österreichische Gemütlichkeit erwähnte, erstarrten jedoch, als seine Stimme daraufhin unerwartet schneidend wurde, so durchdringend, daß die Lautsprecher knackten: »Gemütlichkeit nach der Arbeit ist sehr schön – Gemütlichkeit während der Arbeit ist Faulheit!«

Er machte eine Pause, so daß seine Worte verhallen konnten. Die Zuhörer starrten zu ihm hoch. Sie erinnerten sich plötzlich wieder an die Erfahrungen der letzten Wochen; an die kaum verhohlene Verachtung, mit der ihnen die Nazis aus dem Altreich begegnet waren, an deren selbstherrliches Auftreten, ihre Anweisungen und Befehle, die keinen Widerspruch zuließen. Faulheit: Das war es wohl, wessen die Leute aus Berlin die Einheimischen bezichtigten. Faulheit. Vielleicht sogar Dummheit.

Der Mann auf der Tribüne erschien den Zuhörern auf einmal viel weniger eindrucksvoll. Als lieben Gast hatten sie ihn begrüßt. Aber wer war hier eigentlich der Gast und wer der Herr im Hause? Ein Murren erhob sich, ein »Brummen«, wie man es später nennen würde. »Schon damals haben wir gebrummt«, erzählte man dann, »aber leider nicht laut genug.«

Hermann Göring nahm seine Rede wieder auf. Er rühmte das Eisen, das in seinem Werk bald bearbeitet werden würde. »Mit dem Gold handelt man, das Eisen aber sichert die Freiheit der Nation!« Danach wies er in etwas behutsameren Worten darauf hin, es könne nötig werden, daß Bauern von ihrer alten Scholle umgesiedelt würden. Es werde aber alles geschehen, diese Maßnahmen so schonend wie möglich durchzuführen. Bald würden alle erkennen, daß für sie ein neues und schöneres Leben beginne.

Man klatschte, aber nicht mehr so laut wie zuvor. Jeder hoffte, die vorsichtige Ankündigung möge nicht ihn betreffen. St. Peter war groß, die Umgebung bot reichlich Platz. Das mußte doch wohl genügen für eine einzige Fabrik!

Mit den Worten »Die Arbeit beginne!« erteilte Hermann Göring den bereitstehenden Baggerführern den Befehl zum Einsatz ihrer

Maschinen. Danach trug er sich als erster in das Gästebuch der nach ihm benannten Werke ein: »Am Tage des Beginns der Arbeit mit heißen Wünschen für das Werk! Hermann Göring.«

4

Die Hakenkreuzfahnen knatterten im Wind, und die Blasmusik spielte aus vollen Lungen, als die Nationalsozialisten in feierlichem Konvoi, so, wie sie gekommen waren, den Ort des Geschehens wieder verließen. Die Arbeit der Inspiratoren und Befehlserteiler war getan. Die Schaulustigen applaudierten den schwarzen Autos hinterher, machten ihre ersten Witzchen über die Stars der Veranstaltung und verließen dann fast im Laufschritt die Festwiese, um noch einen Platz in einem der Wirtshäuser zu ergattern und bei Apfelmost und Steckerlfisch zu der Überzeugung zu gelangen, daß das Leben schön war und die Zukunft rosig.

Die Janus-Familie begab sich auf direktem Wege nach Hause. Emmi Janus fand, es brächte nichts, ein Gasthaus aufzusuchen. Zu viele Fremde seien im Dorf, die dem Bäckergeschäft nichts nützten. Man falle nicht auf unter ihnen. Nachträglich würde kaum jemand wissen, daß man überhaupt dagewesen sei. Wozu also die

Zeit vergeuden? Außerdem, so kam es Marie vor, wollte Emmi Janus das Erlebte nicht durch andere Eindrücke überdecken. »So viel Tatendrang!« schwärmte sie, während sie ihren Arm unter den ihres Mannes schob. »Ein Kerl wie ein Baum!« Und sie zitierte wörtlich einen Satz aus Görings Rede: »Neben dem Brot, neben der Ernährung ist kein Rohstoff so wichtig wie das Eisen.« Sie drehte sich zu ihrem Sohn um, der mit Marie hinter ihr herging. »Brot und Eisen. Wir sind auf der richtigen Seite, Franzl.«

Daheim bestand Emmi Janus darauf, daß sich alle um den Stubentisch versammelten. Sie brachte die schönen böhmischen Gläser und eine Flasche mit teurem Sekt, wie er in diesem Hause noch nie serviert worden war, nicht einmal zu einer Hochzeit oder zur Geburt des Sohnes.

»Wir wissen doch noch gar nicht, ob wir von dem Werk profitieren werden«, wandte Lothar Janus ein. Dann mußte er plötzlich lächeln. »Sekt! Das schaut dir wirklich nicht ähnlich, Emmi.«

Sie setzte sich. »Es ist nicht wegen dem Werk«, entgegnete sie in feierlichem Ton. »Ich muß euch etwas ganz anderes sagen. Etwas ganz Großes. Ich wollte immer schon etwas Großes tun. Dann habe ich gesehen, wie die Leute aus dem Reich einfach handeln. Immer geradeaus, ohne Feigheit. Einfach das tun, was sie wollen ... Das hat mir gefallen. Das ist ein Beispiel, dem man nacheifern soll. Hier bei uns sind mir solche Leute nie untergekommen. Aber jetzt hat man das kennengelernt. *Gemütlichkeit während der Arbeit ist Faulheit!* Recht hat er! Man muß wissen, was man will, und dann muß man es durchsetzen.«

Franz Janus schüttelte den Kopf. »Beruhigend klingt das nicht gerade, Mutter«, sagte er. »Soll ich die Flasche aufmachen?«

Emmi Janus beachtete ihn nicht. »Als wir heirateten, dachte ich, jetzt hast du es geschafft. Ein gutgehendes Geschäft, ein schönes Haus ...« Sie zuckte die Achseln. »Wenn man von einem Bauernhof kommt, wo es nach Stall stinkt, ist der Brotgeruch schon ein Fortschritt, und ein Haus ohne Fliegen fast ein Luxus.« Sie stand auf, als ob die innere Unruhe sie nicht am Platz hielte. »Aber dann habe ich andere Häuser gesehen, und die waren noch viel schöner und größer.« Sie flüsterte plötzlich, als vertraue sie ihrer Familie ein Geheimnis an. Ein lautes, zischendes Flüstern, nicht freundlich, sondern genauso kämpferisch wie die dröhnenden Worte des Generalfeldmarschalls aus dem Lautsprecher auf der Festwiese. »Ich will ja nichts geschenkt! Ich will ja arbeiten! Ich will mich ja bemühen! Ich will ja Opfer bringen! Aber dafür will ich auch etwas bekommen.« Sie richtete sich auf und lächelte plötzlich voller Stolz. »Und jetzt habe ich es.«

Maries Herz klopfte. Noch nie hatte Emmi Janus von sich selbst gesprochen. Von ihren Wünschen und Träumen und dem Weg, auf dem sie sie erreichen wollte … Ich will, ich will, ich will! dachte Marie. Ihre Mutter fiel ihr ein, die nur Liebe gewollt und alles verloren hatte.

Emmi Janus holte eine schwarze Mappe vom Fensterbrett. Sie legte sie auf den Tisch und setzte sich wieder. »Seht her!« sagte sie mit stolzgeschwellter Brust. »Grundbuchauszüge. Die beiden Ohnesorg-Häuser auf dem Adolf-Hitler-Platz gehören mir.«

Marie senkte den Kopf, um ihr Gesicht zu verbergen. Am liebsten hätte sie laut aufgeschluchzt und wäre davongelaufen, um nie mehr zurückzukehren. Es war etwas anderes, es von den Ohnesorgs zu erfahren, als die gleiche Wahrheit von Emmi Janus zu hören. Dort der Schmerz und die Trauer. Hier der Stolz und der Triumph.

Nun erzählte Emmi Janus ihre Version der Geschichte: daß Herr Ohnesorg gesundheitlich schwer angeschlagen sei und sich deshalb in ein milderes Klima zurückziehen wollte. Daß er ihr seine Sorgen anvertraut habe und sie daraufhin ihre Ersparnisse und das Erbe ihrer Eltern geprüft und sich mit einer Bank in Verbindung gesetzt habe. »Die haben erkannt, daß unser Geschäft eine Goldgrube ist und wir den Kredit bald abbezahlen können. Und dafür werde ich sorgen. Heutzutage laufen die Dinge unbürokratisch. Der Tüchtige wird gefördert.« Sie lachte leise. »Seit ich bei der Partei bin, geht das noch besser. Die richtigen Leute halten zusammen. Solche wie uns kann der Führer gebrauchen.«

»Und die Ohnesorgs sind dir nicht böse?« Lothar Janus war blaß geworden.

Emmi Janus lachte. »Dankbar sind sie mir!« rief sie. »Die sitzen doch jetzt unter Palmen und lassen es sich wohl sein.«

»Und sonst steckt nichts dahinter? Man verkauft doch nicht einfach seine Häuser! Das sieht ja fast so aus, als wären sie Juden und wollten fliehen.« Noch nie zuvor hatte Lothar Janus seiner Frau in dieser Weise widersprochen.

Auch Emmi Janus erblaßte nun. »Juden? Die Ohnesorgs? Das glaubst du doch selber nicht, Lothar! Denkst du wirklich, ich würde mich an Judenvermögen bereichern? So etwas tue ich nicht!«

Lothar Janus konnte die Freude seiner Frau noch immer nicht teilen. »Das müssen ja enorme Schulden sein, auf die du dich da eingelassen hast, Emmi. Durftest du das überhaupt ohne meine Zustimmung? Rechtlich, meine ich.«

Emmi Janus öffnete die Sektflasche, ohne auf die Worte ihres Mannes einzugehen. Der weiße Schaum ergoß sich über ihr Kleid. Sie nahm keine Notiz davon. »Wir werden im Keller unter dem Geschäft eine Backstube einrichten«, erklärte sie, während sie einschenkte. »Im Keller auf dem Adolf-Hitler-Platz.«

»Und die Backstube hier?« Lothar Janus' Stimme klang müde. Er war es nicht gewöhnt, gegen die Entscheidungen seiner Frau anzukämpfen.

»Die legen wir still. Der Laden bleibt natürlich. Den beliefern wir aus der Stadt, und da wohnen wir dann auch. Die Ohnesorgs haben uns ihr ganzes Mobiliar überlassen. Da, wo sie jetzt sind, brauchen sie es wohl nicht. Wir haben sogar ein Dienstmädchen.«

Marie merkte, daß ihr die Tränen über die Wangen liefen. Sie wollte nichts reden und nichts mehr hören, aber sie war zu erschöpft, um aufzustehen und hinauszurennen. Weit weg. So weit, daß sie nie wieder hierher zurückfinden würde.

Emmi Janus reichte jedem ein Glas. »Ihr werdet euch schon noch an den Gedanken gewöhnen«, erklärte sie in gereiztem Ton, enttäuscht, daß ihr Stolz nicht geteilt wurde. »Du bist doch eine tatkräftige Person«, sagte sie zu Marie. »Das muß man dir lassen. Trotz allem. Du wenigstens müßtest doch verstehen, wie ich mich fühle.«

Marie starrte ihr in die Augen. »Ich verstehe dich sehr gut, Schwiegermutter!« antwortete sie heiser.

Mißtrauisch probierten sie das ungewohnte Getränk. Es schmeckte keinem von ihnen.

»Ich gehe jetzt ein wenig an die frische Luft«, erklärte Lothar Janus. Er stand auf und verließ die Stube. Sein Sohn folgte ihm.

Emmi Janus sah ihnen nach. »Ich dachte, wenigstens der Franzl freut sich«, murmelte sie. »Er hat doch so einen Geltungsdrang! Jetzt wird er auf dem Adolf-Hitler-Platz wohnen. Das ist doch etwas ganz anderes als bloß hier in St. Peter.« Trotzig goß sie sich ein zweites Glas ein und leerte es auf einen Zug. »Er wird mir noch dankbar sein.«

»So wie die Ohnesorgs?« fragte Marie leise. »Die Schnapsjuden?«

Emmi Janus' Glas zerbrach mit einem Klirren auf dem Boden. Sie starrte Marie an. Eine ganze Ewigkeit herrschte Totenstille. Sogar die Uhr an der Wand schien stehengeblieben zu sein. »Was weißt du?« flüsterte Emmi Janus.

»Alles. Die Ohnesorgs haben es mir erzählt.

Ich habe sie zum Bahnhof begleitet, als sie wegfuhren.«

»Du kleine Hure!« Emmi Janus flüsterte noch immer. »Glaubst du, ich habe damals nicht bemerkt, wie dich dieses Bürschchen angesehen hat? Der Judenbengel! So einer gefällt dir wohl? Immer geschniegelt und gebügelt und ein ganzes Lexikon im Kopf. Aber dabei bleibt er doch immer nur ein Jud!« Sie trat so nahe an Marie heran, daß diese ihren Atem spürte. »Und du? Du hast uns ja nie verraten, wer dein werter Herr Vater ist. Womöglich ist das auch einer aus dieser Sippschaft. Ein Kesselflicker, der deine Mutter hinter der Scheune beglückt hat. Wer weiß, was sie sich außer dir dabei noch geholt hat. Umsonst ist sie nicht so jung gestorben.«

Marie kam es vor, als hätte Emmi Janus ihr ein Messer ins Herz gestoßen. Die ganze Verachtung, die Mira Zweisam in ihrem Leben erduldet hatte, spritzte wie Gift aus den Worten dieser Frau, die sie gar nicht gekannt hatte. Marie spürte, wie ihr das Blut zu Kopf schoß. Die Wut, die sich in all den Jahren angestaut hatte, lag noch immer auf der Lauer, auch wenn Marie manchmal gemeint hatte, sie hätte sich mit den alten Demütigungen abgefunden. Ihr war, als müßte sie ersticken. Als erfüllte Feuer ihren ganzen Leib. Zerstörerisches Feuer, vor dem es keine Rettung gab.

Mit einer schnellen, sogar für sie selbst unerwarteten Bewegung hob sie beide Arme und stieß Emmi Janus mit aller Kraft von sich. »Du Hexe!« schluchzte sie. »Du verfluchte Hexe!«

Emmi Janus taumelte zurück und stieß mit Kopf und Rücken gegen den Küchenschrank. Dabei streckte sie die Arme aus, um das Gleichgewicht nicht zu verlieren. Auf ihren Wangen glühten rote Flecken. Sie starrte Marie an. Marie starrte zurück. Beide rangen nach Atem.

»Du greifst *mich* an?« ächzte Emmi Janus. »Du wagst es tatsächlich, die Hand gegen *mich* zu erheben?«

Marie kämpfte mit den Tränen. »Und es tut mir nicht leid«, flüsterte sie. »Du hast meine Mutter beleidigt, die tausendmal mehr wert war als du!«

Ein Lächeln kräuselte Emmi Janus' Lippen. »Ach ja?« fragte sie verächtlich. »War sie das? Warum hat dieser feine Kavalier, dein Herr Vater, sie dann nicht geheiratet?«

Marie fuhr erneut auf, doch plötzlich hörte sie ein Geräusch hinter sich.

»Was habt ihr denn?« Erst jetzt sahen Marie und ihre Schwiegermutter, daß Franz und sein Vater in der Tür standen.

»Wie lange seid ihr schon da?« Emmi Janus' Stimme war so heiser, daß man sie kaum verstehen konnte.

»Wir sind gerade erst gekommen«, antwortete Franz Janus verwundert. »Was ist denn los?«

Emmi Janus starrte Marie wieder ins Gesicht. »Nichts«, sagte sie dann mit kalter Stimme und ließ ihre Schwiegertochter dabei nicht aus den Augen. »Ich bin nur enttäuscht, weil ihr euch nicht mit mir freuen könnt.«

Lothar Janus atmete erleichtert auf. »Ach so ...«, murmelte er. »Ich dachte schon, ihr hättet euch gestritten. Ich will keinen Streit. Wir freuen uns ja alle mit dir. Es kommt nur alles so überraschend, nicht wahr, Franzl?«

Franz nickte. »Zwei so schöne Häuser!« lobte er und tätschelte seiner Mutter den Arm. »Du bist schon ein Teufelskerl, Mutter! Nicht wahr, Marie?«

»Ja«, sagte sie.

Emmi Janus ließ noch immer nicht den Blick von ihr. »Hilf mir, die Gläser in die Küche zu tragen!« befahl sie und griff nach der halbleeren Sektflasche.

Marie nahm die Gläser. Die Scherben des einen, zerbrochenen knirschten unter ihren Schuhen. In der Küche stellte sie die Gläser in die Spüle. Emmi Janus stand halb hinter ihr und goß den restlichen Sekt in den Ausguß. »Du hältst den Mund!« flüsterte sie in Maries Ohr, so nahe, daß ihr Atem wie eine Berührung war. »Verstanden?«

Marie drehte sich um. »Und wenn nicht?«

Da lächelte Emmi Janus plötzlich, ganz entspannt, als hätte sie eine Lösung für alle Probleme der Welt gefunden. »Dann wirst du deines Lebens nicht mehr froh werden«, antwortete sie fast zärtlich. Es konnte kein Zweifel daran bestehen, daß sie es ernst meinte. Vielleicht, dachte Marie, hatte sie ebenso gelächelt, als sie den Zettel schrieb, den sie den Ohnesorgs unter die Haustür schob: »Schnapsjuden!«

DIE BOTSCHAFT DES FORTSCHRITTS

I

Zwei Ortschaften am Rande einer Stadt. St. Peter und Zizlau. Kleine Leute wohnten hier, ohne Einfluß und ohne Macht. Bauern, Gastwirte, Arbeiter. Manche in bescheidenem Wohlstand, andere in Not. Seit fast einem halben Jahrtausend scharten sich ihre Häuser um das schmucklose Kirchlein mit seinem spitzen Turm. Hier wurde man getauft, hier ging man jeden Morgen vor der Schule zur Frühmesse, hier empfing man die Erstkommunion und wurde gefirmt, hier heiratete man, ließ die eigenen Kinder taufen und wurde schließlich eingesegnet auf dem letzten Weg zur ewigen Ruhe. Meilensteine des Lebens, für alle gleich in diesem Ort, wo sie verankert lagen. Ein Ort voller Leben. Voller Menschen, die ihr Tagewerk verrichteten, lachten und weinten in Güte, Bosheit und Trauer. Gute und schlechte Menschen, doch die meisten hatten etwas von beidem. Tugend und Sünde hätte es der Pfarrer genannt, auf den sie hörten, weil er doch im Namen des Herrn sprach. Des Herrn da oben im Himmel, nicht des Herrn in

Berlin. »Grüß Gott!« hatten sie seit Jahrhunderten gesagt, wenn sie einander begegneten. Nun sollte es auf einmal »Heil Hitler!« heißen, als ob Berlin der Himmel wäre und ein sterblicher Mensch imstande, ihnen das Heil zu bringen.

Beim Spatenstich auf der Festwiese waren sie noch voller Zuversicht gewesen, ein wenig beunruhigt vielleicht, aber eben nur ein wenig, hieß es doch, der *Führer* sei ein gütiger Mensch und liebe die Stadt Linz besonders. Man könne schon darauf vertrauen, daß er den Bewohnern dieser Stadt nichts Böses wolle. Ein großes Hüttenwerk in der Nähe des eigenen Dorfes. Ein wenig Lärm war da wohl zu erwarten. Staub und viele Fahrzeuge, die durch die Straßen fuhren. Aber das war der Fortschritt, das Gegenteil von Stillstand, und vom Stillstand hatte man genug. Jetzt sollte es weitergehen, und die in Berlin würden schon wissen, wohin der Weg zu führen hatte.

Ein großes Hüttenwerk. Die wenigsten St. Peterer konnten sich vorstellen, wie so etwas aussah. Es gab nicht viele Fabriken in ihrer Nähe. Die einzige, die sie kannten, war die Seifenfabrik Estermann, und so ähnlich stellten sie sich auch das neue Hüttenwerk vor. Einen hohen Turm würde es wohl geben, aus dem Rauch aufstieg. Ein paar Hallen, in denen irgendwie Eisen verarbeitet wurde, und ein Verwaltungsgebäude mit Schreibtischen für die Büroleute. Hin und wieder war auch von einem Hochofen die Rede, der auf dem Gelände entstehen sollte, aber niemand konnte genau erklären, was das war, ein Hochofen, wie groß er war und wofür man ihn überhaupt brauchte. Ein großes Hüttenwerk. Was bedeutete das aber: groß? Und was bedeutete diese Größe für die kleinen Leute von St. Peter?

Am 13. Mai 1938 hatte der Spatenstich stattgefunden. Schon im Juni begannen die ersten Umsiedlungen. »Jetzt geht's aufwärts!« versicherten die treuesten Anhänger der neuen Politik noch immer an den Stammtischen und auf der Straße, wo man nicht mehr aneinander vorbeiging, sondern stehenblieb, um über die nagende Sorge zu klagen, die einen plötzlich nicht mehr schlafen ließ. »Weißt du etwas Neues?« fragte man und erfuhr die jüngsten Gerüchte, die sich jeden Tag bedrohlicher anhörten. Viertausendfünfhundert Menschen sollten fortgeschickt werden, neunhundertsechsundvierzig Häuser niedergerissen. Ein junger Anwalt, noch keine dreißig, sei gekommen, ein gewisser Doktor Meissner, ein Assessor, was immer das sein mochte. Im Auftrag der Regierung kaufte er Haus um Haus. Die St. Peterer Juden habe er bereits abgelöst. Sie seien alle schon auf dem

Weg ins Ausland, weil sie hier seit dem Anschluß ja doch keine gute Stunde mehr hatten.

Die Pläne für die Betriebsanlagen seien längst fertiggestellt, berichteten andere. Der Assessor Meissner wisse genau, wem er wann seine Angebote zu unterbreiten habe. Langwierige Verhandlungen würde es dabei nicht geben. Das gesamte Hüttengelände sei in Preiszonen eingeteilt worden. Der niedrigste Preis würde für Augelände bezahlt werden, Kategorie IV. Kategorie III umfasse rein landwirtschaftliches Gelände, Kategorie II Bauerwartungsland. Das meiste würde Kategorie I einbringen: Bauland. Ein bis zwei Reichsmark pro Quadratmeter.

»Mich bringen sie nicht weg!« versicherte so mancher trotzig und sah sich schon als kleinen Helden, der das große Projekt des *Führers* kippte. »Jetzt geht's aufwärts!« hatte man noch vor kurzem gejubelt. Aber war das aufwärts, wenn man plötzlich dastand und nicht mehr wußte, wohin?

Der Gastwirt Schrefler, den alle achteten, erzählte, die *Reichswerke Hermann Göring* seien aufgrund einer Verordnung der Wehrmacht gleichgestellt. Der Assessor Meissner selbst habe ihm das gesagt und ihm erklärt, daß damit auch Enteignungen gegen den Willen des Grundbesitzers durchgeführt werden könnten, selbst wenn über die Höhe der Entschädigung noch gar nicht verhandelt worden sei. »Es ist wie im Krieg! Und: Kriegsrecht ist Unrecht!« sagte Schrefler und erhob sich mühsam, weil ihn sein Rheuma und die Zuckerkrankheit plagten. Es ging ihm wie vielen, die neuerdings durch die Sorgen immer kränker wurden. Viel mehr Leute als sonst starben in diesen Tagen, die Alten vor allem, die die Aufregung nicht mehr aushielten und die Angst vor der Entwurzelung. »Nur auf dem Friedhof hat der Mensch heutzutage noch seine Ruhe«, sagte einer am Abend. Am Morgen fand ihn seine Frau tot im Bett. Als man ihn zu Grabe trug, ging bereits das Gerücht, schon in den nächsten Wochen würden sämtliche Leichen exhumiert und auf den Friedhof Kleinmünchen verlegt werden.

Währenddessen blühten die Bäume. Alles duftete. Welch ein Reichtum der Schöpfung! Wie jeden Frühling kehrten die Ausflügler aus Linz in den Wirtshäusern ein. Im lauen Schatten der Kastanienbäume verzehrten sie Stelzen und Steckerlfische und tranken ihren Most. Dafür brachten sie die neuesten Schauergeschichten mit, wie zügig die Nazis ihre Projekte verwirklichten und wie wirkungslos sich jeder Widerstand erwies.

Manche St. Peterer verloren die Nerven und

boten dem Assessor Meissner unaufgefordert ihr Haus und ihren Grundbesitz an. Sie fuhren mit ihren Fahrrädern durch die Nachbardörfer und -städtchen und fragten überall, ob nicht vielleicht ein Haus zum Verkauf stünde. Wer früher ging, dachten sie, müsse vielleicht später nicht so weit weg. Dabei erfuhren sie auch, daß auf dem Keferfeld am Stadtrand von Linz eine große Siedlung geplant war. Bis vor kurzem hatte es dort noch ein paar prächtige Bauern-höfe auf gutem, saftigem Boden gegeben. Die hatte man inzwischen enteignet und abgeris-sen. An ihrer Stelle hatte bereits der Aufbau kleiner, wohldurchdachter Siedlungshäuser be-gonnen. Ein paar Reihen standen schon im Rohbau, so schnell emporgezogen, daß es noch nicht einmal eine Straße zwischen ihnen gab. Dafür boten sie aber Annehmlichkeiten, die in St. Peter nicht üblich waren. Englische Toilet-ten zum Beispiel, mit Wasserspülung wie bei den feinen Leuten in der Stadt. Die St. Peterer wußten diesen Luxus allerdings nicht zu schät-zen. Sie waren gewöhnt, den Inhalt ihrer Senk-gruben zum Düngen der Felder und Gärten zu verwenden. Was sollte das aber für ein Dünger sein, der mit Leitungswasser verdünnt war? Trotzdem war es für so manchen eine Beruhi-gung, daß er wenigstens ein Dach über dem Kopf finden würde, wenn er plötzlich fortmußte, ohne ein Haus aufgetrieben zu haben, in dem er sich ein Leben einrichten konnte, das dem glich, an das er gewöhnt war.

Der Assessor Meissner mit seinen sportlichen Knickerbockern und den schönen blonden Haaren, über den die Dorfmädchen wohlgefällig kicherten, handelte Vertrag um Vertrag aus, immer wieder gerügt aus Berlin, er sei zu nachsichtig. Vor allem den Judenbesitz habe er zu ungünstigen Bedingungen aufgekauft. Eines Tages wurde er sogar nach Linz zur Gestapo bestellt. Dort machte man ihm heftige Vorwürfe und riet ihm dringend an, bei weiteren Käufen jüdischen Besitzes die sogenannte Juwa zu berücksichtigen, die Judenabgabe, mit der, auf das gesamte Deutsche Reich bezogen, eine Milliarde Reichsmark eingetrieben werden sollte als Strafe für den Mord, den im fernen Paris ein Jude an einem Mitglied der deutschen Botschaft verübt hatte.

Doch es gab gar keine Juden mehr in St. Peter. Dafür bot man denen, die bereit waren, ihre Häuser zu verkaufen, in Linz ehemals jüdischen Besitz zu günstigen Bedingungen an. Nur wenige griffen zu. »Ich kaufe nichts Gestohlenes!« erklärte ein Bäckereikunde entrüstet, und Emmi Janus lobte seine Anständigkeit.

Eine neue Sprache lernte man, neue Wörter. »Unser Haus steht bestimmt noch nicht auf dem Demontageprogramm«, sagte man nun und hoffte inständig, daß dem wirklich so sei. Oder: »Vielleicht können wir bleiben. Unser Haus befindet sich angeblich nicht in der Hochofenachse.« Man konnte sich nicht vorstellen, was das war, die Hochofenachse, aber jedem Kind war bekannt, daß dort als erstes abgerissen werden würde. Die Hochofenachse und die Kokerei, das waren die Worte, die man fürchten mußte, das Herz des künftigen Hüttenwerks, das denen, die hier ihre Heimat verloren, das eigene Herz brach.

Trotzdem gab es keinen Aufruhr. Wenn der junge Assessor Meissner an die Tür klopfte, legten die Frauen dem wichtigen Gast zu Ehren ihre Arbeitsschürzen ab, und die Männer zogen sich eine Jacke an. Dann führte man ihn mit seiner Sekretärin an den Stubentisch und stellte ihm ein Glas Selbstgebrannten hin. Der Assessor war höflich genug, es nicht abzulehnen, doch er nippte nur daran. Zu viele solcher Besuche machte er an einem Tag. Nach kurzem Hin und Her nahm man sein Angebot an, weil auch andere das schon getan hatten. Wenn er aus dem Haus war, brachen die Frauen und Kinder und oft auch die Männer in Tränen aus. »Wie die Juden«, sagte einer. »Jetzt haben auch wir keine Heimat mehr.«

Manchmal dauerte es Wochen, bis nach dem

Kaufvertrag wirklich etwas geschah. Unter den Bäumen sammelten sich die Blüten. Man erntete das erste Gemüse, und die jungen Mädchen fuhren damit nach Linz auf den Markt. Salat und Grünzeug, Milch von den eigenen Kühen. Wenn die jungen Marktfrauen spät am Abend ihre Wägelchen für den nächsten Tag beluden, dachten sie manchmal, das Hüttenwerk und der Nazispuk wären nur ein böser Traum gewesen. Die Wirklichkeit war der Duft der Bäume, an denen sich schon Früchte ausbildeten, die saftige Ernte in den Gemüsegärten und das leise Schnarchen des Hundes, mit dem man morgen ganz früh aufbrechen würde, wenn das Dorf noch schlief und kein Baustellenlärm zu hören war. Ein Friede wie im Paradies. Erst jetzt wußten sie ihn zu ermessen und zu schätzen. St. Peter. Rückständig hatten sie ihr Dorf oft genannt. Man brauche endlich den Fortschritt, hatten sie gemurrt. Nun war er da, und die jungen Mädchen rochen an den Petersilienbüscheln und hätten am liebsten geweint.

Doch der Friede war trügerisch. »In drei Wochen müssen Sie räumen«, wurde mitgeteilt, und die Vermesser stellten hölzerne Kreuze in die Gärten der Häuser, die demnächst abgerissen werden sollten. In drei Wochen schon? Mit Verzweiflung und Neid schaute man hinüber zu den Häusern der Nachbarn, die nicht in der Bauachse standen, weshalb ihre Bewohner noch bleiben durften. Drei Wochen, dann würde man alles, was man besaß, auf ein Pferdefuhrwerk laden und vielleicht auch noch die sogenannte Übersiedlungskolonne des Assessor Meissner in Anspruch nehmen – ein großes Lastauto mit Nürnberger Nummer und drei Männern mit breiten Gürteln und lederumschnürten Unterarmen. Die schwersten Schränke und Truhen stemmten sie hoch, als wären sie aus Papier … Drei Wochen noch. Glücklich der, der rechtzeitig vorgesorgt und etwas Gleichwertiges gefunden hatte, auch wenn es vielleicht so weit entfernt lag, daß er kaum noch hierher zurückkommen würde. Warum sollte er auch, wenn es ihm doch das Herz brach?

St. Peter veränderte sich. Zwischen den noch nicht abgerissenen Häusern lagen nun Werksgeleise, standen Baracken und riesige Baugeräte, wie man sie hier noch nie zuvor gesehen hatte. Trotzdem ging das Leben weiter, wenn auch anders als früher. Man lachte nicht mehr und wenn, dann mit Bitterkeit, wußte man doch, daß man schon bald selbst an der Reihe sein würde. Man hatte verkauft, und nun war man verkauft, im wahrsten Sinne des Wortes.

Die Janus-Familie gehörte nicht zu denen, die sich Sorgen machen mußten. Als der junge Assessor Meissner vor der Tür stand, ließ ihn Emmi Janus ohne Zögern ein und legte ihm ungefragt ihre eigenen Berechnungen des Verkaufswertes von Haus, Geschäft und Grundstück vor. Er überflog das Papier und verglich es mit den eigenen Schätzungen, die von Emmi Janus' Kalkulation zwar überschritten wurden, aber in erträglichem Maße. »Geht in Ordnung«, murmelte er dann. Es war schon spät am Nachmittag, und viele Stunden voller Widerspruch und Tränen lagen hinter ihm. Er hatte keine Lust, noch weiter zu feilschen. Diese Frau wußte offenkundig, was sie wollte. Sich mit ihr anzulegen hätte womöglich einen weiteren unerfreulichen Zeitaufwand bedeutet, und morgen ging der Kampf für ihn weiter. Vorwürfe, Klagen und Gejammer in allen Häusern. Endlose Besprechungen, manchmal in Gegenwart mehrerer frischgebackener Rechtsanwälte, die selber unter Druck standen, weil sie sich einen Ruf als scharfe Hunde erwerben wollten. »Geht in Ordnung!« Er trank sogar den Schnaps aus, den ihm Lothar Janus hinstellte. Damit war der Arbeitstag für ihn beendet, früher und angenehmer sogar als erwartet. »Haben Sie vor, ein

Haus auf dem Keferfeld zu beziehen?« erkundigte er sich höflich, während er zur Tür ging. »Es besteht übrigens auch die Möglichkeit, arisierten Besitz zu übernehmen. Die günstigste Variante, wenn Sie mich fragen.«

Emmi Janus reichte ihm die Hand. Sie lächelte. »Vielen Dank, Herr Assessor«, sagte sie kühl. »Wir sind bereits versorgt.«

Er verneigte sich. »Wenn das so ist, Gnädigste … Dann herzlichen Glückwunsch und alles Gute für die Zukunft!« Es war das erste Mal, daß er in St. Peter eine Frau »Gnädigste« nannte. Die hier lebten, waren keine »Gnädigsten«, keine Damen wie in der Stadt. Doch er fühlte, daß diese Frau anders war. Sie ist zumindest auf ihrem Weg, dachte er. Er hatte ein Gespür für ehrgeizige Menschen, war er doch selbst einer und stolz darauf, auf ein Ziel hinzuarbeiten.

Nachdem der Assessor das Haus verlassen hatte, kamen schon die Nachbarn, um zu erfahren, wie die Besprechung verlaufen war und ob aus einer beiläufigen Bemerkung des jungen Mannes Schlüsse auf weitere Aufkäufe gezogen werden konnten. »Es ging so schnell bei euch!« wunderte sich eine Nachbarin. »Hoffentlich hat er euch nicht betrogen. Man muß verhandeln, das sagen alle. Hart sein, denn die sind es auch.«

Emmi Janus zuckte die Achseln. »Ach weißt

du, Katharina, das ist nicht meine Stärke. Ich bin nur eine einfache Geschäftsfrau. Das kann ich gut, aber die großen Dinge, die machen mir ein wenig angst. Die überlasse ich lieber meinem Mann.« Damit hängte sie sich bei Lothar Janus ein, als böte er ihr Schutz.

Schon eine halbe Stunde später war sie wieder in der Stadt, um in der neuen Bäckerei den Umbau im Keller zu überwachen, wo die Einrichtung der Backstube fast schon abgeschlossen war. Am nächsten Morgen wollte sie in der Bank vorsprechen, um einen Großteil ihres Kredits aufzukündigen, da ja nun bald das Geld von den Hermann-Göring-Werken eintreffen würde. Es lief, sagte sie sich, doch das sah man ihrem Gesicht nicht an, das immer beherrscht und zurückhaltend wirkte.

Auch in Maries Gegenwart ließ sich Emmi Janus nicht anmerken, was sie dachte. Sachlich und ruhig erteilte sie ihre Anweisungen. Den Streit in der Küche schien sie vergessen zu haben. Ein böser Ausrutscher auf beiden Seiten, dachte sie vielleicht. Aber nur vielleicht. Marie war sich nie ganz sicher, was ihre Schwiegermutter wirklich empfand, und wenn sie am Abend den Teller mit der Suppe entgegennahm, lief es ihr manchmal kalt über den Rücken. Fast jede Nacht erwachte sie und dachte an den Streit. War das wirklich sie selbst gewesen, die Emmi Janus von sich stieß und damit das Tabu brach, daß Kinder niemals die Hand gegen ihre Eltern erheben dürfen? Dann aber erinnerte sie sich wieder an die ungeheuerlichen Worte, mit denen die Schwiegermutter Mira Zweisam beleidigt hatte, und sie bereute nicht mehr, handgreiflich geworden zu sein. Trotzdem wäre es wohl besser, dachte sie, sich auszusprechen. So viel Neues würde in den nächsten Wochen auf die ganze Familie zukommen. Neues und Schwieriges. Wenn dieser Streit aus der Welt geschafft war, konnte man vielleicht noch einmal von vorne beginnen. »Was meinst du, Schwiegermutter«, fragte sie deshalb eines Abends, »sollten wir nicht miteinander reden?«

Emmi Janus drehte sich um. Zum ersten Mal seit damals sah sie Marie wieder in die Augen. »Da gibt es nichts zu reden!« antwortete sie mit ruhiger, fester Stimme. Kein Zorn. Kein Haß. Es hörte sich fast so an, als gäbe es Marie für sie gar nicht mehr.

Franz Janus schien den Zwist zwischen den beiden nicht zu bemerken. Früher als sonst verließ er morgens das Haus, um mit dem Motorrad nach Linz ins Geschäft zu fahren. Erst spätabends kam er zurück, berichtete von den Arbeiten in der neuen Backstube und vom günstigen Gang der Geschäfte, da neuerdings immer mehr Menschen aus dem Altreich zuzogen, die genug Geld zur Verfügung hatten, um sich regelmäßig ihre kleinen Leckereien zu leisten. Schnell sprach sich auch unter ihnen herum, daß es nirgendwo in der Stadt schmackhafteres Brot gab als bei Janus auf dem Adolf-Hitler-Platz und nirgendwo bessere Kekse und Pralinen. Der Laden würde wohl allmählich zu klein für die vielen Kunden und die Verkäuferinnen hinter der Theke. Ob man nicht daran denken sollte, ihn auszubauen, vielleicht ja bis ins Nachbarhaus hinein, wo man doch schon bald selbst in den großzügigen Räumen der Ohnesorgs wohnen werde?

Doch Emmi Janus war dagegen. »Keine weiteren Schulden!« erklärte sie kategorisch. »Wer weiß, was noch kommt.«

Franz Janus war enttäuscht. Er hätte gerne auch einmal selbst etwas auf die Beine gestellt. Es hätte ihm gefallen, sich als erfolgreicher Unternehmer zu erweisen. Doch das Nein seiner Mutter erstickte seine Begeisterung. Ein paar Tage lang zog er sich kindlich schmollend von ihr zurück. Um ihr zu zeigen, wie unabhängig er war, wandte er seine Aufmerksamkeit wieder Marie zu, die alles durchschaute und dennoch darauf einging.

Ihre Einsamkeit innerhalb der Familie machte ihr zu schaffen. Fremde waren gut zu ihr, freundlich und aufmerksam. Doch wenn sie nach Hause kam, begegnete sie nur verschlossenen Gesichtern. Sogar Lothar Janus wich ihrem Blick aus. Er spürte die Spannung zwischen ihr und seiner Frau und wollte nicht zwischen die Fronten geraten. *Putzigam* sagte er zwar noch manchmal zu ihr, aber immer nur, wenn ganz bestimmt niemand sonst in der Nähe war.

»Marie«, begann Franz Janus eines Abends und nahm sie in die Arme. So lange war es her, daß er sie mit ihrem Namen angesprochen oder sie zärtlich berührt hatte. Sie spürte die Wärme seines Körpers und roch sein Haarwasser, auf das er besonderen Wert legte. Vielleicht wäre es doch nicht so schwer, dachte sie, ein zufriedenes Leben zu führen und gut zueinander zu sein. Niemand hatte ein Recht, von dem anderen mehr zu verlangen, als dieser seinem Wesen und seinen Talenten gemäß geben konnte. Dieser Mann hatte sie geheiratet, als es ihr schlechtging und sie einsam war und verlassen. Einen goldenen Sommer lang waren sie glücklich gewesen. Ob es nicht vielleicht doch möglich war, an den guten Beginn wiederanzuknüpfen? »Franzl«, entgegnete sie deshalb leise, weil sie wußte, daß er es liebte, so genannt zu werden. Sie umarmten einander und suchten gemeinsam nach der verlorenen Liebe.

Doch sie kam nicht zurück. Was sie erlebten, war Fremdheit und als einziges gemeinsames Gefühl eine tiefe Traurigkeit.

Unruhig schliefen sie danach ein. Als Marie mitten in der Nacht erwachte, hatte sich Franz Janus auf den Ellbogen gestützt und betrachtete sie im Schein des Vollmonds. Sie erschrak. »Warum starrst du mich so an?« fragte sie, obwohl auch sie schon einmal des Nachts das gleiche getan hatte. Fast fürchtete sie sich vor ihm, wie er so auf sie herunterblickte, stumm und bewegungslos.

»Was ist nur los mit uns?« brach es da hilflos aus ihm hervor. Da hob sie die Hand und streichelte seine Wange. »Ich weiß es auch nicht«, antwortete sie. Sie merkte plötzlich, daß sie ihn gern hatte, nur eben nicht mehr als das. Daß er ihr leid tat, weil sich die gemeinsamen Träume des Anfangs nicht erfüllt hatten und sie trotz ihrer Sehnsucht nach Liebe und Geborgenheit einsam nebeneinander herlebten. War ihre Ehe gescheitert? Sollte es immer so weitergehen, bis man vielleicht doch zueinanderfand? Oder bis alle Versuche fehlgeschlagen waren und man vor lauter Enttäuschung anfing, einander zu hassen?

»Schlaf jetzt«, sagte er und drehte sich zur Seite.

Sie nickte, obwohl er es nicht sehen konnte.

Schlaf, mein Liebling! dachte sie. Träum von lauter Rosen … Zum ersten Mal im Leben beneidete sie Mira Zweisam, die wenigstens für eine kurze Zeit grenzenlos glücklich gewesen war.

3

An einem heißen Sommervormittag kam der Räumungsbefehl. Ein junger SA-Mann stellte ihn zu. Marie ging gerade zum Lieferwagen, als er vom Fahrrad stieg. »Heil Hitler!« grüßte er und salutierte.

»Grüß Gott!« antwortete Marie. Sie blickte ihn forschend an.

»Kennen wir uns nicht?« Er lächelte. »Die schöne Bäckerin mit der gesellschaftspolitischen Bildung. Seither hat sich manches verändert, nicht wahr? Für welche Seite haben Sie sich denn entschieden? Die Frau Schwiegermama jedenfalls für die richtige, wie man hört.«

Sie erkannte ihn wieder. »Der Junge mit dem Jo-Jo«, sagte sie leise. »Wir kennen uns schon ziemlich lange, scheint mir.«

»Jo-Jo?« Aus seinem Unverständnis schloß sie, daß er sie nicht mit dem jungen Dienstmädchen in Verbindung brachte, an das er sich vor Jahren vergeblich herangemacht hatte.

Er hielt ein großes, braunes Briefkuvert in die Höhe. »Lothar Janus«, verkündete er. »Die gemütlichen Zeiten in St. Peter gehen dem Ende entgegen. Ich hoffe, Sie haben vorgesorgt.«

Marie wies mit dem Kinn zum Haus. »Er ist unten in der Backstube«, erklärte sie. »Soviel ich weiß, sind gerade die Semmeln dran. Die essen Sie ja besonders gern, wenn ich mich recht erinnere.«

»Und jetzt kann ich sie auch bezahlen, schöne Frau!« Wieder salutierte er und ging dann mit federnden Militärschritten zum Haus. Vor der Tür blieb er stehen, putzte sich die Schuhe ab, zupfte kurz an seiner Uniformjacke und trat ein, jede einzelne Bewegung flink und entschlossen.

Marie blickte ihm nach. Wie war es möglich, dachte sie, daß dieser junge Mann, der innerhalb weniger Jahre seine Lebenseinstellung mehrmals geändert hatte, der stets gegen das jeweils Bestehende rebelliert hatte, sich so anpassen konnte? Aber vielleicht hatte er nur auf diese Weise den mehrmaligen Wandel überleben können, der das ganze Land mit sich gerissen hatte. Ein halbes Kind war er noch gewesen, damals, an ihrem ersten Ausgehtag. Schon damals hatte sie seine Angriffslust gespürt, seine Unzufriedenheit und Enttäuschung über das Leben. Ihm war im Leben nichts geschenkt worden. Keine Schulbildung, keine Arbeit. Wohl um die Selbstachtung nicht vollends zu verlieren, hatte er sich noch Schwächere gesucht, denen sogar er imponieren konnte. Kleine Mädchen vom Lande, wie Marie ihm eines zu sein schien. Erst zögernd und ängstlich und zuletzt vielleicht doch willige Opfer, vor deren Unerfahrenheit er den Mann von Welt spielen konnte. Ein verlegenes Dienstmädchen in der Eisdiele oder im Kino. Großspurige Komplimente, die ihm selbst mehr schmeichelten als ihr. Und danach hinter den Weidenbüschen am Ufer das Spielchen vom großen Verführer. Wer weiß, auf welche Art er sich die paar Groschen verdient hatte, mit denen er um sich warf, um Eindruck zu schinden … Doch die Zeiten änderten sich. Die krummen Touren und Machenschaften im Umfeld des Bahnhofs funktionierten nicht mehr. Welche Demütigung, nun sogar um Essen betteln zu müssen! Um Unterkunft in einem Matratzenlager mit anderen Unzufriedenen und, noch schlimmer: solchen, die sich schon aufgegeben hatten. Die Ärmsten der Armen. Die Hefe des Volkes, wie manche sie nannten. Der Abschaum. Welch ein Haß flammte da auf gegen die, denen es gutging! Die Frau Bäckerin und der Herr Bäcker wären die ersten, die von der Laterne baumeln würden. Zu anderen Zeiten hätte er vielleicht

sogar selbst Hand angelegt ... Und jetzt die
SA! Bei ihr hatte er wohl endlich seine geistige
Heimat gefunden, konnte die kleinen Leute mit
der schneidigen Uniform von Hitlers Sturm-
abteilung beeindrucken, wurde gegrüßt und
beachtet. Wie viele von seiner Sorte es wohl gab
unter den Liebkindern des *Führers*? fragte sich
Marie. Sie stieg in das Auto und fuhr in die
Stadt.

Als sie aus dem Gai zurückkam, sah sie schon
vom weitem eine Menschentraube, die sich um
die Bäckerei drängte. Als sie ausstieg, kamen
ihr einige St. Peterer entgegen und versicherten,
teils unter Tränen, wie leid es ihnen tue, daß
nun auch die Janus-Familie wegziehe. Man habe
eigentlich erwartet, daß sie sich auf dem Keferfeld ansiedeln werde, wofür sich inzwischen ja
ein Großteil der Dorfbewohner entschieden
habe. Der Kauf des Hauses auf dem Linzer
Hauptplatz bedeute für die ganze Dorfgemeinschaft eine Enttäuschung. »Irgendwie gehört
man zusammen, besonders in solchen Zeiten,
und eine Siedlung ohne eigene Bäckerei ist
nichts Halbes und nichts Ganzes. Wenigstens
hat deine Schwiegermutter versprochen, dort
eine Filiale zu eröffnen und uns vom Hauptplatz aus zu beliefern. Da kann man nur hoffen,
sie überlegt es sich schließlich doch noch und

ihr zieht wieder zu uns. Der Hauptplatz von Linz: Das ist doch nichts für Leute aus unserem Dorf!«

Emmi Janus stand drinnen im Laden und versicherte immer wieder, sie habe es längst bereut, daß sie sich von den früheren Hausbesitzern habe breitschlagen lassen. »Ein so kranker Mensch und eine so nette Familie! Ich konnte einfach nicht nein sagen!« Zum Abschied verschenkte sie alle Brote von den Regalen, die kleinen Weißbrötchen aus den Körben und das süße Germgebäck. »Die Kasse ist schon weggeräumt!« wehrte sie lächelnd ab, wenn jemand die Geldbörse zückte. »Wir müssen uns doch von unseren treuen Kunden verabschieden!«

Auch die treuen Kunden verabschiedeten sich gründlich. Sie packten ihre Körbe und Taschen voll, soviel sie nur tragen konnten, und so mancher schickte gleich ein weiteres Familienmitglied zur Bäckerei, damit es sich auch noch bediene.

Emmi Janus verteilte alles, während zur gleichen Zeit die Übersiedlungskolonne des Assessor Meissner die Mehlsäcke aus der Backstube nach oben schleppte, die Vorräte für die tägliche Arbeit und die Geräte, die auf dem Adolf-Hitler-Platz weiterbenutzt werden sollten. Die persönlichen Gegenstände der Familienmitglieder waren schon auf zwei Pferdefuhr-werken unterwegs in die Stadt. Die Schränke waren leer geräumt. Sie blieben zurück, weil in dem neuen Haus Besseres wartete: schöne, ge-pflegte Möbel, feines Porzellan, bestickte Tisch-wäsche, kupferne Kochtöpfe und Pfannen und flauschige Orientteppiche, welche die Schritte auf dem Parkett dämpften und im Winter die Füße wärmten. Wer brauchte da noch die alten Kästen und Truhen? Sie zu verkaufen hätte Zeit gekostet, und Zeit, das hatte selbst die sparsame Emmi Janus inzwischen gelernt, war kostbarer als die paar Reichsmark, die das wurmstichige Mobiliar noch eingebracht hätte.

»Ich habe noch überhaupt nichts gepackt!« stöhnte Marie. »Ich bin doch den ganzen Tag unterwegs!«

Emmi Janus blickte an ihr vorbei, während sie mit beiden Händen zugleich Semmeln in den Korb der alten Schneiderin fallen ließ, die ihr Handwerk nie gelernt hatte, aber achtund-zwanzig Jahre lang mit dem Dorfschneider ver-heiratet gewesen war, bis ihn das Entsetzen über den Mord an Dollfuß unter die Erde ge-bracht hatte. Seine Witwe, kinderlos und von nur scheinbar schwächlicher Konstitution, hat-te sich entschlossen, die Schneiderei weiterzu-führen. Sie stellte einen Gesellen ein, der eines Nachts jedoch mit der besten Singer-Maschine, die sie hatten, verschwand. Seither lebte die »Schneiderin«, wie sie immer noch genannt wurde, von Flickarbeiten und den verschiedensten Gelegenheitsaufträgen, für die sich sonst niemand gefunden hätte. Besonders bei den Reichsdeutschen war sie beliebt, weil sie nie nein sagte und alles annahm, was kein anderer tun wollte: vom Reinigen verschmutzter Herde bis zum Waschen der Alten, die ihre Körperfunktionen nicht mehr beherrschten. Das alles bewältigte sie ganz allein und wurde dabei immer magerer und stiller. Ein Haus auf dem Keferfeld hatte sie abgelehnt. Sie würde nun in eine einfache kleine Wohnung ziehen und das verbleibende Geld zum Überleben verwenden. Sie war froh, daß das Werk gebaut wurde, und für den Assessor Meissner betete sie jeden Abend. Sie wußte, daß er ihr für ihr winziges Haus und den Garten dahinter viel mehr bezahlt hatte als ihr eigentlich zugestanden hätte. Bestimmt würde er ihre Gebete einmal brauchen, hatte ihr verstorbener Mann doch immer gesagt, Hitler, das bedeute Krieg und die Nazis seien alle Verbrecher, die irgendwann ein böses Ende finden würden. »Gottes Mühlen mahlen langsam, aber sicher!« hatte er verkündet. Darum betete seine Witwe jetzt für den jungen Assessor, daß Gottes Mühlen dereinst nicht allzu streng mit ihm umgehen würden.

»Der Franzl hat seine Sachen schon einge-packt«, antwortete Emmi Janus, noch immer ohne Marie anzuschauen. »Um dein Zeug kannst du dich ja selber kümmern. Es wird am Abend abgeholt.«

Marie stand wie betäubt da. Am Abend also sollte sie dieses Haus verlassen und in das ande-re ziehen, das ihr nicht zustand. Das keinem der Janus-Familie zustand, auch wenn es rechts-kräftig erworben worden war. Noch heute abend sollte sie in einem der Betten schlafen, die den Ohnesorgs gehörten. Sie sollte an ihrem Tisch sitzen und von ihren Tellern essen. Nicht als Gast, sondern wie ein Eroberer. Wie die Nazigrößen aus dem Altreich, die sich in den besten Häusern eingenistet hatten, umsorgt von den Dienstboten der früheren Besitzer. Sie waren die neuen Herren, Räuber im fremden Land. Wer weiß, in welchen Verhältnissen sie früher gelebt hatten, doch jetzt benahmen sie sich wie die Fürsten.

»Ich kann das nicht!« sagte Marie in die Stille hinein, die zufällig entstanden war. »Was sind das für Zustände! Menschen werden verjagt oder eingesperrt. Die Gesetze gelten nicht mehr. Der Anstand gilt nicht mehr!«

Im Laden wurde es plötzlich ganz still. Ein paar Kundinnen drängten sich hinaus, um nicht dabeizusein, wenn auf die neue Regierung geschimpft wurde. Eine Frau legte den Zeigefinger auf den Mund und gab Marie durch ein Kopfschütteln zu verstehen, sie solle ganz schnell schweigen. Der Gendarm Demut, der ebenfalls auf ein Abschiedsgeschenk wartete, drehte sich um und ging hinaus. Er hätte einschreiten müssen, das wußte er, aber die Frau war doch noch so jung, und ganz St. Peter war in diesen Tagen schließlich mit den Nerven am Ende!

Marie sah den Kunden nach, die draußen auf der Straße kurz miteinander flüsterten und dann in verschiedene Richtungen nach Hause eilten. »Wir sind solche Feiglinge«, fuhr sie fort. »Das haben die aus uns gemacht. Der *Führer* und seine feinen Kameraden! Angeblich liebt er uns ja alle, und wenn in seinem Namen ein Unrecht geschieht, dann weiß er nichts davon. Glaubt ihr denn wirklich alles, was man euch erzählt? Zu hundert Prozent haben wir ihn angeblich gewählt. Nun, ich habe mit Nein gestimmt, und meine Stimme hat man nicht gezählt. Wer weiß, wie viele es sonst noch getan haben. Oder sind hundert Prozent heutzutage nicht mehr hundert Prozent? Ändern die Braunen jetzt sogar die Mathematik? Uns haben sie ja schon ganz schön umgekrempelt. Warum lassen wir uns das eigentlich gefallen?«

Die Tür fiel ins Schloß. Sämtliche Kunden

hatten das Geschäft verlassen. Emmi Janus stand vor den leeren Regalen und Körben. Ihr Gesicht war kalkweiß, doch sie schwieg. Sie holte ihre Handtasche unter der Ladentheke hervor und kontrollierte den Inhalt: offensichtlich ihre Papiere, das Geld und die Schlüssel ihres neu erworbenen Besitzes. Wortlos ging sie zur Tür und öffnete sie. Die Klingel schlug an, ein liebliches, vertrautes Geräusch, das jetzt seinen Sinn verloren hatte. »Pack deine Sachen!« befahl Emmi Janus. »Ich fahre jetzt in die Stadt. Der Franzl wird sich um dich kümmern, wenn du fertig bist.« Sie ging hinaus und setzte sich zu den Möbelpackern in den Lastwagen. Das Auto fuhr los, die Straße hinunter, und verschwand um die Ecke.

Marie blieb allein zurück. Ihr Herz klopfte so sehr, daß sie meinte, sie müßte ohnmächtig werden. Doch sie war noch nie ohnmächtig geworden. Sich einfach fallenzulassen entsprach nicht ihrer Wesensart. Sie hatte ihren Platz selbst gewählt, und nun gab es keinen Ausweg mehr. Oder doch? Warum ließ sie nicht einfach alles hinter sich und zog zurück in Mira Zweisams kleines Haus hinter den Kastanienbäumen? Vorläufig zumindest, bis sich eine andere Möglichkeit fand.

Doch schon jetzt wußte sie, daß es diese

Möglichkeit nicht gab. Diesmal würde niemand kommen, der sie in die Arme nahm und ihr eine gemeinsame Zukunft bot. Sie war in dieser Ehe, die ihr kein Glück mehr brachte, gefangen.

Mit müden Schritten, als wäre sie eine alte Frau, ging sie hinüber in den Anbau. Im Schlafzimmer öffnete sie den Kleiderschrank. Er war halb leer. Nur ein paar Bügel hingen noch dort, wo sich die Sachen ihres Mannes befunden hatten. Leise klirrend schlugen sie aneinander. Auch in den Schubladen lag nichts mehr. Marie kam es vor, als hätte man sie auf einer einsamen Insel allein zurückgelassen.

Sie spürte, wie der Mut sie verließ. Ich will nicht mehr, dachte sie. Alle sind sie fort und hoffen, daß irgend etwas geschieht, das mich aus ihrem Leben entfernt. Auch Franz. Auch er würde lieber ohne mich diesen Neuanfang machen. Es war alles ein Fehler, von Anfang an. Schon daß ich geboren wurde, war ein Fehler. Ohne mich hätte meine Mutter die glücklichste Frau der Welt werden können. Vielleicht hätte mein Vater sie später sogar geheiratet. Aber nicht nach diesem Skandal. Nicht nach meiner Geburt.

Sie setzte sich auf das alte Bett ihrer Großeltern. Kraftlos, zu schwach, um das wenige einzupacken, das ihr gehörte. Was ihre Brotkunden wohl dächten, wenn sie sie jetzt sehen könnten? Alle rühmten sie als tüchtig, intelligent und charmant. Eine gutaussehende junge Frau, die den Alltag wunderbar meisterte.

Sie ließ sich zur Seite fallen und schloß die Augen. Der Wecker auf dem Nachttisch tickte leise, doch sie hatte jedes Zeitgefühl verloren. Sie sagte sich, daß bald ihr Mann kommen würde, um sie abzuholen. Trotzdem unternahm sie nichts. Sie merkte, wie es draußen langsam dunkler wurde. Dennoch blieb sie liegen.

Fast schlief sie schon, da hämmerte es plötzlich draußen gegen die Tür. Wahrscheinlich ihr Mann, um sie abzuholen. Doch warum kam er nicht einfach herein? Sie rührte sich nicht. Wieder klopfte jemand heftig. Dann hörte sie die Ladenklingel und Schritte, die zögernd näher kamen. »Frau Janus!« rief eine Männerstimme. »Hallo! Sind Sie da?«

Sie setzte sich erschrocken auf, da öffnete sich die Tür bereits. Im Halbdunkel des Rahmens stand der Gendarm Demut vor ihr. »Da sind Sie ja, Frau Janus«, murmelte er verlegen. »Warum haben Sie sich denn versteckt?«

»Ich habe mich nicht versteckt. Ich wohne hier. Zumindest habe ich bisher hier gewohnt.«

Er hob abwehrend die Hände. »Gut, schon gut«, unterbrach er sie. »Halten Sie lieber den

Mund. Sie haben heute sowieso schon viel zuviel geredet.« Er schlug die Hacken zusammen. »Ich muß Sie leider verhaften, Frau Janus. Gegen Sie liegt eine Anzeige vor. Sie haben unseren Führer beleidigt und zum Aufruhr aufgerufen. Ich muß Sie auffordern, mir widerstandslos zu folgen. Wenn nicht ...«

Marie erschrak, obwohl sie nicht glauben konnte, was sie da hörte. »Eine Anzeige? Wer hat mich denn angezeigt?«

»Darüber reden wir auf dem Revier.«

»Ich will es aber jetzt wissen. Und ich will auch, daß Sie meinen Mann verständigen und meine Schwiegereltern. Die werden schon dafür sorgen, daß Sie mich nicht einfach so verschleppen.«

Der Gendarm sah sie lange schweigend an. »Tut mir leid«, sagte er dann leise. »Ich wollte, ich hätte mit dieser Sache nichts zu tun.«

»Sie brauchen doch nur zu telefonieren. Rufen Sie auf dem Hauptplatz an und verlangen Sie meine Schwiegermutter!«

Er schüttelte den Kopf. »Aber verstehen Sie denn nicht, junge Frau?« sagte er mitleidig. »Es war doch Ihre Schwiegermutter, die Sie angezeigt hat!«

In des Vaters Hand

Ein einstöckiges Gebäude neben Kirche und Schule. In St. Peter war alles nahe beieinander, was ein Gemeinwesen zum Wohle seiner Bürger brauchte. Das Revier war das kleine Reich des Gendarmen Demut. Schon seit fünfzehn Jahren sorgte er von hier aus für Ordnung: der erste staatliche Sicherheitsbeamte, den es je in St. Peter gegeben hatte. Vorher hatten sich die Dorfbewohner selbst um die alltägliche Sicherheit gekümmert, einer vor allem, der berühmt war für seine treffsicheren Fäuste, die er jedoch nur gezielt und zum allgemeinen Wohl einsetzte. Wenn irgendwo im Dorf gerauft wurde, was allein schon zur Kirtagszeit fast selbstverständlich war, rief man ihn herbei. In Windeseile wechselte er dann seine Tageskleidung gegen eine bequeme alte Hose und ein aussortiertes Hemd und warf sich mit fliegenden Fäusten ins Kampfgetümmel. Irgendwie gelang es ihm immer, die Ordnung wiederherzustellen, noch ehe allzu großer Schaden an Leib und Leben entstanden war. Es beleidigte ihn daher tief, als

St. Peter einen eigenen Sicherheitswachposten bekam. »Wir brauchen dich nicht!« knurrte er mit gefletschten Zähnen dem damals noch recht jungen Gendarmen Demut entgegen. »Ich bin ja da!« Ein kurzes Geplänkel folgte, das für den ehrenamtlichen Dorfsheriff in der vergitterten Zelle des neu geschaffenen Reviers endete. Nachdem er am nächsten Morgen mit versöhnlichem Handschlag wieder freigelassen worden war, ergab er sich für den Rest seines Lebens dem Selbstgebrannten und erwachte nur noch aus seiner Lethargie, wenn zur Kirtagszeit schon vormittags die ersten Handgemenge gemeldet wurden, in die er sich mit geballten Fäusten stürzte, ohne zu wissen, worum es ging.

Das einzige Licht, das an jenem Spätnachmittag, als Marie verhaftet wurde, im Revier brannte, war die grünbeschirmte Schreibtischlampe des Gendarmen. Draußen war es noch hell. Die Stimmen der Passanten drangen durch die beiden geöffneten Fenster, kleine Luken, denn das Haus war fast so alt wie die Kirche. Ohne Beleuchtung konnte man hier nicht einmal zur Mittagszeit ein Wort entziffern. Dafür bot es Schutz gegen Hitze und Kälte. Eine kleine Höhle, in der sich der Gendarm wohl fühlte. Es kränkte ihn, daß sich die SA-Leute und die scharfen Hunde von der Gestapo über seinen Amtssitz lustig machten und ihn ein Maulwurfsloch nannten. Noch schlimmer war, daß sie sich seit dem Anschluß ständig in alles einmischten und von ihm verlangten, daß er jeden Vorgang ausführlich protokollierte.

Als er seinerzeit das Amt übernommen hatte, stellte ihm die Gemeinde ein großformatiges, dickes Buch zur Verfügung, in das er Zweck und Verlauf seiner Amtshandlungen handschriftlich eintrug. Nach fünfzehn Jahren waren erst ein paar Seiten vollgeschrieben. Seit die Nazis da waren, hatte sich diese Praxis jedoch dramatisch verändert. Jetzt saß er fast jeden Abend über seinem Buch, die Zunge angestrengt zwischen die Zähne geklemmt, und hielt für alle Ewigkeit Vorgänge fest, die er sich bisher nicht einmal bis zur nächsten Woche gemerkt hätte. Seine Frau drohte bereits, sich einen Liebhaber zuzulegen. Der Gendarm ahnte, daß die friedlichen Zeiten für immer zu Ende waren, nicht nur, weil sich das Dorf nach und nach auflöste, sondern weil die menschlichen Bindungen zwischen ihm und der Bevölkerung schon jetzt im Wust von Akten erstickten. Wenn er früher in den Straßen herumgegangen war und vom Fahrrad aus das Augebiet kontrolliert hatte, saß er nun am Schreibtisch und hielt in ungeübter Handschrift fest,

was nie jemand lesen würde, was zu proto-
kollieren man jedoch auf einmal von ihm verlangte. »Scheiß-Nazis!« murmelte er insgeheim
und ärgerte sich, daß er sich bisher für sie stark
gemacht hatte.

Der heutige Tag war besonders deprimie-
rend. Es bereitete ihm fast körperliche Schmerzen, die junge Frau, die er festgenommen hatte,
hinter den Gittern der winzigen Zelle sitzen zu
sehen. Wie erstarrt war sie und leichenblaß.
Wenn sie sich hin und wieder die Löckchen
aus der Stirn strich, zitterten ihre Hände.
Nicht einmal reden wollte sie, sie saß nur da
und starrte vor sich hin. Eigentlich hätte er sie
verhören müssen und genau über das Ausmaß
ihrer Verfehlungen befragen, aber er wußte
längst, daß hinter der Anzeige nicht viel mehr
steckte als ein familiärer Zwist und der Überdruß einer ganzen Dorfgemeinschaft. Eigentlich müßte halb St. Peter hier sitzen, dachte er,
vielleicht sogar er selbst. Die in Berlin konnten
nicht erwarten, daß sich ein gewachsenes Ganzes einfach auflöste, ohne daß Tränen flossen
und böse Worte gesprochen wurden.

Dazu kam noch, daß sich der Gendarm Demut auch persönlich in die leidige Angelegenheit verwickelt fühlte. Die Bäckerin Janus, die
die Anzeige erstattet hatte, hatte dies sehr wohl
durchschaut. »Sie waren doch selbst dabei!«

hatte sie ihn mit kühler, keinen Widerspruch duldender Stimme erinnert. »Ihre Vorgesetzten würden sich doch sehr wundern, wenn sie erführen, daß Sie nicht eingegriffen haben.« Boshaftes Luder! Gendarm Demut hieb mit der Faust auf den Tisch, als er sich an ihre Worte erinnerte. In früheren Zeiten hätte er die junge Person längst nach Hause geschickt und sie höchstens ermahnt, das nächste Mal den Mund zu halten. Vielleicht hätte er diesmal genauso gehandelt und die Entscheidung auf seine Kappe genommen. Doch wie konnte er das jetzt noch wagen, angesichts der versteckten Drohung der Denunziantin – ja, so nannte er sie insgeheim!? Was, wenn sie ihn in Linz bei der Gestapo anschwärzte? Ein Posten war heutzutage schnell verloren, und so mancher war schon wegen geringerer Unterlassungen ins Arbeitslager gesteckt worden.

Er schaute auf die Uhr. Abendessenszeit, dachte er. Wenn er heimkam, würde ihn seine Frau wieder einmal daran erinnern, daß der Postbote kürzlich zu ihr gesagt hatte, ihr Hinterteil bringe ihn jedesmal auf sündige Gedanken. Abendessenszeit. Erst jetzt merkte er, wie hungrig er war. Nicht einmal etwas zu trinken hatte er sich mitgebracht. Der Tag hatte so friedlich begonnen, daß er eigentlich schon längst zu Hause sein könnte, wäre ihm nicht dieses Mißgeschick mit der Bäckersfamilie passiert. Ja, ein Mißgeschick war es, denn ausgerechnet heute hielten die SA-Leute in Linz eine sogenannte Schulung ab, so daß es niemanden gab, ihn abzulösen. Wenn nicht ein Wunder geschah, saß er das ganze Wochenende über mit dieser jungen Person hier auf dem Revier fest. Auch nach Linz konnte er sie nicht bringen, denn die SA-Leute hatten natürlich den einzigen Einsatzwagen beansprucht.

So waren sie, die Piefkes. Die Erfahrung vieler Jahre galt nichts in ihren Augen. Erst ein preußischer Zungenschlag erweckte ihren Respekt, und den, das wußte Gendarm Demut genau, würde er nie zustande bringen. Er wollte es auch gar nicht. Ein österreichischer Patriot, ja, das war er, und was die Kleine von sich gegeben hatte, konnte er eigentlich nur unterschreiben.

Aus der Welt schaffen müßte man diesen Fall, dachte er. Gar nicht erst anfangen mit Verhören und Protokollen. Wenn die junge Frau Pech hatte, geriet sie bei der Gestapo in Linz an den Falschen und landete womöglich noch in Dachau. Volksverhetzung. Verstoß gegen die *Heimtückeverordnung* … Er griff nach dem Handbuch, das ihm nach dem Anschluß auf den Schreibtisch und ans Herz gelegt worden war. *Heimtückeverordnung!* Noch so ein neumodisches Wort. Waren denn nicht alle Menschen irgendwie heimtückisch, wenn sie in die Enge getrieben wurden?

»*Werden Behauptungen aufgestellt, die geeignet sind, das Wohl des Reiches oder eines Landes, der betreffenden Regierung oder der hinter ihnen stehenden Verbände oder Parteien zu schädigen, wird in schweren Fällen mit Zuchthaus bestraft*«, las er laut vor. »Haben Sie das gehört, junge Frau? Heutzutage ist es nicht mehr wie früher, wo das Gesetz über allem stand. Heutzutage ist es dem persönlichen Ermessen des Richters überlassen, ob ein Täter eine Strafe verdient oder nicht. Entscheidend ist das ›gesunde Volksempfinden‹. Danach richtet sich das Strafmaß. Nicht die Straftat zählt, sondern die Gesinnung des Täters.« Er schlug das Buch zu. »Und Ihre Gesinnung, Frau Janus, ist nicht gerade lupenrein. Sie haben ja keine Ahnung, aber man hat schon Leute zum Tode verurteilt, weil sie Witze über den Führer erzählt haben. Alles Ermessenssache.« Seine Stimme wurde drängend. »Wollen Sie sich wirklich der Gefahr aussetzen, an einen Richter zu geraten, der Sie für gemeingefährlich hält und zur Umerziehung nach Dachau schickt? Können Sie sich vorstellen, was es bedeutet, eine Gefangene zu sein? Das hübsche Gesicht hilft Ihnen dann nichts mehr. Und glauben Sie ja nicht, Sie wären etwas Besonderes! Etwas Besonderes gibt es nicht außerhalb der Partei. Sogar Politiker sitzen bereits im KZ. Solche, vor denen bis vor kurzem noch alles gebuckelt hat. Wollen Sie Namen hören?«

Erst jetzt hob Marie den Kopf. »Ja«, antwortete sie. »Wer denn?«

Gendarm Demut hieb wieder mit der Faust auf den Tisch. »Sie sind mir schon eine komische Person!« rief er. »Haben Sie überhaupt begriffen, worauf ich hinauswill?«

Maries Blick war nun wieder klar, als wäre sie endlich aus ihrer Erstarrung erwacht. »Sie wollen, daß ich mich aus dieser Lage befreie«, antwortete sie. »Sie haben nur nicht verraten, wie ich das anstellen kann.«

Der Gendarm atmete auf. Vielleicht kam er an diesem Abend doch noch nach Hause. Und wenn nicht – nun ja, wenigstens wurde am Sonntag keine Post zugestellt. »Haben Sie jemanden, der für Sie bürgen könnte?« fragte er. »Ihre Eltern oder sonst jemand, der ein hohes Tier kennt und bereit ist, ein gutes Wort für Sie einzulegen?« Er machte eine wegwerfende Handbewegung. »Und sei es nur, um der Kanaille, die Sie angezeigt hat, eins auszuwischen.«

Marie schüttelte den Kopf. »Ich habe einen Vormund. Mein Onkel. Er ist Bürgermeister einer kleinen Gemeinde bei Wels.«

Der Gendarm horchte auf. »In der Partei?« fragte er hoffnungsvoll.

»Bestimmt in der falschen, das heißt jetzt in gar keiner mehr. Jetzt wollen wir ja alle dasselbe.«

Wieder schlug der Gendarm auf den Tisch. »Jetzt fangen Sie schon wieder an!« rief er. »Haben Sie denn noch immer nicht dazugelernt?« Er lehnte sich zurück und versank in trüben Gedanken. Draußen war es dunkel geworden. Das grünliche Licht der Schreibtischlampe verlieh dem kleinen Raum die Stimmung eines Aquariums. »Und sonst haben Sie niemanden?« fragte der Gendarm nach einer Weile. »Sie waren doch jeden Tag im Gai. Haben Sie da niemanden kennengelernt, der einflußreich ist und Sie gut leiden kann? Einem richtigen Nazibonzen genügt ein Anruf, und Sie sind frei.« Und ich auch! sagte er sich bekümmert. Ich auch.

2

Marie dachte an Emmi Janus und wie sehr sie sie unterschätzt hatte. Sie hätte wissen müssen, daß ihr die Schwiegermutter nie verzeihen würde, sie geschlagen zu haben. Und auch an ihren Mann dachte sie. Ob er wußte, daß sie hier war? Er mußte doch inzwischen bemerkt haben, daß sie nicht nachkam. Oder war er von Anfang an eingeweiht gewesen und hatte die Aktion seiner Mutter gebilligt?

»Ich wüßte gern, ob man meinen Mann benachrichtigt hat«, sagte sie leise. »Vielleicht kann er mir helfen.«

Der Gendarm schüttelte den Kopf. »Ich habe ihn gesehen«, erklärte er. »Er brachte Ihre Schwiegermutter auf dem Motorrad her. Der Lieferwagen, mit dem Sie immer fahren, stand noch vor dem Haus. Ich dachte, er wollte ihn abholen, denn er hob seine Maschine hinein. Dann wollte er zum Haus, aber Ihre Schwiegermutter redete auf ihn ein.«

»Als ich noch drinnen war?«

»Ja.« Er schüttelte den Kopf vor Abscheu. »Ihre Schwiegermutter kam zu mir und erstattete die Anzeige. Es ging ganz schnell. Eine Frage von ein paar Minuten. Das Herzchen wußte genau, was es wollte.«

»Und mein Mann?«

»Der wartete neben dem Auto. Ich habe ihn von diesem Fenster aus beobachtet. Ein paarmal setzte er an, ins Haus zu gehen. Aber immer wieder drehte er sich um. Als seine Mutter hier fertig war, lief sie zurück und drängte den Schwächling ins Auto. Gemeinsam fuhren sie dann weg.« Er seufzte. »Es kam mir vor, als wehrte er sich. Einmal sah es sogar aus, als weine er.«

Marie lachte bitter auf. »Er weint leicht«, murmelte sie. »Aber wie man sieht, hat er mich trotzdem im Stich gelassen.«

Wieder schwiegen sie und vergaßen dabei die Zeit. Marie dachte an die Warnung des Gendarmen. Erst jetzt begriff sie, wie ernst ihre Lage war. Sie war nicht nur eine Frau, die man verlassen hatte. Sie war nicht nur einsam. Sie war in Gefahr wie damals, als sie sich durch den Schneesturm zum Haus ihrer Mutter kämpfte. Gefahr, das hatte sie inzwischen gelernt, war nicht etwas, das auf den ersten Blick zu erkennen war. Oft fing etwas ganz harmlos an. Erst nach und nach enthüllte das drohende Unheil sein wahres Gesicht. Maries Herz begann heftig zu klopfen. Sie zerbrach sich den Kopf, ob es nicht doch jemanden gab, der ihr helfen konnte. Der erste, der ihr einfiel, war der Hotelier Weinzinger, der sie doch immer verehrt hatte. Aber wäre er bereit, sich für jemanden einzusetzen, der seine Helden beleidigt hatte?

Ihre Angst wuchs. Es war, als ob der Schneesturm über sie hinwegfegte und sie fast zu Boden warf. Wenn sie stürzte, war sie verloren. »Ich weiß jemanden, der mir vielleicht helfen kann!« sagte sie plötzlich. Die Kühnheit des Einfalls raubte ihr fast den Atem.

Gendarm Demut, der eingenickt war, fuhr hoch. »Na, Gott sei Dank!« rief er erleichtert. »Nennen Sie mir seinen Namen, und ich rufe ihn sofort an!«

Marie stand auf und trat an das Gitter, das sie vom Büro des Gendarmen trennte. »Es ist der Rechtsanwalt Bellago«, sagte sie leise.

Der Gendarm starrte sie mit offenem Mund an. »Bellago? Sie meinen *den* Bellago?«

»Ja«, antwortete Marie mit fester Stimme. »Rufen Sie ihn bitte an. In seiner Villa. Verlangen Sie, mit ihm persönlich zu sprechen. Nur mit ihm. Lassen Sie sich auf keinen Fall abwimmeln!«

»Und wenn er auf Urlaub ist? Es ist Juli, da sind diese Leute auf Sommerfrische oder sonstwo, wo es Geld kostet.«

Marie schwieg erschrocken. Dann nahm sie sich zusammen. »Rufen Sie bitte an!« flehte sie. »Wenn Sie mit ihm reden, sagen Sie ihm, Mirandas Tochter sei in Lebensgefahr. Sie sei verheiratet und heiße jetzt Marie Janus. Mirandas Tochter, vergessen Sie das nicht, Mirandas Tochter. Und sie brauche seine Hilfe.« Ihre Stimme wurde leiser. Langsam verließ sie wieder der Mut, und sie hätte sich am liebsten aufgegeben. »Wenn er Sie nach Einzelheiten fragt, erzählen Sie ihm alles«, fuhr sie dennoch fort. »Er ist Jurist. Er wird die Tragweite des Ganzen verstehen.«

Der Gendarm kehrte zu seinem Schreibtisch zurück. »Ich weiß nicht ...«, murmelte er. »Rechtsanwalt Bellago. Das ist kein Nazi, müssen Sie wissen. Ich habe keine Ahnung, ob er der Richtige ist, um Ihnen helfen zu können. Andererseits gehören die Bellagos zu den vornehmsten Familien der Stadt. Von so etwas sind die Nazis immer beeindruckt. Vielleicht hoffen sie, durch ihn Zugang zu den höheren Kreisen zu bekommen. Man weiß ja nie.«

»Rufen Sie an!«

Der Gendarm schüttelte den Kopf. »Warum sollte ein Mann in seiner Position so etwas für Sie auf sich nehmen?« fragte er. »Woher kennen Sie ihn überhaupt?«

»Rufen Sie an!« Das Blut rauschte in ihren Ohren. Ihr war heiß und kalt zugleich. »Rufen Sie ihn bitte an!«

3

Mirandas Tochter: Ein Sesam-öffne-dich war das gewesen, nachdem er zu Beginn des Gespräches zunächst auf kühle Ablehnung gestoßen war. Marie Janus? Kenne ich nicht. Volksverhetzung? Staatsfeindliche Äußerungen? Unsere Kanzlei übernimmt keine politischen Fälle.

Doch dann: Zweisam? Ein langes Schweigen. Zweisam? Marie Janus, Tochter von Mira Zweisam aus der Gegend von Wels? Ja, ja ... Warten Sie! Ich gehe an einen anderen Apparat. Hier habe ich keine Ruhe ... Zweisam? Was sagen Sie? Mirandas Tochter? Doch, doch! Ich weiß, was Sie meinen. Und sie ist verhaftet? Eine anständige junge Frau, hübsch und intelligent? Ach ja?

Immer noch Zögern. Doch dann plötzlich ein entschlossener Wortschwall. Man solle warten. Die Angelegenheit werde noch an diesem Abend erledigt. Und zuletzt der eine Satz, der Marie Tränen in die Augen trieb: »Sagen Sie ihr, ihr wird geholfen werden. Sie braucht keine Angst zu haben.«

Marie saß auf der Pritsche in ihrer Zelle. Ich brauche keine Angst zu haben! wiederholte sie für sich seine Worte. Sie erinnerte sich an einen ihrer Brotkunden, der in jungen Jahren als Kapitän zur See gefahren war. Jedesmal, wenn sie seine Bestellung ablieferte, erzählte er ihr von damals. Von der Wölbung des Horizonts über dem Meeresspiegel, von den Sternen des südlichen Himmels, ganz anders als die Gestirne der Heimat, und vor allem von den Stürmen, die er überstanden hatte. »Die wilden Vierziger!« sagte er. »Haben Sie von denen schon gehört? Ganz weit unten im südlichen Atlantik. Sie werfen das Schiff herum, als wäre es ein Stück Holz. Wenn es ganz schlimm wird, kann man bloß noch beten. In solchen Augenblicken ist man ganz in des Vaters Hand. Ich meine den göttlichen Vater, den oben im Himmel. Den, der einen retten kann.«

In des Vaters Hand! dachte Marie jetzt. So fühlte auch sie sich in der Dunkelheit ihrer Zelle, aus der er sie befreien würde. Mirandas Tochter. In der Not würde er den Arm um ihre Schultern legen, wie er es bei seiner jungen Frau getan hatte. *Ihr wird geholfen werden. Sie braucht keine Angst zu haben.*

Und dann kam der Anruf, auf den sie gewartet hatten. Als es in die Stille hineinklingelte, schien das Schrillen des Telefons lauter und heftiger zu sein als sonst.

»Ja!« rief der Gendarm triumphierend und hob den Hörer ab. Noch ehe er sich melden konnte, bellte ihm schon eine Stimme entgegen. Der Gendarm sprang auf, schlug die Hakken zusammen und salutierte. »Jawohl, Herr Gauleiter!« rief er respektvoll. »Jawohl, Herr Gauleiter!« Immer wieder. Zu etwas anderem kam er nicht. Als die Stimme am anderen Ende der Leitung schwieg und die Verbindung unterbrochen wurde, sank der Gendarm auf seinen Stuhl, ein Häufchen Elend, schweißgebadet und erschöpft, als hätte man ihn verprügelt.

»Was ist?«

Da leuchtete sein Gesicht auf. »Alles in Ordnung!« rief er strahlend. »Ihr Fall wird zu den Akten gelegt. Sie sind frei. Es war alles nur ein Irrtum. Wie ich höre, waren Sie von Anfang an eine begeisterte Nationalsozialistin. Die Denunziantin, die Sie verleumdet hat, wird sich auf eine Ermahnung der Gestapo gefaßt machen müssen.« Er eilte zur Zellentür, um sie aufzusperren. »Eigentlich ist es fast eine Ehre für mich, Sie getroffen zu haben, Frau Janus.«

Marie trat heraus und atmete tief, obwohl im Büro die gleiche Luft war wie in der Zelle.

»Wir müssen uns noch ein wenig gedulden«, sagte der Gendarm. »Gleich wird jemand kommen, um Sie abzuholen. Man wird sich um Ihr Wohl kümmern.«

»Wer?« Maries Stimme zitterte.

»Keine Ahnung. Hauptsache, die peinliche Angelegenheit ist aus der Welt geschafft. Sie vergessen hoffentlich nicht, daß ich von Anfang an auf Ihrer Seite war!« Er schob Marie seinen Sessel hin und wischte ihn mit der flachen Hand ab. »Setzen Sie sich doch, Frau Janus«, forderte er sie auf.

Marie mußte plötzlich lachen. Es kam ihr vor, als hätte man ein Bleigewicht von ihrer Brust genommen. »Vom Sitzen habe ich fürs erste genug!« antwortete sie. Sie trat vor die Tür, um die frische Nachtluft einzuatmen. Mir wird geholfen werden, dachte sie. Ich brauche keine Angst zu haben ... Sie kreuzte die Arme vor der Brust, als umarme sie sich selbst. Es war ein Gefühl, als ob ihr jemand schützend seine Arme um die Schultern legte.

4

Sie warteten lange. Es ging schon auf Mitternacht zu. Der Hunger war ihnen inzwischen vergangen und auch der Durst. Bei jedem Geräusch, das die nächtliche Stille durchbrach, horchten sie auf. Der Flügelschlag eines Vogels. Ein Ruf in der Ferne. Ein Fahrzeug, das langsam näher kam. Scheinwerferlicht, lachende Stimmen aus den offenen Fenstern. Doch es fuhr vorbei in Richtung Baustelle, wo vielleicht heimlich ein Fest gefeiert wurde mit viel Alkohol, Musik und Mädchen, die sich von den jungen Männern aus dem Norden ein besseres Leben erhofften. Zu früheren Zeiten hätte sich Gendarm Demut vergewissert, daß sich da draußen nichts Kriminelles oder gar Unsittliches abspielte. Doch nun hörte er lieber weg. Alles sehen und das meiste übersehen, lautete seine Devise, seit er die Erfahrung gemacht hatte, daß er genau dort, wo er meinte, einschreiten zu müssen, die jungen Burschen von der SA antraf, die sich des Lebens freuten und nahmen, was sich ihnen bot.

Die Uhr tickte. Ein Vogel spazierte über die Dachrinne. Dann näherte sich wieder ein Auto. Ihre ganze Aufmerksamkeit richtete sich auf dieses Geräusch in tiefer Nacht. Immer näher kam es. Dann sahen sie die Lichter, die sich wie blasse Speere um die Ecke schoben und die gegenüberliegenden Häuser abtasteten. Langsam und zögernd näherte sich das Auto, als müßte sich sein Fahrer erst zurechtfinden.

»Das sind sie!« sagte Gendarm Demut triumphierend und erhob sich. Er setzte sich seine Kappe auf, rückte sie zurecht und trat vor die Tür. Marie blieb stehen. Sie wagte auf einmal nicht, ihm zu folgen. Ihr Traum fiel ihr wieder ein, in dem sie über die Felder ging und ihrem Vater begegnete, der sie ansah und dann wie ein Fremder weiterschritt. Gleich würde jemand kommen, um sie abzuholen. Mit seiner kleinen Familie lebte er in einer schönen Villa. Er liebte seine Frau und gewiß auch sein Kind. Wie käme er dazu, einem Ruf aus ferner Vergangenheit zu folgen und ihretwegen die Geborgenheit seines nächtlichen Heims zu verlassen? Man wird sich um ihr Wohl kümmern. Wer war das: man? Der Vater etwa, der im Traum an seiner einzigen Tochter vorbeiging, um sein geordnetes Leben nicht zu gefährden? Und wen schickte er, wenn er nicht selbst kommen wollte?

Bremsen quietschten leise. Es wurde still. Dann hörte sie, daß eine Autotür geöffnet wurde und wieder zufiel.

»Sind Sie der Herr, der vom Gauleiter geschickt wurde?« rief Gendarm Demut in die Nacht hinaus und verbesserte sich schnell, »vom Herrn Gauleiter, meine ich.«

»Ich komme von Doktor Bellago.« Eine junge Stimme, die Marie irgendwie vertraut vorkam, auch wenn das nicht sein konnte. Ich komme von Doktor Bellago. Natürlich. Wie hatte sie auch nur denken können, daß er selbst erscheinen würde! Mirandas Ferdinand im Sturm auf der einsamen Insel. Er war zu Hause geblieben und führte sein gewohntes Leben weiter. Wahrscheinlich lag er jetzt in seinem weißen Federbett mit den gestickten Monogrammen seiner Frau, die schlief und nichts ahnte. Vielleicht starrte er zur Decke und fragte sich, was jetzt wohl geschehen mochte in dem kleinen Dorf an der Hochofenachse und ob es gelungen war, Mirandas Tochter zu retten.

»Mein Name ist Harlander. Doktor Harlander. Ich möchte die junge Dame abholen, die man irrtümlich festgenommen hat. Frau Marie Janus.«

Der Gendarm verbeugte sich. »Selbstverständlich, Herr Doktor. Bitte sehr, wenn Sie eintreten wollen?« Er ging voran. Dann drehte er sich noch einmal um. »Demut mein Name, Inspektor Demut, Gendarmerieposten St. Peter.« Er salutierte. Noch immer konnte Marie den Besucher nicht sehen.

Dann kam er herein. Er lächelte freundlich, als er sie erblickte, doch plötzlich erstarrte er und blieb stehen, als hätte er eine alte Bekannte wiedergetroffen. Jemanden aus der Vergangenheit vielleicht, mit dem ihn süße oder traurige Erinnerungen verbanden oder beides. Ob er sich an jenen Abend bei den Horbachs vor so langer Zeit erinnerte und sie wiedererkannte? Doch selbst dann wäre seine Verblüffung unverständlich gewesen. Ein hübsches kleines Dienstmädchen mit einer weißen Spitzenhaube: Es war unwahrscheinlich, daß er sie nicht vergessen hatte oder gar von diesem Wiedersehen betroffen war.

Doch schnell faßte er sich wieder. Er ging auf Marie zu und reichte ihr die Hand. »Thomas Harlander«, stellte er sich vor. »Frau Janus, nicht wahr? Nicht gerade die ideale Zeit, um eine Bekanntschaft zu schließen. Ich schlage vor, ich bringe Sie schnell nach Hause, und wir verabreden uns für morgen.«

Marie nickte. »Es sind nur ein paar Schritte«, versicherte sie leise und ein wenig enttäuscht über seinen Vorschlag. Sie wußte nicht, was sie erwartet hatte, aber sie fürchtete sich fast bei dem Gedanken, in den Anbau der Bäckerei zurückzukehren und in ihrem alten Ehebett zu übernachten.

»Haben Sie ein Protokoll aufgesetzt?« fragte Thomas Harlander.

Gendarm Demut zuckte bedauernd die Achseln. »Tut mir leid, Herr Doktor«, entschuldigte er sich, »soweit war ich noch nicht.«

Thomas Harlander nickte zufrieden. »Ausgezeichnet!« lobte er. Er wies mit dem Kinn auf den Schreibtisch des Gendarmen. »So braucht wenigstens Ihr schönes, dickes Buch nicht beschädigt zu werden. Keine Beweise irgendwelcher Art?«

»Nichts.«

»Nun, dann vergessen wir das Ganze einfach! Keine Anzeige, keine Festnahme. Nichts.«

»Jawohl, Herr Doktor.«

Thomas Harlander nickte ihm zu. »Sie sind ein tüchtiger Mann, Herr Inspektor Demut. Ich könnte mir vorstellen, daß man sich bei Gelegenheit daran erinnern wird.«

Der Gendarm strahlte. Er freute sich schon

jetzt darauf, seiner Frau von diesem Lob zu berichten, mit dem die anzüglichen Bemerkungen des Postboten wahrlich nicht Schritt halten konnten. Nach solchen Worten spätabends heimzukommen bedeutete nicht, daß man dumm genug war, sich für alles einspannen zu lassen, sondern daß man so wichtig war, daß die Familie schon einmal zurückstecken mußte. Seine Frau konnte stolz auf ihn sein, das würde er ihr von heute an wieder öfter in Erinnerung rufen.

Sie saßen in der Stube und tranken Tee. Marie aß eine Mohnschnecke, die Emmi Janus in der Küche vergessen hatte. Thomas Harlander hatte abgelehnt, sie mit ihr zu teilen. »Ich würde Ihnen gern etwas Richtiges anbieten«, entschuldigte sich Marie. »Aber es ist nichts mehr da. In den nächsten Tagen wird man das Haus abreißen.«

Er schüttelte den Kopf. »Und dabei riecht es hier so gut«, stellte er voller Bedauern fest, »nach Brot und Süßigkeiten. Ein wenig wie Weihnachten.«

Marie schnupperte. »Ich merke das gar nicht mehr«, gestand sie. »Ich wohne schon fast zwei Jahre hier.«

Er sah sie mitleidig an. »So lange sind Sie schon verheiratet?«

Sie nickte.

»Ich weiß nicht, ob ich Sie allein im Haus lassen kann«, sagte er. »Ist es hier denn sicher?«

»Aber in diesem Land ist doch jetzt alles sicher, oder?«

Er lachte. »Die Ironie nicht«, antwortete er. »Und auch so manches andere nicht.« Dann fragte er sie nach ihren Lebensumständen. »Sie müssen nicht antworten, Frau Janus, aber wir möchten Ihnen wirklich helfen. Den besten Weg für Sie suchen, der möglich ist. So, wie die Dinge stehen, kann es offenkundig nicht weitergehen. Mit einer Familie, die Sie ins KZ bringen wollte, können Sie nicht mehr zusammenleben.«

Da erzählte sie ihm vom Tod ihrer Mutter, von ihrer schnellen Heirat und sogar von den wenigen glücklichen Wochen, die sie mit Franz Janus verbracht hatte. Sie schilderte die Entfremdung, die immer größer geworden war wie der Schatten hinter einer Laterne. Sie sprach von Beschönigungen und Lügen, ohne näher darauf einzugehen, und er fragte auch nicht nach, sondern nickte nur und goß ihr aus der alten, dickbauchigen Kanne, die Emmi Janus zurückgelassen hatte, Tee nach.

Sie merkten nicht, wie die Zeit verging. Die lange Nacht hatte sie besänftigt und gleichzeitig aufmerksam gemacht. Unter dem herabgezogenen Lampenschirm über dem Stubentisch saßen sie einander gegenüber. Zum ersten Mal in Maries Leben war jemand gekommen, der ihr uneigennützig seine Hilfe anbot und dem sie von Anfang an vertraute. Sie wußte, daß sie am Nullpunkt angekommen war. In wenigen Tagen würde dieses Haus abgerissen werden. Nichts würde zurückbleiben als ein Trümmerfeld, aus dem da und dort Gegenstände hervorlugten, die daran erinnerten, daß hier früher jemand gelebt hatte. Genauso ergeht es auch mir, dachte sie. Ihr Leben war zusammengebrochen. Seine Reste lagen verstreut herum und paßten nicht mehr zusammen. Nicht einmal Wünsche waren ihr geblieben. Sie mußte erst über sich nachdenken und über das, was sie brauchte. Danach vielleicht auch über das, was sie sich wünschte, und irgendwann darüber, was sie ersehnte.

»Es ist auch eine Frage des Geldes«, sagte sie leise. »Ich weiß nicht, wie es weitergehen soll.«

Er streichelte sanft über ihren Handrücken, nur einen Augenblick lang, wie ein Freund, der einem anderen Mut zuspricht. »Es sieht gar nicht so schlecht aus«, sagte er. »Wenn es Ihnen recht ist, bespreche ich das alles mit Doktor Bellago. Wenn Sie wollen, reichen wir in Ihrem Namen die Scheidung ein. Wie mir scheint, hat die Familie Janus genug Dreck am Stecken, daß sie sich darauf einlassen wird. Ich denke, Sie sind versorgt. Jetzt müssen Sie nur noch wissen, wer Sie sind und was Sie wollen.«

Sie sah ihn an und errötete plötzlich. Nicht seinetwegen, sondern wegen seiner Worte. »Ich glaube, ich wußte schon immer, wer ich bin und was ich will«, bekannte sie und hatte auf einmal Tränen in den Augen. »Ich habe nur nicht auf meine innere Stimme gehört. Danke, daß Sie mich daran erinnert haben.«

Er lächelte zweifelnd. »Habe ich das?«

»Ich glaube schon.«

Sie standen auf und gingen hinaus zu seinem Auto: ein kleines, grünes Ding mit offenem Verdeck. Das Auto eines Menschen, der das Leben liebte und den Fahrtwind im Haar. Franz Janus fiel ihr ein, der nur auf seinem Motorrad wirklich glücklich gewesen war. Doch dieser junge Mann hier war anders. Hatte er ihr nicht zugezwinkert an jenem Abend in der Horbach-Villa, als sie die Schüssel kaum mehr halten konnte, weil sie der Anblick der Hände ihres Vaters erschreckt hatte?

»Ich komme morgen gegen Mittag zurück«, versprach er. »Sie unterschreiben mir dann eine Vollmacht, und alles geht seinen Gang. Doktor Bellago wird dafür sorgen, daß die Scheidung nicht verzögert wird. Das wenigstens hat uns die fabelhafte neue Zeit gebracht: Wenn die richtigen Fäden gezogen werden, ist der Amtsweg nur noch Formsache.«

Sie reichten einander die Hände. Als das Auto um die Ecke bog, hupte es noch einmal.

Am Horizont graute der Morgen. In einigen Häusern gingen die Lichter an. Zeit für die jungen Marktfrauen, sich auf den Weg zu machen. Ein Hund schlug an. Wie ein Spielzeugdorf lag St. Peter da, hübsche kleine Häuser, durch blühende Gärten voneinander getrennt. Dazwischen, wie ein Schnitt im Leibe, die Hochofenachse mit ihren Geleisen, Baracken und Baukränen. Von oben betrachtet mochte das Dorf aussehen, als hätte es ein Bastler entworfen und er wäre nur noch nicht ganz fertig mit seiner Arbeit, so daß sein Handwerkszeug noch mittendrin herumlag. Ein Fremdkörper, der jedoch am Ende entfernt werden und bald in Vergessenheit geraten würde. In Wirklichkeit, dachte Marie, war es umgekehrt. Das Dorf würde verschwinden, und nur das Werkzeug blieb zurück. Kein Kirchlein mehr, keine Schule, keine Häuser und Gärten. Menschen schon noch, doch sie würden hier nur mehr arbeiten und nicht unter Kastanienbäumen sitzen und miteinander essen und trinken, sich lieben oder miteinander raufen, weil es so aufregend war, die gegenseitigen Kräfte zu messen.

MARIE ZWEISAM

I

Noch zwei Wochen blieb Marie in St. Peter. So lange dauerte es, bis ihre Scheidung von Franz Janus ausgesprochen wurde. Zum ersten Mal seit ihrer Heirat war sie ohne Beschäftigung. Trotzdem erwachte sie jeden Morgen zur gewohnten Stunde, manchmal sogar mit dem Gedanken, sich beeilen zu müssen, weil es im Gai doch immer so viel zu tun gab. Wenn ihr dann bewußt wurde, daß sie nie wieder zu ihren Brotkunden fahren würde, weil dieser Abschnitt ihres Lebens für immer zu Ende war, erschrak sie fast und fühlte eine Leere, die sie bisher nicht gekannt hatte. Am liebsten wäre sie den ganzen Tag im Bett geblieben, weil ja doch niemand auf sie wartete. Da sie sich aber über die Jahre hinweg an den Schlafmangel gewöhnt hatte, fand sie keine Ruhe mehr. So stand sie auf und zog sich an. Sie trank Tee und aß Schwarzbrot, das sie in der Gemischtwarenhandlung gekauft hatte.

Seit die Familie Janus fortgezogen war, gab es in St. Peter keinen Bäcker mehr. Erst nach einer Woche lieferte Franz Janus wieder Brot in seine alte Heimat. In Maries Lieferwagen brachte er es persönlich in die paar Gasthäuser, die es noch gab, und zur Lebensmittelhändlerin, wo es die Dorfbewohner kauften, unzufrieden, weil ihnen die große Auswahl fehlte, an die sie gewöhnt waren.

Zum ersten Mal hielt sich Marie nun auch tagsüber in St. Peter auf. Erst jetzt offenbarte sich ihr das Ausmaß des Leids, das durch den Bau des Stahlwerks über die Bevölkerung gekommen war. Einen alten Baum verpflanzt man nicht, war einer der Sätze, die am häufigsten zu hören waren. Von so manchem alten St. Peterer erzählte man, er sei mit einem Strick unter dem Arm auf den Dachboden gestiegen und oft erst nach Stunden wieder heruntergekommen, beschämt über die eigene vermeintliche Feigheit. Der alte Baum mußte sich wohl doch verpflanzen lassen und darauf warten, daß ihn die neue Erde gnädig verdorren ließ und vor allem auch die Sehnsucht nach dem verlorenen Paradies, von dessen aufgewühltem Boden der Hochofen von Tag zu Tag höher wuchs, Symbol des Fortschritts und vielleicht auch einer Zukunft, die allen Menschen Arbeit und Wohlstand bringen würde.

Manche Dorfbewohner besuchten Marie im verlassenen Bäckerhaus – aus Mitgefühl, wie sie sagten, hauptsächlich aber wohl aus Neugier. Wie kam es, daß Marie nicht bei ihrem Mann und seinen Eltern lebte? Hatten sich die Mitglieder der Janus-Familie nicht stets vorzüglich verstanden? Sogar die kühle Emmi Janus war doch immer freundlich zu ihrer Schwiegertochter gewesen und hatte sie mehr als einmal in aller Öffentlichkeit gelobt.

Marie hörte sich die direkten Fragen und Anspielungen geduldig an, gab aber nur ausweichende Antworten. Wann immer es möglich war, ging sie den Dorfbewohnern aus dem Weg. Nur manchmal öffnete sie überrascht ihre Tür, wie an jenem Abend, als plötzlich die ehemalige Gemischtwarenhändlerin Johanna Gattermayr – die Hanni, wie sie in St. Peter genannt wurde – weinend dastand und schluchzte, sie fürchte um ihr Leben und müsse mit jemandem reden, der ihre Lage verstehe.

»Sie hat man doch auch schon einmal eingesperrt, das weiß ich«, sagte sie zu Marie und drückte deren Hand. »Jetzt geht es mir wahrscheinlich bald genauso.« Dann erzählte sie ihre ganze unselige Geschichte, wie man sie vertrieben und ruiniert habe. »Mit einer schutzlosen Witwe kann man so etwas ja machen, nicht wahr?« Vor einem Monat habe man ihr den Räumungsbefehl zugestellt, obwohl sie bisher noch keinen Vertrag mit dem jungen

Assessor abgeschlossen und demzufolge auch kein Geld erhalten habe. »Drei Kinder und meine alte Mutter! Ich weigerte mich zu gehen, bevor man mir mein Geld überwiesen hatte!« fuhr sie fort und schneuzte sich in ihren Ärmel. »Wissen Sie, was dann geschah? Sie gruben einfach die ganze Umgebung meines Häuschens um und drohten mir, mich an die Wand zu stellen. Und man weiß doch, daß das heutzutage keine leere Drohung mehr ist!« Sie setzte sich auf die Stubenbank. »So gab ich nach«, erzählte sie weiter, »bat sie aber, wenigstens meine Möbelstücke im Pfarrhof einstellen zu können. Inzwischen wollten sie mir aber nur noch schaden. Sie schickten mir einen Trödler, der mir unter Drohungen meine ganze Habe für einen Apfel und ein Ei abluchste und mich zu guter Letzt auch noch verhöhnte.«

Vor lauter Weinen konnte sie nicht mehr weitersprechen. Marie wußte aber auch so Bescheid. Das ganze Dorf hatte darüber geredet, daß am folgenden Morgen, nachdem Hanni Gattermayr mit ihren drei Kindern und ihrer Mutter in der Scheune eines Bauern untergeschlüpft war, eine andere Frau in das verlassene Geschäftshaus einzog – die Geliebte eines SA-Mannes, wie man munkelte, der noch dazu verheiratet war und Kinder hatte. Nachdem die neue Bewohnerin das Haus bezogen hatte, wurden sofort die Bagger abgezogen. Sie arbeiteten nun an einer anderen Stelle weiter. Mit dem Abriß war es wohl doch nicht so eilig gewesen.

»Ich zünde denen das Haus an!« drohte Hanni. »Niemand kann mich daran hindern. Noch haben sie es mir nicht abgekauft. Stellen Sie sich das vor, Frau Janus: Das Haus gehört mir, und ich werde vertrieben. Und dann zieht diese Schlampe ein und macht sich breit! Ich bringe sie um und verbrenne alles!«

Marie nahm sie in die Arme und wiegte sie, als wäre sie ein Kind. »Das dürfen Sie nicht tun«, sagte sie sanft. »Man würde Sie sofort verhaften. Ich weiß, wie schnell so etwas gehen kann. Sie müssen bei Ihren Kindern und bei Ihrer Mutter bleiben. Versprechen Sie mir, daß Sie jetzt gleich zu ihnen gehen und erst einmal abwarten. Eine angemessene Entschädigung kann man Ihnen nicht verweigern. Dann sind Sie wenigstens fürs erste versorgt.«

So viel Kummer einzelner Menschen! Der Gastwirt Schrefler, der vom ersten Tag an um sein Recht gekämpft hatte, mit einer gleichwertigen Gaststätte entschädigt zu werden, brach vor Erschöpfung und Kränkung zusammen und starb. Herzen brachen im wahrsten Sinne des Wortes. Doch das Werk wuchs von Tag zu Tag, sogar dort, wo sich bisher der Friedhof befunden hatte. Man grub die Leichen aus und bettete sie nach Kleinmünchen um. Aus den alten Gräbern sammelte man nur die Knochen und bestattete sie in einem Sammelgrab. Die neueren Särge wurden einzeln ausgehoben. Sie waren bereits alle unter der Last der Erde eingedrückt. Ganz St. Peter war in Aufregung über die Schreckensgeschichten, die die provisorischen Totengräber, junge Arbeitslose aus dem ganzen Land, verbreiteten. Von dem unerträglichen Geruch, der von den neueren Bestattungen ausgegangen war, berichteten sie und von den unheimlich langen Haaren der Leichen. Es war nur ein geringer Trost, daß der Pfarrer zum Kleinmünchener Friedhof mitfuhr und dort, einer Ohnmacht nahe, eine kurze Andacht hielt, an der auch der junge Assessor teilnahm, was ihm einige als pietätvoll anrechneten und andere als blanken Hohn.

Kein Frieden mehr in St. Peter. Marie fiel es schwer, ruhig zu bleiben. Sie wartete nur noch auf die Nachricht, daß endlich die Scheidung ausgesprochen wurde und sie in Frieden eigener Wege gehen konnte. In der Zwischenzeit fuhr sie oft schon am Vormittag in die Stadt. Wenn sie dann an der Haltestelle stand und nicht wußte, wohin sie sich wenden sollte, erinnerte sie sich an ihre freien Stunden als Hausmädchen, in denen sie auch ziellos umhergestreift war und der einzige Fixpunkt der Besuch in der Stadtbücherei gwesen war. Doch nicht einmal am Lesen hatte sie jetzt noch Freude. Es fiel ihr schwer, sich zu konzentrieren. So brachte sie eines Tages die letzten Bücher zurück, ohne sich neue auszuleihen.

»Ziehen Sie denn weg?« fragte die rundrückkige Bibliothekarin, die Zuneigung zu Marie gefaßt hatte.

Marie zögerte. »Ja«, sagte sie dann, als hätte sie es schon längst geplant. »Ja, ich ziehe nach Wien. Ich möchte dort in die Schule gehen.«

»In die Abendschule?«

Marie nickte lächelnd.

»Ich habe mir schon oft gedacht, daß Sie wohl gern Journalistin wären oder etwas Ähnliches«, sagte die Bibliothekarin. »Sie sind eine gescheite Person und sehr gebildet. Niemand weiß das besser als ich.«

Marie reichte ihr die Hand. »Vielen Dank für alles!« sagte sie. Erst jetzt merkte sie, daß sie nicht einmal den Namen der Frau wußte. »Sie haben mich immer so gut beraten.«

»Vielleicht kommen Sie mich ja einmal besuchen«, schlug die Bibliothekarin vor. »Ich glaube, Sie werden mir fehlen.«

»Sie mir auch«, antwortete Marie. »Manchmal merkt man erst beim Weggehen, mit wem man sich am besten verstanden hat.«

Auch an der Horbach-Villa ging sie vorbei an ihren langen Linzer Tagen, an denen sie meinte, die Zeit totzuschlagen, während sie in Wirklichkeit Abschied nahm. Abschied von dieser Stadt und den Plätzen, die für sie Bedeutung gehabt hatten. Vor der Horbach-Villa war niemand zu sehen. Kein Licht von drinnen hinter den Fenstern, von denen Marie genau wußte, zu welchem Raum sie gehörten. Wie gut sie dieses Haus kannte und die Menschen, die darin wohnten! Wenn auch nur als Außenstehende.

Außenstehend: War sie das nicht immer und überall gewesen? Eine, die zuschaute und sich ihre eigenen Gedanken über das Gesehene machte? Und war das nicht genau das, was einen Journalisten ausmachte? Marie bereute plötzlich, die Bibliothekarin nicht nach ihrem Namen gefragt zu haben. Vielleicht hatte ihr diese Frau, ohne es zu beabsichtigen, mit der Beurteilung ihrer Fähigkeiten den Weg gewiesen. Vielleicht kam wirklich einmal der Tag, an dem Maries Name in einer Zeitung unter der Schlagzeile stand. Dann würde sie dieser Frau den Artikel schicken, zusammen mit einem herzlichen Dankeschön.

Manchmal, an heißen Tagen, trieb es sie in die Gegend der schattigsten Alleen, dorthin, wo sich die vornehmsten Villen hinter uralten Bäumen versteckten. »Man hat es, aber man zeigt es nicht«, hatte der alte Herr manchmal ein wenig boshaft über diesen Teil der Stadt gesagt. »Am Stadtrand ist es umgekehrt: Man hat es nicht, aber man zeigt es.«

Wo man es nicht zeigte, da lag die Villa der Bellagos. Zögernd und voller Angst, entdeckt zu werden, eilte Marie an dem hellgrauen Gebäude vorbei, das durch einen hohen Eisenzaun vom Gehsteig getrennt war: spitze Gitterstäbe, die von einem Mauersockel übermannshoch in die Luft stachen. Wer darüberzuklettern versuchte, riskierte, aufgespießt zu werden. Das Gebäude dahinter: kühl, fast schon wie eine Trutzburg und allein durch seine Höhe einschüchternd. Ganz im Sinne der alten Bellagos, dachte Marie und wunderte sich beinahe bei dem Gedanken, daß diese ihre leiblichen Großeltern gewesen waren.

Auch hier war niemand zu sehen. Marie atmete auf. Hier zu sein schien ihr wie das Eindringen in eine verbotene Sphäre, jetzt noch viel mehr als früher. Damals war ihr Vater im Unrecht gewesen, nun aber stand er ihr bei, auch wenn er sich als Person noch immer entzog. Der Mann, der auf dem Feldweg an ihr vorbeiging. So würde es wohl immer bleiben, und vielleicht war es gut so, weil damit die alte Ordnung gewahrt wurde.

Eines Abends, auf dem Weg zum Autobus, schlenderte sie hinunter zur Donaulände. Sie vermied es dabei, sich dem Hauptplatz zu nähern, um nur ja keinem Mitglied der Janus-Familie in die Arme zu laufen. Sie dachte kaum noch an ihren Mann und ihre Schwiegereltern. Seit der Angst nach der Verhaftung hatte sie deren Welt hinter sich gelassen. Nur als Gegenspieler bei der Scheidung existierten sie noch für Marie, und sie dankte dem Himmel, daß ihr eine direkte Begegnung in dieser Angelegenheit erspart blieb.

Am Ufer war es angenehm kühl. Schon immer hatte Marie es geliebt, hier zu stehen und auf die Wellen zu blicken, die an ihr vorüberplätscherten, ohne Anfang und ohne Ende. Am Schwimmbad vorbei schlenderte sie zum Hotel Weinzinger. Schon von ferne wunderte sie sich, daß in dem Café unter den Bäumen keine Gäste saßen. Die Uferstraße war voller Fahrzeuge, und auf den Gehwegen drängten sich die Menschen. Nur rund um das Hotel, sonst Mittelpunkt aller Bewegung, war es ruhig. Die Fenster waren verdunkelt, als wäre Krieg, und vor dem Eingang, wo sonst ein dienstfertiger Portier die Gäste begrüßte, war niemand zu sehen. Marie erschrak. Noch vor zwei Wochen war sie hier gewesen, um ihr Brot abzuliefern. Der Hotelier Weinzinger hatte ihr wie jedesmal die

Hand geküßt und ihr in blumigen Worten sein Herz zu Füßen gelegt. Ein neckisches Spielchen nur, aber es hatte ihren Tag heiterer gemacht.

Sie ging an der Hotelfront entlang. Niemand war zu sehen. Schon überlegte sie, ob sie läuten sollte. Dann aber wagte sie es doch nicht. Sie erinnerte sich, daß das Hotel immer mehr zum Stützpunkt der Hitler-Elite geworden war, die nach Linz kam, um inkognito den Fortschritt der Großbauten des Führers zu begutachten.

So überquerte sie die Straße und setzte sich auf eine der Bänke, die dem Hotel gegenüber aufgestellt waren, mit Blick auf die Donau und hinüber auf den Pöstlingberg mit seiner lieblichen, zweitürmigen Kirche. Zu Beginn ihrer Ehe war sie manchmal mit Franz Janus dort hinaufgefahren. Sie hatten auf die Stadt hinuntergeblickt und geglaubt, sie wären glücklich und würden es für ewig bleiben. Die Stadt gehörte ihnen. Die ganze Welt gehörte ihnen. Nur das Glück selbst, das lernten sie erst später, gehörte niemandem.

Erst nach einer Weile bemerkte Marie, daß sich ein Mann neben sie gesetzt hatte. Trotz des warmen Wetters trug er einen breiten Schal. Auch er schaute auf das Wasser und auf die grünen Hügel von Urfahr. Marie beachtete ihn nicht weiter, und auch er schien in Gedanken versunken. Erst als ein kleiner Junge auf dem Gehsteig mit einem Tretroller vorbeisauste und beide ihm nachblickten, begegneten sich ihre Blicke.

Marie erschrak. »Herr Weinzinger?« fragte sie ungläubig. Sie erkannte ihn kaum. Sein Gesicht war geschwollen, ein Auge blau unterlaufen. An der Stirn hatte er eine breite Schramme.

Er sah sie kurz an. Dann wandte er sich beschämt ab. »Frau Janus«, murmelte er. »Eigentlich wollte ich niemandem begegnen.« Aber dann erzählte er doch, was mit ihm geschehen war, und seine Stimme zitterte dabei: wie die Männer aus der Umgebung des Führers ihm von Anfang an aufgetragen hatten, niemand dürfe von den Besuchen der hohen Herren aus Berlin erfahren. Wie er deshalb auch zu kaum jemandem ein Wort davon gesagt hatte. »Höchstens zu Leuten wie Ihnen, die doch Bescheid wissen mußten. Ich wollte doch nur, daß sich die Lieferanten besondere Mühe geben! War das so falsch?« Wie dann eines Tages die Gestapo bei ihm aufgetaucht war. »Diese schweren Stiefel und das ganze Drum und Dran!« Wie sie ihn einen verdammten österreichischen Dampfplauderer genannt hatten, der in ganz Linz hinausposaunt habe, daß der Führer bei ihm wohne. »*Inkognito*, du schwule Sau! Weißt du nicht, was das heißt?« Sie hatten ihn getreten und waren mit den Fäusten auf ihn losgegangen. Dann schlossen sie sein Hotel und entzogen ihm für alle Zeiten seine Lizenz. »Ich bin ruiniert, Frau Janus! Nicht einmal verkaufen kann ich mein schönes Haus. Wer gibt schon Geld für ein Hotel aus, in dem er keine Gäste beherbergen darf?«

»Und wo wohnen die Nazis jetzt, wenn sie uns beehren?«

Er lachte bitter auf. »Das weiß kein Mensch. Mein Nachfolger ist wohl wirklich diskreter als ich.«

Marie schaute auf die Uhr. Ihr Autobus würde bald kommen. Sie erhob sich und reichte Weinzinger die Hand. Diesmal küßte er sie nicht. Er stand auch nicht auf, wie er es früher bestimmt getan hätte. Er schenkte ihr nicht einmal einen Blick, sondern starrte nur betrübt zu Boden. »Es tut mir leid, Herr Weinzinger«, sagte Marie leise. »Ich wollte, ich könnte Ihnen helfen. Vielleicht wird aber doch alles wieder gut. Die Dinge ändern sich schnell.«

Er schüttelte den Kopf. »Diese Dinge nicht«, antwortete er hoffnungslos. »Ich bin zu nahe an etwas geraten, das nicht vergißt. Ich bin am Ende, Frau Janus. Und dabei habe ich unseren Führer immer nur bewundert. Geliebt sogar, das können Sie mir glauben. Ich weiß nicht, warum er mir das antut.«

Während die Scheidungsformalitäten abgewik-
kelt wurden, wurde Thomas Harlander für Marie immer mehr zu einem Teil ihres Lebens.
Fast jeden Tag fuhr er mit seinem komischen
kleinen Auto, das sich mit dem pompösen Namen Olympia schmückte, vor der ehemaligen
Bäckerei vor. Bei den ersten Malen hatte er
noch unmittelbar vor dem Haus geparkt. Später stellte er den Wagen dahinter ab, um unnö-
tigem Gerede vorzubeugen. Die St. Peterer hatten dennoch ein waches Auge auf den Gast, der
die ja wohl immer noch verheiratete junge Frau
Janus so regelmäßig besuchte. Zwar hatte man
genug eigene Sorgen, genoß aber die Erleichterung, sich über jemand anderen den Mund zerreißen zu können. Die Welt war schlecht an
allen Ecken und Enden; nicht nur in der Politik,
sondern auch in allem, was die sogenannte Moral betraf. Marie Janus hätte wenigstens die
Scheidung abwarten können, bevor sie sich
öffentlich mit ihrem neuen Liebhaber zeigte.
Oder war er vielleicht doch kein Liebhaber,
sondern nur ihr Anwalt, wie andere zu berichten wußten? Trotzdem, eine junge Frau in immer noch bestehender fester Bindung hatte
nicht stundenlang mit einem Fremden am Stubentisch zu hocken – wie prüfende Blicke

durchs Fenster mehrfach gezeigt hatten. Möglicherweise redeten sie wirklich nur, aber fing so nicht alles an?

»Ich will nur mein Recht«, sagte Marie, als sie die Modalitäten der Scheidung besprachen. »Die Entschädigung für den Anbau, den mein Onkel für mich bezahlt hat und der den Wert des Hauses erhöht. Außerdem muß ich irgendwie überleben.« Erst jetzt wurde ihr bewußt, wie ungeregelt ihre Situation bisher gewesen war. Weder sie noch ihr Mann hatten jemals ein Gehalt bezogen. Sämtliche Finanzen wurden von Emmi Janus verwaltet, die ihrem Sohn das Nötige zuschob, als wäre es ein Taschengeld. Hätte Marie nicht die zahlreichen Trinkgelder ihrer Brotkunden beiseite gelegt, wäre sie jetzt ohne einen Pfennig dagestanden.

»Üblich ist eine monatliche Zahlung, basierend auf dem Brotpreis«, erklärte Thomas Harlander. »Diese Alimente würden Ihnen ein ganzes Leben lang zustehen, es sei denn, Sie heirateten wieder.« Er schüttelte den Kopf. »In Ihrer Situation möchte ich Ihnen allerdings davon abraten. Es hat sich erwiesen, daß die Zahlungsmoral mit den Jahren nachläßt. Nach einiger Zeit müßten Sie vielleicht jeden Monat aufs neue um Ihr Geld streiten.«

»Ich will mich nicht ewig durchfüttern lassen. Was ich brauche, ist eine Basis für einen neuen Anfang.« Sie erzählte ihm von ihren Plänen, in die Großstadt zu ziehen, wo niemand ihr Schicksal kannte. »Es war alles ein wenig schwierig«, gestand sie. »Ich glaube, Sie wissen nicht so genau Bescheid.«

Es war still in der Stube. Marie dachte plötzlich, wie schön es wäre, sich diesem Menschen anzuvertrauen, den sie fast als einen Freund betrachtete, obwohl sie sich sagte, daß er im Auftrag ihres Vaters handelte und nur seine Pflicht erfüllte.

»Ob ich Bescheid weiß?« fragte er. Lange schwieg er, dann legte er über den Tisch hinweg seine Hand auf die ihre. »Von Anfang an war mir klar, daß Ihr Fall etwas Besonderes ist. Doktor Bellago bestand darauf, daß alles Denkbare für Sie getan werden sollte. Ohne Honorar und ohne Rücksicht auf die Zeit, die es kosten würde. Über jede Einzelheit wollte er informiert werden, sich selbst dabei aber aus den Verhandlungen heraushalten. Ich wunderte mich über dieses Vorgehen und fragte nach. Er sagte mir aber nur, seine Familie habe ein Jagdhaus neben dem Anwesen Ihrer Familie. Er fühle sich Ihnen verpflichtet.«

Marie hatte Tränen in den Augen. Es war viel, was ihr Vater für sie tat, aber wenig, was er dabei riskierte. Mirandas Ferdinand schickte andere vor, dem Sturm zu trotzen. Dennoch bestand kein Zweifel, daß es durch ihn eine Rettung gab.

»Mir erschien das alles ein wenig dubios«, gestand Thomas Harlander. »Erst als ich Sie auf dem Revier sah, verstand ich es. Ich habe selten eine solche Ähnlichkeit gesehen. Als Sie mir im Halbdunkel entgegenkamen, war es, als sähe ich eine jüngere, weibliche Ausgabe meines Chefs.«

»Bisher wußte hier niemand davon«, erklärte Marie. »Nur zu Hause, wo ich herkomme, da ist es allgemein bekannt.«

Thomas Harlander nickte. »Ich will es nicht bewerten«, antwortete er. »Ich bin nur froh, daß wir uns begegnet sind.«

»Nicht zum ersten Mal.« Und nun erzählte sie ihm von jenem Abend in der Horbach-Villa, der so verwirrend gewesen war, daß sie immer noch nicht wußte, welche Bedeutung er für sie hatte.

»Ich erinnere mich«, sagte Thomas Harlander erstaunt. »Ich hätte Sie nicht wiedererkannt, aber Sie sind mir damals aufgefallen. Wissen Sie, was ich von Ihnen dachte?« Er lachte. »Ich dachte, wieviel Stil diese Kleine hat! Ja, das dachte ich. Anmut und Eleganz. Ein junges Mädchen in einem schwarzen Kleid. Groß und schlank. Ich dachte, wenn sie als Gast am Tisch säße, käme niemand auf den Gedanken, sie passe nicht hierher.«

»Das haben Sie gedacht?« flüsterte Marie. »Und Doktor Bellago? Hat er etwas über mich gesagt?«

Thomas Harlander schüttelte den Kopf. »Es ist nicht seine Art, sich das Personal anzusehen«, erklärte er nachsichtig. »Er meint das nicht böse, aber so ist es eben.«

»Ich verstehe.«

Sie beschlossen, daß Marie bei der Scheidung auf eine einmalige Abfindung pochen sollte, um damit eine Ausbildung oder ein Studium zu finanzieren. »Nicht zu mager, natürlich!« sagte Thomas Harlander lachend. »Die Janus-Leute haben sich in letzter Zeit einiges unter den Nagel gerissen. Es gibt da so allerhand Gerede in der Stadt. Sie wissen sicher davon.«

»Ich glaube schon.« Marie bemühte sich, nicht an Richard Ohnesorg zu denken, der ihr plötzlich einfiel, siedendheiß, so daß sie errötete und den Kopf wegdrehte, um ihre Verlegenheit zu verbergen. Was wäre, wenn Richard Ohnesorg jetzt hier säße und ihre Hand hielte? Wenn er sich um ihre Zukunft kümmern und ihr helfen würde, einen neuen Anfang zu finden? Richard Ohnesorg, dessen Lippen sie nur ein einziges Mal gespürt hatte, flüchtig und vor aller Augen. So einfach könnte das Leben sein, dachte sie, wenn man gleich zu Beginn die richtige Wahl treffen dürfte, ohne Rücksicht auf Unterschiede, geschaffen von dem dubiosen Etwas, das sich Gesellschaft nennt? Oben und unten. Links und rechts. Rot und schwarz und braun und was sonst noch alles. Von jetzt an aber würde sie in der Lage sein, nach ihren Talenten zu leben, die ihr jene Türen öffnen konnten, die man ihr bisher vor der Nase zugeschlagen hatte. Für jeden gab es solche Türen, dachte sie. Auch für Richard Ohnesorg. Für ihn sogar ganz besonders, wenn auch erst in letzter Zeit. Künstliche Türen. Künstliche Zäune. Künstliche Grenzen. Welche Bosheit und Verachtung anderer!

Erst jetzt spürte sie, daß die Hand des jungen Anwalts noch immer auf der ihren lag. Sie wollte sie zurückziehen, doch dann hielt sie still. Warm und dämmrig war es in der Stube. Obwohl Marie hier nie wirklich glücklich gewesen war, fühlte sie sich plötzlich wohl. Ich habe eine Zukunft, dachte sie. Ich werde erreichen, was ich will.

»Wir sollten noch über Ihren Namen sprechen«, schlug Thomas Harlander vor. »Janus: Wollen Sie ihn behalten? Wenn wir schon jede mögliche Protektion für Sie mobilisieren, sollten wir auch darauf achten, daß Sie diesen Namen ablegen. Ihre Erinnerungen daran sind ja wohl nicht die besten.«

Marie lächelte. Ihr war, als würde eine Last von ihrer Seele genommen. »Zweisam!« rief sie erleichtert. »Ich heiße Marie Zweisam! Diesen Namen möchte ich wiederhaben, fürs ganze Leben.«

Auch er lachte nun. »Na, dann können wir ja zufrieden sein.« Er stand auf. »Sehen wir uns morgen, Marie Zweisam?«

Sie lächelte glücklich. »Ja«, sagte sie mit fester Stimme. »Und nennen Sie mich bitte nie wieder anders!«

3

Marie Zweisam, geschiedene Janus. An dem Tag, als ihr Thomas Harlander die frohe Nachricht überbrachte, daß ihre Ehe endlich aufgelöst sei, tauchte schon am frühen Morgen die Arbeitskolonne der Bauleitung auf. »Ich fürchte, Sie müssen noch heute ausziehen, junge Frau«, erklärte der zuständige Ingenieur. »Lange genug wissen Sie ja schon Bescheid. Ich hoffe, Sie haben alles gepackt.«

Marie zuckte die Achseln. »Alles nicht«, antwortete sie gleichmütig. »Aber es wird schnell gehen.«

Der Ingenieur atmete auf, erleichtert, auf keinen Widerstand zu treffen. Meistens versuchten

ihn die Bewohner der Abbruchhäuser zu über-
reden, ihnen noch ein paar Tage Zeit zu geben.
Ein paar Wochen. Am liebsten Jahre oder das
ganze Leben. Frauen hatten ihn weinend ange-
fleht und ihm ihre schreienden Kinder ent-
gegengestreckt. Männer hatten ihn tätlich an-
gegriffen. Das hier war offenkundig ein angenehmer Auftrag. Die junge Frau nahm es
philosophisch. »Können wir Ihnen irgendwie
helfen?« fragte er deshalb auch zuvorkom-
mend. »Schränke hinaustragen oder so.«

Marie schüttelte den Kopf. »Ich nehme keine Schränke mit«, erklärte sie. »Auch keine
Betten oder Tisch und Stühle. Ich lasse alles da,
sogar den Großteil meiner Kleider. Sie können
alles kurz und klein schlagen, zerfetzen oder
verkaufen. Es macht mir nichts aus.«

Der Ingenieur räusperte sich verlegen. Sollte
hier doch eine tiefere Verletzung vorliegen? Es
hörte sich ja beinahe so an, als hätte die Kleine
mit dem Leben abgeschlossen. »Sind Sie sicher,
daß Sie keine Möbel mitnehmen wollen?« erkundigte er sich vorsichtig, bereit, zur Not sogar den Pfarrer zu Hilfe zu holen. Eine Nega-
tivpropaganda könne man nicht brauchen, betonte Assessor Meissner immer wieder, und
tatsächlich berichtete die Presse nur das Beste
über die Bauarbeiten. Wer nicht an Ort und
Stelle die Wahrheit erlebte, mußte glauben, am

Rande von Linz würde ein Wunderwerk der Technik errichtet: auf Brachland, das nur darauf gewartet hatte, endlich im Sinne der Reichsbevölkerung genutzt zu werden.

»Sind Sie sicher?« wiederholte der Ingenieur und starrte hinüber auf die andere Straßenseite zu einer Gruppe BDM-Mädchen in ihren appetitlichen weißen Blusen, den schwingenden Röcken und den strahlend weißen Söckchen. Stramm marschierten sie vorbei, suchten aus den Augenwinkeln nach bewundernden Zuschauern und sangen aus voller Brust: »So zittern die morschen Knochen.«

»Unsere Zukunft!« bemerkte der Ingenieur zu Marie, um deutlich zu machen, warum er sich hatte ablenken lassen.

Marie nickte unbeeindruckt. »Ich packe jetzt«, antwortete sie. Noch während sie ihre Sachen zusammenlegte, hörte sie schon, wie die Arbeiter aufs Dach stiegen und mit ihren Krampen die Ziegel herunterschlugen. Klirrend zerschellten sie auf dem Boden.

So schnell löste sich alles auf! Noch immer war viel im Dorf unversehrt, doch mit jedem Tag blieb weniger davon übrig. St. Peter! dachte Marie. Sie hatte nur wenig Schönes hier erlebt, aber das Dorf selbst hatte ihr immer gefallen. Die Bodenständigkeit und Lebenslust seiner Bewohner. Die Schönheit der Landschaft und die schmucken kleinen Häuser. Eigentlich hätte es auch die Nazis ansprechen müssen. Blut und Boden, das rühmten sie doch, und das ländliche Leben. Bäuerlich, ja das war auch die Bevölkerung von St. Peter, aber mit Blut und Drama hatte man hier nie viel im Sinn gehabt. Eine Rauferei auf dem Kirtag reichte auch dem wildesten Burschen für ein ganzes Jahr. Man wollte nur einfach gut leben, sonst nichts.

Danach wartete sie draußen vor dem Haus mit einem Koffer und einer Reisetasche auf Thomas Harlander. Als sein kleines grünes Auto um die Ecke bog, war bereits das halbe Haus abgerissen. Die Nachbarn standen in einiger Entfernung und schauten zu. »Ich würde gern nach Hause fahren«, sagte Marie, ohne sich noch einmal nach der Abbruchstelle umzudrehen. »Könnten Sie mich dorthin bringen? Es ist aber weit. Ungefähr fünfzig Kilometer.«

Sie schnallten das Gepäck fest und fuhren los. Die Nachbarn winkten ihnen nach, schauten dann aber gleich wieder zu den Arbeitern hin, die zerstörten, was mit viel Mühe aufgebaut worden war.

»Frau Zweisam«, sagte Thomas Harlander voller Stolz. »Ab heute sind Sie eine gutsituierte junge Frau, zumindest für eine Studentin. Unsere Kanzlei hat sich selbst übertroffen.« Er lachte. »Allerdings hat uns die Gegenseite nicht allzu viele Schwierigkeiten gemacht. Sie wollte so schnell wie möglich aus dieser Verbindung heraus. Außerdem stattete die Gestapo der Bäckerei mitten in der besten Einkaufszeit einen Besuch ab. Es fielen zwar nur ein paar nichtssagende Worte, aber eine aufmerksame Dame wie Ihre Ex-Schwiegermutter konnte da so manches heraushören.« Er fuhr langsamer. »Mit Ihrem Mann war es anders, das muß ich Ihnen wohl sagen. Ich glaube, er hätte Sie am liebsten zurückgeholt.«

Marie schwieg. »Er hat meine Schwiegermutter zum Gendarmerieposten gefahren, als sie mich anzeigen wollte«, sagte sie dann. »Sie können ruhig wieder Gas geben. Ich breche nicht zusammen.«

»Kein Bedauern?«

Marie lehnte sich zurück. »Nein«, antwortete sie mit fester Stimme. »Nein!«

Sie fuhren an den Feldern entlang, golden vom Weizen; an den Wiesen, auf denen die Heumännchen wachten, durch die kleinen Wälder, die Marie so gut kannte. Der warme Fahrtwind streichelte ihr Gesicht und zerzauste ihr Haar. Sie durchquerten die Welt, so kam es Marie vor, die schöne, vertraute, geliebte Welt, von der sie ein Teil waren, Gäste für die kurze Zeit eines menschlichen Lebens. Während sie den Kopf zurücklehnte und in den wolkenlosen Himmel schaute, wußte sie, daß sie immer wieder hierher zurückkehren würde. Hier lagen ihre Wurzeln, hier kannte sie jeden. Hier wußte man über sie Bescheid im Guten wie im Schlechten. Keine Welt ohne Arg, aber so war es eben. Sie wollte nicht mehr hadern mit ihrem Schicksal und dem ihrer Mutter. Mira Zweisam wäre froh, sie zufrieden und versöhnt zu wissen.

Der erste, dem sie begegneten, war der stumme Reitinger. Als er Marie erkannte, schluchzte er auf und ergriff ihre Hand. Fragend sah er sie an.

»Es geht mir gut«, versicherte Marie. »Sehr gut sogar. Ich erzähle dir später alles.«

Da atmete er auf und lächelte sie an, daß sich sein braungebranntes Gesicht mit lauter Falten und Runzeln füllte.

Marie zeigte Thomas Harlander ihr kleines Haus und wies hinüber zum Jagdhaus der Bellagos. »Da drüben«, erklärte sie und brauchte gar nicht mehr zu sagen. Sie gingen zum Friedhof, legten Wiesenblumen auf Mira Zweisams Grab und zündeten eine Kerze an. Auf dem Rückweg trafen sie den Lehrer und wechselten ein paar Worte mit ihm. Er wirkte kränklich und resigniert, das Gesicht ein wenig wie von einem alten Kind. Eine fahle Haut, zwei tiefe Falten zwischen Nase und Mund. In den Augen ein verhohlener Schmerz. »Bist du denn nicht mehr verheiratet?« fragte er erstaunt.

Marie schüttelte den Kopf, ohne etwas zu erklären.

Der Lehrer wies auf Thomas Harlander. »Und Sie sind jetzt …?«

»Nein«, antwortete Marie. »So ist es nicht.«

Der Lehrer erzählte ohne Begeisterung, daß er zwei Kinder habe und mit seiner Familie immer noch in der Schule wohne.

»Und Ihre Mutter bäckt noch immer *Linzer Augen*?«

Zum ersten Mal lächelte er. »Leider«, antwortete er, »am Sonntagnachmittag essen wir nichts anderes. Meine Frau sagt, sie stauben uns schon aus den Ohren.«

»Sie hätten sich durchsetzen müssen.«

»Wer kann das schon, Marie?«

Auch den Onkel besuchten sie. Das kleinwüchsige Kindermädchen richtete in der Küche eine Speckjause her, die sie draußen unter den Kastanienbäumen verzehrten.

»Ich bin froh, daß es so gekommen ist«, erklärte der Onkel. »Eine Scheidung ist eine schlimme Sache, aber eigentlich wart ihr ja gar nicht richtig verheiratet. Du bist doch katholisch. Da gilt eine evangelische Trauung nicht. Gott sei Dank! So bist du diese Frau endlich los.«

»Da war auch ein Ehemann, Onkel.«

Der Onkel lachte. »Ist das wahr? Neben dieser Mutter habe ich ihn gar nicht bemerkt.«

Zum ersten Mal lachte Marie über das Mißgeschick ihrer Ehe. Thomas Harlander beobachtete sie von der Seite und schwieg.

Cäcilia Zweisam führte ihre beiden wunderbaren Stammhalter vor, Peter und Paul, die inzwischen aus dem Gröbsten heraus waren und sich nun benahmen wie andere Kinder auch. Ihre Mutter sang ein Loblied auf sie, fing dann aber zu weinen an, weil die Nazis ihren Hof zum Erbhof erklärt hatten, für den es nur einen einzigen Erben geben durfte. »Ungeteilt soll alles übergeben werden!« klagte Cäcilia. »Der Älteste soll alles bekommen und der Jüngere nichts. Ist das gerecht? Was soll denn dann aus meinem Pauli werden?« Sie umarmte den benachteiligten Kleinen, der sich energisch losmachte und fortlief, um mit seinem künftigen Rivalen zu spielen.

»Es wird nicht ewig dauern mit den Nazis«, sagte Thomas Harlander. »Bis Ihre Kinder erwachsen sind, ist der Spuk vorbei.«

Der Onkel nickte. »Aber dazwischen gibt es einen Krieg, das sage ich euch!«

Thomas Harlander nickte. »Alles deutet darauf hin. Je mehr sie vom Frieden reden, um so eifriger bereiten sie sich darauf vor, ihn zu brechen.«

Der Onkel tätschelte die Hand seines Gastes. »Du bist ein Mann nach meinem Geschmack, Doktor«, lobte er. »Warum sagt ihr eigentlich immer noch ›Sie‹ zueinander? Tut ihr es unsretwegen? Das braucht ihr nicht.«

Thomas Harlander lächelte. »Dann lassen wir es eben.«

Auch Marie nickte. Dann erzählte sie von ihren Plänen. Thomas Harlander hatte ihr angeboten, sich in Wien erst einmal bei seiner Mutter einzumieten, in deren Garten ein Kutscherhäuschen leerstand. »Meine Mutter hätte immer schon gerne jemanden hineingenommen. Sie reist andauernd in der Welt herum und will ihr Haus nicht ständig unbeaufsichtigt lassen. Auf die Höhe der Miete kommt es ihr nicht an. Außerdem sind Sie ja inzwischen eine recht vermögende junge Dame.«

»Sie sind.« Und nun: »Du bist.« Immer war es Marie schwergefallen, vom »Sie« zum »Du« überzugehen und Menschen plötzlich beim Vornamen zu nennen. Diesmal kam es jedoch fast von selbst.

Ein schöner, warmer Abend. Der Sommer reifte seinem Ende entgegen und zeigte sich in seinen sattesten Farben. Die Luft war wie Seide, und zwischen den Gräsern zirpten die Grillen. »Ich mochte dich früher nicht besonders gern«, gestand Cäcilia. »Ich hatte immer das Gefühl, du wolltest uns alles wegnehmen.«

»Das wollte ich nie, und meine Mutter auch nicht!« widersprach Marie.

Cäcilia nahm einen kräftigen Schluck aus dem Mostkrug. »Das weiß ich ja jetzt«, versicherte sie. »Es paßt zu dir, daß du fortgehen willst, um etwas zu lernen. Im Dorf warst du immer die Gescheiteste. Ich glaube, der Lehrer hatte manchmal richtig Angst vor dir.« Sie zwinkerte. »Obwohl du ihm natürlich auch besonders imponiert hast. Nicht nur wegen deines Köpfchens.«

»Ach ja?« fragte Thomas Harlander. »Darüber würde ich gerne mehr hören.«

»Irgendwie hat jetzt alles seine Richtigkeit«, sagte der Onkel und winkte den stummen Reitinger herbei, der neben der Kastanie stand und zuhörte. »Setz dich zu uns, Reitinger!« Doch Reitinger schüttelte den Kopf und verharrte auf seinem Platz. »Du übernachtest doch heute bei uns, nicht wahr?« fragte der Onkel Thomas Harlander. »Bei Marie drüben, das geht nicht. Wir leben hier auf dem Land. Ich weiß schon nicht, wie ich den Leuten die Scheidung schmackhaft machen kann. Gleich danach wieder ein neuer Mann im Haus, das würden die nicht verkraften.«

Am nächsten Morgen reisten sie ab, Maries spärliches Gepäck außen ans Auto geschnallt. Der letzte, von dem sich Marie verabschiedete, war der stumme Reitinger. Sein Gesicht war umschattet vom Trennungsschmerz. Marie nahm seine Hände zwischen die ihren, wie sie es immer tat, wenn sie fortging. Harte Hände, wie alle hier sie hatten. Die Haut dunkelbraun von der Sonne, schwielig von der Arbeit mit der Erde. Wie gut Marie diese Hände kannte und die Geschichten, die sie erzählten! Der eine von Reitingers Daumen war an der Kuppe verkrümmt und eingezogen, so daß kaum noch ein Nagel zu erkennen war. Einen Fingerwurm hatte er gehabt, als Marie noch ein kleines Mädchen gewesen war. Damals hatte sie sich vorgestellt, daß sich in Reitingers Daumen wirklich ein Wurm festgesetzt hatte. Erst als sie schon erwachsen war, entnahm sie ganz zufällig einem Gespräch mit Amalie, daß es sich dabei um eine Art Nagelbettentzündung gehandelt haben mußte. Doch was immer es gewesen war, noch heute erinnerte sie sich daran, daß der Stumme tagelang vor Schmerzen geweint hatte. Mira Zweisam hatte ihm immer wieder frischen Kamillentee aufgegossen, damit er die eiternde Wunde darin baden konnte. Es hatte Wochen gedauert, bis es ihm endlich wieder besserging. Seine einzige Krankheit war das gewesen, wenn man von seiner Stummheit absah. Marie streichelte mit dem Zeigefinger über seinen Daumen. »Bleib gesund, Reitinger«, sagte sie zärtlich. »Ich komme bald wieder. Vielleicht schreibe ich dir sogar einmal.«

Er lächelte ungläubig und summte leise.

Dann fuhren sie davon, den Weg zurück zwischen Wiesen und Feldern, den Marie im Traum gegangen war, vorbei an ihrem Vater, der nicht mit ihr redete. Jetzt hatte er es doch getan, wenn auch auf Umwegen. Er wußte von ihr, dessen konnte sie nun sicher sein. Er sorgte sich um sie und hatte ihr geholfen, als sie ihn brauchte. Wie glücklich wäre Mira Zweisam darüber gewesen!

Die ganze Nacht in ihrem kleinen Haus hatte Marie an ihre Mutter gedacht und all die schönen Erinnerungen an sie immer wieder wachgerufen. So nahe waren sie einander gewesen an Mira Zweisams letzten Tagen! Aus der Nachttischschublade ihrer Mutter hatte Marie das kleine Reclamheft geholt und die Geschichte Ferndinands und Mirandas zum ersten Mal zu Ende gelesen. Auch die letzten Worte Prosperos kannte sie nun, Mirandas Vater. *Seid guten Mutes*, sagte er, als er vom Leben Abschied nahm. *Unsere Spiele sind nun aus. Unser kleines Leben endet in einem Schlaf.* Mira Zweisam hatte dieses Buch geliebt, auch wenn sie nie gewagt hatte, es zu lesen, weil es ihr immer zu schwierig erschien.

Die Nacht war schon fast dem Tag gewichen, als Marie einschlief. Trotzdem erwachte sie frisch und erholt und freute sich auf die Reise in ihr neues Leben.

»Wir dürfen uns nicht aus den Augen verlieren«, sagte Thomas Harlander. »Es war mir ernst mit dem, was ich gestern abend sagte. Ich bin sicher, daß es bald einen Krieg geben wird. Wer weiß, was wir alle noch erleben müssen. Da möchte ich schon immer auf dem laufenden sein, wo du bist und ob es dir gutgeht.« Er nahm seine Hand vom Lenkrad und streichelte Maries Arm. »Nimm dir vom Leben, was du brauchst, Marie, aber vergiß mich dabei nicht!«

»Das tue ich nicht!« versprach sie. Noch nie war sie so voller Hoffnung gewesen, und noch nie war ihr ein Tag so hell erschienen.

Die alte Dame

Die Beerdigung der alten Dame war vorüber. Von überall her waren Menschen gekommen, um ihr die letzte Ehre zu erweisen. Bis in die hinterste Reihe war die Kirche gefüllt gewesen, und auch draußen auf dem Vorplatz drängten sich Trauernde und Neugierige. Trotz ihres hohen Alters kannte noch immer fast jeder ihren Namen. Als man ihren Sarg in die Erde senkte, flammten die Blitzlichter auf und surrten die Fernsehkameras. Reden wurden gehalten, Nachrufe, die ihre Weitsicht rühmten, ihr politisches Verständnis, ihre Unbestechlichkeit und die Klarheit ihrer Sprache. Ein gelungenes Leben, hieß es überall. Geradlinig wie sie selbst. Ein Mensch, der von vielen verehrt worden war. Ein Beispiel und Vorbild.

Ein langer Tag der Trauer. Berichte in Rundfunk und Fernsehen. Morgen würde man auch in den Zeitungen davon lesen, die das Medium waren, das sie immer bevorzugt hatte. Ein eiliges Medium, das sie in seiner besten Form mitgeprägt hatte. Marie Zweisam, so schnell und scharf im Denken, so schnell und scharf in der Sprache.

Als die Trauerfeier zu Ende war und sich die schwarzen Limousinen in alle Richtungen entfernten, kam auch Thomas, der Enkel, wieder zur Ruhe. Er verabschiedete sich von den letzten Gästen und fuhr dann allein durch die Stadt zurück zur Villa, in der seine Großmutter bis zuletzt gelebt hatte. Er stieg die breite Marmortreppe hinauf und öffnete mit ihrem Schlüssel die Tür. Ihre Wohnung, nun die seine. Er schaltete die weißen Lampen ein, die überall im Raum verteilt standen, kühl und voller Ruhe. Welche Stille in diesem Haus! Seine Großmutter hatte es geliebt, sich zurückzuziehen, Platz zu haben, Luft zum Atmen. Und Einfachheit. Kein Schnickschnack, keine Schnörkel.

Zum ersten Mal wagte er es, den Schrank hinter ihrem Schreibtisch zu öffnen. In dem Fach auf Augenhöhe stand in einem silbernen Rahmen ein Bild, das sie mit seinem Großvater zeigte, Thomas Harlander, den sie ein Leben lang geliebt hatte. Nie würde Thomas, der Enkel, vergessen, mit welcher Zärtlichkeit und Rücksichtnahme die beiden miteinander umgegangen waren. Dennoch hatte sie nach seinem Tode weitergelebt wie zuvor. Sie hatte ihre Arbeit getan und war auf Reisen gegangen. Auf dem Bild lag Großvaters Arm um ihre Schultern. Beide lachten. Man sah, daß sie glücklich waren.

Erst vor ein paar Tagen war die alte Dame

wieder von einer Reise zurückgekehrt. Drei Wochen war sie unterwegs gewesen, dabei hatte sie nur eine einzige Stadt besucht: Shanghai.

»Warum ausgerechnet Shanghai?« hatte Thomas sie vor ihrer Reise gefragt. »Interessiert es dich, weil alle sagen, es sei die Boom-Stadt von morgen?«

»Es ist die Boom-Stadt von heute, Thomas!« hatte sie ihn korrigiert. »Aber das ist nicht der Grund, warum ich hinfahre.«

Dann war sie zurückgekommen, heiter und ausgeruht trotz des langen Fluges. Thomas hatte sie abgeholt und nach Hause gefahren und sich mit ihr fürs darauffolgende Wochenende zum Essen verabredet. Doch dazu war es nicht mehr gekommen.

Neben dem Bild seiner Großeltern lag ein Plan von Shanghai. Eine Stelle darauf war mit rotem Filzstift markiert. Als Thomas den Plan in die Hand nahm, um zu sehen, was die alte Dame angezeichnet hatte, fiel ein Foto heraus. Ein Paßbild, so alt und zerknittert, daß die Person darauf kaum noch zu erkennen war. Es handelte sich um einen jungen Mann mit einem aufmerksamen, schönen Gesicht. Wahrscheinlich der Großvater, dachte Thomas. Es rührte ihn, daß Marie Zweisam dieses Bild so lange aufbewahrt hatte.

In einer Ecke des Schrankes stand eine Schatulle aus braunem Holz, die Oberseite verglast, so daß man von außen den Inhalt sehen konnte. Thomas hob den Deckel. Er fand ein Päckchen mit alten Fotografien, ganz oben das Bild seiner Urgroßmutter Mira. Zum ersten Mal fiel ihm auf, daß er ihren Nachnamen nicht wußte. Das Bild aber kannte er gut. Als er noch ein Kind war, hatte es ihm Marie Zweisam oft gezeigt und ihm erzählt, was für ein liebevoller Mensch ihre Mutter gewesen war.

Das zweite Bild zeigte das Jagdhaus, das Marie Zweisam vor vielen Jahren geerbt hatte – ein altes, efeubewachsenes Gebäude, ganz in der Nähe des kleinen Hauses, das Urgroßmutter Mira gehört hatte. Marie Zweisam hatte dieses Jagdhaus nie bewohnt. Manchmal war sie aber durch die Räume gegangen und hatte diesen oder jenen Gegenstand in die Hand genommen und eine Schublade oder einen Schrank geöffnet, ohne jemals etwas herauszunehmen. Thomas hatte immer gespürt, daß sie sich in diesem Haus fremd fühlte. Er selbst hingegen liebte es und war entschlossen, es wieder zum Leben zu erwecken. Schon im Herbst wollte er seine Freunde dorthin einladen. Dieses Haus war dafür geschaffen, Gäste zu beherbergen, Feste zu feiern und auf die Jagd zu gehen. Thomas freute sich darauf, ihm seine Bestimmung zurückzugeben.

Als er sich weiter umsah, fand er in einer Ekke des Faches eine uralte Schellackplatte mit dem Bild eines schmalzig aussehenden Schlagersängers. ›Schlaf, mein Liebling!‹ hieß das Lied, wie auf der Plattenhülle zu lesen war. Thomas erinnerte sich, daß die Großmutter es ihm vor vielen Jahren manchmal vorgesungen hatte, wenn seine Eltern nicht da waren und Marie Zweisam an seinem Bett saß, bis er einschlief.

Er versuchte, sich an die Melodie zu erinnern. Ganz einfach war sie gewesen, eingängig und leicht zu merken. »Schlaf, mein Liebling!« summte er, und wirklich fiel sie ihm ein, und er sah sich wieder als Kind. Die Erinnerung daran rührte ihn. Er wunderte sich ein wenig, daß die Großmutter diese Platte aufgehoben hatte, die so wenig zu ihrem sonstigen Musikgeschmack paßte. Trotzdem konnte er sich dem Zauber des kleinen Liedes nicht entziehen. Er schloß die Schranktür und trat ans Fenster, wo auch Marie Zweisam oft gestanden haben mochte, um auf den Park hinunterzublicken und sich vielleicht an Menschen zu erinnern, die sie geliebt hatte und von denen heute schon niemand mehr wußte. »Schlaf, mein Liebling!« summte Thomas leise, wie einst als Kind, und merkte plötzlich, daß er lächelte.

Kurzweilige Geschichten
für alle Lebenslagen

»Mit seinen Romanen macht er Geschichte lebendig.«

Martin Biel, Tages-Anzeiger

Was im Leben
wirklich zählt